FOLIO POLICIER

Caryl Férey

Paz

Gallimard

Caryl Férey, né en 1967, écrivain, voyageur et scénariste, s'est imposé comme l'un des meilleurs auteurs du thriller français en 2008 avec *Zulu*, Grand Prix de littérature policière 2008 et Grand Prix des lectrices de *Elle* Policier 2009, avec *Mapuche*, prix Landerneau polar 2012 et Meilleur Polar français 2012 du magazine *Lire*, et, plus récemment, *Condor*.

Aux femmes qui partent,
Emma, ma fierté muette – continue, continue comme ça…
Et Mona, qui va vent de face

PREMIÈRE PARTIE

LA VIOLENCIA

1

Lautaro s'éveilla, la main posée sur la fesse d'une femme. Il ne savait pas si le jour était levé derrière les stores, si son horloge biologique lui jouait des tours, pas même le nom de la fille qui lui tournait le dos dans le lit king size ; entre deux eaux, il se laissa flotter dans le marigot. Les images couraient toutes seules dans son esprit, des images sans queue ni tête entrecoupées de flashs incohérents. Il vit son frère faisant face à un peloton d'exécution, un prêtre à ses côtés récitant quelques saintes Écritures tandis qu'un sang mauve coulait de sa chasuble, trouée à la poitrine. Il vit une orchidée blanche sous les spots d'une serre tropicale, lui, pataugeant dans le parterre de fleurs entretenues par sa mère, et son père qui le grondait comme s'il avait dix ans. Il vit les vagues furieuses d'une mer de mercure qui l'éclaboussaient d'écume brûlante, l'océan qui se soulève et l'aspire pour l'emporter vers le fond sous un rire dément sorti tout droit de son cerveau. Il vit des paysans aux dents sciées souriant dans une casemate alors qu'on allait les tuer, de pauvres hères qui ne comprenaient pas ce qu'on leur voulait et qui s'entassaient là comme des bûches, puis l'un d'eux se dresser à la lueur de la torche qu'il portait à la main, un Indien analphabète au front cerclé d'or proférant des paroles vengeresses, mais il n'y avait rien à craindre des esprits de la forêt, ces gens-là n'avaient jamais su s'imposer dans le paysage, le décor n'était pas pour eux, d'ailleurs l'Indien de malheur disparut à son tour, emporté par le flux. Lautaro croyait émerger du sommeil, il sombrait dans le paradoxal : Rachel dansait maintenant au milieu d'une foule joyeuse, aimante enfin, sauf qu'il ne fallait absolument pas rester là, sa peau faisait des cloques proches de l'ébullition, et l'alerte sonnait. Il se sentit basculer quand une mélodie connue retentit sur le toit du monde : l'écho du portable posé sur la table de nuit.

Lautaro se rattrapa au vide, comprit en une seconde qu'il divaguait, saisit le smartphone à portée de main et déchiffra l'heure sur le cadran – 4 h 47.

Il lui fallut quelques secondes pour oublier ses visions absurdes, la fille qui tendait son cul à ses côtés, et décrocher avant le déclenchement de la messagerie.

— C'est Diuque, fit la voix dans le combiné.

— J'ai vu, marmonna Lautaro en quittant les draps.

Il fit quelques pas encore malhabiles sur le parquet.

— Je te réveille, j'imagine.

— Dis-moi plutôt pourquoi.

— Un autre cadavre, annonça Diuque. À la Candelaria. À la vue de tous et dans un sale état.

— Putain…

— Pire que ça.

Lautaro évacua la chambre en automate. Le lieutenant Diuque était une des rares personnes au courant de l'affaire, affecté aux patrouilles de nuit pour le cas où ce genre de chose arriverait. Il parlait en pointillé au téléphone, manifestement secoué par la découverte, donna quelques infos complémentaires dont l'adresse – plaza de los Periodistas, à quelques *cuadras* de là.

— J'arrive, abrégea Lautaro.

Lautaro Bagader n'aimait pas se faire tirer du lit en pleine nuit, encore moins en laissant quelqu'un derrière lui : il tapota le cul de la fille pelotonnée sous son nid de coton – Diana, il avait retrouvé son prénom, ramassée la veille sur Tinder.

— Bouge tes fesses.

— Mmm…

— Allez !

La fille grogna en espérant gagner un peu de sommeil, visiblement elle non plus n'aimait pas se faire jeter du lit, une quadra dont les cheveux châtains mi-longs s'évasaient sur ses épaules, le drap serré dans ses poings comme si elle cherchait à se protéger de quelque chose.

— Bouge, je te dis !

— Mmmm… Quoi ?

Sa voix traînait sur des kilomètres.

— Il faut que je file, la pressa-t-il. Un problème urgent. Allez, debout.

La fille mâchait ses mots, qui n'avaient pas l'air très bons.

— Je claquerai la porte en partant, marmonna-t-elle, le visage enfoui dans l'oreiller.

— Pour que tu choures ce qui traîne, merci. Maintenant remue-toi.

Diana se redressa enfin, le visage embrumé.

— Dis donc, pour qui tu me prends ?

— Saute dans ta culotte, Cendrillon : on part dans trois minutes, le temps d'une douche.

Lautaro fila vers la salle de bains, quelques affaires

dans les mains tirées de la commode. Il ne savait rien d'elle lorsqu'il l'avait rejointe au restaurant – ils allaient baiser sous pseudo, pas se raconter leur vie, et il évitait soigneusement les sujets qui pouvaient le trahir. Prof de sport, c'est ce qu'il avait dit à sa maîtresse du soir, histoire qu'elle ne prenne pas ses jambes à son cou. L'eau tiède ragaillardit ses muscles, la tête suivrait bientôt. Déjà ses visions nocturnes s'effaçaient. Il en avait des tonnes, souvent cauchemardesques, se réveillait en leur crachant à la gueule. Rien subir.

Lautaro se sécha rapidement, croisa son reflet dans le miroir, se reconnut à peine sous son masque de quadra aux abois – ça faisait au moins un point commun avec la fille de Tinder –, sortit de la salle de bains, les cheveux encore mouillés, des picotements sur l'épiderme. Diana errait dans le couloir qui séparait le bureau des toilettes, un soutien-gorge noir et une petite culotte assortie sur ses jolies fesses.

— Toujours pas prête ?

— J'ai le temps de pisser, non ?

Elle faisait la gueule. Ils étaient deux.

Habillés en quatrième vitesse, ils descendirent les cinq étages sans échanger un mot dans l'ascenseur, Lautaro vêtu d'un costard noir sans cravate, Diana de la jupe courte et du chemisier bleu pétrole qu'elle portait la veille.

— C'est agréable, les réveils avec toi, fit-elle une fois sur le trottoir.

— Désolé, je n'ai pas le temps de te déposer. Tu as appelé un taxi ?

— Ne te fatigue pas pour moi.

— Tu es sûre ?

— Aussi sûre que tu es prof de sport.

Diana le fixait comme une chef de meute le mâle alpha.

— Bon, dit-il sans autre commentaire, alors salut.

Ils se quittèrent devant l'immeuble de la Macarena, elle hébétée par ce qu'il fallait bien prendre pour de la goujaterie, lui l'esprit déjà ailleurs. À la Candelaria, où l'attendait Diuque.

Lautaro Bagader avait écrasé la contestation, les laudateurs qui vous tirent dans le dos, fermé le clapet des journalistes, des sceptiques, des pleutres, des pleurnicheurs. Quatre-vingt-dix pour cent des crimes n'étaient jamais élucidés en Colombie : Lautaro avait écrémé la flicaille fournie par son père pour constituer son unité d'élite, il avait sécurisé des quartiers entiers, balayé devant la porte des politiques qui auraient pu lui compliquer la vie, mis des gens dans sa poche comme on y enfonce le poing, repoussé la chienlit, nettoyé les rues des crasses humaines qui pullulaient à Bogotá, sans repos ni merci. On le disait cynique, raciste, violent, sexiste, impitoyable, retors, Lautaro Bagader emmerdait son monde. Il avait un groupe efficace, entraîné, avec des systèmes de primes qui offraient une solution à la corruption généralisée. Il avait viré les lopettes qui se prenaient pour des aigles, les feignasses, encouragé les filles qui avaient du cran, étanchéifié le navire amiral, posé des mines aux quatre coins de la ville, parmi lesquelles un réseau d'informateurs comme des cellules autonomes qui ne rendaient de comptes qu'à lui ou à Diuque, son chien de guerre.

L'affaire qui l'occupait sentait la pisse froide contre un mur en parpaing. Lautaro avait doublé les récompenses pour obtenir des infos, sans résultat. Les cadavres s'accumulaient. Plus d'une trentaine, dont la moitié hors de sa juridiction, et tous n'avaient sûrement pas encore été découverts : un bombardement de morts, par petits bouts éparpillés comme des munitions à fragmentation touchant la population civile. Les médias n'étaient pas au courant, focalisés sur les premières élections depuis les accords de paix. Ça ne durerait pas.

5 h 12 au cadran. La Camaro fonça sur l'avenue vide, grilla deux feux et atteignit le quartier historique de la Candelaria. Il n'y traînait que des ombres défaites sur les pavés à cette heure, quelques rebuts des *barrios* épuisés par la nuit qui erraient en fouillant les poubelles, dans l'espoir de trouver un touriste éméché à détrousser, et qui disparaissaient avec le jour comme des vampires en solde. Lautaro arriva plaza de los Periodistas, sa chemise blanche fourrée à la va-vite dans un pantalon noir qui sortait du pressing. Il claqua la portière de la Chevrolet, marcha vers la voiture de patrouille qui bloquait l'accès à la scène de crime, un œil sur les rubans jaunes tirés plus loin.

Un bleu en uniforme montait la garde, un agent affecté aux patrouilles qui n'appartenait pas à son unité : Valdès, d'après ce que lui avait dit Diuque au téléphone, un échalas qui descendait de sa colline et touchait sa dîme avec une avidité d'âne devant l'auge. Il portait une arme à la ceinture et un duvet de moustache pour marquer sa virilité.

— C'est toi, don Diego, qui es arrivé le premier sur les lieux ?

— Heu… Oui, colonel !

— Explique-moi tout avant que je t'épile.

Valdès ne se laissa pas décontenancer par le chef des Homicides.

— Eh bien, je patrouillais dans le quartier avec mes collègues quand on a reçu un appel du central au sujet d'un corps plaza de los Periodistas. On a sécurisé la zone, le temps que le lieutenant Diuque arrive, dit-il en se tournant vers les hommes qui avaient investi la fontaine.

— Tu as vu le cadavre ?

— Oui, colonel.

— C'est pour ça que tu fais cette tronche ?

— Oui, colonel.

— Vous êtes combien dans votre patrouille, trois ?

— Oui, colonel.

— C'est bien, tu connais mon grade. Bon, continuez à tenir les chiens et les badauds à distance, enchaîna Lautaro. Et pas un mot sur ce que tu as vu, à qui que ce soit, même pas à ta maman si tu en as une. Si j'apprends que quelque chose a fuité par ta faute ou celle d'un des deux minus qui t'accompagnent, je me charge personnellement de brûler ta petite moustache : c'est clair, don Diego ?

— Oui… Oui, colonel.

Valdès rougit sous les réverbères cassés. Lautaro le laissa devant la voiture et se dirigea vers la fontaine où son équipe finissait de s'activer. Une brise humide soufflait sur la place mal foutue, avec ses arbustes rachitiques, ses dalles rendues glissantes par la pluie et ses kiosques fermés. Lautaro avait dormi trois heures, oublié la fille échouée dans son lit, l'esprit maintenant concentré sur ce qu'il avait à faire.

De jour, la Candelaria bruissait de marchands ambulants, de bus publics bondés et de touristes qui venaient visiter les bâtiments coloniaux, mais la nuit découpait la peau du quartier : autour de la plaza de los Periodistas, il ne restait plus que des trottoirs défoncés, des nids-de-poule au milieu de l'asphalte, des murs gris dégradés par le temps et la pollution, un long bassin à sec où quelques flaques éparses croupissaient, et une fontaine aux jets impuissants depuis longtemps. C'est là qu'on avait découvert le corps.

Diuque attendait devant les rubans jaunes. Coupe à la mode iroquois, mâchoires et carrure de poids lourd, adepte des salles de sport, des techniques de combat et du tir de précision, Diuque avait de la jugeote pour un tueur assermenté. Lautaro en avait fait son bras droit, une relation professionnelle qui n'incluait pas même un verre après le boulot – pour se raconter quoi, leur vie ?

Lautaro se dirigea vers ses hommes, les mains dans les poches de son pantalon de costard, mais personne ne s'y trompait.

— Le corps est dans le bassin, fit Diuque. Je n'ai touché à rien.

— Encore heureux. Et l'ambulance ?

— En route.

Lautaro lui rendait une demi-tête mais le monde avait tendance à rapetisser autour de lui.

— Des infos sur la personne qui a prévenu le central ?

— Non, juste un appel anonyme. On est arrivés sur les lieux aussi vite que possible ; la patrouille municipale était déjà là.

— Les trois andouilles, renvoya-t-il d'un coup de tête par-dessus son épaule.

— Oui.

— Pas d'autres témoins ?

— La place était déserte quand on a débarqué, mais avec les loques qui traînent la nuit dans le quartier…

Lautaro acquiesça – n'importe quel connard pouvait alerter les médias dans l'espoir de ramasser quelques pesos, filmer ou photographier le cadavre pour le mettre sur YouTube.

— Il y a deux caméras de surveillance, dit-il, une à l'entrée de la banque, l'autre à celle du musée. Tu vas me chercher les bandes.

Le lieutenant opina, pâle sous les réverbères.

— Je te préviens, c'est pas beau à voir, dit-il.

Lautaro grommela le temps de faire le vide – Diuque n'était pas du genre impressionnable –, sortit les mains de ses poches pour relever le ruban qui délimitait la scène de crime. Ce qu'il découvrit fut à la hauteur de ce qu'il avait imaginé sur la route : la femme était nue, posée en évidence dans la fontaine asséchée, mais on avait scié ses bras et ses jambes avant de les lui enfoncer de moitié dans le torse et le bassin, la rapetissant d'autant. Lautaro alluma la Maglite qu'il gardait dans la poche de sa veste. Il avait déjà vu cette coupe dite du « vase à fleurs », quand on vidait les entrailles de la victime pour y introduire ses membres amputés et la rendre difforme. L'aspect du cadavre était de fait ridicule : avec ses bras qui commençaient aux coudes et ses jambes aux genoux, on aurait dit une naine de foire ensanglantée. Ridicule et absolument effrayant.

Lautaro retint les cris dans son ventre, concentra sa torche sur le visage. La fille était jeune, autour de vingt ans, brune, yeux sombres encore ouverts, nez aquilin, peau fatiguée, probablement assez jolie en d'autres circonstances. Pas de maquillage, de bijoux, de blessures par balles, mais plusieurs rougeurs sur le corps laissant penser qu'elle s'était débattue et une sérieuse entaille à l'abdomen. Sa tête penchait bizarrement. La nuque brisée, sans doute, qui avait dû provoquer la mort. Il l'espérait pour elle. Le légiste lui en dirait plus.

Diuque restait à distance. Il savait que le boss avait envie de vomir, qu'il valait mieux ne pas assister à ce qu'il pouvait prendre pour un moment de faiblesse. Lautaro se retourna enfin.

— Couvre-moi ça, ordonna-t-il. Et dis à l'équipe scientifique de se bouger le cul : le jour va bientôt se lever. Je veux ton rapport à midi, en main propre.

— Ce sera fait.

Le vent chassait les frissons sur la place détrempée. Lautaro repoussa les rubans jaunes, songeur. C'était le onzième cadavre qu'il retrouvait à Bogotá cette semaine, le trente-sixième en comptant les bouts disséminés dans le reste du pays. Sauf que celui-ci semblait à peu près entier…

Il dépassa les types de la patrouille municipale qui recomptaient leurs doigts en baissant la tête, regagna la Camaro garée plus loin, gambergeant dans son âme en miettes. Ex-acteurs du conflit recyclés dans le privé, groupes armés d'extrême gauche ou droite toujours en exercice, délinquants manipulés, narcos, *capos* mafieux et *sicarios*, tout ce que la Colombie comptait de criminels était susceptible d'avoir planifié pareille boucherie. Jusqu'à présent rien n'expliquait ces meurtres sauvages, mais la coupe du « vase à fleurs » était un marqueur, tout comme l'exposition publique du corps, relents des massacres qui avaient précipité le pays dans la guerre civile : la Violencia.

2

Diana Duzan était journaliste d'investigation à *El Espectador*, la meilleure d'après son rédac chef, une fouille-merde aux airs de diva qu'on retrouverait un jour avec une balle dans la nuque selon ses détracteurs.

Ils étaient nombreux à Bogotá mais Diana n'avait pas froid aux yeux, et ce n'était pas la mésaventure vécue par sa prédécesseure au quotidien qui allait corriger le tir : Sonia Enriquez enquêtait sur les trafics en prison, révélant les arrangements entre narcos incarcérés et certains militaires haut gradés en charge de leur surveillance, lorsqu'elle avait été enlevée à la sortie d'un pénitencier et précipitée dans une voiture. Deux hommes masqués l'avaient violée dans une maison isolée avant de la jeter dans un fossé. Un simple avertissement, ou un miracle – la mort était généralement le sort réservé aux fouineurs.

Diana avait pris sa suite au journal sans se poser de questions. On lui disait qu'elle finirait mal, elle répondait qu'il était facile d'abdiquer en Colombie et refusait de vivre comme une autruche parmi les hyènes qui se nourrissaient de la charogne – trois cent mille civils assassinés depuis le début du conflit, six millions de déplacés, record à battre.

Ses amis trouvaient qu'elle allait trop loin. Qu'en savaient-ils ?

Son père avait été tué quand elle avait huit ans, sans raison. Miguel Duzan donnait des cours de dessin à l'Université nationale, des types chevelus passaient souvent à la maison pour lui demander conseil ou simplement son avis de petit homme à lunettes aimant le bon vin, sa femme et ses filles. Un peu trop libéral peut-être, ou trop conservateur au niveau des mœurs. En tout cas, on l'avait assassiné dans la rue alors qu'il se rendait en cours un matin, un acte de plus dans ce génocide aveugle ciblant la population.

Diana consacrerait sa vie à combattre la violence en mémoire de son père, et si quelques cyniques trouvaient cela aussi chevaleresque qu'inutile, qu'ils crèvent avec le sang des autres sur les mains : c'est elle qui se couchait le soir avec la peur au ventre, elle qui se réveillait le matin en se bottant le train pour ne pas abandonner, trouver un mari et une bonne raison de l'aimer, elle qui vivait à quarante-cinq ans comme à trente, sans enfants ni patrimoine ni rien. Diana était la fille spirituelle de Betsabé Espinal, la première ouvrière à réclamer l'égalité des salaires, refusant le machisme des contremaîtres, elle était la fille de María Cano, figure de l'aile anarchiste des Libéraux, exclue et soigneusement oubliée de l'Histoire pour ne pas froisser ces messieurs aux commandes du navire en feu. Diana devait son courage à ces modèles féminins qui avaient tout risqué avant elle. Cette pulsion fraternelle était sa canne, son tuteur et son lierre. Contrairement à la majorité des élites, Diana Duzan ne trouvait pas normal que les représentants de l'Église et les politiciens s'offrent des voyages de luxe aux frais du contribuable, que les hauts fonctionnaires détournent l'argent des manifestations sportives et culturelles, que les élus vendent leur indépendance à ceux qui finançaient leur campagne, touchent des commissions en liquide des entreprises chargées des grands travaux, volent l'argent de la santé, de l'éducation ou des enfants souffrant de malnutrition, que les anciens Présidents se rassemblent dans une sorte de club privé pour poursuivre leur business.

Mais on n'attache pas les chiens avec des saucisses. Pour traquer ces édiles corrompus, l'enquêtrice avait un réseau où se mêlaient attachés parlementaires, magistrats, fonctionnaires de la police et de l'Armée, hackers, confrères, lanceurs d'alerte, stars de la télé préoccupées par le sort de leur pays, employés d'ONG, défenseurs des droits de l'homme. Elle ne dévoilait ses sources à personne, pas même aux membres de l'équipe du journal qui l'employait, pour leur sécurité.

Diana vivait près du parque 93, un des espaces verts du centre-ville de Bogotá, au troisième étage d'un immeuble qui en comptait cinq. Soler, son rédacteur en chef, avait insisté là-dessus : les deux premiers étages étaient trop facilement accessibles par la rue, le dernier par les toits, où tueurs et faux cambrioleurs pouvaient s'introduire. Le quartier était plutôt sûr, même si elle n'y traînait jamais seule le soir, et elle garait sa voiture dans le parking souterrain, dont l'ascenseur menait au palier de l'appartement. Diana portait une bombe d'autodéfense dans son sac à main, se doutait qu'elle serait morte avant d'avoir pu s'en servir mais se tenait prête en cas d'enlèvement. Un simple sparadrap contre les balles.

Son travail lui prenait l'essentiel de son temps, celui

des autres aussi lorsqu'elle décidait de s'y plonger. Fatalement, ses rapports avec les hommes en pâtissaient. Un seul avait osé rester, Sébastien, un reporter français de l'AFP qui couvrait le conflit dans les années deux mille. Sébastien non plus n'avait pas froid aux yeux quand il s'agissait de suivre les FARC ou les forces spéciales dans les zones de combat. Ils avaient vécu trois ans ensemble, avant que les engueulades inhérentes au stress permanent ne prennent le dessus sur les moments de pur amour. Diana n'avait pas l'expérience des ruptures, cette douleur de devoir tout quitter, les rires et les premiers émois, aucun mode d'emploi pour oublier qu'elle avait commis un rêve. Son deuil avait duré bien après le retour de Sébastien en France, un tunnel au fond duquel, faute de mieux, Diana avait pris un chat pour compagnon de vie. On se console comme on peut, ricanait-elle lors des trop rares soirées qu'elle accordait à ses copines.

Sa dernière liaison un peu sérieuse datait de l'année précédente, lorsqu'elle s'était amourachée de Jefferson, un photographe free-lance qui collaborait au journal. Jefferson savait y faire en tendresse mais c'était un dilettante, préférant tout tourner en dérision pour éviter les sujets délicats, en particulier son incapacité à aimer longtemps. Trop choyé par sa mère peut-être, qui lui avait laissé croire à l'absolu, ce Père Noël qui ne faisait pas de cadeaux, comme il disait. Ou alors Jefferson ne l'aimait pas vraiment. Diana refusant de jouer les maîtresses d'occasion, ils avaient coupé court après trois mois à peine. Amenée à le côtoyer dans les rédactions, elle avait fait bonne figure et, après un moment de déprime – ne pas chercher à revoir l'autre, surtout ne pas coucher avec, même si elle en crevait d'envie –, Diana ne rêvait plus du grand amour. Ça ne la dispensait pas d'en vivre des petits, à moindre coût affectif, ou qui rentraient dans ses horaires de travail – sept jours sur sept.

Elle avait commencé par les sites classiques, genre Meetic, et n'avait rencontré que des cons. Les types arrivaient en retard, d'autres baratinaient pour passer directement au dessert, des vantards, des pisse-froid, des mariés qui payaient en liquide, des machos masqués qui jouaient aux esquintés, c'en devenait tordant. Avec le temps, Diana avait opté pour Tinder. Au moins les choses étaient claires : un mouvement d'index à droite, tu restes, à gauche, tu disparais. Un rapport simple à défaut d'amour, et un maximum de coups assurés. Les quadras comme elle n'avaient pas le loisir de traîner dans les bars, ses amis étaient en couple, ou elle avait déjà couché avec, elle connaissait tous leurs proches et s'était juré de ne plus sortir avec un journaliste.

Diana restait jolie malgré ses nuits sans sommeil. À partir de quarante-cinq ans, les années comptaient double pour les femmes, une vision sexiste dont la journaliste s'arrangeait sans fard. Sa frimousse de gamine avait pris quelques rides, des taches apparaissaient sur sa peau, mais le brun éclatant de ses yeux faisait oublier des traits qu'elle jugeait trop communs. Elle portait les cheveux sur les épaules, dressés le plus souvent en chignons inventifs, un look à l'européenne, loin des canons colombiens – toutes les filles autour d'elle avaient les cheveux longs et raides, à la Shakira. Enfin, son corps demeurait tonique et elle avait la prétention d'être assez dégourdie au lit. Tinder offrait un éventail de possibilités quasi infini pour s'envoyer en l'air. Pour décrocher la queue du Mickey, on repasserait – si elle tombait par hasard sur un bon lot, il y avait de fortes chances qu'il ait une douzaine de prétendantes en stock, moins exigeantes et plus fraîches qu'elle.

De son dernier amant, Diana n'avait retenu que le pseudo, « Gabriel ». Plutôt beau mec, on ne pouvait pas lui enlever ça, regard sombre expressif, mâchoires carrées et costume élégant, un peu mastoc mais abdos soignés du quadra en chasse. Ils s'étaient donné rendez-vous au BBB, une chaîne de bars-restaurants, près de la Macarena. Comme elle, Gabriel ne parlait pas beaucoup de lui (un prof de sport, à l'entendre, qui coachait des flemmards pleins aux as), abordait des sujets passe-partout avec un certain humour, et c'était à peu près tout ce qu'elle demandait. Diana n'avait pas dit qu'elle était journaliste : elle rencontrait des hommes pour se changer les idées, pas pour ressasser ce qui l'obsédait. Une bouteille de carmenere avait fait traîner le dîner tout en détendant l'atmosphère un peu trop chargée de non-dits, avant qu'il ne lui propose de finir la nuit chez lui, qui habitait à quelques *cuadras*. Il était clair que son soupirant du soir n'était pas prof de sport, mais Diana avait dit pourquoi pas. Gabriel était un peu plus jeune qu'elle, bâti dans le roc et pas bégueule quant aux préliminaires. Un bon moment au demeurant et, dans le feu de l'action, un compliment comme « le plus beau cul de Bogotá ». Même s'il mentait, ça faisait toujours plaisir. Diana s'était endormie aussitôt après, abrutie de fatigue par une semaine chargée au journal.

Le réveil avait été moins agréable, quand il l'avait mise dehors aux aurores.

Son hôte n'avait pas dit pourquoi cette précipitation mais Diana avait entendu la sonnerie du téléphone et des bribes de discussion. C'est en cherchant les toilettes qu'elle était entrée par mégarde dans le bureau, alors faiblement éclairé par l'écran de veille d'un ordinateur. Curiosité déplacée, seconde nature? L'eau de la douche coulant dans la salle de bains, Diana s'était approchée des photos punaisées au mur. Une vieille coupure de journal représentait Gabriel plus jeune, tenant par l'épaule un homme de son âge souriant pour la photo. «*Les frères Bagader, artisans de la victoire*», disait la légende. Un championnat de foot universitaire, d'après le maillot… L'eau ayant cessé de geindre dans les conduites, Diana avait regagné le couloir de l'appartement et était tombée sur le maître des lieux, les cheveux encore trempés et visiblement pressé de se débarrasser d'elle. Ils n'avaient pas échangé un mot dans l'ascenseur mais Diana connaissait ces baiseurs compulsifs collectionnant les conquêtes sous pseudo : pas le genre de type à abandonner le «plus beau cul de Bogotá» sans une bonne raison.

Ils s'étaient quittés en coup de vent sur le trottoir mais l'amante éconduite avait repéré la boîte aux lettres en traversant le hall d'immeuble : L. Bagader, sixième étage…

Les taxis n'étaient pas sûrs la nuit à Bogotá, surtout pour une femme seule. Diana préférait utiliser Uber : les chauffeurs étaient exploités mais, fichés et suivis à la trace, aucun ne se risquerait à la braquer. Bagader – puisque c'était son nom – avait filé dans sa voiture de sport avant même l'arrivée du taxi.

Le jour pointait sur les toits quand elle arriva chez elle. L'alcool bu la veille lui faisait mal au crâne, elle se sentait vaguement sale, mais persuadée que trois heures de mauvais sommeil suffiraient à la tenir éveillée jusqu'à la fin de la journée. Un dimanche banal en somme, qui s'annonçait sans tambour ni trompette. Diana poussa la porte de son deux-pièces, posa son sac dans l'entrée et se fit aussitôt réprimander par Croqueta, qui maraudait en l'attendant.

— Te voilà, toi ! fit-elle en guise de bonjour.

Il était loin, le chaton roux et famélique récupéré dans la rue après sa rupture avec Sébastien six ans plus tôt. L'animal avait pris autant de kilos de gras, embonpoint aujourd'hui comique qui justifiait son nom, Croqueta – comme les tapas à chapelure, et accessoirement la couleur de son pelage. Diana mit de l'eau à chauffer dans la bouilloire, de la pâtée dans l'écuelle du charmant tyran qui se lovait contre ses jambes, et lança les recherches sur son ordinateur avant même de prendre une douche. Bagader.

La journaliste eut à peine le temps de finir son thé que le résultat tomba, photos à l'appui.

— Putain…

Elle n'avait pas couché avec un prof de sport rencontré sur Tinder, mais avec Lautaro Bagader, le chef de la police criminelle de Bogotá : le fils du Procureur général de la Fiscalía.

L'affaire avait défrayé la chronique au début des années deux mille, quand l'un des fils de Saùl Bagader avait disparu sur la route de Carthagène. On avait seulement retrouvé la voiture d'Angel dans un bois, cent kilomètres au nord de Bogotá.

Les médias et l'opinion publique s'étaient émus de la détresse de la famille Bagader, à son tour frappée par les kidnappings. On soupçonnait naturellement les FARC, mais ces derniers n'avaient pas exigé de rançon, ni communiqué sur la capture d'Angel. Était-ce un avertissement aux nantis qui refusaient de verser leur dîme à la guérilla, alors aux portes de la capitale ? Voulaient-ils, par leur silence, torturer un proche du pouvoir ? Ou est-ce qu'un incident majeur était survenu et qu'ils avaient préféré le taire ? Saùl et Lorena Bagader avaient subi le syndrome des familles de disparus, qui s'imaginent, mortes d'angoisse, mille scénarios qui leur ramèneraient l'être aimé.

Issu d'une riche famille d'éleveurs et de propriétaires terriens, expert en droit, Saùl Bagader avait intégré « la U », le parti d'Uribe, situé à la droite d'un échiquier politique déjà très conservateur. Uribe élu, les deux hommes avaient mis au point le Plan Colombie, une « guerre contre la drogue », avec le soutien financier et logistique des États-Unis, qui visait principalement les FARC. Malgré les soupçons d'enlèvement et les risques de voir son fils tué sous les bombes, Saùl n'avait pas desserré l'étau autour des rebelles.

Quinze ans plus tard, le monde avait changé. Nommé à la tête de la Fiscalía par la Cour suprême, Saùl Bagader avait participé aux accords de paix avec les FARC et, bien que n'ayant jamais retrouvé son fils cadet, mettait depuis le glaive de la justice au service de la réconciliation nationale.

Le Procureur général avait notamment fait le ménage dans les forces de l'ordre, à la suite de l'affaire des « faux positifs ». Des primes étant versées pour chaque guérillero tué, d'obscurs recruteurs descendaient dans les *barrios*, offraient une tournée de bières et un rail de coke aux paumés du coin, leur proposaient un job plus ou moins légal à la campagne ou à l'autre bout du pays et, leur confiance facilement gagnée, ils les livraient alors à l'Armée, qui les exécutait avant de maquiller la scène pour simuler un combat. Les recruteurs étaient payés l'équivalent de cent dollars : le prix de la vie en Colombie. Adolescents, malades mentaux, toxicomanes ou indigents, entre deux et trois mille personnes avaient été assassinées, « faux positifs » dont le nombre explosait à l'approche de Noël pour payer les cadeaux… Le scandale touchait Uribe, l'ancien mentor de Bagader, aujourd'hui sénateur et intouchable. En attendant, Saùl Bagader avait mis à la retraite plusieurs officiers et généraux impliqués et, si la quasi-totalité d'entre eux avaient finalement bénéficié d'une impunité, leur éviction laissait le champ libre à son fils aîné, nommé chef de la police criminelle de Bogotá : Lautaro.

Un prof de sport, bien sûr…

Diana passa son dimanche devant l'ordinateur, son chat en sentinelle sur les feuilles de papier qui traînaient là, activant son réseau pour lever le mystère. Lautaro Bagader avait quitté son domicile en pleine nuit, l'affaire était forcément urgente, or aucune dépêche n'en parlait : Diana contacta les agences de presse, les commissariats de quartier, consulta internet, en vain.

— Tu ne trouves pas ça bizarre, gros chat ?

Croqueta miaula en retour, habitué à commenter ce qu'il ne comprenait pas.

— Miaou, c'est ça.

Onze heures du soir. Diana boudait devant une tortilla aux piments qui datait de la veille, quand Jefferson lui adressa un texto laconique : « *J'ai quelque chose pour toi,* amor. »

Son ex avait toujours le mot pour rire – en Colombie, tout le monde s'appelle *amor*…

Comme tous les lundis, Diana inaugurait sa semaine par un solide petit déjeuner au Selima, un bar de la Candelaria où elle avait ses habitudes. Le patron était souriant et le lieu chaleureux, avec son comptoir de bois vernis et ses ampoules aux résistances orange biscornues qui pendaient comme des lampions à la mode. Des peintures de Frida Kahlo agrandissaient les murs de brique, les serveuses étaient devenues à moitié des copines et la cour intérieure recevait le wi-fi. Diana commentait à l'occasion les nouvelles avec les clients matinaux, histoire de prendre le pouls de la société avant de gagner le journal. Tout le monde n'aspirait plus qu'à la paix, l'Église omniprésente érigeait le pardon en dogme et, si les inégalités sociales restaient criantes, on préférait aller de l'avant avec une bonne humeur populaire qui cautériserait peut-être les morsures du passé. Diana, qui avait étudié l'anthropologie, connaissait ce réflexe compensatoire consistant à rire pour atténuer ses souffrances. Ça marchait, dans une certaine mesure… Elle lut les nouvelles du week-end sur son smartphone en attendant l'arrivée de Jefferson. On y trouvait quelques affaires de police, parmi lesquelles une intervention dans les quartiers sud de Bogotá après une échauffourée ayant causé la mort de deux personnes, un cadavre non identifié retrouvé à trois *cuadras* d'ici, plaza de los Periodistas, dans la nuit de samedi, un groupe de touristes braqué sur une plage près de Santa Marta, une saisie de drogue record dans le Cauca, le meurtre de trois géologues étrangers par l'ELN castriste, qui multipliait les sabotages dans le nord de l'Antioquia. Hormis le cadavre de la Candelaria – mais il n'y avait pas d'autres précisions –, rien qui attirât son attention.

Jefferson arriva enfin, après le quart d'heure de retard sud-américain, alors que Diana finissait son thé au citron.

Photoreporter ayant longtemps suivi le conflit sur le terrain, Jefferson pigeait pour *Semana* et des sites d'investigation qu'on trouvait sur le net, traînait dans les arcanes du pouvoir et les soirées mondaines où il faisait fureur auprès des « femmes de », connaissait les dessous des cartes et ceux qui les maniaient, tout en arrondissant ses fins de mois avec des portraits people. De huit ans plus jeune que Diana, svelte, le front large sur des cheveux châtain foncé, le regard vif et rieur pour boussole, Jefferson portait un jean slim et un tee-shirt orange sous un blouson de cuir qui lui donnait un petit côté rock'n'roll très à son goût – dommage que ça n'ait pas duré, songea-t-elle en le voyant débouler dans le bar. Le photographe passa la main dans ses cheveux, croyant peut-être se repeigner, posa le casque de son scooter sur la chaise voisine.

— J'étais sûr de te trouver là, dit-il en l'embrassant.

— On avait rendez-vous, tête de nœud.

— Sous le tableau de Frida Kahlo, précisa Jefferson en levant les yeux vers l'icône qui les surplombait. Tu sais que les gens ne s'assoient pas au hasard, qu'une chimie subtile les incite à se poser ici plutôt que là ?

— Suivez les phéromones, oui, commenta Diana. Tu crois qu'il y a un truc entre Frida et moi ?

— En tout cas, vous avez un petit air de ressemblance, estima-t-il. Moins les sourcils, hein.

— N'importe quoi, toi.

— Oui.

Jefferson sourit à son ancienne petite amie. Elle

était maquillée avec discrétion, à l'inverse de ses compatriotes qui arboraient les couleurs du toucan, portait une jupe de tailleur gris souris et un chemisier blanc cintré qui soulignait sa taille, une montre et un bracelet d'argent, mais il ne fallait pas croire à ses airs d'enfant sage – cette fille était une casse-cou de première.

— Depuis quand tu t'intéresses aux affaires de police ? dit-il en préambule.

— J'ai une panoplie de Zorro que j'aimerais bien leur faire essayer. Alors, c'est quoi cette info ?

Il eut un petit rire – la jolie teigne ferait une autre tête tout à l'heure.

— Ça ne te dérange pas si je m'assois en face plutôt qu'à côté de toi ? demanda-t-il.

— Pourquoi ?

— Parce que je vais te montrer une photo, et que je n'ai pas envie de la revoir.

Diana fronça les sourcils, un simple fil au-dessus de ses paupières ambrées. Jefferson avait vu son lot de morts sur le front et sa mine n'augurait rien de bon. Le dernier album des Kills passait dans l'arrière-salle du Selima, ça changeait de l'electro dance qui hurlait dans les bars avoisinants ; Jefferson attendit d'avoir reçu son café pour lâcher sa bombe.

— Voilà sur quoi enquête ton copain Bagader, dit-il en lui tendant une simple enveloppe. Je te signale aussi qu'il n'y a pas d'autre exemplaire de cette photo et que je ne dévoilerai pas ma source… Évidemment, ajouta-t-il tandis qu'elle ouvrait l'enveloppe, je te déconseille de la publier.

La photo en question, prise de nuit, s'avérait de mauvaise qualité – un portable sans doute, dont le flash n'avait pas fonctionné –, mais c'était sans importance. Jefferson observa le visage de la journaliste à mesure qu'elle découvrait le contenu, sa transformation et la gamme de pâleurs exposées. Cela avait dû lui faire le même effet quand il avait vu le cliché la première fois. De fait, après quelques secondes de répulsion, Diana parla beaucoup plus bas.

— On dirait que le corps est démembré, mais…

— Qu'on a enfoncé les bras et les jambes dans un tronc vide, l'aida-t-il.

Diana ne quittait plus la photo des yeux, le cadavre mutilé d'une jeune femme dont la pose grotesque provoquait l'effarement.

— Ces amputations… La mise en scène du corps… Ça rappelle les massacres de la Violencia, nota-t-elle.

Jefferson opina dans un rictus. Au Brésil et au Mexique, les bandits volant les riches étaient glorifiés, mais les Chulavitas colombiens étaient vus comme les symboles mêmes de la cruauté et de la monstruosité humaine, des «*hijos de la violencia*» comme on les appelait dans les années cinquante : des familles entières avaient été exécutées sur les places des villages, découpées à la machette, leurs corps mutilés de manière qu'ils ne ressemblent plus qu'à de la viande, ou ridiculisés comme cette pauvre fille sur la photo, une barbarie orchestrée pour nier l'humanité de l'autre, le réduire à l'état de bête d'étal, en baptisant chaque type de découpe. «Vase à fleurs», Diana se souvenait du nom de cette mise à mort. Le tronc comme récipient, les bras et les jambes en guise de fleurs. Un humour de bouchers. De tortionnaires. Et qui ne s'en cachaient pas.

— On l'a trouvée quand? demanda-t-elle, regrettant son petit déjeuner.

— Dans la nuit de samedi à dimanche, à deux pas d'ici.

— Plaza de los Periodistas?

— Oui.

Elle laissa passer un silence.

— On connaît le nom de la victime?

— Aucune idée.

— Putain, souffla-t-elle sans décoller de la photo.

— Oui. Je me serais bien passé de ce genre de recherches, commenta-t-il dans le vide.

Diana s'arracha enfin du cliché qui lui glaçait le sang, le fourra dans l'enveloppe comme si quelqu'un pouvait le voir, croisa le regard occupé du photographe.

— Comment tu sais que c'est sur cette affaire que travaille Bagader? demanda-t-elle.

— En tout cas, il s'est déplacé en personne sur la scène de crime, répondit Jefferson. Mais toi, comment tu as su qu'il serait sur place?

— Je ne le savais pas.

— Mais tu savais qu'il était sur un coup.

— Comme tu dis…

Diana remit un peu d'eau chaude dans sa tasse sans qu'il saisisse le double sens de sa réponse. Il n'y avait qu'un entrefilet dans le journal. Bagader devait garder l'info sous le coude. Le meurtre était sordide, mais de là à se rendre en pleine nuit sur la scène de crime…

— Le fils Bagader, qu'est-ce qu'on sait de lui?

— Les mauvaises langues disent que son père a œuvré en coulisses pour l'installer à la tête de la Criminelle, fit Jefferson, les autres qu'il mérite son poste. Ce n'était pas dur, tu me diras : tu te souviens de son prédécesseur, le général Palomina? Il a dû démissionner pour avoir participé à un réseau de prostitution masculine.

— « La communauté de l'anneau », oui…

D'anciens jeunes cadets de la police avaient accusé le général et d'autres officiers de viols dans le cadre de cette fameuse communauté ; Palomina s'était aussi fait bâtir une luxueuse propriété avec des fonds d'origine douteuse, avait placé illégalement des journalistes sur écoutes, avant que le Président ne salue son départ anticipé en le remerciant pour « services rendus à la patrie et à la police, et pour sa loyauté ».

— Bagader a servi dans les forces spéciales pendant le Plan Colombie avant d'être nommé chef des Homicides à Bogotá, poursuivit Jefferson : un type rigide mais droit dans ses bottes qui refuse toute interview. Bagader laisse le porte-parole de la police rendre compte de leurs actions, du genre « vous jugerez sur pièces ». Au niveau transparence, c'est nul, mais c'est lui qui a nettoyé le quartier du Cartucho en prenant ses fonctions. Le genre à cogner d'abord et voir qui se relève.

Diana se remémora un instant Lautaro au-dessus d'elle, en elle : ce n'était pas du tout l'image qu'elle s'en faisait. Heureusement.

— Le chien fou doit quand même avoir un maître, dit-elle. Sampano, ce n'est pas lui, le grand chef de la police ?

— Sampano est une baudruche. Bagader ne rend de comptes qu'à son père, le Procureur général. L'homme qui murmure à l'oreille des Présidents.

— Saùl.

— C'est ça. Tu ne savais pas qu'il avait un fils ?

— Disparu, oui : Angel, son fils cadet.

— L'aîné a grandi dans l'ombre de son père, comme les arbres.

Diana classait les informations, ses yeux écureuil partis loin dans les branches. Jefferson en profita pour avaler le fond de son expresso et posa un baiser sur son front.

— Bon, désolé *amor*, il faut que je file.

— Déjà ?

— Le sosie de Michael Jackson à photographier pour la promo de sa prochaine tournée.

— Mince, s'extasia-t-elle platement. Tu pourras m'avoir des places ?

— Moque-toi, dit-il en saisissant son casque. En attendant, je ne sais pas ce que tu cherches en pistant Bagader, mais ne compte pas sur moi pour te suivre ; je sens que j'ai fait une connerie en te donnant cette photo.

— Tu en as déjà fait une en me quittant, tête d'œuf. Merci quand même pour les infos.

Jefferson croisa ses yeux d'automne, qui souriaient comme un jour d'été.

— Pas la peine de me regarder comme ça, c'est non.

— Je ne t'ai rien demandé.

— Mais je te connais.

— À peine. Maintenant tire-toi avant que ton sosie n'avale des médicaments pour les enfants.

Pirouette, retour de flamme d'une rupture mal digérée, Diana n'y songeait plus : Lautaro Bagader avait pris toute la place.

3

Une mouche agonisait sur le plancher d'époque. Lautaro écrasa la toupie vrombissante pendant que son père récapitulait pour de la Peña ce qu'il savait déjà – trente-six corps non identifiés retrouvés en morceaux aux quatre coins du pays dans la même semaine, laissant augurer que d'autres victimes surgiraient bientôt. Il n'y avait pour le moment aucun témoin, ni pistes valables, que des hypothèses.

Lautaro avait fait part de ses soupçons à son père, qui avait pris des mesures en conséquence avant leur entrevue. L'équipe de Diuque était parvenue à escamoter le corps de la fontaine avant le lever du jour mais il avait pu rester des heures à la vue des traîne-savates qui rôdaient la nuit dans le quartier, ce qui justifiait l'annonce laconique dans la presse, sur le mode du fait divers. Cette tuerie tombait mal : le ministre de la Justice et favori du Président pour lui succéder à la tête de l'État, Oscar de la Peña, comptait évoquer les modalités d'une Commission vérité et réconciliation lors de son premier meeting électoral, l'avenir du pays au sortir de soixante-dix ans de guerre civile, pas s'expliquer au sujet d'une série de crimes calqués sur les horreurs de la Violencia.

— Ce n'est pas exactement le genre de publicité dont le pays a besoin en ce moment, commenta de la Peña. D'après vous, combien de jours avant que l'affaire ne fuite dans les médias ?

— Une poignée, au maximum, répondit Saùl. Ensuite, tous les mythomanes et les victimes de violences appelleront pour rendre compte de l'enlèvement ou de la disparition d'un proche. La police se retrouvera avec des centaines de dossiers sur les bras, parmi lesquels figureront les vraies familles des victimes qui nous intéressent.

— Tu as pensé à un contre-feu ?

— Ça dépend de la réponse de Carbonel. Le rendez-vous téléphonique a lieu dans… une quinzaine de minutes, dit Saùl en regardant les aiguilles de sa Tag. Si l'énergumène tient parole.

Ils n'étaient que trois dans le bureau du palais de Justice. Issu de la société civile, Oscar de la Peña avait pris la suite de Guillermo Gavaria comme gouverneur de la région d'Antioquia ; adepte de Gandhi, Gavaria avait été enlevé en 2003 dans les montagnes lors d'une marche blanche en faveur de la paix, puis séquestré et abattu par les FARC quand l'Armée avait tenté de le libérer. L'heure de la réconciliation nationale venue, Oscar avait activement participé au processus de paix avec les FARC ; c'est à ce moment, à La Havane, qu'il avait rencontré Saùl Bagader. Toujours bel homme malgré ses soixante-sept ans, stratège hors pair sachant lâcher du lest au moment opportun, l'ancien conseiller d'Uribe gardait l'air faussement tranquille du vieux lion rompu aux combats. Sa rapidité d'esprit et ses réseaux multidimensionnels finissaient d'en faire un animal politique aussi à l'aise dans les milieux conservateurs que progressistes, raison pour laquelle de la Peña préférait l'avoir comme ami. Saùl Bagader n'était pas une girouette, comme le prétendaient certains : il faisait tourner le vent.

Son fils était également une belle bête, dans un style plus brut : réputé pour ne manger dans la main de personne, Lautaro était plutôt le genre à mordre, et le ministre de la Justice se doutait que les deux hommes n'avaient aucun secret l'un pour l'autre.

— Et vous, Lautaro, qu'en pensez-vous ? relança de la Peña.

Le policier leva les yeux du parquet ciré. Cette conne de mouche avait fini par fermer sa gueule.

— Comme le Procureur, dit-il.

Les Bagader ne croyaient pas à une bande de tueurs isolés. Quel que soit leur but, il fallait une organisation et une logistique au point pour mener à bien ce jeu de massacre. Hasard ou coïncidence, après quelques années de prison aux États-Unis, les chefs mafieux arrêtés lors du Plan Colombie revenaient au pays. Ils n'étaient pas les seuls suspects : cent chefs des milices paramilitaires accusés d'avoir assassiné des policiers antinarcos venaient d'être libérés, sans parler des bandes composées d'ex-flics condamnés dans les années deux mille et deux mille dix de nouveau sur le marché et susceptibles de grossir les rangs des cartels. Il y avait aussi des centaines de guérilleros qui, ayant refusé de déposer les armes, poursuivaient en douce leurs activités criminelles. Manuel « Sonny » Rodriguez, un des principaux interlocuteurs des FARC lors des pourparlers de paix, venait d'être arrêté après la saisie de dix tonnes de cocaïne à Miami, dont il niait évidemment le trafic.

Parmi ces suspects, un homme sortait cependant du lot : Antonio Pesca, alias Carbonel, le chef du

Clan du Golfe. Une belle pourriture à qui Lautaro aurait bien tiré trois balles dans la tête sans toucher la prime de cinq millions de dollars offerte pour sa récompense.

Ancien guérillero de l'EPL maoïste, Carbonel avait retourné sa veste et s'était engagé dans les milices d'extrême droite liées aux propriétaires terriens et aux cartels en lutte contre les FARC. Il était devenu proche de Carlos Castaño, un des chefs paramilitaires les plus sanguinaires du pays, avant leur démobilisation dans les années deux mille. Carbonel avait depuis surfé sur la vague d'arrestations pour s'enrichir à leur place, mater la concurrence et faire du Clan du Golfe le plus puissant cartel de Colombie.

Spécialisé dans l'extorsion, l'exploitation minière illégale et les réseaux de prostitution, le Clan disposait de trois mille hommes répartis dans treize départements et cent cinquante municipalités, et était aujourd'hui responsable de quarante pour cent du trafic de cocaïne. L'Armée avait lancé plusieurs raids l'année passée contre cette structure à la capacité de corruption tentaculaire et complexe, mais le Clan du Golfe avait riposté en déployant son « Plan Pistola » : tuer le maximum de policiers, le plus souvent en pleine rue, comme aux pires heures du cartel de Medellín. Une impasse, à l'heure où le pays réclamait la paix.

Le chef de la Fiscalía était alors intervenu, proposant de jouer le rôle d'arbitre entre Carbonel et le ministère de la Justice piloté par de la Peña. Saùl avait établi un contact avec le narcotrafiquant via une ligne sécurisée, et profité des disputes internes et des accords signés avec les FARC pour pousser Carbonel à négocier à son tour. Tous les chefs mafieux finissaient par s'y résoudre, pour sortir blanchis après quelques années de prison sur mesure, et surtout éviter l'extradition vers les États-Unis, où leur pouvoir de corruption se réduisait à peau de chagrin. Escobar s'était ainsi fait construire une prison en Colombie, pour lui et ses hommes, avec tout le luxe dont on pouvait rêver et même un tunnel pour s'échapper le cas échéant – ce qu'il avait fait évidemment. Carbonel avait accepté le deal du Procureur, une peine aménagée contre sa reddition, annonçant que lui et ses principaux lieutenants étaient « disposés à se soumettre à la justice et à suspendre toutes leurs activités illégales ».

— Peut-on faire confiance à ce type de personnage ? demanda de la Peña.

— Dans la mesure où on ne lui tourne pas le dos, estima Saùl.

— Tu crois que Carbonel mène un double jeu ? Quel intérêt de massacrer tous ces innocents : choquer l'opinion avant les élections et mettre la pression sur le gouvernement pour une amnistie sans peine de prison ?

Le Procureur général fit la moue.

— Contre-productif mais possible, oui.

— C'est stupide.

— Ces gens sont stupides, concéda Saùl. Mais dangereux.

De la Peña se tourna vers le fils Bagader.

— Et vous, Lautaro ?

— Pareil.

Le policier avait à peine ouvert la bouche depuis son arrivée, les mains enfoncées dans les poches de son costume sombre. Il était pourtant en première ligne dans cette affaire.

— Carbonel n'est pas le seul dans cette situation,

renchérit le ministre. Le chef des FARC, soupçonné du trafic à Miami, peut lui aussi chercher à se venger, ou à nous prévenir qu'il ne se laissera pas accuser sans réagir, voire à nous forcer à étendre son amnistie au-delà de la signature des accords de paix. Rodriguez est assigné à résidence près de Medellín ; ça vaudrait le coup de l'interroger.

— Oui, assura le chef de la Fiscalía.

Un rayon de soleil réveillait les dorures du haut plafond, quand le téléphone sonna sur le bureau du Procureur. À peine cinq minutes de retard. Saùl décrocha et la voix de Carbonel tonna dans le haut-parleur.

— C'est vous, Proc' ?

— Bonjour, monsieur Pesca.

— Carbonel, c'est mon nom de scène, corrigea le narco d'un ton narquois.

— Bien. Je suis actuellement avec le ministre de la Justice, monsieur de la Peña, et le chef de la police criminelle de Bogotá : j'imagine que vous êtes toujours disposé à collaborer.

— Sauf si on veut me coller à l'ombre jusqu'à la fin du siècle, répondit le chef de cartel. Pourquoi ce coup de fil en grande pompe, Proc' ? Vous avez un poste à me proposer à la Cour suprême ?

— Dieu m'en garde, rétorqua Saùl d'une voix moins amène. Nous avons actuellement une série de meurtres sur les bras, des dizaines de corps retrouvés démembrés un peu partout dans le pays, sans mobile apparent sinon celui de relancer la Violencia. Ça vous dit quelque chose ?

— La Violencia ? Je n'étais même pas né ! s'esclaffa l'innocent.

— Nous soupçonnons une organisation criminelle

de grande envergure d'être l'auteure de ces massacres : le Clan du Golfe est la première sur notre liste.

— Ben voyons ! s'écria-t-il dans un rire forcé. Dès qu'un avion s'écrase, c'est notre faute ! Pourquoi pas le réchauffement climatique pendant qu'on y est ?!

— C'est tout ce que cela vous inspire ?

— Vous voulez que je vous dise quoi, Proc' ? Que je négocie ma reddition d'un côté et que je démembre des gens de l'autre pour vous apprendre le respect ?

— Vous êtes perspicace.

— Mais pas débile.

— La paix a été signée par presque tous les belligérants ; vous vous doutez bien que si vous ou vos tueurs êtes responsables de ces massacres, aucune négociation politique et judicaire ne sera admise.

— J'ai rien à voir avec votre histoire, asséna le chef du Clan. Vous perdez votre temps, tous autant que vous êtes.

— Vous êtes sûr de ça, monsieur Carbonel ?

— Aussi sûr que j'ai du poil au cul. Vous voulez que je vous envoie une photo ?

Saùl croisa le regard sombre du ministre.

— Certains cadavres ont pourtant été retrouvés dans votre secteur, insinua-t-il.

— Je suis pas au courant, je vous dis, bougonna l'intéressé. Mais je peux me renseigner si ça vous rassure.

— Une piste vous disculperait et, disons, aiderait grandement à l'avancée de votre cause.

— Ha ha ! Je vous retrouve bien là, Proc' ! Donnant-donnant, c'est ça ?

— Un gage de bonne volonté de votre part nous suffirait. À ce propos, poursuivit Saùl, que pensez-vous de la chute de Rodriguez ?

— Le chef FARC ? Pourquoi vous demandez ça ?

— Les cartels se font la guerre pour le contrôle de la côte Pacifique, l'unité de Rodriguez a sévi dans le Chocó pendant le conflit, et tout laisse croire que la cocaïne saisie à Miami a transité dans un de vos ports.

— Qu'est-ce que vous voulez que je foute avec dix tonnes ? C'est ce que j'envoie tous les ans à vos gouverneurs pour fêter le Papa Noël ! railla-t-il.

— Je pensais plutôt à un joint-venture avec les réseaux de Rodriguez, recadra Saùl, en se partageant les bénéfices.

— J'aime pas les FARC, c'est pas nouveau.

— Mais tout se monnaie.

— OK, évacua Carbonel, je vais passer le mot autour de moi. Mais ex-FARC ou pas, ça m'étonnerait qu'un autre cartel veuille me faire porter le chapeau. Ces crevures n'ont qu'à attendre la reddition du Clan pour prendre la place, vous êtes pas d'accord, Proc' ?

— D'une certaine manière.

— Alors dites à ceux qui me soupçonnent d'aller se faire foutre, glapit le narco avant de raccrocher.

Lautaro grimaça à l'intention de son père – c'était sans surprise.

Le palais de Justice de la plaza Bolívar avait été détruit à la fin des années quatre-vingt, lors de la prise du bâtiment par des guérilleros du M-19, qui avaient séquestré trois cent cinquante personnes dont onze juges de la Cour suprême. Refusant de négocier, l'Armée avait donné l'assaut, causant en une nuit la mort de plus de quarante otages. Une dizaine d'autres civils, soupçonnés d'appartenir au groupe d'extrême gauche, avaient été torturés en secret avant d'être portés disparus ou jetés parmi les corps calcinés pour maquiller les meurtres. Le responsable de ce fiasco, le colonel Vega, n'avait été condamné qu'un quart de siècle plus tard, et la juge en charge du procès avait dû quitter la Colombie, menacée de mort. Quant à la procureure, elle avait été limogée.

Il en fallait plus pour impressionner Saùl Bagader, qui descendait les marches, son fils en ombre portée.

— Lautaro, tu gères le terrain, dit-il. Je m'occupe de Rodriguez.

Bogotá prenait le frais entre les flancs des Andes. Lautaro dévala l'avenida España qui parcourait le centre d'affaires, toutes sirènes dehors – poussez-vous de là, bande de nazes. La Chevrolet était un modèle Camaro sixième génération à huit cylindres, un design rivalisant avec la Ford Mustang. Le confort de l'ABS et l'odeur du cuir. Personne d'autre ne conduisait son bolide. Il n'avait pas d'équipier mais un kit radio qui le reliait au central et à l'unité d'élite dirigée par le lieutenant Diuque. Lautaro profita d'un feu rouge pour consulter son smartphone privé, rejeta trois acceptations Tinder, en sélectionna deux.

Les enseignes tapageuses qui défilaient le long de l'avenue firent place à des immeubles en brique de style Bauhaus. Il pensait à son entrevue avec son père et le ministre de la Peña, aux motivations des tueurs, à cette raclure de Carbonel qui cherchait à négocier une paix honorable avant les élections post-conflit. Quel intérêt le narco avait-il à relancer la Violencia ? Et Rodriguez, l'ex-FARC pris la main dans le sac ? Les tueurs semblaient s'attaquer principalement à des femmes jeunes, des proies faciles, surtout dans les quartiers déshérités. La donne avait changé depuis que le gouvernement avait autorisé la possession de doses de cannabis et de cocaïne à usage privé ; en fait de couper l'herbe sous le pied des trafiquants, le microtrafic était devenu le plus important dans les grandes villes, tenu par des *cartelitos* – sept cents bandes identifiées, qui racolaient devant et parfois jusque dans les écoles. Les narcos rendaient accros des gosses entre six et huit ans, les faisaient dealer jusqu'à l'adolescence pour se payer leurs doses ; les plus débrouillards devenaient des tueurs occasionnels ou patentés. Carbonel hors jeu ou pas, le commanditaire du massacre avait pu s'appuyer sur ces malfrats à la petite semaine pour piéger les victimes.

Le premier élément du puzzle lui était échu neuf jours plus tôt, découvert un matin par un agent de propreté sur un banc public de la place du Musée de l'or : un avant-bras sectionné au niveau du coude qui, d'après l'analyse du légiste, était celui d'une femme entre dix-huit et vingt-deux ans. Lautaro avait géré l'affaire en interne. Aucune plainte pour disparition n'avait été recensée dans le quartier du centre-ville et un scandale financier concernant l'extension de la Ruta del Sol occupait les médias avant le début de la campagne. C'est en élargissant l'enquête que l'hypothèse d'un meurtre isolé avait volé en éclats. D'autres cadavres avaient été retrouvés presque simultanément dans différentes provinces. Lautaro avait discrètement fait rapatrier les corps amputés à Bogotá pour les comparer à l'avant-bras trouvé sur le banc public du Musée de l'or, sans résultat. Il avait fallu la découverte de dix autres membres sectionnés dans la capitale pour que Brown, le chef légiste, trouve enfin un ADN correspondant.

Lieux de la découverte, sexes, âges supposés, Lautaro avait dressé une liste macabre mais, si aucune des victimes n'était issue d'un milieu aisé, leur identité pouvait rester à jamais inconnue. Sans parler des fugues ou des disparitions volontaires, au moins quarante mille Colombiens s'étaient volatilisés sans laisser de traces durant la guerre civile, jetés dans les fleuves, enterrés, coulés dans du béton, brûlés dans des fours ou dissous dans l'acide. Les accords de paix n'avaient pas changé grand-chose, se contentant de déplacer le problème selon les activités des cartels : les ports de la côte Pacifique étaient infestés de narcos et d'anciens FARC qui avaient rejoint leurs rangs, créant des zones de non-droit où des centaines de personnes étaient tuées, découpées et jetées à la mer, comme à Buenaventura. Une fosse commune de deux mille cadavres avait même été découverte derrière une caserne au sud de Bogotá l'année passée, victimes probables de l'Armée ou des paramilitaires, raison pour laquelle peu de gens portaient plainte auprès des autorités.

Les choses pouvaient changer. Lautaro avait demandé à Diuque de visualiser les caméras de surveillance de la Candelaria pendant que Brown s'occupait de la dernière victime. « Miss Vase-À-Fleurs », comme il l'appelait pour mettre l'horreur à distance. C'est elle qu'il allait retrouver.

Il gara la Camaro sur la place réservée aux handicapés, la seule libre sur le parking. L'Institut national de médecine légale se situait calle 7A, un bâtiment austère où le policier détestait se rendre. Trop de mauvais souvenirs pourrissaient au fond de ses tripes, comme des galions d'or visités par les requins, et il y a des squelettes qu'il ne faut pas réveiller… Des plantes inutiles se pavanaient dans le hall. Lautaro montra sa plaque aux différents services de sécurité, poussa la porte de Brown. Une odeur caractéristique assaillit ses narines, mélange d'antiseptique et de mort brute.

— Tiens, voilà notre justicier!

Andrea Brown n'était pas un ami, en dépit de ses familiarités, juste un collègue compétent, c'est tout ce qu'on lui demandait. Lautaro n'avait pas d'amis, que de mauvaises répliques.

— Je te dérange en plein travail, on dirait.

— Je bricolais en t'attendant.

Brown oublia un instant le cadavre de Miss Vase-À-Fleurs, posé sur son lit de fer. Le chef légiste avait le physique de ses origines nord-américaines, un grand rouquin aux yeux clairs entre James Caan et Michael Caine dont la couperose trahissait l'appétence pour l'alcool. Des bocaux de formol trônaient sur les étagères, à l'aspect plus ou moins répugnant. Rien comparé au macchabée allongé sur l'inox. Brown avait retiré les bras et les jambes du tronc, la reconstitution faisait toujours mal au cœur mais Lautaro reconnut le visage de la fille. C'était le premier cadavre ramené à peu près entier à la morgue pour analyses : le budget du légiste avait explosé, mais évidemment Bagader s'en foutait.

— Alors?

— Je n'ai que des résultats partiels, répondit Brown, mais ça commence à prendre forme humaine, si je puis dire…

Lautaro se pencha sur le visage de la jeune femme. La peau, pas très nette, laissait penser qu'elle avait passé plus d'une nuit dehors.

— J'imagine que personne n'est venu l'identifier, avança-t-il.

— J'ai cent trois macchabées non réclamés en stock dans mes frigos, complets ceux-là. Pour ce qui concerne ta miss, elle devait avoir environ vingt ans. La mort remonte à plusieurs jours, au moins trois à compter d'aujourd'hui. Sa nuque a été brisée par un objet contondant, type barre de fer. Pas de viol, de rapports sexuels récents, de traces de drogues ni d'alcool dans le sang. J'attends des résultats plus approfondis mais elle n'avait pas mangé depuis un moment quand on l'a tuée.

Séquestration, quarantaine, jeûne forcé, les hypothèses valsaient dans la tête de Lautaro.

— Trois jours : d'après toi, pourquoi garder le cadavre plutôt que s'en débarrasser ?

— Tu as vu l'état du corps ? renvoya le médecin.

— Une mise en scène.

— Qui prend du temps. Pour mener à bien ce type de découpe, il faut d'abord vider le tronc de son contenu en extrayant les viscères, avant de réintroduire les membres préalablement amputés. Il y a plusieurs incisions au niveau de l'abdomen, dit Brown en désignant le ventre de la malheureuse. Comme on n'a rien retrouvé près de la fontaine, le corps a été débarrassé ailleurs de ses entrailles, le tronc complété par les membres et transporté en l'état jusqu'à la plaza de los Periodistas.

Lautaro grogna – déposer le corps sur une place publique, même en pleine nuit, était une prise de risque inconsidérée.

— Des indices ?

— Pas grand-chose, concéda le légiste : ceux qui ont manipulé le cadavre devaient porter des gants et des charlottes. J'ai simplement retrouvé un fil de laine noir incrusté. Un passe-montagne sans doute, ou un pull. Je peux quand même te dire qu'elle a été découpée à la tronçonneuse, comme les autres victimes.

Lautaro enregistrait les infos, de plus en plus pâle. Il revoyait le corps calciné dans le flash de son cerveau, son père à ses côtés, ici même, quand ils étaient venus l'identifier.

— Tu penses à quelque chose ? s'inquiéta Brown.

— Non... Non.

— Je ne sais pas si c'est une piste, poursuivit-il en surveillant le policier du coin de l'œil, mais il y avait des traces de pollen dans les cheveux de la demoiselle.

— Du pollen ?

— Tu sais, le truc qu'on trouve dans les fleurs.

— Tu en connais un rayon, pour un spécialiste du bistouri. Dis-moi plutôt d'où ça sort avant que je vomisse sur tes Croc.

Brown eut un rire qui fit trembler les bocaux.

— D'une rose, fit le légiste. La victime a pu fréquenter un parc dernièrement, une serre ou un magasin de fleurs. Mais j'ai une autre piste, qui devrait plus t'intéresser. On a analysé les os des macchabées que tu as aimablement fait rapatrier de province : tous ont subi des fractures sévères, une onde de choc qui a littéralement fait exploser les os. D'après leurs caractéristiques, je dirais que les morceaux de cadavres ont été jetés d'un hélicoptère ou d'un avion.

Le policier tiqua.

— Comme les disparus d'Argentine ?

— Ou du Chili.

— Sauf qu'à l'époque le but était de faire disparaître les corps, pas de les disséminer au grand jour.

— En effet. Mais si les tueurs avaient plusieurs

cadavres découpés sur les bras, l'avion offre un moyen, disons pratique, de se débarrasser des lots.

Lautaro retraça la mécanique des tueurs – une série d'enlèvements, un lieu de rassemblement avant la mise à mort quelque part en province à proximité d'un terrain d'aviation, d'où les appareils pouvaient décoller et jeter les victimes au petit bonheur : économie de temps, de moyens et, s'il s'agissait de vols de nuit, absence de témoins.

— Et les corps retrouvés à Bogotá ? demanda-t-il.

— Leurs os sont intacts.

Il devait y avoir un endroit centralisé dans la capitale, une boucherie où ces salopards découpaient leurs victimes avant d'éparpiller leurs restes dans la ville.

— Tu es un peu pâlot, insista le médecin.

— C'est mieux que de puer l'*aguardiente*.

Brown gardait une flasque sous sa blouse. Lautaro prit congé. Il était temps de rejoindre Diuque au central.

Isolée durant des siècles sur les hauts plateaux de la Cordillère, Bogotá, lors de son essor lié à l'industrialisation et à l'exode rural, s'était étendue bien au-delà des couvents et des bâtiments séculaires des conquistadores du vieux centre historique.

Diuque n'avait jamais mis les pieds dans le centre-ville avant l'âge de seize ans. Il avait grandi à Villa Hermosa y Popular, un quartier périphérique aussi moche que les autres où la violence endémique laissait peu de choix à des gosses comme lui. Beatriz, sa mère, comptait parmi les vingt-trois mille prostituées de la capitale. Comme quatre-vingts pour cent d'entre elles, Beatriz avait dû fuir sa province éloignée avec ses enfants pour échapper au conflit. Comme deux prostituées sur trois, Beatriz avait souffert de violences physiques ou sexuelles. Comme une prostituée sur cinq, Beatriz avait subi des abus de la part des policiers. Comme toutes, Beatriz aurait bien voulu quitter le réseau de prostitution, mais elle ne le pouvait pas, faute de moyens de survie. Une existence de déracinée, comme celle de millions d'autres laissés-pour-compte avant elle.

Dans la baraque qui suintait la poisse de Villa Hermosa y Popular, Diuque était le gosse numéro trois, coincé entre deux sœurs et deux frères qui n'avaient jamais connu leur père. Diuque avait grandi avec la fratrie : sa grande sœur Pauline servait d'épouvantail pour relayer leur mère à la maison. Les frères s'en foutaient déjà, graines de racaille fuyant l'école publique bien pourrie où Diuque persistait à étudier sous les encouragements de Pauline, jusqu'à ce qu'elle se fasse violer par des types de la bande qui venait d'enrôler les frangins. C'est lui qui, à seize ans, avait ramassé sa sœur comme une poupée sur le bord de la route, avec sa robe crottée et déchirée, le sang lui coulant entre les cuisses.

Diuque avait quitté la maison de Villa Hermosa y Popular sans dire au revoir à personne, à peine bonjour à sa mère quand elle avait trouvé sa fille toute cassée sur son matelas. Diuque avait vécu dans les rues off de Bogotá, fait le coup de poing du haut de son mètre quatre-vingt-dix, appris à survivre aux menaces, négocié son trou avec les délinquants croisés sur son chemin, monnayé des infos aux flics pour continuer à suivre les cours du lycée public, vécu dans des squats miteux où régnaient les plus féroces, réussi un premier examen au forceps, puis un second pour entrer à l'école de police, qui l'avait vu ressortir trois ans plus tard avec un uniforme, un grade de sous-officier et un avenir.

Diuque s'était marié plus tard avec Consuela Marquinos, une serveuse du Chapinero, dont les parents avaient fui les zones de guerre pour se réfugier dans les taudis. Ça leur faisait un point commun. Consuela lui avait donné deux enfants et un contrepoids à l'âpreté de son métier de flic mais ça n'avait pas duré, les compotes et les samedis soir devant la télé : la violence était une drogue dure et Diuque en était imbibé. L'unité d'élite du colonel Bagader nouvellement formée, il avait abandonné Consuela et les gamins et n'avait plus donné de nouvelles, à peine quelques pesos pour se faire oublier.

Diuque n'avait jamais revu sa mère, ses sœurs, ses connards de frères qui devaient être déjà morts, ni Consuela et ses gosses : Diuque était un vrai fils de pute, et c'est ce que Lautaro Bagader aimait chez lui.

Le policier l'avait envoyé régler une banale affaire de touristes dévalisés dans les collines par des gamins armés, histoire de voir ce qu'il avait dans le ventre. Le colosse avait débarqué avec une demi-douzaine d'hommes dans le *barrio* voisin et retrouvé sans mal les appareils photo volés plus tôt, ainsi que les receleurs, qui n'avaient pas quatorze ans. L'apprenti chef de bande n'en menait pas large avec sa morve au nez et son chiot qu'il retenait d'aboyer devant les flics, un bâtard beige au regard inoffensif : Diuque l'avait abattu d'une balle dans le crâne, dont les éclats avaient giclé sur le tee-shirt du mioche. « La prochaine balle sera pour le plus petit de tes potes, avait-il prévenu tandis que le gamin ravalait ses larmes, la suivante pour toi, si vous continuez à jouer aux cons. »

L'essai s'avérant concluant, Lautaro lui avait donné le grade de lieutenant et bientôt les rênes de l'unité Falcon sur le terrain.

Diuque s'était coupé les cheveux en iroquois à ce moment-là, en signe de guerre, ou parce qu'il était réellement frappé. Diuque ne disait jamais un mot sur sa vie privée, son enfance, sa famille, pas même une plaisanterie salace sur les femmes. Lautaro ne lui demandait rien. Peut-être que Diuque n'avait jamais aimé personne, qu'aucun couple ne pouvait tenir à l'heure de choisir entre l'adrénaline et une vie de géranium, peut-être était-il un psychopathe déguisé en flic, un homme seul, ou qu'il était pédé, qu'il s'envoyait des culs au kilomètre dans les saunas, Lautaro s'en foutait.

Il entra dans le bureau du quatrième étage où le lieutenant avait établi ses quartiers.

— Tu as trouvé quelque chose ? fit-il sans le saluer.

— Je crois…

Diuque s'était chargé du visionnage des enregistrements des caméras de surveillance proches de la fontaine, plaza de los Periodistas ; il pianota sur le clavier, le temps que son boss se poste à ses côtés. L'odeur d'alcool était moins prégnante que chez le légiste, les bonbons à la menthe peut-être, ça aussi Lautaro s'en fichait du moment que Diuque était clair au boulot.

— La caméra du musée ne donne rien mais celle de la banque, si, annonça-t-il. C'est pas net.

L'image était en noir et blanc, loin des calibres à infrarouge utilisés par l'Armée. On y voyait une portion de la place publique et les arbustes racornis près de la fontaine.

— Regarde, là…

En arrière-plan, un van blanc se garait.

— On a retrouvé le même véhicule calciné à la sortie de la ville, un véhicule volé. Probablement celui qui a servi à trimballer Miss Vase-À-Fleurs.

L'image resta en suspens quelques secondes avant que deux silhouettes ne sortent du van, tirant un imposant paquet bâché de l'arrière. Ils portaient de larges gilets noirs à capuche rabattue sur la tête ; on ne distinguait pas leurs visages, cachés sous des passe-montagnes, mais la démarche et les gestes étaient à coup sûr masculins. Ils se dirigèrent vers la fontaine, leur bâche à bout de bras, et disparurent de l'écran vidéo… Diuque fit un geste de recul, marquant la fin du visionnage.

— C'est tout ? demanda Lautaro.

— On les voit repartir trois minutes plus tard. Le temps de caler la fille près de la fontaine.

De fait, les deux silhouettes regagnaient le van, la bâche de plastique repliée sous le bras, avant de démarrer et disparaître.

— Il était quelle heure ?

— Trois heures trente-deux, répondit l'homme à l'iroquois. Soit une petite heure avant qu'on ait l'info. Ça induit que le cadavre est resté tout ce temps à la vue de tous.

Le portable de sa ligne privée sonna alors dans sa poche ; Lautaro ne répondit pas.

— Et la police scientifique ?

— Elle devait donner ses résultats ce midi : on les attend toujours.

— *Chévere*.

Super, comme on le disait ici. Ils n'avaient aucun témoin visible sur la bande-vidéo, que le fil de laine noir d'un passe-montagne et le signalement de deux hommes de taille moyenne qui ne les mèneraient pas bien loin. Lautaro livra les révélations du légiste au sujet des os éclatés, somma Diuque de répertorier les vols effectués au-dessus des lieux de découverte des cadavres.

— On cherche quoi en priorité ?

— Des aérodromes isolés, d'où les tueurs ont pu transférer plusieurs lots avant de les larguer dans la nature. Vérifie les locations d'appareils, les départs et les destinations, les plans de vol.

— Quel intérêt de balancer des corps d'un avion ? tiqua Diuque. Les tueurs pouvaient s'en débarrasser dans le premier fossé venu.

— Sauf s'ils cherchaient à semer la confusion, éloigner les soupçons du lieu de découpe, étendre les crimes à tout le territoire, semer le bordel en ravivant de vieux souvenirs.

— La Violencia.

— On dirait, ouais.

Lautaro visualisa la carte du pays, tira deux diagonales qui semblaient converger : l'une partait de la côte caraïbe, l'autre du Sud jusqu'à la côte Pacifique, égrenant les corps tombés du ciel en pointillé. Rien à l'est de Santa Marta – soit le territoire menant au Venezuela –, ni au-delà du Nariño – en Équateur.

— Si la piste est bonne, il doit y avoir un site dans chacune des deux provinces où les tueurs réunissent les victimes avant de les embarquer depuis un aérodrome.

— Le Sud est toujours en zone rouge, nota Diuque. Ça va pas être facile d'enquêter par là-bas.

— Commence par le Nord et la province de la

Magdalena. Prends autant d'hommes qu'il te faut. Je m'occupe de Bogotá.

— Et le Sud ?

— Le Procureur doit rendre visite à Rodriguez et au juge de Medellín qui instruit l'enquête. On verra bien ce qui en ressort.

Lautaro ne nommait jamais son père autrement que comme « le Procureur » ; Diuque comprenait cette pudeur, ou cette mise à distance, sans analogie avec son propre paternel.

— Rodriguez a été arrêté y a des mois, observa-t-il ; tu penses qu'il peut piloter l'opération depuis sa résidence surveillée ?

— Pas sans complicité, non.

Lautaro consulta le message reçu plus tôt sur son smartphone, et pesta dans sa barbe : ce n'était pas une postulante sur Tinder, mais le proviseur du lycée de Damian qui demandait à le voir… Putain, qu'est-ce qu'il voulait encore, celui-là ?

Transversale 68G, calle 35A : deux grands bus jaune et noir à l'effigie du lycée privé étaient garés le long du trottoir, face à un bâtiment orange dont les hautes fenêtres blanches couraient sur trois étages. Liceo Nuestra Señora de Torcoroma, une structure inaccessible à la majorité des portefeuilles, où Damian suivait sa scolarité comme d'autres gosses de riches, à l'internat. Saùl Bagader, son tuteur légal, s'avérant injoignable, sa femme Lorena hors circuit, l'école s'était rabattue sur Lautaro, qui s'était coltiné la corvée ; il ressortait du bureau du surveillant général, passablement échaudé après l'entretien qu'il venait d'avoir, l'ado dans les pattes.

— Putain, tu as quel âge maintenant ?

— Seize ans, répondit Damian.

— C'est nouveau, ça.

— Bah… non.

Damian marchait à ses côtés dans le couloir déserté à l'heure des cours, tête basse avec son sac à l'épaule et son jean trop ample qu'il remontait tous les trois mètres. Damian était plutôt grand et costaud pour son âge, avec des cheveux mi-longs et bouclés, genre chanteur de folk miteux qui allait bien à son falzar. Il avait surtout bravé les règles du lycée catholique pour se glisser dans l'internat des filles, où bien sûr il s'était fait pincer. Lautaro n'avait pas de temps à perdre avec ce gamin qu'il connaissait à peine. Avec les autres non plus, mais ce n'était pas la question.

— C'est qui, cette fille ?

— Une copine de classe, répondit Damian, perdu sous son nid de cheveux.

— Elle valait le coup au moins ?

— Bah, ouais…

— Renvoyé trois jours, commenta-t-il. Pour t'apprendre à penser avec ta bite, tu t'en tires bien, petit fumier.

Damian releva sa tignasse brune, découvrit une série aléatoire de boutons d'acné.

— Tu vas le dire à Saùl ?

— Je vais me gêner : le petit prince viré du lycée pour avoir reniflé de la chatte, c'est sûr qu'il va te donner sa couronne ! railla Lautaro.

Damian se réfugia sous ses boucles, boudeur forcené.

— Je vais où, là ? marmonna-t-il tandis qu'ils atteignaient la sortie.

— Un hammam, ça te dirait ? Avec des petits pages et des danseuses du ventre.

— Trop drôle.

Lautaro sourit – c'était ça ou lui patiner l'acné au papier de verre –, poussa la double porte vitrée du lycée qui les jetait dehors. Damian continuait de remonter son baggy, qui glissait sur ses fesses plates.

— C'est quoi cette mode de montrer son cul aux passants ? lança Lautaro pour se détendre.

— C'est la mode.

— Moche, aussi, on ne t'a pas dit ?

— Tout est relatif, renvoya Damian. C'est pas comme ça aussi qu'on dit ?

Pas mal pour un petit merdeux de seize ans qui vient de se faire renvoyer, ricana Lautaro.

— Tu comptes faire quoi dans la vie ? fit-il en descendant les marches de l'établissement. Parce qu'il te reste encore deux ans à passer à Nuestra Señora de Torco, et c'est pas l'Enfant Jésus qui va te tirer de là. Alors ?

— Commerce. Ou finance. C'est pas moi qui décide de toute façon.

— Si tu as d'autres rêves, tu peux m'en faire part, tu sais.

Lautaro ne vit pas la moue adolescente sous le casque de cheveux – la bonne blague.

— Bon, fini de jouer, recadra-t-il. Je n'ai pas une minute à moi, encore moins le temps de t'amener chez mon père. Tiens, dit-il en tirant quelques billets de la poche de son costume, prends le bus et débrouille-toi. Tu t'expliqueras avec lui. Ou avec mère-grand, si elle te reconnaît.

— Pourquoi c'est pas Saùl qui est venu me chercher ?
— Pourquoi, tu aurais préféré qu'il t'en colle une ?
— Bah, non, mais…
— Bon, tu le prends ce pognon ou pas ?
Damian saisit l'argent à regret, les yeux embués de solitude.
Il croyait que son père était mort, disparu dans la jungle, alors qu'il l'avait sous les yeux.

4

Les étoiles mitraillaient le ciel par la fenêtre sans rideaux. Angel attendit sur le lit que son pouls redescende, écouta la rumeur de l'océan au-dehors, berceuse insomniaque, et les objets peu à peu reprirent leur place. 5 h 12, affichait le réveil. Angel quitta les draps comme s'il pouvait réveiller quelqu'un, s'habilla d'un simple pantalon qui reposait sur le dossier de la chaise et sortit prendre l'air. Il n'y avait pas d'isolation dans sa bicoque, le jour passait entre les planches, mais il n'avait besoin de rien. Montant la garde contre la porte, Trois-Pattes s'était dressé à son approche et, la queue frétillante, suivit son maître jusqu'à la terrasse. L'aurore pointait au large de Playa Blanca, absorbant les astres. Angel marcha pieds nus sur le sable frais, son chien comme un poisson-pilote le long du rivage, frappé par la mort qui cette nuit encore n'avait pas voulu de lui…

Cent vingt jours, c'est le temps qu'avait duré son calvaire dans le Nariño. Huit ans étaient passés mais l'ancien guérillero n'avait rien oublié. Comment aurait-il pu ?

Un officier commandait le camp retranché de la forêt, « El Diablo », comme se plaisaient à le surnommer les paramilitaires. On disait qu'il était le plus cruel d'entre tous, que la torture avec lui avait d'autres visages. Personne ne connaissait le sien, du moins aucun des prisonniers que croisait Angel lors des rares promenades autorisées – tout au plus quelques ronds dans la boue, les mains liées dans le dos et une cagoule sur la tête, qu'on leur ôtait à l'heure du repas pour qu'ils admirent le spectacle… On ne soignait pas les blessés qui tombaient entre les mains des AUC, les Autodéfenses unies de Colombie : on leur sortait des tripes les informations qu'ils avaient gardées en taillant dans le gras. Le Diable assistait aux aveux, et ceux qui voyaient le Diable en mouraient. Angel les retrouvait le matin criblés de balles, pendus aux arbres qui bordaient les cabanons, la tête éclatée, les orbites vides cernées de fourmis et de mouches bleues.

Dernier rescapé du Front 26, Angel « Cacho » Bagader avait eu droit à un traitement spécial, un protocole imaginé par un cerveau malade. Toutes les nuits ou presque, un groupe d'hommes faisait irruption dans la cabane qui lui servait de cellule, le sortait de sa couche à coups de crosse et le jetait dehors pour le passer par les armes. Angel grelottait dans l'aube poisseuse du camp, à genoux avec un pistolet sur la nuque, et ses gardes s'amusaient de cette pataugeoire mortelle. Il y avait ce sang sur leurs bottes, le tambour de la pluie sur les feuilles, dernières visions du monde qui fuyait en hurlant : le doigt pressait la détente du pistolet et puis rien, seulement le cliquetis du percuteur.

Ou alors on le suspendait avec les autres, ceux que les insectes et l'humidité rongeaient et qui pourrissaient là, en proie à la voracité tropicale. L'exécution se déroulait parfois en grande pompe, avec ordres de condamnation et drapeaux des AUC déployés pour l'occasion – « À vos armes ! Prêts ! Feu ! ». Une sinistre pantomime, qui faisait fuir les oiseaux.

Cent vingt jours… On pourrait croire qu'Angel avait fini par s'habituer à cette mascarade mais on ne s'habitue à rien avec le canon d'une arme sur la tempe, une corde autour du cou ou six M16 américains pointés sur le cœur. Les balles sifflaient à quelques centimètres de son visage, ou elles explosaient à blanc, ou la corde se rompait et il tombait à terre, sous les rires et les sarcasmes. Toutes les nuits ou presque on attendait qu'il s'endorme pour le traîner par les pieds hors de sa casemate, pour ce qu'il croyait être son ultime châtiment : impossible de caler son sommeil sur aucun horaire. Car il arrivait – c'était presque le pire – que les geôliers ne viennent pas.

Non, impossible de se faire à l'idée de sa propre fin. Angel avait essayé de se dire qu'on ne le tuerait pas, jamais, que cette mise en scène n'était destinée qu'à le briser psychologiquement, mais la terreur s'emparait de lui au milieu de la nuit et le poursuivait avant de le lâcher dans des draps mouillés de sueur. Aujourd'hui encore, le même cauchemar venait le visiter : celui d'une mort perpétuelle…

Angel suivit la plage dénudée par les premières lueurs de l'aube, respira la nature à pleins poumons pour évacuer le stress. Les vagues se dressaient comme des cobras avant de filer sur le sable, à bout d'écume, d'autres ondulaient dans l'attente du soleil qui les ferait turquoise. Trois-Pattes se déhanchait devant lui, cherchant d'improbables cailloux à enterrer – sa lubie canine – tout en surveillant ses arrières. Angel l'avait trouvé sur la route en rentrant de Carthagène, percuté par une voiture sans doute. L'animal gémissait sur le bas-côté, avec une fracture ouverte. Il n'avait pas eu le cœur de le laisser là, à la merci des camions et des autres chiens, et avait ramené le bâtard aux yeux de biche sur sa moto. Le vétérinaire avait dû l'amputer de sa patte arrière droite pour qu'il vive. Trois-Pattes déambulait depuis tordu, voire burlesque quand il se mettait dans la tête de courir. Il furetait, pour le moment, tandis qu'Angel atteignait les barques colorées que leurs propriétaires avaient hissées sur le sable.

Les *lanchas* n'arriveraient pas avant dix ou onze heures, lorsque les touristes en excursion déjeuneraient sous les cahutes des restaurants, venus de Carthagène ou des îles voisines. Angel vivait depuis un mois dans cette maison de pêcheur au bout de la plage, à mi-chemin entre les cabanons avec hamacs qu'on louait à la nuit et le *resort* sécurisé. D'énormes bus aux vitres teintées y déversaient des retraités étrangers venus tâter de la Colombie à grands frais, à défaut de fraterniser avec une population qui ne demandait que ça. Angel les croisait rarement, ou dans la vieille ville de Carthagène, quand l'un d'eux cherchait un guide à la librairie. Lui aussi évoluait dans une bulle, isolé du monde depuis sa sortie de prison.

Des souvenirs poisseux, presque inoffensifs comparés au camp du Diable. Ses codétenus étaient en majorité des droits communs, des malfrats sans instruction qui gagnaient des points de bonne conduite en suivant les formations proposées par l'INPEC, l'Instituto Nacional Penitenciario y Carcelario de Carthagène. Angel s'était tenu à l'écart comme on lui avait demandé, tentant en vain de recomposer les morceaux perdus au fond de lui. Un caïd gonflé aux haltères de la salle de sport avait bien tenté de le soumettre en le coinçant dans les douches, sans rien savoir des techniques de combat enseignées chez les FARC ; Angel lui avait cassé l'épaule alors qu'il demandait grâce sous le regard atterré de ses acolytes. L'ancien guérillero était ressorti du cachot amaigri, mais craint. Le respect des abrutis.

Son transfert du Nariño opéré dans le plus grand secret, personne ne savait sa véritable identité : même le directeur de la prison de Carthagène le connaissait sous le nom d'Orlando Mercer, matricule 43215, un des trois mille FARC capturés lors du Plan Colombie. Au début, Angel avait eu du mal à dormir dans un lit, même sommaire ; son ouïe était devenue ultrasensible, rodée aux bruissements des animaux qui s'éveillaient dans la forêt, au moindre mouvement suspect qui les ferait décamper, puis il s'était fait aux paillasses, aux verrous, aux portes qui claquent, à l'odeur de l'enfermement et à l'after-shave des geôliers. Les semaines étaient devenues des mois, les années un temps déformé où les repères se perdaient dans une bouillie informe. Huit hivers et autant d'étés suffocants à ruminer ce qui l'avait mené dans cette prison de la Magdalena, avant d'être libéré grâce aux accords de paix et mis sous probation.

Angel avait vécu ses premiers jours de liberté en équilibre au-dessus du vide, passant de foyer en centre de formation, solitaire, anonyme. Le temps tue avec discernement : le visage de sa fille avait fini par s'estomper dans son esprit, mais pas ses terreurs nocturnes, quand le Diable remontait de la vase… Angel ne se plaignait pas. Il venait de trouver un travail à mi-temps dans une librairie de Carthagène grâce à Flora Ibanez, la coordinatrice du centre de réinsertion. Le salaire payait à peine la moto qui le portait là-bas, l'essence et quelques courses, mais le patron de la librairie comptait sur lui et ne posait pas de questions sur son passé. Un copain à elle, avait-elle dit. Sa formatrice habitait un peu plus loin sur la plage, une maison aux volets bleus montée sur pilotis, seule aussi – du moins n'avait-il jamais noté de présence masculine.

Cinq mois de vie civile n'avaient pas suffi à intégrer les codes sociaux de ses contemporains. Leur bienveillance même lui semblait suspecte et, s'il poussait ses promenades matinales jusqu'aux gargotes à touristes, Angel rentrait chez lui bien avant qu'elles n'ouvrent. Il n'avait pas cherché à nouer de contacts, ni avec sa jolie voisine ni avec personne – il ne connaissait plus personne.

Passant devant sa maison, Angel se demanda de quoi étaient faits les rêves de Flora Ibanez, si la jeune sang-mêlé avait tanné les services sociaux pour qu'il obtienne la cabane sur la plage, si son zèle avait d'autres buts qu'aider les anciens FARC à reprendre pied, si sa peau avait l'odeur des fleurs qu'il lui apporterait peut-être le jour où il aurait assez de cran, s'il divaguait.

Trois-Pattes jappa dans l'écume, croyant peut-être faire diversion. Enterrer des galets lui prenait une énergie folle, des rêves d'os peut-être lui traversaient l'esprit, mais ce n'était pas un caillou qui ce matin mettait son chien dans cet état. Il se mit à aboyer, plutôt mal.

— Boucle-la, le rabroua-t-il, tu vas finir par la réveiller.

Mais l'animal continuait de gesticuler sur le sable, frénétique. Angel aperçut une sphère le long du rivage. Les cocotiers étaient trop loin pour qu'une noix ait roulé jusqu'à la mer, mais il n'y prit garde ; il avait ce goût de mauvais sommeil dans la bouche, une inconnue endormie derrière des volets bleus pour tout horizon et la lumière naissante de l'aube en contre-jour.

— Oh ! La ferme ! menaça-t-il à l'intention de l'excité.

En vain. C'est en approchant qu'Angel découvrit la chose échouée dans l'écume : ce n'était pas une noix de coco picorée par les oiseaux, un déchet ou l'amas d'algues poussé par la marée, mais une tête humaine. Celle d'un homme, à demi ensevelie dans le sable mouillé de la plage.

5

El Espectador revendiquait une ligne éditoriale neutre, se proclamant de « l'extrême centre ». Le quotidien n'avait jamais pris parti pour un candidat mais ses engagements contre les cartels lui avaient valu une renommée internationale dans les années dites du narcoterrorisme, payée au prix fort : son directeur avait été assassiné en 1986, avant qu'une bombe ne détruise les locaux du journal. *El Espectador* continuait d'incarner une certaine indépendance de la presse, avec un site moderne qui donnait accès à l'ensemble des articles, et un rédacteur en chef qui savait résister aux pressions.

Premier arrivé au bureau, dernier parti, Patricio Soler était une bête de somme trop courte sur pattes pour supporter ses cent dix kilos à composante hydro-graisseuse majoritaire. La faute aux sandwiches à heures décalées devant les écrans, aux fritures de sa femme et au beurre de cacahuète qu'il s'enfilait au petit déjeuner pour compenser le stress. « Gros-Père » était le surnom affectueux donné par ses collaborateurs, que le rédacteur en chef considérait, à bientôt soixante ans, comme une bande d'indispensables casse-couilles.

Diana arriva ce lundi-là les cheveux tirés et légèrement maquillée, vêtue d'un ensemble gris et d'un chemisier blanc digne d'une directrice de com d'une austère boîte américaine. Dans cet accoutrement, pas étonnant qu'elle soit célibataire.

— Tu es tombée du lit ? fit-il en la voyant débarquer avant dix heures.

— Disons qu'on m'a poussée.

— Tu n'es pas si grosse, gloussa Soler.

— Non, mais je suis comme toi, je prends de la place.

Il sourit de ses belles dents blanches.

— C'est aussi ce que me dit ma femme…

Il redressa sa bedaine sur le fauteuil qui le supportait, jaugea son enquêtrice de choc.

— Telle que je te connais et à la tête que tu fais, tu es sur un coup, dit-il. Je me trompe ?

— Ça se voit tant que ça ?

— Dix ans que tu me les brises, c'est presque de la vie commune. Alors ?

— Mystère-mystère.

— Tu ne veux pas m'en parler ?

— Non.

— Aaaahh…

— C'est ça. À plus tard, mon gros.

Diana planta son patron devant l'ordinateur où tombaient les dépêches, l'esprit déjà deux haies plus loin. Son bureau se situait près de la machine à café, où s'échangeaient d'ordinaire rumeurs et infos de dernière minute. L'entrevue avec Jefferson la laissait circonspecte. Il y avait cette jeune femme exhibée plaza de los Periodistas, à deux pas des symboles de l'État, le silence de la police sur le supplice infligé à la malheureuse, cette photo qui la hantait toujours. Elle et le souvenir de Lautaro… Le chef de la police ne laissait rien filtrer de sa vie privée, refusait les interviews, appliquait aux délinquants les méthodes de l'Armée et des forces spéciales où il avait servi, s'appuyant sur une unité d'élite qui, opérant directement sous ses ordres, n'hésitait pas à faire le coup de poing aux quatre coins de Bogotá.

Diana se sentait comme une souris dans le vivarium. Bon Dieu, qu'est-ce qui la fascinait chez cet homme ? Les flics violents étaient tout ce qu'elle abhorrait, leurs méthodes, le cul lourd de leur âme bâtée, les gros bras aux chemises retroussées comme si la virilité avait besoin de tendeurs, mais Lautaro Bagader semblait différent malgré ses muscles et son sourire un peu trop carnassier : personne ne lui avait fait l'amour avec tant de... douleur. Une douleur contre lui-même, il ne fallait pas se méprendre. Diana avait pris du plaisir dans ses bras, elle était là pour ça ; passé la vague des préliminaires, à la lumière tamisée de la chambre, elle avait aperçu le visage de Lautaro à l'instant de jouir – les hommes ont toujours l'air taré à ce moment-là, les yeux papillons de nuit cognant au néon, de parfaits demeurés, penseraient-ils de concert s'ils se voyaient en photo –, mais lui qui s'était montré confiant et entreprenant semblait alors avoir la gorge serrée. Comme s'il allait pleurer...

D'où sortait cet instinct d'infirmière ?

Saùl Bagader était un ancien faucon d'Uribe reconverti dans le business de la paix ; son fils aîné avait sévi durant le conflit et, fort de son aura de dominant, devait considérer les femmes comme des parties de golf à plusieurs trous. Alors quoi ? Il y a longtemps que le coup de la belle gueule ne prenait plus. Il fallait qu'un homme ait du répondant et ce n'était pas ses larmes de chien perdu au moment de jouir qui allaient l'émouvoir. Ce qu'elle éprouvait tenait-il du diptyque répulsion-fascination ? Une forme d'attirance pour le vide, le danger ? Avait-elle simplement honte d'avoir ouvert ses cuisses à un tueur assermenté ? Cherchait-elle une façon de rétablir l'équilibre entre les deux facettes opposées de l'orgueil ?

La journaliste entama ses recherches sans savoir qu'elle en ressortirait doublement accro.

Diana Duzan connaissait l'histoire de son pays. Ça la rendait malade… Jusqu'à la révolution bolivarienne, l'économie reposait sur un petit colonat agraire issu des franges les plus basses de la créolité – métis, esclaves affranchis, voire Indiens. Dès lors, libérés de la Couronne espagnole, deux clans allaient se déchirer : les Libéraux, dont l'idéologie du progrès masquait à peine la cupidité, avec l'agrandissement des haciendas et la disparition des terres collectives, et les Conservateurs qui, par phobie des descendants africains et autochtones, convoitaient ces mêmes terres avec l'appui de l'Église et, souvent, de l'Armée.

Prise entre les reliefs du géant andin et la forêt amazonienne, la Colombie souffrait d'un handicap géographique, tout en regorgeant de ressources naturelles et minières. Sous-développement, manque d'infrastructures (depuis Medellín, il était plus rapide d'acheminer du café à Londres qu'à Bogotá), chaque province restait sans connexion avec la capitale, perdue dans la Cordillère. L'absence de centre politique décisionnaire menaçant le pays de désintégration, la « guerre des Mille Jours » avait marqué le premier affrontement entre les deux partis au tournant du siècle : cent mille morts plus tard, l'État se trouva si affaibli qu'il dut brader le canal du Panamá aux États-Unis.

Conservateurs et Libéraux avaient des modes d'appartenance quasi tribaux qui transcendaient jusqu'aux rapports de classe : chacun s'affichait farouchement d'un bord ou de l'autre, quitte à ce qu'un paysan s'allie à un propriétaire terrien contre son voisin métayer. « L'autre » n'était pas considéré comme un adversaire politique mais comme un *ennemi*. Dans les villages, des familles se croisaient sans jamais se mélanger – ni fêtes ni alliances matrimoniales. Le moindre contentieux débouchait sur un conflit explosif, qui dégénérait en véritable guerre d'extermination, chaque clan en profitant pour voler les terres de l'autre. L'assassinat de Gaitán, le favori à l'élection présidentielle de 1950, avait fini de mettre le feu aux poudres.

Avocat, populiste façon Mussolini de la première heure, Jorge Eliécer Gaitán bousculait les conventions bipolaires des partis. Incarnation des aspirations ouvrières et paysannes, il défendait les Indiens et les Afro-Colombiens, adressait des diatribes radiodiffusées à l'oligarchie, y compris celle du parti Libéral dont il était issu, menaçant directement les classes dominantes. Son assassinat à Bogotá, jamais élucidé, mit la capitale à feu et à sang – des milliers de morts –, prélude d'une guerre civile qui durerait dix ans : la Violencia.

L'Église appelant aux crimes de masse, les Conservateurs lancèrent une véritable chasse à l'homme libéral et communiste, contre-révolution qui vira vite au carnage. Quatre cent mille morts. Des gens découpés comme de la viande, des enfants jetés vivants dans les chaudières, une terreur rouge sang qui irrigua dès lors les veines de la Colombie. Les fugitifs qui se cachaient dans les forêts n'étaient qu'une poignée au départ, mais la répression contre les paysans accusés de les aider s'avéra si féroce que les rangs des irréductibles gonflèrent inexorablement, jusqu'à fonder les Forces armées révolutionnaires de Colombie – les FARC.

Le début d'une guérilla qui dura un demi-siècle.

Diana cherchait un lien entre l'origine de cette guerre sans fin et la mise en scène du meurtre plaza de los Periodistas. Qui avait intérêt à relancer de telles horreurs ? Les tueurs de la Violencia n'avaient pas le monopole de la barbarie : les Autodéfenses unies de Colombie le leur disputaient. Cent soixante mille assassinats avoués, trente mille disparitions, trois mille cinq cents enfants recrutés, des cadavres décapités, leur tête servant de ballon de foot, dépeçages, découpes à la tronçonneuse, utilisations de fours crématoires : les massacres commis par les paramilitaires jusque dans les années deux mille valaient ceux de la Violencia. Pire, ils s'en étaient inspirés, et l'Armée fermait les yeux, ou arrivait trop tard dans les villages dévastés…

Cela expliquait-il le silence de Lautaro Bagader au sujet du meurtre ?

Le chef de la police avait servi dans les forces spéciales lors du Plan Colombie, que son père avait mis au point avec Uribe pour écraser la guérilla. L'Armée avait déversé des tapis de bombes sur les forêts où elle se terrait, multiplié les meurtres ciblés de leurs chefs, Uribe usant de toutes les ruses, reniant toutes paroles. Les FARC avaient vu leurs effectifs fondre de moitié à la fin du Plan Colombie, au prix de dizaines de milliers de morts et quatre millions de déplacés.

Non seulement la Colombie subissait le plus vieux

conflit au monde, mais aucune population n'avait été aussi traumatisée par des morts violentes.

Diana fit tourner ses moteurs de recherche, trouva quelques articles dans le fonds numérique d'*El Espectador* et sur d'autres sites colombiens ou étrangers. Lautaro Bagader y était dépeint selon les sources comme une brute ou un héros de guerre. Parmi ses nombreux faits d'armes, il avait participé à la « neutralisation » de Lino, le numéro deux des FARC, et à l'éradication du Front 26, neuf ans plus tôt dans le Nariño. Selon l'Armée et la télévision, qui avait relayé cet « événement historique », Lino avait été blessé à l'aube lors d'un bombardement aérien, avant de périr au cours d'un affrontement avec des troupes au sol. Lautaro Bagader menait l'unité des forces spéciales chargée de ratisser la zone après l'attaque. Les comptes rendus parlaient de cinquante-deux guérilleros tués, huit autres portés disparus ou déchiquetés sous les bombes, contre deux blessés à déplorer parmi les soldats d'élite. En terrain hostile, les forces spéciales n'avaient pas traîné pour ramasser les morceaux pulvérisés par les bombes : ils avaient rapporté la preuve de la mort du chef des FARC avant de déguerpir avec leur trophée.

Cette mission avait été la dernière du commandant Bagader : Lautaro avait intégré la police de Bogotá quelques mois plus tard, au moment où son père quittait le clan Uribe pour celui de la paix, encore embryonnaire. Cela ne pouvait pas être le fruit du hasard, le père et le fils marchaient main dans la main : le chef de la Fiscalía était donc aujourd'hui au courant du meurtre de la Candelaria. Pourquoi les Bagader le cachaient-ils aux médias ?

Croqueta miaulait à la porte quand Diana rentra à l'appartement du parque 93. Elle remplit sa gamelle d'une viande délicieusement immonde, ôta son tailleur pour enfiler une tenue décontractée, ouvrit le frigo sur des restes qui feraient l'affaire, mit un CD de Placebo dans la platine et dîna sur le pouce sous l'œil du matou rassasié. La voix androgyne l'accompagna jusqu'au dessert, une simple tranche d'ananas, avant qu'elle ne se décide à appeler Sonia Enriquez.

La journaliste d'investigation avait quitté *El Espectador* et le métier après sa terrible séquestration, son couple n'y avait pas survécu, mais Sonia avait été la meilleure enquêtrice à l'époque. Si quelqu'un pouvait la renseigner, c'était bien elle.

Croqueta trônait sur son grattoir quand elle décrocha.

— Comment tu vas ? demanda bientôt Diana.

— Tu vois une poupée abandonnée sur le bord de la route ? C'est pareil, je prends l'eau.

— Je suis désolée, compatit-elle.

— Pas autant que moi, mais j'apprécie ton réconfort. Bon, tout se passe bien au journal ? enchaîna Sonia comme on évacue un immeuble en feu. Soler est toujours fidèle au poste ?

— Il soigne sa ligne à l'huile de cuisson, autrement ça va.

Sonia émit un petit rire qui lui fit du bien. Elle ne voulait pas de pitié, seulement un échange bilatéral, tentait de positiver malgré sa déprime tenace, rechutait à l'occasion de la date anniversaire du drame mais gardait un sens aigu des motivations humaines.

— Bon, ce n'est pas pour prendre des nouvelles que

tu m'appelles. Je t'ai raconté mes malheurs, raconte-moi donc ce qui t'amène, *querida*.

— C'est au sujet de la famille Bagader, fit Diana. Lautaro, en particulier, le chef de la Criminelle.

— Ah ! le colonel…

— Tu connais ?

— J'ai eu affaire à lui il y a quelques années, après une opération coup de poing dans les quartiers sud : pas facile à approcher, le garçon.

— Tu l'as interviewé ?

— Deux minutes, le temps qu'il m'envoie sur les roses.

— Ah oui, pourquoi ?

— C'est son style.

— Qu'est-ce que tu penses de ce type ?

Sonia Enriquez soupira dans le combiné.

— Eh bien, au niveau psychanalytique, je dirais qu'il a un complexe vis-à-vis de son père : le genre à courir derrière une reconnaissance qui ne sera jamais à la hauteur de ses attentes, sans que le père en question en soit d'ailleurs forcément responsable. Une névrose, ça s'appelle. Assez solide pour qu'on ne voie pas l'un sans l'autre : le père dans le soleil, le fils dans l'ombre. Un tournesol qui tournerait à l'envers, si tu veux.

Drôle d'image. Sonia était douée pour ça.

— C'est Saùl qui a placé Lautaro à Bogotá, non ? demanda Diana.

— Officiellement, non, mais tout se négocie à ce niveau. Et Lautaro avait une réputation de tueur dans les forces spéciales. Il a servi presque toute la durée du Plan Colombie ; j'imagine qu'il avait besoin de changer d'air, d'autant que son père a été nommé à la

Fiscalía suite à ses efforts déployés lors du processus de paix.

— Tueur dans quel sens ? releva Diana.

— Je répète les rumeurs qui couraient à l'époque. Je ne suis pas la meilleure personne pour en parler : la guerre en forêt n'a jamais été ma spécialité, ironisa-t-elle.

Sonia avait la phobie des insectes, détestait la campagne et plus encore la jungle et son cortège de bestioles.

— Tu cherches quoi, au juste ? relança-t-elle.

— Un meurtre a eu lieu ce week-end, qui rappelle les horreurs de la Violencia et des paramilitaires : la police le passe sous silence et Lautaro Bagader n'est pas net. Son père était proche d'Uribe, dont on sait les liens avec les paras et les narcos à l'époque. Tu connais quelqu'un qui pourrait me renseigner sur les années de Lautaro dans les forces spéciales ?

— Je veux ! s'esclaffa Sonia. Mais pas toi, visiblement.

— C'est-à-dire ?

— Sébastien, le reporter de l'AFP : tu n'aurais pas vécu avec lui ? Il a couvert presque tout le Plan Colombie ; sûr qu'il aura des réponses à tes questions.

Diana bougonna, comme si leur rupture lui laissait encore un goût d'inachevé. Sonia saisit la balle au bond.

— Au fait, tu ne m'as pas dit, les amours, comment ça va ?

— Bof.

— Toujours avec ton chat ?

— Oui : au moins c'est doux.

Elle pouffa dans le combiné.

Sonia Enriquez avait raison, mieux valait en rire.

Diana ne faisait pas que parler à Croqueta, elle lui lisait aussi des poèmes. Les chats aimant les rituels, elle choisissait le plus souvent la fin du dîner, lorsque lui-même était repu, et donc à l'écoute. « Tu crois que ça va le faire maigrir ? » plaisantait Jefferson quand il l'avait vue faire, un jour où il dormait chez elle.

Mais ce soir Diana gambergeait sur le canapé du salon, son smartphone à portée de main, sans songer à aucun poème. Elle communiquait peu avec Sébastien depuis leur séparation, parfois par texto et uniquement pour des sujets professionnels qui les touchaient : les attentats à Paris, les accords de La Havane… L'appeler pour cette histoire de flic ne l'enchantait pas, même s'il pouvait l'aider à éclairer les zones d'ombre.

Adossé à la poitrine de Diana, Croqueta faisait du pédalo, les pattes battant le vide avec une frénésie retenue. Le petit fauve ne savait rien des réminiscences qui agitaient l'esprit de sa maîtresse, ni de Sébastien, l'homme amour haute tension qui l'avait laissée tomber six ans plus tôt, elle et son foutu pays. La blessure longue à cicatriser, son orgueil rechignait à renouer le contact avec le reporter de l'AFP, et Diana se maudissait pour ça. Elle avait peur de quoi, que l'océan se vide dans un tsunami qui la porterait jusque dans ses bras ?

— Qu'est-ce que tu en penses, toi ? dit-elle au chat qui se lovait à la renverse.

Croqueta la mirait de ses grands yeux ronds.

— C'est vrai, c'est débile…

Sentant d'instinct le mouvement qui s'opérait sous

lui, l'animal sauta à terre dans un miaulement mécontent sitôt oublié. Diana se pencha vers son téléphone : bientôt minuit en Europe. Elle composa le numéro gardé en mémoire, fut presque surprise que Sébastien décroche.

— Eh bien, en voilà une surprise ! s'esclaffa le baroudeur. Comment vas-tu, *chica* ?

— Bien, bien… Ça va, je ne te réveille pas ?

— Non, non, je regarde la tour Eiffel.

— Ah ? Qu'est-ce que tu fais à Paris ?

— Je te dis, je regarde la tour Eiffel.

— Tu as deux minutes à m'accorder ?

— Un peu plus même : elle n'est pas près de s'éteindre… Alors, que me vaut cet appel ?

La voix de Sébastien était amicale, comme s'ils ne s'étaient jamais déchirés, une façon délicate de la mettre à l'aise.

— C'est un peu abrupt dit comme ça, mais j'ai besoin que tu me rafraîchisses la mémoire au sujet d'une affaire vieille de bientôt neuf ans : tu as bien couvert la liquidation du Front 26 et du numéro deux des FARC dans le Nariño ?

— Lino, oui, j'étais avec le corps d'armée engagé sur le terrain.

— Les forces spéciales ?

— Non, la presse était confinée à l'arrière, sommée comme d'habitude de gober les infos officielles. De toute façon, avec le déluge de feu qui tombait sur les guérilleros, il valait mieux se tenir à l'écart.

— Hum. Lautaro Bagader, ce nom te rappelle quelque chose ?

— Un des commandants des forces spéciales quand Lino a été tué, oui.

— Tu l'as interrogé à l'époque ?

— Non. Bagader n'était pas le genre de type qu'on approchait facilement. Dans mon souvenir, il n'a même pas voulu poser devant le cadavre du chef de la guérilla.

— Pourquoi ?

— J'en sais rien. Pas par amour des trophées en tout cas.

— Bagader avait une réputation de tueur dans l'Armée, non ?

— Ses ennemis n'étaient pas des anges, tempéra-t-il.

Sébastien avait écrit un livre sur la détention d'Ingrid Betancourt, sept années de jungle qui avaient dû compter double. Diana n'en démordait pas.

— D'après mes infos, il n'y a pas eu de prisonniers ni aucun blessé parmi les FARC lors de cette opération dans le Nariño, poursuivit-elle. Tu sais pourquoi ?

Il soupira, le temps de rassembler ses souvenirs.

— Lino et les guérilleros du Front 26 n'ont pas été abattus les armes à la main comme l'ont dit les télés, mais par des bombes américaines téléguidées, expliqua le reporter de guerre, des systèmes capables de repérer les ondes faibles émises par les téléphones portables. C'est comme ça qu'ils l'ont repéré.

— Tu veux dire que c'est la CIA qui a liquidé Lino ?

— Non, fit Sébastien, ils ont juste guidé la main de l'Armée colombienne en bombardant la zone avant de laisser les forces spéciales ramasser ce qui était encore debout.

Diana imaginait le carnage.

— Tu crois que Bagader a donné l'ordre d'achever les blessés, ou les bombes avaient pulvérisé le camp et ses occupants ?

— Lino avait deux balles dans le corps quand on

l'a ramené, c'est tout ce que je sais… Tu cherches quoi au juste, *chica* ?

— À savoir si Lautaro Bagader est un héros ou un criminel.

— Ce sont souvent les mêmes quand on fait la guerre. Il s'est passé quoi pour que tu en veuilles à ce type ?

Diana expliqua le meurtre passé sous silence, la découpe rappelant la Violencia, ce que le père et le fils pouvaient chercher à cacher.

— Avoue que tu es tordue, suggéra Sébastien, de l'autre côté de l'océan.

— Et toi, comment tu as su que la CIA était sur le coup ?

— Parce que je n'ai pas cru la version officielle.

— Tu vois. Lino n'était sûrement pas le seul rescapé de l'attaque aérienne, avança Diana, il devait y avoir d'autres blessés parmi les guérilleros, qu'une armée normalement constituée aurait cherché à ramener pour les soigner et surtout les interroger.

— Tu n'as qu'à trouver un ancien soldat des forces spéciales qui opérait avec Bagader dans le Nariño, si c'est ça qui te chiffonne.

Un silence parasité se glissa dans les ondes.

— Bon, reprit son ex, à part de vieilles histoires de guerre, tu n'as rien de plus intéressant à me raconter ?

— Non… Non.

Diana avait tellement d'amour sur le cœur qu'il aurait inondé son appartement, celui du dessous aussi. Elle ferma ses vannes – des années d'entraînement.

Les matins où il ne pleuvait pas, Diana nourrissait les moineaux qui venaient sautiller sur le rebord de sa fenêtre. Une façon de partager son petit déjeuner avec son chat, qui fixait les volatiles en poussant des miaulements comiques, babines retroussées comme pour affronter l'aigle noir.

— Tu leur fous la paix, OK ?

Croqueta se tenait tapi derrière la vitre, dans son trip, lorsqu'elle quitta l'appartement.

Le temps était froid et humide, comme il pouvait l'être à Bogotá en été ; Diana attendit le bus avec d'autres gens emmitouflés, grimpa sans trouver de place assise, derrière la vitre embuée observa les passants sur les trottoirs sans vraiment les voir, concentrée sur les archives de l'Armée disponibles qu'elle venait consulter. Elle montra sa carte de presse au planton à l'accueil, baratina le service concerné au sujet d'un article élogieux sur les opérations militaires ayant acculé la guérilla au processus de paix, suivit les indications qu'on lui donnait. La salle des archives se situait au sous-sol du bâtiment, avec des dizaines d'étagères remplies de dossiers classés de manière chronologique, qu'on pouvait lire ou photocopier moyennant une somme modique, avant de les ranger sous l'œil patient d'un maniaque blasé.

Une heure passa, puis deux, trois. Persévérante, Diana trouva la trace du commandant Bagader dans plusieurs rapports impliquant l'appui des forces spéciales. Lautaro avait ainsi participé au raid de l'aviation en territoire équatorien où le chef militaire et stratège des FARC, Jorge Briceño, alias Mono Jojoy, avait été « neutralisé ». Diana parcourut le compte rendu : là encore, pas de prisonniers…

Était-il un spécialiste des basses besognes ?

La journaliste s'abîma les yeux sur d'autres dossiers, constata que Lautaro Bagader avait bénéficié de longues périodes de vacances entre ses différentes missions : des trous de plusieurs semaines parfois, bien plus que des congés donnés aux officiers engagés sur le terrain. Traitement de faveur obtenu par l'intermédiaire de son père ? Suivant la suggestion de Sébastien, Diana retraça l'itinéraire des vingt-trois autres soldats des forces spéciales présents lors de l'éradication du Front 26. Avec un peu de chance, l'un d'eux accepterait de répondre à ses questions.

Noms, prénoms, grades, dates d'incorporation : le travail, lent et fastidieux, lui prit le reste de l'après-midi.

Après coup, les soldats avaient été dispatchés dans différentes unités. Diana espérait que certains d'entre eux avaient quitté l'Armée pour un poste moins exposé, succombant aux supplications de leur femme, ou qu'ils avaient trouvé un job mieux payé dans les services de sécurité, mais son âme en immersion s'assombrit à mesure qu'elle consultait les archives.

Javier Gimenez, tué en 2013 dans la province du Cauca en compagnie du caporal Andres David, des soldats Julian Goz et Mateo Suarto, lors d'une embuscade montée par les FARC.

Duvan Suere, mort en 2015 au volant de sa Jeep lors d'un accident en montagne.

Ricardo Paez, tué en 2014 par une mine antipersonnel.

Jhon Passadona, tué en 2012 lors de la mise hors service d'un labo clandestin de cocaïne.

Juan Pedro Barriloche… Johan Mendez… Hector Santos… Tous les hommes qui avaient participé à l'opération étaient aujourd'hui morts, tués au combat ou victimes collatérales du conflit.

Des vingt-quatre soldats d'élite ayant participé à l'élimination de Lino, il ne restait qu'un survivant : Lautaro Bagader.

6

L'Université nationale de Bogotá, la « Nacho » comme on l'appelait communément, était considérée comme un vivier de recrutement pour les FARC dans les années quatre-vingt-dix. Certains professeurs partageaient les espoirs de changement défendus par les agitateurs infiltrés, à défaut des moyens de les mettre en œuvre. C'était le cas de Julio, cheveux sur les épaules et sourire facile devant les étudiants qui, comme Angel, participaient à ses cours de théâtre. Le terreau était fertile pour les idées progressistes en Colombie : il n'existait quasiment aucun système d'assurance chômage, de retraite ou de maladie, les organismes privés ne protégeaient que quinze pour cent de la population, et l'élite, malgré un taux d'imposition parmi les plus faibles au monde – cinq pour cent –, rechignait à céder un peu de ses privilèges. Le pays regorgeait de richesses, c'était son attrait, son fléau. Abus de position dominante, dumping et ventes forcées, délits d'initié et spéculation, absorption et dépeçage de concurrents, faux bilans, manipulations comptables, fraude et évasion fiscale, détournements de crédits publics et marchés truqués, corruption et commissions occultes, enrichissement sans cause, violation des réglementations du travail, falsification de données compromettant la santé publique, expropriations illégales ou forcées. Sans parler du marché de la drogue qui s'insinuait partout, l'oligarchie réalisait un maximum de profits au détriment d'une population trop accablée par les exactions pour revendiquer d'autre droit que celui de vivre.

Cet état de fait n'attisait pas que des vocations théâtrales. Le discours marxiste, l'organisation des insurgés et la propagande faisaient leur effet : Angel avait vu deux de ses copains de fac abandonner famille et amis pour rejoindre la guérilla, endoctrinés ou par soif d'aventures. On en parlait beaucoup entre jeunes exaltés.

À cette époque, les FARC menaçaient directement l'État : postés dans les collines autour de Bogotá, ils contrôlaient les routes ; des centaines d'hommes en civil, fondus dans les quartiers de la capitale, kidnappaient à tour de bras pour financer la guerre. Les industriels devaient s'acquitter d'un impôt révolutionnaire pour échapper aux enlèvements, ceux dont les familles ne pouvaient payer la rançon exigée étaient froidement exécutés.

Julio récusait ces méthodes mais les FARC étaient les seuls à défendre les paysans, et les horreurs commises par les AUC pour faire céder le blocus heurtaient toute idée de justice ; des centaines de corps suppliciés étaient retrouvés dans les rues, semant la terreur parmi les rebelles, leurs sympathisants supposés et les activistes des droits de l'homme, considérés comme des traîtres.

Restait la fiction pour s'évader du quotidien. Angel n'était pas le meilleur comédien du groupe théâtre mais il était le plus engagé dans ses rôles. Étudiant en anthropologie, il avait compartimenté sa vie entre le théâtre et le triptyque études-famille-sorties de manière que ces deux mondes ne se mélangent jamais. Julio, lui, savait depuis longtemps qu'il était le fils du conseiller spécial d'Uribe, le nouveau Président. Ils en parlèrent un soir, alors qu'Angel rangeait ses derniers accessoires. L'apprenti comédien avait rougi de confusion à l'évocation de Saùl Bagader, tenté de se justifier – il était résolument de gauche –, mais Julio l'avait vite coupé : Angel n'était pas responsable des actes de son père, et sa nature humaniste lui permettrait de suivre son propre chemin – le choix du théâtre en était la preuve. « Pas besoin de subir la barbarie pour ressentir la douleur du monde : l'empathie, Angel, voilà le maître mot des hommes. Et ce mot n'est ni de droite ni de gauche ! » assurait Julio. Que son prof s'adresse à lui comme à un jeune frère le rendait important, heureux. Ils avaient continué de discuter jusque tard dans la nuit, au comptoir d'un bar où les paroles enivraient mieux que l'alcool. Angel était un écorché, Julio le sentait dans son goût pour le tragique, l'intense et l'éphémère, mais cette arme sensible pouvait se retourner contre lui. Il s'agissait de canaliser sa révolte pour ne pas se perdre comme le faisaient les FARC. « On fait souvent la révolution par amour des autres, mais c'est souvent sur les autres qu'elle finit par s'acharner ! » riait-il. « Maintenant buvons… À l'amour, tiens ! »

Angel était rentré chez lui bouleversé : Julio lui parlait avec des mots qu'il aurait aimé entendre de son père, des phrases à double sens qu'il prenait pour de la vraie philosophie.

Signe des temps, Angel venait de rencontrer Rachel, une jolie brune étonnamment éclectique dans ses goûts et sa façon de penser qui, en dehors du théâtre, suivait des cours d'économie. Julio leur avait donné les premiers rôles dans la pièce de fin d'année, Le Songe d'une nuit d'été, *revisitée pour l'occasion. Rachel avait vécu plus de choses que son faux soupirant, c'était criant sur le plateau, et elle le poussait dans ses retranchements. Angel fit de Rachel son âme sœur, « sa grande sœur de théâtre » comme il la désignait avec emphase dans la fièvre de la première qui approchait.*

Les massacres liés à la contre-insurrection se multipliaient dans les rues de Bogotá, révélant sans cesse de nouvelles victimes. Ils se croyaient préservés du malheur, comme si les planches jamais ne brûlaient, mais la veille de la première, les élèves du groupe théâtre arrivèrent à l'Université pour un ultime filage, pas Julio. On le trouva le lendemain dans un fossé, trois balles dans la tête en guise d'épitaphe à sa carrière d'agitateur.

*La nouvelle créa un séisme dans la troupe, un gouffre monstrueux dans l'esprit d'Angel. Son père n'en saisit pas l'ampleur, ni le danger. Le dimanche, devant l'*asado *familial, Saùl expliqua à ses fils que leur pays était en guerre, qu'une offensive de grande ampleur serait bientôt déclenchée pour faire face à la menace terroriste : le Plan Colombie traiterait le problème à la racine, celle de la coca qui finançait la guérilla. Saùl se montrait désolé pour le prof de théâtre d'Angel, mais si condamnables que fussent les exactions commises par les paramilitaires contre les sympathisants des FARC, elles contribuaient à épargner la ville du chaos où ces derniers voulaient la précipiter. « Ce n'est pas avec des livres et des pièces de théâtre qu'on va sauver les gens », avait-il dit, péremptoire.*

Le fossé se creusait, pas seulement au niveau idéologique, et Angel ne pouvait pas compter sur son frère, étranger depuis trop longtemps. L'enquête qui suivit l'assassinat de Julio ne donna rien, même si les soupçons se dirigeaient vers « Las Terrazas », une bande criminelle sous le contrôle des AUC. Angel se sentait orphelin : il ne lui restait qu'un texte appris par cœur, cette pièce de fin d'année qu'ils ne donneraient pas, et des amis consternés par le crime.

Angel enrageait à l'enterrement qui les réunissait. Rêvait à des vengeances shakespeariennes.

L'année universitaire se termina dans une telle confusion émotionnelle que, sur les conseils de son père, Angel partit se ressourcer en Europe. Madrid, Barcelone, des villes alors paisibles où la jeunesse inconsciente faisait feu de tout bois, comme si l'été devait durer toute une vie… Des chimères.

Saùl le convoqua au retour de ces étranges vacances, dans son bureau comme il le faisait lorsqu'une décision familiale importante devait être prise. Angel apprit alors que Bogotá n'était plus un endroit pour lui, qu'entre les FARC et les milices paramilitaires, son père craignait pour sa vie : Angel poursuivrait ses études à Carthagène, le temps que les choses se tassent. Une forme de convalescence, en quelque sorte, dans une des rares villes à peu près préservées de la violence. Cette décision était sans appel. Angel commença par protester, il était tout de même le premier concerné par cette décision, mais Saùl coupa court. Lautaro avait depuis l'été une liaison sérieuse avec une étudiante en économie, Rachel Romero, qui suivait des cours de théâtre avec lui à la fac. Saùl savait qu'ils avaient fricoté ensemble : on les avait vus nus dans les loges lors des répétitions. Il n'en avait pas parlé à Lautaro mais, dans ces circonstances, un peu d'air arrangerait tout le monde.

Angel était d'abord resté atterré. S'il y avait deux personnes qu'il imaginait mal ensemble, c'était bien son âme sœur et Lautaro. Angel avait réprimé la pointe de jalousie enfoncée dans son cœur, cette idée qu'en fréquentant Rachel son frère lui volait son intimité, avant de réaliser qu'on l'espionnait. Qu'on le surveillait jusqu'aux cours de théâtre de Julio. Saùl ne l'avait pas contredit. L'Université où il avait eu la bêtise de le laisser étudier était un repaire de terroristes : croyait-il que les renseignements du DAS, le Département administratif de sécurité, restaient les bras croisés pendant que ses profs lui bourraient le crâne d'idées marxistes ?

Angel était tombé des nues. Les hommes de son père le fliquaient jusque dans les loges du théâtre et, parce que Julio était de gauche et engagé, les paramilitaires l'avaient donc désigné comme cible. C'était comme si c'était lui qui avait mené les tueurs à Julio, l'homme qui lui avait ouvert l'esprit et l'avait payé de sa vie… Saùl prétendait que son rôle de père était de veiller sur eux, qu'il était une proie de choix pour les FARC, qu'il tenait à ses fils comme à la prunelle de ses yeux, mais Angel n'écoutait plus.

Julio sacrifié, Rachel et lui espionnés jusque dans les loges, Lautaro et ses amours protégées, ce que son père pensait de lui, sa façon d'intervenir dans sa vie privée et de décider de son sort, tout le condamnait à l'exil. Au bannissement. Angel s'était enfermé deux jours dans sa chambre d'étudiant sans manger ni voir personne. Entre l'humiliation et le reniement familial, la blessure narcissique ne pouvait pas être plus profonde, et l'idée qu'il ait pu avoir une responsabilité dans l'assassinat de Julio avait fini de le briser.

Angel eut beau tordre le réel, il ne resta bientôt qu'une solution à ses yeux, s'échapper. Briser le cercle de feu autour de lui. Bien sûr. D'autres avant lui avaient tout quitté pour rejoindre la guérilla : Angel connaissait la filière, les méthodes de recrutement, les bus que prenaient les étudiants sous de faux prétextes avant de brûler leurs papiers et se perdre dans les forêts où on les accueillait, les armes à la main. Plus rien ne le retenait à Bogotá : une mère bipolaire, un père qui tolérait les massacres des paramilitaires, un frère qu'il ne comprenait pas, ou trop, les amitiés du théâtre qui s'évaporaient en coulisses. Rachel et Lautaro, un couple absurde. Tout se mélangeait, une pure mélasse.

Angel n'était plus lui-même.

Angel ne serait plus jamais le même.

Il avait vingt-trois ans lorsqu'il adressa la lettre à son père.

> « Je ne pars pas à Carthagène comme tu me l'as ordonné mais rejoindre la guérilla. J'ai pris des dispositions pour que là-bas personne ne sache jamais mon nom. Je deviens anonyme, mais à ma manière. Vois avec ta conscience ce qui t'arrange : un fils disparu dans la nature ou passé à l'ennemi. »

Une déclaration de guerre pour Saùl Bagader, une fuite organisée pour Angel.

Son compte en banque vidé, rendu physiquement méconnaissable dans le rôle du fugitif, il avait abandonné sa voiture au nord de Bogotá avant de se terrer dans un lointain motel. Il était resté là un mois sans bouger, enfermé avec une pile de livres, scrutant les infos qui parlaient de lui. Un enlèvement, bien sûr ; son père ne voulait pas perdre la face au moment de déclencher le Plan Colombie.

Angel avait enfin pris un bus pour le Nariño, déjouant les barrages de l'Armée qui cernaient les forêts du Sud. Une patrouille rebelle l'avait bientôt intercepté et mené au campement, un bandeau sur les yeux.

Les médias évoquaient encore la mystérieuse disparition du fils Bagader, dont on avait retrouvé la voiture dans un bois isolé au nord de la capitale, mais sa photo ne faisait plus les unes depuis longtemps. Qui aurait pu croire que l'étudiant barbu et prétendument marxiste était le fils d'un de leurs pires ennemis ?

Les FARC se méfiaient des agents infiltrés et des émetteurs qu'ils pouvaient cacher pour les localiser. Après un long interrogatoire et une fouille en règle, Nico, le chef du Front 26, l'enrôla dans la guérilla. La forêt finit de l'engloutir.

Angel devint « Cacho », un sobriquet comme en utilisaient les FARC pour préserver leurs familles. Un autre monde. Fraternité des armes, des nuits sans lune, de la peur quand le danger venait du ciel. Sa vie en dépendant, Angel avait joué son rôle à fond. On était loin du théâtre, de Julio qui l'avait mis en garde contre la violence des hommes. Le jeune révolutionnaire n'avait jamais mené d'embuscades mais, les semaines passant, son intelligence et son sang-froid le firent vite adopter. Un peu trop même.

Quarante pour cent des combattants étaient des combattantes. Les simples passades n'étaient pas tolérées, mais les amours autorisées si cela n'avait pas d'incidence sur le groupe, avec un contrôle des naissances obligatoire. Aucun enfant n'était gardé. En cas de grossesse, les femmes pouvaient choisir d'avorter clandestinement ou de partir dans un village pour y laisser leur progéniture. Angel n'était encore qu'un simple soldat quand il s'était amouraché de « Valeria », une jeune raspachine *qui avait préféré rejoindre les FARC plutôt que subir le destin des coupeurs de coca. Malgré leurs précautions, Valeria était tombée enceinte. Un bébé catastrophe, qui leur avait valu de sévères remontrances.*

Valeria avait finalement accouché plus haut dans la montagne, chez ses parents, Rafaële et Antonio, à qui ils avaient confié le nourrisson.

Ils l'appelèrent Lucia, « petite lumière », en souvenir de leur amour. Le couple s'était séparé à la suite de cet « accident », mais restait solidaire. Contraints de limiter leurs visites compte tenu des risques qu'ils faisaient courir aux grands-parents, Angel et Valeria voyaient peu la petite. Lucia regardait ses parents comme des étrangers, succombait sous leurs baisers, ne pleurait pas quand ils partaient. Rafaële, sa grand-mère, disait que c'était une enfant gaie, une petite pile de vie au milieu du fracas. Lucia devenait chaque printemps plus jolie. « Ça va être ça, notre vie ? se lamentait Valeria lorsqu'ils repartaient vers la forêt. Voir notre fille en coup de vent, comme des étrangers ? »

Angel compatissait, le cœur brisé à chaque séparation. Que pouvaient-ils faire d'autre ? Ils vivaient avec les jaguars, les grenouilles tueuses, les serpents, les tarentules nichées dans le creux des arbres, l'été ils dormaient dans un hamac protégé par une moustiquaire, l'hiver sur des feuilles de frailejón, *cette plante velue qui isolait du froid, ils bougeaient tous les jours en surveillant les mouvements des milices et de l'Armée, et personne ne désertait les FARC.*

Le Front 26 était autonome, avec ses propres médecins et ses systèmes de ravitaillement. Reclus dans la forêt, Angel se débrouillait pour se procurer romans et essais éloignés des doctrines marxistes que les guérilleros ingurgitaient à longueur de journée. On se moquait de lui, « Cacho l'intello ». Lucia grandissait auprès de ses parents de substitution mais les incursions ennemies s'intensifiaient avec le Plan Colombie. Quand Angel apprit que son frère avait incorporé les forces spéciales, ce fut un choc. Et s'ils se retrouvaient un jour face à face, les armes à la main? Lautaro savait ce qu'il faisait, leur père aussi. La haine les aveuglait. Ou quelque chose lui échappait.

Les années passèrent, toujours plus dures. Les raids de l'Armée se multipliaient et les paramilitaires semaient la terreur dans les villages classés en zone rouge, grossissant les pertes de la guérilla. Angel apprit comment abattre un hélicoptère avec un tube à air comprimé (il suffisait de viser sous l'appareil en phase d'atterrissage pour que les lois de la physique provoquent le crash), tendre des embuscades, fuir pour sauvegarder son effectif. Puis un massacre survint dans le village où vivait Lucia; Angel et Valeria accoururent, au risque de se faire prendre, et ne trouvèrent que pleurs et lamentations. Antonio, le mari de Rafaële, et la moitié des paysans avaient été massacrés la nuit précédente.

« Ils ont dit que l'autre moitié suivrait si on continuait à aider les terroristes », expliqua Rafaële dans les bras de sa fille.

Des paramilitaires, une trentaine, des sauvages. Les corps des villageois avaient été découpés à la tronçonneuse et jetés en vrac dans la clairière voisine, laissant le soin aux familles de reconstituer les morceaux pour les mettre en terre. Personne n'avait encore osé approcher du charnier. Angel trouva bientôt Antonio, du moins sa tête, séparée du corps, dans la mare de chair et de sang où bourdonnaient les mouches. Il avait vomi d'abord, d'un coup de pied recouvert sa bile de poussière, avant de revenir sur ses pas, livide.

Lucia jouait avec d'autres gamins dans la cour du préfabriqué qui servait d'école, à l'écart : sa grand-mère était vivante mais la situation intenable. Quelqu'un dans le village finirait par la dénoncer; Rafaële devait partir avec Lucia, sans tarder. Le frère d'Antonio habitait San Vicente, une ville épargnée par la guerre, où il pourrait les accueillir.

Quitter Lucia était un déchirement. La fillette avait cinq ans : que lui resterait-il de ses parents ? L'image d'une jolie brune aux yeux sombres, d'un homme grand vêtu d'un béret ? Angel s'était accroupi à la hauteur de sa fille, qui avait gobé leurs histoires de vacances chez le tonton de San Vicente, et avait pris ses petites mains dans les siennes, pathétique. « Je te donne ça, ma chérie : c'est un porte-bonheur. Il te dira que je pense à toi, tout le temps. » C'était un simple collier de cuir avec une pierre de jade, trop grand pour Lucia, qui aspirait les mots de son père comme ultime preuve de son existence.

Les années passèrent encore, mélange d'amertume et de colère sourde. Angel gardait les taches de rousseur de Lucia dans son cœur, tout cet amour qui avait fui comme un chien sur le sentier, et ce n'était pas la carte que lui et Valeria faisaient parvenir à son anniversaire qui leur rendrait son sourire d'enfant. C'est sur le terrain qu'Angel comprit que quelque chose s'était cassé au fond de lui. Après sept ans de guerre, ils n'étaient plus qu'une centaine à tenir le Front 26, décimé au fil des accrochages. Si les escarmouches avec l'Armée étaient parfois violentes, les combats contre les paramilitaires s'avéraient les plus féroces. Les AUC étaient souvent d'anciens membres de commandos, des nervis de propriétaires terriens ou d'anciens narcos reconvertis dans le business des terres volées aux paysans, les mêmes qui avaient assassiné le grand-père de Lucia, et Julio avant lui… On pouvait se perdre sur le chemin de la révolte, son prof l'avait mis en garde des années plus tôt, mais il n'y avait plus de chemin, que de la rage.

Angel apprit à tuer de sang-froid. Pas de prisonniers avec les paramilitaires : « Cacho » les abattait d'une balle dans la nuque et les laissait sans sépulture, en proie à leurs frères charognes. Angel Bagader n'était plus l'étudiant échevelé épris de théâtre et d'amours célestes, il était devenu Cacho, un officier à la tête froide et sans pitié que ses hommes préféraient avoir dans leur camp.

Les assassinats ciblés frappaient le haut commandement des rebelles, contraints de bouger sans cesse pour éviter d'être géolocalisés. Lucia allait fêter ses sept ans quand on annonça la venue de Lino, le numéro deux des FARC, qu'il s'agissait de protéger des raids de l'Armée. Le chef débarqua un matin dans le camp du Front 26, sous escorte, souriant en dépit de leurs revers récents, promettant des jours meilleurs aux guérilleros exténués par les combats.

Le lendemain, un déluge de feu s'abattit sur eux…

— Entrez !

Quelques avis de recherche mal punaisés ornaient les murs du commissariat. Angel referma la porte derrière lui, ses cheveux bruns décoiffés après sa course motorisée. Il avait quitté la maison de pêcheur après une énième insomnie et la sensation ne le quittait pas : celle d'une pierre au fond d'un puits.

Certains matins étaient pires que d'autres, quand la confusion l'emportait sur le simple fait de respirer. Il n'existait plus alors qu'au purgatoire sous le nom d'un autre, Orlando Mercer, comme il avait vécu dans la forêt sous le sobriquet de Cacho. Comme si son identité avait disparu dans cette guerre, ou n'avait jamais compté. Angel aurait préféré rester seul devant la mer, attendre que la Terre s'écroule pour devenir trou noir, mais il n'avait eu d'autres choix que de répondre à la convocation de la police. Maintenant un flic le fixait depuis son bureau climatisé, le seul dont disposait l'antenne de police de Santa Ana, la première agglomération de la côte.

Front court, cheveux raides et noirs, Fabio Cortez n'avait jamais eu à traiter pareille affaire. D'ordinaire, ses hommes se contentaient de vérifier les identités des automobilistes de passage dans la région, voire de soutirer un gros billet aux touristes imprudents sous peine d'une longue procédure d'attente aux guichets des contraventions. Cortez les laissait faire. Il administrait quelques milliers d'habitants, principalement des gens qui vivaient d'expédients dans des maisons de brique ou de parpaing jamais finies pour échapper aux taxes... Un meurtre par décapitation : le costume était peut-être trop grand pour le jeune officier de Santa Ana.

Cortez avait connu la violence dans la Magdalena quand il était adolescent, les enlèvements des FARC ou de l'ELN cachés dans les collines voisines, les affrontements avec l'Armée et les paramilitaires pour le contrôle des routes, les morts retrouvés dans les fossés : cette tête coupée lui rappelait de mauvais souvenirs, mais il se disait que c'était sa première grosse affaire, celle qui le sortirait de ce trou.

Il jaugea l'homme, sentit une différence avec lui qu'il ne s'expliquait pas. Orlando Mercer mesurait près d'un mètre quatre-vingts, un type plutôt mince mais carré d'épaules dont les yeux bronze semblaient cacher des choses. Il le fit asseoir pour l'interrogatoire. Ils avaient déjà échangé quelques mots lors de la sinistre découverte mais de nouveaux éléments l'incitaient à reprendre l'enquête à zéro.

— Vous êtes domicilié à Playa Blanca, commença Cortez en louchant sur le papier qu'il tenait devant lui. Depuis quand ?

— Un mois environ.

— On ne vous voit pas souvent dans le coin.

— Je passe tous les jours à moto, fit Angel en désignant le casque à ses pieds.

— Vous travaillez à Carthagène. Libraire, c'est ça ? Dimanche est votre jour de relâche ?

— Avec le lundi. Je ne travaille qu'à mi-temps.

— Hum. Vous avez déclaré avoir trouvé cette tête sur la plage aux alentours de cinq heures trente du matin, reprit-il : pourquoi se lever si tôt un dimanche ?

— Je n'aime pas dormir.

Cortez eut le sentiment qu'on le prenait pour un paysan.

— Ça vous arrive souvent de vous promener sur la plage à l'aube, monsieur Mercer ?

— Oui.

— Pourquoi ?

— Ça me détend.

Le policier eut un rictus – on verrait tout à l'heure s'il serait détendu.

— Vous étiez seul à ce moment-là ?

— Avec mon chien, oui. Je vous l'ai déjà dit.

Cortez se pencha sur sa feuille.

— Ce n'est pas mentionné dans votre déposition.

— Mon chien n'a rien à voir dans cette histoire. Il lui manque une patte, mais je peux le traîner jusqu'ici si vous croyez qu'il a des révélations à faire.

Un paysan et un demeuré. Cortez suivit le fil de sa pensée.

— Vous étiez où la veille au soir ?
— Chez moi.
— Un samedi soir ?
— Les autres soirs aussi.
— Vous n'avez pas beaucoup d'amis, on dirait.
— Non, je n'aime pas ça.
— Vous n'aimez pas les amis ?
— Bof.

Cortez le dévisagea un peu plus.

— Un solitaire, c'est ça ?
— Si vous voulez. Écoutez, s'agaça Angel, je vous ai dit ce que je savais l'autre jour, quand vous m'avez interrogé. Pourquoi vous me posez toutes ces questions ?
— Eh bien, d'après les premiers constats du médecin, la tête de la victime a été sectionnée une douzaine d'heures avant d'échouer sur cette plage, rétorqua l'officier, c'est-à-dire samedi dans la soirée. Non seulement vous n'avez pas d'alibi, monsieur Mercer, mais je vois que vous avez fait de la prison. Le pénitencier de Carthagène, pas loin d'ici donc.

Il fit glisser les feuillets sous ses yeux.

— Vous êtes un ancien FARC libéré il y a quelques mois et mis sous probation.
— Vous avez quelque chose contre la rédemption, lieutenant ? renvoya Angel.
— Non, j'ai quelque chose contre les gens qui tuent d'autres gens. Vous connaissez le sujet puisque vous combattiez l'Armée colombienne. Vous avez dû voir des horreurs pendant ces années de guerre, des scènes qui ont dû heurter votre sensibilité, perturber votre psychisme.

La climatisation brassait le vide, sans rafraîchir personne.

— Vous avez déclaré ne pas connaître la victime, poursuivit Cortez face au silence hostile de l'ancien guérillero. C'est toujours le cas ?

— Pourquoi ça ne le serait pas ?

— Parce qu'on vient de l'identifier : Leonardo Mayas. Ce nom ne vous dit rien ?

— Non.

— Curieux, il figurait dans tous les journaux la semaine dernière.

— Je ne lis pas les journaux.

— Leonardo Mayas est un ancien FARC. Un officier. Il a disparu de la *finca* où il travaillait depuis les accords de paix. On le soupçonnait d'avoir rejoint les rebelles dans les forêts, jusqu'à ce que vous retrouviez une partie de son corps à Playa Blanca.

Il présenta la page d'*El Tiempo*, où figurait le visage d'un homme débonnaire devant un plan de maïs.

— Il ne ressemble pas à la tête que j'ai découverte sur la plage, dit Angel.

De la bouillie.

— Vous ne trouvez pas ça bizarre, cette coïncidence ? Qu'un FARC tout juste sorti de prison trouve le cadavre d'un de ses anciens officiers ?

— Mayas n'était pas un de mes officiers.

— Mais un ancien guérillero, comme vous.

— Et des milliers d'autres.

— Vous pourriez lui en vouloir, chercher à vous venger de lui pour une histoire datant d'avant votre capture.

Angel soupira d'un air las.

— Je ne connais pas cet homme, répéta-t-il. Je n'ai aucune idée de ce qui a pu lui arriver ni l'intention de retourner en prison. Huit ans m'ont suffi.

— Je comprends.

Il y avait moins d'animosité que de doute dans les yeux du flic.

— Écoutez, Mercer, dit-il bientôt, nous n'avons que votre témoignage sur cette affaire, un casier judiciaire vous décrivant comme un homme dangereux, vous n'avez pas d'alibi et il y a une forte probabilité pour que le meurtrier connaisse la victime.

— Et balance sa tête à deux mètres de chez lui, enchaîna Angel. J'avais un bon dégagement quand je jouais gardien de but, si ça peut vous aider dans votre enquête.

Cortez se contint.

— Je vous demande de rester à la disposition de la police, dit-il d'un air pincé, le temps que j'en sache plus sur cette histoire. Ne sortez pas de la province, Mercer, c'est entendu ?

« *Police, élixir de vie* », disait la devise au mur du bureau. Hilarant. Angel saisit le casque de moto à ses pieds.

— Cherchez-vous un autre coupable, lieutenant Cortez.

Un couple de chiens errait à l'ombre d'un mur en parpaing quand il sortit de l'antenne de police de Santa Ana. Il ne savait pas d'où sortait Leonardo Mayas, l'ex-FARC décapité, mais Angel avait déjà croisé ce genre de blessures : celles que laissent les lames d'une tronçonneuse.

7

Lautaro connaissait à peine Maria Victorine Marcelin. D'origine française sans doute (son patronyme rappelait l'homme qui avait organisé la première police du pays), avec des attitudes raffinées pour une fille en pâture volontaire sur internet.

Il abusait des applis et sites de rencontres, échanges et alarmes érotiques lui prenaient l'essentiel de son temps libre, limité vu son rythme de croisière qui tenait plus de la course au large. Lautaro était un bourreau de travail, les cœurs il laissait ça à d'autres ; à quarante et un ans, il n'avait pas d'amis proches ou lointains, de cousins, d'âmes sœurs à qui se confier, seulement des ennemis à qui il appliquait la même sentence, ogre conscient de sa faim qui étouffait dans les flammes en embrasant ce qui passait à portée, mâles, femelles, il ne faisait plus de distinction. Son père l'avait bombardé chef de la police criminelle de Bogotá après des années de traque dans les forêts du Sud. S'il croyait que ça allait le calmer, il se trompait : Lautaro bouillait, il suffisait de le voir s'échiner au-dessus de la Franco-Colombienne.

La libération lui arracha un bout de larmes, qu'il n'eut pas besoin d'écraser dans la lumière tamisée de la chambre. Maria Victorine Marcelin, dossard numéro 12 dans la course au sexe anonyme, rangea son entrejambe pendant que son amant envoyait balader le préservatif sur la table de nuit. Il restait la marque de la capote échouée là la veille, qu'elle ne vit pas, tout occupée à sa toilette de chat. Lautaro n'était pas un romantique, ça aussi c'était fini. Il enfila le pantalon de kimono qui lui servait de pyjama, le tee-shirt au pied du lit. Ce n'est pas qu'il désirât se débarrasser d'elle, ils s'étaient tout dit au maximum du voltage, et le reste paraîtrait bien fade.

— Salut, dit-il à la fille qui finissait de se rhabiller.

— C'est ça, salut.

Dossard numéro 12 appréciait modérément le ton désinvolte du type avec qui elle venait de coucher. Il était autrement plus attentionné tout à l'heure quand il s'agissait de lui fourrer sa queue dans l'anus ; enfin, après tout elle aussi avait eu son compte. Maria Victorine quitta la chambre comme elle était venue, sur la pointe des pieds. L'habitude des escarpins, dont elle retrouva la paire au milieu du salon. Elle les chaussa et prit la porte qu'il daigna lui ouvrir. Les adieux furent brefs, sans espoir de rappels – on ne construisait rien avec ce genre d'homme : dommage, songeait-elle, elle aimait bien son appartement.

Lautaro l'avait acheté avant le boom de l'immobilier qui avait accompagné les accords de paix, cent mètres carrés faiblement taxés qu'il revendrait le double s'il lui prenait l'envie de tout bazarder.

Il prit une douche puis fuma une première cigarette sur le toit-terrasse, un mug de café noir à la main. De là, il pouvait voir la Séptima – la double-voie qui traversait la ville –, les collines boisées qui grimpaient à l'assaut des Andes et les restaurants des rues en contrebas, où l'on trouvait de la cuisine du monde entier. La brume noyait les sommets des montagnes ; depuis le sixième étage, on apercevait les toits des immeubles en brique, les plus répandus à Bogotá, et les rues encore peu passantes. Lautaro contempla la ville où il était né avec un mélange de scepticisme et de hargne.

Les FARC avaient été chassés des collines lors du Plan Colombie, on ne se faisait plus assassiner ou enlever en pleine rue, les marques du monde globalisé avaient bousculé les vendeurs de maïs du centre-ville, mais Bogotá restait froide et dure comme la roche qui l'enserrait, prise dans un brouillard définitif dévalé des Andes, coupée en deux comme une pomme avant que la pourriture ne gagne sa partie saine. Au nord les riches, au sud les pauvres. Les vers grouillaient aujourd'hui à la frontière, voleurs, indigents, traîne-savates, délinquants, peigne-cul et survivants du commerce informel qui grossissaient les *barrios* des quartiers sud. Lautaro avait beau les éviter, il les voyait tous les jours dans les rues près des monuments et des musées, déplacés d'Urabá, du Cauca ou des Llanos, Indiens, îliens, Amazoniens à la peau tannée barbouillée de gris pot d'échappement. Bogotá n'était pas pour eux mais ils espéraient quand même vendre leur camelote, soutirer quelques pesos qui ne valaient rien au marché de la misère.

Lautaro les méprisait pour ça, leur labeur et leur espoir, autant qu'il détestait cette ville. Il n'y voyait que des avenues rutilantes et mornes au nord, les enseignes gaies jusqu'au pathétique des nouveaux quartiers d'affaires, les terrasses du Chapinero défendues par des grillages, des vigiles et des flics armés qui ne servaient qu'à tenir la racaille à distance, des frênes asphyxiés par la circulation du centre financier de Chile où se calculaient les points de croissance dont une poignée d'initiés tirait les bénéfices, loin de l'optimisme officiel auquel chaque habitant se devait d'adhérer après les accords de paix. Leurs histoires de nouvelle Colombie radieuse, avec ses parcs nationaux, ses colibris et ses jaguars, ses eaux transparentes et ses déserts, ses vertes forêts et ses zones caféières fertiles où jeter un bâton suffisait à voir pousser un arbre, tout ça ne tenait pas ; car ils grouillaient toujours, les petits vers humains, dans ses entrailles furieuses où mijotaient sa colère et l'acide de son amour volé.

Son café était achevé, Miss Enculez-Moi un souvenir opaque dans son esprit tourmenté, et huit heures du matin sonnaient quelque part ; Lautaro déposa son mug sur le bar de la cuisine américaine, enfila une veste sombre, ferma la porte blindée de l'appartement et prit l'ascenseur sans croiser personne.

Le gardien armé qui assurait la sécurité de l'immeuble avait l'habitude de voir défiler les filles en transit pour le sixième : Filloz, un petit homme de soixante ans dangereux comme un pistolet à bouchon, qui devait tout balancer à son père.

— Comment ça va, vieille croûte ?

— RAS, colonel ! répondit-il tandis que l'officier traversait le hall.

— Comme dans ta vie.

Ça le faisait rire.

La Camaro attendait devant le bâtiment de brique. Lautaro jeta un regard alentour par réflexe, relâcha le bouton de sa veste pour dégager le holster de son Glock, prit place au volant et grimpa vers l'*autopista* et ses fresques bariolées. Eminem l'accompagna le long des murs de béton.

I'm a soldier
Never was a thug, just infatuated with guns
Never was a gansta, 'till I graduated to one

La Séptima longeait les contreforts des collines ; les plus pauvres qui s'y entassaient décampaient avec la modernisation du centre, mais des rouleaux de barbelés interdisaient toujours l'accès au premier étage des bâtiments, comme s'ils constituaient une perpétuelle menace. La Chevrolet dépassa une plate-forme de bus où des gens mal habillés se pressaient et plongea vers le commissariat central. Lautaro était d'une humeur maussade malgré sa nuit d'amour. Son unité avait secoué les puces des indics, des petites frappes et des commerçants à leur botte avec la photo anthropométrique de Miss Vase-À Fleurs, sans résultat. On ne connaissait toujours pas son nom, les recoupements pour identifier les membres éparpillés exigeaient des examens ADN sans fin et ils n'avaient toujours aucune nouvelle de Carbonel, le chef du Clan du Golfe. Ce bouffeur de coca pouvait jouer un double jeu mais, si violent et crétin qu'il fût, massacrer des innocents au moment de négocier sa reddition semblait d'un intérêt ténu, contre-productif – la menace de son père lors de leur dernier contact avait été claire. Ça n'expliquait pas comment une telle série d'exactions pouvait être commise à l'insu du chef narco.

Il appela Diuque, sur la piste des avions susceptibles d'avoir embarqué les corps. Il y avait de la friture sur la ligne.

— Tu es où ?

— Près de Barranquilla, répondit-il. J'écume les

aérodromes de cambrousse : c'est le sixième que je me coltine depuis hier. Chou blanc pour le moment.

— Aucun vol de nuit ?

— Si, mais rien de suspect.

— Et les autres, ils disent quoi ?

— Idem.

Diuque supervisait les équipes missionnées dans le département, trente-deux aérodromes au total, un travail de fourmi. Le feu passa au vert, dégageant l'avenue.

— Quelque chose à ajouter ? dit Lautaro en faisant rugir les cylindres.

— Oui : on se fait chier en province.

— Profite du soleil, ici il pleut des rats et les femmes tiennent les égouts.

Le lieutenant ricana brièvement dans le combiné.

— OK, dit-il, je te tiens au courant.

— C'est ça.

Le commissariat central du Chapinero bruissait à tous les étages quand Lautaro passa le sas de sécurité. *Bip bip bip*, s'affola l'électronique. Il croisa une femme de ménage noire qui lustrait le hall sans feindre d'aimer son travail, des policiers en uniforme qui le saluèrent avec une déférence vaguement inquiète, des agents assoupis qui sursautèrent à son apparition. Un putain de fantôme, voilà ce qu'il était pour ses contemporains, grogna-t-il en grimpant les étages. Lautaro s'en accommodait, de toute façon il n'était pas là pour tailler la bavette… C'est en rejoignant le bureau du quatrième qu'il tomba sur Doris, sa secrétaire, une quadra métissée à on ne sait quoi qui avait le don de le détendre avec son impertinence bienvenue. D'humeur égale, rodée à l'humour violent de son patron, Doris avait un chignon dressé comme un ananas sur la tête, un côté boulotte dépassé par une poitrine opulente que son regard aux éclats de noisette avait du mal à faire oublier. Lautaro l'aurait bien secouée entre deux portes, histoire de voir gigoter ses gros seins, mais il ne pourrait plus jouer avec elle et Doris valait mieux comme assistante que les nichons à l'air.

— Salut, toi, dit-il en traversant l'open space où sa secrétaire s'escrimait.

— Bonjour colonel ! Bien dormi ?

— J'ai l'air ?

— Eh bien, je ne sais pas, fit-elle dans un haussement d'épaules, couchez-vous plus tôt !

— C'est une proposition ?

— Tss ! Pas pour ce que vous insinuez avec vos pattes de gros chat mal élevé, rétorqua Doris, au parfum. Tenez, colonel, puisque vous êtes là, je viens de recevoir ça, dit-elle en saisissant deux feuillets agrafés posés sur son bureau.

Doris lui tendit un rapport de police, qu'il consulta debout. La tête d'un homme découverte sur une plage de la côte caraïbe venait d'être identifiée : celle de Leonardo Mayas, un ancien FARC disparu de sa *finca* huit jours plus tôt, soupçonné d'avoir rejoint les groupes armés qui se reconstituaient dans les forêts.

— Qui d'autre est au courant ?

— La police de Santa Ana, répondit Doris.

— Et toi.

— C'est important ?

Lautaro acheva la lecture du rapport dans son bureau, autrement moins soigné que celui de Doris, avec ses mégots froids (il avait fait couper l'alarme incendie plutôt que de se faire chier à fumer à la fenêtre) et ses restes de sushis. Il s'assit sur le siège en cuir, vit le nom du promeneur qui avait retrouvé la tête de Mayas et sentit le picotement grimper sur son épiderme : Orlando Mercer. Un repris de justice résidant depuis peu à Playa Blanca, d'après le rapport du lieutenant Cortez qui suivait l'enquête.

Angel…

Lautaro rumina dans sa barbe, le temps d'enregistrer l'information : fameux concours de circonstances, oui. Seulement il n'y avait pas de place pour le hasard dans leurs affaires familiales, ni pour les coïncidences.

Il joignit l'antenne de police de Santa Ana et eut une discussion serrée avec Cortez, un jeune officier zélé bien décidé à creuser la piste de son seul suspect – Mercer était un ancien FARC, comme Mayas dont il cherchait toujours le reste du corps.

— Mercer n'a pas d'alibi et ce type est louche. L'appel à la police peut être une ruse pour éloigner les soupçons, argumenta le lieutenant. Mercer est un personnage sombre et renfermé, les réponses aux questions que je lui ai posées sont évasives, et je le crois capable de passer à l'acte.

— Depuis quand les flics font dans la psychiatrie ? renvoya Lautaro.

— Mercer a failli tuer un détenu lors de son séjour en détention, d'après le directeur du pénitencier que j'ai interrogé. Depuis sa sortie il y a cinq mois, Mercer n'a noué aucun contact malgré les efforts des services sociaux qui lui ont fourni un logement et un travail à mi-temps. Le genre loup solitaire. J'ai commencé à fouiller dans son passé de guérillero pour retrouver la trace de Mayas, poursuivit Cortez : les deux hommes ont pu trafiquer à l'époque, amasser un magot en lien avec la coca, et Mercer chercher à se venger de son ancien complice en réalisant que Mayas avait dilapidé sa part.

Lautaro laissa parler Cortez. Impossible de retirer l'affaire au flic de Santa Ana, il en avait déjà référé à ses supérieurs de Carthagène – une autre juridiction. Sauf à faire intervenir le Procureur général, ce qui attirerait l'attention. Dans tous les cas, il fallait arrêter Cortez avant qu'il ne devienne un danger.

— J'ai de bonnes raisons de croire que le meurtre de Mayas est lié à une affaire plus vaste, dont je m'occupe, fit Lautaro. Votre suspect n'a pas le profil des tueurs que je recherche.

— Peut-être, renvoya crânement le flic de province, mais je vais quand même vérifier ma piste, colonel. À moins bien sûr que vous trouviez les coupables avant moi.

Le morveux.

Lautaro raccrocha, dans l'expectative, songea à prévenir son père, puis changea d'avis. L'apparition d'Angel était un signe du destin. Une affaire de synchronicité, de soudaine concordance des temps au moment où on ne s'y attend pas, comme si tout cela avait un sens caché, métaphysique. Le destin, ou quelque nom qu'on pût donner à la forme du devenir, lui jouait un tour – bon ou mauvais, ça restait à déterminer. Jusqu'à présent, Saùl avait toujours décidé de tout, du sort de son cadet en particulier, mais il avait aujourd'hui la main. L'occasion de rebattre le jeu, à sa manière…

Lautaro commença par étudier la carte du pays où il avait répertorié les scènes de crime avec Diuque, constata que l'une d'elles se situait près de San Vicente, dans le Nariño. Des nuages irisés passèrent derrière les vitres du bureau ; il resta prostré un moment, le regard perdu sur la montagne grimpée au-dessus des immeubles, imaginant les équations folles qui s'offraient à lui. Car une idée venait de germer parmi les volutes.

Lautaro n'avait pas pour projet de soigner ses névroses : il réglait ses comptes, c'était sa résilience.

Angel avait suivi un autre chemin que lui après le lycée ; aller à la Nacho, ce repaire de gauchistes, était déjà une provocation en soi. L'anthropologie, OK, raillait Lautaro, mais ce n'est pas avec un mémoire sur la polygamie urbaine que son frère allait briguer des postes à la hauteur des ambitions familiales : il voulait devenir quoi, prof ?! Et puis ses lubies de théâtre, monsieur se voyait en Shakespeare ! Angel prenait des grands airs d'artiste lors des repas dominicaux, en quête d'une aventure humaine digne du temps sur terre, prétendait que l'avenir tout tracé pouvait attendre, que rien n'était écrit – des conneries. Les parents ne s'étaient pas méfiés. Ils le voyaient grandir comme un arbre fort et sain, pas comme un feu de broussailles. Angel ne se prenait pas pour de la merde, pas le genre du garçon. Il disait aimer les femmes qui dansent, les discussions enflammées dans les arrière-salles des cafés, les copains, la musique et les animaux sauvages, des choses inoffensives, croyait-on, ou de son âge. Parce qu'ils avaient stimulé son si sensible esprit, Saùl et Lorena croyaient avoir la main sur lui et son imaginaire : Angel jouait de plusieurs instruments, avait lu quantité de livres, côtoyait l'élite intellectuelle de Bogotá et surtout ses enfants, une tête chercheuse qui, passé ses délires anthropologiques sur la polygamie bla-bla, trouverait une femme et un vrai métier. Sauf que l'esprit décalibré d'Angel avait pris les armes. Les FARC. Voilà où l'avaient mené les gauchistes de la Nacho qui lui avaient bourré le crâne d'idéologie marxiste, celle-là même qui pourrissait le pays depuis près d'un demi-siècle. Les FARC ? Des rescapés d'un tiers-mondisme simplet qui se prenaient pour un mouvement de résistance au « fascisme uribiste néolibéral », selon le jargon. Tu parles ! pestait Lautaro. Les compagnons de route d'Angel préféraient ne pas évoquer les faits qui dérangent, comme les massacres des tribus indiennes, l'élimination des « déviationnistes » de gauche, les purges sanglantes, les enlèvements contre rançon, le recrutement forcé dans les campagnes, les gamins traînés en forêt, leur implication fort lucrative dans le commerce de la drogue, le sang, les morts : tout disparaissait au profit d'une dénonciation exclusive des crimes de l'oligarchie menée par Uribe et de leur allié états-unien, Satan de service dont W. Bush caricaturait les cornes imbéciles.

La petite mise en scène d'Angel pour simuler sa disparition avait fonctionné pour les médias mais pas pour lui et Saùl, qui avaient reçu sa lettre de rupture comme une flèche enflammée à la porte du fortin.

Et Angel avait payé.

Cher.

Mais il restait quelques détails à vérifier avant de donner un coup de pied dans la fourmilière – et faire renaître le phénix de ses cendres…

Le luxe des boutiques grandissait à mesure que la Camaro remontait les avenues, les mêmes qu'à Paris, New York ou Shanghai. Les Bagader habitaient la

Zona T, un quartier résidentiel au nord de la ville avec demeures sécurisées et gardes armés. Lautaro se fraya un passage entre les berlines qui lambinaient aux feux. La brume couvait dans la cuvette des Andes et il n'avait pas prévenu Lorena de sa visite.

La maison se profila entre les platanes, trois cents mètres carrés au sol et un jardin trois fois équivalent où Lautaro avait joué et collé des roustes à son frère. Ils n'avaient pas eu de sœur. Tant mieux, pensa-t-il, elle aussi aurait fini par partir en vrille. Il gara la voiture de sport le long du trottoir, croisa une vieille femme en manteau de fourrure escortée par un homme à tout faire et un petit chien ridicule affublé d'une muselière. Une copine de sa mère, peut-être.

Lautaro ne l'avait pas vue depuis un mois. Ou deux. Il espaçait les visites. La dernière fois, elle l'avait appelé « Angel ». La pauvre ne l'avait pas reconnu ; soit elle l'avait fait exprès, soit elle perdait définitivement la boule. Lorena avalait des palettes de médocs depuis la disparition du cadet. Lautaro laissait son père gérer la situation. Perdre sa mère était assez pénible en soi. Le temps ne passait pas sur elle, il la laminait. À soixante-quatre ans, Lorena n'était qu'une femme usée, irritable ou migraineuse, aimante aussi parfois, à la folie. Incohérente. Lautaro s'en était détaché, comme le troupeau des bêtes malades.

Il se fit annoncer à Alvaro, le gardien du sanctuaire, qui lui ouvrit la grille de la propriété. Toujours le même hibou lugubre, un peu plus déplumé.

— Mon père est toujours à Medellín ?

— Oui, monsieur.

— Tu sais quand il rentre ?

— Il ne me l'a pas dit, monsieur.

— Ma mère est là, j'imagine.

— Oui, monsieur.

— Merci, monsieur.

Lautaro abandonna le gardien au jardin sans enfants, coupa par la pelouse. Il sonna à la porte de bois blanc verni, entra sans attendre de réponse et ne décela aucune présence humaine sous les hauts plafonds.

— Il y a quelqu'un dans cette taule ?!

Il faisait sombre dans la maison. L'odeur de l'enfance l'assaillit tandis qu'il foulait le couloir ; Lautaro découvrit le salon aux rideaux tirés plongé dans la semi-obscurité, héla sa mère deux fois, ne reçut que l'écho des lustres rococo pendus là. Il traversa la maison comme un spectre indifférent – les tapis sur le marbre, les tableaux dans les pièces inutiles depuis leur départ, la bibliothèque que plus personne ne consultait, les stores baissés du vestibule –, puis il sortit par la porte qui donnait sur l'aile ouest, resta un instant ébloui par la lumière du jardin et aperçut une silhouette dans la serre.

Lautaro trouva sa mère au milieu des fleurs tropicales, un spray à la main, brumisant orchidées et amaryllis de *pschitt* passionnés.

— Oh ! Lautaro, tu m'as fait peur ! sursauta-t-elle à sa vue.

Cheveux ondulés avec soin, épaules recouvertes d'un long voile blanc transparent courant par-dessus sa robe, Lorena avait gardé l'amour des belles choses et semblait normale – l'effet des fleurs sur ses nerfs à vif.

— Salut, dit-il en l'embrassant. Pourquoi il n'y a aucune lumière dans la maison ? Vous faites des économies ?

— Oh ! non, non ! C'est juste que je tire les rideaux

quand ton père est parti. Ça m'évite de le faire tous les soirs.

— Hum, si on veut... Bon, comment tu vas ? Toujours dans les choux ?

— Les choux ?

— Les fleurs.

Sa mère oublia un instant son brumisateur.

— Ah, les fleurs, oui, mais pas seulement, dit-elle d'un drôle d'air. Tu comprends, je ne peux plus rester les bras croisés à avaler des médicaments qui ne servent à rien alors que tout va mal sur la planète. J'ai décidé d'œuvrer pour la nature, Lautaro : les fleurs, les arbres, les forêts. Ça commence à suffire.

Son air convaincu indiqua qu'elle était déjà partie en hors-piste.

— Robin des Bois était un garçon, maman, et il volait les riches.

— Mais figure-toi que c'est exactement ce que je compte faire ! s'agita Lorena, le rimmel papillonnant sous les spots de la serre. Seuls les gens riches ont les moyens de sauver la planète !

Le réchauffement climatique lui montait à la tête. Elle devait sauver quelque chose à défaut d'elle-même.

— Sais-tu que nous sommes le pays occidentalisé qui compte le moins de médecins ? Avec tous les morts et les malades qu'on a, tu imagines un peu ?

— Non.

— Tu devrais. Les hommes et la nature sont liés, comme Dieu à Bach : comme Dieu à Bach ! elle répéta, heureuse de sa formule.

Lautaro observa un instant le vieil animal humain perdu dans les limbes, éprouva un sentiment de pitié.

— J'aurais dû te prévenir, plutôt que de passer à l'improviste, dit-il.

— Oh ! Tu n'as pas à t'excuser ! Et puis, tu dois le savoir, Damian est à la maison. Ça faisait longtemps que je ne l'avais pas croisé, ce petit. Il a plutôt bonne mine.

Lautaro l'avait oublié, celui-là.

— Il vous a dit qu'il s'était fait virer de l'internat ?

— Damian a été renvoyé ?

— Une histoire de chatte. C'est de famille.

— Mince ! Il ne m'a pas dit… C'est quoi, cette histoire de chat ?

— Je te la raconterai avec lui, s'il s'en souvient.

— Tu es venu le voir, n'est-ce pas ? s'enthousiasma Lorena.

— Oui, mentit Lautaro. Il est où ?

— Eh bien, dans sa chambre, sans doute.

L'aîné acquiesça. La chambre en question se situait dans l'aile opposée au bureau de Saùl, le but de sa visite.

— Lautaro ? fit sa mère avant qu'il ne parte.

— Oui ?

— Pourquoi tu ne restes pas un peu à la maison avec Damian ? Je suis sûre qu'il aimerait la vie de famille.

— Quelle famille ?

— Eh bien, la nôtre.

— Je voudrais pas être méchant, mais ça fait longtemps qu'on ne rit plus dans cette maison.

— Justement : Damian apporterait un peu de fraîcheur ! Il pourrait rester ici, non, plutôt que de passer son temps en pension ?

— Vois ça avec Saùl, s'assombrit Lautaro.

— Il soutient que je ne pourrais pas m'occuper de lui.

— Il a raison, tu te donnes déjà du mal avec toutes ces fleurs.

— C'est vrai, s'éclaira-t-elle. Elles sont belles, n'est-ce pas ?

Lorena désigna les Heliconia dans l'allée, dites « pinces de homard », ses préférées en raison de leur floraison capricieuse.

— Il ne leur manque plus que la parole, assura son fils.

À ces mots, le visage de Lorena changea d'expression.

— Des fleurs qui auraient la parole… Oh ! Ce serait si… si merveilleux !

Lautaro laissa sa mère à ses montagnes russes. Quittant la serre, il revint sur ses pas, alluma la lumière du rez-de-chaussée et grimpa l'escalier en prenant soin d'éviter la chambre de l'adolescent.

Contrairement aux pièces du rez-de-chaussée, les rideaux étaient ouverts dans le bureau de Saùl, avec vue sur le jardin arboré. Bois précieux, tapis d'antiquaire, et une figure géométrique d'Omar Rayo au mur, peinture originale offerte par ses beaux-parents résumant assez bien la pensée complexe de son père ; le parquet craqua sous les pieds de Lautaro. C'était sans doute la première fois qu'il se retrouvait seul dans l'antre du patriarche.

Le coffre se situait dans le placard où le Procureur conservait ses dossiers personnels, un modèle avec porte à double paroi qu'il l'avait déjà vu manipuler. Constatant que la combinaison n'avait pas changé – sa date de naissance, comme c'était touchant –, Lautaro fouilla parmi les chemises plastifiées et trouva vite le petit classeur bleu qu'il cherchait. Il parcourut les rapports de police qui dormaient dans le coffre-fort, les documents secrets relatifs à l'affaire, évalua la situation. Les risques étaient sérieux, dans un sens comme dans l'autre, mais ça pouvait coller… Il photographia les pages qui l'intéressaient à l'aide de son smartphone, remit le dossier secret en place, referma le coffre et quitta le bureau.

Avec un peu de chance, son père n'en saurait jamais rien.

Des gravures de chevaux ornaient le couloir à l'étage, ainsi que des épisodes retraçant la Conquête espagnole et des échanges de présents avec les autochtones. Lautaro s'apprêta à redescendre, pressé de vider les lieux, se ravisa : sa mère avait des trous dans la tête mais elle parlerait de sa visite, et Saùl ne comprendrait pas qu'il n'ait pas salué Damian – son alibi.

Il frappa à la porte de l'ado, assez fort pour annoncer son intrusion comme le faisait jadis son père, entra dans la foulée. Le décor de la chambre n'avait pas changé depuis des années, avec sa tapisserie enfantine, ses meubles arrondis aux couleurs criardes et ses jeux de société empilés sur les étagères. Damian se tenait assis sur le matelas de son lit à une place, le regard fixé sur un écran d'ordinateur, un casque sur les oreilles. La surprise se lut sur son visage, puis il cliqua sur son clavier et ôta ses écouteurs.

— Alors, on ne dit pas bonjour à tonton ?

— Salut, il bougonna.

Joie ou consternation, Lautaro naviguait à vue avec ce gosse.

— Tu vas bien ? demanda-t-il comme une banalité.

Damian ne répondit pas, enfoui sous sa tignasse brune qui, à sa tête, semblait peser des tonnes. Lautaro se pencha sur son ordinateur portable, fit semblant de s'intéresser.

— Tu jouais à quoi ?
— Je joue pas, j'écoute de la musique.
— Oh pardon. C'est quoi ?
— Des clips.
— Des clips avec des filles en slip ?
— Pff.
Ça le faisait marrer. Pas Damian visiblement.
— J'imagine que tu as raconté tes exploits à Saùl, dit Lautaro : il a réagi comment ?
— Comme toi.
— C'est-à-dire ?
— Il s'en fout.
— Bah, on a toujours eu à se soucier de toi, ça peut arriver de flancher.
Damian releva la tête.
— C'est de l'humour ?
— La seule façon de supporter la vie, tu crois pas ?
Il baissa les yeux, désolé.
— Alors je ne dois pas en avoir beaucoup, estima l'ado à mi-voix.
— C'est moche.
L'ironie ne prenait pas. Le silence devenait même pesant dans la chambre.
— C'est tout ce que tu as à me dire ? murmura Damian.
— Tu veux que je te dise quoi, que t'as une belle coiffure ? Bon, j'ai discuté un peu avec ma mère mais elle n'a pas su me dire : tu reprends quand l'école, demain ?
— Après-demain, normalement, répondit Damian d'une voix cassée.
— En voilà une bonne nouvelle. Tâche de te tenir à carreau cette fois-ci : pas de minou-minou dans le dortoir des filles, c'est compris ?

Lautaro fronça les sourcils comme dans un dessin animé. L'ado s'emmêlait les mains sur son lit d'enfant, à deux doigts de pleurer.

— Qu'est-ce qu'il y a ? réagit Lautaro.

— Rien.

— On ne dirait pas.

De grosses larmes commençaient à perler de ses paupières.

— Moi aussi je me sentais seul à ton âge… Ça passera. Comme le reste.

Lautaro sourit à Damian, les yeux luisants sur son lit d'enfant, sans croire un traître mot de ce qu'il venait de dire.

C'était ça ou se tirer une balle dans la tête.

8

Le soleil rougeoyait sur les remparts de Carthagène, découpant les arêtes de l'ancien fort colonial. Haby restait sur le qui-vive malgré la brise crépusculaire qui l'enveloppait, comme à chaque fois qu'on pouvait les surprendre ensemble. Une paire de lunettes teintées lui mangeant la moitié du visage, elle avait coupé son portable avant de retrouver Saùl dans la vieille ville, l'homme qui posait sa main chaude sur sa taille.

— Tu es sûr qu'il n'y a pas de paparazzis dans le coin ?

— Tu crois que je prendrais ce risque ?

— Tu n'es pas censé être à Carthagène.

Il glissa la main sur les fesses de l'ancienne danseuse.

— Ne t'en fais pas, toute cette partie de la vieille ville a été sécurisée pour le lancement de la campagne… Et puis, Gomez veille au grain.

On apercevait la silhouette imposante du garde du corps au pied des marches, un ancien flic, discret, efficace.

— Toujours à espionner, celui-là, maugréa Haby pour la forme. Il a les yeux partout : on dirait une mouche.

— Remercie-le plutôt d'éloigner les curieux.
— C'est sûr qu'avec sa tête…
— Tss !

Haby avait vingt ans de moins que le directeur de la Fiscalía. Vingt-trois pour être exact, ils n'étaient plus à ça près. Haby avait grandi dans le département du Santander, une des régions les plus prospères de Colombie grâce à l'agriculture et à l'industrie pétrolière – la raffinerie de Barrancabermeja figurait parmi les premières d'Amérique latine. Son père avait créé une franchise dans la restauration rapide (« Kokorico », c'est le nom qu'il avait trouvé pour sa chaîne de nuggets), mais Haby n'avait pas envie de finir comme les dindes qui caquetaient dans le secteur. Une spécialité du Santander. Leurs études achevées, seins et fesses refaits, les filles de son âge n'aspiraient qu'à se marier avec n'importe quel sexagénaire bedonnant plein aux as, de gros exploitants agricoles ou des types qui travaillaient dans le secteur du pétrole, à chauffer la carte bleue dans les boutiques de luxe, les spas et les cures de thalasso pendant que pépé ramassait les pesos, une femme de ménage se chargeant d'élever les gosses s'il en voulait, enfants rois prenant le monde entier pour une boniche bientôt aussi ignares que leur mère, et qui deviendraient les décideurs du pays.

Haby avait fui le Santander, sa famille de riches péquenots, tout en soignant ses arrières. Elle avait d'abord travaillé dans le milieu de la mode, notamment à Paris et Milan. Les plus grands couturiers avaient vite adoubé cette longue tige à la peau dorée, jusqu'à ce que ces brutes à paillettes ne la réduisent à un tube vomitif de quarante-deux kilos. La déprime liée à cet échec n'avait pas duré et, à rebours, l'avait même endurcie. De retour au pays, Haby avait pris des cours de danse moderne, de comédie, soigné ses réseaux, baisé quand il fallait avec qui il fallait sans jamais se forcer, avant d'embarquer dans la première tournée de Shakira. Lors d'une soirée VIP après un show à Bogotá, elle avait rencontré Oscar, un libéral bon teint soucieux d'écologie qui allait devenir son mari : Oscar de la Peña.

À quarante-six ans, le gouverneur d'Antioquia avait déjà deux grands enfants issus d'un premier mariage – ça tombait bien, Haby n'en voulait pas –, le courage de ses opinions et une trajectoire ascendante qui leur ouvrait un horizon modèle XXL. La danse, comme la mode, ne durait pas. Haby avait abandonné Shakira pour épauler son mari dans le milieu de la politique et, forte des contacts d'Oscar qu'elle savait relier avec intelligence, avait monté une boîte de communication qui servait depuis leurs intérêts communs. Quinze ans dans la même spirale leur assuraient une confiance réciproque, Haby était devenue la directrice de com du futur candidat à la présidence, le temps jouait pour eux et Oscar l'aimait.

Haby de la Peña n'avait pas prévu de retomber amoureuse, un soir d'été, sans préavis.

C'était à Cuba, trois ans plus tôt, alors qu'elle accompagnait Oscar aux négociations avec les FARC. Un coup de foudre qu'elle avait tenté de refouler en vain. Haby aimait la beauté maltraitée de Saùl, son intelligence multiforme supérieure à la sienne, plus pratique, sa vitalité surprenante pour un homme de soixante-sept ans (ils avaient fait l'amour à la sauvette la première fois, comme des adolescents) et, par-dessus tout, elle aimait son élégance. En lice pour le ministère de la Justice, Saùl avait laissé sa place à Oscar, également pressenti. Le Président réservait ce poste à un homme apte à prendre sa suite à la tête de l'État mais, comme disait Saùl : « Je vole déjà sa femme, je ne vais pas en plus voler la présidence à Oscar ! »

Boutade ou pas, Haby la battante avait apprécié le généreux désistement.

Ils vivaient leur liaison dans le théâtre d'ombres d'un amour calibré selon leur emploi du temps, leurs moments étaient rares, donc précieux. Oscar bien entendu ne se doutait de rien ; les deux hommes marchaient main dans la main, et tant pis si Saùl tenait ce soir celle de sa femme.

L'océan se déroulait au pied de la citadelle sous le vol des frégates, le soleil chamarré luisait sur les pierres espagnoles ; Haby ramena sur son visage une mèche brune malmenée par le vent des remparts. Il ne faisait pas froid mais elle se nicha contre son amant.

— Parfois j'aimerais que le temps s'arrête…

Ses mots ne pesaient pas lourd dans la brise marine.

— Tu t'ennuierais si tu m'avais tout le temps sur le dos, avança Saùl.

— Peut-être pas. Mais je ferais comme si, pour que tu redoubles d'attention.

— Je fais le maximum, toujours.

— C'est pour ça que je t'aime, monsieur le Procureur.

Elle était drôle à ses heures. Un peu cinglée aussi, songeait-il. Dans tous les cas autrement plus glamour que le calvaire vécu à la maison avec sa femme… Haby n'était pas sa première maîtresse, mais de loin sa liaison la plus dangereuse. Une situation intenable, il le savait : malgré ses sentiments, Saùl ne pouvait pas quitter sa femme malade pour une ex-mannequin futée de vingt-trois ans sa cadette et mariée à son allié politique. Sans parler des élections qui se profilaient.

Encore quinze jours avant le début du cirque médiatique. La directrice de com, bien sûr, s'occupait de tout, raison de sa présence à Carthagène.

Saùl avait quitté Bogotá le jour même, mais il ne s'était pas rendu directement à Medellín, profitant du voyage pour retrouver Haby sur la côte.

L'océan patrouillait au-delà des remparts, qu'ils observaient toujours, serrés l'un contre l'autre.

— J'ai envie de baiser, dit Haby.

Il sourit.

— Je te choque ?

— Non : tu m'amuses.

Saùl fit signe à son garde du corps d'approcher la voiture aux vitres teintées qui les mènerait à sa garçonnière. Lui aussi avait envie de faire l'amour – qui sait quand ils se reverraient… Gomez conduisait la berline aux vitres teintées sur le *malecón* quand Saùl reçut un appel de Lautaro. Le Procureur laissa sonner, attendit que son fils laisse un message pour le consulter.

On venait d'identifier un des cadavres largués du ciel : Leonardo Mayas, un ex-FARC soupçonné d'avoir repris le maquis. Vérifications faites, Mayas avait servi dans le Chocó, comme Rodriguez.

— Tout va bien ? lança Haby sur la banquette.

— Oui… Oui, tout va bien.

Saùl souriait dans son costume en lin, un sourire flippant à la Sean Penn qui la laissait comme la fissure d'un lac gelé.

La *roca*, un immense rocher taillé à la verticale par une érosion multimillénaire, constituait la principale attraction de Guatapé. Non loin, des centaines d'îlots s'égrenaient au fil d'un lac artificiel aux allures de delta. Le site, magnifique, était jadis couru par les narcos, aujourd'hui par les notables de Medellín et quelques stars de cinéma ou de la télé qui venaient passer le week-end dans leur maison, uniquement accessible par bateau. Des privilégiés, comme Manuel Rodriguez.

Abrité derrière ses lunettes noires, Saùl observait les oiseaux de l'archipel domestiqué. La nature lui manquait, Haby aussi. Les amants s'étaient quittés à l'aube après une nuit trop courte, promettant de se revoir bientôt en sachant que ce serait de plus en plus difficile. Tomber pour une affaire de mœurs ne correspondait pas à Saùl Bagader, mais après trois ans de liaison clandestine, l'idée d'une rupture le contrariait comme au premier jour.

— Vous devriez vous méfier, *patrón*, lança Gomez tandis qu'ils sillonnaient le lac.

— De quoi ?

— Du soleil, répondit son garde du corps. Ça n'a pas l'air avec les nuages, mais il crame dur par ici.

Gomez s'était réfugié sous l'auvent du hors-bord, une casquette sur le crâne.

— On devrait arriver avant la fonte des glaces, ironisa Saùl. Qu'est-ce que vous avez toujours avec ce maudit soleil ?

— Il me donne des boutons. Comme Rodriguez.

— Vous n'aimez pas les narcotrafiquants repentis, Gomez ?

— Pas quand ils jouent aux cons.

Sa moustache et ses grosses mains lui donnaient un air bonhomme, plutôt trompeur si l'on croyait ses états de service. Gomez avait quitté la police avant la retraite pour se recycler dans la protection rapprochée. La cinquantaine, divorcé, il suivait le Procureur comme une ombre lors de ses déplacements. Lui seul était au courant de sa liaison avec Haby de la Peña, un secret que l'ex-flic avait tout intérêt à garder : son nom apparaissant dans l'affaire des « faux positifs », la protection s'avérait réciproque.

Saùl opposa son visage au vent, à peine brumisé par les embruns soulevés par la coque du bateau. Ils dépassèrent un îlot verdoyant où se nichait une maison d'architecte, toute de bois et de verre, puis une des cinq cents propriétés ayant appartenu à Pablo Escobar. Celle qu'il avait fait construire dans le delta de Guatapé bénéficiait d'un terrain de football où venaient jouer les meilleures équipes locales, d'une piste de motocross, d'un haras, de divers complexes aquatiques et hôteliers pour y loger domestiques et *sicarios*, d'une boîte de nuit, mais aussi de dizaines d'espèces d'arbres importés du monde entier qui, en fertilisant, avaient colonisé la Colombie. Une des nombreuses folies d'Escobar, dont le règne avait été aussi violent qu'éphémère – à l'image de cette île, où il ne s'était rendu que trois fois. Plastiquée par Los Pepes, les alliés du cartel de Cali, il n'en restait aujourd'hui que des ruines.

Saùl observa les grues blanches qui picoraient en bordure du rivage, bâilla malgré lui. Le pilote de l'embarcation avait été recommandé par le flic de Guatapé chargé de l'accueillir, un type à la peau burinée qui n'était pas allé longtemps à l'école mais connaissait les méandres du lac comme sa poche. Le hors-bord s'engouffra entre deux îles à peine séparées par une dizaine de mètres, avant de voguer sur une étendue plus plane, presque soyeuse sous les reflets du soleil.

Une maison sur pilotis apparut entre les arbres, puis un ponton où clapotait une famille de canards.

— On arrive, annonça le taiseux aux commandes.

Le soleil de l'Antioquia éclaboussait les différentes teintes de vert. Rodriguez habitait une propriété au bord de l'eau, avec une piscine en mosaïque bleue du plus bel effet. Les trois hectares de terrain lui appartenaient, d'après les infos du juge, achetés dix ans plus tôt au plus fort des combats. Saùl s'entretint un instant avec le flic en faction près du ponton, se fit annoncer à la domestique qui guettait son arrivée, remonta la pelouse avec elle en posant des questions a priori anodines sur le propriétaire des lieux.

Le juge de Medellín, que Saùl avait vu plus tôt dans la matinée, ne lui avait pas appris grand-chose. Accusé de trafic de drogue après la prise de Miami, libéré sous caution dans l'attente d'un procès, Manuel « Sonny » Rodriguez était assigné à résidence sur cette petite île. Ses communications sous surveillance, Rodriguez se gardait de tout contact avec l'extérieur, laissant le soin à la justice de démontrer comment dix tonnes de cocaïne avaient pu passer entre ses mains avant d'être saisies par les autorités nord-américaines. L'enquête du juge était en cours, une société-écran enregistrée au Panamá semblait camoufler des activités illégales mais, malgré les recherches du parquet financier, rien qui pouvait associer Rodriguez aux cartels colombiens. L'ancien chef guérillero devait avoir son propre réseau, hérité des FARC. Quant à Leonardo Mayas, il ne figurait pas dans le dossier du juge.

Saùl n'avait rien mangé dans l'avion de Carthagène, comme les soldats avant de monter à l'assaut. Lui et Rodriguez avaient ferraillé de longs mois avant de trouver un terrain d'entente – une amnistie et quelques sièges de députés en échange de la reddition. Saùl gardait le souvenir d'un idéologue coriace, l'embonpoint rappelant plus les repas d'affaires que la traque en forêt tropicale.

De fait, avachi dans un canapé de cuir qui faisait ressortir sa bedaine, Rodriguez l'accueillit froidement. L'ex-négociateur des FARC n'était plus protégé par l'amnistie, l'affaire de Miami le mettait sur la sellette et le Procureur Bagader n'avait pas fait tout ce chemin pour parler du temps où ils fumaient des cigares à La Havane.

Saùl n'eut que mépris pour la tenue de clown de l'ancien guérillero – large treillis couleur camouflage, béret et lunettes noires profilées de rock star abusant des beignets à l'huile. Il accepta une citronnade, attendit que l'employée de maison reparte en cuisine.

— C'est le juge qui vous envoie ? Parce que je vous préviens tout de suite que je ne reviendrai pas sur mes déclarations, commença Rodriguez dans une langue moins châtiée qu'à la télévision. On m'a tendu un piège, Bagader, je n'ai jamais mis les pieds à Miami et je n'ai pas l'habitude de traiter avec les *gringos*.

— Les Mexicains le font, de mèche avec les cartels colombiens.

— Qu'ils s'enfilent avec leurs cactus.

— Un châtiment de mafieux, si je ne m'abuse, nota le Procureur.

— Je ne suis pas un mafieux.

— Dix tonnes de cocaïne, vous n'êtes pas non plus une jouvencelle.

— Un piège, je vous dis. On m'accuse sans preuves.

Saùl désigna les cent mètres carrés du salon, dont la baie vitrée donnait sur le ponton au bout du jardin.

— C'est en économisant sur votre solde de guérillero que vous avez acheté cette propriété ?

— Je vous demande comment votre famille a acquis ses terres et son bétail ? aboya le marxiste.

— Ça ne répond pas à ma question.

— Vous demanderez au parquet financier que vous m'avez collé sur le dos, rétorqua-t-il, le teint cireux malgré le climat local.

Rodriguez bottait en touche, comptant sur ses avocats fiscalistes pour noyer le poisson.

— Il n'y a jamais eu autant de drogue cultivée dans le pays, poursuivit Saùl d'un ton égal, et je connais les lois du marché. Toute cette coca n'est pas destinée à pourrir sur pied.

— Les paysans en font pousser un maximum pour gonfler les indemnisations des programmes de substitution, rétorqua l'autre depuis son canapé. C'est proportionnel aux hectares cultivés, ils ne vont pas se gêner. Et vos insinuations commencent à me courir sur le haricot, monsieur Bagader.

Saùl reposa son verre de citronnade sur la table basse qui les séparait.

— À vrai dire, je viens au sujet d'une autre affaire, annonça-t-il. Rien d'officiel pour le moment.

— Vous allez m'accuser de quoi, cette fois-ci, d'avoir chié sur la lune ?

— Puisque vous semblez aimer la vulgarité, je vais vous poser une question : quel rapport entretenez-vous avec le Clan du Golfe ?

— La clique de Carbonel ? Aucun. Pourquoi ?

— Des dizaines de cadavres ont été découpés partout dans le pays et Carbonel jure qu'il n'y est pour rien.

— Comme un cobra jure qu'il ne va pas vous cracher au visage.

— Des cadavres découpés et exposés à la mode de la Violencia, recadra Saùl. Ce massacre n'est pas parvenu jusqu'à vos oreilles ?

— Je suis assigné à résidence, le cul devant la télé à pester contre vos petits copains qui m'ont fourré là, comment voulez-vous que je sois au courant ?

Difficile de deviner ce qu'il pensait derrière ses lunettes noires ; Saùl guettait les tressaillements de ses mains à défaut de sonder son regard.

— On soupçonne les tueurs d'utiliser les avions qui transportent la drogue pour jeter les victimes depuis les airs, dit-il. Les narcos ne sont pas les seuls, les FARC aussi envoyaient la coca depuis des aérodromes de campagne.

— Moins que l'Armée et leurs alliés paras.

— Les chefs paramilitaires ont été tués ou jetés en prison : pas ceux des FARC, dont certains se sont recyclés dans le trafic, quitte à s'allier avec leurs anciens ennemis.

— Si c'est pour m'accuser de meurtres que vous êtes venu jusqu'ici, vous pouvez repartir à Bogotá avec votre gorille.

Saùl ne le quittait plus des yeux.

— Vous connaissez Leonardo Mayas, l'ancien FARC disparu de sa *finca* il y a une dizaine de jours ?

— Non. Pourquoi ?

— Mayas compte parmi les victimes.

— Je suis désolé pour lui, renvoya Rodriguez, mais que voulez-vous que ça me foute ?

— Mayas a servi dans le Chocó durant le conflit, comme vous, avec le grade de capitaine. Ça ne sera pas difficile de trouver l'unité où vous avez pu combattre ensemble : autant gagner du temps, vous ne croyez pas ?

L'ex-FARC montra les dents. Saùl l'aiguillonna un peu plus.

— Mayas ne serait pas mêlé à une affaire de drogue, par exemple, qui aurait causé sa perte ? Le Chocó est une des plaques tournantes de la coca et vous avez sévi des années là-bas ; Mayas a pu être victime d'un règlement de comptes.

— Allez au diable, Bagader.

— J'en reviens : il vous attend. Alors ?

— J'ai rien à voir avec vos histoires, il faut vous le chanter sur quel air ? Mes communications sont sur écoutes, les visites réduites à mon avocat, quand vos flics ne viennent pas m'espionner jusque dans les chiottes ! Bon Dieu, même les poissons ont pas le droit d'approcher à moins de cent mètres !

Manuel « Sonny » Rodriguez suait sous sa veste camouflage, qui jurait avec le cuir bleu pâle du canapé. Une fausse piste, évidemment.

Saùl prit congé avant de lui faire avaler ses lunettes de guignol.

9

Un paysan aux mains noires remplissait des sacs de grains pour nourrir ses deux ânes et son cheval, une bête vaguement blanche qui regardait d'un œil morne la circulation des voitures plaza de los Periodistas. Diana Duzan dépassa le *kiosco* qui vendait les produits gras aux emballages bariolés dont s'empiffrait Soler entre deux conférences de rédaction, laissa le petit parc dans son dos et traversa la rue en slalomant entre scooters et mobylettes pétaradantes.

La journaliste avait donné rendez-vous à son patron à Los Dos Gatos, un restaurant végétarien où il pourrait venir à pied depuis le journal. Ça lui ferait un peu d'exercice, Soler mangerait sainement au moins une fois cette semaine et le lieu était autrement plus accueillant que les bacs à friture des bouis-bouis qui pullulaient dans les rues du centre. Un air de vallenato jouait en sourdine dans le restaurant ; Diana portait une robe de laine blanc cassé, des bas noirs, des chaussures à talons et un sac à main assorti qu'elle accrocha à sa chaise par réflexe – il y avait peu de risques de se faire voler ici. Ses cheveux libérés tombaient sur ses épaules, châtain teinté de caramel depuis que ses premières mèches blanches étaient apparues. Seule et coquette, il n'y avait rien d'antinomique, même si les Colombiennes n'étaient pas nombreuses à envisager la vie comme elle, sans homme à la maison. Voilà que tu vires féministe, observa-t-elle en s'installant à la table. Les filles qui conversaient autour d'elle portaient des vêtements colorés, paraissaient gaies ou frivoles, jamais sur leurs ergots comme elle, usant de superlatifs pour marquer la cadence. Diana se sentait décalée, porteuse d'une mission qui la dépassait. Une forme de vérité peut-être, qui l'empêchait de relâcher la pression. Même en musique Diana était à côté de la plaque, cumbia, rumba, ranchera ou pasillo ne lui inspiraient rien, comme si avec la mort de son père on avait arraché ses racines, elle était incapable de danser comme le faisaient les autres filles, avec le sourire et sans se poser de questions. Avec elle, il y avait toujours une interrogation.

La serveuse remit les cartes du menu quand son patron débarqua enfin, s'épongeant le front après la bruine qui l'avait accompagné tout le long.

— Tu crois que je n'ai pas compris le message, fit bientôt Soler en brandissant la carte des plats.

— Tu préférais quoi, un déjeuner dans une étable, au milieu des bouses de vaches ?

— Toujours aussi mesurée, hein ? rit-il de bon cœur. En tout cas tu as meilleure mine que l'autre matin. Tu étais où, on ne t'a pas vue depuis trois jours ?

— J'ai fouillé un peu dans le passé de Lautaro Bagader, le fils du Procureur général. Il est sur une affaire de meurtre particulièrement sordide.

— C'est sur ça que tu enquêtes ?

— Oui.

— Et ?

— Mystères à tous les étages.

La serveuse vint prendre la commande. Deux salades quinoa-épinards-fromage de brebis. Pas de vin, ni de sodas.

— Depuis quand tu t'intéresses aux affaires de police ? relança Soler.

— C'est marrant, Jefferson m'a posé exactement la même question.

— Parce qu'il est dans le coup ?

— Il m'a juste tuyautée.

— Tu as les yeux qui brillent quand tu parles de lui.

— Putain, t'es lourd. Je te parle de Lautaro Bagader et d'une femme assassinée le week-end dernier. Son corps a été sciemment exposé, mutilé selon une découpe qui date de la Violencia et reprise par les paramilitaires : les bras et les jambes enfoncés dans le tronc après l'avoir vidé de ses entrailles.

Le rédacteur se servit un verre d'eau.

— C'est agréable de déjeuner avec toi, dit-il.

— Oui. Du coup j'ai cherché à savoir ce qui pouvait expliquer le silence de Bagader sur cette affaire.

— Pourquoi il t'obsède tellement, ce type ?

— Son père était un proche d'Uribe, qui soutenait les paras. Et la victime n'a pas été identifiée…

Ils reçurent alors les assiettes biodynamiques qui, à défaut de provoquer l'enthousiasme du rédacteur, se laissèrent dévorer. Diana en profita pour raconter les exploits de Lautaro dans l'Armée, ses opérations coup de poing durant le Plan Colombie, la « neutralisation » de Lino et la mort des soldats de son unité des forces spéciales après la liquidation du Front 26.

— Comment ça ? tiqua Soler.

— Les vingt-trois soldats d'élite ont été tués en mission dans les seize mois qui ont suivi l'opération, soit la totalité de l'escouade, expliqua Diana. Tous sauf l'officier qui les dirigeait : Lautaro Bagader.

Le joyeux brouhaha du restaurant parut plus lointain.

— Tu insinues quoi ?

— La traque et la mort du numéro deux des FARC est la dernière mission de Bagader dans l'Armée, poursuivit-elle. Et tu sais quoi ? À chaque fois qu'il a commandé une unité des forces spéciales sur le terrain, Bagader n'a jamais ramené de prisonniers.

L'ogre Soler mangeait de manière mécanique – ça n'avait pas de goût ces trucs-là.

— Quel rapport avec le meurtre de cette femme ?

— Je ne sais pas, concéda la journaliste. Peut-être qu'elle a été témoin de quelque chose, ou qu'on envoie un message sanglant au chef des flics pour lui rafraîchir la mémoire.

Son patron hocha la tête.

— L'époque est à la réconciliation nationale, Diana, dit-il en repoussant son assiette : pas à taper sur l'Armée en ressassant les exactions commises durant le conflit.

— J'ai réussi à joindre les familles de six soldats de son unité morts au combat, enchaîna-t-elle. Toutes touchent une petite pension et s'en tiennent à la version de l'Armée. Aucune plainte ou suspicion concernant les décès, ni rien qui remette en cause le rapport officiel.

— Qu'est-ce que tu leur as dit, aux familles des soldats ?

— La vérité.

— Elles ont réagi comment ?

— Personne ne veut faire de vagues. Et Lautaro

Bagader est un trop gros poisson pour qu'on veuille s'y frotter.

— Sauf pour toi, nota Soler.

— C'est mon job. Lautaro n'est pas net, j'en suis sûre, répéta Diana en calant derrière son oreille les mèches qui gribouillaient son visage.

Soler boudait devant son assiette vide.

— Tu crois que le Procureur couvre son fils pour ce qu'il a commis durant le conflit ?

— Lui ou d'autres, dit-elle.

— Tu as des preuves de ce que tu avances ? Des témoins ?

— Tu sais bien que c'est l'omerta dans l'Armée. Surtout avec la Commission vérité et réconciliation qui se profile pour solder les comptes.

Un silence animé par les conversations voisines ponctua ces révélations. Le restaurant était maintenant bondé.

— Bref, tu n'as que des soupçons, résuma Soler, des faits vieux de huit ans qui ne tiennent sur rien.

— Mais des faits ! protesta Diana.

— À ce stade de l'enquête, une simple intuition féminine.

— Qu'est-ce que tu veux dire par là, gros macho ?

— Que tu perds ton temps. Et moi aussi, asséna-t-il en dressant son quintal. Je suis bon prince, je prends la note. Mais dégotte-toi un autre sujet. Il y a des élections bientôt, tu es au courant ?

— Quel rapport avec Bagader ?

— Aucun, justement, répliqua le rédacteur en chef. Je ne sais pas pourquoi tu fais une fixette sur ce flic : il applique peut-être des méthodes acquises à l'Armée pour vider les poches cancéreuses de cette ville, garde certaines infos sous le coude, mais je me fiche de son passé dans les forces spéciales, de la mort des soldats partis en mission avec lui pendant le Plan Colombie : tout le monde en a marre de la violence, tu n'as pas remarqué ?

Diana eut un regard entêté.

— Tu me demandes de ranger la merde sous le tapis ?

— Si tu la cherches, oui, dit Soler en laissant un généreux pourboire.

Quand son cerveau était en surchauffe, Diana partait flâner dans les librairies d'occasion de la calle Octava. Se ressourcer, glaner quelques livres précieux, lâcher prise ou simplement marcher pour se remettre les idées en place. Le quartier était presque reposant au regard de l'urbanisme anarchique de la capitale, mais sa promenade ne la mena nulle part. Après tout, Soler avait peut-être raison : pourquoi s'acharnait-elle sur ce type ? Militaire de choc, Lautaro avait pu faire payer aux FARC la disparition de son frère. Elle avait couché avec le chef des flics, comme une conne, et elle lui cherchait des poux dans la tête plutôt que de balayer les lentes devant sa porte. Un doute s'immisçait, plutôt moche, dans sa maudite caboche.

Diana rongea son frein toute la soirée, seule avec son chat d'appartement, un bol de crevettes au gingembre sur les genoux. Croqueta attendait qu'elle ait fini de manger sur le canapé rétro du salon, les pattes rangées comme des draps de grands-mères sous le poitrail. Sur l'écran passait un vieux film noir américain que Diana connaissait par cœur. Son intuition, comme disait son patron, pourtant ne la trompait pas : il s'était passé quelque chose dans la jungle du Nariño huit ans plus tôt, un événement qui expliquait la mort des soldats des forces spéciales impliquées sur le terrain… Un secret militaire ? Avaient-ils vu quelque chose qu'ils n'auraient pas dû voir ?

D'autres hypothèses couraient dans sa tête. La victime découpée comme un vase à fleurs était-elle la femme de l'un de ces soldats, quelqu'un qui s'apprêtait à parler à la Commission vérité et réconciliation après la mort suspecte de son mari ? Bagader fuyait-il les médias pour mieux occulter son passé ? Diana avait sorti ses dossiers, regroupé ses infos. D'après la Comisión Intereclesial de Justicia y Paz, trois cents militaires avaient été cités pour des délits commis lors de la guerre sale : Lautaro faisait-il partie des officiers mis en cause ?

La Fiscalía dépêchait un procureur par région, lequel pouvait être révoqué s'il fouinait un peu trop dans les affaires des acteurs locaux – politiciens, propriétaires terriens, milices, voire l'Armée régulière. Le fonctionnaire qui avait exercé à l'époque dans le Nariño pouvait peut-être l'aider.

— Tu en penses quoi, gros chat ?

Croqueta frotta son museau contre ses doigts pour y coller son odeur – c'était elle, son territoire. Le renversement du monde.

ONG plutôt critique envers le pouvoir, Comisión Intereclesial de Justicia y Paz accompagnait les communautés et les organisations qui affirmaient leurs droits dans les zones de conflit sans recourir à la violence, se battait avec eux pour l'usage traditionnel de leurs territoires et la sauvegarde de la biodiversité face à l'industrie des agrocarburants, aux narcos-propriétaires terriens qui avaient profité de la guerre pour occuper les terres des paysans en fuite. Des emmerdeurs en somme, que Diana connaissait bien.

L'ancien juge Schmerkin, qui dirigeait l'ONG, était d'humeur enjouée au téléphone, comme à son habitude, et efficace. Il retrouva sans peine le nom du procureur du Nariño à l'époque du Front 26 : Nelson Jairo. Après vérifications, Diana apprit que Jairo avait été muté à Pereira six mois après l'exécution du chef des FARC par les forces spéciales de Lautaro, dans le département de Risaralda où le procureur exerçait toujours.

Championne du monde du baratin, Diana força les barrages téléphoniques en se présentant sous un faux nom comme employée de la Commission vérité et réconciliation. Le procureur Jairo, amadoué par sa plus charmante voix féminine, se montra disert. Non, il ne se souvenait pas d'exactions commises par l'Armée lors de son mandat dans le Nariño, non, il n'avait pas eu affaire au commandant Bagader, oui, des dizaines de chefs des FARC avaient été éliminés lors du Plan Colombie, oui, l'éradication du Front 26 et du numéro deux de la guérilla avait été une réussite, et non, Nelson Jairo ne se rappelait pas qu'il y ait eu des prisonniers lors de cette opération commando.

— Aucun combattant des FARC n'a été capturé cette année-là ? insista Diana sur le même ton affable. Avant ou après la liquidation du Front 26 ?

— Il faudrait regarder dans les registres, estima le procureur.

— Ils sont consultables ?

— Par un magistrat, oui.

— Vous pourriez faire ça pour moi ?

Il y eut un silence dans le combiné.

— Il y a quelque chose que je ne comprends pas, madame, fit Jairo : pourquoi me posez-vous ces questions ?

— Pour la paix, dit-elle.

— Vous savez que Saùl Bagader est mon supérieur hiérarchique. Qu'est-ce que vous cherchez ?

— Si les registres du Nariño mentionnent des prisonniers cette année-là, assura-t-elle. C'est important pour la Commission.

— Vous cherchez un témoin, c'est ça ? devina le procureur de Pereira. Pour des exactions commises par qui ?

— Les FARC, l'ELN ou un autre groupe armé, avec l'assentiment d'un ou plusieurs cartels. On soupçonne le Front 26 d'être l'épicentre du trafic de cocaïne des FARC en direction de l'Équateur, poursuivit-elle. Le témoignage d'un prisonnier de l'époque serait précieux pour équilibrer les charges. Trop d'entre elles concernent l'Armée ou les AUC. Le directeur de la Fiscalía était un proche d'Uribe, dont vous connaissez les liens avec les paras, insinua-t-elle.

Diana continuait de mentir effrontément.

Nelson Jairo n'était qu'un petit procureur de province face au géant Bagader : il comprit le message.

— Bon, acquiesça-t-il, je vais voir ce que je peux faire…

Hormis de rares magazines d'investigation, comme *Semana*, et quelques sites internet indépendants, l'essentiel de l'information était déversé par les chaînes de télévision qui, à l'instar des revues people inondant les kiosques, privilégiaient le factuel, le sensationnel ou l'insignifiant sans remettre en cause un modèle économique et politique soutenu par les mêmes groupes de presse. Même à *El Espectador*, Diana devait composer avec la censure qui pesait sur Soler, un homme courageux mais pas téméraire.

Il était neuf heures du soir dans l'appartement du parque 93. Croqueta faisait du pédalo, abandonné de tout son long sur sa maîtresse : Diana, lovée sur le canapé, caressait son museau avec une tendresse qu'elle ne donnait pas aux hommes, mais ce soir le cœur n'y était pas. La journaliste venait d'apprendre la réalité du soulèvement de Tian'anmen, trente ans après les faits. Ce n'était pas deux cents étudiants qui avaient été tués lors des échauffourées avec les forces de l'ordre, ni mille comme les autorités chinoises l'avaient concédé plus tard sous la pression de l'opinion internationale : d'après le rapport britannique déclassifié qu'elle venait de dénicher sur internet, les chars avaient cerné dix mille jeunes réunis sur la place, et les avaient massacrés à tirs tendus, avant de passer les rescapés sous les chenilles des blindés, plusieurs allers-retours, jusqu'à ce qu'ils ne forment plus qu'une mélasse de chair humaine sur la place de Pékin. Les bulldozers avaient alors pelleté ce qu'il restait des étudiants prodémocratie et jeté le tout dans les égouts de la ville, poussé à coups de jet d'eau et nettoyé jusqu'à ce qu'il ne reste plus aucune trace.

La réalité faisait froid dans le dos. Un cafard monstre. Les humains étaient interconnectés, Diana en était persuadée, pas seulement pour des raisons économiques ou écologiques : quand une ethnie disparaissait, une façon de penser le monde disparaissait avec elle, son savoir et ses solutions aux futurs problèmes de l'espèce humaine, réduisant d'autant le champ des possibles, ces spectres métis et colorés qui lui tenaient à cœur. La manière dont le parti Communiste avait géré l'idée de démocratie en Chine se passait de commentaires, comme le silence de l'Occident, parfaitement au courant de la barbarie exercée envers les jeunes qui avaient osé réclamer un peu de cette fameuse démocratie : l'entrée imminente de la Chine dans l'Organisation mondiale du commerce pesait alors autrement plus que les rêves de dix mille étudiants littéralement réduits en bouillie, avant que leur jus d'os et de chair n'alimente les égouts de l'Histoire.

Diana serra son chat pour combler sa répulsion. Le félin n'y comprenait rien, étirant ses pattes dans le vide. Elle se sentait seule. Déprimée. Pourquoi les malheurs des humains la touchaient-ils tant ? Son père ne lui reviendrait pas, ni lui ni personne…

La fin de semaine passa comme une lame sous ses yeux.

Diana ne vit pas son rédacteur en chef, résista à l'envie d'appeler Jefferson pour noyer son chagrin, parla à son animal de compagnie sans obtenir de réponses à ses questions existentielles, conseilla aux oiseaux du balcon de déguerpir, lut des dépêches comme si elles pouvaient l'éclairer, un livre de Héctor Abad au titre prémonitoire, *L'oubli que nous serons*, dont elle ne retint rien, l'esprit ailleurs. Sa mère soudain lui manquait. Elle était partie l'année précédente sans crier gare, une rupture d'anévrisme qui au moins l'avait dispensée de souffrir. Diana avait perdu le lien avec sa sœur, mariée à un concessionnaire automobile d'Apartadó – Diana s'était rendue là-bas une fois pour Noël, n'y avait vu que des bananes. Elles s'étaient revues aux obsèques de leur mère, mais sa sœur et sa famille étaient devenus des étrangers, leur silence réciproque comme une mise à distance polie. Elle finirait avec ses chats, rescapée incognito d'amours indifférentes, un programme qui ne l'enchantait guère…

Diana s'endormit tôt pour un vendredi soir, sa bouillotte à poils rangée à ses pieds, et trouva le message de Nelson Jairo sur sa boîte mail, le lendemain matin.

Le procureur de Pereira avait consulté les archives qui couvraient sa dernière année d'exercice dans le Nariño : un soldat des FARC avait bien été capturé après un accrochage avec l'Armée quatre mois après la neutralisation du Front 26, et transféré dans une prison fédérale. Il n'y avait pas d'autres précisions, que le nom du guérillero : Orlando Mercer.

10

Quelqu'un les avait trahis. Ou une puce avait été introduite avec le ravitaillement, un chip, *ces émetteurs parfois grands comme un grain de riz que l'Armée implantait sous la peau d'un agent infiltré. Isolés après le tapis de bombes larguées sur le campement du Front 26, sans moyens de communication, Angel « Cacho » Bagader, Valeria et Marco, un simple soldat, avaient erré dans la forêt. Partis en reconnaissance lors de l'attaque, le trio avait échappé par miracle à la souricière des forces spéciales chargées de nettoyer le terrain et de ramener la dépouille de Lino.*

Le moral était au plus bas après le massacre de leur unité mais les fugitifs espéraient encore rallier le gros de leurs troupes, à plusieurs jours de marche – une technique de diversion lorsqu'une huile séjournait dans la région. Seulement Marco avait reçu un projectile dans la jambe et il perdait trop de sang. Angel avait pressé la peau brûlée par la poudre, laissant échapper un jus noir et épais de l'orifice, puis il avait espacé les points de suture pour laisser respirer la plaie, le sang et le pus s'échapper, et dégonfler avant d'être fermée pour de bon. Le jeune guérillero tenait bon mais Angel s'inquiétait. Ils n'avaient pas de trousse de secours d'urgence ni de liquide anesthésiant à injecter : sans antibiotiques et avec le climat tropical, si la plaie s'infectait, c'était la gangrène assurée. Il avait porté Marco sur son dos pendant que Valeria se chargeait des armes, trois jours durant, en vain. Le teint du blessé était de plus en plus pâle, ses yeux luisants de fièvre.

Ils avaient trouvé un village isolé à l'aube du quatrième jour, sans savoir qu'on les dénoncerait aussitôt.

La capture s'était déroulée sans un coup de feu : Angel et Valeria tentaient d'extraire la balle avec l'aide du médecin local quand une quinzaine de paramilitaires avaient surgi dans l'hôpital de fortune, armes au poing. On les avait roués de coups avant de leur bander les yeux et les mener en camion, quelque part dans la forêt… Angel ne sut jamais l'endroit exact mais ils n'étaient pas les seuls captifs : de pauvres bougres se trouvaient là, des paysans, sympathisants réels ou fictifs des FARC. Un lieu de cauchemar : le lendemain de leur arrivée, Angel avait trouvé la dépouille de Marco pendue à la branche d'un arbre, dans un état affreux. Valeria avait suivi deux jours plus tard, après qu'il eut entendu ses cris depuis le cabanon où El Diablo l'interrogeait.

Valeria, la mère de sa fille : trois nuits d'amour, une enfant qu'ils chérissaient de loin pour sa sécurité, ces années d'amitié fraternelle réduites à cette poupée ensanglantée pendue par les pieds… Angel enrageait, sûr que son tour viendrait, mais il se trompait.

Cent vingt jours, c'est le temps qu'avait duré le calvaire entre les mains du Diable. Sodome et Gomorrhe, le camp d'extermination, ces nuits où les paras mettaient en scène son exécution sans qu'il pût rien deviner de leurs intentions finales, Angel « Cacho » Bagader aurait pu perdre la raison dans la jungle du Nariño.

Et puis à la cent vingtième nuit, on l'avait hissé à

l'arrière d'un camion bâché qui puait le gasoil et l'obéissance aveugle, une cagoule sur la tête, sans explications. Affaibli, traumatisé par quatre mois de paniques nocturnes, le guérillero n'envisageait plus rien. S'il n'avait pas subi d'interrogatoire, les paras devaient savoir qu'il était Cacho, l'officier du Front 26 qui achevait ses prisonniers d'une balle dans la nuque, et ils s'étaient amusés avec lui pour le lui faire payer. Mais ce transfert lui laissait l'espoir de s'en sortir.

De fait, quand après des heures de route chaotique on l'avait poussé jusqu'à un bâtiment préfabriqué avant d'ôter sa cagoule, une surprise de taille l'attendait : son père.

Saùl Bagader.

Il était là, dans un costume sans cravate, avec quelques cheveux blancs courant le long de sa crinière et un regard distant lourd de non-dits qui tenait le silence au garde-à-vous. Des soldats réguliers défilaient dans la cour, qu'Angel apercevait depuis la fenêtre du bureau – une caserne sans doute. Mille questions affluaient dans son esprit après ces quatre mois en enfer mais la discussion tourna court. Saùl n'était pas là pour parler à son fils mais pour passer un marché : ou il changeait d'identité et purgeait une peine de prison jusqu'à la signature des accords de paix, ou il retournait dans la jungle.

Le camp paramilitaire.

Angel n'était plus qu'une ombre dans le préfabriqué de la caserne. Les mots se bousculaient : comment son père avait-il appris qu'il était prisonnier des paras ? Cette mort cent vingt fois reculée était une idée de qui ? Angel voulait affronter son père pied à pied mais Saùl avait plusieurs coups d'avance. Le Plan Colombie était une victoire militaire mais un échec politique : après ces années de violence, tout le monde n'aspirait plus qu'à la paix, et Saùl comptait sortir le pays de l'ornière en négociant avec les FARC. Quant à lui, il s'appellerait dorénavant Orlando Mercer. Son père lui avait constitué un dossier complet, qu'il consulterait lors de son transfert au pénitencier de Carthagène. Là-bas, tout le monde le connaîtrait sous le nom de Mercer. Il n'en sortirait pas avant que les accords de paix soient signés, comme les autres prisonniers de guerre. Le processus risquait de prendre des années, mais quand ce jour viendrait, qu'il ne s'avise pas de rechercher sa fille : Orlando Mercer n'avait jamais eu de fille.

La vie de Lucia et celle de sa grand-mère étaient entre ses mains : Saùl veillerait à ce qu'il ne leur arrive rien, mais il devait les oublier. À jamais.

Angel était resté chancelant. Valeria avait parlé sous la torture, révélé l'existence de leur fille, que les AUC avaient rapportée à son père… Pourquoi ce dernier l'avait-il tiré de ce guêpier ? Pour lui infliger une peine équivalente à celle qu'il avait lui-même endurée quand il avait fui sa famille ? Angel ne pouvait pas refuser son marché. Et l'accepter, c'était perdre tout espoir de revoir Lucia.

Les gardes l'empoignant, Angel avait demandé à Saùl pourquoi il faisait ça, et sa réponse avait fusé : « Pour t'oublier. »

Oublier Lucia.

Le regard embué de son père quand on lui avait remis la cagoule.

Le Diable.

Cette mort qui venait le visiter la nuit.

Comment Angel aurait-il pu oublier ? Près de dix ans étaient passés depuis sa capture, en vain.

— Orlando ?

Une voix féminine le sortit brusquement de sa léthargie. Flora Ibanez se penchait sur lui, les sourcils circonflexes, et les silhouettes reprirent soudain forme autour de lui ; Angel chassa les visions fantômes qui polluaient son présent, réalisa qu'il n'avait rien suivi du cours d'informatique. Le parfum de la jeune femme le ramena à la vie.

— Oui ?

— Vous êtes dans la lune, on dirait, se moqua-t-elle doucement.

— Non… Enfin, peut-être.

À peine trente ans, mince, très brune, les yeux en amande révélant ses origines autochtones, sa formatrice portait un jean taille basse, un tee-shirt de fille et une paire de Converse blanches qui avait fait son temps.

— Je pourrais vous voir tout à l'heure dans mon bureau ?

Il opina en guise d'assentiment.

— OK, dit-elle en calant une mèche sur son oreille. À tout à l'heure alors.

Flora parlait comme une maîtresse d'école mais une lueur familière brillait dans ses yeux couleur écorce, qu'Angel ne sut interpréter. L'horloge murale indiquait la fin imminente de la séance. Déjà les hommes quittaient la pièce en plaisantant tandis que la jeune métisse rassemblait ses affaires.

Angel attendit qu'ils déguerpissent, tenta de calmer les pulsations de son cœur. Il se sentait déchiré, incapable d'imaginer le futur sans passé. Encore moins sans sa fille, le seul être qui aurait pu lui redonner le goût de vivre. Angel, Cacho, Orlando, il était double, triple même, partout et nulle part à la fois, les sentiments emmaillotés dans des langes de sang. Lucia était un sujet tabou. Se lier à une femme le mettrait en porte-à-faux, et l'obligerait à mentir. Il ne pouvait pas jouer avec le feu, pas avec celui qui le brûlait depuis son premier cours de formation. De petites braises, qu'il entretenait chaque samedi matin quand le regard de sa formatrice se posait sur lui. Amères chimères. Angel n'avait pas touché une femme depuis plus de dix ans, le vertige lui coupait toute envie de se pencher sur la question, l'amour n'était plus pour lui, trop de manque, d'interdits névrotiques liés à sa famille, et puis qu'est-ce qu'il s'imaginait ? Que cette sang-mêlé lui offrirait une seconde chance ? Son corps peut-être ? Flora Ibanez était travailleuse sociale auprès des FARC démobilisés, pas ramasseuse d'épaves au fond des mers !

Les accords de La Havane stipulaient que les guérilleros amnistiés étaient protégés par le gouvernement, chargé de procurer des gardes du corps aux principaux dirigeants lorsqu'ils quittaient les camps FARC où ils s'étaient regroupés, les ONG internationales et l'ONU veillant au bon déroulement du processus de pacification.

Flora aidait les combattants à reprendre pied dans la vie civile, leurs enfants à intégrer l'école, intercédait auprès des instances de la région en cas de problèmes et donnait des cours au centre de réinsertion de Carthagène. Engagés par désœuvrement, idéologie, romantisme ou contraints, la plupart de ses élèves n'avaient aucun diplôme à faire valoir sur le marché du travail ; les plus anciens ne connaissaient que les forêts, savaient comment déséquilibrer un hélicoptère avec un tube à air comprimé, mais n'avaient jamais envoyé un mail. Des hommes souvent taiseux, méfiants ou touchants d'ignorance face à un monde qui avait grandi sans eux. Flora gardait quelque distance avec la gent masculine, d'autant que son contrat notifiait de rester neutre dans tous les sens du terme, mais quand elle l'avait vu arriver dans la classe, poser son corps souple au premier rang pendant que les plus balourds investissaient les murs, elle avait compris au premier regard que quelque chose ne collait pas dans le décor.

Polarité opposée, rives adossées au même fleuve, attraction cosmique ou simples interférences électriques ? Orlando Mercer, c'était son nom, un homme beau et secret qui, après huit ans de détention, avait été libéré et mis sous probation. Absorbée par son travail, Flora avait tâché d'oublier le trouble, sauf que le samedi suivant l'avait renvoyée dans les cordes. Le doute s'était immiscé, une faille dans son corps-cuirasse qui avait fini par laisser passer le jour.

Comme beaucoup d'êtres blessés ou profanés, Flora se sentait attirée par la souffrance des autres. Et s'en méfiait. Sous prétexte de détester l'idée d'être aimé, Mario, le dernier homme avec qui elle avait eu une relation sérieuse, d'abords charmants mais passionné par son statut de victime, dégageait une telle haine de soi qu'il ne parlait de lui-même qu'en termes orduriers. Geysers purulents, pets malodorants cataclysmiques, fange et vomi : en fait de se vautrer dans sa merde, c'étaient des seaux entiers que Mario lui jetait au visage. Flora l'avait laissé dans ses défécations chéries pour échapper aux rets de la laideur et de l'hostilité ordinaire qui tiraient les humains vers le bas. Orlando Mercer était différent. De Mario bien sûr, mais aussi des autres hommes. Flora le trouvait émouvant. Ses gestes pleins de délicatesse lorsqu'il écrivait sur son cahier de classe. Vulnérable et triste quand il la couvait des yeux, par peur peut-être de voir son cœur se fendre en deux, comme une bûche. Ou bien elle déconnait sérieusement.

Andres, l'agent de sécurité du centre de formation, avait mis les pieds dans le plat alors qu'ils déjeunaient ensemble à la cantine.

— Dis donc, je te trouve bien rêveuse en ce moment ; tu n'aurais pas quelqu'un en vue ?

— Non, pourquoi ?

— Et ton copain, là ?

— Orlando ? C'est pas mon copain.

— Tu attends quoi, le dégel ?

Flora avait grimacé à l'intention de son ami – elle se sentait méchamment amoureuse. L'idiote. Ils se vouvoyaient avec persistance malgré leur voisinage et le job qu'elle lui avait dégotté à la librairie, s'adressant de loin des signes de la main les rares fois où ils se croisaient sur la plage. Elle le voyait parfois, tôt le matin avec son chien, rôder près des barques colorées et poursuivre sa promenade avec son compagnon estropié, sans jamais approcher ses volets bleus. Peut-être que la prison l'avait laissé comme un jouet cassé, qu'il ne savait pas parler aux femmes, ou n'osait plus. Flora était dans l'expectative depuis des semaines, ne sachant trop quoi faire de ses sentiments. Les amours platoniques ne l'intéressaient pas, les fantasmes la soûlaient vite. Elle avait bien songé à demander à son copain libraire d'organiser un dîner avec un autre employé histoire de noyer le poisson, mais elle avait renoncé par certitude d'être démasquée. Jusqu'à cette affaire de meurtre…

Le bureau du centre de réinsertion n'était pas le cadre idéal pour un premier tête-à-tête, avec ses murs à la peinture écaillée, son ordinateur semblable à ceux sur lesquels elle leur apprenait à apprivoiser les logiciels, ses étagères fourbues et ses dossiers, mais Orlando Mercer frappait à la porte, il était trop tard.

— Vous vouliez me voir ?

— Oui, dit-elle, l'invitant à s'asseoir.

Il portait un tee-shirt bleu aux surpiqûres blanches qui mettait en valeur ses épaules ; Flora devinait les veines de ses bras noueux, sa peau tannée.

— J'ai reçu la visite du lieutenant Cortez hier, dit-elle bientôt, du commissariat de Santa Ana. C'est quoi, cette histoire ?

— Vous n'avez pas vu les flics sur la plage l'autre matin ? s'étonna-t-il.

— Si, mais je ne savais pas que c'était vous qui aviez trouvé ce corps échoué. Enfin, cette tête… Pourquoi vous ne me l'avez pas dit ?

— Parce qu'on n'était pas samedi.

— « Parce qu'on n'était pas samedi », mima Flora. Je vous rappelle que je suis censée vous aider à vous réinsérer dans la vie, pas seulement le samedi. Cortez m'a posé des questions à votre sujet, comme s'il vous soupçonnait de quelque chose.

— Ah. Et qu'est-ce que vous lui avez répondu ?

— Que vous étiez mon meilleur élève.

— Vous exagérez.

— Les autres ne sont pas non plus des flèches, tempéra la formatrice.

— Me voilà rassuré.

Son demi-sourire l'encouragea.

— Pourquoi Cortez vous a convoqué au commissariat ? Vous aviez déjà témoigné de votre découverte, non ?

— La victime est un ancien FARC, expliqua-t-il, et les flics ont besoin d'un coupable.

— Ça n'a pas de sens : un assassin ne coupe pas la tête de sa victime pour la jeter devant chez lui.

— Expliquez ça à Cortez.

Elle suivit le fil de sa pensée.

— Vous n'avez pas d'alibi ?

— Je lisais devant la mer, avec mon chien. Enfin, ce qu'il en reste.

— Vous auriez mieux fait de passer chez moi, dit-elle d'un ton amical, j'ai quelques bons livres et des croquettes du tonnerre.

L'ironie le détendit à peine.

— La police a une raison de vous soupçonner ?

— Hormis le fait que je sois un repris de justice et la victime un ex-FARC ?

— C'est un peu court, vous ne trouvez pas, Orlando ?

Il eut une moue évasive.

— On a tous notre part d'ombre.

— Et de soleil.

Le souffle du ventilateur agaçait les petites mèches brunes sur son front. Si elle comptait le déstabiliser, c'était réussi.

— Merci de vous soucier de moi, dit-il, embarrassé, mais vous en avez fait assez, entre la maison et le job à la librairie. Je me débrouillerai avec la police. Ils finiront bien par me lâcher.

La lueur dans ses yeux permettait d'en douter.

— Vous connaissiez la victime ?

— Leonardo Mayas ? Non, mais il n'avait pas une très bonne tête…

La jeune femme se tut un instant.

— Je ne suis pas très drôle, hein, observa-t-il.

— De l'humour noir, se dérida Flora.

— C'est ma couleur, on dirait. Pas très à la mode.

— Je ne suis pas contre. Avec une touche d'autre chose, pour harmoniser ; le noir, comme le blanc, va avec tout.

— Vous êtes une femme de goût, approuva-t-il.

— Si vous le dites, j'espère que vous avez de bonnes raisons.

Un bref silence passa dans le bureau, à peine perturbé par les bruits dans le couloir. Sa remarque était étrangement formulée.

— Oui, dit-il enfin. Mais la raison, ce n'est pas mon fort.

— Pourquoi ça ne le serait pas ?

L'ancien guérillero haussa les épaules.

— Les gens comme nous ont les méninges un peu rouillées. Vous avez dû le remarquer.

Flora secoua la tête.

— Pas trop chez vous, non.

— Votre mauvaise foi vous honore.

— Ce n'est pas de la mauvaise foi, renvoya-t-elle.

— Je crois que si. Enfin, ça ne regarde que moi.

Une ombre passa dans ses yeux bronze.

— Vous ne semblez pas avoir tellement confiance en vous et vos capacités, nota Flora, je me trompe ?

— Peut-être.

— En tout cas, vous ne me facilitez pas la tâche.

— Ne vous inquiétez pas pour moi, répéta-t-il.

Elle sentit qu'il allait partir, comme s'il cherchait à se dérober.

— Vous maîtrisez tout de l'informatique, n'est-ce pas, Orlando ? lâcha-t-elle pour le retenir. Pourquoi suivez-vous cette formation si je ne peux rien pour vous ?

— Oh ! si… Si, vous pouvez.

— Je peux quoi ?

Ils se dévisagèrent un instant qui sembla durer le double.

— Rien, marmonna-t-il. Rien, excusez-moi.

Il se leva, comme s'il en avait trop dit.

— Il faut que je file. À la librairie, précisa-t-il en fuyant son regard interrogateur. Je suis déjà en retard et le samedi est une grosse journée. Vous aviez autre chose à me dire ?

Flora se trouva prise au dépourvu.

— Non… Non.

Une douche froide.

La moto était béquillée sur le parking du centre de réinsertion, un trail 125 de troisième main qui gouttait au soleil après l'averse de tout à l'heure. Angel ruminait en sortant du bureau de la formatrice. Elle s'était montrée avenante, mais que pouvait-il lui dire ? Qu'il crevait de ne pas voir sa fille maintenant que la guerre était finie ? Qu'il avait passé un marché en ce sens avec son père, Saùl Bagader, une des huiles à la tête de l'État qui l'avait sauvé et puni pour sa dissidence ? Au fond, cinq mois de liberté n'avaient rien changé, Angel était dans une impasse et sans espoir d'en sortir. Une impasse existentielle. Ou alors à retourner dans la forêt, les armes à la main, et se faire tuer, pour en finir. Une défaite qui valait parfois mieux qu'une vie inhabitée. Il ne savait plus quoi penser.

Angel s'apprêtait à enfiler son casque quand il vit

Flora sortir comme une bombe du bâtiment. Constatant qu'il n'était pas encore parti, la jeune femme courut jusqu'à lui, logea un papier dans sa main et déguerpit aussitôt, abandonnant le parfum de sa peau au vent fade du parking. Une feuille arrachée d'un carnet à spirale, à l'écriture déliée, qu'il déplia.

« Si tu ne m'offres pas un verre en rentrant de la librairie, je mets le feu à ta baraque. »

Dans un pays où quatre-vingt-dix-neuf pour cent des gens regardaient la télévision près de cinq heures par jour, le marché du livre se résumait à un ouvrage lu par an et par habitant, les érudits à une bande d'hurluberlus qu'on voyait parfois tard le soir sur le petit écran. Les premiers textes évoquant le conflit s'étalaient cependant dans les rayons, tentant de cautériser les plaies à vif. Les clients n'étaient pas nombreux à la librairie de Carthagène mais un lectorat fidèle commençait à venir aux rencontres qu'elle organisait. D'ordinaire, Angel aimait l'ambiance feutrée du lieu qui lui rappelait Julio et les cours de théâtre mais, ce samedi, il n'écoutait plus rien. Relisait le message de Flora pour la dixième fois, amusé, bouleversé. Quelques mots avaient suffi à dynamiter ses pensées de cachot. Une promesse d'amour : la perspective était pour lui vertigineuse – et presque trop belle… L'après-midi fila sur lui comme une traînée de poudre.

— À mardi ! lança le libraire.

— Bon week-end.

L'ombre parasitée des nuages courait sur les remparts quand Angel enfila son casque de moto. Il roula sur les rues pavées de la vieille ville et prit la route de Playa Blanca, le cœur trépidant sur sa machine, remuant les petits os au fond de ses cimetières.

Il pensa à elle tout le chemin. À quelle heure finissait-elle son travail ? Serait-il à la hauteur s'il lui passait par la tête de l'embrasser ? Avait-il tant perdu confiance en lui ? Lui qui se croyait condamné à l'oubli semblait se réveiller d'un long sommeil.

Deux palmiers défraîchis finissaient de cuire sous l'éternel été caribéen. Plus haut, des pétrels recadraient l'horizon parti avec le crépuscule. Angel béquilla la 125 à l'arrière de la maison, vaguement surpris de ne pas voir débarquer Trois-Pattes, tira de son blouson la bouteille d'alcool achetée sur la route. Il avait aussi quelques bières au frigo si Flora n'aimait pas le rhum vieux, et des maracudjas frais qui pourraient donner l'illusion d'un cocktail. Son pouls s'emballait à l'idée de la retrouver. Bien sûr qu'il crevait d'envie de partager un verre avec elle, de la prendre dans ses bras, de rester des heures à respirer son odeur dans le creux de son épaule, avant de s'emmêler à son corps jusqu'à la fin des temps. Il distingua alors une silhouette sur la terrasse de la maison de pêcheur : ce n'était pas Flora mais un homme de forte stature qui malaxait l'encolure de son chien. Angel découvrit le visage de l'étranger tandis qu'il se redressait, et resta un instant pétrifié.

— Salut, frérot.

Lautaro portait un pantalon de costard et un teeshirt noir moulant qui laissait saillir ses muscles. Chaque seconde parut une minute. Même regard à double face, même tension dans l'air.

— Ne reste pas planté là, assieds-toi, dit Lautaro en lui présentant le fauteuil en osier dépenaillé.

Angel n'avait pas envie de s'asseoir, encore moins

si son aîné restait debout. Il posa la bouteille de rhum sur la table sans s'en rendre compte.

— Qu'est-ce que tu fais là ? lâcha-t-il d'une voix blanche.

— Eh bien tu vois, je suis venu t'interroger… C'est bien toi qui as retrouvé cette tête sur la plage, dit-il devant son regard incrédule. En promenant ton chien au petit matin, c'est ça ? Il se tourna vers l'animal qui réclamait sa main. Il s'appelle comment, le toutou ?

Angel le fixait, sur ses gardes. Lautaro se tenait devant lui, radieux dans son style anaconda.

— Je n'ai rien à ajouter à ma déposition, dit-il en faisant dégager Trois-Pattes de la terrasse. Vois ça avec le lieutenant Cortez, si c'est pour ça que tu es venu.

Lautaro émit un claquement de langue.

— Tu n'as pas compris, frérot : tu es impliqué dans un meurtre et c'est moi qui ai les pleins pouvoirs sur cette affaire. Oui, enchaîna-t-il, c'est la faute à pas de chance, mais la tête de Mayas échouée sur la plage n'est qu'une partie du puzzle que j'essaie de reconstituer : j'ai des dizaines d'autres cadavres un peu partout dans le pays, découpés à la tronçonneuse comme le type que tu as trouvé, des corps largués d'avion ou exposés comme des trophées à la mode Violencia.

Angel ne se laissa pas prendre dans la toile.

— J'ai dit ce que je savais à la police de Santa Ana, répéta-t-il.

— Oublie Cortez. Je te dis que c'est moi qui mène cette enquête et, si je suis ici, c'est qu'elle te concerne directement. Désolé de te l'apprendre de manière aussi abrupte, ajouta Lautaro d'une voix vaguement attristée, mais la grand-mère de ta fille fait partie des victimes : Rafaële Ramos. Tu te souviens d'elle, j'imagine. Son buste a été retrouvé dans le río Caquetá, échoué deux kilomètres en aval de San Vicente, dans le Nariño. On ne sait pas où est le reste du corps mais Rafaële a été la cible des mêmes tueurs.

Le coup était parti sans prévenir, effaçant Flora du présent.

— Où est Lucia ? demanda-t-il d'une voix plus rauque.

Lautaro alluma une cigarette, attendit que la fumée se dissipe dans la brise.

— La police locale a lancé une enquête qui ne mène nulle part, dit-il. Ta gamine a disparu le jour où le fleuve recrachait le buste de mère-grand, et les gens interrogés par les flics locaux n'ont rien vu, rien entendu.

— Tu te fous de moi ? blêmit son frère. Saùl était censé la protéger !

— De ta présence, oui, pas de tueurs à la tronçonneuse surgis des montagnes.

Angel avait une pointe fichée dans le corps. Le souffle coupé, comme face à leur père.

— Mais j'ai une piste, poursuivit Lautaro en ménageant ses effets. Une photo que les ravisseurs nous ont envoyée. Une photo de ta fille.

— Lucia ? Mais… pourquoi ?

— D'après toi ? Il n'y avait rien d'autre dans l'enveloppe, que cette photo. Notre petit secret a fuité, forcément, peu importe comment : ils savent que Lucia est la petite-fille cachée du Procureur général, et donc qui tu es. S'ils n'ont pas demandé de rançon, c'est qu'ils envisagent autre chose.

— Quoi ?

— J'en sais rien au juste. Un moyen de chantage

sans doute, que les ravisseurs comptent utiliser contre nous le moment venu.

Angel restait immobile sur la terrasse, le cerveau en ébullition.

— La donne a changé, reprit Lautaro sans le laisser respirer. J'ai près d'une quarantaine de meurtres sur les bras et de nouveaux cadavres n'en finissent plus de surgir. Rafaële Ramos était travailleuse sociale du côté de San Vicente quand on l'a trucidée, et tout laisse croire qu'elle a été victime des types que je cherche : une bande organisée, avec une logistique permettant de frapper aux quatre coins du pays. Ces fumiers ont des lieux de découpe où ils centralisent les corps avant de balancer les morceaux par les airs, au petit bonheur, comme la tête de Mayas retrouvée sur la plage. L'une de ces boucheries semble se situer dans le Nariño, où ta fille et d'autres ont été enlevés. Carbonel, le chef du Clan du Golfe, est le premier suspect, mais cet empaffé jure sur sa pute de mère qu'il n'est pas responsable du massacre. Comme c'est notre petit papa qui négocie sa reddition en direct avec lui, il me faut une autre piste et le temps presse : les médias vont nous tomber dessus d'un jour à l'autre et l'opinion est versatile quand il s'agit de faire la paix. Et tu imagines bien que personne n'a envie d'entendre parler de toi.

Angel ne pensait qu'à sa fille.

— Lucia est toujours aux mains des tueurs ?

— Probable. Si elle est encore vivante.

Ses mots lui mordaient le visage. Angel se sentit vaciller.

— Qu'est-ce que tu attends au juste ?

— Que tu enquêtes pour moi dans le Nariño, répondit Lautaro. Les flics et l'Armée sont grillés là-bas, tu le sais aussi bien que moi : je n'aurai pas fait deux pas qu'on m'aura déjà logé dix balles dans le corps. Et tu connais la région comme ta poche.

— Que j'enquête à ta place ? grimaça Angel.

— Carbonel n'est pas le seul suspect, dit-il d'un ton neutre. Il y a aussi Manuel Rodriguez, l'ex-FARC aujourd'hui accusé de trafiquer la coke vers Miami. Possible qu'il cherche à nous coller la pression pour éviter un procès. Rodriguez a pu monter une filière dans le Sud à l'époque où il s'habillait en guérillero pour se remplir les poches avec la coca. C'est pas les plantations qui manquent dans la région.

Lautaro se tourna vers le sac de papier kraft posé contre le pilier de la terrasse.

— Je t'ai préparé un dossier avec des infos qui pourront t'être utiles, dit-il. Personne ne t'a vu dans le Nariño depuis des années : ça te laissera le champ libre… Tu es le meilleur pour cette mission, frérot, le seul qui peut réussir.

Trois-Pattes attendait toujours qu'on lui jette un caillou, loin du compte. Angel suivait le fil du piège qui se refermait sur lui.

— C'est Saùl qui t'envoie ?

— Je travaille sous les ordres directs de De la Peña. Personne ne sera au courant de notre arrangement, que toi et moi.

— Mais Saùl ? La photo de Lucia ?

— La lettre était adressée à nos deux noms : je ne lui en ai pas parlé pour qu'il ne cherche pas à négocier avec ces ordures.

Ils se fixaient en chiens de faïence.

— Cette affaire dépasse notre sphère privée, reprit Lautaro, et j'ai carte blanche pour stopper le massacre. Voilà ce que je te propose : tu m'aides à retrouver ces fumiers, tu rends justice à la femme qui a élevé ta fille et tu reprends ton job à la librairie comme si tout ça n'avait jamais existé. Ta période de probation saute et on peut même envisager un poste à plein temps si ça te chante. Qu'est-ce que tu en penses, Orlando Mercer ?

Angel sonda son aîné, imperturbable sous le vent du soir.

— Et Lucia, dit-il, elle devient quoi dans l'histoire ?

— On verra avec le navire amiral. Commence par mettre la main sur les tueurs du Nariño. Ils te mèneront à elle.

Angel était ébranlé mais il n'allait pas le lâcher, pas après huit ans à se morfondre dans une cellule.

— C'est toi ou Saùl qui a eu l'idée du deal avec Lucia ? lui lança-t-il, revanchard. Que je change d'identité en échange de sa vie ?

— Tu aurais préféré qu'on te renvoie dans la jungle chez les paras ?

Lautaro savait ça aussi. Bien sûr.

— Tu connaissais leur chef ? El Diablo, c'était son surnom…

— Le diable ? feignit-il de s'étonner. C'est moi, on ne t'a pas dit ?

Un silence passa, fratricide. Angel détestait son humour, son sourire faux, son rôle d'innocent les mains pleines, son costard à mille dollars. Il fit un pas vers son frère adossé au pilier de la terrasse.

— L'homme qui commandait le camp, c'était qui ? se crispa-t-il. Tu le sais, putain, alors réponds-moi !

Angel voulut l'empoigner mais Lautaro, plus rapide, bloqua son poignet en un mouvement et lui retourna le bras.

— Oublie ces conneries, Orlando Mercer, c'est un

conseil que je te donne. Tu n'es pas le seul à avoir du mal à avaler ton passé.

Leur souffle se mêlait, les muscles bandés prêts à frapper. Lautaro lâcha prise.

— Pense plutôt à ta fille aux mains de ces types, dit-il en le repoussant sur les planches vermoulues.

Angel pesta contre les années de prison qui l'avaient engourdi.

— Je me charge de prévenir ton petit monde de ton absence, agent de probation, flics, libraire, conclut-il. Mais ne traîne pas. Notre temps est compté.

Lautaro se pencha vers le sac de papier kraft, en tira un Sig Sauer semi-automatique.

— Tiens, dit-il, je sais que tu en feras bon usage. Le numéro de série a été limé, au cas où tu hésiterais à t'en servir.

Angel ne saisit pas l'arme que son frère lui tendait.

— Tu m'envoies dans le Nariño pour que je retrouve ma fille, ou tu m'envoies là-bas pour qu'ils me liquident ?

— Allons, tout le monde sait que c'est toi le plus dangereux d'entre tous !

Lautaro souriait de ses belles dents. Diable ou pas, il le tenait toujours dans sa gueule.

11

Diana n'avait qu'un nom, Orlando Mercer, un combattant des FARC capturé quatre mois après l'anéantissement du Front 26 avant d'être transféré dans une prison fédérale. Le mail du procureur Jairo n'avait pas dit laquelle, ni comment remonter jusqu'au prisonnier. Diana lui renvoya un courriel, demandant son numéro de portable pour un entretien téléphonique, mais ne reçut pas de réponse. C'était un samedi, la journaliste devrait attendre lundi et l'ouverture des bureaux de Pereira pour rappeler le procureur et obtenir plus de précisions sur ce mystérieux guérillero. Un franc-tireur, sans doute. Un témoin potentiel dans tous les cas.

Diana espérait se passer de l'aide de Nelson Jairo mais, lancée sur la piste, elle dut déchanter : internet, réseaux sociaux, annuaires administratifs, Orlando Mercer n'apparaissait nulle part. Près de neuf années étaient passées depuis sa capture : était-il toujours vivant ? En détention ou libéré après les accords de paix ? Impossible d'éplucher les registres des pénitenciers du pays sans autorisation de la Justice, et ce n'étaient pas les flics qui allaient l'aider. Ni son rédac chef. Diana recoupa ses informations, hésita à les punaiser aux murs comme dans les séries télé, activa son cerveau façon synthèse en engueulant Croqueta qui n'arrêtait pas de miauler alors que son écuelle était pleine, snoba le canapé où elle passait ses après-midi de congé à lire, poursuivit les recherches, sans résultat. Et Jairo ne répondait toujours pas à ses mails… Il bêchait peut-être son jardin sans consulter son smartphone, ou il la prenait pour une emmerdeuse.

Elle chercha l'adresse du procureur dans l'annuaire de Pereira, ne la trouva pas. Élargissant le spectre, la journaliste dénicha un Nelson Jairo à Jardín, un village de la Cordillère sur la route de Medellín. Une résidence secondaire manifestement : le procureur y passait-il ses week-ends ? Elle appela sur le téléphone fixe de Jardín, laissa sonner, réitéra l'opération, mais personne ne répondait. Ses questions étaient pourtant urgentes et le soir tombait déjà.

— Miaou, c'est ça, lâcha-t-elle à l'intention de Croqueta, qui attendait on ne sait quoi, planté au milieu du salon.

Le chat roux déguerpit à toute vitesse vers le couloir de l'appartement – c'était l'heure du fantôme –, revint une minute plus tard pour se précipiter sur son grattoir, qu'il déchiqueta avec frénésie. La nuit dégringolait sur les Andes, masse opaque trouée de phosphorescences ; Diana consulta les vols pour Pereira, acheta un billet pour le lendemain à la première heure.

Elle se coucha tôt, son matou niché contre son flanc, mais ne trouva pas le sommeil avant minuit. L'image de Lautaro la visitait, l'expression presque douloureuse de son visage quand il allait jouir en elle… Impossible de trancher entre la beauté et la laideur, entre l'attirance et la répulsion. Diana s'endormit avec ça, et le ronronnement rassurant du petit félin pour bercer ses illusions – demain était un autre jour.

La région du café avait souffert du conflit, comme le reste de la Colombie, mais le retour de l'Armée offrait aujourd'hui une sécurité relative à une population de paysans trop longtemps coupée du monde. La bataille pour apprivoiser la géographie impossible de la Cordillère n'en demeurait pas moins vive. Pluies et soleil alimentant ces forêts tropicales parmi les plus hautes au monde, les *fincas* avaient repris du service, même si beaucoup manquaient d'infrastructures. Les coupeurs de bananes devaient gagner l'autre versant de la montagne en tyrolienne, les moins chanceux portaient leur charge sur les épaules par les sentiers escarpés où les mules étaient passées avant eux. Ils vivaient dans un monde où le cheval avait encore sa place, où une poignée de main calleuse valait contrat.

Diana avait parcouru la région avec Sébastien quelques années plus tôt, au début de l'ouverture au tourisme. Leur relation battant de l'aile, les amants cabossés s'étaient dit qu'un week-end à rallonge dans les thermes naturels les détendrait – vue spectaculaire sur les Andes, piscines d'eaux chaudes, torrents et jacuzzis dans la roche. Ils avaient visité les petites exploitations de café voisines, constaté que les meilleurs grains partaient à l'exportation, qu'habitués au bas de gamme des supermarchés les gens n'y voyaient que du feu. Diana avait rapporté plusieurs paquets dont la moitié survivrait à leur rupture, une semaine plus tard. Un voyage d'adieux en somme. Diana

région, renchérit le rabatteur d'un restaurant, sourire aux lèvres sur le trottoir.

— Non, non, merci !

Les villageois flânaient aux terrasses des cafés, profitant du soleil revenu après l'averse qui s'était abattue plus tôt, des cavaliers défilaient comme des paons sur les pavés. Quelques militaires armés jusqu'aux dents faisaient les plantons à l'angle de la place, plus pour rassurer les quelques touristes que pour défendre le village d'une attaque surprise. Diana traversa la dalle de la grand-place, laissa les vendeurs de *churros* et de jus naturels à l'ombre des grands magnolias, emprunta une ruelle colorée. Les gens, chichement vêtus, semblaient heureux. L'effet du dimanche dans les campagnes, peut-être… La journaliste hésita à suivre le chemin indiqué – il fallait descendre un sentier parmi une végétation luxuriante –, glissa sur le terrain rendu meuble par la pluie.

Des papillons rouge vif virevoltaient dans les ondes d'une rivière qui coulait en contrebas. Diana aperçut une vasque en forme de cœur tandis qu'elle traversait le pont de bois branlant, atteignit l'autre rive en équilibriste, son sac à main calé à l'épaule. Ses chaussures étaient déjà pleines de boue. Le chemin continuait entre les arbres, dont les branches ployaient sous le poids de champignons géants qui rappelaient les fils des saules pleureurs. L'odeur de terre mouillée ne la quittait pas, ni la vision du Christ immaculé tout là-haut. Paix à nos âmes, songea-t-elle en prenant garde aux endroits où elle posait ses pieds. Le sentier montait encore, longeant les cultures en escalier ou les champs de bananes. Un chien lui aboya dessus alors qu'elle abordait une propriété privée.

— Je ne fais que passer, Ducon, marmonna-t-elle au canidé qui la suivait depuis la clôture du grillage.

Une pluie brève et soudaine s'abattit sur la citadine. Deux mille cinq cents mètres d'altitude ; Diana poursuivit la montée, traversa des arcs-en-ciel à la poursuite du soleil. Orangers, avocatiers ou tomates poussaient avec exubérance à mesure qu'elle s'échinait. La maison du procureur n'était plus très loin, d'après ses indications. Diana grimpa le dernier raidillon avant les bras du Christ statufié, entendit des braiments d'âne au loin. Deux chevaux sellés attendaient derrière le bar d'altitude, où quelques promeneurs s'abreuvaient après l'ascension. Depuis la terrasse, la vue sur la vallée était magnifique. Elle descendit un faux plat, croisa une famille sur le chemin de terre qui expliquait les braiments de tout à l'heure : armée d'une règle en plastique, une jeune fille frappait son frère handicapé mental pour qu'il avance en la bouclant.

— *¡ Cállate!* s'acharnait l'ado, sous le regard ordinaire des parents.

Sympa, ironisa Diana, avant de basculer de l'autre côté du versant. Les pierres boueuses et glissantes de la piste finirent de salir ses baskets. Nelson Jairo habitait après les champs de régimes de bananes, une maison sur pilotis bâtie à l'aide de rondins de bambous géants peints en jaune – des *goadoa* –, une large terrasse du même bois comme une avancée dans la jungle. Une voiture était garée sous les poutres, celle du procureur sans doute – son nom presque effacé figurait sur la boîte aux lettres, qui n'avait rien reçu depuis longtemps.

Une libellule passa, bombardier bleu. Un torrent coulait près de la maison, se faufilant sous un vieux pont à demi écroulé que la végétation avalait comme un boa patient ; ne décelant aucune présence derrière les baies vitrées, Diana grimpa les marches de bois. Ça sentait le jasmin sur la terrasse, la cascade bruissait entre les feuillages du jardin, mais personne ne répondait à la porte. Jairo n'avait pas quitté sa maison de campagne – outre la voiture, une fenêtre était ouverte à l'étage… Elle appuya sur la clenche par réflexe, constata que la porte était ouverte.

— Monsieur Jairo ?!

La journaliste fit un pas à l'intérieur de la maison, entendit craquer le parquet du vestibule, puis plus rien qu'un bourdonnement contre ses tempes. Sa respiration se bloqua, comme si le réel se refusait encore, tandis qu'elle découvrait le spectacle du pendu, masse inerte accrochée à la poutre du salon. La langue était sortie de sa bouche, bleuie par la strangulation, mais elle reconnut le visage du procureur, croisé sur internet. Diana détourna le regard, détesta le frisson qui lui parcourait l'échine, attendit que son pouls redescende un peu. Vivre, toujours. Même si ça semblait absurde. Son instinct d'enquêtrice finit de la remettre sur les rails. Elle observa le cadavre exsangue du procureur, ses vêtements – un simple jogging –, ne vit pas de traces de coups ni de blessures apparentes, mais une chaise renversée sur le sol, à hauteur du cadavre. Un suicide ?

Il n'y avait pas de lettre d'adieu sur la table du salon, rien qui laissât croire que Nelson Jairo attenterait à ses jours. Diana visita en automate les différentes pièces du chalet, trouva de l'eau répandue sur le clavier d'un ordinateur, un mug vide sur le bureau, attisant ses soupçons… Ou le procureur avait détruit sa base de données avant de se pendre à la poutre du salon, ou ce suicide n'était qu'une mise en scène.

Le dimanche s'étirait dans le village de Jardín. Un jour de fête. Une dizaine de cavaliers défilait maintenant devant les terrasses bondées où les cafetiers remplissaient les verres d'*aguardiente* sur des plateaux ; les gauchos des Andes les avalaient cul sec sans descendre de cheval, avant de repartir au rythme saccadé du *paso fino*. Les bêtes harassées écumaient, leurs fers piochant les pavés dépassaient en décibels la musique traditionnelle échappée des bars alentour. Des hommes ivres sortaient de là en titubant, inventaient des trajectoires insoupçonnables pour rentrer chez eux, échappaient aux sabots des chevaux bridés sous l'œil vitreux de leur maître, une ambiance de saloon agricole que la journaliste de Bogotá observait depuis sa table, encore sous le choc.

Diana avait vu des cadavres depuis qu'elle menait ses investigations, sans s'y faire. Tous lui rappelaient son père trente ans plus tôt, quand il avait fallu lui dire adieu entre quatre planches. L'église de style allemand où psalmodiait la voix d'un prêtre, les vieux assoupis sous leur chapeau, les enfants qui couraient après les chiens autour des jets d'eau, le château gonflable dressé pour eux sur la place, les cèdres et les acacias, les vendeurs d'empanadas, de galettes de maïs, les maisons aux couleurs ravivées par le soleil, les claquements des sabots sur les rues pavées, ces gens soûls, ces rires, tout lui semblait étrangement faux. Diana avait l'impression de vivre le rêve d'un autre, dont elle ne se réveillerait pas.

Une chenille jaune et poilue cheminant sur sa manche la ramena sur terre.

Nelson Jairo ne s'était pas suicidé dans sa maison de campagne : on avait maquillé son meurtre, comme on avait liquidé les soldats des forces spéciales qui avaient combattu le Front 26. La journaliste n'avait pas de preuves de ce qu'elle avançait, à moins de procéder à une enquête poussée, mais elle tenait un mobile : l'ancien procureur du Nariño avait déterré la piste d'Orlando Mercer… Ça induisait que Jairo était sous surveillance, que le tueur avait accès à ses messageries électroniques, ses comptes, ses lieux de résidence. Qu'il avait saboté l'ordinateur pour faire disparaître les informations compromettantes… Orlando Mercer, tout venait de lui. Était-il l'assassin ? L'objet du mystère, mort lui aussi, voire liquidé pendant son transfert des années plus tôt ?

Diana avait songé à appeler la police après sa découverte macabre, puis elle avait préféré marcher jusqu'au village pour réfléchir à la suite de ses mésaventures : les flics locaux l'interrogeraient sur les raisons de sa présence à Jardín, chez le procureur, et Diana n'avait pas l'intention de dévoiler les tenants et les aboutissants de son enquête. Ils la garderaient même, le temps d'éclaircir les zones d'ombre, et elle pouvait dire adieu au témoin qui lui manquait. Personne ne l'avait vue sortir de la maison de Jairo, ni y entrer. Elle avait croisé quelques tuk-tuk sur la piste qui la ramenait au village de montagne, des promeneurs qui la prendraient pour une touriste, et la famille au bonnet d'âne n'avait aucune raison d'être appelée à témoigner. Diana avait forcé les barrages téléphoniques sous un faux nom quelques jours plus tôt, personne au bureau du procureur ne connaissait son identité. Rien ne la rattachait au pendu…

Un groupe de personnes s'était réuni sur le banc

voisin, autour d'un chanteur au sourire bêlant qui actionna sa guitare.

¿ Quién como Dios? ¡ Nadie como Dios!
¿ Quién después de Dios? ¡ Nadie como María!

Le prochain bus pour Pereira partait dans dix minutes. Diana paya son café, réfugiée derrière ses lunettes de soleil, à mille lieues des illuminés du dimanche qui chantaient, quand une pensée-panique affleura, et ne la quitta plus : si le tueur était au courant de ses recherches, s'il avait maquillé le meurtre de Jairo pour l'empêcher de joindre Mercer, Diana pouvait être la prochaine sur la liste.

12

Flora était rentrée plus tôt du centre de formation. Ce n'était pas trop son genre de dévoiler ses intentions à un homme, encore moins à un ex-FARC dont elle était censée se tenir à distance, et cela ne manquait pas de l'étonner. Quelle urgence l'avait poussée à écrire ce mot, à courir comme une écervelée pour le lui donner avant qu'il ne parte sur sa moto ? L'amour la rendait adolescente, romantique, stupide ou courageuse – comment Orlando réagirait-il ? Allait-il l'inviter pour une nuit magnétique ou la laisser comme une étoile sur le rivage ?

Les vagues roulaient sur la plage, repartaient en ramassant les coquillages échappés à l'écume. Flora déposa son sac sur le canapé de la pièce de vie, songea à se préparer, ressortit de la salle de bains une demi-heure plus tard aussi jolie qu'elle pouvait l'être, robe moulante, léger maquillage, pétillante d'idées fantasques et farfelues, mais rien ne se passa comme prévu.

Elle rejoignit la plage désertée à cette heure, parcourut une cinquantaine de mètres pour apercevoir la maison de pêcheur – connaissant les horaires de la librairie, Orlando ne devrait pas tarder – et tiqua :

un homme semblait attendre à l'ombre de la terrasse. Trois-Pattes se laissait caresser, ravi de trouver une âme charitable, preuve qu'on ne pouvait pas compter sur lui comme chien de garde. Flora fit quelques pas sur le sable, intriguée par l'allure citadine de l'étranger – jamais personne ne passait chez lui, ou alors les chiens de la plage après le départ des touristes – puis elle se ravisa : Orlando apparut à son tour sur la terrasse. L'instinct la poussa à se dissimuler derrière un des bateaux de pêche hissés sur le sable. Elle observa la scène, trop loin pour qu'on puisse saisir la teneur de leurs propos. Qui était cet homme ? Et que lui voulait-il ? Elle reflua bientôt, circonspecte, jusqu'aux volets bleus que le crépuscule irradiait.

Flora attendit sur les marches de sa maison, les yeux dans les vagues qui ne berçaient plus rien. Un mauvais pressentiment, comme si un grain de sable venait s'immiscer dans sa mécanique amoureuse. Peut-être qu'elle se faisait des idées, que ce type n'avait rien à voir avec eux.

Le crépuscule tombait doucement. L'étranger apparut enfin entre les barques, tenant sa veste de costard sur son épaule, un brun costaud qui, passant à hauteur, remarqua sa présence. Leurs regards se croisèrent un instant, à une vingtaine de mètres, et Flora eut une sensation étrange, désagréable – comme si ce type lui faisait froid dans le dos… Elle attendit qu'il disparaisse pour rejoindre la bicoque au bout de la plage.

— Qu'est-ce qui se passe ?

Orlando semblait accablé, assis face à la mer sur le rebord de sa terrasse. Trois-Pattes rongeait ses puces avec un bel appétit sur le coussin qui lui servait de niche – lui non plus ne l'avait pas vue approcher.

L'ex-FARC rata son sourire pour l'accueillir.

— *Hola…*

Flora était pieds nus, vêtue d'une robe bleue qui soulignait ses hanches.

— Quelque chose qui ne va pas ?

— Non… Non.

Pas difficile de voir qu'il mentait.

— C'était qui, le type de tout à l'heure ?

— Le type ?

— Le grand brun musclé qui t'attendait. Il avait une tête de flic, assura Flora.

— Ah oui ?

— Oui, ou de tueur.

Trois-Pattes vint renifler ses pieds nus, en quête d'attention. Son maître garda le silence, les mains jointes sur ses genoux, trop longtemps au goût de Flora.

— Si on arrêtait de jouer, Orlando, lança-t-elle à brûle-pourpoint. D'abord Cortez qui te convoque pour son enquête, maintenant ce type louche qui se pointe chez toi… J'ai beau être une petite formatrice de province, je suis à moitié arawak, et l'autre moitié en a marre de passer pour une harceleuse. Qui était le type avec qui tu parlais tout à l'heure, répéta-t-elle, un flic ?

Deux vagues s'échouèrent à la lueur de la lune montante, inutiles. Le visage de Flora virait à l'indianité hostile.

— Je suis la seule qui peux t'aider, Orlando, tu n'as pas compris ?

— Ça servira à quoi ? renvoya-t-il.

Trois-Pattes déserta les pieds de la visiteuse, déçu par la tournure de la discussion.

— Cortez connaît ce type ?

— Je ne sais pas.

— Dis plutôt que tu ne veux pas m'en parler.

— Non.

— Pourquoi ?

— Parce que je préfère boire un verre avec toi. Je tiens à ma baraque, ironisa-t-il.

Flora vit le rhum vieux qui trônait sur la table, changea de tactique.

— C'est pour nous ?

— Oui. Enfin…

— S'il te manque un verre, on peut boire à la bouteille.

Elle grimpa d'un bond sur les planches branlantes.

— Fais gaffe, dit-il en désignant le sol de la terrasse, c'est plein de clous rouillés.

— Comme toi, oui.

— ?

— « Un peu rouillé des méninges », c'est ce que tu m'as dit ce midi.

Elle évalua la bouteille dix ans d'âge, lui la regardait faire, ne sachant sur quel pied danser.

— Bon, on la boit cette bouteille, ou pas ? fit-elle.

— *Chévere*.

— Et tu me diras après ?

— Quoi ?

— Ce que te voulait ce type.

— Si on vient à bout de la bouteille, mais je risque de ne plus m'en souvenir, plaisanta-t-il dans un bel effort.

Il cherchait à botter en touche, comme si cela pouvait suffire à la tenir à distance.

— Je vais prendre des verres, dit-il en se levant.

Flora le laissa passer devant elle, l'entendit remuer des objets dans la cuisine ; il revint bientôt, deux verres à la main et des maracudjas coupés dans une coupelle en bois.

— C'est tout ce que j'ai comme cocktail.

— Ça fera l'affaire.

Ils se servirent sous l'œil interrogatif du bâtard.

— *¡ Salud!*

La lune grimpait dans le ciel améthyste. Le rhum était une production locale, plutôt bon au demeurant, qu'ils dégustèrent debout.

— Ton mot m'a bien fait rire, dit-il pour détendre l'atmosphère.

— J'imagine que c'était le but. Je crois que je ne t'ai jamais vu rire. Tu me diras, mes cours n'ont rien de très marrant.

Il approuva, plus nerveux qu'il voulait le laisser paraitre. Leurs corps étaient tout proches. Trop.

— Je ne t'ai pas proposé de glace, nota-t-il.

— Ni de m'embrasser.

Un mince sourire flottait sur ses lèvres.

— Tu sais que si on commence, on ne pourra plus s'arrêter.

— Qui a parlé de s'arrêter ?

Flora reposa son verre sur la table, prit sa main pour l'attirer jusqu'à la chaise d'osier, le posa là comme un cadeau à ouvrir avant de s'asseoir sur ses genoux, jambes écartées. Il l'embrassa enfin, sans pudeur, puis à pleine bouche. Ils s'accrochèrent à ce baiser comme au vide, une chute hypnotique avec la sensation qu'un gouffre s'ouvrait sous leurs pieds, mais ils avaient trop attendu ce moment pour reculer. Le désir grimpa en flèche, comme si tout ça n'avait pas d'autre sens. Flora reflua un instant pour ôter sa petite culotte, d'une main la fit voler sur la table tandis qu'il chassait le chien de la terrasse, déboutonna sa ceinture dans la foulée et le laissa seul envoyer paître son jean et tout ce qui pouvait encore les séparer. Leurs visages irradiaient à présent. Il caressa ses seins libérés du soutien-gorge, ses épaules, ses hanches, son ventre frémissant sous la brise du soir. Flora répondit aux baisers qui couraient sur sa peau, les pieds bien arrimés au sol pour frôler son sexe de ses lèvres humides. Ils avaient le temps pour eux cette fois-ci, lui collait sa joue sur sa poitrine en soufflant son prénom, de la queue cajolait son entre-jambe qui se pressait un peu plus. Flora fit durer le plaisir tandis qu'il empoignait ses fesses, enfin se laissa porter, soulever par ses bras vigoureux. Elle se dandina doucement pour l'aider à se couler en elle, gémit un peu, puis beaucoup, profondément, les paupières mi-closes pour goûter à ce souvenir presque effacé. L'amour. Une simple étreinte, l'un maintenant bien calé dans l'autre, et le monde s'ouvrit en grand.

— Plus fort, elle chuchota. Plus fort…

Trois-Pattes creusait frénétiquement sur le rivage, en quête de cailloux.

— Toujours aussi débile, celui-là, commenta Angel.

— Peut-être qu'il veut t'adresser un message, avança la jeune femme.

— Je parle pas le chien.

— Tu devrais. Il y a peut-être un trésor de pirates sur cette plage.

— Je l'ai déjà trouvé, assura-t-il.

— Ah oui ?

Angel tenait sa main le long du rivage, la lune pleine pour escorte finissant de les unir au ciel. La sensation n'était pas nouvelle, juste perdue dans la nuit des temps, et c'était comme si la matière le traversait de nouveau. Il n'était plus question de respect distancié, de rêve désincarné : Flora était là, bien vivante et encore chaude de lui. Deux amants marchant sur la plage, un cliché pour les citadins blasés. Pas le genre de Flora Ibanez.

— C'est marrant, dit-elle enfin.

— Quoi ?

— D'être là, tous les deux. Ça faisait longtemps que j'avais envie de ce moment.

— Moi aussi.

— Je commençais à en douter.

— Oui, concéda-t-il ; moi aussi.

Elle se tourna vers lui, les pieds dans l'écume phosphorescente.

— On aurait plutôt dit que tu t'en foutais, dit-elle pour l'asticoter.

— Depuis le premier jour, oui, blagua-t-il, quand je t'ai vue entrer dans la classe.

Elle sourit. Trois-Pattes avait enfin trouvé un caillou.

— Alors, relança-t-elle sans lâcher sa main, tu vas me dire qui était l'homme sur la terrasse ? Pas de faux-fuyants, s'il te plaît. On se tourne autour depuis trop longtemps pour recommencer à jouer à cache-cache, tu n'es pas d'accord ?

— Si. Si…

— Alors ?

L'océan ruminait sous leurs pas, allait comme eux au hasard. Angel sentit qu'il regretterait chaque mot prononcé, mais reculer c'était la perdre et, si pathétique qu'il y paraisse, la main qui serrait la sienne était sa seule force.

— Une amie a disparu, dit-il bientôt. La police est dans une impasse et on m'a demandé de la retrouver.

— Le flic de tout à l'heure ?

Angel acquiesça.

— Cortez est au courant ?

— Sans doute. Le flic en question est un haut gradé, qui chapeaute l'affaire depuis Bogotá.

— En lien avec Mayas, déduisit-elle.

— Hmm.

— C'est aux flics de régler cette histoire, Orlando, pas à toi.

— Je connais bien la région où a disparu cette amie.

— C'est vrai qu'en huit ans, rien n'a dû changer, ironisa Flora. C'est où ?

— Dans le Sud.

— Où dans le Sud ?

— Le Nariño.

— Le département est toujours une zone rouge.

— Des espaces territoriaux de formation et de réincorporation, précisa Angel dans le jargon de la formatrice.

— Où des gens se font tuer tous les jours : des FARC pacifiés, leurs ennemis, les paysans qui continuent de cultiver la coca, les militants des droits de l'homme… Tu es sous probation, Orlando : pourquoi la police t'envoie là-bas ?

— On a passé un arrangement, répondit Angel en prenant garde à ce qu'il pouvait dévoiler. Disons qu'après ça, ils me ficheront la paix.

Flora n'était guère convaincue par son tour de passe-passe.

— C'est qui cette amie disparue ?

— Une femme que j'ai connue il y a longtemps, biaisa-t-il. Une amie qui m'a aidé à une époque où j'en avais besoin.

— Qu'est-ce que tu as à gagner dans cette affaire, à part des tas d'emmerdes ?

— La question est plutôt ce que j'ai à perdre.

Angel stoppa leurs pas, prit son visage entre ses mains et l'embrassa encore. Flora glissa la main sous son tee-shirt, caressa sa peau douce, mais ne se laissa pas clouer le bec aussi tendrement.

— Tu pars quand ?

— Il y a un bus de nuit au départ de Carthagène.

— Quoi, ce soir ?

— J'aurais préféré rester.

— À Playa Blanca ou avec moi ?

— C'est pareil maintenant, non ?

Les vagues claquaient dans l'obscurité de la plage.

— Oui, acquiesça Flora. Oui…

Trois-Pattes finissait d'enfouir son fameux caillou. Se quitter au moment où ils se trouvaient…

— Il part à quelle heure, ton bus ? demanda-t-elle.

— Onze heures.

Ça leur laissait encore un peu de temps. Ses yeux souriaient sous le toit du monde, chats de gouttière ; Flora visa la maison de pêcheur au bout de la plage.

— On court ?

La Yamaha attendait sous le cocotier, dans son jus. Ils avaient refait l'amour dans la chambre, s'étaient goûtés plus intimement, sans savoir quand ils se reverraient. Tout se précipitait, leur rencontre, son départ, la peur déjà de se perdre, comme si un destin contraire pesait sur eux. Rien ne serait facile, Flora le sentait tandis qu'elle l'accompagnait jusqu'à la moto, sûre que son amant ne lui avait pas tout dit sur cette affaire. Trois-Pattes se dandinait devant eux, jappant comme s'il avait compris la fuite imminente de son maître.

Angel portait son jean noir, une vieille paire de bottes et une veste de cuir râpée achetées dans une friperie, son sac de voyage à l'épaule. Il n'avait pas dit qu'il y avait un Sig Sauer et ses munitions à l'intérieur, l'enveloppe avec les infos que lui avait remis son frère pour retrouver les tueurs de Rafaële, maigre dossier qu'il n'avait pas encore eu le temps de consulter ; le casque reposait sur la selle et il n'était pas en avance.

Flora abandonna un dernier baiser sur ses lèvres.

— Fais gaffe à toi, dit-elle en guise d'au revoir. Et reviens-moi.

Angel opina en empoignant son casque de moto, le cœur lourd.

— En entier, elle précisa.

13

Lautaro débarqua à l'aéroport de Bogotá dans un état de confusion proche du malaise. Des bouffées de chaleur lui montaient au visage, comme si les réminiscences de leur enfance lui avaient bouilli le cerveau après leurs peu fraternelles retrouvailles. Entre la haine et les liens du sang, son cœur dur oscillait toujours. Près de vingt ans étaient passés depuis sa trahison, Lautaro espérait qu'il aurait affaire à un étranger mais celui qu'il avait trouvé sur la terrasse de la bicoque de bord de mer était un homme aux abois, prêt à tout pour sortir de la prison psychique où lui et son père l'avaient enfermé. Pathétique.

Haine : les tueurs du Nariño le liquideraient une bonne fois pour toutes.

Liens du sang : Angel pouvait retrouver sa fille chérie.

Mais leur père, comment réagirait-il s'il apprenait qu'il avait décidé sans lui de son sort ? Il mettrait le Procureur devant le fait accompli, la menace Cortez était un bon prétexte, et puis il faisait confiance à Angel pour foutre la merde dans le Sud – c'était sa spécialité, non ? Même s'il avait baratiné Cortez, le chargeant de retrouver le reste du corps décapité, le petit lieutenant de Santa Ana n'avait pas apprécié qu'un ponte de Bogotá marche sur ses plates-bandes.

Lautaro montra sa plaque aux contrôles, doubla les passagers qui lambinaient devant lui. Les affiches publicitaires défilaient dans les couloirs de l'aéroport – « *Le plus grand risque que vous courez en Colombie, c'est de vouloir rester.* » Des marrants… Sa ligne réactivée en sortant de l'avion indiquait qu'il avait deux messages. Le premier était de Brown, le chef légiste, qui venait de recevoir la tête de Leonardo Mayas – l'écrasement des os confirmait une chute vertigineuse –, le second de Diuque, qui demandait de le rappeler.

Des septuagénaires aux robes fleuries s'éventaient devant leurs caddies surchargés de bagages, le front luisant de sueur. Lautaro s'exaspérait tout seul en sortant de l'aéroport. L'effet Angel sur ses nerfs à vif.

L'air était humide derrière les portes coulissantes du hall d'arrivée, les faux chauffeurs costumés légion, en quête d'un pigeon de préférence étranger à surfacturer. Lautaro se calma un peu et composa le numéro de Diuque en longeant la file de taxis jaunes.

— Tu as un truc à me dire ?

— Oui, on a peut-être une piste, répondit l'autre sans se formaliser. Eddie, le portier d'un bar de la Candelaria.

— Le Café Rosas ?

— Tu connais ?

— Que t'a dit cette tapette ?

— Je sais pas, Eddie ne veut parler qu'à toi, annonça le lieutenant. Mais quand je lui ai montré la photo de Miss Vase-À-Fleurs, il a changé de couleur.

— Il connaît la victime ?

— Faut croire, sauf que ton indic n'a confiance

qu'en toi. Il t'attend au bar, avec sa petite prime comme il dit.

— « Sa petite prime », singea Lautaro.

— Je lui ai conseillé de la boucler au sujet de Miss Vase-À-Fleurs, précisa Diuque.

— Il vaut mieux pour lui, oui.

Lautaro bipa l'ouverture de sa Camaro garée sur le parking.

— Et les aérodromes, vous en êtes où ?

— On vérifie toujours mais si les tueurs ont utilisé des avions ou des hélicos pour balancer les corps, ils ont dû décoller et atterrir depuis des pistes privées, comme le font les narcos.

— Un cartel concurrent de Carbonel peut-être, qui cherche à mettre la pagaille dans la jolie paix qui s'installe.

— Le Procureur, il en dit quoi ?

— J'attends son retour de Medellín.

— OK. Comment ça s'est passé à Carthagène ?

Lautaro lui avait menti sur sa virée sur la côte, où de la Peña devait donner son premier meeting.

— RAS, fit-il en raccrochant.

« *Now this looks like a job for me, so everybody just follow me /*

Cuz we need a little controversy, cuz it feels so empty without me »

Lautaro n'aimait pas particulièrement le rap, juste ce connard d'Eminem, et encore, certains morceaux, magistralement envoyés dans les enceintes de la voiture. Rodé aux accents US après ses années dans les forces spéciales, Lautaro parlait un anglais militaire, sans nuances, mais les bribes perçues lui donnaient le ton. Musique, chant des signes. Ringardisés par MTV, les rockers n'avaient plus rien à dire, Lautaro ne pouvait pas encadrer les romances latinos qui passaient à la radio à longueur de journée, la musique populaire, la soupe internationale : restait la culture hip-hop, cicatrices de boucles de ceinture sur le dos. Il comprenait cette colère, que des Blancs se l'approprient : les négros n'avaient pas le monopole du malheur.

Eminem l'escorta jusqu'au vieux centre historique et ses lumières profilées sous la bruine. Les noctambules se déplaçaient en groupe sur les trottoirs de la Candelaria ; Lautaro gara la voiture à trois *cuadras*, passa à pied devant la fontaine où on avait retrouvé Miss Vase-À-Fleurs quelques jours plus tôt. Le souvenir lui colla au train, bousillant un peu plus ses maigres dispositions à collaborer avec le monde. La musique assourdissante d'un restaurant vide agressait les oreilles, les traîne-savates défilaient sur les terrasses pour taxer les consommateurs, des défoncés, aux yeux torves pour la plupart, qui faisaient les poubelles dans l'attente de croiser une personne seule et sans défense ; les trottoirs étaient comme eux, tout pétés, des pièges tendus aux aveugles.

— Dégage, toi ! siffla Lautaro à la vieille sans dents qui pleurnichait en tendant sa main décharnée.

Le Café Rosas se situait dans une ruelle un peu plus loin, un bar aux lanternes et à la façade rouges tenu par Eddie, un de ses indics dans le quartier. Eddie qui frimait avec ses abdos de karatéka et faisait des démonstrations dans le vide, Eddie qui prétendait découper les mouches en deux du tranchant de la main aux jeunes dindes qui picoraient dans sa cour, mais Eddie qui avait fermé la porte du club quand une bande de merdeux s'était amusé à tabasser un jeune qui passait devant son rade, trois types aux visages couverts de cicatrices qui riaient en savatant l'égaré à terre sans savoir qu'un flic les observait. Lautaro avait rouvert leurs anciennes plaies au cutter jusqu'à ce que le trio se barre en pleurant des larmes de sang, puis il avait relevé le gamin blessé et cogné à la porte du bar jusqu'à ce qu'on lui ouvre. Défait à la vue de l'hémoglobine qui s'écoulait du nez cassé, Eddie avait pâli et détourné les yeux pour ne pas s'évanouir pendant que le jeune s'épongeait, gagnant du même coup son surnom : Eddie la lopette.

Lautaro ne l'avait pas vu depuis des mois.

Une faune hétéroclite venait s'encanailler au Café Rosas, de plus en plus alcoolisée au fil de la soirée. Ils étaient encore peu nombreux à cette heure, l'entrée libre. Lautaro, qui n'avait pas pris le temps de se changer, faisait tache avec son costume de marque et son tee-shirt noir encore imprégnés du sable de Playa Blanca. Les serveuses préparaient des cocktails derrière le comptoir, le DJ à la console leur envoyait des vannes en espérant les séduire ; perchées sur des tabourets chromés, deux filles trop maquillées envoyaient des œillades avec une moue étudiée devant le miroir aux alouettes.

— Ça te dirait pas de nous payer un verre ? lança la plus espiègle tandis que Lautaro passait à hauteur.

— Non.

Difficile d'éviter les décolletés des entraîneuses décolorées qui, touillant leur tasse vide, dévisageaient les rares clients depuis leurs seins d'hélium. Enfin il repéra Eddie, qui buvait un Coca au comptoir du fond, un mulâtre à la longue crinière noire vêtu d'un tee-shirt moulant jaune citron censé mettre en valeur ses abdos du dimanche.

— Salut la lopette, dit Lautaro en s'installant.

— Comment ça va, chef ?! s'esclaffa Eddie de ses plus belles dents.

— Je te le dirai tout à l'heure. Pourquoi tu n'as pas raconté ce que tu savais au lieutenant Diuque ? C'est ton genre normalement, les mecs musclés.

Le patron du bar eut un sourire forcé qui valait celui des filles au comptoir.

— C'est pas le genre d'infos qu'on partage, dit-il.

— Ah oui ?

— Je suis connu dans le quartier.

— C'est au sujet de la fille sur la photo, j'imagine, celle que t'a montrée Diuque. Alors ?

L'indicateur se pencha sur le comptoir verni, l'âme au complot, surveillant la salle comme un nid d'espions.

— Je l'ai vue plusieurs fois dans le quartier, avec ses bouquets de roses. Ici aussi elle passait, plutôt en milieu de soirée, quand les clients sont éméchés.

— Quelles roses ?

— C'était une marchande ambulante, vous savez, le genre à vendre des roses à la sauvette.

Miss Vase-À-Fleurs avait du pollen dans les cheveux, d'après le légiste. Ça pouvait coller.

— Une jeune genre vingt ans, habillée et maquillée comme un camion volé, poursuivit le physionomiste. Son CV, c'était son cul. Un cul de première classe.

— Depuis quand tu distingues une pute d'une ado ?

— Depuis que j'ai une fille.

— Pas fréquent chez les lopettes, le félicita Lautaro. C'était quoi, le nom de la marchande de fleurs ?

— Laura quelque chose.

— Comment tu sais ça ?

— Elle avait une copine avec elle qui l'appelait comme ça.

— Quelle copine ?

— Son binôme, qui vendait aussi des fleurs dans la rue. Elle je l'ai à peine vue, mais la Laura c'est la fille sur la photo, j'en suis sûr.

Eddie suait sous sa tignasse de Sioux en carton.

— Laura, c'est un prénom, pas une info, recadra le chef des Homicides. Si tu veux ta prime, il va falloir m'en dire plus.

— Justement, je l'ai croisée par hasard la semaine dernière sur la carrera 10, toujours dans la même tenue affriolante.

— Laura tapinait ?

— Non, je pense pas, mais elle attirait l'œil et la carrera 10 n'est pas sûre la nuit : elle a peut-être été victime d'un détraqué.

Lautaro grommela dans sa barbe.

— Elle était seule quand tu l'as vue ?

— Oui. Enfin, il y avait pas mal de vendeurs ambulants sur le trottoir. Elle parlait avec une Noire qui a un stand de fleurs à l'angle de Las Nieves, répondit-il. Peut-être qu'elle se fournissait chez elle.

— C'est qui, cette négresse ?

— Une vendeuse régulière. Grosse sur les bords, avec une coupe afro.

Lautaro sonda son indic.

— C'est tout ?

— Bah, oui.

— Tu aurais pu le dire à Diuque, Ducon.

— Avec sa gueule de tueur et sa coupe iroquois, il fait fuir tous les clients, expliqua le patron du Café Rosas. À me voir parler avec lui, on va se méprendre sur mon compte, surtout ceux qui me refilent les tuyaux sur les trafics du quartier. J'aimerais autant que le lieutenant Diuque vienne plus ici, chef. Vous pouvez arranger ça ?

Le policier acquiesça mollement.

— Bon, il faut que je bosse, annonça Eddie. Vous avez ma petite prime ?

Lautaro se leva avec le portier qui prenait son service, tira de sa poche une liasse de billets serrés dans un élastique. Eddie s'empara discrètement de l'argent sans voir que l'autre main fonçait vers son entrejambe ; Lautaro empoigna ses testicules et les serra fort.

— Tu es sûr que tu n'as parlé à personne de cette fille ?

Le sourire d'Eddie tomba dans son estomac.

— N… Non… Je vous jure, chef…

Une douleur sourde lui remontait des entrailles.

Une douleur de lopette.

Au sud de la Candelaria, la carrera 10 coupait la ville en deux mondes que tout opposait. Bogotá en partie détruite en 1948 à la suite de l'assassinat de Gaitán, la bourgeoisie colombienne qui venait s'encanailler dans le quartier de Santa Inés avait quitté le centre-ville pour le nord, traçant une frontière invisible entre les riches et les pauvres, alimentée par soixante-dix ans de guerre civile. Les échoppes de camelote succédaient aux hangars de rouleaux de textile ou de ferraille où des mines pas toujours affables tenaient les murs, en quête d'un sale coup. Lautaro gara la voiture devant le commissariat de la Calamera que les bleus de service faisaient visiter aux touristes attirés par les jouets d'Escobar ramassés après sa chute – Harley-Davidson, grenades, fusils-mitrailleurs et pistolets de tous calibres exposés en vitrine comme des trophées. Il vérifia la sécurité du Glock qu'il tenait sous sa veste, marcha jusqu'à l'avenue toute proche quand son père appela sur son portable. Saùl revenait de son escapade dans l'Antioquia.

— Alors, tu as vu Rodriguez ?

— Oui. Il se défile, comme Carbonel, et pleurniche contre le gouvernement qui l'a piégé.

— S'il peut envoyer dix tonnes de coke par avion à Miami, il peut balancer des cadavres à la pelle.

— Je sais, en tout cas il nie être impliqué dans les meurtres.

— Comme dans tous les crimes des cocos, fit Lautaro. Il t'a parlé de Mayas ?

— En noyant le poisson. Ils ne se connaissent pas, d'après lui. Et mes services n'ont rien trouvé pour affirmer le contraire.

— On peut mettre les proches de Rodriguez sur écoutes ?

— Légalement, non.

— Mais tu connais des types du DAS.

Les services de sécurité, que son père côtoyait depuis ses piges pour Uribe.

— Je vais voir ce qu'on peut faire, avança Saùl. Mais je crains que ce ne soit une fausse piste.

Au son de sa voix, Lautaro sentit que quelque chose n'allait pas.

— Autre chose ?

— Oui. Enfin…

— Quoi ?

— Damian, expliqua son père. Je viens d'avoir le

directeur du lycée au téléphone : il n'a pas repris les cours ce matin, comme convenu, et il ne répond pas au téléphone.

— Comment ça ?

— Ta mère n'a pas su me dire quand il a quitté la maison, elle dormait encore à l'heure où il devait partir à l'école, mais Damian ne s'y est jamais rendu. Après un renvoi de trois jours, tu te doutes que son absence est du plus mauvais effet, ajouta le patriarche.

— Un coup à se faire renvoyer définitivement, compatit Lautaro.

— Je le crains. Tu as vu Damian à la maison l'autre jour, m'a dit Lorena, il était comment ?

— Tu sais comme ils sont cachottiers à cet âge-là.

— Damian est quelqu'un de secret et renfermé. Peut-être qu'il a un problème. Tu sais s'il se drogue ?

— Il avait le regard plutôt vif quand je l'ai vu.

— Des mauvaises fréquentations ?

— Pire que nous, tu veux dire ?

— Je suis sérieux, Lautaro.

— Non, aucune idée.

Saùl ruminait au téléphone.

— Ça ne lui ressemble pas de fuguer.

— Tu veux que j'envoie un avis de recherche ?

— On ne peut pas laisser ce gamin tout seul dans la nature.

— Oh ! Il n'est peut-être pas tout seul.

— Tu penses à qui, sa petite copine du dortoir ?

— Elle aussi s'est fait virer trois jours. Roméo et Juliette, ça leur parle.

Lautaro écrasa sa cigarette sur le trottoir.

— J'envoie quelqu'un à sa recherche, si ça peut te rassurer.

— Fais ça, oui. On se tient au courant.

— OK.

Un soleil pâle perçait des nuages qui empoissaient les Andes. Lautaro glissa son smartphone dans la poche de sa veste. Son père s'inquiétait pour rien, Damian avait préféré dormir à l'hôtel ou chez un copain plutôt que de vivre avec sa grand-mère cinglée, on ne pouvait pas lui reprocher ça, ni de fuir cette baraque pleine de fantômes. Il finirait par réintégrer la pension, les cours du lycée, le dortoir et les chattes épilées, et puis Lautaro n'avait pas le temps de penser à ça. Il avança sur le trottoir sale de la carrera 10 en fixant dans les yeux les gueules cassées qu'il croisait sur son chemin, au défi. Il repéra bientôt la marchande à l'angle de Las Nieves, une Black à la coupe afro bien en chair. Le policier s'arrêta à hauteur des roses en plastoc, présenta sa plaque et la photo de la morte à la vendeuse.

— Tu connais ? Laura, une jeune d'une vingtaine d'années qui traîne dans le quartier, fit Lautaro pour rafraîchir sa mémoire ; un de mes amis t'a vue avec elle la semaine dernière, ici même.

La fleuriste était une quadra au visage amoché par la pollution, engoncée dans un jean élastique rempli par la *junk food*. Le costume du flic l'impressionnait, comme son regard plein de poignards.

— Oui… Oui, je la connais.

— Mais encore.

— Je lui avance des bouquets de roses pour qu'elle les vende à la Candelaria avec sa copine Abigale, dit-elle. Les filles espèrent se faire une place dans le quartier touristique ; elles ont l'âge pour ça.

— Et le physique ? On m'a dit que Laura s'habillait pour qu'on la remarque, genre « matez plutôt mon cul »… Tu en penses quoi, *big mamma* ?

— Faut pas se fier aux apparences, monsieur.

— C'est bien vrai, ça, exagéra Lautaro. Laura a un nom de famille ?

— Je le connais pas.

— Un petit copain ?

La marchande haussa les épaules.

— J'en sais rien, monsieur… Je crois pas.

— De la famille ?

— On dirait bien que non.

— Des gens qui pourraient lui en vouloir ?

Elle secoua la tête.

— Aucune idée.

Sacré tuyau que lui avait refilé la lopette.

— On la trouve où, sa copine Abigale ? demanda Lautaro.

— Je sais pas, monsieur. Je l'ai pas vue depuis des jours. Ni Laura d'ailleurs.

Les sales gueules faisaient un défilé de mode sur le trottoir, intriguées par la présence du type en costard.

— Tu peux me la décrire ?

— Abigale ?

La femme fit la moue.

— La vingtaine aussi, brune, petite. Les yeux marron.

— Comme vingt millions de Colombiennes ; rien de plus précis, un signe particulier, n'importe quoi ?

— Tout ce que je sais, c'est que les filles ont un squat dans la calle L, fit la vendeuse de fleurs, un ancien atelier de couture. C'est dans le Bronx, de l'autre côté de l'avenue.

Lautaro grimaça. Le Bronx, un des endroits les plus dangereux du pays.

14

Une petite foule hétéroclite se pressait devant le bus de nuit à la gare routière de Carthagène ; Angel grimpa le dernier à bord, cala son sac de voyage au fond de la couchette sans un regard pour les passagers, avant de s'isoler pour ouvrir l'enveloppe remise par son frère.

Outre le pistolet Sig Sauer non marqué, un chargeur de rechange et deux boîtes de balles calibre 9 mm, déjà dans son sac, Lautaro lui avait donné l'équivalent de trois mille dollars en liquide, un petit dossier et un téléphone avec le numéro d'une ligne sécurisée où il pourrait l'appeler vingt-quatre heures sur vingt-quatre. Il y avait surtout une copie de la photo envoyée par les ravisseurs, un calibrage Photomaton en couleur où apparaissait le visage d'une adolescente jolie mais renfrognée qui, malgré sa coupe à la garçonne, lui rappelait sa mère. C'était la première fois qu'il voyait l'image de sa fille depuis dix ans, lorsqu'il avait dû la pousser à quitter le village en proie aux représailles des AUC. Les larmes lui montèrent aux yeux – *qu'ai-je fait de toi, petite fée des bois*… Angel l'observa de longues minutes sous la veilleuse de la couchette, incapable de décoller de ses traits juvéniles… Qui avait pris cette photo, les tueurs ? Il y avait plus de défi que de peur sur son visage. Les émotions se bousculaient, contradictoires. Restait l'espoir de la revoir vivante. Il rangea la photo dans son permis de conduire, ouvrit le dossier lié au meurtre de Rafaële.

Plutôt maigre ; il n'y avait que les clichés anthropométriques difficilement supportables d'un corps méconnaissable après son séjour dans l'eau, celui de Rafaële, quelques notes et pistes qui ne lui serviraient pas beaucoup. Aucune aide à attendre. Les flics du Nariño vendus au plus offrant, Angel devait s'en tenir éloigné, comme de la maison de Rafaële, sous surveillance policière après la disparition de Lucia. Pour retrouver sa trace, il n'avait qu'un nom, Juan Miguel Ramos, l'oncle chez qui elles s'étaient réfugiées après l'attaque du village, et son adresse à San Vicente, celle-là même où lui et Valeria envoyaient leurs lettres d'amour.

Une enquête pourrie dans une région où la piste de Lucia devait le mener aux tueurs. Un groupe armé selon son frère, lié de près ou de loin aux narcotrafiquants et qui s'amusait à semer la terreur. Que faisaient-ils des filles kidnappées ? Des cadavres ? Lucia ne figurait pas parmi les corps jetés depuis les airs : jusqu'à quand ? Et quel chantage les ravisseurs comptaient-ils exercer auprès de Saùl et Lautaro ?

Quatre heures de mauvais sommeil le menèrent jusqu'au petit matin. Il songea à Flora, à leurs baisers tombés comme des feuilles mortes sur le chemin de son exil, à son corps embrasé entre ses mains, à elle qui s'était donnée sans retenue ; il ne savait pas ce qu'il adviendrait après leur trop courte nuit d'amour, juste que leurs peaux étaient d'accord pour s'aimer… Une heure passa encore, puis deux, sans que le paysage change – des bords de route lépreux grignotés par la végétation, d'un vert foudroyant sous le soleil de la matinée.

Il se dégourdit les jambes avec les chauffeurs qui se relayaient au volant, la chemise blanche impeccable à l'effigie de la compagnie, reçut un texto sur son vieux téléphone.

« *Je te regarde en pensant à la mer. Ou l'inverse.* »

Flora Ibanez dans le texte. Angel grimpa dans le bus sans lui répondre – d'abord retrouver Lucia, après seulement ils aviseraient. La route, en attendant, s'avérait interminable, ralentie par la montée de vendeurs ambulants qui proposaient à manger aux passagers assoupis. Angel n'avait pas faim, le ventre noué. D'autres heures défilèrent encore, entre les nids-de-poule, les virages en épingle et les ralentissements dus aux travaux, qui ici prenaient des années – éboulements, corruption… Il n'avait pas pris grand-chose avec lui, quelques affaires de rechange, un canif à usages multiples, un livre de García Márquez qu'il n'avait pas lu, *Chronique d'une mort annoncée*, comme le présage ironique et macabre de ce qui les attendait, lui et les tueurs.

Le bus de Carthagène stoppa sa course à Cali, sous une chaleur humide, au cœur de l'après-midi. Encore quatre cents kilomètres de route plein sud avant d'atteindre sa destination, neuf heures de voyage qu'il effectuerait de nuit. Angel acheta une carte détaillée du Nariño à la gare routière, acheva le roman sur le siège d'une salle anonyme dans l'attente du bus pour San Juan de Pasto, la capitale du Nariño. L'écriture de Márquez était magnifique, comme ce pays.

La nuit tombait sur les parkings en épi où les

autocars menaient la danse. Angel grimpa à bord, la photo de Lucia au chaud contre sa poitrine.

L'État de droit n'existait que virtuellement dans les provinces du Sud ; l'éradication des plans de coca n'avait fait que déplacer le problème, l'argent des programmes de remplacement était le plus souvent détourné par les acteurs politiques. Les récoltes rapportaient moins que la coca et pourrissaient sur place faute de prise en charge, poussant les jeunes à abandonner l'école dès l'âge de douze ans pour rejoindre leurs parents dans les champs. Les propriétaires terriens consolidaient leur emprise, revendant aux magnats des agrocarburants les milliers d'hectares volés aux paysans chassés par le conflit, d'immenses cultures de palme africaine asséchaient les terres des déplacés. « Un grand pays d'avenir pour les investisseurs », dixit le *Wall Street Journal*.

Le processus de paix n'avait pas changé grand-chose, il n'y avait même jamais eu autant de coca cultivée dans le pays – plus de trois cent mille hectares. La proximité avec la frontière équatorienne faisait du Nariño un passage obligé pour le trafic de drogue, rendu plus dangereux par la dissidence des combattants d'extrême gauche et l'arrivée des cartels mexicains sur le territoire. La guerre pour le contrôle de la production tuait les hommes mieux que le mauvais alcool et les balles perdues des bars où les *raspachines* se réunissaient le week-end, une hécatombe qui frappait les pères et voyait les fils s'engager parmi les combattants des différentes forces armées, pour le malheur des veuves chefs de famille.

Il arrivait dans les villages pauvres que les femmes soient séduites par les soldats de passage qui, une fois leur mission accomplie, les abandonnaient sans se soucier des grossesses. Les jeunes paysannes qui se déplaçaient seules dans la montagne étaient violées par les soldats, d'autres, parfois encore mineures, venaient se prostituer à San Vicente ou dans les villages des *montañitas* où leurs pères *raspachines* cuvaient leur désespoir en soûlographies épiques. Voilà l'univers dans lequel évoluaient Lucia et sa grand-mère. Une vie de voiture-balai.

Lucia était une enfant de la guerre, grandie avec quelques cartes d'anniversaire de ses parents qui n'avaient pas duré : qu'est-ce que Rafaële lui avait dit, qu'ils étaient probablement morts au combat ? Qu'elle devait les oublier ? Angel revoyait sa bouille quand il lui avait donné le collier de jade pour penser à lui, cette collision du temps qui le renvoyait à ses heures noires.

Le soleil éclatait pourtant derrière le pare-brise de la Fiat louée un peu plus tôt à San Juan de Pasto, où le bus avait fini par le déposer au matin. Angel n'avait pas mis les pieds dans la région depuis près de dix ans mais rien n'avait vraiment changé. Les villages endormis prenaient la poussière le long de la route, les paysans vendaient des fruits et des légumes sous les arbres en regardant passer les camions, quelques bêtes de somme tiraient leur peine dans les champs. Un vieux 16 Horsepower passa dans les enceintes, sans atténuer son spleen. Une forêt de palmiers fit place à une usine de transformation et production d'huile ; Angel dépassa des baraques en ciment, d'autres peintes ou en terre, des écoles en préfabriqué. Il s'arrêta à hauteur d'un minibus aménagé, mangea sans appétit un trio d'empanadas au fromage, échangea quelques mots avec la grosse femme qui cuisinait dans les vapeurs de friture, repartit avec un stock de bouteilles d'eau.

Des vaches faméliques paissaient dans les champs, leurs pique-bœufs sur le dos. Il klaxonna en doublant une mobylette à bout de souffle, un pilote au guidon, quatre écoliers à l'arrière. Une pellicule de poussière rouge collait au pare-brise. Des paysans somnolaient à l'ombre d'autres échoppes ambulantes, vendant bananes et melons qui ne trouvaient pas preneurs. Une misère désœuvrée qui ne lui faisait même plus mal au cœur : il arrivait bientôt à San Vicente.

Des collines verdoyantes surplombaient la ville, quarante mille habitants parmi lesquels bon nombre de déplacés qui vivaient toujours sous les tôles ondulées. Angel roula dans les rues vides, un œil sur le GPS. 34 calle de España.

L'air était plus moite lorsqu'il stoppa la Fiat le long du trottoir. Des gosses en short jouaient au foot sur le bout de terre voisin, criant comme des oies derrière le grillage. Il était quatre heures et le soleil écrasait le bitume fissuré. Angel étira sa carcasse éreintée par bientôt quarante-huit heures de route. Une moto était garée devant le numéro 34, un pavillon fatigué avec son toit de tuiles fatiguées et ses fenêtres à barreaux. «*J. M. Ramos*», disait la boîte aux lettres.

Lautaro n'avait pas donné beaucoup d'informations sur le séjour de Lucia chez son grand-oncle. Angel ne l'avait jamais vu, il avait à peine connu son frère Antonio lors de leurs trop rares visites au village, jusqu'à ce qu'il trouve sa tête parmi des cadavres empilés. Il chassa la vision qui le hantait, sonna à la porte de la maisonnette.

Une vieille femme en fichu et robe à pois lui ouvrit

bientôt, Carolina Ramos, les rides comme des larmes sombres sur son visage basané ; elle appela son mari pour répondre à l'étranger avant même qu'il n'exprime le but de sa visite. Angel resta sur le perron, quelques dalles blanches donnant sur un carré de terre que personne n'avait songé à délimiter. Juan Miguel était un petit homme méfiant, le corps rachitique perdu dans un survêtement aux couleurs passées.

— Je m'appelle Orlando Mercer, un ami de Rafaële, votre belle-sœur, dit-il en préambule. On s'est connus il y a longtemps, avant qu'elle se réfugie chez vous avec sa petite-fille, Lucia.

— Ah.

— Je suis désolé de ce qui est arrivé.

Une mobylette passa dans la rue.

— De quoi vous parlez ?

— De la mort de Rafaële.

— La Rafaële est morte ? releva-t-il sans passion. Quand ça ?

Angel dévisagea le chef de famille.

— Il y a une dizaine de jours, semble-t-il. On a retrouvé son corps dans le fleuve. Vous ne le saviez pas ?

Le petit homme secoua la tête, Carolina dans son dos.

— La police n'est pas venue vous interroger ? relança Angel.

— Bah, non…

— Rafaële n'avait que vous comme famille, d'après ce qu'on m'a dit.

— Oh ! Elle vit plus ici depuis longtemps !

— Ah oui ?

— Presque dix ans !

— Mes informations datent, on dirait, commenta Angel, affable.

— La Rafaële est restée un moment avec nous à la maison, elle et la petite, expliqua le beau-frère. Moi et ma femme on avait déjà quatre enfants à charge, on pouvait pas les garder éternellement, sans compter qu'on se connaissait à peine. Mon frère descendait pas souvent de la montagne ; il aurait mieux fait…

Carolina Ramos opinait dans l'ombre de son époux.

— Rafaële et Lucia sont parties où ?

— Bah, elle s'est installée dans un hameau des *montañitas*, à la sortie de la ville.

— Vous avez gardé le contact ?

Juan Miguel haussa les épaules sous son survêtement.

— Un peu au début, quand elle venait en ville, mais elle a fini par plus venir. C'était il y a longtemps. On s'est perdus de vue.

Angel songea aux cartes qu'ils envoyaient à Lucia pour Noël et son anniversaire, qu'elle n'avait jamais reçues.

— Vous ne l'avez plus revue, ni elle, ni sa petite-fille ? insista-t-il.

— Non, je vous ai dit, Rafaële s'est installée dans la montagne, avec les cueilleurs de coca.

— Travailleuse sociale, c'est ça ?

— Bah, c'est pas la misère qui manque, là-haut. Ni la violence.

— Lucia n'a pas cherché à vous joindre récemment ?

— Non… Non, c'est de l'histoire ancienne, je vous dis. Je serais même pas capable de reconnaître la petite… Je sais pas ce que vous cherchez, conclut

Juan Miguel, mais si vous voulez un conseil, oubliez : c'est plutôt malfamé dans les *montañitas*, surtout le week-end quand tout le monde descend des collines avec la paye de la semaine.

Angel s'assombrit un peu plus – c'était aujourd'hui vendredi. Sa fille était là, quelque part, et il n'avait toujours pas répondu au texto de Flora.

Angel arriva à Loreta à la nuit tombée, après des kilomètres de piste dans les collines qui ne semblaient pas mener ailleurs. Le río Caquetá coulait plus bas dans la vallée, dissimulé par la végétation. Il avait croisé des paysannes montées sur des ânes, des vendeurs poussant leur étalage dans les pentes escarpées, quelques loqueteux et des mines patibulaires qui se louaient selon la saison. Les forêts regorgeant de coca, Angel s'était attendu à voir des *raspachines* dépenser leur paye du vendredi, mais pas ce cirque.

Il n'y avait ni eau ni dispensaire ni école dans le hameau de Loreta, mais des cabarets en enfilade le long d'une piste de terre ocre, des discothèques de campagne qui crachaient des *rancheras* au goût de chiotte des narcos, cacophonie agrémentée d'une odeur de pisse assez épouvantable. Des motos étaient garées en vrac devant les façades en bois, des groupes d'hommes ivres riaient ou se disputaient d'un même allant, surenchère acoustique qui n'incitait pas à un dîner aux chandelles. La moitié de ces types étaient des criminels, l'autre tenait les bars et les bordels.

Angel gara la Fiat à l'écart, devant un garage fermé, empoigna le Sig Sauer dans le vide-poches et le glissa sous sa veste. Il laissa le téléphone sécurisé qui le reliait à Lautaro et la moitié de l'argent sous le siège, bipa la portière et se coula à l'ombre des baraquements.

L'alcool coulait à flots dans la rue principale, provoquait des altercations entre les buveurs qui allaient d'un bar à l'autre, quand les coups de couteau n'en laissaient pas un sur le carreau, le nez dans la boue. Angel prit garde à l'endroit où il mettait les pieds et se mêla à la foule. Il n'avait pas la tête d'un coupeur de coca malgré ses vêtements passe-partout, ni celle d'un flic qui venait ramasser sa dîme : un pochard en short de foot et tee-shirt sans manches s'écroula sur son épaule, les doigts comme des serres accrochées.

— T'es un costaud, toi ! singea-t-il en tâtant les muscles de ses bras. J't'ai jamais vu par ici, j'me trompe ?

Angel songea au meilleur moyen de se débarrasser de l'ivrogne qui postillonnait entre ses dernières dents.

— T'as bien quelques pesos à partager, hein ?! J'connais tous les bars ici, je t'accompagne si tu veux ! À moins que tu cherches quelque chose de plus spécial, hmm ?

L'homme souriait, le visage boursouflé par l'alcool. D'autres types commençaient à les regarder de travers. Tout le monde connaissait Pepe, le *raspachine* alcoolique qui taxait les bonnes âmes et les perdreaux du jour, pas le grand type qu'il venait d'alpaguer.

— Je connais un bar à *chicas* du tonnerre ! insista-t-il. Des filles avec des seins, on dirait des montgolfières !

L'homme semblait plus soûl que dangereux.

— Tu as l'air de traîner par ici depuis longtemps, avança l'étranger.

— Bah, oui, on peut dire ça !

— Je cherche une ado d'une quinzaine d'années, tenta Angel. Lucia Ramos. Ce nom te dit quelque chose ?

— Lucia ? Hmmmmm…

L'ivrogne ruminait ses mots comme si cela l'aiderait à raviver ses souvenirs, mais il y avait trop d'échos dans sa caboche.

— C'est elle, dit Angel en sortant la photo de sa poche.

— Non… Non, jamais vue.

— Et Rafaële Ramos ? Une travailleuse sociale, qui habitait dans les environs ; on a retrouvé son corps dans le fleuve plus bas, la semaine dernière.

— C'est possible ! Tu veux pas qu'on en cause devant un verre : j'suis tout sec là !

Angel retira la main qui l'agrippait au risque de faire tomber l'édenté et, échaudé par les regards convergents, abandonna le *raspachine* au trottoir où tintaient les canettes. Le pochard se souvenait à peine de son nom et un mauvais vent soufflait sur les hauteurs de San Vicente. La musique mexicaine s'échappait des bars, parlait d'amour, de drogue, de flics et de vendetta. Angel se dirigea vers un débit de boissons en surveillant les angles morts. Le cabaret était plein d'hommes excités par les femmes et les euphorisants, avec une salle de billard où d'autres cueilleurs de coca alignaient les fausses queues. Les rires étaient brutaux, les yeux rouge sang au-dessus des chopes. Un coupe-gorge, voilà où son frère l'avait envoyé. L'odeur de testostérone remplaçait celle de l'urine dans la rue : Angel se fraya un passage parmi la foule, reçut plusieurs giclées d'écume de bière sur sa veste de cuir élimée, atteignit le comptoir où il trouva une place en jouant des coudes.

Quelques femmes aux décolletés flashy et moulants s'esclaffaient aux bras de jeunes aussi soûls que leurs aînés, un peu trop bruyamment pour être honnêtes. Aucune n'avait vingt ans. Des prostituées de campagne souvent payées en *pasta*, trente grammes la passe. Angel pensait à sa fille, à l'ambiance délétère de Loreta, à ces pauvres gamines qui se prostituaient là, priant pour que Lucia n'ait pas échoué parmi elles.

— Tu veux quoi ? demanda le patron du bouge.

— *Una caña*.

L'homme était râblé sous son maillot de corps, la trentaine passée à la serpe. Angel se cala au comptoir, aperçut les trois types qui l'avaient repéré dehors alors qu'il discutait avec l'ivrogne. Il reposa sa bière au milieu du brouhaha. Le ton vindicatif du patron, ses voisins qui lui braillaient dans les oreilles, les sourires crispés de ces filles en proie aux mains masculines, le lieu le repoussait presque physiquement. Une trentenaire en soutien-gorge, fortement imbibée, lui tomba dessus, emportée par son élan.

— Paie-moi une *aguardiente*, *bebe* !

Son haleine rappelait la mule qui l'avait menée là. Angel se dégagea avec peine sous les lazzis de ses congénères. Deux ou trois prostituées, qui semblaient à peine majeures, avaient pu croiser Lucia aux mains des ravisseurs, s'ils traînaient dans le coin, mais il s'avérait trop dangereux de leur parler maintenant qu'on l'avait repéré. Il sortit à l'air libre mais le rodéo continuait dans la rue. Les motos pétaradaient, un pilote, frein avant bloqué, faisait rugir le moteur de son engin jusqu'à ce que la fumée éloigne ses acolytes et les gens alentour, sous un tonnerre d'applaudissements. Les portières des voitures claquaient sous les rires exagérés de leurs occupants, des postados assoiffés de rivalité, leurs nouveaux muscles soulignés dans des tee-shirts sans manches où bavaient des tatouages. Angel prit soin de ne pas croiser les regards provocateurs des jeunes seigneurs : une odeur de caoutchouc brûlé se répandait dans la rue de terre battue et il voyait mal comment il allait retrouver la trace de Lucia sans se faire trouer la peau.

Il erra un moment parmi les noceurs, en quête d'une piste. Les trois types avaient disparu de ses radars, une raison insuffisante pour baisser la garde… Il écuma deux maisons closes, infâmes bordels où l'alcool se déversait sur les chemises des buveurs. Toujours beaucoup de jeunes éméchés prêts à faire le coup de poing avant de décharger leur hargne dans le corps des filles réunies là. La violence suintait des murs, les tenanciers et leurs videurs avaient le profil des hommes qu'il recherchait mais une heure de quête infructueuse le ramena à son point de départ. Ceux qui séquestraient Lucia devaient la garder au chaud, mais où : dans une villa de San Vicente ou ici, à Loreta, dans cette zone de non-droit ? Angel optait plutôt pour les *montañitas*, d'où les vols nocturnes passeraient plus facilement inaperçus. Si sa fille était maintenue prisonnière dans le village, des gens avaient pu la voir, ou du moins pourraient le renseigner. Des gamines de son âge, peut-être.

La foule des grands soirs déambulait dans la rue principale. Il recroisa l'ivrogne de tout à l'heure, Pepe, qui lui tomba dans les bras.

Avoir un bon copain.

— Dis-moi, mon vieux, fit bientôt Angel, tu parlais bien de bars à *chicas* tout à l'heure…

— Ah oui ! Oui !

— Avec des mineures ?

— Oui, oui !

— Des vierges aussi, ou des filles qui viennent juste d'arriver ?

— Ça doit se trouver, ça, c'est sûr !

— Où ?

— Bah, faudrait voir avec Sergito. Il connaît tout ici, le Sergito ; c'est un… un pilier !

— Tu lui sers de rabatteur ?

— Bah, pas vraiment. J'suis juste un indicateur pour les âmes en peine ; l'office du tourisme, si tu veux !

Pepe semblait sincère malgré son état.

— On le trouve où, ton Sergito ?

— Les combats de coqs ! certifia l'arsouille. Les combats de coqs c'est son dada ! Ha ha ha !

Sa blague n'en finissait plus d'être drôle. Angel réussit à lui soutirer l'adresse du lieu, cent mètres plus loin, en échange d'un billet.

Il fallait slalomer entre les bouteilles de bière qui jonchaient le sol, les vendeurs ambulants qui profitaient du chaos pour faire leur beurre. Le générateur qui fournissait l'électricité permettait à peine d'éclairer la rue, quelques braseros s'embrasaient avec le vent du soir, et l'odeur de maïs grillé se mêla à celle du caoutchouc qui empestait toujours. Il y avait un attroupement un peu plus loin, des gens courbés, en cercle, qui s'invectivaient. Ce n'étaient pas des insultes mais des encouragements pour les coqs qui se déchiraient là, au milieu d'un ring de fortune.

Personne ne fit attention à lui. Les griffes acérées des volatiles galvanisaient les parieurs vociférant, survoltés par le sang et l'enjeu du combat, sous les plumes qui volaient. Angel fit un bref panoramique au-dessus des têtes devenues folles. L'argent des paris était déposé dans un cabanon déserté pour la mise à mort, mais tenu par un homme d'un mètre soixante qui attendait que ça se passe, adossé aux planches. Sergito, d'après la description de Pepe. Difficile de dire son âge, à quoi il pensait. Des veines rouges serpentaient dans ses yeux, on devinait pas mal d'alcool ou de drogue, mais rien de ses intentions. Angel approcha de la cabane, salua le directeur de la soirée et garda ses distances – l'argent était tout près de lui, qui le fixait avec un mélange de lassitude et de curiosité.

— C'est fermé, les paris, dit-il.

Sergito portait une casquette à large visière, une chaîne en toc massif et un jean baggy qui, descendant sous ses fesses, le raccourcissait un peu plus. Sa peau cuivrée brillait sous l'ampoule blafarde reliée au branchement électrique.

— Je ne viens pas pour les coqs mais pour les filles, annonça Angel. C'est Pepe qui m'envoie.

— Sans blague.

— Il m'a dit que tu connaissais tout le monde ici, et je cherche quelque chose d'un peu spécial.

— Ah ouais.

— Une mineure si possible.

— Y en a plein les bordels, glapit Sergito. Si tu viens pas pour les paris, tu ferais mieux de dégager.

L'organisateur de combats de coqs faisait une tête de moins que l'ancien guérillero, mais à son sourire amoché, cela ne lui faisait pas peur.

— Je cherche une vierge… J'ai de l'argent pour ça, fit Angel en sortant quelques billets de sa poche.

Sergito dévisagea l'étranger, empocha l'argent.

— Une vierge, hein ?

— Ou une jeune qui vient d'arriver, genre quinze ans.

Les deux hommes se sondèrent au milieu des cris hystériques. Fin du combat.

— Viens me voir tout à l'heure, lâcha Sergito, après les prochains paris.

Une bronca saluait le vainqueur déplumé. Angel n'eut pas le temps d'épiloguer ; déjà les parieurs affluaient vers le cabanon, avides ou dégoûtés, comptant bien se refaire. Le combat suivant avait lieu dans la foulée, après qu'on eut ramassé le cadavre du coq terrassé, amas de chair et de sang que son propriétaire jetterait aux ordures du fossé voisin. Angel resta à l'écart de la meute, le Sig Sauer au chaud dans la poche de son cuir. Les hommes étaient une trentaine autour de l'enclos, imbibés de bière et d'espoirs fanés, évaluant les chances de leur nouveau champion. Deux coqs ouvraient des yeux affolés depuis leur cage, chaque propriétaire vantant la puissance de destruction de son mâle avec une roublardise de maquignon. L'argent passait de main en main, Sergito encaissait. Angel observa ce ballet, subissant l'odeur entêtante qui émanait du ring. Un sale job dans un sale endroit. Sergito notait les noms des pigeons, donnait des ordres à ses sbires qui s'agitaient de concert, roulait ses liasses de billets. Enfin, la clôture des paris entraîna un semblant de calme parmi les joueurs, qui prirent place autour du champ de bataille. Les oiseaux hurlaient pour qu'on les libère, dressés pour tuer, comme trop de gens dans ce pays. Angel ne broncha pas, absent du monde. L'humanité ici régressait, et il comprenait un peu mieux pourquoi Lautaro l'avait envoyé à sa place.

Sergito revint enfin vers le cabanon, un rouleau de pesos entre ses mains osseuses. Un adolescent de dix-sept ans l'accompagnait, copie conforme du boss, les tatouages en plus.

— J'ai pas le temps comme tu vois, mais mon neveu va te mener à Luis Alfonso. Il tient un cabaret pas loin, avec ce que tu cherches. Pas vrai, Carlo ?

— Oui, *tío*.

Le gamin jouait au dur, ce qui, dans sa panoplie, n'était pas difficile. Impossible d'avoir la moindre confiance en ces types, mais déjà Sergito se réfugiait dans sa cahute sous les cris des parieurs qui reprenaient de plus belle. Angel suivit le neveu du boss, un jeune *gangsta* à la casquette NYC de travers qui garda le silence, l'air obtus sous ses arcades proéminentes ; une lumière se profilait à une centaine de mètres, celle d'un tripot.

— C'est là, dit-il.

« *La Perla* », clignotait l'enseigne. C'était une maison en bois, avec ses lampions et ses rideaux lamés d'où s'échappaient les rires alcoolisés. Carlo pénétra le premier dans la salle de jeu. La plupart des clients étaient des paysans occupés à jeter des anneaux métalliques dans la bouche d'une grenouille en fer fixée sur une table. S'ils adressèrent à peine un regard au nouvel arrivant, celui qui devait être Luis Alfonso le vit venir de loin. Cinquante ans, moustachu, la chemise tendue sur un ventre proéminent, le gérant de la salle de jeu avait une bosse anormale au front, quelques dents en or et deux petits yeux qui suintaient la violence et la haine. Une vraie tête à claques.

— C'est Sergito qui m'envoie, fit Angel en gardant l'accent local.

— Je sais, oui… Tu cherches des ados, c'est ça ?

— Une suffirait. Vierge ou presque. Je suis prêt à payer pour ça. À revenir aussi, insinua-t-il.

Luis Alfonso jaugea l'étranger comme de l'or vendu au poids, lui fit signe de le suivre derrière le bar.

— Viens. Restons pas avec ces bouseux.

Angel contourna le comptoir en surveillant les angles morts, ignora le serveur qui boudait près du rideau de plastique. L'arrière-salle de La Perla était une sorte de salon privé qui servait aussi de débarras : il y avait des planches contre le mur, des fûts de bière et des caisses vides empilées. Pas de filles. Angel se raidit quand il reconnut les trois hommes debout devant la banquette : ceux qui l'avaient repéré dans la rue, un pistolet en évidence passé à la ceinture.

Cette punaise de Sergito l'avait vendu.

— Tout doux, ma jolie, fit Luis Alfonso, enfonçant un revolver dans ses reins.

Le tenancier de La Perla n'eut pas le temps d'armer le chien ; Angel saisit son poignet en un éclair, le tordit dans une brusque flexion qui lui tira un cri de douleur, arracha l'arme en tournant sur lui-même de manière à exposer le corps de l'agresseur, mais trois pistolets automatiques étaient braqués sur son visage.

— Lâche ça ou t'es mort ! siffla le plus âgé. T'as compris : lâche ça !

Angel ne pouvait pas les descendre, pas tous les trois.

— Putain, l'enfoiré m'a cassé le doigt ! pesta Luis Alfonso.

Un des hommes saisit le revolver que l'étranger tenait dans sa main sans cesser de le menacer.

— T'es un rapide, toi, observa le chef du trio.

Il avait la cinquantaine, une chaîne en or sur un torse immanquablement velu et une tête d'enfant mal vieilli particulièrement étrange, mais il ne fallait pas se fier à ses traits juvéniles : ces types étaient des *sicarios*, des tueurs au service des narcos. Un grand barbu avec des bottes à boucles et une chemise blanche brodée façon cow-boy l'accompagnait, et un taurillon au nez épaté qui reniflait en balayant d'un revers le mélange de morve et de poudre coulant de ses narines.

— Fouillez-le ! ordonna leur patron.

Angel se laissa faire, un canon sur la tempe. Le Barbu tira d'abord le Sig Sauer de sa poche revolver.

— Joli petit bijou…

Les tueurs le tenaient en joue, sans un regard pour Luis Alfonso et son doigt cassé qui geignait dans son coin. Angel avait la gorge sèche. Il songea à Flora dans un flash et ressentit la peur intense de mourir : l'index d'un de ces hommes suffisait, ils n'attendaient qu'un simple signe du boss.

— Assieds-toi sur la banquette, ordonna Gueule-d'Enfant. Et dis-moi ce que tu fais là ou on te liquide sur-le-champ. Il y a un fleuve pas loin, tu nourriras les crocos.

— Pourquoi vous m'agressez ? plaida-t-il avec l'accent local. Je veux juste une fille.

Poursuivant la fouille, le Barbu trouva son smartphone, l'enveloppe avec ses billets de banque, son permis de conduire au nom d'Orlando Mercer où dormait la photo de Lucia, qui tomba à terre. Il laissa la clé de voiture, la petite ferraille et une boîte d'allumettes.

— Orlando Mercer, c'est ça ? fit le chef en consultant les papiers.

— Oui.

Il marchait sur la photo de Lucia à terre.

— Qu'est-ce que tu fais avec ça dans les poches ? continua le tueur en agitant le Sig Sauer.

Angel haussa les épaules.

— C'est pas Disneyland par ici, faut bien se défendre.

— Ah ouais ? Parce que t'es d'ici, peut-être ?

— De San Juan, s'ingénia Angel.

Le *sicario* alluma le smartphone qu'il venait de lui subtiliser, appuya sur les options de ses gros doigts agiles.

— C'est bizarre, observa-t-il, il n'y a qu'une demi-douzaine de numéros enregistrés sur ton téléphone.

— Je viens de l'acheter.

— Ce serait pas plutôt un moyen de géolocalisation ?

L'homme à tête d'enfant jeta le portable à terre et l'écrasa sous sa botte. Les débris se mêlaient maintenant à la photo de Lucia.

— Qui t'a dit de venir fouiner ici ?

— Je sais pas de quoi vous parlez, répondit Angel en cherchant un moyen de s'échapper. J'ai jamais mis les pieds à Loreta avant ce soir. On m'a juste dit que je trouverais ici ce que je cherche.

— Les emmerdes, oui. T'es quoi, flic ?

— Non.

— D'une brigade antiputes à qui on aurait pas graissé la patte ?

— Non… Non.

— Alors où t'as appris à te battre ? Hein ?

Les trois hommes scrutaient ses réactions, hésitant visiblement à le descendre.

— Chez les paras, mentit Angel.

— Chez les paras ? singea le chef. Vous entendez ça, les gars ?

Ses sbires suivaient l'interrogatoire, narquois – ils connaissaient leur chef, El Niño. D'un coup de crosse, il frappa Angel au-dessus de la tempe, le projetant contre la banquette. Un champ d'étoiles apparut dans son cerveau, la sensation de perdre l'équilibre, avant de se diluer dans le cosmos. Le visage du *sicario* s'affaissa devant sa proie inanimée.

— Clouez-moi ce fils de pute à une planche, ordonna-t-il à ses hommes d'un ton égal. Et balancez-le au fleuve.

Une tête d'enfant grisonnant, voilà ce que des gènes mal branlés avaient donné à Francisco Zamora, ce qui plus tard lui vaudrait son surnom. El Niño avait grandi à la Comuna 13, sur les hauteurs de Medellín, entassé avec sa famille et des centaines d'autres réfugiés de l'Antioquia, dans des baraquements chancelants sur des pentes en friche. Une occupation illégale, d'après les autorités soudain pointilleuses. La police venait le jour détruire les cabanes que les loqueteux reconstruisaient la nuit, faute d'autre endroit où crever. Au moins ils seraient ensemble. C'était l'époque de Pablo Escobar, des attentats aveugles qui tuaient les passants en ville et les passagers des avions transportant des politiciens, des écoles que le *capo* faisait bâtir dans les *barrios* pour asseoir sa popularité et provoquer les gouvernants sur un terrain où ils n'allaient jamais.

La Comuna 13 n'avait pas bénéficié des largesses du roi narco. Livrée à elle-même, la population du bidonville avait organisé une milice pour se protéger des gangs, qui était devenue un gang à part entière, rackettant ceux qui l'avaient mis là. El Niño avait vu son frère mourir pour une paire de chaussures, et juré qu'il ne serait jamais un des pouilleux qui s'accrochaient à cette colline maudite. Ici les gamins apprenaient à cinq ans le maniement des armes, à douze ans les filles cédaient leur virginité à un dur du quartier, étaient mères à quinze. L'Armée venait parfois nettoyer le terrain, liquidait une dizaine d'habitants qu'elle enterrait dans la montagne ou sous les fondations des tours qui poussaient avec l'urbanisme, pour l'exemple. El Niño avait fait son trou en creusant celui des autres. La poudre offrait des ascensions fulgurantes pour peu que vous ne mettiez pas trop le nez dedans. Garder la tête claire, seul moyen de prendre du grade. La preuve, on l'avait envoyé dans le Sud avec les pleins pouvoirs, El Barbudo et son cousin taré comme chiens de garde. Un sale boulot, qui heureusement rapportait gros.

Orlando Mercer, disait le permis de conduire trouvé dans sa poche. Francisco « El Niño » Zamora ne savait pas ce que fichait ce fouille-merde à Loreta mais ce ne serait bientôt plus un problème. Les flics du coin prenaient soin de ne pas mettre les pieds dans les *montañitas*, sa voiture serait volée ou désossée dans les quarante-huit heures qui suivraient sa disparition et personne n'enquêterait par ici.

— Magnez-vous le cul, dit-il à ses hommes.

Angel n'avait pu esquiver le coup de crosse du *sicario*. Il était tombé inconscient, dans les limbes d'un pandémonium bien réel.

Quand il rouvrit les yeux, il sentit des papillons aux ailes de sang qui coulaient depuis sa plaie et la brise nocturne sur son visage. Les sons déformés lui parvenaient par bribes : crâne fendu, chiffe molle traînée jusqu'à ce coin de terre meuble, Angel mit plusieurs secondes avant de réaliser qu'il se trouvait au bord d'un fleuve.

La lune ranima son esprit égaré dans les feuilles qui bruissaient alentour ; il entendait mieux les voix, les surnoms qu'ils se donnaient, mais le monde tournait toujours trop vite. Il distingua deux silhouettes à genoux qui s'activaient tout près, et l'homme à tête d'enfant penché au-dessus de lui.

— Il se réveille, l'enfoiré…

Les tueurs se redressèrent, essoufflés. Angel ne pouvait pas bouger, trop fébrile après le coup sur la tempe, encore moins se jeter dans le fleuve pour s'échapper ; ils l'empoignèrent comme un sac de sable et le traînèrent jusqu'aux planches d'une table de jeu. Il n'y avait pas d'anneaux à lancer, de grenouille en métal ouvrant la bouche comme dans le cabaret, seulement cette plaque de bois où ils étendirent Angel, les bras en croix.

— Tiens-le bien.

Angel vit la pierre que le chef de bande avait à la main, pas le clou épais collé contre sa paume : l'homme frappa sans crier gare, enfonçant l'acier au creux de sa main. La douleur fit vaciller sa raison. Angel lâcha un cri perdu depuis longtemps au fond de lui, tenta de se dégager mais les autres le tenaient et il manquait de force.

Les étoiles valdinguaient dans le ciel éteint quand on plaqua sa deuxième main sur la planche. Le chef des *sicarios* était large d'épaules mais il s'y reprit à plusieurs fois pour enfoncer le second clou. Angel ne s'évanouit pas tout de suite.

— Nos amitiés à tes petits copains paras, railla le tueur en le poussant vers l'eau du fleuve.

Le courant n'était pas trop vif près du rivage. Crucifié sur le radeau de fortune, Angel dériva lentement sous la lune. C'est en se rapprochant du centre du fleuve que l'embarcation prit de la vitesse.

15

Six millions de déplacés avaient fui les massacres depuis la Violencia, alimentant l'urbanisation sauvage autour des grandes villes, Bogotá en tête. Le quartier du Bronx était ainsi né au début des années deux mille quand trafiquants, vendeurs ambulants et drogués avaient été évacués du Cartucho, un ghetto de marginaux, vers la calle L.

Contrairement au quartier sensible new-yorkais, le Bronx se situait au cœur de la capitale, à deux pas du palais présidentiel, mais aucune politique publique n'avait permis de mettre un terme aux trafics. Les gangs mafieux qui tenaient le quartier avaient créé des commandos d'anciens paramilitaires et de policiers, certains toujours en activité, qui grossissaient les rangs des voleurs et des délinquants de tout poil issu du Cartucho, que Lautaro avait vidé en prenant son poste à la tête de la police criminelle des années plus tôt. Ce qui se déroulait là-bas dépassait l'entendement. Le sol, spongieux, était une accumulation de détritus, de cadavres d'animaux et d'humains qui pourrissaient là, piétinés par des milliers de laissés-pour-compte qui, pour survivre, n'avaient d'autre solution que de former des bandes sans foi ni loi

– vol, drogue, contrebande, assassinats, prostitution, kidnapping. On y avalait de l'alcool à 90° autour des braseros, certains buveurs prenaient feu, ou s'entretuaient. Les dépouilles étaient jetées au feu. Lautaro avait vu l'un d'eux découper la joue de sa victime qui grillait dans les braises, et la manger. Un cirque satanique où se concentraient tueurs à gages, escrocs, pickpockets, faux-monnayeurs, trafiquants, violeurs, malades mentaux, fous à lier. Les rebuts du Cartucho avaient migré vers le Bronx, un quartier adjacent de la carrera 10, devenant la nouvelle cour des miracles, à quelques jets de pierre de la Candelaria.

Ne pouvant s'appuyer sur l'institution dont il avait la charge, Lautaro avait composé et fixé les règles de l'unité Falcon, cent cinquante hommes et femmes triés sur le volet dont il avait suivi l'instruction. Cent cinquante, c'était depuis l'avènement de l'humanité le nombre idéal pour créer un groupe soudé, lié par une histoire et des croyances communes. Tous les membres de l'unité Falcon étaient jeunes (l'entraînement intensif éliminait les fiers-à-bras), célibataires (pas de pression sur la famille ou les enfants), déterminés et incorruptibles – lors de la cérémonie où ils juraient fidélité à leur unité, Lautaro prévenait les nouvelles recrues qu'il se chargerait lui-même de liquider celui ou celle qui se ferait prendre la main dans le sac. Menace fictive ou réelle, jusqu'à présent personne n'avait dérogé à son serment.

Le Bronx était une zone de non-droit mais Lautaro Bagader et son unité d'élite avaient tenté de changer la donne. Deux cents mineurs victimes d'exploitation sexuelle et mille cinq cents sans-abri réduits en esclavage avaient été libérés à la suite d'une vaste opération de police deux ans plus tôt. Onze personnes avaient été arrêtées, le quartier vidé de ses habitants, qui s'étaient répartis dans la ville, suscitant craintes et tensions auprès des commerçants et de la population. D'autres avaient pris la place.

Laura et Abigale faisaient-elles partie de ces nouveaux arrivants? Lautaro n'avait que le témoignage de la marchande de fleurs, mais il sentait qu'elle ne mentait pas. Si Laura reposait à la morgue, il restait sa copine Abigale. Un drone avait survolé les lieux et localisé ce qui semblait être l'ancien atelier de couture, mais il n'était pas question d'intervenir sans un plan solide. Les drogués qui refusaient de quitter le Bronx s'armaient de seringues usagées ou de sacs remplis de leurs excréments pour repousser les forces de l'ordre et les médias qui s'aventuraient dans la calle L, épicentre du chaos.

Lautaro avait passé ses ordres – à la moindre menace, cogner les premiers. La plupart de ces minables étaient des informateurs des *cartelitos* qui tenaient le territoire, des junkies qui auraient découpé leur mère vivante pour des doses de poudre à chiottes, la lie des rebuts encrassés au sud de la ville. Comment les habitants étaient arrivés à s'entasser dans ce trou à rats n'était pas son souci. L'unité entière était mobilisée, cent vingt-six hommes et treize femmes qui avaient pris position aux endroits stratégiques et quadrillaient la zone. Quatre groupes d'une trentaine de policiers fondraient ensemble sur l'objectif, à 06h00. Lautaro partirait depuis la carrera 10 où Laura et Abigale avaient été vues pour la dernière fois, Diuque ferait la jonction depuis le point équidistant, l'Armée se chargeant de sécuriser la zone de repli et de prévenir toute contre-attaque.

Lautaro n'avait pas dormi de la nuit. Tinder n'y

était pour rien, ni la fugue de Damian, il ne pensait qu'à tirer Abigale de son squat et découvrir la vérité sur le meurtre de sa copine Laura.

Il écrasa sa cigarette, le regard rivé sur sa montre en or blanc. 05 h 59.

— Je suis en place, cracha Diuque depuis la radio.

L'aube pointait sa gueule froide sur les façades de la carrera 10. Le chef de la police se tourna vers son groupe, regards tendus sous les casques. Trois costauds se tenaient prêts à ouvrir la voie, protégés par des boucliers de carbone, les autres suivaient, harnachés des pieds à la tête et munis comme lui de fusils d'assaut. Lautaro donna le top aux groupes d'intervention.

Une lune pâle filtrait entre les rubans colorés tirés depuis les toits ; l'unité s'engouffra dans la ruelle, boucliers en avant, tandis que les M16 pointaient les casemates et les boutiques fermées. La calle L se situait à trois cents mètres, plein sud. Le Bronx était encore endormi à cette heure ; quelques chiens miteux déguerpirent à leur approche avant qu'ils ne tombent sur une première présence humaine, un homme au regard hagard sous un chapeau de fortune, les haillons sur les chevilles, occupé à chier contre un poteau où les chiens étaient passés avant lui. Lautaro croisa son œil rougi de dope et de mauvais sommeil, renversa le type d'un coup de talon contre l'épaule, constata qu'il ne cachait pas d'armes entre ses cuisses et le laissa dans sa merde.

Les ruelles se perdaient dans le Bronx, formant un rhizome anarchique où quelques commerces tentaient de survivre ; les grilles étaient encore fermées, quand elles fermaient, une rumeur grondait avec eux qui foulaient le sol. Ça puait la débandade et la mort, un mélange d'ammoniac et de viande faisandée. Lautaro se cala sur la foulée des hommes-béliers qui ouvraient le chemin jusqu'au squat d'Abigale, guettant les ombres qui pouvaient surgir des baraquements. Les immeubles s'écroulaient dans un décor d'apocalypse à l'heure où les gangs de voleurs s'endormaient après leurs forfaits nocturnes. Encore deux cents mètres avant d'atteindre l'objectif.

« À terre ! À terre ! » sifflaient les policiers aux rares trognes qu'ils croisaient. L'intervention des forces spéciales ferait une traînée de poudre dans le quartier, ils devaient atteindre la calle L avant que tout le monde ait déguerpi. Diuque était au contact, les autres unités convergeaient vers la cible, sans encombre pour le moment. Ils longèrent des maisons de brique où un graffiti d'Escobar s'émiettait. Les barreaux avaient remplacé les vitres des immeubles délabrés où des visages blêmes les regardaient passer, trop défoncés sans doute pour réagir.

Lautaro pressa la troupe à l'intersection de la calle L.

Un premier projectile siffla au-dessus d'eux, une simple brique qui rebondit par terre. L'odeur se faisait plus forte au ras du sol, celle de la misère brute. Ils avançaient toujours, tortue compacte protégée par les boucliers. Surveiller les toits, les soupiraux, les angles morts. Diuque et les autres refermaient la tenaille sur la rue où une faune léthargique s'éveillait, alertée par les cris des riverains qui descendaient maintenant des fenêtres.

Une femme portant des couvertures immondes titubait au milieu des tricycles et des jouets d'enfants, des sacs-poubelle éventrés et des machines à laver jetées des étages. Une tribu de junkies amorphes comatait le long des trottoirs, un autre type dormait contre une charrette en bois relevée parmi les détritus. Au bout de leur nuit, trois putes en short tenaient les murs d'une entrée d'immeuble, un jeune sans dents dormait vautré dans un canapé déchiqueté sur le trottoir. Des tas d'ordures, des chiens, d'autres zombis, des rubans colorés flottant au gré du vent, l'odeur de la pauvreté débraillée : Lautaro traversait le spectacle de l'humanité sans la voir.

Ils étaient les premiers sur l'objectif, un immeuble en parpaing à la peinture passée depuis un siècle, sans fenêtres ni porte. Le squat de la calle L d'après la position satellite. Un pavé ricocha contre les boucliers qui sécurisaient l'entrée. Lautaro repoussa la loque avachie dans le passage, fit signe à ses hommes pendant que Diuque et les autres escouades convergeaient, regroupant le gibier ramassé sur la route.

Il faisait noir dans le hall. Lautaro avança, éclairé par les lampes du fusil d'assaut qu'il braquait vers une grande porte ; deux hommes l'encadraient de près, le canon pointé sur les cibles potentielles, trois agents suivaient, les sens en alerte maximale. Les rangers firent craquer le plancher vermoulu. La puanteur ne les lâchait pas. Lautaro attendit une poignée de secondes, épiant les bruits derrière la porte déglinguée, ne reçut pas d'échos et adressa un code à ses équipiers. Les hommes jaillirent en hurlant, armes au poing balayant la zone, découvrirent une salle vide où deux fauteuils déchirés se regardaient en chiens de faïence.

Un lot de couvertures sales s'entassait sur le sol humide où couraient des rats gros comme des chats. Les flics de choc investirent la pièce comme un vol de frelons, guettant les ombres dans les lunettes infrarouge, mais il n'y avait aucune trace humaine, que ces couvertures grouillant de vermine. Lautaro se pencha sur l'étoffe poisseuse, ouvrit les couvertures du bout du pied, découvrit des traces de sang… Des pas se précipitaient, ceux de Diuque, qui avait fait la jonction.

Le lieutenant croisa son supérieur et le vit filer sans un mot vers l'étage. D'instinct, il suivit son chef, en sueur sous son gilet pare-balles. Lautaro braqua le canon lumineux sur les murs, trouva des impacts de balles. D'autres emballages plastiques traînaient sur le sol de béton, un réchaud, des bouteilles de gaz renversées, des ordures ordinaires mais toujours pas de présence humaine. Le squat était vide. Ou on avait déguerpi.

— Colonel, venez voir !

Une voix féminine perçait depuis le rez-de-chaussée. Lautaro fit signe à Diuque de ratisser l'étage pendant qu'il descendait. Le brouhaha du dehors grimpait aux fenêtres à barreaux. Baignée de sueur sous son casque, une jeune agente se tenait dans un coin de la pièce. « *Agent Vasquez* », d'après son écusson, une brune menue d'à peine vingt-cinq ans qui, à son regard plein de bonne volonté, croyait encore à l'avenir de son pays. Elle avait repoussé les sacs-poubelle en un monticule malodorant qui laissait apparaître une trappe.

— Tu l'as ouverte ?

— Non, je vous attendais, colonel.

Lautaro s'accroupit, empoigna la boucle d'acier et souleva la trappe. L'odeur d'abord lui saisit la gorge, avant qu'il ne pointe sa torche à l'intérieur et n'expulse ses deux cafés aux pieds de la fille. L'agent

Vasquez recula pour se protéger des éclaboussures, en vain.

— Ça va, colonel ? s'inquiéta-t-elle.

Lautaro était pâle à la lueur du jour qui pointait au bout de rien. Il vit ses rangers mouchetées sur le ciment sale, la jeune flic qui le dévisageait, se ressaisit. Il commençait à se faire à la puanteur.

— Éclaire-moi, ordonna-t-il.

Lautaro se glissa par la trappe et sauta à l'intérieur. Le sol imbibé collait à ses semelles. Aidé par la torche que l'agent pointait depuis l'ouverture, il découvrit la chambre secrète du squat, une cave de cinquante mètres carrés sans ouverture, aux murs couverts de sang. Une salle de torture, avec des bras, des pieds, des jambes, des têtes jetés pêle-mêle dans un coin. Des corps démembrés. Sciés ou découpés à la tronçonneuse, l'autopsie le dirait ; Lautaro regardait l'affreux tas de chairs enchevêtrées, l'esprit absent. Ailleurs.

— Chef ?!

Mais il ne répondait pas. Le lieutenant Diuque sauta à son tour dans la cave, se réceptionna avec agilité mais n'osa pas avancer.

— Putain de merde…

Il vit les corps amputés, un lot de pipes à crack usagées par terre, des pochettes plastifiées vides, et… un serpent. Lautaro posa d'instinct le doigt sur la détente, visa la gueule ouverte du reptile dressé dans la lueur de la torche, se rétracta. Le serpent était rigide, sec, une simple taxidermie que des cinglés utilisaient dans des rites sataniques. Dans son dos, Diuque se taisait devant le Meccano humain démonté, comme asphyxié par la vision d'épouvante.

— Putain, jura-t-il en braquant son arme, qu'est-ce que c'est que ça ?!

Le monticule *bougeait*. Il remuait comme si les membres cherchaient à se reconstituer, à reformer l'impossible moule originel d'un corps mutant. Lautaro retint sa respiration, et ses poils se hérissèrent : un être se cachait là, sous les cadavres, et cherchait à se dégager.

Une tête apparut enfin, ou plutôt le cri muet d'un visage qui maintenant le fixait avec des yeux de folle : une gamine qui n'avait pas treize ans.

DEUXIÈME PARTIE

LE BAISER DU FEU

1

Flora Ibanez aussi connaissait l'histoire de son pays, de ses ancêtres : un génocide appelé civilisation.

Débarquant sur le continent après avoir colonisé les Caraïbes, les conquistadores espagnols avaient donné le nom de Christophe Colomb à ces terres luxuriantes – Colombia – avant d'y prendre pied et d'en massacrer les autochtones. Ceux qui avaient survécu aux maladies importées d'Europe avaient servi de bêtes de somme, tombant comme des mouches dans les mines et les champs pendant que l'Inquisition torturait les hérétiques, les accusés de sorcellerie, les innocents, les folles, leurs fils. Il avait fallu l'intervention du dominicain Las Casas auprès du pape pour que les Indiens obtiennent le statut d'être humain, soit autant d'âmes à évangéliser et quelques bols de soupe à se partager car Dieu est amour.

De grands hommes noirs les avaient bientôt rejoints dans les plantations où l'on manquait de main-d'œuvre, venus d'Afrique entassés dans des cales et décimés par le scorbut, unissant leurs chaînes pour user leur vie pendant que les Blancs s'étripaient pour ramasser la monnaie. Avec la République et la libération du continent par San Martín et Bolívar, les esclaves devinrent serfs sans que grand-chose ne change : l'or et les mines étaient une malédiction, les rapports sociaux fondés sur la rapine, la rente et l'asservissement.

Il restait peu de purs autochtones en Colombie, aucune ethnie n'ayant la puissance inca, aztèque ou mapuche, et la plupart des survivants s'étaient mélangés aux Européens. Le père de Flora était le produit de ce métissage, le descendant arawak d'une race assujettie, même si Manuel en rejetait le terme : les races, c'était pour les chiens. Manuel avait inculqué des valeurs humanistes et égalitaires à ses enfants, pour qu'ils brillent un jour à la face du monde comme n'importe quel être sur terre, sans qu'ils aient à avoir honte de leur couleur de peau ou de leurs origines « indiennes ». Des idées simples en somme, fondées sur la dignité et le respect de l'autre.

Manuel Ibanez tenait l'école du village, une maison de bois avec des bancs, des pupitres de fortune, une estrade et un tableau d'ardoise que les élèves regardaient avec un mélange de crainte et de fierté – c'était la première école dans ces collines perdues de la Magdalena. Le père de Flora pestait contre le manque de moyens, le budget de l'État allait à la guerre, pas à l'éducation, l'obligeant à assurer seul les cours des petits le matin, des grands l'après-midi. Les gens aisés auraient ri de ce que l'on y apprenait, qu'importe. Flora n'était pas la moins assidue aux cours de son père, contraint à de douloureux efforts pour ne pas lui donner systématiquement les meilleures notes. La petite fille se plaignant de cette sous-évaluation chronique, Manuel répondait que lui donner les meilleures notes pouvait décourager les moins instruits, que la plupart de ses camarades n'avaient non seulement pas de livres mais n'en avaient jamais vu de leur vie.

— On sait tous les deux que c'est toi la meilleure, ma chérie, souriait Manuel. Continue comme ça et tu iras loin !

Flora avait redoublé d'efforts, espérant devenir institutrice, comme son père. À la différence qu'elle donnerait des notes justes à ses élèves, elle. Une gamine stimulée, adulée, cajolée. Ses parents se demandaient comment leur fille si méritante poursuivrait sa scolarité – la première ville était à plus de trente kilomètres, il n'y avait aucun bus dans ces contrées reculées et les groupes armés hantaient les routes –, mais la question ne se posa pas longtemps.

Ils étaient arrivés un jour sans crier gare, dans la rue principale du village où personne ne les attendait malgré les rumeurs ; deux cents hommes en tenue de camouflage qui portaient de lourds fusils d'assaut, sans grades ni insignes. Certains étaient munis de machettes, d'autres de bérets et de bottes militaires.

À quatorze ans et malgré l'instruction de son père, Flora ne connaissait rien aux tactiques de coercition. Bande criminelle, paramilitaires, personne ne savait qui étaient les étrangers mais ces derniers n'en étaient pas à leur coup d'essai : ils avaient commencé par encercler les maisons, puis coupé les communications radio, détruit tout type d'appareils, endommagé la petite centrale électrique, plongeant le village entier dans l'obscurité lorsque viendrait la nuit, avant de réunir tout le monde sur la place publique.

Au moins trois cents personnes s'entassaient là, plus les enfants de l'école. Tous avaient peur. Des choses à se reprocher ou pas, cela revenait au même. Celui qui semblait être le chef de la colonne s'était présenté comme membre des Autodéfenses unies de Colombie, puis il avait annoncé qu'on allait passer à l'identification des «collaborateurs» soupçonnés de soutenir les FARC. Un *sapo* était présent parmi eux, un dénonciateur au visage recouvert d'un passe-montagne. Flora ne savait pas non plus qui était cette personne, ce qu'elle fabriquait avec ces hommes à l'allure effrayante. Issus de la communauté visée, les *sapos* étaient parfois contraints de révéler les noms de ceux qui aidaient la guérilla, ils le faisaient plus généralement pour de l'argent. Le *sapo* pouvait raconter n'importe quoi sur n'importe qui, par jalousie, méchanceté ou pour se venger d'un rival, la délation n'avait pas de limites. Avoir des relations, des contacts sporadiques avec les guérilleros, des liens de parenté ou les avoir croisés sur un chemin suffisait à devenir un collaborateur. Les villageois étaient tous innocents, tous coupables.

Flora tremblait, comme les autres. Les paramilitaires avaient des photos de suspects en poche, abîmées à force d'être passées de main en main dans d'autres villages. Ressembler à quelqu'un «signalé» le «contaminait» aussitôt. Flora apprit l'arbitraire et le jargon des tueurs dans les bras de sa mère. Défilant au milieu de la place sous sa cagoule de traître, le *sapo* avait commencé à désigner du doigt les villageois ressemblant aux photos.

Les supposés collaborateurs avaient protesté, juré qu'ils n'avaient jamais aidé les guérilleros, Romano, le chef du village, avait même pris leur défense – on n'avait rien trouvé chez ces gens, ni armes, ni uniformes, ni pamphlets marxistes –, mais il ne réussit qu'à rejoindre le rang des accusés.

L'assemblée était glacée.

On leur avait dit que Dieu était miséricorde, qu'Il veillait sur eux comme sur ses enfants, mais toute la nuit Flora avait vu des gens passer dans la rue avec les mains attachées dans le dos, entendu les cris qu'ils poussaient quand on les torturait. Impuissance, culpabilité d'être épargnée, terreur, Flora grelottait à la fenêtre de leur maison où la famille s'était réfugiée. Sa mère pleurait en serrant ses sœurs dans ses bras, même son père, d'humeur si égale, était silencieux devant le cortège des martyrs. Aucun d'entre eux n'avait été désigné comme collaborateur par le *sapo*, mais Manuel avait croisé le regard des paramilitaires : beaucoup étaient drogués, ou alcoolisés. Que faire ? Ils n'étaient que des paysans, pas des tueurs.

Les prisonniers avaient continué à défiler devant leurs fenêtres, leurs gardiens plus bruyants à mesure que la nuit durait : ils les appelaient « ma poulette », « mes petits agneaux », « ma coriandre », pour les animaliser, les assimiler à la sphère domestique et briser le tabou de ce qu'ils allaient commettre.

La grande fête du sacrifice humain avait duré cinq jours, cinq jours d'orgie isolés du monde. Même le *sapo* qui avait dénoncé les civils y était passé, une simple balle dans la tête, rendant un peu plus dérisoire sa trahison.

Flora voulait croire aux mots rassurants de son père, ces hommes finiraient par partir, et n'y croyait pas.

Les soldats avaient fait irruption dans la maison au petit matin, ivres d'une joie aigre et violente qui les avait tous emportés. Des coups de crosse répondant aux supplications, ils avaient attaché Manuel pour le conduire avec le reste de leur bétail, au milieu des cris inoffensifs. Dans la cohue, un homme avait empoigné Flora pour la traîner dans le sillage de son père. La peur l'empêchait presque de marcher, de penser même, puis une odeur pestilentielle l'avait prise à la gorge quand elle avait pénétré dans la porcherie : Flora avait vomi devant les flaques de sang et les gens qui pendaient là, parfois encore vivants.

Flora avait vécu la suite avec les yeux d'une adulte, comme si elle n'était plus elle-même. Les tueurs avaient suspendu son père aux crocs de boucher fixés au plafond, tiré les machettes et les couteaux de leur ceinture et l'avaient saigné comme à l'abattoir.

Mais la mort ne suffisait pas, il fallait marquer l'esprit des victimes. Ce soir c'était au tour de Manuel, instituteur agonisant dans une porcherie perdue dans la montagne de la Magdalena : ils avaient violé sa fille sous ses yeux pendant qu'il se vidait de son sang, pour qu'il meure avec cette image…

Un paradigme de violence extrême que les anthropologues étudiaient aujourd'hui avec circonspection. Des dizaines de milliers de Colombiens avaient été traumatisés par la barbarie des hommes, des millions si l'on comptait leurs proches. Flora Ibanez n'était qu'un cas parmi d'autres, son corps de femme avait été marqué au fer comme celui de ses ancêtres esclaves des Espagnols, sauf que Flora n'avait pas accepté ce simple statut de victime. L'adolescente avait suivi une thérapie pour rebâtir le château brûlé de son enfance, à l'École du pardon, une institution laïque qui permettait aux victimes de s'exprimer. Elle s'était reconstruite pas à pas sur les ruines de son intégrité, sans cesser d'étudier, en mémoire de son père.

Aujourd'hui encore, dans les campagnes, seul un enfant sur quatre finissait sa scolarité, un problème d'éducation qui expliquait en partie l'absence d'empathie des bourreaux ignares envers leurs martyrs. Flora ne serait pas institutrice comme son père, mais en aidant à la réinsertion d'anciens acteurs du conflit, elle verserait quelques gouttes de diluant dans l'océan de sang qui l'avait éclaboussée.

À vingt-huit ans, Flora n'avait pas une grande expérience des hommes, elle s'était laissé apprivoiser pour ne pas subir la double peine de la frigidité ou du dégoût, mais l'étreinte dans la maison de pêcheur avait suffi. Un mariage à blanc, comme une promesse de vie jamais ressentie, qui depuis dynamitait son quotidien. Orlando l'avait aimée comme on se console de quelque chose, le chagrin de soi, et la douceur fragile de ses mains sur son corps ne l'avait pas trompée. Orlando l'aimait. Il l'aimerait, s'il revenait un jour. Flora avait perdu l'innocence des jeunes filles dans une porcherie dont elle pouvait ressentir l'odeur à volonté, elle ne le perdrait pas *lui*. Jamais. Ou alors rien n'avait de sens.

Mais l'attente, vieille fille du temps, lui laissait chaque jour un sentiment d'amertume mêlé d'angoisse. Ses textos n'avaient pas reçu de réponse et quand, inquiète, elle avait appelé le portable d'Orlando, Flora était directement tombée sur la messagerie. Plusieurs tentatives n'avaient rien changé, comme si son téléphone était éteint, perdu ou détruit.

Confusion, réminiscences, mauvais présages. Flora faisait depuis des rêves affreux. Comme la nuit passée, dans cette cave sinistre où un homme cagoulé ouvrait des sarcophages en goudron pour en sortir des êtres vivants, des êtres à la peau noire mais pas à cause de la mélanine, coincés dans ces boîtes et qu'on tirait de force dans un couloir mal éclairé, un à un : la victime se recroquevillait alors au pied d'un mur barbouillé de noir, où on lui projetait de la peinture sur le corps à l'aide d'une machine à soufflet. Des victimes poussées là à la chaîne dont on faisait des pochoirs sur le mur de la cave, avant que l'homme ne les ramène, tremblants et dégoulinants, dans leur sarcophage en goudron… Des rêves de porcherie.

Flora en tremblait encore.

Il était arrivé malheur à Orlando, c'était sûr.

2

Angel ouvrit les yeux et ressentit le mal jusqu'au fond des os. Il avait dû perdre connaissance après que le deuxième clou avait transpercé sa main. Les salopards l'avaient crucifié à un radeau : il dérivait maintenant au gré des courants, ses paumes désespérément rivées au bois. La douleur irradiait ses bras jusqu'à la cage thoracique, l'empêchant presque de respirer.

Le radeau de fortune avait pris de la vitesse vers le centre du cours d'eau où le courant était plus fort, et lui suffoquait, en proie au vertige du ciel. Angel dressa la tête, ne perçut que la nuit et les cimes des arbres qui se découpaient sous les étoiles. Le fleuve recrachait une odeur de terre et de vase mal digérée. Il ne savait pas quelle quantité de sang il avait perdu ; la plaie de son crâne n'était plus qu'un souvenir égaré dans la mémoire d'un autre, et il allait mourir sur le río Caquetá, comme Rafaële avant lui. Le courant l'emportait au loin, à plusieurs miles de Loreta et de ses cabarets où les combats de coqs menaient droit aux *sicarios* qui infestaient les collines. Angel serra les dents, incapable de se dégager. Des tourbillons se formaient autour du radeau et une rumeur grossissait en aval… Une chute. Des rapides. Ou un torrent violent qui le livrerait aux arêtes des rochers. L'assurance de finir broyé. Ou noyé. Mourir. Après ce qu'il avait enduré, Angel ne pouvait pas s'y résoudre.

Le grondement devant lui se fit plus distinct. Le radeau prenait encore de la vitesse, plus que deux, trois minutes peut-être. Angel pencha la tête à droite, puis à gauche, le souffle court : la rive était trop éloignée, le courant trop rectiligne pour qu'il espère s'y échouer de manière aléatoire. Il tira sur ses mains en gémissant, ne parvint qu'à aviver la douleur. Des sueurs froides se mêlèrent aux éclaboussures qui inondaient son visage. Jamais il ne pourrait s'arracher au bois, les clous étaient plantés trop profondément, au mieux il s'évanouirait de nouveau et s'écraserait plus bas. L'air parvenait avec difficulté jusqu'à ses poumons ; il happa l'oxygène comme un poisson sur la grève. Il fallait qu'il dévie du courant, qu'il atteigne une rive avant d'être emporté vers les chutes. La planche était en partie immergée, les remous la recouvraient parfois en entier ; Angel fit basculer ses jambes dans l'eau noire. Les paumes en feu, il faillit perdre l'équilibre, renverser l'embarcation, mais la dérive de ses jambes semblait le diriger vers la forêt. Angel s'accrocha à cet espoir. Remous et tourbillons malmenaient le radeau, ses mollets frappaient parfois violemment les rochers dressés sur sa route, le souffle manquait toujours mais il quittait le centre du fleuve.

Il ne pensa plus aux fumiers qui l'avaient crucifié, qu'à maintenir ses jambes contre le courant pour atteindre la terre ferme. Les étoiles lui adressaient des signaux de détresse, balises dans la tourmente, quand la douleur de ses mains le fit vaciller : il y eut un choc, un craquement de petit bois prolongé dans le temps, puis plus rien.

La rumeur du torrent disparut avec Angel.

Il n'y avait plus que le noir de la forêt au-dessus, et les oiseaux nocturnes qui le regardaient mourir depuis les branches.

3

Lautaro passa ses nerfs sur le dossard 24, casaque blanche toque noire dans la course d'obstacles qui constituait sa vie. Tout allait de travers dans cette affaire, Carbonel et Rodriguez jouaient les oies blanches, les cadavres s'amoncelaient comme dans la cave de la calle L, certains se relevaient et les couloirs d'hôpital lui fichaient la nausée.

Trois jours étaient passés depuis l'opération des forces spéciales dans le Bronx. L'adolescente qui avait survécu à la chambre d'horreurs s'appelait Karen Fabregas, une collégienne vivant avec sa mère et sa sœur dans un quartier périphérique de Bogotá. Comment cette gamine avait pu échapper aux tueurs restait un mystère – avait-elle profité du chaos ou de la confusion pour se cacher sous les macchabées ? Lautaro ne décolérait pas : les tueurs avaient déguerpi avant le quadrillage du quartier, il y avait donc eu des fuites, qui avaient permis aux équarrisseurs d'échapper au piège. On jouait au chat et à la souris avec lui, une tronçonneuse en guise de griffes, et l'envie d'en découdre avec ces fumiers lui nouait les entrailles. Des envies de meurtres.

— Tu en fais une tête, observa la fille allongée sur le lit.

— Quoi ?

— Je ne sais pas, on dirait que tu as vu un fantôme.

— Ça n'existe pas, dit-il en revenant à lui, que dans les livres pour mioches.

— Vraiment ? s'étonna-t-elle dans un demi-sourire.

Dossard 24 était d'humeur joyeuse après l'amour. Pas lui. La petite mort postcoïtale n'avait rien à voir là-dedans – des fadaises de magazines féminins. Non, songeait Lautaro, c'était la Grande Mort qui l'emportait à chaque fois, comme un tsunami de sperme et de sang mêlés, une saloperie de cauchemar qui le poursuivait depuis seize ans pour lui faire la peau, la sienne et celle des femmes qui couchaient dans son lit. Rachel. Il avait beau chercher à l'oublier un peu plus chaque jour, elle revenait sans cesse.

Dossard 24 l'avait convié à finir la nuit chez elle, un bel appartement qui donnait sur les collines de Monserrate. Une chirurgienne, soi-disant, divorcée depuis peu et revisitée par sa jeunesse. C'est ce qu'elle avait raconté à Lautaro et son sourire lui suffisait. Ils s'étaient donné rendez-vous via l'appli au BBC (Bogotá Beer Company) du Chapinero. Un plan cul plutôt banal au demeurant, mais ils avaient remis ça ce matin avec un peu plus de punch. C'était fini, les acrobaties. Lautaro avait rendez-vous à dix heures, le temps de passer chez lui prendre une douche et de filer au palais de Justice où il affronterait le tir de barrage du bateau amiral.

— Je ne suis pas habituée à ce type de rencontre, déclara la chirurgienne tandis qu'il se rhabillait. On fait comment, on attend un peu pour savoir si on se revoit ?

— Je peux te dire non maintenant si tu préfères.

Elle eut un regard à la fois désolé et charmant.

— C'est une fin de non-recevoir ?

— Appelle ça comme tu veux.

— Romantique, commenta la quinqua pour garder la face.

— Bof.

Qu'elle ait cinquante ans ou vingt-deux n'y changeait rien, il n'aimait personne. Que ça fasse de lui un homme malheureux n'était plus la question, Lautaro n'attendait aucune réponse. On lui avait volé son amour. On le lui avait volé deux fois.

Dossard 24 le raccompagna à la porte de son bel appartement.

— Bon, soupira-t-elle, alors salut.

— Salut. Et merci pour la soirée, hein.

— N'en fais pas trop non plus, fit-elle sur le ton de la plaisanterie pour mieux marquer son désarroi.

Lautaro oublia de sourire à sa maîtresse du jour et la laissa claquer la porte derrière lui. Ça lui fit penser qu'il n'avait toujours aucune nouvelle d'Angel…

La police avait ratissé la zone après le départ des ambulances, embarqué la trentaine de zombis qui traînaient près du squat pendant que l'équipe du légiste démêlait les cadavres entassés à la cave. Au moins seize personnes, dont seulement deux avaient été identifiées. Le premier corps était celui d'une Espagnole de vingt-quatre ans, Marcia Frei, qui faisait du soutien scolaire dans les quartiers défavorisés de Bogotá. Marcia était en Colombie depuis trop peu de temps pour avoir des amis proches susceptibles de signaler sa disparition et sa famille, séparée par un océan et sans nouvelles quotidiennes de leur fille, avait tardé à réagir. Lautaro avait laissé à d'autres le soin de gérer la remise de la dépouille aux parents qui arrivaient de Madrid. L'enquête auprès de l'ONG qui embauchait Marcia n'avait pour le moment rien donné, ni celle dans les quartiers où elle proposait ses cours de soutien. La seconde victime était Abigale : la fleuriste de la carrera 10 avait manqué de tourner de l'œil en reconnaissant le corps reconstitué de la jeune femme à la morgue.

La police scientifique avait passé la cave et les étages au peigne fin, récolté les indices, bouclé l'immeuble de la calle L, effectué des relevés à tous les étages, recueilli les fluides corporels de dizaines de personnes, quelques ADN étaient toujours en cours d'analyse, comparés à ceux des délinquants fichés par leurs services et des dizaines de corps déjà rapatriés à la morgue. Diuque avait ramassé le serpent sec près du charnier, les pipes encore incrustées de *bazuco*, la cocaïne bas de gamme qu'inhalaient les dopés du quartier, des joints écrasés sur le sol. Deux macchabées sortaient du lot : deux hommes qu'on avait égorgés sur place, peu avant l'intervention des forces spéciales. Une mise à mort qui ressemblait à une exécution sommaire. Les types en question avaient consommé du *bazuco*, d'après le légiste, et leur profil était celui des délinquants locaux. Sans surprise, personne n'était venu réclamer leurs corps. Restait Karen Fabregas.

Lautaro avait espéré l'interroger dès qu'elle serait *un peu* remise mais il avait vite déchanté : la jeune fille restait désespérément mutique sur son lit d'hôpital, dans un état de sidération post-traumatique. Treize ans, d'après sa mère. Karen n'avait pas subi de viol, ni eu de rapports sexuels, mais le choc était si violent qu'on avait dû la mettre sous sédatifs…

Un vent moite s'engouffrait entre les structures bétonnées. Lautaro traversa la dalle rendue glissante par la pluie, les mains enfoncées dans les poches de son pantalon de costard, passa la grille de la résidence. La Camaro était garée un peu plus loin le long du trottoir, où il avait embrassé Dossard 24 la première fois avant de grimper dans son bel appartement. Il bipa l'ouverture, s'installa au volant en grognant, fit rugir les huit cylindres et fila le long de l'avenue. Il avait baisé avec la première venue pour oublier la vision qu'il avait eue dans la cave, même une heure, mais Lautaro n'arrivait pas à s'enlever cette putain d'image de la tête : Karen, sous les décombres de l'humanité… Il était passé la voir, la veille, mais quand l'ado ouvrait les yeux, c'était pour fixer le vide, un néant effrayant.

L'interrogatoire de la mère n'avait pas donné grand-chose. Tatiana Fabregas était séparée depuis dix ans de son mari, José, qui habitait Santa Marta. Karen et sa sœur Luisa allaient parfois chez lui quand le tire-au-flanc qui leur servait de père daignait donner des nouvelles ou payer sa pension alimentaire. Élevant seule ses filles, Tatiana Fabregas travaillait dans une boutique-hôtel design de la Zona Rosa, employée à la cuisine et aux petits déjeuners. Horaires flexibles, salaire de merde, heures sup' du week-end payées en sucrettes, la mère suivait la scolarité de ses enfants en pointillé, moins par désintérêt que par fatigue.

Lautaro se fichait de sa vie d'esclave, de son ex-mari intermittent, il ne voyait qu'un parent débordé qui, comme tant d'autres, n'avait rien vu venir. Luisa, la grande, lui en faisait voir avec ses résultats médiocres à l'école mais c'est la petite, Karen, qui avait disparu le week-end dernier alors qu'elle devait se rendre chez son père. Les explications de leur mère n'avaient pas convaincu Lautaro : Luisa dormant chez une copine d'école, Karen devait prendre le bus seule pour Santa Marta où vivait le paternel, sauf qu'elle n'était jamais arrivée à bon port. Pire, son géniteur n'était pas au courant de sa venue. L'ado avait baratiné sa mère et sa sœur, qui la croyaient chez José, et elle n'était jamais revenue à la maison. Tatiana avait signalé la disparition de sa fille au commissariat du quartier, qui croulait déjà sous les fugues adolescentes et les déclarations sans suite – des centaines de personnes disparaissaient tous les mois dans la capitale, la plupart sans conséquences criminelles. Tatiana ne comprenait pas pourquoi Karen leur avait menti, où elle avait pu se rendre, ce qui avait pu se passer. Folle d'inquiétude après des jours sans nouvelles, la joie de retrouver la benjamine saine et sauve n'avait pas duré longtemps…

Carrera 4A, nº 26D-11. Lautaro salua le vieux gardien en bas de son immeuble.

— Toujours là, vieille croûte, dit-il en passant le comptoir.

— J'ai l'œil, colonel !

— Du moment qu'il ne tombe pas tout seul de son orbite.

— Oh ! ça risque pas !

Filloz prenait ça pour des facéties.

Un bout de pizza séchait sur le bar de la cuisine. Lautaro jeta son costard qui puait la cigarette sur le lit de sa chambre, en choisit un autre, identique ou presque. Ça n'avait jamais trop été son truc, les fringues, il savait ce qui lui allait, s'en contentait tant que les femmes le trouvaient à leur goût. Les gravures de mode, il avait laissé ça au frangin. Huit heures trente à l'horloge de la cuisine. Il prit une douche, un café à la machine à expresso, s'assit sur le tabouret chromé du bar, boosta l'arabica à la nicotine. L'appartement paraissait un peu plus vide ce matin. Moderne ou non, le décor n'y changeait pas grand-chose, ni les voix qui nourrissaient la bibliothèque. Depuis quand n'avait-il pas ouvert un livre ?

Lautaro reçut l'appel de son père, qu'il s'apprêtait à retrouver au palais de Justice.

— Un contretemps ?

— C'est Damian, répondit Saùl d'une voix rauque.

— Le petit prince a retrouvé ses moutons ?

— Non… Non, Damian a eu un accident. Il s'est fait renverser par un bus.

— Quand ça ?

— Hier soir. On vient seulement de me prévenir.

Lautaro ne s'attendait pas à ça.

— Il est où ?

— À l'hôpital militaire, l'informa Saùl. Il a plusieurs fractures, surtout à la tête. Un traumatisme sévère, d'après les médecins. Je viens d'avoir le service au téléphone. Ils ont mis Damian dans un coma artificiel, le temps de faire un scanner et d'établir un diagnostic plus précis, mais le cerveau est touché… Je voulais te prévenir.

— Les médecins disent quoi au juste ?

— Que Damian peut encore s'en tirer.

— Tu veux dire qu'il est entre la vie et la mort ?

— Oui.

Difficile de savoir à quel point Lautaro était affecté par la nouvelle. De toute façon il n'en dirait rien.

— Je compte aller à l'hôpital en fin de journée, reprit Saùl, tu peux m'accompagner si tu veux.

— Lorena est au courant ?

— Non, je ne lui ai rien dit encore. Tu connais ta mère.

Plus vraiment, non. Lautaro relança le Procureur, qu'il sentait ébranlé.

— On sait comment c'est arrivé ?

— Non, mais il y a des témoins : l'accident a eu lieu sur une avenue passante, en plein centre-ville. J'ai demandé le procès-verbal aux policiers sur place. On en reparle après le rendez-vous avec de la Peña, fit Saùl, mettant fin à la discussion.

Lautaro resta quelques secondes prostré sur le tabouret du bar, oscillant entre l'apitoiement et la consternation. Où était fourré Damian avant de se faire renverser par un bus ? Il n'avait jamais pensé qu'il lui arriverait malheur. Une façon de se déresponsabiliser peut-être, d'évacuer le dossier. La nouvelle lui laissait un sale goût dans la bouche, comme si le destin de Damian le rapprochait de Karen… Tout ça n'avait pas de sens.

Il était dit que Lautaro n'en avait pas fini avec cette matinée de merde, car Diuque appela alors qu'il enfilait sa veste de costard : un nouveau cadavre venait d'apparaître dans un parc du centre-ville, décapité lui aussi. Même mode opératoire que Miss Vase-À-Fleurs d'après le lieutenant, même absence de témoins, sauf que cette fois-ci on connaissait l'identité de la victime : Eva Ruffalo, la coordinatrice de la Commission vérité et réconciliation de Bogotá.

Des ballons d'hélium prenaient la tangente au kiosque du parque del Chicó, poumon de verdure au cœur de la ville. Diuque attendait à la grille pendant qu'un cordon de police sécurisait l'entrée du site. Lautaro claqua la portière de la Camaro, garée en travers.

— Brown est arrivé ?

— Pas encore, répondit le lieutenant. Il est en chemin avec l'équipe scientifique.

Son uniforme était fraîchement repassé, sa coupe iroquois dissimulée sous la casquette réglementaire.

— Le parc ferme la nuit ?

— Oui, mais il y a des travaux à l'entrée nord qui rendent l'accès facile. J'ai envoyé une équipe relever les empreintes. Eva Ruffalo avait ses papiers sur elle et j'ai vérifié, enchaîna-t-il, il s'agit bien de la fille de la Commission.

— Où est le corps ? demanda Lautaro en se tournant vers les arbres.

— Un peu plus haut dans l'allée.

— Montre-moi.

Un gardien du parc avait trouvé le cadavre de la juriste un peu plus tôt, exposé comme un trophée sanglant au pied d'un acacia. L'employé municipal était évidemment hors de cause, secoué surtout par la trouvaille. Les deux policiers remontèrent l'allée en silence. Les oiseaux chantaient pourtant, ragaillardis par les rayons d'un soleil timide qui tamisait les nuages. Lautaro ralentit le pas à l'approche de la dépouille, frissonna malgré tout ce qu'il s'était dit pour s'y préparer. Eva Ruffalo se tenait assise contre le tronc d'un arbre, la tête en équilibre entre ses mains, posée sur ses genoux… La « coupe du singe », ainsi que l'avaient baptisée les paysans quand un vendeur ambulant accompagné d'une guenon avait été retrouvé avec la tête de l'animal entre les mains, à l'époque de la Violencia.

Une ambassadrice de la paix : cette fois-ci, impossible de passer l'enquête sous silence.

— Tu en penses quoi ? souffla Lautaro dans l'air matinal.

— On dirait que les tueurs passent à une nouvelle phase, répondit Diuque.

C'est aussi ce qu'il pensait. Après la boucherie médiatisée survenue dans le Bronx, ce meurtre et sa mise en scène étaient une pure provocation. Lautaro se concentra sur la scène de crime, toujours nauséeux. Eva Ruffalo était une métisse âgée d'une cinquantaine d'années. Elle était vêtue d'un jean, d'un petit pull jaune et d'une veste de coton où le sang avait séché. Une paire de tennis aux pieds. Pas la tenue d'une juriste au travail. La mort devait remonter à la veille, d'après la coagulation du sang. Les policiers prirent garde à l'endroit où ils mettaient les pieds, constatèrent que le corps avait été déplacé, échangèrent quelques commentaires sans toucher à la tête : le légiste arrivait enfin, avec une ambulance et son équipe scientifique au grand complet.

— Enquête auprès des proches d'Eva Ruffalo avant que la nouvelle ne fasse le tour des rédactions, lança-t-il à son bras droit. Et tâche d'en tirer quelque chose.

— OK.

Lautaro laissa Brown investir la place sans écouter les blagues foireuses de ses assistants, censées atténuer l'effroi. Il pensait de nouveau à Damian, à ce foutu bus qui l'avait renversé… Diuque venait de quitter la scène de crime quand il y eut de l'agitation à l'entrée du parc.

4

El edificio Monserrate, qui abritait *El Espectador*, était une tour Art nouveau de neuf étages dont l'arrondi donnait sur l'avenida Jiménez. Soler, le rédacteur en chef, eut à peine le temps de la saluer que Diana Duzan déposait son manteau sur le dossier d'une chaise avant de sortir les documents qui appuieraient ses propos.

La journaliste était rentrée de Jardín passablement échaudée après la découverte du corps de Nelson Jairo. Elle n'avait pas prévenu la police qui, constatant le suicide du procureur, ne semblait pas avoir engagé d'enquête ; Jairo vivait seul depuis son divorce l'année précédente, la déprime pouvait passer pour un motif suffisant, mais ce n'était pas la conclusion que Diana tirait de son escapade dans la région caféière. Soler l'écoutait depuis cinq minutes avec circonspection, la porte de son bureau exceptionnellement fermée. La mort de l'ancien procureur du Nariño était peut-être suspecte, mais la version de Diana semblait tirée par les cheveux. La journaliste snobait les remarques de son patron, persuadée de tenir une piste.

— Orlando Mercer a été capturé et transféré dans une prison fédérale quatre mois après l'opération des forces spéciales contre Lino et le Front 26, argumenta-t-elle. Jairo n'a pas donné plus d'explications dans son mail, mais je n'ai trouvé aucune trace de ce transfert depuis le Nariño et je ne crois pas aux coïncidences. Un : quatre mois, c'est le temps de la permission accordée à Lautaro Bagader après la neutralisation du chef des FARC. Deux : Orlando Mercer a été capturé dans le Nariño après un accrochage avec l'Armée, à vingt kilomètres à vol d'oiseau du lieu où a été abattu Lino. Trois : le chef de l'escouade qui a capturé Mercer, le lieutenant Diego Sanchez, faisait partie de l'unité des forces spéciales de Lautaro Bagader. Lui aussi a été tué au combat, un mois après le transfert de Mercer. Si tu me parles de hasard, je démissionne.

Soler souffla, sa masse calée entre les accoudoirs du fauteuil.

— Et quoi, Lautaro Bagader est dans le coup ?

— Avoue que c'est troublant.

— Comme de liquider un procureur le jour où il intervenait avec ses forces de police dans le Bronx, à des centaines de kilomètres de Jardín.

— Je n'ai jamais dit que Bagader avait assassiné Jairo.

— Alors qui ?

— Un complice. Ou quelqu'un qui ne tient pas à ce qu'on s'approche d'Orlando Mercer, ni des soldats liés à sa capture. Mercer combattait pour le Front 26, j'en suis sûre, asséna Diana. C'est lui le dernier témoin du massacre, avec Lautaro.

Le gros homme résista à l'envie de s'envoyer la barre chocolatée qui traînait sous son nez.

— Et ce serait pour ça que les soldats des forces spéciales sont morts : parce qu'ils ont participé à la capture de Mercer ? On aurait maquillé leur décès, donné une médaille posthume et une pension aux familles pour qu'ils les croient tués au combat ?

— Oui.

— Tu es vraiment tarée.

— C'est la seule explication. La seule qui justifie l'assassinat du procureur du Nariño.

— Pourquoi attendre tout ce temps avant de liquider Jairo ? renvoya Soler. Parce que tu as réveillé les vieux démons en chassant Bagader ?

— J'en ai peur.

Diana observait les réactions de son boss, qui ne cillait pas depuis le fond de son fauteuil.

— C'est trop tordu, dit-il en s'emparant finalement de la sucrerie. Bagader et son père sont dans le camp de la paix.

— La situation était différente il y a huit ans. Il s'est passé quelque chose lors de l'attaque du Front 26, un crime de guerre dont Orlando Mercer peut témoigner.

Soler secoua la tête.

— Tu ne sais même pas à quoi il ressemble, dit-il en jetant son emballage vide dans la corbeille.

— Peut-être qu'il se cache.

— Pour échapper aux méchants Bagader.

— Si Lautaro s'est rendu coupable d'un crime de guerre, son père était bien placé pour le protéger.

L'obèse grimaça – cette fille avait le don de renverser la table. Le nom de Jefferson apparut alors sur le portable de la journaliste, qui fit un signe à son patron qu'elle prenait la communication.

— Oui ?

— Rejoins-moi au Chicó Norte, fit le photographe.

— Pourquoi ?

— Magne-toi le cul, je te dis. Ou tu vas rater Bagader.

Un commentateur de foot s'excitait à la radio. Diana avait quitté la rédaction du journal en coup de vent, pestait depuis la banquette du taxi contre la circulation et l'importance démesurée du sport dans les sociétés modernes : Jefferson avait parlé d'un nouveau cadavre au téléphone, du chef des Homicides qui se déplaçait en personne sur la scène de crime. Sûr qu'après la boucherie du Bronx, l'effet serait déplorable auprès des médias… L'excitation morbide accompagna la journaliste sur la Diagonale 92, jusqu'au Chicó Norte où elle arriva enfin.

Un cordon de police interdisait l'entrée du plus beau parc de Bogotá. Un troisième véhicule venait d'arriver, gyrophare tournant, ainsi qu'une ambulance dont le personnel s'entretenait avec les forces en présence. Jefferson attendait près des marchands de ballons, ses appareils en bandoulière, observant les agents près des grilles ; l'expression de son visage changea quand il vit Diana sortir du taxi jaune. Élancée dans son jean taille basse, cheveux attachés, elle tenait son sac à main à l'épaule, les pans de son manteau bleu battant à tous les vents.

— Je ne sais pas où tu as passé la nuit, mon mignon, mais ça ne te réussit pas trop, le matin : on dirait Droopy.

— Merci, renvoya Jefferson. Moi aussi, je te trouve canon.

— C'est maintenant que tu le dis ?

Coupant court aux blagues, elle se tourna vers les grilles du parc, cernées de flics.

— Alors ?

— Ça fait vingt minutes que Bagader inspecte la zone. À moins qu'il ait escaladé les grilles avec la victime sous le bras, il doit toujours y être.

Jefferson portait un jean brun foncé, une paire de Converse dernier cri et un vieux blouson de cuir, tatouages et barbe soigneusement mal rasée complétant sa panoplie de play-bad-boy.

— Alors allons-y, lança Diana.

Un policier au teint pâle passait les grilles du parc, sa casquette sous le bras, un homme grand et athlétique affublé d'une coupe iroquois agressive si, comme elle, on aimait la douceur des chats et les fleurs. Diana reconnut Diuque, le chien de guerre de Lautaro Bagader. Une belle gueule de taré. Il s'adressait aux agents qui filtraient l'accès au parc, avenant comme un mirador. Diana approcha, Jefferson en ombre portée, et prit sa plus belle voix.

— Vous pouvez confirmer qu'un meurtre vient d'avoir lieu, lieutenant ?

Le colosse se pencha sur la carte de la journaliste.

— Vous êtes qui ?

— Presse, vous le voyez bien.

Diuque lui rendait une tête et demie, Diana ne faisait pas le poids, ridiculement menue face à l'ancien gamin de Villa Hermosa y Popular qui louchait sur sa carte professionnelle.

— *El Espectador*, c'est ça ?

— Vous faites des progrès, dans la police, dit-elle dans un sourire faux jeton.

— Pas vous, on dirait, rétorqua Diuque. Retournez d'où vous venez et laissez-nous bosser.

— C'est aussi mon travail d'informer la population. Vous connaissez l'identité de la victime ?

— Laissez tomber, OK ?

— En dehors du Bronx, ce n'est pas la première victime qu'on retrouve en plein centre-ville.

— Vous êtes bouchée, j'ai rien à vous dire.

Diana pouvait être une sangsue quand elle voulait.

— Je voudrais voir le colonel Bagader. C'est lui là-bas, non ? fit-elle en se hissant sur ses orteils.

À une cinquantaine de mètres, derrière les rubans jaunes, des flics en civil prenaient des photos au pied d'un arbre ; on ne voyait pas le corps à terre mais elle reconnut Lautaro à son allure, qui détonnait au milieu des uniformes et des combinaisons blanches.

— Le colonel est occupé, vous ne voyez pas ?

— Je vois surtout un cadavre à terre, mentit Diana.

Du menton, le lieutenant désigna Jefferson et son appareil prêt à l'emploi.

— Repartez avec votre paparazzi, madame Duzan.

Son after-shave sentait la vanille synthétique, son regard brun la violence et la mort. Aucune envie de vivre dans ces yeux-là.

— Photoreporter, dit-elle, ça n'a rien à voir.

— N'insistez pas : il faut vous le dire sur quel ton ?

Le mètre quatre-vingt-treize de Diuque grandit dans le ciel, décidé à chasser les vautours, quand la voix de son chef l'arrêta.

— Qu'est-ce que tu fais là ?

Lautaro avait aperçu la silhouette de Diana à la grille. Un télescopage totalement inattendu.

— Je suis journaliste à *El Espectador*, annonça sa maîtresse de la semaine passée.

— Merde.

— Et voici Jefferson, mon ami photographe.

Lautaro grogna dans sa barbe, le temps de gérer sa surprise, adressa un regard noir à l'intention de Jefferson.

— Toi tu restes là, lui ordonna-t-il avant de tirer la journaliste par le bras.

Diana se laissa faire pour cette fois. Ils passèrent les grilles du parc sous l'œil interrogatif de Diuque, firent quelques pas dans l'allée opposée à la scène de crime.

— Tu m'amènes où comme ça ? demanda-t-elle d'un ton faussement badin.

— Qu'est-ce que tu fais là ? renvoya-t-il.

— On m'a avertie qu'un cadavre a été trouvé dans le parc. Ça commence à encombrer les rues, on dirait.

Lautaro la tança sans ralentir le pas. Il portait un costard sombre semblable à celui de leur première rencontre, et n'avait visiblement pas dormi depuis longtemps.

— Ta descente dans le Bronx n'était pas très discrète, tenta-t-elle de l'adoucir.

Il s'arrêta à hauteur du musée, fermé pour la journée.

— Tu écris un papier sur cette affaire ?

— Les rumeurs courent tous azimuts depuis l'intervention des forces spéciales, dit-elle. Il y aurait eu d'autres meurtres avant, liés à la même enquête.

— Tu vaux mieux que des ragots.

Son regard était triste. Diana ne se laissa pas amadouer.

— Une jeune fille s'en est sortie, non ? Karen Fabregas, c'est bien le nom de la survivante ?

— Tu sais ça, toi ?

Lautaro était presque plus beau que dans ses souvenirs malgré les cernes et les soucis. Diana désigna l'autre allée, où la police scientifique s'activait.

— La victime a été amputée ? lança-t-elle comme un pavé. Découpée et mise en scène comme à l'époque de la Violencia et des paras ?

— D'où tu sors ça ?

— Personne n'est au courant pour le moment, biaisa la journaliste. Seulement le photographe et mon rédac chef.

— C'est trois personnes de trop.

— Au moins je joue franc jeu avec toi. Pourquoi la police cache ces infos ?

— Sois gentille, laisse-moi faire mon job, soupira-t-il. OK ?

Il l'invita à revenir sur leurs pas mais Diana l'arrêta.

— Je peux te parler d'un truc ?

— Quoi encore ?

— Tu étais dans les forces spéciales durant le Plan Colombie, commença-t-elle. Une sorte de héros de guerre puisque tu as neutralisé le numéro deux des FARC lors de l'attaque du Front 26.

La voix de Diana avait deux faces ; Lautaro la laissa parler.

— Vous n'avez eu que deux blessés, aucun survivant du côté des guérilleros. Vous les avez liquidés ?

Ses yeux étincelaient malgré la fadeur du ciel.

— On était en pleine jungle, avec des tirs croisés dans tous les sens : tu crois qu'on demande la permission avant de tirer ? Tu n'as jamais été sur un champ de bataille, ni vu un gosse de vingt ans mourir d'une balle dans le ventre en appelant sa mère.

— Non. En revanche, j'ai découvert que tous les soldats de ton unité sont morts dans les mois qui ont suivi l'opération.

Lautaro plongea dans les yeux noisette de Diana, ne se souvenait pas qu'elle était aussi chiante.

— Tu cherches quoi, au juste ?

— La vérité. Même si elle date de plusieurs années.

— La vérité sur quoi ? Bon Dieu, s'exaspéra-t-il,

c'est une guerre qu'on menait contre ces types : les FARC, les narcos, tous ceux qui s'engraissent avec la coca. Les hommes qui s'engagent dans les forces spéciales savent ce qui les attend. La mort fait partie du métier. C'est aussi pour ça qu'on les paie bien.

— Une pension pour les veuves et on n'en parle plus.

— Tous ne se font pas tuer, heureusement.

— Non, juste les soldats de l'unité qui a massacré les FARC du Front 26. Ton unité.

Lautaro la fixa plus méchamment.

— Tu es de quel côté, Diana ?

— Celui de la justice, comme la majorité des gens de ce pays.

Il y eut de l'agitation à la grille – le chef légiste, venu à la demande de Lautaro superviser le retrait du corps, l'attendait pour lui livrer un premier constat. Diana ne le laissa pas filer si vite.

— Et Orlando Mercer ? lâcha-t-elle. C'est toi qui l'as capturé ?

— C'est qui, un acteur porno ?

— Un ancien FARC du Front 26.

— Je ne vois pas de quoi tu parles.

— Mercer est le dernier témoin du massacre, avec toi, attaqua-t-elle, bille en tête.

— Tu es une vraie perceuse, toi, putain… Bon, désolé mais je n'ai pas de temps à perdre avec tes conneries, fit-il avant de la planter dans l'allée.

Diana guettait sa réaction mais Lautaro n'avait pas bronché en entendant le nom de Mercer : ou elle se trompait sur toute la ligne, ou ce type avait des nerfs d'acier… Plus haut, un groupe d'hommes en combinaison blanche se tenait au pied de l'acacia ; le cadavre reposait maintenant sur un brancard, invisible sous la housse sombre qui l'enveloppait. Lautaro marchant vers eux à grands pas, Diana dut trotter pour le rattraper.

— On sait qui est la victime ?

— Pas encore. Mais compte sur moi pour l'annoncer sur Twitter.

Brown l'attendait près des grilles.

— Orlando Mercer, elle insista, lui aussi a été tué ? Comme l'ancien procureur du Nariño ?

— Tu me fatigues avec tes histoires, madame cassebonbons. J'ai d'autres chats à fouetter, tu n'as pas remarqué ?

— Lautaro…

— Fin de l'entretien, dit-il en s'éloignant.

5

La participation de l'Armée au processus de paix n'avait pas été facile. Des milliers de membres des forces étatiques étant impliqués dans les violations des droits de l'homme, qu'une épée de Damoclès plane sur des officiers de haut rang, vus par la nation comme des soldats héroïques et victorieux, mettait la dignité des militaires en jeu. L'Armée récusait les soupçons de collusion avec les paras dans les exécutions de civils, considérées comme des actes isolés plutôt que systématiques. Les gouvernements précédents avaient tenté de contrer la guérilla en créant les Convivir, mais ces milices censées aider l'État n'avaient servi qu'à légaliser les réseaux de tueurs à gages au service des narcos et des propriétaires terriens, avant de devenir les AUC paramilitaires dont les crimes avérés étaient légion. Une épine dans le pied de l'Armée, accusée d'arriver toujours trop tard sur les lieux des massacres. Ils n'étaient pas les seuls incriminés : le DAS et ses services de renseignements avaient mené des opérations de guerre sale financées par l'argent de la cocaïne, espionné les défenseurs des droits humains et les magistrats un peu trop entreprenants, en toute impunité, avec l'aval des États-Unis.

Après les années deux mille, plombées par le Plan Colombie, le ministre de la Défense d'Uribe avait pris sa succession à la tête de l'État puis s'était engagé pour la paix. Le processus avait un nom, la JEP (Jurisdicción Especial para la Paz), un lieu, La Havane, où s'étaient tenues les négociations avec les représentants des FARC et de l'État, et avait accouché d'un texte soumis à référendum. En donnant au président le prix Nobel de la paix, la communauté internationale avait œuvré en vain, puisque la majorité des Colombiens avait cédé aux sirènes d'alarme de l'opposition. Les *fake news* ayant désormais pignon sur rue, on disait que les FARC pacifiés toucheraient des sommes d'argent supérieures aux retraites, que l'immunité les rendrait pleins aux as pendant que les gens trimaient. Il avait fallu retoquer le texte, faire accepter d'autres concessions à ceux qu'on n'appelait plus terroristes.

Chargé des pourparlers de la JEP par le Président, Oscar de la Peña n'avait jamais baissé les bras. Avec la démobilisation des paramilitaires – donc une bonne partie des narcotrafiquants – et la mise au pas des éléments les plus durs de l'Armée, les accords de La Havane offraient une paix honorable avec les FARC, qui avaient accepté de détruire leurs explosifs et de donner leurs armes aux représentants de l'ONU. Une seconde chance en somme, que les guérilleros avaient saisie. Leur candidat aux élections se présentait sous le nouvel acronyme de la Force alternative révolutionnaire commune, invitant les combattants à rejoindre leurs familles ou leurs communautés pour contribuer au développement des régions.

La paix : Oscar de la Peña et le Président avaient réussi là où les autres avaient échoué, même si tout n'était pas réglé. Avec dix pour cent de la population déplacés, autant réfugiés dans les pays voisins, dix millions d'hectares volés par les chefs paramilitaires, caciques politiques ou cadres militaires, les points de friction étaient nombreux. Sur quatre-vingt-dix mille demandes déposées, seules trois mille terres volées avaient été restituées. Le terme même de restitution créait des zones grises où n'importe qui pouvait s'engouffrer, à commencer par les « seconds occupants », l'absence de cadastre – qui prendrait entre sept et dix ans avant d'être établi – leur laissant le temps de vendre ou louer les terres spoliées aux multinationales qui n'attendaient que ça. Le nouveau parti des FARC contestait spécialement ce statu quo hérité du conflit, militant pour un retour des petits propriétaires spoliés dans le bain de sang.

Oscar de la Peña avait d'autres plans. Calqué sur ce qui avait suivi les drames sud-africains ou rwandais, l'établissement d'une Commission vérité et réconciliation était l'angle d'attaque du ministre candidat, d'autant plus juste qu'Oscar n'avait pas de sang sur les mains. Le temps n'était plus à la guerre, ce ragondin crevé dans le ventre des Colombiens.

Combien de corps avaient été jetés dans le río Magdalena ? Le fleuve, cependant, ne s'arrêtait pas de couler. Voilà le symbole de ce que devrait être le futur du pays. Sauf qu'aujourd'hui l'édifice vacillait.

Haby trouva son mari ce matin-là dans la cuisine, pâle comme un linge.

— Qu'est-ce qui se passe ? s'inquiéta-t-elle.

— Eva Ruffalo a été assassinée.

La coordinatrice de la Commission. Haby resta un instant soufflée. Elle aussi la connaissait – une femme un peu pète-sec mais déterminée à rendre son pays respirable pour tous.

— Par qui ? souffla Haby. Comment c'est arrivé ?

— On ne sait pas encore, répondit Oscar. Mais après les découvertes dans le Bronx, c'est le meurtre de trop… Personne ne va vouloir entendre parler de paix dans ce climat.

— Il reste encore une semaine avant le début de la campagne. Et ces crimes n'ont lieu qu'à Bogotá…

— Non, coupa-t-il. C'est près d'une centaine de meurtres qui ont été commis presque simultanément dans le pays, par un groupe armé au pouvoir de nuisance tentaculaire. La police a tu l'affaire, mais cette fois-ci les médias vont s'en emparer, et ils ne la lâcheront plus.

— Et où en est la police ?

— Aucune piste sérieuse pour le moment.

Haby se versa une tasse du café qui fumait là, réfléchit avec son mari au meilleur profil à adopter après ce nouveau drame. Oscar était un homme de paix, malgré les concessions et les couleuvres qu'il avait dû avaler ; cette vague de crimes était une provocation abjecte.

— Je suis ministre de la Justice et candidat à la présidence, dit-il, et tu connais la force des symboles : qu'un groupe armé et sanguinaire frappe en toute impunité jusqu'au cœur de l'État de droit relancera les débats sur la corruption des institutions.

Oscar faisait allusion au Président Samper, à la fin des années quatre-vingt-dix, et au Proceso 8000, qui avait révélé les liens entre les narcos et la classe politique – Samper avait reçu plus de trois millions de dollars du cartel de Cali pour financer sa campagne, en échange de l'impunité.

— Tu es au-dessus de tout soupçon, assura Haby.

C'est sur ça qu'il faut miser. L'image d'un homme de paix qui ne cédera pas aux intimidations.

— D'accord dans l'idée, mais concrètement ?

— On va trouver une solution. Une diversion. Une image rassurante de père de la nation, que tu incarneras.

Sa femme ne songeait plus à la malheureuse juge assassinée, toute à la nouvelle équation qui s'offrait à elle – à eux.

— Il faut que je file au palais de Justice, annonça Oscar à contrecœur. On en reparlera ce soir.

L'esprit d'Haby était parti dans ses réflexions. De la Peña observa un instant sa femme, habillée, maquillée, son rouge à lèvres sur les rebords de la tasse, bien décidée à le sortir de là. Oscar posa ses lèvres sur son front, reconnaissant.

— Je t'aime, mon ange.

— Oui, dit-elle. Oui, moi aussi…

Installé dans un fauteuil en cuir, un verre d'eau à portée de main, Saùl Bagader regardait le ministre gamberger sur le parquet ciré du palais de Justice. Oscar avait connu Eva Ruffalo à l'époque des marches blanches pour la paix, lorsqu'il n'était encore que gouverneur. Ils avaient suivi une carrière similaire, lui dans la politique, elle dans le droit, aussi Oscar avait-il vu d'un bon œil sa nomination à la Commission vérité et réconciliation. L'image de son corps décapité lui glaçait le sang : aucun de ces meurtres ne resterait impuni.

Le policier censé gérer l'affaire sur le terrain arriva enfin, rasé de frais dans un costard à peine froissé,

Lautaro Bagader, retardé par ce dernier crime aussi spectaculaire qu'encombrant. Ils n'avaient qu'une poignée d'heures avant que la nouvelle de la décapitation fasse le tour des rédactions, aussi ne traîna-t-il pas. Karen Fabregas était toujours à l'hôpital, sous le choc et incapable de subir un interrogatoire, les empreintes relevées dans le Bronx n'avaient encore rien donné, la piste de la jeune Espagnole qui donnait des cours dans les quartiers défavorisés se perdait, les gens ayant signalé une disparition récente avaient tendance à tomber dans les pommes devant l'état des cadavres réunis à l'institut médico-légal, ses hommes arpentaient le Bronx avec des enveloppes en quête d'un témoignage mais le quartier était pourri par les *cartelitos* et les gens avaient peur de parler malgré la présence de la police.

Seule piste, les deux victimes masculines retrouvées dans la chambre des morts étaient défoncées au *bazuco*.

— Une sorte de crack, expliqua Lautaro, devant l'œil interrogatif du ministre. À mon avis ces types étaient des junkies du quartier, deux petits délinquants qu'on aura chargé de garder les filles séquestrées dans la cave, avant de les liquider. Si ces deux pigeons étaient bien du Bronx, l'info finira par remonter, assura-t-il.

— Le temps, oui, c'est justement notre problème, rétorqua de la Peña. Eva Ruffalo, vous avez une piste, des indices ?

— J'ai envoyé mon meilleur détective, répondit Lautaro ; j'en saurai plus ce soir. On sait juste que son corps a été déplacé.

Oscar faisait les cent pas sur le tapis, le cerveau en ébullition.

— Quel rapport entre Eva Ruffalo et les autres victimes ?

— La juriste aussi vivait seule.

— Toutes les femmes seules ne se font pas massacrer.

— Mais elles sont des proies faciles.

— Leonardo Mayas n'était pas une proie facile : c'était un ex-FARC.

— Il s'est fait piéger, estima Lautaro.

— Par une bande criminelle dont on ne sait toujours rien.

Saùl sentit que de la Peña s'agaçait de l'absence de résultats – le moment de faire diversion.

— J'ai mis les proches de Rodriguez sur écoutes, rebondit-il, et Carbonel s'est manifesté, mais pas comme on l'espérait. Le Clan du Golfe m'a fait parvenir une liste d'avocats en demandant avec lesquels la Fiscalía serait le plus encline à travailler pour négocier sa reddition.

— Carbonel se fout de nous.

— Disons qu'il ne semble pas très disposé à nous aider.

— Il doit pourtant connaître les auteurs des massacres, commenta Lautaro : même s'ils n'ont pas lieu sur le territoire du Clan, les agissements des bandes rivales font le quotidien des narcos.

— Hmm. À moins qu'on l'ait payé pour se taire.

— Qui ? demanda le ministre.

— Mafieux et anciens belligérants ont souvent des intérêts communs. Juriste à la Commission, Eva Ruffalo a pu lever quelques lièvres et menacer certains d'entre eux. Les FARC ont accepté de participer aux élections avec l'assurance d'obtenir plusieurs sièges de députés mais leur aile dure est peut-être en cause, avec tous ces soldats démobilisés qui regagnent la forêt ou l'ELN en vue de poursuivre le combat.

— Ce serait du suicide, estima de la Peña.

— Électoral et politique, oui, mais les territoires abandonnés par les FARC laissent des zones vacantes pour le retour des paysans et des entreprises, poursuivit Lautaro, éliminant le business de la guerre et de la drogue, soit des centaines de millions de dollars perdus en route. Beaucoup de guérilleros ont rejoint les cartels qui sévissent sur la côte Pacifique. Buenaventura, Tumaco, tous les ports sont aux mains des narcos.

Saùl observait la joute, en silence.

— Ça nous éloigne du Bronx, et des meurtres que vous avez déjà sur les bras.

— Mais le mode opératoire est le même, renchérit le policier.

— Ce qui ne fait que confirmer ce que nous savons déjà. En un mot, vous piétinez, résuma de la Peña.

— Dans une mare de sang, oui.

Un clown maquillé envoyait des bulles de savon dans le ciel gris de la plaza Bolívar. « Casse-toi », maugréa Lautaro en traversant l'esplanade pleine de gosses. Les clowns lui fichaient le cafard, les rires d'enfant qu'il n'avait jamais été, l'état critique de Damian, le regard de Karen au milieu du charnier, et puis Diana qui débarquait comme une revenante pour lui parler d'Orlando Mercer… Journaliste d'investigation, c'est ce qu'il avait lu sur le site du quotidien : Diana Duzan non plus n'avait pas dit ce qu'elle faisait dans la vie quand ils avaient dîné au restaurant, ou plutôt elle l'avait baratiné avant leur séance de baise – pour ça, ils faisaient la paire. Qui aurait pu imaginer qu'elle irait fouiller dans son passé ? Et comment était-elle remontée jusqu'à Orlando Mercer ?

Lautaro n'en avait pas encore parlé à son père. Trop d'événements à la fois, et Saùl serait capable de le désavouer, voire de rappeler son pauvre petit frère de peur qu'il ne se fasse trouer la peau… Le policier regagnait sa voiture quand Diuque, parti à la pêche aux infos, appela sur sa ligne sécurisée. Rapide mais inconsistant. D'après les premiers éléments d'enquête, Eva Ruffalo avait quitté les bureaux de la Commission de Bogotá vendredi après-midi et devait passer le week-end à Tolú pour visiter les îles de l'archipel de San Bernardo : Diuque avait bien retrouvé la trace d'une réservation d'hôtel mais la juriste n'était jamais arrivée à la station balnéaire. Il n'y avait aucune trace de lutte chez elle mais son véhicule n'était plus dans son garage. Vu la tenue décontractée qu'elle portait, Diuque supposait qu'Eva Ruffalo avait été enlevée en se rendant à l'aéroport le vendredi. Malheureusement, pour le moment il n'avait aucun témoin.

— Ces enflures sont bien organisées, avec toujours plusieurs coups d'avance, commenta-t-il.

— Oui. C'est aussi ce qui me chagrine.

Un euphémisme dont Diuque mesurait parfaitement le sens.

— Ça s'est passé comment avec de la Peña ? s'enquit le lieutenant avant qu'il ne raccroche.

— Comme Rita Hayworth avec Orson Welles.

— C'est qui ?

— Laisse tomber.

Le Sénat avait voté la réforme constitutionnelle entérinant l'existence d'une juridiction chargée de sanctionner les coupables de crimes de guerre, qu'ils soient guérilleros, militaires ou civils. Les détracteurs du processus de paix considéraient que la justice transitionnelle ouvrait la voie à l'impunité des crimes commis par les FARC, mais le chef négociateur du gouvernement, Oscar de la Peña, avait défendu les dispositions de l'accord de paix, si rudement négocié : « Tous les responsables du conflit armé colombien devront rendre des comptes devant les juges, et j'insiste bien sur le mot "tous". »

Lautaro arriva au siège de la Commission vérité et réconciliation de Bogotá, où un parterre d'employés encore effarés par la nouvelle de l'assassinat répondit à sa requête. Certains pleuraient, des femmes évidemment, songea-t-il – le cœur leur débordait du corps.

Il consulta les dossiers en cours, assis derrière un bureau encombré qui ne reprendrait jamais vie, plus concentré à mesure qu'il s'enfonçait dans la masse de documents. Eva Ruffalo suivait plusieurs affaires en coordination avec de nombreuses ONG. Il ne vit pas celle où travaillait la petite Espagnole retrouvée dans le Bronx, ni de liens avec les vendeuses de fleurs de la calle 7 ou avec Karen Fabregas. Les heures défilaient, Lautaro ne demanda pas l'autorisation pour fumer et mettre les pieds sur la table. Il chercha dans les dossiers incriminant d'anciens FARC, souligna plusieurs noms qu'il retranscrit dans son carnet, puis des dates, des lieux, une liste de témoins ayant déposé, ou non, par peur des représailles, se ruina les yeux jusqu'au milieu de l'après-midi. Aucune trace de Rodriguez, ni de Mayas… Eva Ruffalo continuait de lui sourire depuis le petit cadre sur son bureau, où elle posait à la sortie d'une audience. Le policier était en train d'ouvrir la fenêtre pour dégager la fumée accumulée autour de lui quand Diuque rappela.

Les proches de la juriste confirmaient son intention de passer le week-end sur la côte, seule, sans autres précisions susceptibles de les intéresser. Mais d'après les relevés téléphoniques, Juan Delgado, le porte-parole du parti politique des FARC, avait joint Eva la veille de son faux départ pour Tolú. Durée de l'appel : vingt-deux minutes.

Lautaro composa dans la foulée le numéro de Delgado et passa les barrages téléphoniques successifs. L'homme n'était pas à Bogotá, mais à Carthagène, où de la Peña ouvrait bientôt sa campagne. Manifestement affecté par le meurtre, Delgado affirma œuvrer dans le même sens que la Commission. Lautaro n'était pas d'humeur à se laisser bercer par son ton compassé.

— Eva Ruffalo comptait pourtant poursuivre plusieurs guérilleros auteurs de massacres, dit-il.

— C'est la mission de ce type de juridiction, convint le porte-parole.

— Qui peut créer des frictions entre les différents responsables des FARC : certains chefs se sont acheté une façade politique à peu de frais, sans se douter qu'une Commission pouvait les rattraper pour crimes de guerre.

— Cette Commission était en germe dès les pourparlers des accords de paix, le renvoya Delgado comme un gosse à ses billes.

— Les clauses d'une impunité pour les ex-FARC sont toujours en vigueur.

— C'est ce qu'on essaie de faire avaler aux franges de la population les plus crédules ou les plus privilégiées pour discréditer nos idées. Les FARC ont nettoyé devant leur porte, monsieur Bagader.

— Ah oui ? Et les types qui disparaissent des camps FARC ou des *fincas* pour rejoindre des groupes armés ?

— Nous ne traitons plus avec l'ELN ni avec aucun dissident.

— Mais des éléments visés par la Commission ont pu prendre peur, attaqua Lautaro.

— Et quoi ? Assassiner Eva Ruffalo ? Nous sommes devenus une force de contestation démocratique, assura le porte-parole sans rentrer dans son jeu : tuer des juristes avec lesquels nous avons travaillé pour la paix ne figure pas dans notre projet politique.

Lautaro changea de braquet.

— Et la drogue ? Beaucoup d'ex-FARC ont rejoint les cartels.

— Des brebis galeuses, tempêta Delgado, qui n'ont rien à voir avec notre mouvement.

— Comme Rodriguez ?

— Rodriguez est un cas à part.

— Pourquoi, parce qu'il s'est fait prendre en Floride la main dans le sac ?

— Rien ne prouve qu'il ne s'agisse pas d'une machination.

— Oui, on a trouvé un insigne de la DEA au milieu des tonnes de coke.

— Vous avez plus d'humour que votre père, colonel.

— Vous ne l'avez jamais vu jouer au Scrabble.

Delgado montrait des signes d'agacement.

— D'après les relevés, vous avez joint Eva Ruffalo jeudi dernier au téléphone, poursuivit Lautaro, la veille de sa disparition. On peut savoir de quoi vous avez parlé ?

— Des avancées des dossiers qui nous concernent, comme le retour des paysans spoliés ou chassés de leurs terres d'origine.

— Un dossier en particulier ?

— Oh, non ! s'esclaffa-t-il. Ce serait trop simple. Ce sont des centaines de plaintes qui ont été déposées par ces paysans. Nous comptons les appuyer pour qu'ils recouvrent leurs biens, et j'aime autant vous dire que ce ne sera pas une partie de plaisir : la plupart de ces terres sont occupées depuis des années par des propriétaires d'haciendas et des éleveurs, souvent d'anciens narcos ou paramilitaires qui ne se laisseront pas déplumer sans rien faire.

— Vous avez le nom d'un de ces grands méchants loups ?

— Non : le problème de la restitution des terres est collectif.

Le porte-parole des FARC avait repris son rythme de croisière. Lautaro changea de nouveau son angle d'attaque.

— Vous étiez amis, avec Eva ?

— De proches collègues serait plus juste. Nous n'étions pas du même bord mais nous voulions la même chose : la paix. Ce crime sera condamné par les FARC avec la plus grande fermeté, certifia Delgado. Soyez-en sûr.

— À la bonne heure.

— Vous avez l'air d'en douter.

— Comme de l'innocence de Rodriguez.

Lautaro raccrocha bientôt, électrique.

Les pistes encore une fois se perdaient. Son frère non plus ne donnait aucune nouvelle depuis son départ la semaine dernière dans le Nariño. Lautaro se résolut à appeler le portable sécurisé qu'il lui avait confié, en vain : il tombait directement sur la messagerie.

Son emploi du temps de chef de la Fiscalía l'empêchait de prendre la charge quotidienne de Damian, mais Saùl avait fait au mieux compte tenu de la situation. Rien ne remplaçait de véritables parents, évidemment. Enfin, l'enfant avait eu droit aux meilleures nounous, aux meilleures écoles, aux meilleurs pensions et séjours à la mer dans des organismes privés. Damian venait parfois passer le week-end à la maison familiale de la Zona T. L'absence de cousins ou de jeunes de son âge devait se faire sentir, c'était ainsi, et puis il y avait Lorena dans le rôle de mamie gâteau. Un rôle plutôt comique quand on la voyait déambuler dans les allées avec son brumisateur et ses désherbants, parlant aux fleurs comme d'autres à Simón Bolívar, mais qui semblait amuser l'adolescent. Rarement présent à la maison familiale, Lautaro les laissait à leurs délires.

Damian était pour lui un sujet annexe, reliquat d'une histoire ancienne que la famille traînait comme un boulet. Lautaro n'avait pas joué les protecteurs pour la simple raison qu'il ne connaissait pas Damian : il l'avait peu vu toutes les années qu'avait duré le Plan Colombie, la guerre contre les FARC prenait toute son énergie. Damian était déjà en pension quand il avait regagné la vie civile et Lautaro ne prenait pas de vacances – pour aller où ?

Une ambiance passablement sinistre régnait dans

l'habitacle de la Camaro, après que Lautaro était passé prendre son père pour se rendre à l'hôpital. Les embouteillages congestionnant la ville à l'heure de la sortie des bureaux, le policier doublait les véhicules en empruntant la file de bus. Il brisa le premier le silence.

— Toi qui connais de la Peña, combien de temps avant qu'il me cherche des poux ?

— Eva Ruffalo est une figure emblématique, comme tu le sais, professa son père : il a besoin de résultats rapides. Sans parler du Bronx.

— Ça ne répond pas à ma question.

— La campagne qui débute va donner le tempo. Une semaine à peine…

L'hôpital militaire où l'on avait transféré Damian était semblable aux autres, aseptisé et déprimant pour qui n'a pas la vocation de soigner les gens. Les deux hommes prirent des nouvelles auprès du médecin, qui ne cacha pas son pessimisme. Les deux hémisphères du cerveau étaient touchés, sa mobilité et ses sens cognitifs ne seraient plus jamais les mêmes, des dégâts irréversibles qui fluctueraient selon l'évolution. On maintenait l'adolescent dans un coma artificiel mais les examens n'étaient pas bons : un œdème s'était formé qui, en compressant le cerveau, risquait de le tuer. Le médecin allait l'opérer d'urgence. Tout se jouerait dans les quarante-huit heures.

Lautaro suivit son père jusqu'à la chambre 224.

Damian reposait là, inerte sur le lit blanc, la tête bandée et les yeux clos, cerné de tubes et de poches translucides qui le tenaient en vie. Saùl approcha le premier de l'adolescent, posa une fesse sur le matelas et lui dit quelques mots qui se voulaient réconfortants, caressant son visage avec émotion. Ses marques d'affection étaient rares, d'autant plus touchantes. Lautaro resta en retrait, posté près de la fenêtre comme s'il dérangeait, tandis que l'infirmière entrait dans la pièce. Des analyses plus poussées leur en diraient plus après l'IRM, confirma-t-elle au Procureur, mais malgré les ordinateurs qui surveillaient l'activité cérébrale de Damian, ils n'auraient pas les résultats avant le lendemain.

Saùl avait assuré au médecin que les meilleurs spécialistes seraient mis à contribution pour sauver l'enfant : il le dit à Damian, momie endormie et entuyautée, lui promit le meilleur, encore une fois. Puis Saùl prit sa main inerte dans la sienne et inclina son front vers Damian pour une longue prière.

L'atmosphère devenait irrespirable dans la chambre d'hôpital, Lautaro sentait des gouttes de sueur couler le long de sa chemise et une boule qui remontait vers sa gorge. Saùl se redressa enfin, grave et pensif après les mots chuchotés à l'adolescent. Il était désormais dans les mains de Dieu…

— Je vais voir le chef de service, dit-il à l'intention de son fils. On se rejoint en bas.

Lautaro attendit que son père quitte la pièce pour approcher de Damian. Il semblait dormir, presque paisible sous les bandages, de gros oreillers maintenant sa tête martyrisée. À son tour il prit sa main posée sur le lit, la trouva un peu froide.

— Tu ne pouvais pas regarder avant de traverser la rue, petite tête ? marmonna-t-il.

La présence de l'infirmière, qui changeait la perfusion, ne l'aidait pas à s'épancher, mais les sueurs suspectes continuaient de l'assaillir, nauséabondes. Malgré ses airs insubmersibles, voir ce gosse entre la vie et la mort lui compressait le diaphragme.

— Ça va, monsieur ?

Lautaro sortit de la chambre sans répondre à l'infirmière de service. Une minute de plus et il s'évanouissait. Il s'adossa au mur du couloir et, chiffe molle, se laissa glisser sur le sol pour reprendre ses esprits – bon Dieu, qu'est-ce qui lui arrivait ?

Une sonate de Bach passait dans le loft de la Macarena. Lautaro avait choisi le CD au hasard, comme il le faisait souvent lorsqu'il mettait de la musique. Sa discothèque n'était pas classée par genre ni ordre alphabétique, chercher un album particulier prenait un temps qu'il ne s'octroyait pas, trop impatient sans doute et détestant que les choses lui résistent.

Ce soir était différent, comme s'il manquait une réponse à une question fondamentale qu'il n'avait pas encore posée. Damian était le sujet de ses préoccupations, au-delà de l'enquête qui le taraudait. Son père n'avait pas donné de précisions sur les circonstances de l'accident. L'identité du chauffeur de bus importait peu du moment qu'il n'était pas en tort, mais quand par acquit de conscience Lautaro avait jeté un œil au procès-verbal, il avait senti que quelque chose clochait. D'après plusieurs témoins, Damian avait traversé l'avenue alors que le feu était vert sans voir le bus qui arrivait sur la file réservée, à l'angle de la carrera 6. Il y avait une banque au carrefour, sous vidéosurveillance. Lautaro venait de récupérer les bandes sur une clé USB, qui n'avaient pas encore été détruites.

Il se servit un whisky tourbé vingt ans d'âge venu d'Europe, les seuls qu'il pouvait encadrer, connecta la clé sur l'ordinateur du bureau et trouva bientôt la séquence. La caméra filmait le distributeur de billets et la partie du trottoir qui donnait sur le feu tricolore : il y avait bien des piétons arrêtés le long de l'avenue, indiquant que le feu était vert. Damian entra enfin dans le champ de vision, mais il ne se mêla pas aux piétons qui attendaient au carrefour : il passa à leur droite et s'engagea sur la chaussée. Le bus surgit brutalement et le percuta.

Lautaro détesta la séquence, le choc et le corps de Damian rebondissant comme une boule de billard avant d'être projeté sur le trottoir, puis les cris, l'affolement… Quelque chose continuait néanmoins de l'intriguer. Il repassa la scène de l'accident au ralenti. Puis plan par plan, à partir du moment où Damian s'engageait sur la file de bus : stop.

L'image resta en suspens sur l'écran, une ou deux secondes précédant le choc : le visage de Damian était alors tourné vers le véhicule qui arrivait. Il n'y avait pas d'arbres, d'obstacles ou de colonnes quelconques pour lui boucher la vue. Lautaro pâlit en reposant son verre. Damian n'avait pas été renversé par accident : il s'était jeté sous le bus.

6

Bogotá frissonnait dans les bras des Andes. Diana se disait qu'elle finirait comme ça si elle continuait à snober ses contemporains, pas seulement les hommes, les femmes aussi – c'était la deuxième fois qu'elle refusait d'aller boire un verre cette semaine, les copines finiraient par se lasser.

— Qu'est-ce que tu en penses, gros chat ?

Rien. Croqueta l'observait sur le canapé gris, sphinx énigmatique, ferma ses yeux verts comme pour signifier que l'incident était clos.

Le soir tombait derrière la vitre de l'appartement, son moral aussi. La journaliste avait remué ciel et terre après son entrevue avec Soler, activé ses réseaux à Bogotá et ailleurs à la recherche d'Orlando Mercer, sans obtenir plus de résultats. Personne n'avait entendu parler de lui, et les individus partageant le même patronyme qu'elle avait joints au téléphone ne connaissaient pas d'Orlando impliqué dans la guérilla, ni n'avaient de membre de leur famille en détention ou sorti récemment ou non de prison. Diana courait après un fantôme. Il vivait, pourtant, sinon pourquoi assassiner l'ancien procureur du Nariño ? Mercer avait dû être libéré avec les lois d'amnistie, comme des milliers d'autres FARC emprisonnés, ou alors lui aussi avait été « suicidé ». Dans tous les cas, Lautaro Bagader lui avait menti lors de leur brève entrevue dans le parc. Diana savait sentir ces choses, même si elle n'avait pu poser toutes les questions qu'elle aurait voulu. Mercer était-il lié au meurtre de la juriste de la Commission vérité et réconciliation ? Il manquait des pièces au puzzle et personne ne semblait en mesure de l'aider.

Son chat roux se roula sur le dos pour faire diversion, les pattes avant en forme de guillemets, tout en la fixant de ses grands yeux verts – c'était l'heure de la pâtée. Elle lui lut un poème au soir tombant, « Hallucination » de Jorge Torres Medina, tandis que Croqueta se léchait les babines.

Un moustique bourdonne
un rat surveille le repas
un moribond
La folie transpire
nuit d'aiguilles
les cadavres dansent
l'euphorie frémit
quinquets exorbités
Le monde est un asile
À quand l'éveil !
pour interrompre ce dépouillement

Sans susciter un enthousiasme débordant.

Diana désespérait lorsqu'elle reçut une réponse d'Isabelle, une amie française de Sébastien, qu'elle avait mise sur la piste de Mercer. Basée à Apartadó près d'un camp FARC, Isabelle travaillait pour la mission de vérification de l'ONU chargée de superviser la réincorporation des anciens guérilleros dans le cadre du programme d'État : un homme répondant au nom d'Orlando Mercer figurait bien parmi les ex-FARC en stage au centre de réinsertion de Carthagène. Isabelle n'avait pas son adresse, ni aucune précision le concernant, mais le nom et l'adresse de sa formatrice : Flora Ibanez.

Le vent s'époumonait par la vitre ouverte de la Seat, chaud, chargé de poussière. Le contraste avec la moiteur andine de la capitale revigorait Diana. Elle avait loué la voiture à l'agence de l'aéroport de Carthagène et, après une heure d'embouteillages à la sortie de la ville, abandonnait enfin l'*autopista* et ses camions surchargés. Flora Ibanez, la formatrice de Mercer, n'était pas au centre de réinsertion lorsqu'elle était passée un peu plus tôt – c'était son jour de congé puisqu'elle travaillait le samedi –, mais Diana n'avait eu aucun mal à obtenir son adresse à Playa Blanca, une petite station balnéaire de la côte.

Le soleil cognait sur le pare-brise de la Seat ; elle échappa à la fumée noire des poids lourds, aux klaxons, aux carrioles suicidaires lancées sur l'autoroute, à la conduite absurde de ses congénères, puis coupa vers le sud. Des militaires de la marine tenaient un check-point devant une raffinerie isolée, ceinturée par des grillages, sous le vol impassible des petits condors locaux.

Les collines sèches se succédaient, quelques belles propriétés ou complexes privés gardés, des cahutes et des échoppes de bord de route où des Noirs réfugiés sous des bobs vendaient de l'eau et des babioles.

Thom Yorke miaulait, depuis son téléphone branché, des poèmes désespérés qu'elle songea à traduire pour son matou, égayée par le soleil tonitruant. Elle longea un marais où chevaux et hérons faisaient bon ménage, traversa des villages assoupis où les maisons jamais terminées formaient la majorité des habitats. La terre était ocre, la route d'asphalte martyrisée par les camions.

Playa Blanca. Diana n'eut pas besoin de consulter son ordinateur de bord, un ado pieds nus et en short rouge dressait les mains au milieu de la route, l'invitant à bifurquer à droite sur la piste. Elle suivit Short Rouge, qui sprintait sur son vélo. Une dizaine de voitures étaient garées là, tentant de gagner l'ombre en bordure du terrain vague qui servait de parking, ainsi que deux bus de touristes dont les chauffeurs fumaient une cigarette en attendant le retour des vacanciers.

Plus facilement joignable par la mer et les vedettes qui partaient de Carthagène ou des îles voisines, Playa Blanca était un spot réputé de la côte : une mer bleu turquoise dansait cent mètres plus loin, entre les terrasses des restaurants et des bars agglutinés sur la plage, d'un blanc certifié pur immaculé. Des effluves de grillades s'échappaient des restaurants. Short Rouge demanda cinq mille pesos pour service rendu mais Diana l'envoya sur les roses – « Tu me prends pour un *gringo* ? » – avant de lui proposer le double s'il la menait chez Flora Ibanez.

Le gamin connaissait.

Un léger frisson parcourut les bras dénudés de l'enquêtrice. C'était étrange de se retrouver au milieu des touristes en bermuda, Colombiens et étrangers suant de concert, repus de langoustes et de coquillages. Diana prit ses chaussures à la main, ajusta ses lunettes noires sur son visage, s'échina dans le sable meuble qui lui brûlait la plante des pieds. Concentrés aux abords du parking, bars et restaurants firent place à quelques auberges dont le confort se résumait à un hamac face à la mer, puis les habitations devinrent plus rares.

— C'est là-bas, fit bientôt Short Rouge en désignant le bout de la plage : la maison aux volets bleus.

Diana les voyait verts, ne releva pas. L'adolescent repartit avec ses billets froissés, laissant la femme en plan avec ses chaussures à talons à la main. Les vagues bleu roi moutonnaient sur le rivage, charriant quelques algues ou des feuillages échappés de la végétation. Diana refroidit ses pieds de citadine dans l'écume, imagina un instant une autre vie, loin de Bogotá et des news en continu, de Jef, Lautaro et de Tinder où sa libido se perdait en conjectures, une vie de bord de mer où le temps s'écoulait comme le jus d'une noix de coco, entre sieste et crépuscule, puis elle se dit qu'elle se ferait chier au bout d'une semaine.

Remontant vers la maison sur pilotis, un chien estropié vint à sa rencontre, le pelage beige pâle, remuant la queue dans un curieux tango ; Diana releva la tête vers la femme qui venait d'apparaître sur le seuil.

— Bonjour ! dit-elle en approchant de la maison.

Le bâtard tournait autour d'elle tel un Indien aux prises avec un chariot de saucisses, soulevant de petites épines de sable blanc que le vent lui renvoyait au visage.

— C'est votre chien ? demanda Diana pour engager la conversation.

— Disons que c'est le chien de la plage.

Sylphide, les traits métissés avec un petit air de chat

sauvage, la jeune femme portait une robe de coton aux tons orangers qui lui allait à ravir.

— Je m'appelle Diana Duzan, se présenta-t-elle dans un sourire avenant. Je suis journaliste pour *El Espectador*. Vous êtes bien Flora Ibanez, du centre de réinsertion de Carthagène ?

— Oui.

— Une amie de la mission de l'ONU m'a dirigée vers vous. Je cherche Orlando Mercer, un ex-FARC. Vous êtes sa formatrice attitrée, n'est-ce pas ?

— Oui.

— Vous savez où je peux le rencontrer ? Je n'ai pas réussi à trouver ses coordonnées dans les services administratifs...

La brise ramenait du sable jusque sur la terrasse.

— Je peux savoir pourquoi vous le cherchez ? s'enquit Flora.

— C'est à propos de son passé dans la guérilla. Orlando a opéré dans le Nariño avant d'être transféré dans la région : il vous en a parlé ?

— J'essaie de réinsérer les anciens combattants, pas de leur prendre la tête.

— Grand bien vous fasse, sourit Diana, les manières parfaites dans ce genre de circonstances. Et rassurez-vous, je ne suis pas là non plus pour lui prendre la tête. Ni à vous d'ailleurs.

Le bâtard en profita pour lécher ses mains, extatique. Diana s'était toujours demandé ce qui passait dans la tête de ces bestioles pour vouer une telle confiance aux humains – son côté chatte sans doute. En attendant, Flora Ibanez la sondait depuis son coin de terrasse, curieuse quoique sur la défensive.

— Vous pouvez me dire où habite Orlando ?

— Eh bien, à deux pas d'ici... La jeune femme se

tourna vers le bout de la plage. La maison de pêcheur là-bas, sous les palmiers.

Diana ne s'attendait pas à ça.

— Orlando est chez lui ?

— Non.

— Ah… Il vit ici depuis longtemps ?

— Un peu plus d'un mois.

— Vous savez quand il revient ? Où il est parti ?

Flora continuait de secouer la tête, négative, visiblement peu encline à communiquer avec une journaliste de la capitale.

— Pourquoi vous me posez toutes ces questions ?

— Un ex-FARC est censé suivre son stage de réinsertion, non ? s'étonna Diana. Comment se fait-il qu'il soit parti sans rien vous dire ?

— Nous ne sommes pas mariés, non plus, relativisa Flora.

— Mais suffisamment proches pour vivre sur la même plage.

Elle rosit légèrement.

— C'est moi qui lui ai trouvé la maison de pêcheur, dit-elle. Le propriétaire est un vieux grognon mais il a bon cœur si on le motive un peu. Aucun papier officiel pour le moment, rien n'est aux normes, mais bon… Vous lui voulez quoi, au juste ?

Après avoir louvoyé, Diana se jeta dans la mêlée.

— Il est possible qu'Orlando soit le dernier témoin d'un crime de guerre survenu dans le Nariño avant sa capture, alors qu'il combattait dans le Front 26, dit-elle. Le dernier rescapé d'une sale histoire qui ressurgit aujourd'hui. Tous les témoins de l'affaire ont disparu, tués au combat ou dans des circonstances étranges. Le dernier en date, un procureur qui m'a mise sur sa piste, a été retrouvé pendu à son domicile le week-end dernier, alors que j'allais l'interviewer. Une mise en scène, à coup sûr.

De petites rides d'inquiétude apparurent sur le front de la métisse. Diana laissa courir le silence, ponctué par le clapotis des vagues.

— C'est quoi au juste, cette « sale histoire » ?

— Lautaro Bagader, le commandant des forces spéciales qui a éradiqué le Front 26, est aujourd'hui chef de la police à Bogotá, expliqua la journaliste. Vous êtes sans doute au courant des meurtres qui ont lieu là-bas : les cadavres retrouvés dans le Bronx, la juriste de la Commission décapitée dans un parc... Bagader dirige l'affaire mais il cache son jeu à la presse, à commencer par l'ampleur des crimes. En cherchant à savoir pourquoi, je suis tombée sur cette vieille histoire, à l'époque où Bagader combattait les FARC dans l'Armée.

Le regard de la jeune Indienne était parti loin dans les vagues.

— Vous pensez à quelque chose ? réagit Diana.

— Je ne sais pas...

Mais sa jolie frimousse n'en finissait plus de s'assombrir.

— Écoutez, Flora, je suis journaliste d'investigation, pas une colporteuse de ragots pour magazine à sensations. La consœur qui avait le poste avant moi a démissionné après avoir été kidnappée et violentée, c'est aussi pour elle que je traque les salopards qui pourrissent notre pays. Si vous savez quelque chose, soyez gentille, dites-le-moi.

Le chien à trois pattes s'était couché à l'ombre de la terrasse, découragé par l'indifférence à son égard. Flora hésitait mais la bonne foi de Diana finit de la convaincre.

— La tête d'un homme a été retrouvée à deux pas d'ici, il y a une dizaine de jours. C'est Orlando qui l'a découverte à l'aube, sur la plage. Un meurtre non élucidé.

— Comme celui de la juriste de Bogotá.

— Il semblerait, oui, acquiesça Flora, l'esprit turbinant à plein régime. Vous croyez que les meurtres sont liés ?

— Oui. Et je crains pour la vie d'Orlando, ajouta Diana. Quelque chose me dit qu'il est un témoin capital dans cette affaire. Vous pouvez me dire où il se trouve actuellement ?

Elle secoua ses cheveux bruns malmenés par la brise.

— Je ne sais pas, dit-elle ; un flic de Bogotá est venu la semaine dernière, ce qui a précipité son départ.

La journaliste sentit le mauvais coup.

— Un flic ? Orlando vous a dit de quoi ils ont parlé ?

— De la disparition d'une amie dans le Nariño, qu'il a connue du temps de la guérilla. Orlando ne m'a pas dit son nom mais il est parti enquêter là-bas avec l'aval de la police.

Diana enregistrait les infos, reliait les diagonales.

— Vous croyez qu'il est en danger ? reprit Flora. Je veux dire, que les mêmes tueurs sévissent dans le Nariño ?

La journaliste posa les chaussures qu'elle tenait encore à la main sur les planches de la terrasse, extirpa son smartphone de son sac à main et fouilla dans son stock d'images.

— Le flic de Bogotá dont vous parlez, c'est lui ?

Flora se mit à l'ombre pour observer le cliché numérique que la journaliste lui présentait, un vieil article de presse où deux footballeurs universitaires posaient après un match, le maillot couvert de boue.

— La photo date d'une vingtaine d'années, commenta Diana. L'homme de gauche s'appelle Bagader. Lautaro Bagader, le chef des Homicides de Bogotá…

Flora ouvrit les doigts pour agrandir la photo, se concentra sur le visage de gauche.

— Oui… Oui, c'est lui.

— Lui qui a embarqué Orlando ?

— Non. Ils ont discuté un moment sur sa terrasse, puis le flic est reparti. Orlando a quitté la maison le soir même pour le Sud, en bus, sans me donner beaucoup de précisions.

Elles se dévisagèrent, cherchant des réponses l'une dans les yeux de l'autre.

— La police qui demande à un repris de justice d'enquêter sur une disparition, commenta Diana, avouez que c'est bizarre, non ?

— Oui, c'est aussi ce que je lui ai dit.

La situation sembla souder les deux femmes. La formatrice ruminait devant la photo numérique quand son visage se transforma.

— Vous pensez à quelque chose ? devina Diana.

Flora venait de reconnaître le visage de droite : une vingtaine d'années étaient passées, il portait la barbe et les cheveux longs mais son regard tourmenté le trahissait.

— Elle sort d'où, cette photo ?

— Une vieille coupure de journal que Bagader garde en sa possession, répondit Diana. C'est lui, avec son frère disparu.

— Le frère du flic ?

— Oui, Angel Bagader.

— C'est qui ?

— Le fils de l'actuel chef de la Fiscalía, Saùl Bagader. L'affaire a défrayé la chronique au début des années deux mille, quand Angel a disparu à la sortie de Bogotá. On a toujours soupçonné les FARC, même s'ils n'ont jamais confirmé l'enlèvement, mais Angel n'est jamais réapparu. Tué sans doute… Pourquoi ? renchérit-elle, intriguée.

— C'est lui sur la photo : Orlando, plus jeune.

Un frisson parcourut l'échine de Diana malgré la canicule.

— Quoi, vous voulez dire qu'Orlando et Angel sont la même personne ?

Flora acquiesça, le regard trouble.

— Vous en êtes sûre ?

— Oui, assura la jeune femme. Oui, c'est lui.

Diana reçut la foudre en plein cœur. Orlando Mercer : le témoin qu'elle cherchait n'était pas un simple guérillero rescapé du Nariño, mais le frère disparu de Lautaro… Elle n'entendait plus la plainte des vagues sur le rivage, les cris des oiseaux marins.

— Ça veut dire quoi ? poursuivit Flora. Qu'Orlando vit sous une fausse identité depuis l'époque de la guérilla, et que son frère flic l'a envoyé sur la piste des tueurs du Nariño ?

— On dirait bien, oui…

Diana encaissait les répliques du tremblement de terre.

— Pourquoi les flics feraient ça ? relança la métisse. Et pourquoi Orlando a accepté de se jeter dans la gueule du loup ?

Diana se remit du choc.

— Vous seriez d'accord pour témoigner sur cette affaire ? demanda-t-elle. Je vous protégerais, vous et Angel.

— Avec quoi, un pistolet à bouchon ?

— J'ai aussi un stylo-plume dans mon sac à main. Les mots sont des armes efficaces si on sait s'en servir. Écoutez, renchérit la journaliste, je connais des gens dans le milieu de la Justice, des gens haut placés qui…

— Oui, comme le procureur du Nariño retrouvé pendu à son domicile, coupa Flora sans animosité. Laissez tomber. Tant qu'Angel reste Orlando, il a une chance de sortir du guêpier où son frère l'a fourré.

— Les pieds devant, oui.

— Vous avez autre chose à proposer ?

La citadine opina sous la brise de l'océan.

— Oui, dit-elle, que nous unissions nos forces. Pour le meilleur et pour le pire.

— Le meilleur, oui…

— Je me charge du pire, fit Diana pour la convaincre.

Flora répondit au léger sourire de la journaliste.

Elle aussi avait désormais une alliée.

7

Son visage était apparu dans la nébuleuse, le cuivre doré de sa peau, les lignes indiennes de son visage, ses lèvres qui l'avaient si bien aimé. Ou alors Angel rêvait, de l'autre côté d'un miroir sans tain, observant les petits humains s'entre-déchirant pour des bouts de papier. Les soubresauts du terrain accidenté le tiraient du néant, les paupières collées de sang, sans qu'il sache exactement où il était, puis les sons lui parvinrent : ceux d'une forêt.

Un éclaireur l'avait trouvé au petit matin, échoué sur la rive du fleuve boueux, les mains clouées à un radeau de planches et une vilaine plaie à la tête. Intrigué, le soldat avait inspecté les alentours mais seuls les oiseaux dérangeaient le clapotis de l'eau trouble sur les galets. Le guérillero s'était penché pour tâter le pouls du blessé et, constatant qu'il respirait encore, avait envoyé un appel radio pour demander des secours. Un brancard, des bras vigoureux qui l'avaient mené au camp dans un coma dont il sortait à peine.

— Tu as de la chance qu'on soit tombés sur toi ; quelques heures de plus et tu mourais, dit Morales, venu à son chevet.

Le commandant rebelle flottait dans son uniforme

olive, regard perçant et barbe éparse d'un brun indigène. Angel finissait d'émerger, allongé sous une tente qui faisait office d'infirmerie, quelque part au cœur de la forêt. Il avait un pansement sur le crâne, un bandage à chaque main et une douleur intense cuisait ses paumes à petit feu. Sa veste de cuir, ses bottes et ses vêtements humides reposaient à ses pieds.

— Je t'ai bourré d'antibiotiques et de morphine, fit Morales. La blessure à la tête se résorbera vite, je n'ai posé qu'un point de suture, mais tes mains sont dans un sale état. Surtout la gauche. Un tendon a été sectionné, deux ou trois os semblent fêlés ou cassés. J'étais chirurgien avant ; j'aurais pu t'opérer mais tu te doutes bien que je n'ai pas le matériel adéquat.

Morales attendait une réaction mais l'homme ramassé près du fleuve ne disait rien. Ses yeux bronze brûlaient de fièvre et d'autres feux encore non identifiés.

— Merci.

— Je ne sais pas si tu me remercieras longtemps, rétorqua l'ancien médecin. Il y a peu de chances que tu puisses de nouveau fermer le poing gauche. La main droite a été moins touchée mais les lésions sont sérieuses. Tu n'en retrouveras pas l'usage avant deux semaines au moins, s'il n'y a pas de complications. Les blessures s'infectent facilement dans la jungle.

Angel acquiesça devant le visage marqué du chef guérillero. Morales devait avoir quarante-cinq ans, et pas mal de soucis que trahissaient ses gestes impatients.

— Tu t'appelles comment ? demanda-t-il. Il n'y avait qu'une clé de voiture dans tes poches.

— Mercer, dit-il depuis son lit de fortune. Orlando Mercer.

— Qu'est-ce que tu as fait pour te retrouver crucifié sur un radeau ?

— Loreta… Je cherchais ma nièce.

— Qui me dit que tu n'es pas un *chulo* ?

Angel dressa ses mains blessées en guise de réponse.

— Ça ne prouve rien. Entre les trafiquants, les milices et les bandits qui pullulent dans la région, ils sont nombreux à pouvoir trouer la peau d'un flic trop curieux.

— Je cherche ma nièce, répéta-t-il, Lucia Ramos. Trois types me sont tombés dessus à Loreta… Sergito. Il organise des combats de coqs. C'est lui qui m'a vendu.

— Pourquoi il t'a vendu ?

— Je posais des questions, ça ne devait pas leur plaire.

— À qui ?

— Aux *sicarios*, visiblement.

— Au point de te clouer à une planche ?

— Ils tiennent les bordels des *montañitas*. Je crains que ma nièce ait échoué là-bas.

Morales fronça les sourcils sous sa casquette camouflage.

— C'est quoi cette histoire de nièce ?

Enferré dans ses demi-mensonges, Angel continua d'improviser.

— Sa mère m'a chargé de la ramener dans leur village, aujourd'hui pacifié, dit-il d'un air las. Lucia a quinze ans. Ces types doivent la forcer à se prostituer.

Le médecin s'effaçait sous le masque du guérillero.

— Tu joues à quoi, au détective ?

— Je suis le seul homme de la famille, c'est tout.

— Qui cherche les ennuis.

— Non. Juste ma nièce. Il vous reste un peu de cœur pour comprendre ça ?

Morales fouillait toujours dans les yeux fiévreux de l'étranger mais il n'y avait rien dedans, que la fatigue.

— Ces *sicarios*, dit-il, tu connais leurs noms ?

— Non… L'un d'eux avait comme une tête d'enfant. Un narco sans doute, ou un tenancier de bordel affilié.

Le chef des rebelles finit de ranger ses instruments et les boîtes de médicaments.

— Et vous ? relança Angel. La paix a été signée, non ?

— Pas pour tout le monde.

— ELN ?

Morales ne répondit pas. Une jeune combattante s'interposa alors avec déférence.

— Le soleil grimpe, commandant. Il ne faudrait pas tarder.

— Oui. Oui…

Morales jaugea une dernière fois le blessé, se demanda s'il disait la vérité au sujet de cette nièce, des types qui l'avaient jeté au fleuve. Il ne savait pas si ses plaies s'infecteraient avec la chaleur, les insectes et les maladies tropicales qui leur menaient la vie dure, ni même s'il était en état de suivre la colonne. Car Orlando Mercer était désormais leur prisonnier.

Trente-huit irréductibles avaient suivi le commandant Morales, un ex-FARC passé à l'ELN après la signature de la paix et qui, comme plus de mille combattants, n'avaient pas déposé les armes. Il prétendait que les dés de la démocratie capitaliste étaient pipés, que le gouvernement mentirait ou ne tiendrait pas ses promesses, alors que la guérilla était parvenue à imposer un ordre social draconien sur ses territoires durant le conflit. Personne n'oubliait ce qui était arrivé la dernière fois que le gouvernement les avait invités à participer aux élections dans les années quatre-vingt : l'Union patriotique avait vu ses deux candidats à la présidence abattus, des milliers de militants et de sympathisants assassinés par les tueurs des cartels – presque tous les maires, élus, parlementaires et personnalités progressistes –, un génocide politique qui avait renvoyé les FARC dans la forêt pour trente nouvelles années de guerre.

Outre les armes, les hommes de Morales avaient gardé le matériel de base – trousses de premiers secours, hamacs ultra légers avec moustiquaire intégrée, serviettes extrafines, couteaux suisses, lampes frontales, piles. Ils vivaient au jour le jour, se déplaçaient au gré des incursions de l'Armée, des milices mafieuses qui, malgré la paix proclamée, rôdaient toujours dans le Nariño. Comme eux. Le but de la résistance était de chasser ou dissuader les entreprises de s'installer sur les territoires abandonnés par les FARC, quitte à assassiner journalistes ou ingénieurs en prospection. La frontière équatorienne était à une poignée de kilomètres à vol d'oiseau, qu'un groupe aguerri comme le leur pouvait parcourir en une journée de marche. Ancien médecin, Morales tenait à ses soldats et les soignait lui-même, imposant une discipline de guerre indispensable à leur survie.

Le temps de la jungle était lent, à l'image de la rémission du prisonnier, mais le chef des rebelles était plutôt optimiste : ses doigts bougeaient un peu mieux et les plaies rejetaient le pus sans s'infecter.

Une semaine était passée, de bivouac en campement, et Angel s'estimait miraculé malgré les tiges de feu qui irradiaient ses mains. Morales lui avait appris à changer ses pansements, s'injecter la pénicilline et quelques mouvements de rééducation qui occupaient l'essentiel de son temps. La douleur s'estompait peu à peu, comme les doses de morphine : Angel n'était pas près de tenir un bâton, marchait en funambule pour suivre la troupe sous les branches, dormait sous surveillance quand d'autres montaient la garde. Il ne portait pas l'uniforme vert olive des rebelles mais ses vêtements de ville, qui n'avaient pas vraiment séché avec l'humidité. Son jean noir, déchiré par les rochers, avait le plus souffert. Après une semaine de ce régime, Angel connaissait tout de ses geôliers.

Le groupe comptait douze femmes, toutes jeunes, des paysannes qui avaient intégré la guérilla moins par conviction que pour échapper aux criminels de tous bords. Angel n'eut aucun mal à se fondre dans son nouveau rôle de captif ; il connaissait leurs méthodes – bander les yeux des prisonniers pour les empêcher de se repérer, les libérer quand ils en avaient besoin – sans savoir encore le sort qu'on lui réservait. Morales hésitait visiblement : le relâcher les exposait à la révélation d'informations sur leur effectif et leurs mouvements, même si les captifs n'avaient généralement aucune idée de leur localisation, ni comment survivre dans cet enfer. La jungle colombienne.

Les moustiques attaquaient nuit et jour, piquaient à travers les tissus avec une énergie féroce, une seule piqûre de fourmi bouledogue causait un choc anaphylactique qui vous tuait en quinze minutes, tarentules, serpents, mille-pattes, chenilles, même les grenouilles pouvaient provoquer de terribles fièvres ou la mort. S'ils échappaient à la traque et aux animaux, les fugitifs souffraient vite de faim et d'épuisement dans l'étuve tropicale qui leur servait de tombeau, préférant encore se rendre.

Ce n'était pas le cas d'Angel « Cacho » Bagader.

Aucun des guérilleros présents dans la colonne ne l'avait croisé lors de ses années parmi les FARC et Morales, de loin le plus futé, ne se doutait de rien. Angel écoutait les conversations que tenait le chef des insurgés avec ses officiers, mais les noms de Rodriguez, Carbonel ou Mayas évoqués par Lautaro n'avaient jamais été prononcés. Il avait poussé le vice jusqu'à demander à ses gardes, Melinda et Francisco, ce qu'ils pensaient de l'ancien porte-parole des FARC et des soupçons qui pesaient sur lui après l'affaire de Miami, mais les jeunes avaient répété la version de Morales – encore un coup fourré du gouvernement corrompu pour ternir l'image de la guérilla avec des histoires de drogue, et une raison de plus pour ne pas rendre les armes.

Trois jours avaient passé encore, où Angel reprenait des forces et l'élasticité de certains doigts. Il était incapable de serrer le poing de sa main gauche mais la droite pouvait tenir un caillou – une arme, on verrait avec le temps. L'image de Flora lui revenait au moment de se coucher, petit fantôme inoffensif celui-là. Elle lui manquait. Un sentiment absurde vu sa situation… Lautaro savait-il qu'il l'avait jeté dans un piège ?

Discours sans fin du chef quant aux méfaits de l'économie financière sur les masses paysannes et ouvrières, surveillance, promiscuité exacerbée, Angel avait déjà vécu tout ça. Il continua à donner le change face à ses anciens compagnons d'armes. Connaissant les sensibilités et les susceptibilités, il multiplia subtiles flatteries et connivences dialectiques pour se faire adopter par ses gardiens attitrés, deux jeunes volontaires un peu naïfs qui avaient appris à lire avec *Le Capital* et croyaient à un monde juste et égalitaire. Ils l'appelaient « le crucifié », par plaisanterie. Angel leur souriait souvent. Il se méfiait plutôt du commandant Morales, à la fois ouvert et méfiant, intelligent et déconnecté du monde, menant ce qu'il fallait bien appeler un combat d'arrière-garde. Rien à voir en tout cas avec les tueurs qu'il cherchait, d'autant que le commando rallié à l'ELN disait éviter le secteur de Loreta ; les bars et les bordels attiraient la racaille affiliée aux cartels et propriétaires terriens qui leur faisaient la guerre, comme les *sicarios* qui l'avaient laissé pour mort.

Pour se procurer des vivres, les rebelles ne se rendaient pas dans les villages en amont du fleuve, on leur en apportait à dos de mules par les sentiers de la forêt connus d'eux seuls. Angel avait laissé traîner ses oreilles lors d'un ravitaillement. Les muletiers parlaient d'une mine illégale plus loin dans la forêt, comme il y en avait des centaines en Colombie. Avec la flambée du cours de l'or, des hordes d'orpailleurs avaient pris d'assaut la Cordillère : les guérilleros rackettaient-ils les propriétaires de ces mines sauvages ? Les *sicarios* de Loreta étaient-ils liés à ces activités ?

La surveillance se relâchait après des heures de marche nocturne, quand les soldats harassés ne songeaient plus qu'à sécuriser leur *caleta*, l'abri où ils dormiraient, et sombrer dans un sommeil de plomb. Éternels nomades, les guérilleros montaient leurs tentes en quelques minutes, toujours au milieu des arbres pour rester invisibles depuis le ciel. Les éléments de la *caleta* tenaient dans un sac à dos – un auvent imperméable aux couleurs de la jungle, une bâche en plastique noir, une moustiquaire et un jeu de cordelettes. Comme lors de chaque campement, les hommes avaient commencé par éclaircir le sol à la machette, le recouvraient de feuilles et de fougères pour isoler de l'humidité avant de poser la bâche en plastique. Morales donnait des ordres brefs, guettant les rayons du jour ; il ne vit pas Angel subtiliser la trousse de médicaments à l'entrée de sa tente et la fourrer sous sa chemise.

Melinda et Francisco venaient de dresser leur moustiquaire quand le prisonnier exprima le besoin de se soulager. La jeune femme tombant de fatigue, Francisco fut de corvée de surveillance sanitaire, la même depuis maintenant plus de dix jours. L'arme négligemment penchée sur son ventre, séparé par un cordon invisible de quelques mètres que la décence imposait, Francisco pensait à Melinda, à tout ce qu'ils feraient peut-être un jour ensemble. Angel s'était assis derrière le tronc d'un arbre écroulé : trois minutes, c'était le temps imparti pour ce genre de besogne. S'enfuir équivalait à se perdre dans la forêt : Francisco préférait se rappeler les seins ronds de Melinda entrevus la veille dans le torrent qui leur servait de douche. Il avait vingt ans, Melinda vingt et un, et quatre minutes étaient passées. Une de trop.

— Bon, on ne va pas y passer la nuit !

Francisco s'approcha du tronc et ne vit rien derrière les branchages : le prisonnier avait disparu.

Angel rampait entre les fourrés qui bordaient les arbres. Une masse verte et humide le cernait, territoire des bêtes ; il se redressa bientôt, avança sous les branches à croupetons, évita de faire bouger les tiges des plantes qui pourraient signaler sa présence, puis il entendit le signal d'alerte depuis le campement et se mit à courir. Quatre, peut-être cinq minutes d'avance, le temps que les guérilleros se ressaisissent. Angel fila droit devant lui, parcourut plusieurs centaines de mètres sans se retourner, dévala une pente glissante et suivit le ruisseau qui coulait là. Il marcha un moment en équilibriste sur les pierres immergées avant de fouler l'autre rive. Les cris et les invectives se rapprochaient dans son dos. Angel déboucha sur une zone moins clairsemée et s'y engouffra, la trousse sous sa chemise. Les hommes de Morales connaissaient la forêt, ses caches, ses pièges, lui n'avait pas mis les pieds dans cet enfer de verdure depuis huit ans, mais les réflexes revenaient, comme si son corps se souvenait de la traque. Deux groupes de chasse se déploieraient, qui chercheraient à le doubler et à se refermer sur ses flancs pour le prendre en tenailles, un troisième groupe progresserait depuis l'arrière, débusquant le fuyard sous les branches et les fourrés. Sa seule chance était qu'ils ne le dépassent jamais, qu'il coure plus vite que les lévriers lancés à ses trousses. Alors il courut.

Angel n'entendait plus le bourdonnement des insectes, les voix des hommes dans son dos : son cœur tambourinait dans sa poitrine tandis qu'il dévalait les pentes, repoussait les branches et les plantes dressées sur son passage, tout à ses instincts de bête chassée. La sueur coulait dans son cou, la peur dans ses jambes – plus jamais capturé. Il reprit son souffle derrière un arbre qui dominait un hectare de forêt dense, entendit des bruits plus loin sur sa gauche. Un groupe en uniforme apparut sous les branchages. Le pouls d'Angel commençait à se réguler malgré la montée d'adrénaline : il les observa un instant, terré derrière le tronc. Il était trop loin pour distinguer leurs visages mais les guérilleros semblaient tergiverser. De fait, après un bref conciliabule, ils se séparèrent : le premier binôme partit dans une mauvaise direction, vers le nord, l'autre suivit sa piste.

Angel bifurqua plein est, au risque de tomber sur la deuxième patrouille mobile. Son plan était de leur passer sous le nez avant que l'étau ne se referme sur lui : sans armes, il était plus rapide. Il se faufila sous les branches, vit que ses mains bandées étaient sales et couvertes d'épines, s'arrêta un kilomètre plus loin, à l'écoute de la forêt malgré son cœur haletant, repartit de plus belle. Une pluie drue se mit à tomber, qui ne le rafraîchit pas mais couvrit sa fuite. Ses poumons le brûlaient, ses pieds trébuchaient plus souvent, manquant de le jeter à terre, sans qu'il faiblisse. Et son plan réussit : le second groupe passa à onze heures, maintenant trop à l'ouest pour avoir une chance de le prendre en tenailles. Angel poursuivit sa course autant que ses jambes pouvaient le porter. Le temps qu'ils découvrent la supercherie, il serait loin…

Le soleil perçait par intermittence entre les houppiers ; Angel marcha encore plusieurs kilomètres à un rythme soutenu avant de ralentir. L'averse avait réveillé la forêt. Il s'accroupit pour se désaltérer dans une source qui coulait là, épia les bruits alentour comme si le danger pouvait surgir, n'entendit que les rumeurs de l'eau et les murmures de la jungle. Il avait semé les guérilleros.

Un oiseau pépia depuis les branches. D'après la

courbe du soleil, qu'on devinait au-delà des cimes, il continuait de se déplacer vers l'est.

Les jours de marche ne signifiaient pas que le groupe de Morales avait suivi une piste rectiligne, ils tournaient plus généralement en rond pour échapper à l'Armée, mais Angel espérait n'être pas très loin du fleuve, d'où il pourrait remonter la rive ou trouver une embarcation. Il marcha deux heures sans savoir s'il se rapprochait du cours d'eau ou s'il s'enfonçait dans la jungle. Les insectes l'accompagnèrent sur des sentiers empruntés par les seuls animaux qui, sauf quelques toucans chamarrés, brillaient par leur absence. Aucun singe, tapir ou serpent ne se manifestait, encore moins un ocelot ou un jaguar, qui se déplaçaient généralement de nuit en fuyant les humains. Angel trouva la trace du grand félin sur un terrain meuble. Une trace amie. Il atteignit une vague clairière après une demi-heure de progression difficile au milieu des plantes et stoppa sa course, épuisé.

Il avait marché des heures la veille avec la colonne de Morales ; sa fuite à l'aube le laissait sur le flanc et les blessures de ses mains l'élançaient. Il ouvrit la trousse qu'il tenait sous sa chemise, déposa les précieux médicaments sur un tapis de mousse, ôta délicatement ses bandages. Les plaies étaient purulentes mais l'œdème continuait de dégonfler. Angel serrait les dents lorsqu'il sentit une présence dans son dos : un homme aux yeux jaunes l'observait depuis les branches.

Des papillons flamboyants l'avaient escorté le long du sentier tracé par les animaux. L'odeur de mousse se mêlait à celle des excréments du gibier, toujours plus proche. Camilo chassait quand il avait entendu des bruits suspects un peu plus loin. Il s'était approché à pas de loup et s'était caché derrière le tronc d'un arbre pour l'observer. L'étranger ne l'avait pas vu, trop occupé à soigner ses mains blessées. Il portait une barbe de plusieurs jours, des vêtements mal en point et semblait épuisé. Il n'avait pas l'air non plus d'un orpailleur, ni d'un de ces mineurs qui rongeaient le ventre de la forêt amazonienne. Constatant qu'il n'avait pas d'armes, Camilo profita qu'il appliquait la lotion antiseptique sur ses plaies pour sortir de sa cachette.

Angel jaugea l'homme surgi des feuilles, dans l'expectative, mais la peur d'une mauvaise rencontre se dissipa dès qu'il ouvrit la bouche.

— Je m'appelle Camilo. Je vis par ici. Et toi, tu es qui, un *muchacho* ?

C'est ainsi que les paysans appelaient les guérilleros.

— Non… Mais j'ai eu quelques ennuis, répondit Angel.

Camilo avait l'aspect d'un homme des bois avec son pantalon lâche déchiré aux mollets, sa tunique et son teint cuivré, mais la tristesse gravée sur son visage le rendait pacifique ; de fait, l'ermite cala son vieux fusil sur son épaule.

— Qu'est-ce que tu fais là ? C'est perdu, cette région.

— Je cherche le fleuve… J'en suis loin ?

— Non. Non, pas trop. Camilo évalua les pansements rougeâtres posés sur le sol. Qu'est-ce qui est arrivé à tes mains ?

— Des types de Loreta, un village plus haut sur le fleuve. Des bêtes sauvages, éluda Angel.

Camilo acquiesça comme s'il en connaissait long sur le sujet.

— Tu es seul ?

— Oui.

— Ne reste pas là. La nuit va bientôt tomber et tu n'y verras pas à un mètre. J'habite à vingt minutes de marche. Ça va aller ?

Angel lui adressa un signe affirmatif. Ses paumes nettoyées, il s'apprêtait à confectionner un nouveau bandage mais Camilo l'arrêta.

— Laisse un peu respirer tes plaies, on verra ça au campement.

La délicatesse de sa voix n'allait pas avec son allure d'ermite. Angel se fia à son instinct mais restait sur ses gardes. L'homme ne posa pas de questions indiscrètes sur le chemin. Soigner ses mains blessées l'intéressait davantage.

— Je suis un Indien awá, dit-il en suivant un sentier obscur. Nous vivions là il y a longtemps.

— Oui, je connais ton peuple.

Des hommes des montagnes, dont les ancêtres cultivaient la terre avant l'arrivée des Espagnols.

— Tu vis seul, on dirait, poursuivit Angel.

— Oui. Il n'y a plus personne par ici.

Le campement était vide mais aménagé de longue date. Camilo habitait une maison typique de la jungle, construite sur des piliers de bois dressés légèrement au-dessus du sol, prolongée d'une terrasse. On y trouvait aussi un réservoir d'eau de pluie, une douche bricolée, des hamacs avec moustiquaire, mais pas de téléphone ni groupe électrogène.

— Tu as faim ?

— Plutôt.

— J'ai un truc prêt, il suffit de le réchauffer.

La nuit tombait tôt sous les arbres. Les deux hommes partagèrent une purée de yucca, qui poussait près de sa cabane, et quelques fruits épargnés par les singes. Il en vivait toute une colonie à deux pas d'ici, des ouistitis dont il fallait se méfier, les petits diables attaquaient en bande, mais Camilo avec le temps faisait partie du décor.

— Il y a encore des groupes armés dans la région, dit-il. Tu les as peut-être croisés.

— Juste des hommes sur des mules, biaisa Angel. J'ai cru comprendre qu'il y avait une mine plus loin, vers le nord.

— Des orpailleurs. Ça pullule avec les mines illégales. Ils sont de mèche avec les milices qui traînent encore dans le coin, quand ils ne viennent pas du Brésil ou pilotés par les cartels mexicains. Ces types se foutent de la forêt, ils veulent juste vider la terre-mère. Si j'étais toi, je les éviterais.

Angel opina devant ses tubercules.

— Tu sais qui sont les chefs des narcos locaux ?

Il secoua la tête.

— Rodriguez, Carbonel, ces noms ne te disent rien ?

— Non. Ça devrait ?

— Je ne sais pas.

— Tu penses aux hommes qui t'ont fait ça ? fit Camilo en désignant ses mains blessées.

— À eux. À d'autres.

— Tu n'as pas trop envie de parler, hein… Je comprends ça.

— En tout cas, c'est bon. Ton plat, précisa Angel en désignant son écuelle bientôt vide.

— C'est bien la première fois qu'on me dit ça, ironisa l'homme des bois.

— Tu dis ça parce que les femmes ont toujours cuisiné pour toi, blagua Angel.

— C'est pas faux, dit-il dans un mince sourire.

Les langues se déliaient à mesure que leur estomac se remplissait. L'hospitalité, vieille noblesse des hommes. Camilo raconta sa sombre histoire, celle d'un paysan qui avait sué pour acheter un bout de terre, et qui avait remplacé la culture du manioc par celle de la coca sans savoir qu'elle les tuerait… La misère était tenace dans le Nariño, et ne faisait pas de quartier pour des Indiens comme lui ; l'argent de la coca permettait d'acheter des vêtements à ses enfants, voire de les envoyer à l'école, des choses que l'Awá et sa femme n'avaient pas connues. Ils avaient vécu ainsi, travaillant dur pour économiser quelques pesos, des années heureuses malgré tout – nourrir leur famille, c'est tout ce qu'ils demandaient. Et puis un jour, Camilo avait été surpris avec son fils dans leur champ : l'avion avait surgi avec une cargaison de poison qu'il déversait en rase-mottes sur les hectares alentour.

Les composants chimiques du Roundup que Monsanto mettait à disposition de l'Armée pour détruire les plantations illicites avaient été modifiés pour le Plan Colombie, et si, en dépit du lobbying forcené de la multinationale pour le nier, la formule originale du glyphosate s'avérait cancérigène pour les animaux et à terme pour les hommes, la pluie chimique répandue par l'Armée colombienne lors des aspersions était quatre fois plus toxique que le Roundup classique. À l'autre bout de la plantation, Camilo avait hurlé à Alejandro de courir pour se mettre à l'abri mais l'enfant de onze ans avait paniqué : il avait voulu rejoindre son père plutôt que de se réfugier sous les arbres qui bordaient la plantation, allant au-devant de la mort.

Camilo, foulard sur la bouche, avait réalisé trop tard que son fils était pris au piège. L'enfant s'était jeté à terre quand le poison était tombé sur lui, en vain. Camilo l'avait retrouvé suffoquant, les cheveux et la peau recouverts d'une pellicule grasse et malodorante, pleurant des larmes d'acide. Il avait porté Alejandro jusqu'à la ferme où sa femme poussait des cris de détresse, puis ils l'avaient déshabillé, aspergé d'eau et de savon, dérisoire désinfectant face à la technologie *gringo*.

Il n'y avait pas de médecin dans cette région isolée ; pour se soigner, il fallait descendre à San Vicente, à trois jours de marche. Camilo avait installé son fils toussant et fiévreux sur leur âne, et filé jusqu'au dispensaire le plus proche où, l'Awá ne possédant pas d'assurance santé, on lui avait donné de l'aspirine et un médicament contre la toux. Camilo était remonté dans la montagne, mortifié. Son fils grelottant, de retour à la maison, n'avait plus quitté le lit.

Alejandro était mort deux mois plus tard d'insuffisance respiratoire.

Le chagrin, maladie fulgurante, avait emporté sa femme dans l'année – à moins que ce ne fussent les légumes dorénavant toxiques qui les nourrissaient. Camilo avait tout perdu : sa famille, les quelques hectares de coca qui les faisaient vivre, l'espoir. Alors, plutôt que de mourir à son tour, il était revenu sur le territoire de ses ancêtres, un peu plus bas dans la vallée, où la forêt l'avait englouti.

Une entreprise d'agrocarburants avait acheté les

terres de sa communauté mais les raids incessants des guérilleros et des milices paramilitaires avaient eu raison des velléités commerciales de l'entreprise en question, contrainte de suspendre l'exploitation. La forêt avait repris ses droits et Camilo celui de vivre en ermite dans la zone de conflits, classée rouge. Peu de gens s'aventuraient par ici malgré les accords de paix. Exilé volontaire au cœur de nulle part, Camilo employait son temps à sauvegarder les espèces tropicales qui poussaient là. La biodiversité, c'est ce que l'Indien avait trouvé comme raison de vivre. Les Awá avaient presque disparu de leurs territoires, survivaient en groupes clairsemés. La fin de la guerre ne ramènerait personne, seulement les bulldozers des multinationales, mais avec l'appui d'ONG écologistes, Camilo espérait préserver ce coin de forêt considéré comme unique au monde. Après quatre ans de vie dans les bois, il connaissait tous ses congénères, animaux et végétaux, expérimentant le savoir des plantes qu'on lui avait enseigné petit dans sa communauté, avant la coca.

— Les groupes armés te fichent la paix ? demanda Angel.

— Pour le moment. Mais je m'en tiens le plus loin possible. Trois journalistes équatoriens venus enquêter dans la région ont été assassinés il y a six mois. Un couple de géographes canadiens, aussi, abattus durant leur sommeil.

— Par qui, des *sicarios* ?

— Non, un tueur de l'ELN, d'après ce que j'ai pu lire.

— Tu as des nouvelles par les journaux ? s'étonna Angel.

— Je remonte le fleuve en pirogue une fois par mois

pour me ravitailler ou faire du troc, expliqua Camilo. Je fais un peu de vannerie. Je pêche aussi l'alcanza, un gros poisson amazonien prisé par les restaurants.

Certains, que le fils Bagader avait déjà dégustés, pouvaient mesurer trois mètres et peser jusqu'à une demi-tonne. Le repas achevé par une tisane de plantes, il regarda l'Awá confectionner un cataplasme pour ses mains, une boue verte à l'odeur forte qu'il appliqua sur les plaies.

— Il y a quoi dans ta mixture ?

— De la bave de crapaud.

Le sourire d'Angel lui revenait de loin.

— Tu ne m'as toujours pas dit ce que tu faisais à Loreta, poursuivit Camilo en massant délicatement la paume de sa main.

Angel lui dit une part de la vérité – c'est pour des gens comme lui qu'il s'était battu des années durant sa jeunesse.

— Je cherche une jeune fille, Lucia Ramos. Sa grand-mère a été assassinée il y a une quinzaine de jours du côté de San Vicente. Lucia a été enlevée par les mêmes tueurs et sa piste m'a mené à Loreta.

L'homme hocha la tête.

— Oui. Beaucoup de gens meurent dans la région. Et Loreta n'est pas un bon endroit pour vivre, surtout pour les femmes. Entre les *raspachines*, les orpailleurs et les narcos…

Camilo laissa sa phrase en suspens.

— Le fleuve est loin d'ici ? demanda Angel.

— Environ deux heures de marche.

— Et Loreta ?

— Six heures de pirogue pour l'aller, moitié moins pour le retour. Le courant est contraire et tes mains sont trop faibles, si c'est à ça que tu penses : jamais tu ne remonteras le fleuve dans cet état.

L'ancien guérillero aussi lisait entre les lignes.

— Tu m'accompagnerais ?

— Hmm. Si tu appliques mes onguents pendant deux jours, tu iras mieux. J'en profiterai pour faire des courses, ajouta-t-il d'un air entendu.

Un sauveur.

Un homme perdu, comme lui.

Tombant de fatigue, Angel s'était roulé dans un hamac, bercé par la brise nocturne, s'endormant presque aussitôt. Il se réveilla dix heures plus tard sous la moustiquaire sans se souvenir d'aucun cauchemar. Ses mains allaient mieux. L'Awá feignait de trouver ça normal. Il lui donna un sachet de sa mixture, des conseils pour le cataplasme et des infos s'il voulait s'éloigner du camp – outre les ouistitis, il y avait des fougères urticantes et quelques serpents à éviter. Une amitié simple, qui parlait de fleurs et d'animaux.

Angel passa deux jours hors du temps. Les premiers depuis sa capture par les paras d'El Diablo. Les petits singes rôdaient autour de la terrasse en quête de nourriture au milieu des chants d'oiseaux et du vrombissement des insectes, deux jours à pister les traces de jaguars sur les sentiers et les colibris en suspension, leurs ailes bleues à réaction reléguant la vitesse à de bêtes algorithmes, toutes ces beautés que la nature donnait pour rien. Angel reprenait des forces avant son retour parmi les hommes, Camilo dans le rôle d'ange gardien. Son humanité le rapprochait de Julio, de Flora, si loin des tueurs de Loreta.

— Tu comptes toujours chercher ta nièce ? demanda Camilo, le soir précédant leur départ.

Angel opina, songeur.

— Au risque de retomber sur les gens qui l'ont enlevée, poursuivit son hôte.

— Oui. Sauf que maintenant, je les connais.

— Eux aussi te connaissent.

— Pas bien, non…

Angel n'avait pas dit que Lucia était sa fille, qu'il brûlait de la retrouver, ni qu'une passion mauvaise lui serrait le cœur à l'idée de retourner là-bas. Il revoyait la photo de Lucia piétinée par les tueurs. Tout un symbole.

Ils partirent au matin, un sac de provisions à l'épaule, jusqu'au fleuve. Les singes hurlaient dans les arbres, invisibles, saluant le départ des humains ; eux restèrent silencieux tout le chemin, comme s'ils appréhendaient de se séparer. Une amitié pudique. Camilo retrouva sa pirogue sous les branches d'un arbre qui trempait ses feuilles dans l'eau boueuse, aida Angel à grimper à bord. L'Awá avait apprivoisé le fleuve, savait déjouer les courants et les pièges. Le ciel était blanc, la chaleur poisseuse quand il saisit les pagaies.

Ils remontèrent le cours d'eau sans croiser personne, pendant des heures, ni beaucoup parler ; une économie qui leur convenait. Il n'y avait rien d'intéressant pour Camilo à Loreta, mais un magasin bien achalandé dans un comptoir installé le long de la rive, trois kilomètres en aval du village. C'est là qu'il déposa Angel. Il finirait à pied.

Il était cinq heures de l'après-midi et le soleil

commençait à décliner. Le moment de se quitter. Angel se doutait qu'ils ne se reverraient jamais, pas plus qu'il ne l'oublierait.

— Tu ne m'as pas dit pourquoi tu m'aidais.

— Je n'ai pas vu d'êtres humains depuis des mois, et ceux que je croise ne me manqueront pas, professa l'Awá. Toi, tu es différent.

Il ne dit pas en quoi. Mais avant de faire ses courses et de repartir sur sa pirogue, Camilo lui confia un objet lourd enroulé dans un chiffon.

— C'était à mon père, dit-il. Je ne m'en suis jamais servi. Il se peut que tu en aies besoin.

Angel découvrit la relique, un revolver Remington qui datait des années soixante. Il prit l'arme dans sa paume blessée, grogna en faisant pression sur la crosse, appuya légèrement sur la queue de détente. Le barillet était plein.

8

Lautaro ruminait depuis son retour de l'hôpital. Qu'avait-il fait, ou plutôt que n'avait-il pas fait pour que Damian songe à se jeter sous un bus ? Reporter la faute sur d'autres était commode, une de ces petites lâchetés communes aux hommes qu'il exécrait. Il n'avait pas parlé à son père des bandes de l'accident de Damian qu'il avait visionnées, de ce qui ressemblait à un suicide. C'était lui épargner une douleur inutile, et ces histoires de gamins commençaient à sérieusement l'obséder.

Par quel chemin maudit Karen Fabregas avait-elle échoué dans le Bronx ?

La jeune fille venait de fêter ses treize ans. Sa mère et sa sœur n'avaient aucune idée au sujet d'un éventuel petit ami et l'enquête de voisinage n'avait rien donné, comme l'interrogatoire de ses copines de collège. Les profs dépeignaient Karen comme une élève peu concernée par les cours, préférant comme beaucoup d'adolescentes se maquiller et pouffer de rire devant les groupes de garçons plutôt qu'envisager de travailler à l'école. « Formée » pour son âge, les enseignants confirmaient que Karen attirait les regards, sans lui prêter de flirt ou de relation connue. Elle avait pourtant baratiné sa mère pour se rendre à un rendez-vous qui avait mal tourné. Lautaro se doutait qu'un garçon était impliqué dans l'enlèvement, qu'il avait dû servir de rabatteur pour mener la brebis au sacrifice, et ce n'était pas sa sœur Luisa, elle aussi sous sédatifs et incapable d'aligner deux phrases cohérentes sans sangloter, qui allait l'éclairer.

Lautaro avait inspecté la chambre de Karen, un vrai capharnaüm avec ses vêtements et ses sacs à main jetés à même le sol, sans rien trouver d'intéressant dans les tiroirs ou les placards bourrés de fringues de sa sœur. L'agent Vasquez, une des recrues de Diuque dans leur équipe rapprochée, était partie interroger le père à Santa Marta ; Vasquez avait dressé le portrait d'un homme terne tenant une boutique de prêt-à-porter bas de gamme sur le marché de la rue principale, qui recevait ses filles à l'occasion ou pour de rares virées sur les plages de la côte caraïbe. José Fabregas n'était pas au courant de la venue de Karen, semblait accablé par sa terrible mésaventure – il avait fait le déplacement à Bogotá pour voir sa fille à l'hôpital, mais elle ne l'avait pas reconnu – et, comme son ex-femme, il ne comprenait pas ce qui avait pu arriver.

Karen utilisant un téléphone à carte prépayée, les enquêteurs n'avaient pu remonter le fil de ses communications. Son compte Facebook non plus ne leur avait rien appris ; ils n'y avaient trouvé que des séries de selfies à la moue boudeuse et autres poses soi-disant sexy qui collaient moins à son âge qu'à son corps de pin-up en bourgeon. Avec qui Karen avait-elle rendez-vous ? Les deux policiers en uniforme qui se relayaient devant la chambre d'hôpital avaient reçu l'ordre de l'avertir si elle allait mieux, mais la pauvre gamine ne sortait pas de sa léthargie post-traumatique.

Lautaro se sentait comme un lion dans une impasse, traqué par des hyènes dont il ne connaissait même pas le putain de nom. L'enlèvement et l'assassinat d'Eva Ruffalo restaient un mystère malgré le travail de ses détectives. Les tueurs connaissaient son emploi du temps puisqu'on avait retrouvé sa voiture sur le parking d'une zone industrielle bordant la route de l'aéroport, confirmant que le kidnapping avait eu lieu le vendredi. Seule avancée, les fluides et les ADN relevés dans la cave correspondaient aux corps amputés de Bogotá, confirmant que le Bronx abritait la « boucherie » de la capitale. En attendant, les scribouillards et les présentateurs télé s'en donnaient à cœur joie, de la Peña bouillait à l'approche des élections et l'enquête piétinait : la piste des aérodromes de province avait été abandonnée, les informateurs se taisaient malgré les primes promises et les personnes qui avaient perdu un proche continuaient de défiler à la morgue de Brown pour donner leur ADN. Deux nouvelles victimes avaient été identifiées parmi les dizaines qu'ils avaient sur les bras, Jaime Gonez, un chef de village disparu dans le département du Nariño dix jours plus tôt, et Roseta Ruiz, trente-six ans, agronome, enlevée dans les montagnes du Cauca alors qu'elle menait un programme de substitution à la culture de coca. La piste du Sud semblait être la bonne, pour un résultat nul.

Diana à ses trousses, Angel aux abonnés absents, son père qu'il n'avait toujours pas mis au courant des soupçons de la journaliste, la pression des médias : l'étau se resserrait sur Lautaro, quand enfin on mordit à l'appât.

La Camaro ne passait pas inaperçue dans le quartier sud de la capitale mais peu de gens dans le Bronx étaient debout à six heures du matin. Lautaro se gara près du check-point que la police avait établi à chaque carrefour de la zone sinistrée ; trois hommes aux yeux cernés l'accueillirent, des agents en uniforme qui n'appartenaient pas à l'unité Falcon.

— Le premier débile qui touche cette bagnole se prend un coup de pied dans le ventre, dit-il à l'intention des bleus.

Lautaro avait revêtu un gilet pare-balles sur sa chemise blanche, et gardait son 9 mm à portée de main. Diuque attendait un peu plus loin, devant les poubelles éventrées à l'angle d'un immeuble bas de gamme de la calle L, avec sa coupe iroquois et les yeux translucides que son bâtard de père lui avait légués comme seules preuves d'un amour dont il se tapait l'œil. Trois hommes des forces spéciales l'accompagnaient.

— Où sont les autres ?

— Du côté opposé de la rue, répondit le lieutenant.

— Pas d'autres sorties ?

— Non.

— Et les toits ?

— Inaccessibles en l'état.

— L'informateur n'est pas là ?

— On l'a coffré pour sa sécurité.

L'équipe de Diuque avait distribué des enveloppes pour faire parler les paumés et, après des jours de silence, le manque avait fini par avoir raison de l'omerta qui régnait dans le Bronx. Sergio-la-Balance tournait au *bazuco*, comme les deux défoncés retrouvés dans la cave : et pour cause ils avaient le même dealer, El Perro, qui d'après Sergio habitait l'immeuble à l'angle de la calle L. Les deux escouades étaient en place et le boss avait insisté pour venir en personne déloger le revendeur.

Gilets de protection en Kevlar, casques, pistolets, matraques, fusils d'assaut, le groupe d'intervention n'attendait plus que son feu vert pour investir l'immeuble du suspect. Lautaro refusa le M16 qu'on lui proposait, préférant la mobilité à la puissance de feu. El Perro habitait au deuxième étage, d'après leur informateur, un squat où les ramassis du coin venaient se fournir. Aucun mouvement à signaler – le jour pointait à peine sur les toits démolis, le dealer devait dormir encore.

— Il me le faut vivant, prévint Lautaro.

— J'ai passé le mot, dit Diuque.

— *Vamos*.

Des effluves de rat crevé se répandaient depuis les poubelles ouvertes, que les chiens errants inspectaient en surveillant leurs arrières. Lautaro et ses hommes longèrent la façade du bâtiment décrépit sous le regard des rares passants, qui se mirent à couvert. Rasant le mur depuis l'angle opposé, l'équipe B arriva la première dans le hall d'immeuble, sécurisa l'escalier, fit signe au colonel que tout était OK. Lautaro grimpa dans l'ombre de Diuque, qui employait son quintal avec une légèreté étonnante pour un type portant un bélier. L'humidité suintait des murs. Ils atteignirent le palier du deuxième étage sans croiser personne, attendirent cinq secondes que les autres policiers de l'unité se mettent en place. Enfin Diuque fit voler la porte de bois vermoulu, laissant ses hommes braquer les fusils dans la pièce.

Deux loques dormaient sur le canapé troué de brûlures de cigarettes. Ils voulurent s'emparer des armes posées sur la table où s'entassaient les mégots mais Lautaro lança sa rangers dans la face du premier, qui rattrapa ses dents pendant que Diuque écrasait la crosse du M16 sur le crâne de son voisin. Deux cris étouffés dans les jurons. Les autres policiers avaient déjà investi les lieux, hurlant aux occupants de ne plus bouger un cil. Il y avait trois autres pièces en enfilade, des chambres, puis une cuisine et la salle de bains tout au fond : Lautaro entendit un bruit dans le couloir et se précipita, arme au poing.

El Perro ne s'était pas lavé depuis deux, peut-être trois jours. Il songeait à changer de caleçon, voire à se doucher, quand le craquement de la porte d'entrée sortant de ses gonds l'avait fait sursauter. Les flics. Le revendeur se réveillait à peine, le genre à pisser à côté de la cuvette, mais il fallait déguerpir, et vite. La fenêtre de la salle de bains étant assez large pour sa corpulence, il avait grimpé sur les toilettes et s'était glissé dans l'ouverture. La lucarne donnait sur le toit, bancal comme le reste de cette foutue matinée : El Perro prit garde à ne pas déraper sur les tuiles vertes de moisissures, s'accrocha à l'antenne satellite qui ne recevait plus rien des étoiles, vit la terrasse voisine. C'était un carré de ciment où les tessons de bouteilles rivalisaient avec les déchets qui pourrissaient là : il s'apprêtait à sauter quand une balle de gros calibre siffla à ses oreilles, percuta le mur tout proche et moucheta ses lèvres d'éclats bruns.

— Bouge plus, connard !

El Perro se retourna d'instinct. Il n'avait jamais vu le chef des flics de Bogotá : Lautaro Bagader visait son entrejambe depuis le toit de tuiles, le Glock tenu à deux mains pour assurer sa cible, avec dans l'œil une méchante envie d'appuyer sur la détente.

Il marinait depuis trois heures derrière les vitres teintées du commissariat central. La salle d'interrogatoire était close et insonorisée, le dealer du Bronx au régime sec depuis son arrestation. La peur et les coups donnaient soif – très soif. El Perro n'était pas un dur à cuire, juste un délinquant dans un quartier où parler aux flics équivalait à signer son arrêt de mort.

Une simple table, une chaise, des murs : le revendeur maintenant à point, Lautaro se chargea de l'interrogatoire, Diuque comme une menace dans son dos. Celui qu'on surnommait El Perro avait effectivement un air de chien battu, une peau noire où pointaient des boutons suspects, des cheveux crépus pas très propres non plus. Ses traits étaient tirés, ses pupilles dilatées et le blanc de ses yeux striés de rouge trahissaient trop de nuits bas de gamme. Lautaro refusa de libérer ses poignets entaillés par les menottes, d'essuyer la sueur qui coulait de son front, le verre d'eau qu'il demandait.

— Écoute-moi bien, Ducon, commença-t-il, je sais que tu fournissais les deux merdes du quartier qu'on a retrouvées avec les cadavres dans la cave de la calle L. Tu me dis tout ce que tu sais sur eux *maintenant*, ou je te laisse aux bons soins du lieutenant Diuque. Il a de grosses mains poilues et adore les fourrer dans l'anus des négros… Le monde se divise en deux, El Perro, ajouta-t-il sans forcer son talent : ceux qui obéissent à la figure de l'autorité, et ceux qui appellent leur maman au secours.

El Perro singea une grimace qui n'arrangea pas sa prestation.

— Je t'écoute, fit Lautaro. Et je verrai selon ce que tu racontes dans quelle prison on t'enverra : avec ou sans les gangsters du Bronx qu'on a déjà mis à l'ombre.

Le jeune Noir savait de quoi étaient capables ces types – des bêtes sauvages, qui l'élargiraient jusqu'à planquer leurs portables dans son cul.

— Pete… Pete et Stefano, dit-il. Deux petites frappes qui se vendent au plus offrant. Je les fournis de temps en temps. Je les ai vus traîner près du squat.

— Les deux paumés qui squattaient ton canapé plein de poils de chien sont des copains à eux ?

— Non, eux c'est juste des clients.

— Avec des armes à portée de main ?

— C'est le Bronx, chef, plaida le dealer.

Ils vérifieraient ça.

— Pete et Stefano travaillaient pour qui ?

— Je ne sais pas.

— Ton cul brûle.

— *¡ Por Dios !*

— Laisse Dieu dans le trou à chiottes où il est tombé, menaça Lautaro. Pour qui travaillaient ces deux minables ?

— Ils faisaient des extras à droite à gauche, s'empressa El Perro.

— Du genre ?

— Je crois qu'ils bossaient pour des types. Deux gars que j'avais jamais vus, ni dans le quartier, ni ailleurs.

— Quels types ?

— Je sais pas, je les ai juste vus discuter avec ces deux gars, une fois, devant le squat. Deux types plus âgés, avec des sales gueules mais mieux rasées que les nôtres, si vous voyez ce que je veux dire.

— Quoi, genre mafieux ? *Sicarios* ?

— Ouais, ce genre-là.

— Tu connais leurs noms ?

— Non.

— Ils avaient une voiture ?

— Oui. Une Jeep blanche.

— Quel modèle ?

— Bah, je suis pas fortiche en 4 × 4.

— Tu pourrais reconnaître cette Jeep ?

Le Noir haussa les épaules.

— Peut-être.

— Ces deux hommes avaient un signe particulier ?

— Bah…

— Décris-les-moi.

El Perro avait le cœur à cent à l'heure, sûr qu'un paquet de types avaient dérouillé ici avant lui.

— Dans les trente-cinq ans, dit-il du fond de sa mémoire, bruns tous les deux, pas très grands, habillés genre sportswear. L'un d'eux avait des tatouages sur les mains. Plutôt moches. Le genre qu'on se fait en prison, ajouta-t-il en connaisseur.

— Un motif spécial sur ce tatouage ?

Il secoua la tête.

— Non.

— Quoi d'autre ?

— Bah, je sais pas. Ils avaient des sales gueules, je vous dis, pas celles qu'on regarde trop longtemps dans les yeux.

— Tu les as vus quand, ces tueurs ?

— Je sais pas, il y a peut-être quinze jours…

— Dans le squat ?

— Non, devant.

— Ils étaient étrangers au quartier, enchaîna Lautaro, bizarre que personne n'ait demandé ce qu'ils trafiquaient là.

— Tant que ça pose de problèmes à personne, les gens font ce qu'ils veulent.

— Découper des filles à la tronçonneuse, tu trouves que ça ne pose pas de problèmes ?

— On savait pas ce qui se passait là-dedans. Je le jure, chef.

Diuque comptait les points dans le dos du revendeur, ses battoirs recouverts de gants à billes d'acier.

— Laura et Abigale, continua Lautaro, tu les connaissais ?

— Je connais personne, assura El Perro.

— Elles squattaient pourtant la calle L.

— Si elles se fournissaient en dope, je dis pas.

— Et Karen Fabregas, l'ado tirée vivante de la cave ?

— Jamais vue non plus. Juré, chef.

Lautaro retenait ses poings.

— Les deux mafieux, recadra-t-il, tu leur as parlé ?

— Non. Non, je les ai juste croisés avec Pete et Stefano.

— Comment tu sais qu'ils bossaient pour ces types ?

— Ils savent rien faire tout seuls. Je vous l'ai dit, chef, Pete et Stefano se vendent au plus offrant. Cent dollars pour tuer quelqu'un, c'est leur tarif. Ils s'en sont vantés une fois, ajouta le dealer.

— C'est eux qui gardaient les détenus du squat ?

— Sans doute que oui.

— Avant d'être liquidés.

El Perro haussa les épaules, perdues sous un tee-shirt Nike troué par les cendres de marijuana.

— Les *sicarios* ont déguerpi avant la descente de

flics dans le Bronx, reprit le policier, tu sais qui les a prévenus ?

— J'suis pas dans le secret des dieux, chef !

— Tu as vu quelqu'un d'autre bavasser avec eux ?

— Non, non. J'ai vu personne parler à ces enfoirés.

El Perro déglutit. Le flic grognait de l'autre côté de la table et lui était pris d'une soif inextinguible.

— Je peux avoir un verre d'eau, chef ?

Lautaro fit signe à Diuque de gérer la suite.

Vasquez, l'agente qui avait découvert la trappe menant à la cave du squat, s'usait les yeux sur des écrans depuis des jours. Spécialiste en informatique et vidéo, elle avait suivi la piste de Karen Fabregas à Santa Marta et comptait bien faire partie de l'équipe rapprochée du chef des Homicides. Son physique de poupée chiffonnée jouait contre elle dans cet océan de machisme qu'était la police, mais elle mettrait les bouchées doubles.

Trente-six bus avaient quitté la gare routière de Bogotá durant la matinée du samedi 9, date présumée de la disparition de Karen. Les interroger avait pris du temps, mais aucun chauffeur n'avait reconnu la jeune fille. Avait-elle été enlevée avant de grimper dans l'autocar ? Un détective de l'unité avait enquêté sur José Fabregas, le père de Karen, et découvert qu'il accueillait son frère Rodrigo chez lui depuis six mois. Rodrigo avait appartenu à l'ELN avant de suivre un programme de réinsertion – ce groupe rebelle n'avait pas déposé les armes et poursuivait des attentats aveugles qui finissaient de le discréditer. Lautaro se demandait si Rodrigo Fabregas était impliqué dans une affaire suivie par la juriste assassinée, s'il était lié à Manuel « Sonny » Rodriguez ou aux conducteurs de la Jeep blanche.

El Perro tentait d'identifier les *sicarios* du Bronx parmi les mines patibulaires qui défilaient sur l'ordinateur de Diuque, Lautaro quant à lui retrouva la jeune flic dans l'open space voisin.

— J'ai épluché les documents de la Commission vérité et réconciliation, annonça l'agent Vasquez, mais je n'ai rien trouvé qui pourrait impliquer Rodrigo Fabregas, ni Manuel Rodriguez. Par contre, l'oncle de Karen a ouvert un compte à la banque le mois dernier, et déposé huit cent mille pesos en liquide. On ne sait pas ce que trafiquent les frères Fabregas, mais ça vaut peut-être le coup de les interroger sur le sujet.

Elle sentait la vanille.

— La Fiscalía m'a promis un mandat rapide pour une fouille en règle de la maison de José Fabregas, dit Lautaro, penché sur elle. Son frère Rodrigo a un véhicule ?

— Je ne sais pas, colonel : je cherche quoi ?

— Une Jeep de couleur blanche, genre 4 × 4. C'est peut-être un des véhicules qui sert aux kidnappings. Je passe voir Karen Fabregas : débrouille-toi avec Diuque en mon absence.

— Avec plaisir, colonel.

Est-ce qu'elle plaisantait ?

La pluie léchait les vitres de la Camaro engluée dans le trafic. Des circassiens jonglaient au feu rouge, ramassant les miettes. Lautaro bifurqua sur la carrera 52, une nouvelle piste en tête. D'après sa déposition, si José Fabregas était à son stand au marché le samedi après-midi, Karen avait pu rencontrer son frère à la gare routière de Santa Marta. Rodrigo avait-il été instrumentalisé pour faciliter l'enlèvement de sa nièce ? Karen s'était-elle rendue avec lui chez son père absent, où les tueurs l'attendaient ? Ce ne serait pas le premier oncle violeur ou complice de meurtre. Santa Marta se situait à deux cents kilomètres environ de Playa Blanca, où la tête de Mayas avait échoué. Y avait-il une « boucherie » dans le secteur caraïbe, comme il y en avait une dans le Nariño ? Angel gardait le silence depuis près de deux semaines maintenant, la ligne sécurisée sonnant dans le vide : ou il lui était arrivé malheur, ou cet enfoiré s'était fait la malle. Toutes ces affaires en tout cas étaient liées. Karen Fabregas restait muette mais l'évocation de son oncle Rodrigo créerait peut-être un choc psychologique, une réminiscence qui la ramènerait à la vie, comme l'évocation d'une Jeep blanche qui avait pu servir à son transfert dans le Bronx. Mais pourquoi revenir à Bogotá avec la gamine ? Y avait-il d'autres victimes à embarquer sur la route, un axe nord-sud qui menait à la calle L ?

L'hôpital pour enfants de San Jose disposait d'un parc à l'arrière d'un bâtiment de tuiles roses, des espaces verts bordant le parking des visiteurs.

Ça sentait l'encaustique dans le hall d'accueil des urgences, où Karen Fabregas avait été transférée. Lautaro montra sa plaque à l'employée derrière son guichet, qui le dirigea vers l'aile ouest du rez-de-chaussée. Il s'entretint brièvement avec l'infirmière qui s'occupait de la jeune fille. État stationnaire. La psy aurait plus de précisions. Il fallait une autorisation du médecin pour entrer dans la chambre – Karen avait à peine touché à la soupe du soir – mais le chef de la police prenant la responsabilité de la visite, l'infirmière n'osa s'y opposer et l'accompagna jusqu'à la chambre. Ses chaussures de ville couinaient sur le revêtement plastique du couloir de l'hôpital. Lautaro ralentit bientôt : il n'y avait pas de flic devant la porte 118.

— Il doit y avoir un garde vingt-quatre heures sur vingt-quatre, grogna-t-il en se tournant vers l'infirmière. Où est-il ?

La femme haussa les épaules.

— Je ne sais pas… Aux toilettes, peut-être.

Le policier toqua pour s'annoncer et poussa la porte dans la foulée. Karen reposait sur le lit, les bras étendus le long du corps, le regard perdu sur le plafond, mais quelque chose clochait. L'oreiller à terre. Lautaro adressa un regard à l'infirmière qui gobait l'air dans son dos, découvrit l'expression de stupeur sur le visage de la gamine, comme si un événement l'avait ramenée une dernière fois à la vie. Lautaro se pencha vers elle, prit son pouls et constata qu'elle ne respirait plus.

Il se redressa, livide. Karen semblait le regarder, droit dans les yeux : elle aussi avait vu le Diable.

9

Une lumière tamisait l'appartement du parque 93. Jefferson écoutait Diana après sa virée à Playa Blanca, le chat à ses côtés sur le canapé. La journaliste croyait mordicus à son histoire de fils caché, Orlando Mercer, alias Angel Bagader, un ex-FARC du Front 26 emprisonné dans la plus grande opacité, et sorti de prison cinq mois plus tôt avec les accords de paix. Flora Ibanez, sa formatrice à Carthagène, l'avait formellement reconnu sur la photo qu'elle lui avait montrée : Angel et Orlando étaient la même personne. Et Lautaro l'avait envoyé enquêter dans le Sud, à la recherche d'une mystérieuse amie probablement liée aux meurtres, une histoire nébuleuse qui sentait le coup fourré.

Jefferson opina à la suite de ses révélations. Le thé avait refroidi sur la table basse et, après mille hésitations félines, le gros chat roux finissait de s'installer sur ses genoux.

— Il s'appelle comment déjà ton matou ? fit le photographe, qui avait le don de la digression inopinée.

— Croqueta. En tout cas, lui te reconnaît.

— J'ai toujours des petites souris dans les poches

au cas où… Tu l'as appelé Croqueta parce qu'il est gros ou parce qu'il est à moitié orange ?

— Les deux. Diana recadra son ex avant qu'il ne s'échappe encore. Bon, ça t'intéresse, ce que je raconte ?

— Bien sûr.

— On ne dirait pas.

— Si. Tu as débusqué le fils disparu de la famille Bagader sur la côte caraïbe, sauf que tu es arrivée trop tard. Orlando-Angel ne donne plus de nouvelles depuis que Lautaro l'a envoyé dans le Nariño et tu n'as aucun moyen de le joindre. La formatrice n'avait pas son portable ?

— Si, elle me l'a donné, mais il ne répond pas. J'ai essayé au moins dix fois, je tombe à chaque fois sur la messagerie.

— Dommage.

— Ça ne change rien. Saùl et Lautaro Bagader ont menti, asséna Diana, à tout le monde : ils savaient qu'Angel avait rejoint les FARC, ça a même motivé son frère pour entrer dans les forces spéciales.

La photo des frères reposait sur la table basse imitation vieux bois, un tirage papier sorti de son imprimante. À droite un jeune homme chevelu, la barbe et le regard tourmenté, à gauche un Big Jim au sourire vainqueur qui le tenait par l'épaule.

— Et tu voudrais que je te dise quoi ?

— Que c'est un scoop d'enfer, répondit la journaliste. Tout le monde croit Angel disparu depuis près de vingt ans !

Ses yeux écureuil brillaient dans leur robe feu. Un enthousiasme de gamine mais un regard adulte sur les douleurs du monde, songeait Jefferson, qui enviait son obstination.

— Orlando Mercer n'est qu'une couverture, affirma-t-elle, un moyen de faire disparaître Angel Bagader.

— Avec la complicité des autorités. Du haut commandement. Du gouvernement pendant que tu y es.

— Forcément, puisque Angel se cache sous une fausse identité, avec de « vrais faux papiers ». Son père était le conseiller d'Uribe lors du Plan Colombie, il avait toute latitude pour capturer Angel et le mettre au secret. Et c'est son frère qu'on a envoyé faire le sale boulot.

— L'opération contre le Front 26 a été un massacre, non ? releva Jefferson. Tu me dis que Mercer a été capturé quatre mois après l'attaque : si Lautaro avait récupéré son frangin sur le champ de bataille, il ne se serait pas écoulé autant de temps.

— Angel était peut-être blessé. Ou il a réussi à fuir le camp bombardé avant d'être capturé.

— Il y a des trucs qui clochent dans ton histoire, *mi amor*. Bagader pouvait dire que son fils était prisonnier des FARC depuis toutes ces années, qu'il l'avait libéré : pourquoi le transférer sous un faux nom alors qu'Angel pouvait réapparaître au grand jour comme un martyr ? Même en l'envoyant en prison sous sa véritable identité, ça n'aurait pas suffi à dézinguer la carrière de Saùl, avança-t-il, ni celle de Lautaro.

— Un secret de famille, ça s'appelle. Et les secrets de famille sont comme les névroses : tout le monde le sait, personne n'en parle. Mais tu as peut-être raison sur le motif du silence du procureur Bagader, concéda Diana. On peut chercher à le mettre sous pression. La vie de son fils disparu comme un objet de chantage ; son existence passée sous silence en échange d'un service quelconque, je ne sais pas…

Saùl Bagader négocie la reddition de Carbonel et du Clan du Golfe : les narcos sont capables de tout. Sans parler de Rodriguez et des ex-FARC recyclés dans le business de la drogue : on en compte des centaines rien qu'au port de Buenaventura, où transite la coca des cartels.

Jefferson bougonna.

— Il manque toujours le lien avec ces meurtres, dit-il, ces mises en scène à la mode Violencia.

— En tant que juriste à la Commission, Eva Ruffalo devait instruire plusieurs dossiers brûlants : Lautaro pouvait en faire partie.

— Je croyais que c'était un héros de guerre.

— Il y a des trous noirs entre ses missions dans les forces spéciales. Et Lautaro ne faisait pas de prisonniers.

Croqueta chassait une souris en forme de pompon.

— Tu as de l'imagination, fit Jefferson.

— Un bon réseau d'informations surtout.

— Mais aucune preuve de ce que tu avances tant que tu ne retrouves pas le premier concerné : Angel…

Jefferson tournicota le pompon du coussin sur le canapé, hypnotisant le chat lové sur lui. Depuis le fauteuil en paille qui leur faisait face, Diana n'en finissait plus de s'assombrir.

— On dirait que tu t'es fourrée dans un beau merdier.

— Merci.

— Tu ne diras pas ça quand tu auras pris deux balles dans la tête.

— La famille Bagader est si dangereuse que ça ?

— Tu en parleras au procureur de Jardín.

La journaliste se resservit du thé, perplexe. Jef avait raison, quelque chose ne collait pas : si Lautaro avait éloigné son frère de Playa Blanca, comment pouvait-il savoir qu'elle était sur les traces d'Orlando Mercer ? Même si son agent de probation rendait des comptes à la famille Bagader, lui non plus ne savait pas qu'elle le recherchait. Était-elle sous surveillance électronique – internet, téléphone –, comme le procureur du Nariño ? Le meurtre de Nelson Jairo confirmait que les tueurs étaient sur la piste, qu'ils la précédaient même, avec une force de frappe qu'elle n'avait pas. Diana devait bousculer le destin si elle ne voulait pas finir comme lui, « suicidée »…

— Tu n'aurais pas une bière ? s'enquit Jefferson pour détendre l'atmosphère.

Diana le fixait, diablement sexy malgré son allure de baroudeur citadin, l'esprit ailleurs.

Non…

Non, elle n'avait pas de bières.

On vit et meurt selon les choix que l'on fait au cours de sa vie, et aucune instance supérieure ne dirige nos amours et nos déconvenues comme si nous étions des pantins d'os : rien n'est écrit, Diana en était persuadée.

Elle aurait pu par exemple sauter sur Jefferson plus tôt alors qu'il caressait son chat, fourrer sa langue dans sa bouche en déboutonnant son jean, oublier Lautaro Bagader et s'envoyer en l'air pour le plaisir de renouer même un instant avec son ex, se donner l'illusion de l'immortalité des sentiments, Diana était capable de ce genre de lyrisme si on la poussait dans ses retranchements, mais elle avait mis le bras dans un engrenage, de son plein gré, et par définition ne pouvait plus reculer.

Minuit sonnait quelque part lorsque la journaliste se présenta à la porte vitrée de l'immeuble de la Macarena. Le gardien assoupi derrière le comptoir était un petit homme chétif et grisonnant, portant l'uniforme bleu d'une entreprise de sécurité privée et un revolver dans son étui. Le temps qu'il dégaine, vous pouviez lancer vos flingues comme des bâtons de majorettes avant de tuer tout le monde, estima Diana en présentant sa requête dans le hall javellisé.

— Qui je dois annoncer ?

— Diana Duzan.

Elle attendit la réponse, anxieuse, tandis que l'autre appelait le propriétaire du dernier étage. Le concierge armé acquiesça deux fois dans le combiné, *bueno, señor Bagader*, raccrocha.

— Vous pouvez y aller, dit-il bientôt. Sixième étage.

Le sourire vaguement salace du vieux cochon donnait envie de filer des baffes. Diana se calma dans l'ascenseur, qu'elle reconnut à peine. Trop dans les vapes la dernière fois. Cette fois-ci, elle ne se laisserait pas abuser par ses beaux yeux de cinglé.

La nuit s'étirait, alignant ses phosphorescences au gré des immeubles qui saturaient l'horizon. Lautaro fumait sur le toit-terrasse du sixième étage, comme si la nicotine pouvait l'aider à redescendre après sa visite à l'hôpital. Un sale trip, dont les humeurs n'en finissaient plus de l'imprégner. Karen Fabregas était morte asphyxiée, d'après le premier rapport du médecin accouru sur les lieux : qu'un tueur ait pu s'introduire dans la chambre d'un témoin, l'étouffer avec un oreiller et repartir comme si de rien n'était n'avait pas réconcilié l'aîné des Bagader avec le genre humain. Le flic de garde devant la chambre avait été retrouvé sans vie dans les toilettes de l'hôpital, le cou tranché par une lame, et le type de la sécurité posté dans le hall n'avait rien vu. Lautaro enrageait : Karen était morte une deuxième fois et les tueurs continuaient à faire le ménage devant lui.

Ce soir, une chape de plomb lui tombait sur les épaules. Il venait de perdre son témoin principal, de la Peña ne le raterait pas, sans parler des médias. On allait lui retirer l'affaire, fils du Procureur général ou pas. Il ferait quoi à la place ? Veilleur de nuit dans une centrale atomique au fond de la Sibérie ? Garde du corps d'un patron copain de papa ? La circulation dans le cosmos ? Lautaro n'avait rien d'autre dans sa vie qu'une unité d'élite aujourd'hui ridiculisée, des ados étouffés sur leur lit d'hôpital ou réduits à l'état de légume, et un frère perdu dans la nature. Son père ne le tirerait pas de ce mauvais pas ; il était chef de la Fiscalía, pas responsable de son incompétence. La belle carrière promise après l'Armée sentait la déconfiture à plein nez, même l'air qui ce soir remontait de la ville était vicié. Du poison, voilà ce qu'il semait autour de lui. Ce n'était pas nouveau. C'était même, comme qui dirait, sa spécialité : un poison violent.

La sonnerie de l'interphone retentit alors, déroutant ses idées noires. Lautaro vit l'heure à sa montre, bientôt minuit. Qu'est-ce que ce vieux croûton de Filloz lui voulait à cette heure ? Il descendit les marches pour prendre la communication, entendit la voix de l'autre débile en bas et resta quelques secondes interloqué : Diana… Diana Duzan.

— Colonel, vous m'entendez ? glapit Filloz.

— Fais-la monter.

Autant crever l'abcès.

La journaliste débarqua dans son antre deux minutes plus tard, revêtue d'une robe à fleurs blanc et rouge et du même manteau que l'autre matin au parc.

— Entre.

Poussant la porte entrouverte, Diana trouva Lautaro pieds nus au milieu du salon, chemise débraillée, les mains dans les poches de son pantalon de costard.

— Merci de m'avoir laissée monter, dit-elle en guise de bonsoir.

Il désigna le sac à main pendu à son épaule.

— Mets tes affaires dans la buanderie, à ta droite, et referme la porte.

— Pourquoi, tu crois que j'ai des micros ?

Lautaro ne répondit pas.

— La confiance règne, commenta-t-elle.

— Ça ne risque pas. Avec personne, en général, si ça peut te rassurer.

Comme il attendait qu'elle s'exécute, Diana abandonna son sac et son manteau dans le vestibule. Elle s'imaginait être plutôt mal reçue par le chef de la police, mais pas comme ça.

— Maintenant déshabille-toi, dit-il.

La femme grimaça.

— Quoi ?

— J'ai oublié de dire « s'il te plaît » ?

— Tu plaisantes, j'espère.

— Pas trop en ce moment.

Il avait l'air sérieux.

— Dis donc, s'écria-t-elle sans se démonter, tu ne crois pas que tu en fais un peu trop ?

— Garde tes sous-vêtements, le temps que j'inspecte

le reste. Ça ne prendra qu'une minute, la prévint-il. Et c'est moins intrusif qu'une fouille à corps.

Diana le fixa d'un air de défi.

— Et si je refuse ?

— Tu repars tout de suite. Allez, fais pas ta mijaurée, je te connais un peu quand même.

Son ton était étrange, entre la lassitude et un pénible souvenir de tendresse.

— C'est quoi, cette paranoïa ?

— Une simple précaution.

— Tu as tant de choses que ça à cacher ?

— Ça dépend de ce que tu viens chercher.

— Je dois prendre ça comment ?

— Commence par faire ce que je te dis. S'il te plaît.

Diana obéit à regret, honteuse de s'abaisser devant ce type de comportement, mais il ne lui laissait pas le choix. Elle ôta sa robe en lui adressant des éclairs de son cru. Lautaro la regardait sans mot dire – Diana était de ces femmes plus belles nues qu'habillées, un genre pas si fréquent dans son esprit macho.

Elle lui lança son vêtement à la figure.

— Fais gaffe, il y a du cyanure dans les doublures.

Il tâta l'étoffe, inspecta les recoins puis, satisfait, lui tendit sa robe.

— Merci, dit-elle en lui arrachant des mains.

Un coup d'œil aux chaussures renversées sur le parquet acheva l'inspection. Diana rajusta sa robe, grimpa sur ses ergots, les joues encore rouges de confusion et de colère rentrée.

— Bon, tu veux me parler de quoi ? demanda-t-il.

— De toi.

Lautaro secoua la tête – elle n'était visiblement pas encore au courant pour Karen.

— Vous n'avez rien d'autre à vous mettre sous la dent, à *El Espectador* ?

— Un fils de Procureur général chef des Homicides qui passe son temps à enfumer les médias, c'est déjà pas si mal. Je passe sur le baratin sur Tinder, j'ai fait la même chose, enchaîna Diana, c'est le reste qui coince. À commencer par Orlando Mercer, l'ancien FARC capturé peu avant que tu raccroches dans les forces spéciales. Ce nom ne te dit toujours rien ?

— Non. Pourquoi ?

— Parce que c'est ton frère : Angel, ton cadet disparu il y a près de vingt ans. Tu le sais parfaitement.

Une sirène passa dans la nuit.

— Mon frère est mort, dit-il sans s'occuper les mains d'une cigarette.

— J'ai pourtant retrouvé sa trace sur la côte caraïbe. Il suit des stages de réinsertion à Carthagène, toi et ton père êtes forcément au courant. Il n'y a pas eu de prisonniers lors de l'anéantissement du Front 26, sauf Angel : vous faisiez le tri entre les morts ? Vous liquidiez les blessés qui auraient pu identifier ton frère, au mépris de toutes les règles de guerre ?

— C'est pour me raconter ces conneries que tu as fait ce chemin jusque chez moi ? Tu cherches quoi, le scandale ? Je pensais que tu valais mieux que ça, Diana.

Il lui avait déjà fait le coup de la flatterie, sans effet sur elle.

— Tu profitais des permissions accordées après les combats pour rechercher Angel ? Avec qui, des soldats des forces spéciales triés sur le volet ? Des types qui, pour ça et sans le savoir, couraient au-devant de la mort ?

Lautaro soupira, entre l'exaspération et la fatigue.

— Ne me dis pas que tu étais avec les paramilitaires, poursuivit-elle. Des soldats des forces spéciales t'ont suivi dans les rangs des AUC, c'est ça ? Vous cherchiez à capturer ton frère entre deux missions pour l'expédier à l'autre bout du pays, où on ne retrouverait jamais sa trace ? Entre l'attaque du Front 26 où il servait et la fin de ta carrière dans l'Armée, quatre mois se sont écoulés : quatre mois pendant lesquels Orlando Mercer a été capturé. Tu as participé à sa traque comme paramilitaire ?

— Tu me fatigues.

— Alors ?

— Alors rien… Il passa ses mains sur son visage. Écoute, les meurtres dont je m'occupe dépassent ce que tu peux imaginer.

— Des gens découpés et leurs dépouilles mises en scène, oui je sais, rebondit Diana. Les tueurs de la Violencia n'étaient pas les seuls à opérer de la sorte, les paramilitaires aussi quand il s'agissait de terroriser la population.

— Tu es une maniaque, dans ton genre.

— Juste une enquêtrice à la recherche de la vérité. Tu sais que le procureur Jairo a été retrouvé mort chez lui ?

— Connais pas ce type.

— Jairo officiait dans le Nariño à l'époque, dit Diana. Il s'est pendu au moment où j'allais lui soutirer des infos au sujet d'Orlando Mercer. Pratique, non ?

Lautaro fronça les sourcils.

— C'est lui, Jairo, qui m'a mise sur la piste.

— Je t'ai dit que je ne connaissais pas ce procureur, répliqua-t-il. Ni Orlando Mercer. Angel a disparu il y a vingt ans. Tu te trompes de personne. Ou ils se ressemblent. Ou tu es une désaxée qui a décidé de me pourrir la vie.

— Te fatigue pas, sa formatrice l'a reconnu sur une photo. Elle n'est pas la seule qui pourra l'identifier, au cas où il lui arriverait malheur.

— C'est ce que tu penses de moi ?

— Je sais que tu es allé voir Angel à Playa Blanca pour lui demander d'enquêter dans le Sud, où une amie à lui aurait disparu. C'est qui cette amie ? Et pourquoi tu l'as envoyé sur la piste des tueurs ? Pour l'éloigner de moi ou pour qu'il se fasse liquider avant qu'on ne découvre le pot aux roses ?

Lautaro sourit devant son air buté. C'était ça ou la tuer.

— Tu perds ton temps, Diana. Le mien avec. La différence entre nous, c'est que je n'en ai plus beaucoup avant qu'on me retire l'affaire.

— Ah oui, dit-elle d'un air revêche, pourquoi on ferait ça ?

— Karen Fabregas est morte.

Les yeux bruns de la journaliste s'agrandirent.

— On l'a étouffée dans sa chambre d'hôpital, ajouta Lautaro devant son air médusé. Ce sera annoncé demain.

Son seul témoin. Diana était déstabilisée. Tout était lié, forcément.

— Quand c'est arrivé ? demanda-t-elle.

— Cet après-midi. Le flic de garde a été égorgé. Pour le moment c'est tout ce qu'on sait.

Lautaro avait un air triste. Accablé par son sort, peut-être. Ou alors Karen s'apprêtait à parler.

— Tu étais censé la protéger, dit-elle.

— Merci de me le rappeler.

— On va te dessaisir de l'enquête ?

— À de la Peña d'en juger. Mais sa campagne débute dans trois jours, il ne peut pas se permettre d'avoir un type incapable de protéger ses témoins à la tête de la police… Tu vois, ajouta-t-il avec une ironie désabusée, j'étais un homme sans passé, bientôt ce sera sans avenir.

La nouvelle chamboulait ses plans. Diana garda le silence, se demandant si elle se trouvait face à un flic aux abois ou s'il cherchait encore à l'enfumer. Lautaro se tourna vers le bar et la lumière en douche qui éclairait les bouteilles alignées.

— Tu ne veux pas boire un verre ?

Il y avait quelque chose de désespéré en lui, qui la touchait à son corps défendant. Encore un de ses délires. Diana secoua la tête, bien décidée à sortir du traquenard.

— Non, répondit-elle. Non, merci.

Plutôt crever.

10

Angel arriva à Loreta à pied, entre chien et loup. Le village de montagne était calme comparé à la furie du week-end, les bars et les bordels tournaient au ralenti.

Il marcha à l'ombre des baraquements, des quelques fenêtres allumées des maisons de la rue principale où les chiens se prenaient pour des chats, perchés sur les palettes et les caisses défoncées. Il n'avait que sa trousse de médicaments, un cataplasme dans un sachet plastifié et une pétoire, dissimulée à sa ceinture, qui pouvait faire long feu. Loreta lui laissait une impression de déjà-vu désagréable malgré l'apathie du soir. La violence refoulée durant sa convalescence lui remontait comme d'une cuve échouée sur un grand fond, cet océan de solitude qui l'avait poussé dans les bras de l'idéologie marxiste après l'assassinat de Julio. Des bras d'aveugle, avait-il prévenu son prof. On ne sauve pas le monde avec la colère, ni avec l'amour des autres. Le Che se trompait, lui et ceux qui tuaient en son nom, enlevaient ou enrôlaient de force des innocents pour les sauver des autres, justement. Angel avait cru à ces rêves de justice, désillusions qu'il avait payées cher, à l'image des cent vingt jours passés dans le repaire du Diable. Vengeance. Vengeance partout.

Le sentiment le renvoyait au fait de tuer pour ne pas être tué, à la chaleur glacée du Remington caché là, sous sa veste. Angel ne pensait plus à Flora qui l'avait ensorcelé, seulement à arracher Lucia des mains de ces fumiers. Après, il réglerait ses comptes avec sa famille.

Un paso-doble s'essoufflait dans un cabaret aux rideaux passés. Angel évita le cabanon où avaient lieu les combats de coqs, la salle de jeu de Luis Alfonso, et longea la morne enfilade des maisons closes. La clé de voiture était toujours dans la poche de son jean, aussi mal en point que sa veste, mais il ne trouva pas la Fiat de location près du hangar où il l'avait garée quinze jours plus tôt. Un garage, à bien y regarder. Aucune lumière ne filtrait derrière le rideau de fer, ni à l'étage. Il songea à frapper contre la paroi métallique mais ça risquait d'alerter le voisinage. Angel ruminait dans la pénombre de la rue quand une voix l'interpella : un homme marchait vers lui, son tee-shirt blanc se détachant dans la semi-obscurité.

— Te revoilà ?! s'époumona Pepe, presque jovial dans son pantalon informe. Je commençais à me demander où t'étais fourré !

Il semblait à jeun. Ça ne faisait pas de lui quelqu'un de sûr.

— Dis donc, il est arrivé quoi à tes mains ?! fit-il en voyant les bandages.

— On m'a refilé une patate chaude.

— Ha ha ! Brûlante même ! Et où est-ce que tu es allé traîner, tu as vu l'état de tes fringues ?

Angel désigna l'emplacement où il avait garé la Fiat.

— Tu sais où est passée ma voiture ?

L'ivrogne cessa de rire.

— Alors ?

— C'est… c'est mon cousin garagiste, dit-il en se tournant vers le rideau de fer. Comme la voiture était garée devant et qu'il manquait déjà une roue, il l'a mise au chaud.

— Dans son garage ?

— Ben, heu, ouais.

— Il habite où, le cousin ?

Il eut un geste vague vers le bout de la rue.

— Pas loin.

— Appelle-le.

— Mais… Pour le dédommagement… Je veux dire, la garde de la voiture. Tu as de l'argent ?

— Plein, assura Angel. Allez, préviens ton cousin qu'on l'attend. On ira boire un verre pendant qu'il change la roue.

— Bonne idée !

Crédulité des arsouilles. Le *raspachine* revenait des champs sans un sou en poche mais n'en voulait à personne – Pepe attendait le vendredi, le jour de paye. Il joignit le fameux cousin qui, venant de fermer boutique, rappliqua au pas de course. Paolo était un métis râblé aux yeux de taupe derrière ses lunettes, la bouche sensuelle surmontée d'une moustache aussi épaisse que ses double foyer. Angel ne demanda pas ce qu'il comptait faire de la Fiat, la revendre en pièces détachées ou la refourguer en changeant les plaques, l'essentiel était de lui ficher suffisamment la trouille pour que le cousin ne cherche pas à l'entourlouper. Le Remington à sa ceinture remplissant sa fonction, Paolo remonta le rideau de fer.

Le garage se résumait à un hangar équipé empestant le cambouis surmonté d'un étage qui faisait office de logement. La Fiat dormait sous une bâche au fond du réduit, amputée d'une roue comme l'avait dit Pepe. Pas d'autres dégâts apparents, même si l'ouverture de la portière avait été forcée.

— Je comptais pas la voler, hein ! s'ingénia Paolo.

— Je m'en fous, coupa Angel. Tu peux la réparer ?

Le cousin Paolo annonça que la roue de secours ne valait pas un clou sur les routes défoncées de la région, qu'elle crèverait au bout de cent mètres, qu'il fallait trouver un autre pneu pour la Fiat, un modèle récent qu'il n'avait pas.

— Combien de temps il te faut ? abrégea Angel.

Paolo se gratta la tête comme si une colonie de puces y festoyait.

— Le temps de descendre en ville, choper le bon pneu, le remonter… Pas avant demain midi, minimum.

Angel réfléchit à la lueur de l'ampoule nue du garage. La nouvelle de son retour à Loreta viendrait comme une traînée de poudre aux oreilles des tueurs. Il n'avait qu'une solution, les devancer.

— Je te donne le double du prix si tu répares cette foutue roue avant l'aube, annonça-t-il au garagiste.

Le cousin lissa sa moustache.

— Le double, hein ? Ouais, je devrais pouvoir me débrouiller. J'ai un copain concessionnaire à San Vicente. Faudra une petite rallonge pour lui aussi.

— Ça marche.

— On peut aller boire un verre, pendant ce temps-là ! proposa Pepe.

Angel n'écoutait pas ce qui s'échappait entre deux postillons ; il ouvrit la portière de la Fiat et se pencha vers le tapis de sol. Les *sicarios* avaient détruit son portable mais le téléphone sécurisé était toujours calé sous le siège… Il s'isola dans un coin du garage pour appeler Lautaro.

Celui-ci décrocha aussitôt.

— Te voilà ! l'accueillit-il. Putain, tu étais où pendant tout ce temps ?!

Aux annonces vocales qui passaient dans son dos, Lautaro se trouvait dans un aéroport.

— J'ai eu des soucis, éluda Angel. Tu as des nouvelles de Lucia ?

— Toujours pas.

— Comment ça ? Pourquoi les tueurs ne donnent pas de nouvelles ? Je croyais qu'ils devaient s'en servir comme moyen de pression !

— J'en sais rien, mon vieux, mais les meurtres s'accumulent ; tu es au courant ?

— C'est Lucia qui m'intéresse.

— Tout est lié pourtant. Tu as une piste ?

Pepe et le cousin plaisantaient à quelques mètres de là.

— J'ai eu affaire à des *sicarios*, grogna Angel ; trois types, dans un bouge de Loreta, un bled des *montañitas*. Reste à savoir si les mêmes tueurs ont séquestré Lucia, et ce qu'ils comptent en faire.

— Tu les as identifiés ?

— Pas encore.

— Fais-le. Je t'appelle sur ce numéro dès que j'ai des nouvelles. Mais tiens-moi au courant, OK ?

Angel naviguait entre la perplexité et l'agacement.

— Ça fait des semaines qu'ils vous ont envoyé la photo de Lucia, bougonna-t-il dans la pénombre du garage. Qu'est-ce qu'ils attendent au juste ?

— Ils ont un plan, c'est sûr, rétorqua Lautaro. Et s'ils nous ont envoyé cette photo, c'est qu'ils savent qui tu es et menacent de révéler le pot aux roses. Ta gamine n'a aucune valeur en soi, pas plus que les autres victimes. Ces salopards attendent leur heure, malheureusement je ne peux pas t'en dire plus. Débrouille-toi pour me donner des noms, on agira en conséquence, on essaiera de leur couper l'herbe sous le pied.

Il y eut un blanc au téléphone, lourd de mauvais sang. Pepe en profita pour approcher de l'établi près duquel Angel s'était isolé, deux canettes de bière à la main.

— Une p'tite binouze, *amigo* ?

— On se rappelle, conclut Lautaro.

Angel souffla pour évacuer sa frustration. L'impression que son frère le menait en bateau, ou qu'il gardait des infos sous le coude.

— Tiens ! s'esclaffa Pepe en décapsulant une Club. À la tienne !

L'ex-FARC saisit la bière qu'on lui tendait, dans sa bulle rose sang, revint vite sur terre. Les tueurs. Il ne savait pas dans quelle catégorie ranger Carlo, la petite frappe qui l'avait mené chez Luis Alfonso après le combat de coqs, mais le neveu était le maillon faible qui reliait Sergito et le tenancier de La Perla où l'attendaient les *sicarios*.

— Tu connais Carlo ? demanda-t-il à son samaritain. Un jeune au look de *gangsta gringo*.

— Ah çà ! Une sacrée tête de pendu, le Carlo ! railla Pepe.

— Il travaille pour Sergito ?

— Bah, je sais pas trop ce qu'ils trafiquent mais on peut dire ça comme ça.

— On le trouve où, Carlo ?

L'ivrogne avait déjà bu la moitié de sa canette.

— Il y a une espèce de chalet à la sortie du village où il boit des bières avec ses vauriens de copains, fit Pepe. Pourquoi ?

Échappés trop tôt de l'école, traumatisés par tout ce qu'ils avaient vu, beaucoup d'adolescents s'enrôlaient dans les bandes armées qui sévissaient en cette région oubliée. Carlo faisait partie de ces désœuvrés devenus violents par absence totale de culture et d'éducation. Prostitution, alcool, viols, règlements de comptes, Carlo et ses copains allaient à moto de village en village où, un revolver sur la tempe du gérant, ils vidaient parfois les clients des bars et des bordels pour mieux profiter des prostituées, insultaient les gens quand ils en ressortaient bien défoncés et repartaient à l'aube en braillant. La plupart travaillaient comme *raspachine* ou dans les labos de transformation de la coca, et tombaient le plus souvent accros : le discours d'Escobar au début des années quatre-vingt-dix («empoisonner les Américains avec la coca») ne les concernait pas : ayant perdu tout sens de l'humanité, les plus téméraires devenaient tueurs, des jeunes dangereux qu'il valait mieux éviter, Carlo en tête, qui depuis deux ans travaillait pour le compte de son oncle.

Le repaire du délinquant se détachait dans la nuit, une maison de préfabriqué et un bout de terrain vague où une 125 prenait le frais après une journée de pétarades. Une lumière bleuâtre filtrait derrière le rideau de la lucarne. Une télé sans doute.

— Tu ne bouges pas, chuchota Angel à Pepe. Et préviens-moi si quelqu'un approche.

— Hey! s'alarma-t-il, qu'est-ce que tu comptes faire?

— Récupérer mon argent.

Le coupeur de coca se tut à cette perspective. Il ne connaissait pas bien Carlo, mais ces bandes de jeunes lui fichaient la frousse. Angel approcha de la maison en surveillant les ombres à la fenêtre, posa ses doigts sur le pot d'échappement de la moto, constata qu'il était tiède. Il colla l'oreille à la porte close du chalet. Des voix télévisées sans équivoque filtraient derrière la cloison de bois… Serrer la crosse du revolver lui faisait un mal de chien mais il pourrait actionner la queue de détente ; Angel prit trois pas d'élan et jeta son talon sur la porte. Elle s'ouvrit avec fracas tandis qu'Angel pointait le Remington.

Si le fait que Carlo était en train de visionner un film porno faisait peu de doute dans son esprit, Angel ne s'attendait pas à le trouver assis sur le lit, le pantalon sur les chevilles tout comme son copain, s'astiquant mutuellement devant l'écran. La sève qui montait inexorablement retarda d'une ou deux secondes le temps de réaction de Carlo, qui louchait maintenant sur le canon du revolver. Le branleur assis à ses côtés avait le même look de petite frappe et des traits plus fins qui n'expliquaient rien.

— Ne bougez pas d'un centimètre, *maricones*, ou je vous fais sauter le bazar.

La confusion l'emportait sur la surprise : Carlo croisa le regard de son pote, la mine mauvaise de l'étranger, déglutit.

— Hey ! C'est pas ce que tu crois ! On est juste en…

— Je m'en fous, coupa Angel. Tu as un téléphone ?

— Heu… Oui. Oui, là, sur la table, dit-il en désignant le coin cuisine.

— Des armes ?

— Heu…

— Dépêche !

Sous la menace du Remington, Carlo révéla l'emplacement de son revolver, un calibre 32 qui lui aussi commençait à dater, dans un tiroir, et celui de son stock d'argent liquide, caché sous une planche. Plus de cinq cent mille pesos. Pas mal pour un branleur.

Les jeunes tentaient de cacher leur érection. Angel empocha l'argent, jeta les deux torchons sales pendus à la cuisinière dans les mains de Carlo.

— Attache ton petit copain, les mains dans le dos, ordonna-t-il. Et bâillonne-le. Des nœuds solides. Je descends le premier qui l'ouvre.

Le neveu de Sergito ne sut qu'obéir, sous l'œil anxieux de son binôme qui se laissa faire. Les liens étaient sans doute lâches mais cela suffirait. Angel saisit le portable posé sur la table et le lança à son propriétaire assis sur le lit.

— Voilà ce que tu vas faire, Carlo : tu vas appeler ton oncle Sergito et lui dire que tu veux le voir d'urgence. Tu viens de trouver la plaque d'un flic pas loin du fleuve. Tu vas ajouter que la photo de ce flic ressemble à l'emmerdeur qui est venu au combat de coqs il y a quinze jours : moi, en l'occurrence. C'est compris ?

— OK, balbutia-t-il, OK ! Puis il baissa les yeux vers son pantalon et le slip *Stars and stripes* qui traînaient à ses chevilles. Je peux remonter m…

— Non.

Il fallut une bonne minute à Carlo pour mémoriser les mots qu'il dirait à son oncle et évacuer la honte qui le submergeait. Son copain *gangsta* avait la bite à l'air. Un fameux duo. Angel visa l'entrejambe de Carlo tandis qu'il téléphonait.

— Hey !

— Mets le haut-parleur, menaça-t-il. Et toi, dit-il à son acolyte, tu la boucles.

Angel craignait que l'ado ne flanche mais la prestation téléphonique fut bonne, du moins suffisamment convaincante pour que l'oncle morde à l'hameçon : il arrivait dans cinq minutes. Carlo semblait plus préoccupé par sa réputation que par le mauvais tour joué à Sergito, et Angel avait peu de temps.

— Maintenant tourne-toi.

— Hein ?

— Tourne-toi, je t'ai dit.

Confus, Carlo se résigna à obéir. Il reçut un choc sur le crâne et s'effondra sur le lit où se tenait son comparse. La violence du coup porté se répercuta dans la paume blessée d'Angel, puis la douleur s'estompa. Les deux merdeux reposaient sur le lit, l'un étourdi, l'autre tremblant de peur sous son bâillon. Angel jeta un œil par la fenêtre, ne vit que Pepe dans l'ombre de la rue. Le chalet étant isolé à la sortie du village, Sergito viendrait en voiture ou à moto. Angel se glissa dehors, fourra une liasse de billets dans la main de l'ivrogne qui l'attendait.

— Tiens, maintenant j'ai de l'argent. Pour la réparation de la voiture, il précisa.

— Tu es un rapide, toi ! souffla Pepe, guère rassuré.

— Je te donnerai le double tout à l'heure, rien que pour toi : allez, file au garage de ton cousin et dis-lui de se bouger.

— *¡ Vale !*

Le *raspachine* s'évanouit dans la nuit, croisant sans le savoir la moto de Sergito, qui arrivait au rendez-vous. Angel eut juste le temps de se mettre à l'abri.

L'homme qui organisait des combats de coqs était seul, preuve qu'il ne se méfiait pas, mais il était sûrement armé… « Oh oui ! Mets-moi ta grosse queue ! » La télé jouait toujours dans le chalet du neveu. Sergito s'annonça en frappant à la porte branlante et entra sans attendre de réponse ni se demander pourquoi le verrou avait sauté. Adossé à la cloison, Angel referma derrière Sergito, qui découvrait l'étrange couple sur le lit.

— Un geste vers ta ceinture et tu es mort.

Sergito se retourna d'instinct, croisa la gueule d'un revolver visant son front. Le .32 qu'il avait donné à Carlo.

— *Pendejo*, jura-t-il.

— Comme tu dis.

Un regard lui suffit pour comprendre que l'étranger allait lui faire sauter le crâne.

— Qu'est-ce que tu veux ?

— On recommence à zéro et on inverse les rôles, annonça Angel d'une voix blanche. Je cherche une ado, Lucia Ramos, la petite-fille de Rafaële Ramos, la travailleuse sociale des *montañitas* retrouvée morte dans le fleuve il y a une vingtaine de jours. Le même sort que celui qu'on me réservait. Les tueurs du cabaret, c'est eux qui ont fait le coup ? Réponds ou tu rejoins les deux abrutis sur le lit avec une balle dans la gueule.

Sergito fulminait du haut de son mètre soixante.

— Je t'écoute, ordonna Angel en visant son visage.

— Hey ! Hey !

— Dépêche-toi.

Les mots se bousculèrent dans la bouche de Sergito.

— Oui… Oui, la Rafaële traînait par ici.

— Qu'est-ce qui lui est arrivé ?

— Elle s'était mis dans la tête de soigner les mineures qui faisaient les putes dans les cabarets du village. Ça plaisait pas à tout le monde qu'on vienne mettre les pieds dans les bordels.

— La suite.

— Les services sociaux, c'est comme les flics, tenta de justifier le petit homme. La Rafaële, elle a rien voulu entendre, d'après ce qu'on m'a dit.

— Et on l'a assassinée pour ça ? Parce qu'elle voulait apporter des soins aux prostituées mineures du village ?

— Bah, c'est pas moi qui fais les lois, se dédouana-t-il.

Une belle balance, doublée d'un lâche.

— Qui a tué Rafaële ?

— Des *sicarios*. Je sais pas leurs noms, juste qu'ils traînent dans le coin.

— C'est eux qui séquestrent la petite Lucia ?

— Je connais pas de Lucia.

— Ils l'ont enlevée après avoir tué sa grand-mère, fit Angel. Pourquoi, faire chanter sa famille ?

— Je… je sais pas de quoi tu parles. J'le jure.

Le nabot avait l'air sincère.

— Ces tueurs travaillaient pour qui ?

— Je sais pas.

— Carbonel ? Rodriguez ? Qui ?! répéta Angel en pointant plus précisément son arme.

— Luis Alfonso ! Lui il sait ! s'écria Sergito. Il tient un cabaret sur la rue principale !

— Celui où tu m'as envoyé me faire tuer.

— Non ! Je… Je savais pas ce qui se passerait ! C'est…

— Rafaële avait une petite-fille, coupa l'ex-FARC. Lucia. Les *sicarios* l'ont enlevée ?

— J'en sais rien, mon vieux, je le jure ! Je connais pas ces types ! Je sais juste que Luis Alfonso tient les bordels du coin, le reste c'est pas mes affaires ! plaida-t-il en gardant les mains en l'air. C'est la vérité !

Sergito l'avait vendu aux assassins de Rafaële, voilà la vérité, les mêmes qui avaient kidnappé sa fille. Angel songea à Lucia, aux mineures que sa grand-mère avait tenté d'aider, à l'homme à tête d'enfant. Il ne pouvait pas laisser ce cloporte de Sergito derrière lui. Ni personne.

L'organisateur de combats de coqs se pencha vers le lit où reposaient les deux petites frappes.

— Qu'est-ce que tu as fait aux jeunes ? demanda-t-il pour faire diversion. Hein ?

Angel pressa la queue de détente. Sergito recula sous l'impact du petit calibre, une expression d'incompréhension sur le visage, avant de s'effondrer contre la gazinière, tentant en vain de retenir le sang qui s'échappait de sa gorge. Une odeur de poudre emplissait le chalet. Sergito ne bougeait plus, râlant sur le plancher de la cuisine. Angel se tourna vers le copain de Carlo qui ouvrait des yeux ronds sur le matelas, baragouinant on ne sait quoi sous son bâillon de fortune, et l'abattit à bout portant.

L'onde de choc remonta jusqu'au poignet. Petite douleur face au destin que ces hommes avaient réservé à Rafaële et à sa petite-fille : Angel inclina le revolver vers le neveu étourdi à ses côtés, serra les dents et lui logea une balle dans la nuque.

Des nuages pourpres couraient sous la lune. Angel marcha jusqu'à la rue principale, ne croisa que des chiens qui filaient doux à son approche. Il venait de tuer trois hommes, de sang-froid, comme à sa pire époque. Il était redevenu Cacho et n'éprouvait rien. « Le plus dangereux d'entre tous », avait raillé son frère en lui confiant le Sig Sauer… Personne n'avait dû entendre les coups de feu, le chalet était isolé à la sortie du village, mais il ne fallait pas traîner dans les parages. Il respira en grand à l'arrière des baraquements, fit le vide avant d'appeler Flora sur la ligne sécurisée. Après plus de deux semaines de silence, elle devait se faire un sang d'encre… Il était tard, plus de minuit, sans doute dormait-elle, mais la jeune femme répondit à la deuxième sonnerie.

— Bon Dieu, s'écria-t-elle en reconnaissant sa voix, tu étais où ?! Ça fait des jours que je flippe en attendant de tes nouvelles !

— On m'a volé mon portable, fit Angel. Enfin, je t'expliquerai. Comment vas-tu ?

— Bien, bien, souffla-t-elle comme un soulagement, mais toi ? Tu es où ?

— Près de San Vicente, dans le Nariño. Il m'est arrivé des bricoles mais je voulais entendre le son de ta voix.

— Quelles bricoles ?

— Rien de grave.

— Ah oui ? relança-t-elle d'une voix moins amène.

— Je suis désolé, j'aurais dû t'appeler avant, mais…

— Je ne parle pas de ça, s'agaça-t-elle. Une journaliste est venue à Playa Blanca, Diana Duzan. Elle m'a parlé de ton père Procureur et de ton frère flic à Bogotá. Elle m'a aussi dit ton vrai nom : Bagader. Angel Bagader, disparu il y a longtemps pour rejoindre les FARC. Et je la crois.

Un bref silence traversa les ondes. Angel l'appelait pour la rassurer, lui dire qu'il pensait à elle malgré la mort qui rôdait autour de Lucia, pas pour lui révéler ce qui pouvait la tuer.

— Bon Dieu, je ne sais même plus comment je dois t'appeler, Orlando ou Angel ! s'exaspéra Flora. C'est ton frère qui t'a envoyé enquêter dans le Sud, hein ? La journaliste le soupçonne de crimes de guerre. Et ton père, le chef de la Fiscalía, il est au courant ?

Angel guettait les bruits de la nuit, comme si d'autres tueurs pouvaient surgir.

— Je t'en prie, le pressa-t-elle, s'il doit y avoir quelque chose entre nous, dis-moi la vérité. Ou raccroche. Mais je ne veux plus entendre le moindre mensonge de ta bouche : un bout de nuit d'amour, c'est trop ou pas assez… Ne me laisse pas comme ça, Angel.

Ces mots lui en coûtaient mais Flora s'y tiendrait, il le sentit. Il ne voulait pas la perdre, ni maintenant ni comme ça.

— Oui, dit-il enfin, c'est mon frère qui m'a envoyé dans le Nariño. J'ai une fille ici, Lucia. Une enfant de la guerre qui a dû fuir à San Vicente avec sa grand-mère, il y a des années.

La formatrice ne s'attendait pas à ça.

— Une fille ? répéta-t-elle, interloquée. C'est elle, l'amie disparue dont tu parlais ?

— Oui. Je ne l'ai pas vue depuis dix ans. Lucia doit en avoir quinze aujourd'hui.

Angel entendit le jappement d'un chien.

— Et sa mère ?

— Tuée, il y a longtemps.

Flora revisitait leur histoire, ses omissions.

— Pourquoi tu ne m'en as pas parlé avant ?

— Lucia fait partie d'un accord passé avec mon père après ma capture. Une nouvelle identité sous le nom de Mercer contre sa vie, pour que je me tienne à carreau au cas où il me viendrait l'envie de raconter mon histoire.

— Quoi, ton père menace sa propre petite-fille ?

— La fille d'un terroriste à ses yeux. Et les choses sont, disons, compliquées dans notre famille, éluda-t-il.

— Angel… Putain, j'arrive pas à croire à ton histoire.

Son ton disait le contraire.

— La journaliste est au courant visiblement, dit-il. Qui d'autre ?

— Je ne sais pas, Diana ne m'a pas dit. Mais j'ai confiance en elle.

— Si la nouvelle sort, on est morts, prévint Angel. Toi, moi, la journaliste…

— Elle m'a parlé d'une série de meurtres à grande échelle, rebondit Flora, de ton frère Lautaro qui chapeaute l'affaire depuis Bogotá : quel rapport avec ta fille ?

— Sa grand-mère, Rafaële, a été assassinée. Lucia a été enlevée par les tueurs. C'est eux que je cherche.

— Tu sais comment les choses se finissent dans les départements en zone rouge : au fond d'un fossé, le dos criblé de balles, asséna Flora, remontée.

— Possible.

— Tu attends quoi, qu'on te tire dessus ?

Angel sentit plus d'inquiétude que de colère dans sa voix.

— Rafaële travaillait dans les villages des *montañitas* auprès des gamines qui se prostituent, dit-il, à Loreta et ailleurs. Ceux qui l'ont tuée gardent Lucia en otage. Ils ont envoyé une photo d'elle à mon frère et mon père, sans doute pour les faire chanter à mon sujet le moment venu.

— Quel moment venu ?

— Je n'en sais rien, les ravisseurs ne donnent plus

de nouvelles depuis l'envoi de la photo. Ils doivent la séquestrer quelque part en attendant de mettre leur plan à exécution.

— Lucia a pu aussi leur échapper.

— Je donnerais deux vies pour ça.

Flora souffla dans le combiné.

— C'est quoi, le nom de la grand-mère ? s'adoucit-elle.

— Rafaële Ramos.

— Et Lucia ?

— Ramos aussi. Pourquoi ?

— Je connais pas mal de gens dans les services sociaux, pas seulement dans la Magdalena, avança la formatrice. Si Lucia s'est enfuie, elle a pu se réfugier dans un de ces centres, ou leur demander de l'aide.

— Mon frère le saurait. Ou mon père.

— Les maîtres-chanteurs.

Angel épiait les bruits à l'ombre du hangar, crut déceler un mouvement dans le noir. Il ne pouvait pas rester là.

— Écoute-moi Flora, je tiens à toi. Beaucoup. C'est pour ça que tu dois rester loin de cette histoire.

— Et te laisser seul avec les tueurs et ta famille de tarés ?

— Il faut que je te laisse, abrégea-t-il. Fais ce que je dis, je t'en prie.

— Pour que je crève d'angoisse.

— Non, dit-il avant de raccrocher. Pour que je garde une bonne raison de vivre.

Les patrons de cabarets qui engageaient des mineures battaient leurs concurrents ; La Perla, le bar de Luis Alfonso, était le plus prisé des *montañitas*. Il y avait même une épidémie d'hépatite chez les flics, qui n'étaient pas les derniers à fermer les yeux sur les conditions de travail dans les bordels moyennant un droit de cuissage. Rafaële Ramos avait tenté de soigner ces petites dévergondées mais elle était allée trop loin avec ses campagnes de prévention et le port de préservatifs. « Les gars d'ici aiment tremper dans de la vraie chatte, pas dans du plastique lubrifié ! » Luis Alfonso n'avait pas pleuré sa disparition. À vrai dire, il ne s'en souvenait plus. Comme de l'étranger qui lui avait cassé l'index et qui aujourd'hui devait nourrir les poissons. Le médecin lui avait ôté son attelle le matin même, son doigt avait perdu de l'élasticité, qu'il récupérerait après une bonne rééducation.

Minuit avait sonné depuis longtemps et le tenancier de La Perla mit dehors les derniers buveurs et les gamines qui allaient avec. Il n'y avait pas eu foule ce soir, le mardi était toujours un jour creux. Enfin, il avait ramassé un peu de fraîche et libéré les filles. Personne ne viendrait maintenant et lui aussi avait envie d'aller se coucher. Il empocha l'argent des bouseux, cala son calibre sous sa veste de toile, salua le barman qui s'en allait à son tour et ferma la boutique derrière lui. Il faisait nuit noire. Le 4 × 4 Toyota attendait dans l'arrière-cour qui servait de parking, quasi neuf. Luis Alfonso jeta sa masse sur le siège, s'apprêtait à refermer la portière quand le canon d'un revolver s'enfonça dans sa gorge.

— Un geste, tu es mort. Pose tes mains sur le volant.

Il aperçut le visage de l'homme qui guettait dans l'ombre, retint un juron. Il ne l'avait pas vu venir. Un fantôme.

— Oui, je suis le Jésus crucifié qui revient demander

des comptes, souffla Angel. Si tu crois que je suis handicapé avec les bandages, tu te trompes, le prévint-il : Sergito et son neveu sont morts, toi aussi si tu ne fais pas ce que je te dis. Démarre. Doucement. On va se faire une petite balade tous les deux.

Luis Alfonso préféra obéir tandis que le type aux mains bandées grimpait à l'arrière du 4 × 4 – comment cet enfoiré avait-il pu échapper au fleuve ?

— Avance !

— On peut trouver un arrangement, dit-il en enclenchant la boîte automatique.

— Contente-toi de sortir du village.

La rue principale était vide, seuls quelques chiens erraient encore, reniflant les détritus laissés au vent. Ils roulèrent un kilomètre avant qu'Angel ne donne l'ordre de s'arrêter sur le bas-côté. Luis Alfonso posa les mains sur le volant comme on lui demandait et sentit plus précisément l'acier dans le creux de sa nuque. L'endroit était isolé, sans autre lumière que la lune derrière le pare-brise. Un mauvais présage pour le patron du cabaret.

— Sergito m'a raconté ce qui est arrivé à Rafaële, commença Angel à l'arrière du véhicule, et pourquoi vous l'aviez tuée. Rien que pour ça, tu mériterais que je te flingue maintenant.

L'homme ne broncha pas, les mains sur le volant – cette crevure de Sergito avait bavé avant d'être liquidé.

— Rafaële avait une petite-fille, Lucia, une ado de quinze ans, précisa Angel. C'est elle que je cherche.

— Je connais pas.

— Mauvais point pour toi. Lucia a été enlevée après la mort de sa grand-mère, à moins que tu ne l'aies livrée directement aux *sicarios*. Parle. Tu as trois secondes.

— Je sais pas d'où sort ta Lucia, fit Luis Alfonso, mais ils se sont occupés de la Rafaële. Eux ils savent, si c'est ça que tu cherches.

— Ces trois *sicarios* ?

— Oui.

— D'où ils sortent ?

— Je connais que leurs surnoms : El Niño, c'est lui leur chef.

— Un narco ?

— Oui...

— Qu'est-ce que tu trafiques avec eux pour qu'ils squattent le salon privé de ton bouge ? Ho ! Je te parle !

— La coke, répondit Luis Alfonso. Ils me fournissent en coke.

— Et toi tu leur fournis quoi, des victimes comme Rafaële Ramos ? Des gamines aussi ? Des mineures ?

Le tenancier se taisait mais des gouttes de sueur perlaient dans son cou. Angel se retint de ne pas le cogner.

— Tu savais qu'ils les découpaient à la tronçonneuse ?

— Putain, je tiens un cabaret, le reste c'est pas mes oignons !

— Ça ne t'a pas empêché de me vendre aux *sicarios*.

— C'est Sergito qui m'a passé le message ! plaida Luis Alfonso. Comme ils étaient sur place et que t'avais pas la gueule d'un pédophile, ils ont choisi de te piéger : j'avais pas d'autre choix qu'obéir !

— Qu'est-ce qu'El Niño et sa bande faisaient à Loreta ce soir-là ? Le plein de chair fraîche ?

— Je sais pas, putain, c'est pas mon business !

— Tu mens, puisque tu es de mèche avec eux. On les trouve où, ces narcos ?

— Je sais juste qu'ils ont un labo clandestin plus haut dans la montagne. Tu dois pouvoir les trouver là-bas.

— Qu'est-ce qu'ils fichent dans la forêt en pleine nuit ? Réponds ! siffla Angel, enfonçant le canon dans sa nuque.

— Il y a un chargement ce soir, glapit le patron du cabaret.

— Explique.

— Un lot doit être envoyé dans le Nord.

— En avion ?

— Oui. Il y a une piste là-haut, pour le transport. Une piste sauvage pas loin du labo. El Niño et ses hommes doivent expédier un lot ce soir par avion.

— Un lot de cocaïne ou de cadavres ?

— Je sais pas, je le jure !

Luis Alfonso mentait, ou il en gardait sous le coude pour gagner du temps. Une chose qui manquait à Angel.

— On va y aller ensemble. Jusqu'au labo d'El Niño, fit-il en armant le chien. Si tu me dis que tu ne sais pas où il se trouve, je te fais sauter la gueule.

Les feuilles de coca étaient triturées avant d'être mélangées à l'essence, au ciment et à l'acide sulfurique. Le procédé était basique, l'odeur infernale. Après décantation, on obtenait la *pasta base*, une pâte brune riche en alcaloïdes, que les paysans revendaient aux trafiquants en cheville avec la guérilla ou les paramilitaires. La *pasta* était ensuite raffinée dans des labos clandestins plus sophistiqués, des *changos*, pour devenir une fine poudre blanche prête à l'export. C'est elle qui rapportait gros – très gros. Cibles de l'Armée qui s'acharnait à les démanteler quitte à raser des cabanes pour gonfler les chiffres, ces labos étaient cachés dans les parties les plus inaccessibles des forêts colombiennes.

Luis Alfonso roulait depuis près d'une heure, dégoulinant de sueur au volant du Toyota. Il avait été obligé de lâcher du lest et parler du labo, c'était ça ou une balle dans la tête, mais s'il menait l'étranger au *chango* et qu'il y avait du grabuge, les mafieux lui décolleraient la peau du visage devant un miroir et l'écorcheraient jusqu'à son dernier cri, les paupières découpées pour assister à son propre massacre comme il les avait vus faire avec un petit malin qui collaborait avec la DEA. Il espérait baratiner les *sicarios*, qu'ils soient encore là-haut pour liquider cet emmerdeur. Dans tous les cas, il était dans de sales draps…

Angel se taisait à l'arrière du 4 × 4, épiant la route escarpée qui s'enfonçait dans la montagne. Le coup de fil passé à Flora lui laissait un sentiment doux-amer ; elle aussi maintenant était dans le coup, et l'idée qu'on puisse lui faire du mal était insupportable. Il détendit ses doigts douloureux, l'adrénaline coulant à plein régime dans ses veines.

Le ciel était noir au-delà du pare-brise ; ils n'avaient croisé personne sur la route, des rongeurs nocturnes, les battements d'ailes d'une chouette au large des phares et une nuée d'insectes se suicidant en cadence. Le véhicule ralentit enfin.

— C'est par là, fit Luis Alfonso en désignant un chemin mal entretenu.

Le canon du revolver dans la nuque, il bifurqua vers le chemin indiqué, qui finissait par un cul-de-sac.

— C'est où ? demanda Angel.

— Là… Après il faut marcher.

— Longtemps ?

— Vingt minutes environ.

Un sentier étroit se profilait dans la lumière des phares, obstrué de tiges et de feuilles, mais il semblait filer droit à travers la forêt.

— On va aller faire un tour, annonça Angel. Allez, descends. Et allume ton téléphone pour nous guider.

Luis Alfonso sortit de l'habitacle, le temps pour Angel de subtiliser les clés de voiture, avant de s'enfoncer sous les branches. Le patron de La Perla éclaira le chemin avec son smartphone. Le sentier était difficile, fréquenté par les bêtes quand les humains leur fichaient la paix. Les yeux d'Angel s'habituèrent vite à l'obscurité environnante, ses sens aiguisés comme à l'époque de la guérilla. Il n'écouta pas les jérémiades du tenancier qui trébuchait sur les racines, lui intima de la boucler sans cesser de le menacer. Les étoiles apparaissaient parfois, essaim lumineux loin des villes, Luis Alfonso marchait à pas comptés, quasi aveugle malgré le faisceau qui le guidait. Déjà quinze minutes qu'ils s'étaient engagés dans la forêt ; ils ne devaient plus être loin du *chango*. La végétation se fit un peu moins dense.

— Ralentis, chuchota Angel. Et coupe ton téléphone.

Ils finiraient le chemin dans le noir, au risque de tomber au beau milieu du campement. Angel ne savait pas si les narcos avaient fini leur chargement, s'ils dormaient sur place ou s'ils avaient fichu le camp, mais il n'y avait aucun bruit dans la forêt, ni aucune lumière. À trois contre un, sans parler des réactions des chimistes quand il ferait feu, il courait au suicide, sauf à frapper vite et fort. Son plan était de localiser leurs couchettes au cas où ils seraient assoupis, espérer qu'elles soient assez groupées pour les surprendre dans leur sommeil sans qu'ils aient le loisir de toucher à leurs armes. Un plan qui devait tout à l'improvisation, mais il n'en avait pas d'autre. Les bruits de la nuit emplissaient la forêt, des grenouilles surtout coassaient en chœur. Le temps des amours. Angel se concentra sur sa cible, fit signe à Luis Alfonso d'avancer. Au pire, il lui servirait de bouclier. Le *chango* était là, tout proche, plongé dans les ténèbres. Toujours aucun bruit suspect. Ils parcoururent une dizaine de mètres en devinant les ombres quand Angel crut distinguer un cabanon dans l'obscurité. Il y avait aussi un hamac qui ballait dans la brise, inoccupé.

Un oiseau s'envola d'une branche. Angel poussa son prisonnier, le canon dans les reins ; le campement semblait déserté. Il devina l'émail blanc d'une baignoire près du cabanon, là où l'on mélangeait la *pasta base*.

— Allume la lumière de ton portable, murmura-t-il.

Angel recula à pas de loup, braquant l'obscurité d'où le danger pouvait surgir, mais la torche du téléphone ne déclencha aucun coup de semonce ni de réactions hostiles contre son porteur.

— Pose ton portable sur le sol, ordonna-t-il, et allonge-toi face contre terre.

Il attendit que l'autre obéisse pour ramasser le smartphone et inspecter les lieux. Son pouls se fit plus lent à mesure que l'hypothèse de la fuite se confirmait. Angel approcha du cabanon, pencha le faisceau lumineux vers les baignoires. Il décela la présence de ciment et une odeur d'essence dans la première, puis des traces de sang dans la seconde : des marques rouges badigeonnées jusqu'aux flancs de la baignoire qui laissaient peu de doute. Il n'avait pas seulement affaire à un laboratoire clandestin où l'on transformait la cocaïne, mais à un abattoir…

Il frémit – combien de femmes étaient passées entre leurs mains ? Combien d'entre elles Luis Alfonso avait-il vendu aux bouchers ?

Angel redressa la tête vers les étoiles qui n'y pouvaient rien, mortifié à l'idée de perdre la trace de Lucia. L'hypothèse qu'elle ait pu mourir dans cet endroit lugubre le ramena à l'homme allongé à terre, qui suivait avec anxiété ses circonvolutions autour du cabanon.

— Maintenant, fini de jouer ! grogna Angel. Tu vas me dire ce que tu sais sur ce transfert, d'où sortent les tueurs, le nom de leur patron et où je peux les trouver.

— Putain, je t'ai dit ce que je savais ! protesta-t-il, ébloui.

— Tout le monde est parti, Luis Alfonso, il ne reste que nous deux maintenant. Je vais te tirer une balle dans chaque genou si tu ne réponds pas, ce qui devrait attirer les fourmis. Il y en a de méchantes par ici. Réfléchis vite. Tu es de mèche avec ces types, tu connais forcément leurs noms. Alors ?! siffla-t-il en visant sa jambe.

Luis Alfonso n'avait plus de plan B, de piège à tendre au crucifié, maintenant que le trio avait fichu le camp.

— Zamora ! s'écria-t-il. Leur chef s'appelle Zamora !

— El Niño ?

— Oui.

— Zamora est au service de quel cartel ?

— Medellín, le cartel de Medellín.

Angel rumina dans sa barbe – Medellín l'éloignait un peu plus de Lucia.

— C'est toi qui gères la transformation de la cocaïne au labo, hein ? insinua-t-il. Pour le compte du cartel. Zamora et sa clique sont repartis avec la cargaison, où, à Medellín ?

Le cœur de Luis Alfonso s'affolait devant l'arme pointée sur son genou : jamais il ne pourrait se traîner jusqu'au chemin où ils avaient laissé la voiture.

— Non… Non, à Bahía Solano, sur la côte Pacifique, répondit-il.

— Avec la cocaïne transformée ?

— Oui.

— Pourquoi Bahía Solano et pas Medellín ? renchérit Angel.

— Parce qu'il y a un gros transfert dans deux jours.

— Quel transfert ?

Luis Alfonso comprit qu'il était allé trop loin pour reculer.

— La poudre des différents *changos* du cartel est réunie près de Bahía Solano, dit-il, où le boss a une villa.

— Pour quelle destination, le Mexique ?

— Sans doute.

— C'est qui, le boss d'El Niño ?

— J'en sais rien. Rien du tout.

Angel ne s'intéressait pas aux affaires des narcos, ces abrutis ensauvagés par l'appât du gain et du pouvoir de vie ou de mort sur autrui. Mais il connaissait quelqu'un que ça intéresserait.

— Zamora a rendez-vous avec le chef du cartel à Bahía Solano ?

— Pour lui remettre la poudre transformée ici, oui.

— Il a embarqué qui avec lui, des cadavres découpés ? Lucia, la petite-fille de Rafaële Ramos ? insista Angel. Ils la séquestrent depuis des semaines, alors ?

— Putain, je m'occupe que de la coke. C'est la vérité. Je me fous du reste !

Les grenouilles coassaient toujours dans la nuit, Luis Alfonso tremblait de peur, les mains jointes sur sa nuque.

— Je t'ai dit ce que je savais, implora-t-il.

— Oui… Oui.

Angel décala l'angle de son bras pour viser la nuque et, fermant les yeux sur ce qui lui restait d'humanité, pressa la détente.

Zamora. Cartel. Trafic. Meurtres. Avion. Labos. Transfert. Contact. Armes. Bahía Solano. L'aube pointait sur Loreta quand, descendant les lacets de montagne, Angel regagna le garage du cousin Paolo.

La Fiat était de nouveau sur roues, les mines fatiguées après cette nuit blanche, mais l'ami Pepe ne parlait plus de boire un verre. Tout était fermé à cette heure et le visage de l'étranger le dispensait de commentaires. Angel les paya grassement pour la réparation de sa voiture et enrichit les cousins d'un 4 × 4 Toyota qu'ils avaient intérêt à revendre au plus vite s'ils ne voulaient pas s'attirer de sérieux ennuis.

Les adieux furent brefs. Il prit la route de San Juan où il avait loué la Fiat, résista à l'envie de prévenir Flora sur la ligne sécurisée – moins elle en savait, mieux elle se porterait. Il lui restait l'équivalent de mille dollars en poche, le Remington de Camilo sous le siège et une épine dans le cœur : Lucia.

11

Saùl veillait sur sa femme comme sur un enfant endormi. Lorena Altiz-Bagader était un être sensible, trop sans doute pour la Colombie. Comme Nietzsche tombé fou dans une rue de Turin devant le spectacle d'un cocher battant son cheval, certaines scènes, banales pour d'autres, pouvaient blesser son émotivité jusqu'au désenchantement radical. À la différence de ses parents artistes, la douleur du monde l'aspirait sans qu'aucune création en surgisse – et la soulage, ou la console. Lorena décorait les villas de la jet-set de Bogotá lorsqu'ils s'étaient rencontrés bien des années plus tôt, alors que Saùl était un jeune et prometteur magistrat. La famille Altiz n'avait pas renâclé longtemps à l'idée d'un mariage ; les Bagader avaient des terres et du bétail, Saùl le charisme pour faire carrière et leur fille était amoureuse. Les enfants étaient arrivés vite, Lorena avait reporté ses espoirs sur eux, mais le mal était profond et se moquait des surfaces. La disparition d'Angel avait précipité l'abîme sous ses pieds.

Il était toujours là. Saùl avait repoussé l'annonce de l'accident de Damian de peur que sa femme ne rechute, cette fois-ci de manière définitive. Il espérait encore un miracle de la médecine, une nouvelle moins alarmante quant aux chances de survie de l'adolescent afin de l'épargner. Lorena le croyait à l'internat. On verrait comment les choses évolueraient. Et puis, le Procureur avait d'autres soucis…

Saùl se fit servir des œufs brouillés et des tartines par la bonne qui venait de prendre ses fonctions, Lautaro se contenta d'un café noir. Il était à peine huit heures du matin sur la terrasse de la maison familiale, Lorena dormait encore et un soleil blanc couvrait le coin de jardin abrité du vent. Lautaro l'avait appelé un peu plus tôt pour qu'ils se voient au petit déjeuner avant son départ et, depuis son arrivée, ne desserrait pas les dents. Les nouvelles de Damian, il est vrai, n'étaient pas bonnes ; l'œdème avait créé une hémorragie qui, malgré l'opération d'urgence, avait inondé tout le cerveau. La motricité était à jamais compromise, ses facultés de langage aussi. Si Damian se réveillait. Les médecins, là non plus, n'étaient pas optimistes.

— Je file à Carthagène pour le meeting inaugural d'Oscar et ne rentre pas avant le week-end, annonça Saùl à son fils, tu prendras le relais au chevet de Damian en mon absence.

Lautaro acquiesça sans un mot, son café vite achevé, mais son père sentit qu'il n'était pas venu pour parler de Damian.

— Tu as quelque chose à me dire ?

— Oui. J'ai reçu la visite d'une journaliste d'investigation hier soir, dit-il. Diana Duzan, qui bosse à *El Espectador*. Elle a découvert l'existence d'Orlando Mercer.

Le Procureur oublia les œufs brouillés dans son assiette.

— Je l'ai baratinée, reprit Lautaro, mais c'est le genre de fille à revenir à l'assaut, même criblée de balles.

La brise matinale se faufila sur la terrasse. Animal au sang froid, Saùl enregistra l'information sans trahir d'émotion. Ça leur pendait au nez, d'une certaine manière. Et il avait tout fait pour épargner son fils cadet, traître ou pas...

— Comment l'a-t-elle retrouvé ?

— En enquêtant sur mon passé. La journaliste me soupçonne d'avoir commis des crimes de guerre. Elle est aussi au courant de la série de meurtres en cours.

— Elle a parlé à Angel ? s'inquiéta Saùl.

— Pas encore.

Saùl chassa la mouche qui profitait de la confusion pour boulotter son petit déjeuner.

— Il ne faut pas qu'ils entrent en communication, dit-il bientôt. Que Mercer disparaisse des radars.

— J'ai pris les devants, fit Lautaro. Je l'ai envoyé enquêter dans le Sud.

— Tu as *quoi* ?

— J'ai bien fait, non ?

— Tu as donc vu ton frère, fulmina Saùl.

— Il y a une quinzaine de jours, oui.

Lautaro alluma une cigarette, dont la fumée se brouilla au-dessus du café qu'il venait de se resservir. Saùl s'empourpra, ce qui ne lui arrivait jamais.

— Mais... Pourquoi tu ne m'en as pas parlé ?!

— La journaliste n'est pas la seule à s'intéresser à lui : Cortez, un flic d'un bled de la côte caraïbe, était aussi sur sa piste. Mercer a trouvé la tête d'un de nos cadavres balancés par avion, Leonardo Mayas. Oui, c'est pas de chance, commenta-t-il devant le visage contrit de son père. En tout cas, Cortez a fait de Mercer son principal suspect. Il fallait que je lui coupe l'herbe sous le pied. D'après mes pistes, des vols de la mort partent du Nariño; Mercer connaît bien la région et je le sais capable de remonter jusqu'aux tueurs.

Les naseaux du dragon fumaient sur la terrasse.

— Bon Dieu, Lautaro, qu'est-ce qui t'a pris de prendre une décision pareille dans mon dos?! explosa son père.

— Tu n'aurais pas été d'accord.

— Évidemment! Angel risque de se faire tuer!

— Tu aurais préféré quoi, que je laisse Cortez et la journaliste te chercher des poux dans la tête? C'est ton nom qui figure auprès de celui d'Uribe et des paras qui sévissaient dans le Nariño, pas le mien.

Saùl comprit que son fils avait cherché à le protéger, pas pourquoi il ne lui avait rien dit. Il se calma avec peine.

— Bon, comment va-t-il?

— Comme un garçon obéissant. Je lui ai dit que sa fille était entre les mains des tueurs : c'est eux qu'il cherchera en priorité.

Saùl retraça le chemin de pensée de son aîné.

— Et s'il découvre le pot aux roses?

— C'est un risque à prendre.

— Comme de l'envoyer seul sur le territoire des tueurs, s'irrita le patriarche. Ton frère peut disparaître là-bas sans laisser de traces, c'est ça que tu veux?!

— Les flics de San Vicente sont des buses, ou achetés par les *capos* locaux. Après dix ans de guérilla dans les forêts du Sud, Mercer est l'homme de la situation.

Un couple d'oiseaux dévala l'espace de la terrasse. Saùl avait des sentiments partagés en sondant son fils.

— Tu le détestes tant que ça? demanda-t-il.

— Non. Pour le détester, il faudrait qu'Angel existe encore.

Il mentait. Le Procureur en aurait mis sa main à couper.

Lautaro n'avait pas attendu le tir de barrage médiatique pour agir après l'assassinat de Karen. José Fabregas et son frère étaient hors de cause – ils avaient un alibi en béton et l'oncle paraissait aussi effondré que son frère lorsqu'on l'avait interrogé. L'idée de fouiller la maison de Santa Marta avait été abandonnée mais deux pistes semblaient se recouper. La première concernait le dealer du Bronx. Mis sur le gril, les yeux rougis par les centaines de photos anthropométriques défilant sur l'écran de la salle où il était consigné, El Perro avait fini par identifier la Jeep des tueurs de la calle L, un modèle Grand Cherokee de couleur blanche. Le revendeur avait surtout reconnu l'un des conducteurs, croisé avec Pete et Stefano. Il n'était pas certain à cent pour cent, mais Paco Delbonis, un délinquant notoire qui avait écopé de cinq ans pour trafic de drogue et violences aggravées, ressemblait à l'un des tueurs du Bronx. Quarante-deux ans d'après sa fiche, un regard brun perçant le vide, une bouche sans lèvres et un menton en galoche qui finissait de souligner son air buté devant le flash, une petite frappe incarcérée à Miami et qu'on avait relâché dans la nature sans probation ni programme de réinsertion. Lautaro avait mis Diuque sur le coup.

La seconde piste était le fait de l'agent Vasquez, qui avait poursuivi l'enquête confiée par son boss deux jours plus tôt. La gare routière de Santa Marta était un lieu parfois mal fréquenté, ce qui justifiait la présence de caméras de surveillance. La jeune flic avait visionné les bandes du samedi 9, jour où Karen avait débarqué du bus avec un aller simple, et croisé la silhouette vidéo de la petite Lolita à 16 h 11, tandis qu'elle quittait le préau du terminus. L'image était de piètre qualité mais on la voyait pianoter sur l'écran de son téléphone, tourner la tête comme si elle apercevait quelqu'un ou quelque chose, puis se diriger vers sa gauche et sortir du cadre. Vasquez avait recoupé les angles des différentes caméras et réussi à visualiser la direction prise par l'adolescente. Un bus en partance avait failli masquer la séquence mais on devinait sa silhouette en arrière-plan : Karen grimpait dans un véhicule haut sur roues de couleur blanche ressemblant à une Jeep Grand Cherokee. Impossible de distinguer l'immatriculation des plaques à cette distance, ni les visages de ses occupants derrière les vitres fumées du 4 × 4, mais la piste semblait bonne.

Delbonis était-il le conducteur de la Jeep ?

D'après Diuque, le suspect était sorti d'une prison américaine dix mois plus tôt. Pas d'activité connue depuis sa remise en liberté, et l'adresse qu'il avait donnée aux services de police était obsolète. Jointe par téléphone, sa mère Mariana avait bien confirmé l'avoir hébergé quelques jours à sa sortie, dans la banlieue de Santa Marta où elle résidait, mais le fils prodigue avait pris la poudre d'escampette une semaine plus tard, un job de veilleur de nuit à Bogotá en poche. Mariana Delbonis n'avait plus de nouvelles mais elle recevait quelques mandats de temps à autre, preuve qu'il gagnait de l'argent. Une équipe épluchait les embauches récentes dans le secteur de la sécurité, une autre les cartes grises des Jeep Grand Cherokee en circulation. Lautaro s'interrogeait sur les passe-droits qui avaient permis à un délinquant comme Delbonis de purger sa peine dans une prison trois étoiles aux États-Unis plutôt qu'en Colombie : c'était le lot des mafieux, rodés à négocier avec les autorités leurs conditions d'incarcération.

Lautaro passa des coups de fil, retrouva vite le juge chargé du dossier Delbonis six ans plus tôt : Patricio Coria, un proche du général Palomina, son prédécesseur à la tête de la police et corrompu avéré, que son père avait poussé à la retraite en prenant la tête de la Fiscalía. Après vérification, le juge Coria n'exerçait plus à Bogotá mais à Medellín.

Le prochain vol partait dans deux heures.

Le choix de Carthagène n'était pas anodin pour amorcer la campagne d'Oscar. Outre le port fortifié et l'architecture stylée de l'ancienne capitale coloniale, la ville était la plus sécurisée de Colombie, baignait dans les eaux bleues de la mer Caraïbe et rassurait les touristes qui venaient en masse admirer les splendeurs passées. Carthagène était aussi le lieu de villégiature préféré des politiciens de Bogotá, une échappée tropicale loin de la grisaille, ce qui expliquait la présence permanente de deux mille policiers. La circulation à deux sur une moto était interdite dans certaines zones jugées sensibles – trop d'hommes politiques avaient été assassinés par des tueurs motorisés –, les femmes seules sous les palmiers du *malecón* étaient des flics en civil chargés de surveiller la plage.

Saùl Bagader y avait sa garçonnière depuis des années, au quinzième étage d'un immeuble moderne parmi les dizaines de tours alignées, monument du blanchiment des narcos dont le Procureur faisait peu de cas. L'anonymat et l'architecture impersonnelle du bâtiment n'empêchaient pas une certaine élégance dans le mobilier de l'appartement, moderne et fonctionnel, avec une nette touche de blanc pour en souligner le design, et des ouvertures lumineuses : la chambre donnait entre ciel et océan, et c'est tout ce que Saùl et Haby demandaient.

Les amants reprenaient leurs esprits sur le grand lit sans draps après leurs ébats. On entendait les mouettes depuis la fenêtre ouverte et les rumeurs de l'océan tout en bas. Haby de la Peña sortit de sa douce léthargie, s'accouda à l'oreiller et caressa la joue de l'homme à ses côtés. Il paraissait parfois si préoccupé, même après l'amour.

— Je t'ai déjà vu plus radieux, observa-t-elle alors que Saùl scrutait le plafond. C'est à cause de Damian ?

— Hmm.

— Il finira par sortir du coma, l'encouragea-t-elle.

— Peut-être, oui…

La brise par la fenêtre ouverte la fit frissonner. Les perspectives étaient plus tristes les unes que les autres pour ce pauvre gosse. Haby rattrapa le drap tire-bouchonné au pied du lit, le remonta sur sa poitrine. Damian était un sujet sensible, dont Saùl parlait rarement. Elle glissa sa main sur sa toison blanche.

— Cet accident est terrible mais ce n'est pas de ta faute, Saùl, dit-elle pour l'aider à surmonter l'épreuve, juste celle de ce foutu bus.

— Je suis le tuteur de Damian, et donc responsable de lui.

— Mais pas des chauffards.

Saùl caressa les boucles brunes de sa maîtresse,

le cœur lourd. Il n'y avait pas seulement Damian, Lautaro aussi lui causait des soucis : de quel droit avait-il passé outre leur contrat, et quel était son but en envoyant son frère dans le Nariño ? Saùl n'avait pas pris tous ces risques pour qu'Angel disparaisse – c'était, malgré tout, son fils… Haby se blottit un peu plus contre lui, comme si le bleu du ciel avait quelque chose d'indécent, ou qu'ils ne méritaient pas leur part de bonheur, même furtif. Elle changea de sujet.

— Au fait, je ne t'ai pas dit, je serai avec Oscar au meeting.

— C'est-à-dire ?

— Sur l'estrade.

Saùl lui adressa un regard où se mêlaient surprise et réprobation.

— Tu t'occupes de sa communication, pourquoi jouer les potiches à ses côtés ?

— Tous ces crimes sordides le mettent en porte-à-faux vis-à-vis des médias et de l'opinion. Oscar s'attend à un déluge de critiques avec son discours de paix ; il faut qu'il donne l'image d'un père protecteur de la nation, et qui dit père dit famille. C'est là que j'interviens.

— Comme potiche, oui.

— Une belle plante aurait été plus élégant, monsieur le Procureur.

Haby voulait plaisanter mais il semblait contrarié.

— Qu'est-ce qu'il y a ?

— Rien.

— Tu es jaloux ?

— De quoi ?

— Mon exposition médiatique.

— Non.

— Mais quelque chose te turlupine, avoue.

Saùl dégagea son bras de sous sa nuque.

— On joue déjà avec le feu, Haby. Si on te retrouve sur les couvertures de tous les magazines, on ne pourra plus s'échapper. Tu seras traquée, beaucoup plus qu'en restant dans l'ombre. Tu les connais mieux que moi.

— Que croyais-tu, mon loup, qu'une femme de présidentiable passerait inaperçue ? Oscar est le candidat de la paix : il a besoin de moi pour dissiper les nuages qui s'amoncellent.

— Et attirer la lumière sur toi.

— Le temps de la campagne, oui.

Les rides s'étaient creusées sur le visage de son amant.

— Je n'ai pas l'intention de te quitter, dit-elle pour le rassurer.

Saùl ne réagissait pas. Il ne voulait pas la perdre. Pas comme ça. Haby lorgna alors son portable sur la table de nuit et s'esclaffa.

— Merde, il faut que je me bouge !

Il lui restait dix minutes avant que Gomez ne la ramène en catimini à l'hôtel, où Oscar la rejoindrait après son marathon médiatique de la journée. Haby enfila le peignoir blanc qui trônait sur la chaise voisine, fila vers la salle de bains. Saùl ruminait, assis sur le lit, quand son téléphone sonna. C'était Oscar, justement.

Saùl prit la communication sur la terrasse.

De la Peña n'appelait pas au sujet du meeting mais de son fils, Lautaro.

— Écoute, dit-il, j'ai attendu la réaction des médias après l'assassinat de la petite Karen Fabregas, mais les retours que j'ai sur cette affaire ne sont pas bons, annonça-t-il. Pas bons du tout… Cette tuerie prend trop d'ampleur et je ne peux pas rester les bras croisés.

— Il te faut un fusible ?

— Un responsable. Et Lautaro est en première ligne dans cette enquête. Crois bien que ça m'ennuie, poursuivit Oscar, mais la mort d'un témoin au nez et à la barbe de la police est la goutte de trop, une ligne rouge qu'un ministre de la Justice ne peut pas laisser dépasser.

— Tu sais ce que ça signifie, si tu le dessaisis ? Lautaro démissionnera.

— Sans doute, oui.

— Il a pourtant fait ses preuves à Bogotá, le défendit son père. Et nous avons affaire à une bande organisée qui agit sur tout le territoire.

— C'est pour ça que je t'appelle. Je donnerai une conférence de presse après le meeting pour annoncer des changements à la tête de la police. À moins que des arrestations aient lieu d'ici là, ajouta-t-il.

Saùl soupira, accoudé à la rambarde qui donnait sur l'océan. Le raout aurait lieu ici dans deux jours : Lautaro avait donc encore une chance d'échapper aux fourches Caudines.

— Tu laisses quarante-huit heures à Lautaro pour trouver les tueurs, c'est ça ?

— À peine, oui… Je voulais te prévenir avant de lui présenter l'ultimatum.

— Merci… Merci, je vais m'en occuper.

— Comme tu veux.

Saùl venait de raccrocher lorsque Haby sortit de la douche, avec ses grands yeux de chat. Il fallait agir, et vite.

Depuis Medellín, Escobar avait si bien fédéré les cartels qu'après dix ans de trafic intense vers les États-Unis on ne comptait plus l'argent de la drogue : on le pesait.

Élu député en distribuant des liasses, briguant la présidence, Escobar avait même proposé de rembourser la dette extérieure de la Colombie pour échapper à l'extradition chez l'Oncle Sam – des centaines de millions de dollars –, tout en semant la terreur dans le pays : quarante policiers tués par jour, attentats aveugles massacrant femmes et enfants, meurtres et règlements de comptes par milliers. Le roi narco avait dû sa chute à l'alliance des paramilitaires et du cartel de Cali, qui avaient massacré ses hommes avant que l'Armée ne l'exécute dans une villa pourrie où il s'était réfugié.

À Medellín, épicentre du chaos, les élus locaux avaient par la suite eu une politique originale, invitant artistes et jeunes entrepreneurs à trouver asile dans l'ancien fief des narcos, refusant toute collusion avec le crime organisé et misant sur le développement urbain des voies de communication pour désenclaver les quartiers paupérisés qui fournissaient la main-d'œuvre aux trafiquants. Une réussite, qui n'avait pas bénéficié à tout le monde ; on trouvait toujours des dizaines de *sicarios*, parfois très jeunes, qui tuaient pour une poignée de dollars, ou même gratuitement pour se faire un nom. Ils opéraient dans les *comunas*, la ceinture de misère qui surplombait la ville, et snobaient les travailleurs sociaux qui œuvraient pour leur réinsertion, continuant de vouer un culte à leur héros qui, issu des quartiers pauvres, y avait fait construire des écoles.

Lautaro passa devant un parc où une centaine de zombis fumaient du *bazuco*, le visage noir de crasse, de la vermine qui n'irait pas beaucoup plus loin que le pont autoroutier bariolé de graffitis. Des amuseurs de béton, loqueteux et putrescibles, qui attisaient sa haine du genre humain – encore un effort du réchauffement climatique et la nature les engloutirait tous.

Le policier avait débarqué dans la capitale de l'Antioquia par le premier vol et roulait en direction du palais de Justice, où le juge Coria l'attendait. Des années que Lautaro n'avait pas mis les pieds ici. Le ciel était bleu cobalt derrière le pare-brise du taxi, les rues verdoyantes et gaies, à l'image du chauffeur, un type aux joues vérolées qui semblait connaître par cœur toutes les chansons sortant de sa radio. Il se faufilait dans les embouteillages à grands coups d'avertisseur, houspillait les motos suicidaires, tendait le bras par la portière pour signifier qu'il changeait de fil, sans cesser de chanter. On ne comprenait rien à son accent local mais, si c'était pour se cogner les paroles des *bachatas* sirupeuses de sa radio, Lautaro aimait autant le bruit des klaxons.

Medellín était plus bordélique que Bogotá, plus chaude et sexy avec ces filles déambulant dans les rues ombragées, mais tous ces nichons à l'air le laissaient aujourd'hui de glace. Il vieillissait. Ou cette enquête lui tapait sur le système.

— On arrive plaza Botero, *caballero* !

Les sculptures de l'artiste trônaient sur la place centrale de la ville, hommes, femmes et animaux à l'obésité poétique, non loin des bureaux du juge Coria. Le taxi se gara devant la petite foule de vendeurs ambulants.

— Vous connaissez Botero ? Sinon, vous devriez faire un tour, le conseilla-t-il.

— J'aime pas les gros, répondit Lautaro. Encore moins les grosses vaches.

— C'est pas une vache, c'est un cheval qu'il y a sur la place ! s'amusa le chanteur d'opérette.

— C'est pareil… Tiens, garde la monnaie.

Une cathédrale baroque s'étalait au milieu de la plaza Botero, comme la camelote des vendeurs sur les trottoirs. Des touristes colombiens et étrangers photographiaient les bronzes disséminés sur les dalles de marbre, faisaient des selfies en prenant des poses étudiées devant leur miroir, d'autres se pressaient devant les arrêts de bus dans un foutoir traversé par les zombis défoncés des rues voisines, qui tendaient la main au cœur de la foule pour se payer leur crack. Une fille aux cheveux collés de crasse accueillit Lautaro tandis qu'il sortait du taxi, un survêtement usé sur les épaules, une trentenaire qui avait pu être jolie dans une autre vie.

— *Por favor, señor…*

— Dégage avant que je t'en colle une.

Moins de quarante-huit heures, avait prévenu Saùl au téléphone, c'était l'ultimatum de De la Peña. Une odeur d'encaustique gravitait dans le bureau du magistrat ; Coria reçut le fils Bagader avec une courtoisie révérencieuse qu'il mit sur le compte du respect envers son père. Quinqua affable, bien proportionné si on aimait les demi-portions, le juge Coria avait un œil légèrement divergent. Intelligent, il ne fallait pas s'y tromper. Le nom de Jairo ne lui était pas étranger – Coria avait eu vent de son malheureux suicide dix jours plus tôt –, sans que les deux hommes aient jamais entretenu de relations amicales ou professionnelles d'aucune sorte : Pereira était hors de sa juridiction. Le policier de Bogotá expliqua bientôt les soupçons qui pesaient sur Paco Delbonis, un *sicario* libéré depuis peu impliqué dans les meurtres du Bronx.

— Vous savez pourquoi Delbonis a purgé sa peine aux USA plutôt que dans une prison colombienne ? Ce n'était qu'un délinquant de seconde zone.

— Hum… Ce dossier date de plusieurs années.

— Vous vous souvenez quand même de cette affaire.

— Eh bien, pas précisément, répondit le juge Coria. Il faudrait que je consulte mes archives. Elles ne sont pas là malheureusement, le bureau a déménagé et…

— Je vais vous aider, coupa Lautaro : si une simple crapule comme Delbonis a bénéficié de conditions de détention sur mesure, c'est qu'on les lui a offertes pour bons et loyaux services. Au service de qui ? Des narcos, oui, enchaîna-t-il, vous êtes bien placé pour le savoir, monsieur Coria, puisque vous avez affaire à eux depuis des années.

Le flic à la carrure de boxeur le fixait comme un punching-ball et Coria le connaissait de réputation, ce qui n'était pas forcément à l'avantage de cette brute costarisée.

— Peut-être, convint-il d'un air détaché.

— Non, c'est sûr, assura Lautaro. Qui a payé pour Delbonis ?

— Écoutez, colonel, je n'en sais rien.

— Bien sûr que vous le savez. Et vous allez me le dire.

— Enfin, s'écria Coria d'un air outragé, vous vous égarez, colonel !

— Dans les méandres d'une enquête qu'on s'apprête à me retirer, confirma le policier d'un ton menaçant. Delbonis est soupçonné de participer à une série de meurtres à grande échelle parmi lesquels figure votre consœur Eva Ruffalo. Il est sorti de prison il y a moins d'un an et il a pu reprendre du service chez un de ses anciens employeurs, celui qui a payé pour sa prison dorée à Miami. Le même mafieux qui vous a graissé la patte.

Les narines de Coria se pincèrent.

— Vos insinuations sont déplorables et fallacieuses, monsieur Bagader. Je vais vous demander de quitter mon bureau.

— Et moi je vais vous demander de me dire la vérité avant que je n'envoie une armée de spécialistes anti-corruption fouiller dans vos comptes en banque, siffla Lautaro. Mon père se fera un plaisir de m'épauler jusqu'à ce que vous perdiez votre poste, votre réputation en toc et vos biens mal acquis. Et je m'occuperai personnellement de vous coller en prison avec vos copains narcos, non sans leur avoir fait savoir que vous êtes une balance.

— Mais…

— Delbonis est mêlé au trafic de cocaïne vers Miami ? Il a travaillé pour Rodriguez, en résidence surveillée pas loin d'ici ? Pour Carbonel et le Clan du Golfe ? Les deux ? Donnez-moi un nom et j'oublie notre petit contentieux.

Le juge rougissait dans son fauteuil en cuir vert anglais, pris de court. Il bredouilla mais se fit aussitôt recadrer.

— Qui a payé pour Delbonis ?! Répondez ou je massacre votre putain de carrière !

— Beltran…

— Ricardo Beltran ?

Coria opina depuis son fauteuil.

— Oui.

Beltran, un *capo* qui avait sévi dans la Magdalena, aujourd'hui reconverti dans le business immobilier après un bref séjour en prison : Lautaro connaissait ce fils de pute. Complice de Delbonis, ça restait à prouver, mais la piste était chaude. Diuque et son équipe fouineraient dans les affaires de Beltran, le temps pour lui de rentrer à Bogotá par l'avion du soir.

— Pauvre type, feula-t-il en quittant le bureau du juge.

La nuit était tombée sur l'Antioquia, douce et moite sur les collines qui dominaient Medellín. Lautaro passait sa carte d'embarquement sur la borne de l'aéroport lorsqu'il reçut l'appel de son frère, perdu depuis des semaines dans le Nariño. Les retrouvailles furent plutôt fraîches au téléphone, la discussion brève. L'ancien guérillero ne dit rien des raisons de son silence mais au moins il était en vie et il avait une piste : Loreta, un village des *montañitas*, où il avait eu affaire à trois *sicarios*… Ça collait en tout cas avec les vols de la mort.

12

Diana était sortie de chez Lautaro ébranlée. Le policier n'avait pas avoué qu'Orlando et Angel étaient une seule et même personne : par peur du scandale, ou parce qu'ils étaient tous les deux liés à la vague de meurtres et qu'il avait mis son frère sur la piste des tueurs ? Son obsession pour Lautaro lui faisait-elle perdre la raison ?

Les paras des AUC opéraient comme des bandes organisées, avec un chef qui changeait selon les régions, des mercenaires qui retournaient à leurs occupations civiles ou militaires après les massacres dans les villages. À la recherche de son frère guérillero, Lautaro avait-il sévi dans ces groupes d'extrême droite qui ratissaient le terrain, assassinant les civils en les faisant passer pour des rebelles – les « faux positifs » ? Ces crimes de guerre seraient passibles d'un procès retentissant pour Lautaro et son père, qui l'avait sûrement couvert. Eva Ruffalo et la Commission étaient-ils sur leur piste ? Lautaro cherchait-il les coupables comme il le prétendait, ou cachait-il des liens avec ces mêmes tueurs, ou certains d'entre eux ? La paralysie émotionnelle de Karen Fabregas après son séjour dans la cave était-elle due à l'horreur ou l'adolescente avait-elle reconnu, elle aussi, l'un de ses bourreaux ? Faisait-elle partie des témoins à éliminer, à l'instar des compagnons d'armes de Lautaro Bagader et du procureur de Pereira ?

Profitant honteusement de sa grande confusion, Diana avait montré des trésors de ruse et de délicatesse pour que la mère de Karen accepte de la recevoir à son domicile.

La journaliste arriva à midi, comme convenu au téléphone, en bus, armée d'un carnet, d'un dictaphone et de quelques tirages photos. Elle avait revêtu un jean taille basse, un tee-shirt passe-partout et une veste au chic discret. La rue du quartier périphérique était plutôt morne, avec des gamins qui tournaient à vélo et des passants en savates et pantalons bon marché. Une statue de la Vierge trônait sur le perron de la famille Fabregas, une sainte en cage pour éviter les vols.

Tatiana et ses filles habitaient une maison colorée du quartier Bavaria semblable à ses voisines : un toit de tuiles penché sur un jardinet entretenu vaille que vaille, des barreaux aux fenêtres du rez-de-chaussée et la télé allumée dix heures sur vingt-quatre, dans un salon d'un luxe en toc doré qui faisait mal aux yeux. Diana se montra prévenante, compréhensive, l'encourageant à parler autour d'une tasse de maté.

Enfouie dans un fauteuil trop grand pour elle, la mère de Karen faisait peine à voir. Sa fille était restée mutique, coupée d'un monde qui l'avait vomie, et ce n'était pas sa prise en charge exceptionnelle par le gouvernement qui l'avait consolée : l'institut spécialisé était loin de la maison, elle aurait préféré voir Karen ici, avec eux, mais, l'avis des médecins n'incitant guère à l'optimisme, Tatiana avait cédé aux injonctions des autorités. Tout ça pour la laisser mourir sans qu'elle ait proféré la moindre parole, assassinée au nez et à la barbe des flics censés la protéger. Tatiana Fabregas n'avait plus que ses yeux pour pleurer. Les coups de fil incessants des cabinets d'avocats l'incitaient à porter plainte contre la police mais, au-delà de la légitimité d'une telle démarche et l'argent qu'on lui promettait à la clé, les forces lui manquaient.

Diana écoutait ses malheurs depuis vingt minutes, assise sur un canapé mou à motifs aux couleurs fanées, hochant la tête en signe de compassion.

— Ça ne vous dérange pas si on éteint la télé ? demanda-t-elle bientôt.

— Pourquoi ?

— Les rires enregistrés me donnent la migraine, mentit la journaliste.

— Oui… Bien sûr.

Tatiana traîna ses chaussons sur le lino, attrapa la zappette et cloua le bec de l'autre imbécile. Elle avait tout dit à la police, l'histoire d'une gamine qui profite d'un week-end férié pour fuguer et qu'on retrouve trois jours plus tard dans le Bronx, ensevelie sous des corps suppliciés. L'assassinat de sa fille était l'épreuve de trop. Qu'importe les pistes évoquées par la police, le bus pour Santa Marta où résidait son père, les avocats qui réclamaient justice pour cette lamentable bévue, sa douleur dépassait l'entendement, à l'aune du sentiment de culpabilité qu'elle éprouvait pour celle qu'elle appelait « la petite ». Diana comprit que la mère de Karen était dépassée – à douze ans, les filles d'ici ne jouaient plus à la poupée depuis longtemps.

— Karen était proche de sa sœur ? demanda-t-elle.

— Oh ! Oui, oui… Elles se chamaillaient parfois, comme des filles.

— Je peux la voir ?

— Luisa ? Bah, la pauvre déprime dans sa chambre depuis des jours et ne veut voir personne. Même moi… Elle devrait avoir repris l'école mais elle pleure quand on lui en parle… Je vais pas l'envoyer de force.

— Un médecin est venu la voir ?

— Elle prend des médicaments pour dormir, répondit sa mère, mais j'ai plus l'impression que ça l'assomme.

— Je comprends. Mais je sais m'y prendre avec les ados : j'en ai deux à la maison, deux filles qui comptent double ! fit Diana d'un air complice.

Son sourire faux-derche finit de rassurer Tatiana Fabregas.

Espèce de menteuse, grinça Diana pour elle-même tandis qu'elle la suivait dans l'escalier branlant qui menait à l'étage. La journaliste commença par jeter un œil à la chambre de la cadette, constata sur les photos punaisées aux murs que la préado faisait plus que son âge.

— La police a déjà tout fouillé, fit sa mère alors qu'elle observait le bureau.

— Karen n'avait pas d'ordinateur ?

— J'ai pas l'argent pour ça, répondit la femme de ménage. Mais son père lui a offert un téléphone portable l'année dernière, comme à sa sœur.

Il y avait de la musique dans la chambre voisine, en sourdine. Diana laissa Tatiana dans son dos, frappa à la porte de Luisa. Un timide « oui » l'invita à entrer.

La sœur de Karen se tenait assise sur un lit à deux places, dans un pyjama qu'elle semblait n'avoir pas quitté depuis des jours, cheveux défaits, mine boudeuse et cernes mauves d'avoir trop pleuré. La chambre était pareille à celle de sa sœur, avec des posters de vedettes et des photos de copines sous verre en plastique.

— Bonjour Luisa… Je ne suis pas de la police, annonça-t-elle d'une voix avenante. Je m'appelle Diana Duzan et je suis journaliste à *El Espectador*. Journaliste d'investigation, précisa-t-elle, je ne cherche pas à colporter des ragots.

— Ah…

Diana serra la main de l'adolescente, quinze ans mal dégrossis dans un corps pulpeux qui perdait son temps dans ce pyjama informe ; Luisa coupa la musique dans ses écouteurs, dévisagea l'intruse, malheureuse, méfiante. Elle n'avait pas envie de parler, ni de sa santé – pour ce qu'elle en avait à foutre –, ni de ses parents – ces débiles –, de l'école, de rien. L'interrogatoire de la police lui laissait un sale souvenir. C'est ce que Luisa répondit à la journaliste quand elle commença à parler de sa sœur.

— J'ai rien à dire, répéta la jeune fille.

Elle s'allongea sur le lit pour marquer son mécontentement, ou son dédain, à cet âge-là on ne sait pas trop, choisit de fixer le plafond pour éviter le regard d'écureuil qui la scrutait. Luisa se nourrissait de *junk food* – il y avait des emballages autour du lit –, son ventre pliait sous la mauvaise graisse, ses fesses étaient larges mais ses seins se tenaient droit comme des « i », même allongée. C'était la mode en Amérique du Sud, une véritable épidémie de chirurgie esthétique qui frappait tous les âges : des mères qui offraient des kits pour les dix-huit ans de leur fille jusqu'aux starlettes qui remodelaient poitrines et fesses pour des sommes rondelettes. Diana s'assit au bord du lit, comme on veille un malade.

— Pourquoi tu ne veux pas me parler de ta sœur ? demanda-t-elle.

— Parce qu'elle est morte.

— Ce n'est pas de ta faute, Luisa…

Gros sanglot ravalé dans la poitrine. Elle continuait de détourner les yeux.

— Karen était comme toi ?

— Moi, quoi ?

— Tu as un corps de femme et tu aimes te maquiller, nota la journaliste.

La coiffeuse près du lit était mouchetée de poudre, avec une collection de rouges à lèvres, de crèmes et d'autres cosmétiques bas de gamme.

— Karen aussi se maquillait ?

Sa sœur haussa les épaules.

— Ta sœur plaisait aux garçons, n'est-ce pas ?

— Pff…

Luisa ne savait pas quoi dire. Diana prit ça pour un aveu.

— Elle en fréquentait ? Les garçons tournaient autour de ta petite sœur ? J'ai vu les photos dans sa chambre ; Karen était comme toi, jolie, physiquement en avance pour son âge.

Luisa lui renvoya un œil noir. Au moins elle la regardait. Diana poussa l'avantage.

— Tu connaissais les garçons que fréquentait ta sœur ? C'était aussi tes copains ?

— J'ai rien à vous dire que j'ai pas dit à la police, grogna l'adolescente dans une syntaxe bancale. Laissez-moi tranquille.

Diana n'avait pas cru sa mère quand elle avait tenté de lui cacher l'assassinat de son père en pleine rue, ce n'était pas à quarante-cinq ans qu'elle allait gober tant d'approximations.

— Tu t'es fait refaire les seins ?

— Quoi ?

— Tes seins sont refaits, répéta-t-elle sur le ton de l'affirmation.

L'adolescente rougit, tira machinalement sur son haut de pyjama comme si cela pouvait changer quelque chose.

— Tu as fait ça quand ?

— Qu'est-ce que ça peut faire ?

— Ta mère est au courant ?

— Bah, oui…

— Tu veux qu'on lui en parle ?

— Pourquoi ? se renfrogna Luisa.

— Ta maman ne roule pas sur l'or, répondit Diana. Je me doute qu'elle a remarqué le changement, mais qui a payé l'opération pour tes seins ?

La confusion la rendait pivoine. Luisa avait blousé ses parents à propos du prix pour la chirurgie, divisé par cinq, prétendu qu'elle avait économisé ses Noël et ses anniversaires, et ces idiots l'avaient crue.

— Moi, répondit-elle. C'est moi qui ai payé avec mon argent de poche.

— Je connais le prix de ce type d'opération, Luisa : trois mille dollars. Tu as eu combien de vies pour économiser une somme pareille ?

L'adolescente était prise dans les phares, les yeux tremblants et les lèvres pincées.

— Je vais jouer franc-jeu avec toi, Luisa, annonça Diana. Tu me dis tout et ça reste entre nous, je n'en parle à personne, ni à tes parents ni à la police, ou on va tout de suite causer de cet argent à ta mère.

— Mais… c'est dégueulasse !

— Je crois qu'on s'éloigne du sujet, Luisa, et que tu ne m'as pas comprise : je suis là pour savoir ce qui est arrivé à ta sœur, et surtout dans quel piège elle est tombée, pas pour t'attirer des ennuis. Tu me suis ?

Luisa fit signe que oui, moins renfrognée qu'impuissante.

— Comment tu t'es procuré l'argent pour la chirurgie ?

— L'argent…

— Pas l'argent de poche, fit Diana, la vérité.

Luisa n'avait pas de plan B. La femme qui lui faisait face était intelligente, cultivée, ça se voyait, elle ne goberait pas une histoire de gros lot, de tombola, elle semblait même lire dans ses pensées, toute cette détresse qui lui compressait la poitrine. À cet instant Luisa aurait préféré mourir, mais l'autre insistait sans même prononcer un mot, la fixant droit dans le soleil noir qui la brûlait depuis des jours.

— Vous… Vous ne direz rien à mes parents ?

— Tu as ma parole. Ni à la police, assura Diana, ni à personne. Ce sera notre secret à toutes les deux.

La gamine baissa la tête.

— J'ai répondu à une annonce, dit-elle. Enfin, une façon de gagner de l'argent.

Un silence passa dans la chambre d'ado.

— Il suffit d'envoyer quelques photos à un numéro, et si on nous rappelle… On prend le bus pour la destination indiquée, et là quelqu'un vient nous chercher.

— Pour aller où ?

— Je ne sais pas. J'avais… J'avais les yeux bandés pendant le trajet.

— Le bus est arrivé où ?

— À la gare routière de Santa Marta.

— Et après ?

— On m'attendait dans une voiture. Deux hommes…

La journaliste commença à deviner de quoi il s'agissait.

— Un réseau de prostitution, c'est ça ? Tu t'es prostituée ?

— Non ! protesta la sœur de Karen. Enfin... Personne ne m'a forcée.

— C'est déjà ça, ironisa-t-elle à froid. Qui étaient les clients ?

Elle secoua la tête.

— Je ne sais pas.

— Des mafieux ? renchérit Diana. Si quelqu'un t'a bandé les yeux pour te mener jusqu'à ce mystérieux client, ce n'était pas pour jouer à colin-maillard. Alors ?

Luisa baissa les yeux sur son pyjama.

— Oui... Sans doute.

— On t'a amenée où, dans une villa isolée ?

Elle fit un signe affirmatif.

— Tu sais quoi de ces clients ?

— Y avait un gars qu'ils appelaient « boss ».

— Qui l'appelait comme ça, ses hommes ?

— Oui.

— Ils étaient nombreux ?

— Plutôt, oui, dit Luisa. Au moins dix.

— Le boss, il s'appelait comment ?

— Pablo. Enfin, il m'a dit de l'appeler comme ça.

Comme Pablo Escobar. Un faux nom évidemment.

— C'était quand ?

— Je sais pas, il y a six mois peut-être. Un week-end où ma mère bossait à l'hôtel.

— Tu es restée le week-end entier dans cette villa ?

— Oui.

— Il y avait d'autres filles ?

— Non... Enfin, pas de mon âge.

— Et le dénommé Pablo, il avait quel âge ?

Luisa fit la moue.

— Vers les quarante, quarante-cinq…

— Qu'est-ce que vous avez fait tout un week-end ?

— D'après vous, renvoya-t-elle d'un air effronté.

— À part ça, tu n'as pas un détail pour localiser la villa, quelqu'un que tu aurais vu avec un signe particulier ?

— Non… Non.

Luisa avait toujours du mal à respirer.

— Le week-end s'est donc « bien passé » ? dit-elle en accrochant ses doigts dans le vide.

— Oui…

— Et tu as gagné combien ?

— Un million.

En pesos, le prix d'une chirurgie mammaire.

— Et tu es rentrée chez toi, ni vu ni connu ?

— Hum, bougonna-t-elle.

Pauvre maman. Diana sondait le visage de l'adolescente. La honte la submergeait, c'était sûr, mais elle ne lui disait pas tout. Diana joua son va-tout.

— Ta sœur aussi voulait se faire refaire les seins ?

Luisa plongea un peu plus bas sur l'échelle du malheur.

— Tes parents, bien sûr, n'étaient pas au courant.

— Non, dit-elle tout bas.

Diana opina avant de porter l'estocade.

— Tu as branché ta sœur sur le plan, c'est ça ?

Luisa releva la tête, voulut dire non mais c'était trop tard.

— Tu as donné le numéro du contact à Karen, n'est-ce pas ? Pablo et sa clique…

Le menton de la jeune fille flancha le premier.

— Ta sœur a profité que tes parents la croyaient

ailleurs pour prendre le bus jusqu'à Santa Marta, poursuivit Diana, sauf que Karen s'est retrouvée dans une cave du Bronx. Comment tu expliques ça ?

Trop-plein d'émotions, de culpabilité surtout : Luisa prit son visage dans ses mains et se mit à sangloter en silence. Diana laissa la gamine s'épancher. Luisa vidait ce qu'elle avait sur le cœur depuis trop longtemps, honte et remords pêle-mêle. Une minute passa, pénible. Diana caressa l'épaule de la jeune fille, puis elle sortit son smartphone de sa veste et présenta la photo de Lautaro.

— Pablo, dit-elle, c'est cet homme ?

Le cœur de Diana battait à tout rompre, comme si la réponse conditionnerait le reste de sa foutue vie. Luisa cessa un instant de hoqueter, concentra ses yeux rougis sur l'écran du portable où figurait Lautaro Bagader, des secondes éternelles.

— Non, dit-elle enfin. Non, ce n'est pas lui… Pas du tout.

Diana respira mieux. La sensation ne dura pas longtemps. Se prostituer pour se refaire les seins : à quinze ans ou à quarante, le monde allait de l'absurde au désespérant. Quant à envoyer sa petite sœur dans les pattes de mafieux accros aux socquettes, Diana préférait garder son jugement pour le moment.

Elle avait déjà enquêté sur les réseaux de prostitution. Un marché de l'abject florissant puisque tout était à vendre : on payait entre six cent mille et cinq millions de pesos pour une vierge comme Karen Fabregas. À partir de sept ans pour les plus tordus. Des mères miséreuses vendaient la virginité de leur progéniture pour payer une dette, les filles victimes de ces réseaux se rétractaient quand elles apprenaient que leur mère risquait jusqu'à quatorze ans de prison pour ces faits, prétendaient qu'en économisant, elles pourraient faire des études et surtout acheter une maison à leurs parents, trop souvent isolés. La quadrature du cercle, qui menait généralement à la prison ou pire, à la mort. Pour fêter un anniversaire ou une grosse vente, les narcos venaient à affréter des charters de dix ou vingt filles, majeures ou non, des Baby Doll recrutées par casting de selfies ; elles arrivaient dans des gares routières ou des aéroports clandestins où des camionnettes les transportaient dans des propriétés isolées pour des bacchanales qui pouvaient durer des jours. Si ce n'était pas pour aider leur mère, l'argent de cette prostitution permettait aux plus âgées de louer un appartement, d'acheter une voiture ou pour la chirurgie esthétique.

Luisa implorait une forme de clémence, le visage rongé de larmes après ses aveux. Diana tendit la main, autoritaire.

— Donne-moi ton putain de téléphone.

13

Flora ne dormait pas quand Angel avait enfin appelé. Un coup de fil nocturne qui, malgré le soulagement de le savoir en vie, l'avait laissée dans un abîme d'inquiétude. La jeune femme était restée longtemps à méditer devant la mer, encore moins capable de dormir, Trois-Pattes comme sentinelle sur le sable… « Une bonne raison de vivre », avait dit Angel avant de raccrocher. De qui parlait-il : d'elle, de sa fille, des deux ? Flora comprenait mieux ses silences, ses mensonges, liés au marché, qu'on lui avait enfoncés dans la gorge pour que Lucia continue d'exister. Il était pris au piège, hier comme aujourd'hui, avec son grand méchant frère qui le téléguidait depuis Bogotá… La photo envoyée par les tueurs, Loreta, Rafaële Ramos et les tueurs des *montañitas*, chacun de ses mots lui revenait, alimentant l'équation qu'elle devait résoudre pour l'aider dans sa quête. Flora tourna la problématique dans tous les sens, posa l'amour au milieu de l'échiquier et eut une idée. Une idée de femme.

Si la grand-mère chérissait Lucia plus que tout au monde, elle n'allait pas l'exposer aux dangers des villages où sévissaient des bandes armées et des réseaux de prostitution : Rafaële aurait cherché au contraire à la protéger… Quelque chose ne collait pas dans l'histoire, qui la tint éveillée jusqu'au milieu de la nuit.

Trois-Pattes ronflait sur son coussin quand elle quitta la maison aux volets bleus. Flora se rendit à la première heure au bureau de Carthagène, chercha la présence de Lucia Ramos dans les services sociaux du Nariño, multiplia les appels, les yeux piquants de mauvais sommeil, écuma les centres et les dispensaires reculés, ne reçut que des réponses négatives. Bizarre. Ou l'adolescente était enregistrée sous un autre nom, ce qui paraissait peu probable, ou elle n'avait jamais eu affaire aux services sociaux. Rafaële Ramos ne devait pourtant pas rouler sur l'or si elle s'occupait des jeunes prostituées des *montañitas*… Le doute grandissait dans son esprit. Trop de zones d'ombre où chacun semblait s'engouffrer. Et si les tueurs avaient baratiné la famille Bagader ? S'ils avaient découvert la filiation avec la fille du guérillero disparu mais qu'ils n'avaient qu'une photo d'elle, récupérée chez Rafaële ? Si celle-ci tenait Lucia cachée depuis des années, non seulement des services sociaux qui pourraient la trahir mais du tout-puissant Procureur général ?

Flora voulut rappeler Angel pour lui faire part de ses hypothèses, mais le signal du téléphone était coupé. Évidemment… Il se tramait quelque chose. Partout des chausse-trapes dans cette histoire de famille, qui ressemblait un peu trop à l'histoire de ce pays.

C'était un jeudi, une journée de travail a priori ordinaire. La jeune formatrice prit un café au distributeur, échangea quelques mots avec le responsable de la sécurité, mais les blagues d'Andres aujourd'hui tombaient à plat. Elle attendit d'être dans son bureau pour appeler la journaliste de Bogotá.

Diana Duzan était agitée au téléphone, manifestement occupée par une affaire urgente, mais attentive. Flora lui révéla ce qu'elle savait, de Lucia jusqu'au téléphone d'Angel qui ne répondait pas.

— Une ligne sécurisée, qui le relie à son frère, avança la journaliste. Aucune traçabilité en cas de disparition.

— Quoi, tu crois que Lautaro s'est servi de Lucia pour envoyer Angel au casse-pipe ?

— Un enfant, c'est une bonne carotte pour aller se faire tuer, non ? En tout cas, l'existence de cette gamine explique pas mal de choses. Ce qui m'intrigue, c'est la photo envoyée par les ravisseurs, leur silence, et le fait que Lucia n'apparaisse nulle part.

— C'est aussi pour ça que je t'appelle, renchérit Flora. Cette affaire est tordue, depuis le début, à commencer par les tueurs et leur mode opératoire. Ils ont peut-être un plan pour faire pression sur la famille Bagader, mais je ne suis pas sûre que Lucia soit entre leurs mains comme ils le prétendent. Sa grand-mère a pu la cacher, depuis des années, pour qu'il ne lui arrive rien. Chez une amie, ou chez des gens de confiance.

— Rafaële a aussi pu parler avant d'être assassinée, objecta Diana, révéler l'endroit où elle se trouvait.

— Dans ce cas, il y aurait eu une plainte pour enlèvement. Angel aurait remonté la piste.

— Possible, oui… C'est compliqué de démêler le vrai du faux, surtout avec les soupçons qui pèsent sur Lautaro. Si on pouvait retrouver Lucia et la protéger contre sa famille, Angel pourrait témoigner sans craindre de représailles, ajouta la journaliste.

— Toujours ces histoires de crimes de guerre ?

— Entre autres.

— Je peux aller là-bas.

— Où ça ?

— Dans le Nariño.

— Tu ne sais même pas où chercher, Flora. Et puis c'est trop dangereux.

— Rafaële travaillait auprès des prostituées de Loreta, elle devait être leur confidente : certaines d'entre elles ont pu avoir vent de Lucia.

— Possible aussi, concéda Diana. Mais sans vouloir te vexer, tu n'es pas de taille à te frotter à ces gens.

— Parce que toi, si ?

— C'est mon métier.

— Et moi je suis amoureuse. Ça déplace des montagnes, il paraît.

— La dernière que j'ai déplacée m'est retombée sur la gueule, ironisa Diana.

Flora laissa échapper un petit rire, qui la détendit une poignée de secondes. Des annonces passaient en fond sonore – aéroport ou gare routière.

— Bon, abrégea la journaliste, excuse-moi mais je dois te laisser. On reste en contact, OK ? *¡ Besos, hermosita !*

Petite sœur… La marque d'affection la touchait mais Flora ne pouvait pas rester les bras croisés. Angel était seul dans le Nariño, et la piste des tueurs ne le mènerait pas à Lucia : il finirait par se faire tuer.

14

C'était un jeudi, le jour de l'anniversaire du lieutenant Diuque. Personne ne le lui avait souhaité.

Il s'était réveillé à trente-quatre ans comme tous les matins, avec une gueule de bois – il buvait de l'*aguardiente* en dehors du service, chez lui, un studio sans charme proche du commissariat central où il pouvait se rendre à pied et décuver dans les gaz d'échappement. Diuque avait vu *Taxi Driver* des années plus tôt, et ressassait devant le miroir de la salle de bains quand le mauvais alcool lui martelait le crâne – « *You talkin' to me?! You talkin' to ME?!* ».

Il finissait ses journées en s'écroulant dans son lit, abruti d'alcool et de stress, se réveillait le visage bouffi avec une haine de soi carabinée, taillait son iroquois devant la glace, avalait des cachets par pelletées et repartait au boulot comme neuf, défoncé aux stimulants qu'on donnait aux soldats avant l'assaut. Son patron n'y voyait rien, ou il ne voulait pas le voir, plus probablement s'en foutait-il, tant que Diuque rendait une copie propre. Le lieutenant s'y employait avec la même énergie que son mentor, seule façon de se faire respecter par ce genre de type. Lautaro l'avait mis sur la piste de Delbonis et Beltran après son entrevue avec le juge véreux de Medellín.

Son patron appela alors qu'il fixait son Glock à sa ceinture, un café fumant sur la table jonchée de bouteilles vides. La migraine postéthylique ne l'avait pas empêché de mener des recherches sur ces deux pourritures mafieuses : Delbonis faisait bien partie des hommes de main de Beltran dans les années deux mille, ce qui expliquait son traitement de faveur.

— On ne sait pas s'il a repris du service, mais l'agent Vasquez a identifié plusieurs villas qui appartiennent à Beltran, l'informa Diuque au téléphone. L'une d'elles se trouve près de Santa Marta. Si Delbonis bosse de nouveau pour Beltran, on a une chance de lui mettre la main dessus, et sur la Jeep blanche qu'on recherche.

— Un lien avec Carbonel ou Rodriguez ? demanda Lautaro.

— Rien d'établi, non, mais on continue de chercher.

Le boss semblait tendu au téléphone, une anxiété qui n'avait rien à voir avec son manque de civilité ou son humeur habituelle.

— Beltran, on a quoi sur lui ?

— Business immobilier, investissements divers, répondit Diuque. Il faudrait éplucher ses sociétés-écrans et toutes ses opérations soi-disant légales pour blanchir le fric de la dope.

— On n'a pas le temps. De la Peña nous a lancé un ultimatum : il nous reste moins de trente heures avant de passer la main.

— Quoi ?!

— Il fera une conférence de presse demain midi, après son meeting à Carthagène, pour annoncer des changements à la tête de la police. Je passe te prendre au central, abrégea Lautaro. On va faire un tour dans la villa de Beltran près de Santa Marta. Pas un mot aux autres, compris ? Le procureur Jairo, on a des nouvelles ?

— Il exerçait à Pereira depuis huit ans et, hormis un divorce l'année dernière, semblait avoir une vie normale. Aucune affaire en lien avec la Commission ; pour le moment, c'est tout ce que je sais. Tu veux que je cherche du côté de Carbonel ou Rodriguez ?

— Non, laisse tomber, fit Lautaro avant de raccrocher.

Diuque avala le café refroidi. Ça lui faisait penser qu'il n'avait toujours pas viré le poisson rouge de l'aquarium – une semaine au moins qu'il avait clamsé, sans signes avant-coureurs. Glouglou, c'est le nom qu'il lui avait donné. On s'attache à ces petites bêtes-là – pas longtemps heureusement. Il vida les lieux après un dernier hommage au fameux Glouglou, qu'il jeta à la poubelle.

Une brume poisseuse rafraîchissait les passants, qui avaient tendance à s'arrondir en le croisant. Diuque avala un chewing-gum à la menthe sur le trottoir du Chapinero, pestant contre le ministre candidat et son ultimatum. Les magouilles des politiques le dégoûtaient et il savait ce qui arriverait si Lautaro Bagader quittait son poste : fini l'unité Falcon, les coups de force et les descentes dans les banlieues où ils ramassaient leur merde. Lui non plus n'avait pas de plan B, à part picoler et tabasser les merdeux des *cartelitos* qui distribuaient de la drogue à l'entrée des écoles, épouvantail d'un commissariat miteux où il finirait par mettre fin à ses jours en tirant dans le tas. La piste Beltran était sa dernière chance, à lui aussi.

Huit heures du matin. Les vendeurs de cochonneries salées prenaient place sur les trottoirs autour du central. Le lieutenant croyait être le premier « sur site », mais une personne avait déjà investi l'étage du chef des Homicides : l'agent Vasquez, l'uniforme impeccable, tapant sur son clavier d'ordinateur comme si sa vie en dépendait. Diuque l'aimait bien. Ou mieux que ça. Enfin, il fallait voir. Géant, il appréciait particulièrement les petites femmes – les hommes peu importe –, surtout de ce genre volontaire, menue mais dodue aux entournures. Il rêvait souvent de ses seins, les imaginait un bon quart d'heure entre ses mains, rêvait de ses yeux de loutre qui le laissaient comme une putain d'huître sur son ventre, alimentait ses fantasmes : ils regarderaient des documentaires animaliers le dimanche dans le lit, entre deux coups de bite et d'eau-de-vie, si elle aimait ça comme lui. Ils formeraient une équipe de flics complémentaires, elle désignerait les cibles, lui les éliminerait au fur et à mesure, il serait son héros, il la soulèverait de terre comme un trophée avant d'enfouir sa tête entre ses cuisses potelées, il trouverait refuge dans sa chatte comme les mollusques au fond des océans, il ne serait plus seul avec ses démons, pour elle Diuque était même prêt à arrêter l'*aguardiente*, les documentaires animaliers si elle aimait pas ça… Il rêvait d'elle en direct, qui nota enfin la présence de l'officier dans son dos.

— Ah, vous êtes là ! sursauta l'agent Vasquez. Je ne vous avais pas entendu, lieutenant.

— Vous êtes plutôt matinale, trouva-t-il à dire.

— Bah, quand on aime son travail…

Diuque désigna son ordinateur.

— Qu'est-ce que vous fabriquez ?

— Je rassemble des compléments d'info. Sur Beltran, précisa la jeune femme, maintenant tournée vers l'écran. Les anciens mafieux ne peuvent pas s'empêcher de tricher en affaires, c'est dans leur ADN.

Diuque approcha en prenant garde à ne pas faire grincer les chenilles de son vaisseau.

— Delbonis a baratiné sa mère, poursuivit-elle, il n'apparaît dans aucune entreprise de sécurité à Bogotá, et il n'est plus sous probation.

— Ah oui ?

L'agent Vasquez le regardait de ses yeux doux, presque joyeux, dans l'attente de quelque chose qui ne venait pas. Diuque oublia l'enquête une seconde. Ce n'était pas le moment mais ce n'était jamais le moment.

— Vous vous appelez comment, agent Vasquez ?

— Vous voulez dire, mon prénom ?

— Oui.

— Angelina.

L'homme à l'iroquois eut une moue approbatrice.

— C'est un prénom de loutre, ça.

— Je ne sais pas.

Diuque la jaugea depuis ses sommets. Elle devait avoir vingt-quatre ans et, faute de voir où il voulait en venir, se tenait sur ses gardes. Impossible de rien sonder dans ces yeux-là, pour lui en tout cas, et il n'avait aucune idée de la manière dont les autres s'y prenaient avec les femmes.

— Je vous fais peur ?

— Peur ? Les sourcils noirs d'Angelina Vasquez faisaient des arabesques. Non, pourquoi je devrais avoir peur ?

Diuque haussa les épaules, prit le risque du KO.

— Vous vivez seule ?

— Pourquoi vous me demandez ça, lieutenant ?

— Pour savoir si vous seriez d'accord pour boire un verre, un de ces jours.

— Eh bien…

— Je peux t'appeler Angelina ?

L'agent hésita une seconde. Le chewing-gum qu'il mâchait cachait à peine les relents de mauvais alcool et il avait un drôle de regard.

— Je ne suis pas une loutre, lieutenant Diuque, éluda-t-elle. Et je suis désolée, j'ai du travail… Une autre fois, peut-être.

Autant dire dans une autre vie… Avis de grand vent sur les hauteurs du colosse : il tanguait, c'était sûr, il pliait comme un lion vaincu devant la femelle du dominant, les documentaires animaliers l'avaient trompé sur la marchandise, l'agent Vasquez s'en foutait, de lui, des loutres, des dimanches qu'ils passeraient au lit en regardant toutes ces bestioles s'entrebouffer. Ça le rendait mauvais.

Lautaro Bagader débarqua alors dans le bureau du commissariat, sauvant Diuque avant le gong.

— *¿Listo?*

Lautaro conduisait sur la Ruta del Sol qui longeait la côte caribéenne, concentré sur les camions qui déboitaient sans clignotant. À ses côtés, le lieutenant à l'iroquois scrutait le paysage d'un air absent. Un putain de râteau, voilà ce qu'il venait de ramasser. Son boss ne se doutait de rien évidemment, il avait d'autres chats à fouetter que ses amours contrariées. Ils avaient débarqué à l'aéroport de Carthagène où les attendait une voiture banalisée mise à disposition par Nalbandian, le chef de la police de la Magdalena. La température se réchauffait à mesure qu'ils approchaient de la côte, le coffre était bourré d'armes et, connaissant Bagader, c'était pour s'en servir.

Diuque sortit bientôt de sa léthargie.

— Je peux te poser une question ?

— Vas-y toujours, l'encouragea son patron.

— Si t'as tenu personne au courant de notre virée chez Beltran, c'est parce que t'as plus confiance dans le reste de l'unité ?

— Oui, confirma Lautaro. Comme ça, si la villa du mafieux a été désertée avant notre arrivée, je saurai que c'est toi qui as balancé.

Difficile de discerner la blague de la menace. Ils roulèrent sans prononcer un mot.

La Ruta del Sol reliait Carthagène à Santa Marta via Barranquilla, dont on préparait le carnaval annuel ; des gamins déguisés en gorille ou en mort-vivant agitaient les bras pour arrêter les automobilistes et quémander quelques pièces, tirant des élastiques en travers de la route. Peu de conducteurs s'arrêtaient, d'autres frôlaient les imprudents sans même ralentir, ce qui ne semblait pas altérer l'humeur festive des gosses. La pauvreté régnait sur le bord de l'autoroute, et Dieu était partout : sur les autocollants collés aux coffres des voitures, encadré sur les bannettes arrière, sur les écriteaux promettant le pardon et une vie meilleure. Des conneries, maugréait Diuque, qui ne croyait en rien et surtout pas en lui-même. L'amphet qu'il s'était envoyée aiguisait ses perceptions et il sentait qu'ils allaient au carton.

Lautaro aussi semblait tendu : il leur restait moins de vingt-quatre heures avant la fin de l'ultimatum. Barranquilla dans leur dos, ils atteignirent une lagune à la fois belle et misérable, avec ses bidonvilles de bord de mer où les détritus et les sacs plastique volaient au vent. Quelques pêcheurs en guenilles vendaient des poissons guère plus frais, des gamins en short jouaient sur des terrains de football étonnamment entretenus – un cadeau des huiles comme Beltran.

La route, désertique, se résumait maintenant à une bande de terre entre mer et marais ; les taudis se succédaient, plus ou moins colorés selon qu'ils étaient en tôles rouillées ou en bois de récup. Des arbres rachitiques faisaient des sculptures étranges dans le sable blanc du rivage, où cactus géants et bosquets fouettés par la brise marine évoquaient un décor de film. D'après le satellite qui guidait la voiture, ils n'étaient plus qu'à une poignée de kilomètres. Les policiers ne savaient pas si Delbonis serait présent dans la villa de Beltran, s'il les recevrait avec une orangeade ou une volée de plombs. Diuque n'était pas trop rassuré au sujet de cette escapade. Il vouait une confiance aveugle à Lautaro Bagader, ce qui était aussi le meilleur moyen de se faire tuer.

— Beltran n'est pas obligé de nous ouvrir, fit-il à l'approche de la cible ; on n'a pas de mandat.

— On vient juste lui rendre une petite visite, déclara son chef. Si Delbonis fait partie de sa garde rapprochée, on noie le poisson avant de revenir en force, avec ou sans mandat. Notre temps est compté de toute façon.

— De la Peña, maugréa l'homme à l'iroquois.

— Ouais.

Les bicoques qui s'égrenaient le long de la lagune avaient disparu ; un vaste marais se chargeait de repousser les gêneurs, tolérant quelques oiseaux en vol plané. Ils roulèrent encore un kilomètre, puis le toit d'une grande bâtisse apparut derrière un vaste mur d'enceinte – la propriété de Beltran s'étendait sur deux hectares, d'après les infos de Diuque. Ils passèrent à allure modérée devant la grille, repérèrent la caméra de surveillance qui filtrait les entrées. La voiture roula sans marquer d'arrêt et prit le chemin qui filait derrière un bosquet d'arbres. Ils suivirent la piste sur deux cents mètres, découvrirent un verger et, plus loin, les murs beiges de la villa. Un sentier cahoteux permettait à un véhicule d'y accéder. Lautaro s'y engagea et, ne repérant pas d'œil panoptique en direction du verger, gara la voiture le long du mur d'enceinte.

Diuque sortit le premier et ouvrit le coffre. M16, fusils à pompe, pistolets automatiques, gilets pare-balles, matraques télescopiques : il saisit le fusil d'assaut pendant que Lautaro s'emparait d'une paire de jumelles.

— Surveille mes arrières.

Le boss grimpa sur le toit du véhicule et glissa un œil entre les barbelés.

La pelouse et le jardin étaient déserts sous le soleil de l'après-midi. Aucun garde sur les toits-terrasses de la villa, ni de bimbos à barboter dans la piscine. Lautaro visa les fenêtres et les baies vitrées, ne décela aucune présence humaine. La maison était pourtant habitée puisque presque tous les rideaux roulants étaient remontés… Un bruit de moteur attira alors son attention plus loin sur sa gauche, mais le feuillage d'un arbre l'empêcha de distinguer le véhicule qui quittait la villa. Beltran ? Une Jeep blanche ? Lautaro se concentra sur le bâtiment principal, guetta les mouvements dans la maison, aperçut la silhouette d'un homme à une fenêtre, trop furtive pour qu'il l'identifie… Une minute s'écoula encore, ponctuée par le pépiement des oiseaux dans le verger, puis il retint son souffle. Un bruit perça depuis l'aile ouest de la villa, celui du moteur d'une tronçonneuse.

Diuque aussi l'avait entendu.

— Passe-moi les pinces, lâcha Lautaro depuis les barbelés, vite !

15

Jefferson avait retrouvé Diana dans le Bogotá Beer Company du Chapinero, toujours bondé le soir après le travail. Elle avait profité du brouhaha et des chopes entrechoquées pour déverser ce qu'elle avait sur le cœur. Luisa Fabregas avait vendu sa petite sœur à un mafieux, « Pablo », comme elle s'était vendue à lui trois mois plus tôt. Les narcos téléguidaient de jeunes filles mineures depuis leur portable : aucune n'était contrainte, c'étaient même elles qui, une fois branchées sur le réseau, envoyaient des selfies à décolletés pigeonnants et moues de suceuses de bites à ces messieurs qui, en retour, les payaient grassement. Faire partie du harem d'un chef narco ne dérangeait pas Luisa. Seul l'argent l'intéressait, et elle avait compris depuis longtemps que ce n'était pas les ménages de sa mère qui allaient subvenir à ses lubies d'adolescente. Ce qu'elle faisait de son cul ne regardait qu'elle, pensait-elle.

Luisa Fabregas n'était pas la seule victime de ce miroir aux alouettes, des dizaines d'autres mineures se vendaient pour un scooter, des fringues ou des sacs à main de luxe, des seins ou des fesses refaites. Luisa ne s'était pas méfiée, après tout, son week-end chez

Pablo s'était bien passé, elle avait bien sûr dû céder à ses caprices mais le boss était correct, ses hommes ne lui étaient pas passés dessus comme on pouvait le craindre – elle avait compris que ce serait le cas si elle ne faisait pas « tout ce qu'il voulait ». Luisa était repartie, toujours les yeux bandés, avec un bon magot qui asséchait ses larmes et sa honte. Trop jeune pour mesurer la portée de ses actes, Luisa avait refilé le plan à sa sœur Karen, qui du haut de ses treize ans en paraissait seize, croyant l'aider à gagner de l'argent sans trop se fouler ; la cadette n'avait jamais écarté les cuisses et, même si elle se doutait que le plaisir ne serait pas là, la perspective de gagner son premier million compensait ses craintes.

Les sœurs avaient tort, la mort était au rendez-vous.

Diana n'avait pas lâché son os. Elle avait utilisé le numéro pirate trouvé sur le téléphone de Luisa Fabregas et envoyé des photos sans équivoque d'une autre adolescente sur un smartphone acheté pour l'occasion afin de proposer de nouveau ses services, en attendant que ça morde.

— Tu as *quoi* ?! s'esclaffa Jefferson.

— Je te demande juste de m'accompagner en cas de réponse positive, dit Diana derrière son assiette. Sans toi, je n'ai aucune chance d'identifier ces types.

— Infiltrer un réseau de prostitution mafieux lié aux filles découpées à la tronçonneuse ? Mais bien sûr que je suis partant ! Non, mais t'es sérieuse ?

— Je veux juste des photos de ces types, pas me taper toute la bande !

Des rires fusaient des tables voisines. Jefferson secoua la tête, moins baroudeur que d'habitude.

— Servir d'appât à ces types-là, Diana, je t'aime

beaucoup mais tu es complètement cinglée. Ou tu as pris de l'acide. C'est beaucoup trop dangereux.

— On me serine ça depuis que je suis gamine, ça va, balaya l'intéressée. Écoute-moi, petite tête : je ne sers pas d'appât puisqu'ils attendront une adolescente, pas une vieille de quarante-cinq ans comme moi. Je ne serai qu'une voyageuse parmi d'autres.

— Des gens connaissent ton visage, *mi amor*. Et plusieurs personnes savent que tu es sur cette affaire.

— Je changerai de look, c'est prévu.

— Et s'il y a un imprévu ? s'écria-t-il. Je suis photographe, pas Superman. Les mafieux sauront qu'ils se sont fait blouser quand ils verront qu'aucune ado n'est venue faire la pute. Ils penseront à un piège.

— Sauf que ce sera trop tard : nous serons déjà loin.

— Oui, six pieds sous terre !

— C'est toujours mieux que de rester là à attendre que d'autres gamines se fassent trucider, grogna Diana. Tout est lié, j'en suis sûre, Karen Fabregas, la fille découpée de la Candelaria, la juriste de la Commission vérité et réconciliation, Lautaro et son frère qu'il a envoyé enquêter dans le Sud… Bon, tu me laisses y aller seule ou tu m'accompagnes ?

Jefferson souffla bruyamment.

— Tu es chiante, hein !

Il espérait que la piste serait mauvaise, que les suspects ne se laisseraient pas berner, regretta de ne pas lui avoir cloué le bec d'un baiser bien envoyé avant de l'emporter dans les draps du ciel, elle, son fichu caractère et son si joli derrière, mais la journaliste payait l'addition quand elle reçut une réponse positive.

Un soleil matinal inondait l'appartement.

— Tu trouves que j'ai le look d'une touriste ?

Croqueta se tenait devant le miroir de la chambre où Diana finissait de s'habiller. Cheveux lissés, jean slim, tee-shirt à strass moulant ses seins, tartine de maquillage, sa maîtresse s'avérait presque méconnaissable en Colombienne lambda. Le félin miaula pour la forme, suivit Diana dans l'appartement, demanda à sortir sur le balconnet pour croquer quelque oiseau imprudent, se roula sur le dos contre les fers forgés, reçut les caresses qu'il réclamait sur son poitrail, ronronna dur.

— Souhaite-moi plutôt bonne chance.

Elle en aurait besoin. Le rendez-vous avec Pablo était fixé autour de quatre heures à la gare routière de Santa Marta, comme Luisa Fabregas quelques mois plus tôt. Aucune autre précision, mais elle avait un plan d'attaque où elle passerait inaperçue.

Diana se présentait à la porte d'embarquement numéro 12, un vol Avianca en partance de Bogotá, quand elle reçut l'appel surprise de Flora Ibanez. Angel Bagader l'avait contactée la nuit dernière, depuis le Nariño où on le croyait perdu. Il ne recherchait pas une amie mais sa fille Lucia, objet d'un chantage que Lautaro connaissait forcément. Un nouveau coup de tonnerre dans un paysage familial déjà sombre…

Deux heures de vol la séparaient de la côte caraïbe. Trop stressée pour somnoler, Diana réussit à ne pas croiser le regard de son complice assis quelques rangées plus loin, lunettes noires, casquette de base-ball et sac photo à ses pieds, mais elle pensa à l'appel de Flora durant tout le vol. Le verre d'eau était payant à bord de l'appareil, une nouvelle donne du monde low cost globalisé qui ne la réconciliait pas avec son temps ; Diana atterrit à Santa Marta dans un état second.

L'air était chaud sur la côte. Elle suivit quelques passagers jusqu'à l'arrêt de bus, prit la ligne qui menait à la gare routière de la ville. Elle gambergeait sur son siège, Jefferson quelque part dans son dos. Sa voisine, d'un âge et d'un embonpoint importants, suait abondamment malgré la climatisation. Ils atteignaient les faubourgs de Santa Marta après une route embouteillée éprouvante pour les nerfs. L'adrénaline grimpa en flèche quand, après d'ultimes circonvolutions sur les axes en chantier autour de la ville, ils atteignirent la gare routière.

Santa Marta suffoquait sous le soleil. Diana sortit parmi les premières du bus. Des sandales tressées, un sac de plage et des lunettes noires finissaient de la faire passer pour une quadra en vacances sur la côte. Beaucoup de monde au terminal, entre les autocars, les taxis privés et les minibus. Par chance, il y avait plusieurs jeunes filles sur les quais qui pouvaient passer pour l'ado servant d'appât. La journaliste se posta à l'ombre du préau numéro 6, fit semblant de chercher quelque chose dans son grand sac – Jefferson devait avoir trouvé un spot discret pour actionner son appareil photo –, laissa passer deux minutes qui lui parurent interminables. Diana observait les véhicules garés autour du terminal : ils étaient nombreux mais personne n'en sortait. Elle saisit le second portable au fond de son sac et envoya un texto. « *Vous êtes où ? Je vous vois pas.* » Jefferson épiait quelque part, prêt à fixer leur signalement dans sa carte mémoire, selon les infos qu'elle lui donnerait en direct sur sa ligne privée. Les frissons se firent plus prégnants tandis qu'elle surveillait les angles morts.

La gare routière se vidait peu à peu. Diana commençait à douter quand la réponse fusa : « *La Jeep blanche près du vendeur de maïs.* » Elle tourna la tête instinctivement, repéra un 4 × 4 aux vitres teintées qui venait de se garer. Impossible de distinguer les occupants mais Jefferson pouvait photographier la plaque d'immatriculation, voire le visage du ou des types si elle trouvait un stratagème pour les faire sortir du véhicule. Diana envoya l'info à Jefferson depuis son smartphone personnel – qu'il se tienne prêt à mitrailler –, quand une poigne pinça son coude. Un homme aux lunettes noires se colla dans son dos.

— Un cri et tu es morte, souffla-t-il. Marche avec moi jusqu'à la voiture.

Diana resta une seconde interdite mais l'homme la poussait déjà vers le vendeur de maïs. Elle ne résista pas – le pays était plein d'histoires de gens qui se faisaient égorger en cherchant à dialoguer avec leurs agresseurs –, mais la peur grimpait le long de ses jambes. Où était Jefferson ? Il devait la voir, en ce moment même, se faire embarquer par ce type. La situation était absurde. Personne ne prêtait attention à eux, comme s'ils étaient un couple parmi d'autres sous le soleil de la gare routière ; la porte arrière de la Jeep s'ouvrit devant eux. Diana eut un geste de recul, sentit un objet dur planté contre ses reins et se laissa pousser à l'intérieur du véhicule. L'homme qui l'avait cueillie sur le quai se glissa près d'elle sur la banquette, subtilisa ses deux téléphones portables.

— À la première entourloupe, on te bute, dit-il en ôtant ses lunettes. Pigé ?

Le 4 × 4 démarra, le temps pour lui de balancer

les smartphones par la vitre teintée. Diana n'avait jamais vu Paco Delbonis, l'homme qui venait de la couper du monde. Le kidnappeur était râblé, d'un âge similaire au sien, les vêtements d'aussi mauvais goût que le tatouage bleu qui bavait sur sa main, avec un menton en galoche et un regard vide qu'elle ne vit pas longtemps : une cagoule recouvrit son visage.

Alors seulement Diana éprouva un sentiment de panique.

C'était le noir. Le noir total. La cagoule l'étouffait, la rendait aveugle, claustrophobe, folle d'angoisse. Diana se traitait de conne inconsciente, de furie suicidaire : elle se souvenait de Sonia Enriquez, ce qu'on lui avait fait quand on l'avait enlevée avant de la rendre à la vie active, des coups de fil qu'elles se passaient depuis qu'elle avait lâché le métier, c'était à son tour de faire l'enquête de trop. Les tueurs l'attendaient à la gare routière. Ils lui avaient tendu un piège, comme à Karen. Où l'emmenaient-ils ? Delbonis se taisait à ses côtés, comme les deux types à l'avant, dont elle avait à peine aperçu le visage. Diana essayait de deviner la route que prenaient les ravisseurs, les sens démultipliés sous le noir de la cagoule. Ils avaient longé un chantier quelconque tout à l'heure, puis un échangeur autoroutier. Elle ne savait pas si Jefferson avait alerté les secours, la police, s'ils avaient une chance de la retrouver vivante : on lui avait ordonné de la boucler et sa gorge était aussi sèche qu'une momie.

Ils roulaient depuis vingt minutes quand le véhicule quitta ce qui devait être la quatre-voies. Diana se concentra sur les sons alentour, ne reconnut plus rien.

Elle suait sous la cagoule, de grosses gouttes de stress coulaient de ses aisselles, et elle respirait de plus en plus mal. L'oxygène fuyait son corps, comme ce jour de vacances en Équateur où elle avait failli se noyer dans les vagues. Une pensée absurde se superposa à la peur : si elle venait à disparaître, qui allait nourrir son chat ? Avait-elle ouvert la fenêtre de la chambre comme elle le faisait parfois, lui laissant une chance de s'échapper ? La peur la poussait dans ses retranchements, un fossé plein de soldats morts, elle déraisonnait dans le noir de sa cellule, entendait à peine les bruits autour d'elle, que son cœur qui cognait comme un sourd dans sa poitrine. Enfin, le 4 × 4 ralentit.

Le chauffeur se présenta, usant probablement d'un téléphone, avant qu'on les laisse entrer. Le trajet ne dura que quelques secondes, puis la Jeep stoppa. On la tira sans ménagement de la banquette. Toujours aveugle, Diana appréhendait chaque pas mais la poigne qui serrait son bras la guidait.

— Vous m'emmenez où ? bredouilla-t-elle.

— Ta gueule.

Il faisait plus frais à l'intérieur. Le salon d'une maison, vaste d'après leurs pas. L'impression de mieux-être se dissipa vite. Delbonis la mena par le coude, frappa deux fois à une porte, reçut l'ordre d'entrer et la poussa jusqu'à une chaise.

— Assieds-toi là.

Diana obéit, les jambes tremblantes. L'odeur était forte dans la pièce, vite écœurante. Il y eut un mouvement sur sa droite.

— Qui est cette femme ? demanda une voix masculine.

— Diana Duzan, d'après ses papiers, répondit

Delbonis. Elle cherchait à se faire passer pour une petite pute.

— Ah…

— On vous tiendra au courant si elle a quelque chose d'intéressant à dire, renchérit une troisième voix.

— Bon… Bon, s'impatienta le premier. Faites au mieux. Mais je n'aime pas ça.

— Vous en faites pas, boss… *Hasta luego*. Et bonne chance, hein.

L'autre ne renchérit pas. Diana suivait le dialogue en apnée sous la cagoule, le cœur à cent à l'heure. Des pas s'éloignèrent, ceux de deux personnes au moins qui quittèrent la pièce.

— Tu peux ôter sa cagoule.

Diana savait qu'elle détesterait le moment à venir, mais pas… comme ça. Elle cligna des yeux le temps de se réhabituer à la lumière du jour, regretta aussitôt : une femme était ligotée à la chaise pliante qui lui faisait face, nue, les jambes écartées et les yeux clos, dans un état effarant. Son utérus avait été perforé et remplacé par un coq ; Diana vit le bec qui dépassait du vagin, la crête imbécile et les yeux sans vie du volatile, et défaillit.

Un processus de défense involontaire, qui la maintint hors du monde. Une poignée de secondes, une minute, la journaliste ne le sut jamais. C'est le bruit de la tronçonneuse qui la réveilla, et les claques qu'on lui assénait sur le visage. Diana s'ébroua, maintenant attachée à la chaise de la pièce aux rideaux tirés : Delbonis tenait la machine à bout de bras, à moins d'un mètre d'elle, attendant les ordres de son patron, Beltran, un homme d'une soixantaine d'années qui la fixait méchamment, la chemise ouverte sur une toison grisonnante.

— C'est le moment de parler, ma petite : tu vas me dire qui tu es, comment tu es entrée dans le réseau et ce que tu fais là.

Beltran portait une chevalière en or, des mocassins, un pantalon et une chemisette blanche auréolée surmontés de deux yeux bruns et durs. Il lui rappelait les détenus qu'elle avait interviewés en prison après le rapt de Sonia Enriquez, les pires cinglés sur terre.

— Réponds ou on te découpe vivante, siffla-t-il.

Le *sicario* qui l'accompagnait n'eut pas besoin de faire monter le moteur de la tronçonneuse dans les tours. Diana détourna les yeux de la malheureuse suppliciée sur la chaise, le cœur au bord des lèvres.

— Je m'appelle Diana Duzan... Je suis journaliste, dit-elle d'une voix rauque.

— Où ça ?

— Bogotá... *El Espectador*.

— Tu enquêtes sur quoi ? Ho !

Le bruit de la machine brouillait ses ondes, et la peur la tétanisait.

— Un réseau de prostitution de mineures, dit-elle enfin.

— Les flics sont au courant ?

— Non.

— Qui t'a vendu la mèche alors ? gronda Beltran.

Diana ne songea pas à gagner du temps, elle ne parlait plus que de manière automatique, le regard révulsé sur les lames coupantes et l'horrible cadavre face à elle.

— Karen, mentit-elle pour épargner sa sœur. Karen Fabregas.

— La fille retrouvée dans le Bronx ?

Elle fit un signe affirmatif.

— Elle ment ! rugit Delbonis, les muscles secoués de spasmes mécaniques. La fille était muette !

Diana ne vit pas les dents crantées s'approcher de son visage, elles bougeaient trop vite mais le souffle de la machine lui glaça le sang. Le bruit du moteur couvrit l'air de la pièce.

— Je commence par quoi, les oreilles ?!

— Non, non !!!

Le vacarme mécanique les empêchait d'entendre ce qui se passait dehors et la journaliste hurlait, les yeux sortis de leurs orbites. On allait la découper comme les victimes de la Violencia : elle rejoindrait son père, Karen, les autres. Beltran adressa un signe à Delbonis, fit un pas de recul pour éviter les éclaboussures que provoqueraient les lames, et se retourna soudain vers la double porte qui venait de voler en éclats : son cerveau explosa deux secondes plus tard, emporté par le choc hydrostatique d'une balle de gros calibre.

Alerté, Delbonis lâcha la tronçonneuse pour atteindre le Browning à sa ceinture. La machine tourna sur le sol comme une toupie bruyante mais il n'eut pas le temps de faire feu ; deux balles le cueillirent au foie, presque à bout portant. Le *sicario* pivota sous l'impact et s'écroula à terre, où vrombissait la tronçonneuse. Diana vit sa tête percuter les lames, puis rebondir sous la pression dans une brève gerbe de sang, comme si le réel fuyait à son tour. Diana rêvait sa mort. Ou son esprit lui jouait des tours : un spectre se penchait sur elle, témoin de ses dernières pensées. Ses yeux emplis de terreur clignaient dans un décor de cauchemar, puis Diana reconnut le visage au-dessus d'elle, celui-là bien humain : Lautaro Bagader.

16

Ils n'avaient rien dit dans la voiture. Diana finissait de sangloter sur le siège près de lui, prévenant pour une fois, ultimes soubresauts du choc. Ce qu'elle avait vécu dans cette maison se passait de commentaires. Lautaro avait vu le cadavre de la fille sur la chaise, cette mise en scène aussi hideuse que les esprits qui l'avaient imaginée. Il conduisait en silence. La confusion l'emportait. Il s'attendait à trouver des cadavres dans la villa du mafieux, des femmes fraîchement découpées, pas la journaliste qui le poursuivait attachée à une chaise, vivante.

Le bruit de tronçonneuse avait déclenché les hostilités. Lautaro avait défoncé les barbelés avec la pince que lui avait lancée Diuque, s'était glissé sous les fils de fer et avait sauté dans le jardin de la propriété avec un fusil d'assaut à l'épaule. Le lieutenant s'était posté sur le mur pour le couvrir tandis qu'il s'élançait vers la villa. Lautaro avait couru à travers la pelouse l'arme à la main, vu un homme muni d'un pistolet-mitrailleur jaillir du perron et basculer violemment en arrière, touché au thorax – Diuque, le meilleur tireur de l'unité Falcon. Profitant du vacarme mécanique qui régnait dans la propriété, Lautaro avait bondi vers la porte principale, les sens en alerte maximale, pulvérisé d'une rafale le garde qui venait l'affronter et filé vers l'aile ouest de la villa d'où provenaient les cris. La double porte volant sous ses rangers, il avait abattu les deux tueurs coup sur coup d'un tir rapide et précis, et trouvé Diana dans un état de stupeur muette, fixant les corps qui gisaient autour d'elle : cette femme et son coq, les ordures qui lui avaient fait ça baignant dans leur sang, Beltran et Delbonis…

La lagune au sable immaculé disparut dans les rétroviseurs. Diana se taisait toujours, lui la laissait mariner dans son malheur, comme si on pouvait en ressortir indemne. Lautaro l'avait rassurée un peu plus tôt, quand elle s'était inquiétée du sort de Jefferson – il s'en occupait. Diuque était resté dans la villa avec les flics locaux en attendant qu'une équipe scientifique vienne ratisser les lieux. La boucherie. Lautaro ne savait pas quand Beltran et ses sbires avaient assassiné la fille au coq, qui elle était, où ils comptaient exposer son corps ainsi humilié, ni pourquoi : il ne songeait plus qu'à emmener la journaliste dans un endroit où elle n'aurait plus peur, fuir avec elle loin de cette villa qui le ramenait à ses propres cauchemars.

Officier des forces spéciales, Lautaro avait vu des dizaines de cadavres sans s'émouvoir. Diana avait le regard perdu sur la mer au loin. Il n'avait pas envie de la brusquer, lui demander ce qu'elle fichait là, sur son territoire de chasse. Ils s'étaient dit l'essentiel : c'était fini le bruit des tronçonneuses, les têtes de coqs aux yeux fous.

Fini.

Ils arrivaient dans les faubourgs embouteillés de l'ancienne capitale coloniale. La journaliste restait enfermée dans un silence aux genoux sciés qui la rapetissait sur le siège voisin.

— On va s'arrêter à Carthagène, annonça Lautaro au volant. De la Peña lance sa campagne ici et mon père suit l'enquête de près. Il saura quoi faire pour te protéger. J'ai fait réserver une chambre dans un hôtel de la ville, l'informa-t-il. Tu pourras te reposer.

Diana ne réagit pas. La mer, les palmiers frémissant dans le vent, les vendeurs ambulants, elle remarqua à peine la quantité inhabituelle de policiers le long des avenues. Lautaro produisit sa plaque aux différents contrôles et barrages qui quadrillaient le centre historique où avait lieu le meeting du ministre candidat, pénétra dans la vieille ville. Beaucoup de touristes dans les rues commerçantes, les terrasses et les bars étaient bondés et l'ambiance bon enfant, aux antipodes exactement de ce qu'ils avaient vécu. Des calèches passaient sur les rues pavées, petits chaos pour les familles aux mines réjouies venues quelques jours en vacances. Lautaro gara la voiture sur le trottoir du Casa Deco, accompagna Diana jusqu'au comptoir de l'hôtel de luxe, où il remplit les formulaires pour obtenir les clés. Des actions mécaniques. La femme de l'accueil était souriante et avenante malgré le visage décomposé de la cliente. Ils prirent l'ascenseur de bois vernis sans un mot, insensibles au doux bruissement de la fontaine qui s'écoulait dans le patio, stoppèrent au dernier étage. Des plantes grasses s'étiraient sur le marbre des couloirs, avec mille fantaisies décoratives que Diana ne remarqua pas.

Lautaro ouvrit la porte de la suite devant elle, la laissa entrer. Meubles d'époque, tentures ouvragées, literie gigantesque, salle de bains Art déco, terrasse privative : son père ne faisait pas les choses à moitié. Lautaro déposa son sac de voyage sur la table du petit salon.

— Je dormirai sur le canapé, dit-il.

Diana ne broncha pas. Il était huit heures du soir, le ciel tombait par la porte vitrée qu'il ouvrit en grand, mais la journaliste n'était pas vraiment de ce côté-ci du monde.

— Secouée, hein ?

Lautaro pensait aux fumiers qui avaient fait ça – oui, dommage qu'aucun n'ait survécu. Il jeta un œil à son smartphone, qui venait de vibrer dans la poche de sa veste, vit un message de son père, mis au courant sur le tard de leur virée chez Beltran.

— Tu devrais prendre une douche, dit-il à l'intention de Diana, ça te fera du bien. Il doit y avoir des peignoirs dans la salle de bains ou dans les placards. Fais comme chez toi, hein.

Diana ne réagit pas. Lautaro traversa la suite et sortit sur la terrasse pour appeler le chef de la Fiscalía. Saùl commença par lui passer un savon – à deux, sans mandat, il aurait pu se faire tuer – avant de le féliciter pour son coup de force qui pouvait changer la donne vis-à-vis de De la Peña. Il s'y emploierait en tout cas. Lautaro l'informa qu'il n'avait pas encore interrogé la journaliste rescapée de la villa, qu'il s'y attelait pendant que Diuque gérait l'enquête sur place. De quoi nourrir l'appétit des médias en attendant de convaincre le ministre.

Quand Lautaro revint cinq minutes plus tard, il n'y avait personne dans la chambre, ni aucun bruit depuis la salle d'eau, dont la porte restait entrouverte. Inquiet, il rebroussa chemin jusqu'au salon, trouva Diana à la même place, immobile près de la porte, comme absente. Elle releva enfin ses yeux noisette.

— J'ai peur, dit-elle.

17

Oscar de la Peña savait qu'il vivait l'un des jours les plus importants de sa vie, qui n'en manquait pas : la naissance de ses enfants, la rencontre avec Haby, bien des années plus tard, et l'ascension fulgurante dont elle avait été le soutien indéfectible, le jour où le Président l'avait choisi comme dauphin, lui plutôt qu'un autre, afin de poursuivre son œuvre de pacification. Oscar se regarda une dernière fois dans le miroir en pied de la suite de Carthagène investie la veille : allure impeccable, regard déterminé, discours en bouche. C'était l'heure.

— Je suis vraiment désolée de ne pas pouvoir t'accompagner, répéta Haby, perdue dans le lit king size de la chambre à coucher.

— Oui, dit-il en rangeant sa cravate dans sa veste de costume. Moi aussi, chérie, j'aurais préféré t'avoir près de moi. Mais ne t'en fais pas, la route est longue et il y aura d'autres meetings. Pour le moment, l'important c'est que tu te soignes.

— Pff…

Haby avait la nausée, les intestins noués. Toujours ce fichu virus, une sorte de grippe tropicale d'après le médecin qu'elle venait de consulter, qui dans cette partie du globe pouvait frapper de manière foudroyante. Les vomissements l'avaient prise dans la nuit, alors qu'elle avait retrouvé Oscar à l'hôtel après une ultime séance de jambes en l'air dans la garçonnière, et elle était depuis clouée au lit avec une enclume dans l'estomac. Haby avait sous-estimé la pression qui pesait sur eux au premier jour de la campagne. Ou le fait de tromper son mari la rattrapait à l'heure où elle pouvait devenir la première dame du pays. Saùl avait peut-être raison, ce rôle n'était pas celui auquel elle aspirait : il lui sortait par les yeux, voire par tous les orifices.

Le ministre se pencha vers sa femme, pâle sous les draps blancs, et lui sourit.

— Embrasse-moi quand même, ce n'est pas contagieux.

Haby serra Oscar dans ses bras, de ses maigres forces. Une étreinte sincère – ils avaient toujours été amis.

— Sois grand, dit-elle dans un sourire malade.

— Compte sur moi, *querida*.

Ils se quittèrent après un dernier baiser. Oscar avait déjà l'esprit au hall de l'hôtel, où son équipe l'attendait sur le pied de guerre.

Un soleil éclatant dorait les murs de Carthagène. Une estrade large de vingt mètres avait été dressée au cœur de la vieille ville. Oscar avait perdu plusieurs points dans les derniers sondages en raison de la vague de violence qui précédait les élections, mais l'opinion était versatile et la police avait enfin une piste valable dans une villa de Santa Marta ; il ferait preuve de fermeté tout en gardant le cap – celui de la paix, envers et contre tout.

Il traversa les barrages qui menaient à l'espace VIP, entouré d'hommes et de femmes badgés. La foule s'impatientait, plus de trois mille personnes d'après les chiffres qu'on venait de lui communiquer, heureusement confinée à l'ombre des remparts. Il fallait d'abord passer au maquillage, fond de teint, crayon, lingettes, corvée dont le ministre s'acquitta en plaisantant, assailli par les ultimes recommandations de ses conseillers. Le cirque de la Peña prenait la route. Enfin, Oscar se vit débarrasser des serviettes en papier qui protégeaient son costume des poudres de maquillage. Encore quatre minutes avant son entrée sur scène. Saùl Bagader attendait dans les coulisses, qui donnaient directement sur l'estrade.

— Tu es prêt ?

— Depuis des années, renvoya Oscar dans un sourire crispé.

Le Procureur général semblait aussi nerveux que lui. L'Armée de retour dans les casernes, la Fiscalía jouerait un rôle déterminant pour juger et réconcilier de la façon la plus juste et équitable les citoyens d'aujourd'hui et les ennemis d'hier. La Commission serait leur arme pour une paix éternelle, leurs enjeux étaient communs depuis des années, mais il y avait autre chose dans le regard de Saùl, une émotion qu'il sentit fraternelle. Il porta un *abrazo* au ministre.

— Bonne chance, mon vieux.

Oscar le serra en retour, se remémorant leurs nuits blanches passées à résoudre des équations a priori insolubles entre les belligérants : oui, ils avaient fait du bon travail… Les applaudissements crépitèrent quand Oscar de la Peña apparut sur la scène.

Il absorba la foule comme un présent délicieux et, prenant le temps de respirer, se posta derrière le pupitre où il ferait son discours inaugural. Les applaudissements duraient. Oscar salua de nouveau ses militants. Les oiseaux planaient haut dans l'azur caribéen. Il goûta la solennité de l'instant, prit une grande goulée d'oxygène. Penser aux derniers conseils d'Haby, ne pas parler trop vite, soigner ses effets… Il se colla un peu plus au pupitre, visionna une dernière fois ses notes, sûr qu'il n'en aurait pas besoin. De fait, Oscar commença à parler de son projet pour la Colombie et les mots s'envolèrent avec les oiseaux de bord de mer.

Il ne savait pas qu'un homme s'était glissé sous l'estrade. Le ministre de la Peña donnait de la voix, l'index pointé vers le bleu du ciel comme un présage à venir, quand soudain sa chair s'arracha : la déflagration de la bombe le pulvérisa, lui et les premiers rangs, pris dans le souffle mortel.

Le baiser du feu.

TROISIÈME PARTIE

LA CHAMBRE SILENCIEUSE

1

Ils avaient veillé tard ce soir-là. Diana ne pouvait pas dormir, pas après ce qu'elle avait vécu dans la villa. L'image de la fille au coq revenait sans cesse, mais Lautaro s'était montré à l'écoute de ses tremblements. Une forme de complicité dans l'horreur qui l'avait un peu surprise. Ce qu'elle pensait hier n'avait plus lieu d'être, ni sur son compte ni sur son propre instinct de vie. Lautaro l'avait sauvée, alors qu'elle jouait avec la mort. Diana l'avait vue de trop près. La fée laide avait ricané à son visage et la journaliste savait qu'on pouvait en devenir fou, dépressif, suicidaire, comme les militaires revenus de guerre qui perdaient le goût de tout après avoir vu l'innommable.

Elle avait raconté au policier comment elle était arrivée dans la villa des tueurs, sa visite chez Karen Fabregas et les aveux de sa sœur Luisa, son subterfuge téléphonique pour identifier les chefs du réseau avec la complicité de son copain photographe. De la folie. Lautaro n'avait pas émis de reproches en l'écoutant, il se contentait d'opiner à ses mots qui finissaient par se délier peu à peu. Diana lui paraissait une autre personne. Il lui expliqua en retour son enquête, parla des fuites dans ses services, des tueurs du Bronx traqués jusqu'à Santa Marta et la villa de Beltran, un mafieux recyclé dans le business de l'immobilier pour qui Delbonis avait repris du service. Mais il lui manquait une chose : le mobile de cette boucherie.

On n'avait pas retrouvé de labo clandestin où seraient réfrigérés des organes dans la cave de la calle L, de geôles secrètes où on maintenait des esclaves avant de les vendre à la bourse des pervers. Les victimes étaient massacrées pour rien.

Des milliers de femmes avaient péri à Ciudad Juárez autour des années deux mille sans qu'on sache grand-chose, sinon que des complicités à tous les niveaux avaient permis ces tueries – police, Armée, politiques, mafias. Avaient-ils affaire à ce genre de monstruosité, une bête à dix têtes qui repoussaient en double, liée aux cartels et aux profiteurs de guerre ? Diana suivait la conversation entre les lignes, attrapait ce qu'elle pouvait, convalescente sans repos pour qui tout allait trop vite.

Une bonne nouvelle était tombée, alors qu'elle se remettait doucement : son ami Jefferson était sain et sauf. Le photographe avait appelé la police pour signaler l'enlèvement à la gare routière de Santa Marta, fourni l'immatriculation du véhicule – qui s'était révélée fausse – et attendait de lui parler. Demain.

Minuit avait sonné sur la terrasse de la chambre. Les lumières s'éteignaient depuis le toit, la vieille ville bâillait aux portes de l'hôtel. Ils avaient à peine touché aux plats que Lautaro avait commandés au room service, mais bu une bouteille de vin chilien et les mignonnettes raflées dans le minibar. Un remontant, comme il disait. Diana n'avait pas refusé l'alcool. Elle était prête à tout pour tenter d'oublier ce qu'elle avait vécu. Car si les visions d'horreur s'estompaient, d'autres questions affleuraient. Au-delà de ce qui s'était passé dans la villa, aller au-devant du danger l'excitait ; elle avait senti les picotements dans son ventre à la gare routière, ce mélange de peur et d'affolement sexuel. Elle en ressentait aujourd'hui une forme de honte, d'incompréhension sur ce qui constituait sa nature profonde, mais aussi un désir enfoui, passionnellement attractif, comme si tout se jouait là.

Bonne à interner, se disait-elle.

Enfin, des choses plus terre à terre revinrent à son esprit.

— Il y avait quelqu'un d'autre dans la villa quand je suis arrivée, dit-elle, se remémorant la scène. J'avais une cagoule sur la tête, je ne pouvais pas le voir mais j'ai entendu la voix d'un homme… Il a échangé quelques mots avec les tortionnaires et il est parti presque aussitôt, ajouta Diana, un peu ivre.

Lautaro pensa au véhicule qui avait quitté la villa avant que les hurlements de la tronçonneuse ne troublent le silence du jardin.

— Ils ont prononcé son nom ?

— Je te l'aurais dit.

Les souvenirs pouvaient remonter par strates mais il ne voulait pas la brusquer.

— Cet inconnu avait l'air d'être un homme de Beltran, un tueur partant pour une mission spéciale ?

— Je ne pense pas, non…

— Qu'est-ce qui te fait dire ça ?

— Je ne sais pas, dit-elle en fouillant dans les méandres de son cerveau. Comme ça, je dirais plutôt quelqu'un d'important. Beltran l'a appelé « boss », je crois.

— Boss ?

— Oui. Il avait l'air pressé… J'ai aussi senti la présence d'une autre personne. Ils ne sont pas restés longtemps dans la pièce mais Beltran lui a souhaité bonne chance avant de partir.

Cet inconnu était-il le chef d'un autre *cartelito*, venu de Bogotá ou d'une des provinces où étaient commis les meurtres ? Était-ce Carbonel en personne ? Combien de narcos s'étaient associés pour relancer la Violencia ? Une heure était devenue deux. L'ivresse avait refoulé les monstres dans la forêt, et un loup veillait sur elle – Lautaro Bagader.

Diana éprouvait de la gratitude envers lui. Il avait eu des mots rassurants quand il l'avait délivrée de ces cinglés, quand il l'avait éloignée de la femme suppliciée. Lautaro ne l'avait plus quittée, envoyant des ordres brefs au grand flic qui l'accompagnait. Plus tard aussi, dans la voiture, entre les informations concernant leur futur proche et le ton amical qu'il prenait, Lautaro avait trouvé l'équilibre, pour elle parfait, au vu de la situation. Cette intelligence l'avait touchée, et la touchait toujours. L'homme qui lui parlait était différent de celui qu'elle avait connu, de ce qu'elle s'était imaginé, ou de ce qu'il laissait paraître. Son regard même avait changé, comme si une lumière avait rejailli d'un gouffre, comme s'il n'avait plus de sang sur les mains, et qu'elle avait tout inventé.

Diana ferma les yeux sur le présent. Le passé. Ou alors elle avait trop bu. Elle délirait.

Lautaro l'aida à se tenir debout, la souleva sans effort et fit quelques pas vers la chambre pour la déposer sur le lit. Diana se sentit protégée, comme la petite fille oubliée l'était jadis dans les bras de son père. Elle le garda à ses côtés, sur le rebord du lit où il l'avait allongée, comme une présence rassurante. Diana ne portait pas de chaussures, seulement le peignoir de l'hôtel et le drap du lit pour la recouvrir. Lautaro resta près d'elle, qui s'endormait dans des draps de sang…

Il revoyait Karen effarée s'extirpant des corps dans la cave, Damian perdu dans ses limbes, les traits déformés de Diana devant le spectacle de la fille au coq, tous ces morts qui le hantaient. Alors, d'une main tremblante de peur de se trahir, il caressa ses cheveux avec une délicatesse qu'il ne se connaissait plus, les yeux mouillés de larmes.

Lautaro en rêvait la nuit. Il rêvait d'explosions, de flammes incandescentes filant à la vitesse de la lumière vers l'âme de l'astre disparu, il rêvait du flash précédant le souffle nucléaire, à rendre le cerveau aveugle.

Lautaro s'était toujours vu comme de la mauvaise graine, en concurrence perpétuelle avec ce monde qui l'agressait. Le besoin impérieux de se mesurer aux autres ne lui laissait pas de répit, comme s'il devait prouver quelque chose à quelqu'un. Angel était le plus proche de lui. Le plus vulnérable. Le plus invulnérable. Osciller entre l'amour fraternel et l'envie de tout brûler n'aidait pas à l'équilibre, et peu à peu l'avait rendu dingue. Bon Dieu, enrageait-il, c'était lui l'aîné, le mâle alpha tendance loup des steppes, pas un bâtard à qui on réservait la part des chiens. Oh ! bien sûr ils jouaient ensemble quand ils étaient mioches, au football notamment, deux frères qu'on regardait avec la bienveillance de papa-maman-unis-par-les-liens-du-mariage. Lautaro devait faire de la place au cadet chez les Bagader comme chez les autres, sauf que ce n'était pas comme ça que les choses s'étaient passées : la famille Bagader n'était pas comme les autres.

Les frères n'étaient pas livrés à eux-mêmes, malgré les nounous qu'on leur collait dans les pattes : les parents y mettaient du leur quand ils voulaient bien prendre le temps ; ça n'arrivait pas souvent mais leur père venait parfois faire du sport avec eux. C'était bon, un peu d'esprit de compétition, les garçons en redemandaient : Saùl était rare, tout-puissant, jouer avec lui ravalait le manque à de simples absences pour raisons professionnelles, un phénomène naturel dont ils n'allaient pas se plaindre. Ce qui comptait c'était exceller. Le domaine, on verrait plus tard, quand ils seraient en âge de choisir. En attendant, les garçons seraient des compétiteurs, avec une pression particulière sur lui, qui avait deux ans de plus que son frère. Si Angel arrivait à faire quelque chose, c'était normal que Lautaro le sache déjà, et si le premier le faisait vite, l'autre servait de comparaison. Car c'était le cadet, l'objet de toutes les attentions ; sa mère n'en pouvait plus de cajoleries, elle inventait des verbes pour lui, des flatteries peu communes, Angel monopole exclusif féminin, avec une pureté spéciale cristal d'enfant prodige, du caramel salé que leur mère prodiguait à coups de caresses exagérées : le petit Ange n'était pas le préféré, il était l'unique.

Lautaro aurait bien aimé un peu d'elle, un peu de la reine à qui il vouait son culte de garçon, mais c'était trop demander au bon Dieu qui l'aimait pourtant. Lautaro n'était pas l'ange de la famille, ses ailes sentaient le kérosène, le carton kraft à des kilomètres, vivant ses besoins d'attentions maternelles comme le caprice d'un attardé. S'il s'imaginait posséder un jour l'amour de sa mère pour lui seul, il se fourrait le doigt dans l'œil. Lautaro n'était pas un mâle alpha comme l'exigeait son père, il n'était qu'un mâle aîné.

Le trou noir devait venir de là, de cet appel d'air affectif qui avait aspiré sa petite enfance. Lautaro en voulait à son frère quand il était petit, il lui souhaitait la mort, la disparition pure et simple, à l'âge de raison il avait fallu mettre de la distance entre ses désirs sombres et lui, quand on lui demandait l'âge de son petit frère, Lautaro répondait « six ans ennemi ». Ce n'était pas sa langue qui fourchait. Lautaro ne s'avouait pas jaloux – jaloux de quoi, cette demi-portion d'Ange qui volait toute la place ? La rancœur même l'aidait à se surpasser, à exceller – c'était sa mission, battre à plate couture ceux qui s'imaginaient le défier, avec une animosité pour l'espèce humaine qu'il tentait de canaliser, mais il ne lui suffisait pas de vaincre ses adversaires, Lautaro voulait les anéantir de manière à ce que *plus jamais* ils n'envisagent de se frotter à lui.

Avec les femmes, c'était pire. Incapable d'aborder l'une d'elles sans craindre l'échec cuisant qui l'humilierait, Lautaro se crispait, pourri par un orgueil douloureux qui ne masquait pas son impuissance à se faire aimer. La nature l'avait gâté, alors quoi ? Il appréhendait le contact des femmes malgré son allure de conquérant, crevait de timidité et de honte à l'idée d'échouer, comme si le regard de son père ne le quittait pas, ni le poids de ses grandes espérances. Les femmes devaient sentir que quelque chose clochait chez lui, un poison quelconque glissé sous la cuirasse qui risquait de s'immiscer jusqu'entre leurs cuisses.

Les compliments allaient toujours à Angel, à croire qu'il était plus talentueux en tout, plus beau aussi, avec ses yeux si brillants, si profonds, si sensibles qu'on oubliait les siens, trop banals semble-t-il. Adolescent ou jeune adulte ça ne faisait pas de différence, Angel ramassait les filles à la pelle quand lui grattait le sol dans la cour du poulailler, et jamais aucune herbe ne repoussait après le passage du jeune soleil. Comme les fois où Angel ramenait une fiancée à la maison, ces fameux dimanches en famille où leur mère déjà un peu folle s'extasiait des beautés que son fils rapportait en trophée, des filles interchangeables pourtant, blondes, brunes, toutes avaient droit à la bénédiction maternelle, quel succès mon chéri, et lui bien sûr avait tenté de l'imiter, de se mesurer. Même s'il ne l'aimait pas, Lautaro avait amené une jeune femme un dimanche, mais la pauvre n'avait pas fait le poids devant sa mère : pas un mot pour sa conquête, à peine jolie, moins brillante, tout juste capable de répondre par un sourire quelconque quand on lui demandait un avis précis. Un fiasco féminin. Lautaro collectionnait les lettres sans retour, les espoirs sans valeur, les drames aphones devant des travées endormies, un échec patent, ses qualités reconnues par personne, et puis son cœur et ses rancœurs avaient subitement volé en éclats quand Rachel était apparue.

Les fées se levaient tard chez lui. C'était une soirée a priori anodine où l'on fêtait la fin de l'année universitaire, endeuillée par la mort tragique du prof de théâtre ; Rachel avait croisé son visage taciturne alors que Lautaro discutait avec un de ses copains, et s'était approchée pour se faire présenter. Il n'avait pas beaucoup écouté ce qu'elle disait. Il la trouvait jolie, c'est sûr, avec ses lèvres roses, son regard intelligent et ses cheveux bruns sur ses épaules nues, mais surtout personne ne lui souriait avec tant de détachement. La légèreté, clochette des âmes perdues : Lautaro découvrait l'Amérique et personne ne le ramènerait à bon port.

L'aîné avait toujours obéi, soldat de l'ombre sous la figure tutélaire de son père, Rachel le révélait à lui-même. Cinquante-trois kilos de femme.

Lautaro aimait tout chez elle, ses attentions, ses bras autour de son cou, ses sourires tendres, cet humour constant qui la dispensait de trop parler d'elle, sa bienveillance, comme s'il était *naturel* d'être bienveillant, ses jambes, ses reins, ses seins, oui il aimait tout, et Lautaro trouvait ça suspect. Elle le prenait pour un autre, sûr que le rossignol de son cœur chantait faux, qu'on lui avait cloué le bec, attaché les pattes aux ailes, c'est ce qu'il pensait dur comme fer depuis l'enfance, sauf qu'ils s'étaient embrassés le premier soir de leur rencontre et Rachel l'avait fait voler, valdinguer en entier par-dessus les cordes du ring. Battu par ce petit démon qui refusait le combat, Lautaro avait baissé la garde. Son amour l'ébranlait. Le faisait chanceler. Et – miracle – la chute était céleste… S'était-il trompé sur tout, depuis le début ?

Après le premier soir à la fête étudiante, ils ne s'étaient plus quittés. Un été nucléaire pour Lautaro. Leurs baisers chaque jour grandissaient en passion, ils ne voyaient personne, le lit était leur château, les autres relégués aux oubliettes, des jours qui se comptaient en heures, un mois qui durerait une année, et puis Saùl apprit à Lautaro la trahison d'Angel à son retour de vacances en Europe.

Son père non plus n'avait rien vu venir. Cette lettre assassine annonçant sa décision de ne pas poursuivre ses études à Carthagène le clouait au pilori.

Lorena n'était pas au courant, évidemment. Comme tout le monde, elle croyait que son fils chéri avait été enlevé par la guérilla, que, les semaines passant sans nouvelles, il ne réapparaîtrait plus, et cette mère aux nerfs malades était devenue définitivement folle. Un carnage psychique, voilà les faits de guerre du petit ange. Lui et son père n'avaient fait qu'écoper : ce n'était pas Angel qui retrouvait Lorena scarifiée, bouffée de l'intérieur et les rats quittant le navire. Ce n'était pas lui qui croisait le visage brisé de leur père quand les brancardiers venaient la chercher pour l'emmener à l'hôpital, pas lui qui se tapait les visites déprimantes en maison de repos, les mensonges à propos du pauvre petit ange disparu. Angel lui avait laissé sa mère pour lui tout seul, oui : il lui avait laissé une épave.

Au courant du Plan Colombie, Angel se mettait volontairement sous le feu de l'Armée qui le pourchasserait. Il s'imaginait quoi, que leur père retiendrait les chevaux sous prétexte qu'il pouvait se trouver sous les bombes ?

Rachel avait été surprise d'apprendre qu'ils étaient frères, Angel ne parlait jamais de sa famille et ils ne fréquentaient pas la même Université. Lautaro ne lui avait pas révélé le choix que leur laissait cet enfoiré : Angel Bagader disparu ou passé à l'ennemi. Ce conflit familial ne regardait pas Rachel.

Outre ses conséquences médiatiques, la nouvelle renvoyait Lautaro à ce monde désespérant, bête et brutal qui frappait d'ordinaire l'espèce humaine et aujourd'hui sa famille. La Fête de l'Amour n'était pas gâchée mais presque, comme si on lui faisait payer son bonheur. Une chose parfaitement injuste, et vécue comme tel. Le petit Angel lui pourrissait la vie, dès sa première envolée il lui tirait du plomb dans l'aile, monopolisant comme toujours les attentions avec ses tragédies grecques. Il avait fallu gérer l'affaire en interne avec Saùl plutôt que de passer l'été à aimer Rachel, il avait fallu mentir par omission, à Lorena, aux médias. Et puis, comme si dès leur première étreinte leur destin devait être scellé à jamais, Rachel était tombée enceinte.

En Colombie, l'avortement n'était autorisé qu'en cas de viol, de malformation du fœtus ou si la vie de la mère était en danger : Rachel ne rentrait dans aucune de ces catégories et il n'était de toute façon pas question de tuer le fruit de leur amour. Saùl trouvait tout cela bien précipité, presque hors de propos à l'heure où leur famille vivait un séisme, le mariage on verrait un jour, quand les choses se seraient un peu apaisées du côté d'Angel. Lautaro acquiesçait à tout : ils n'étaient pas pressés et il y avait cet enfant à venir, conçu au tout début de leur rencontre.

Il vint, divin. Même son père, avare d'émotions au grand jour, avait trouvé un air de famille. Lorena, broyée par la disparition de son fils cadet, se consolait à moindres frais avec ce petit garçon. Lautaro laissait sa mère à ses chimères. Rachel régulait son pouls, l'apaisait malgré la situation familiale ; plus personne ne parlait d'Angel – un an déjà que le traître avait déserté.

Jusqu'à cette nuit d'été à El Nogal, un club huppé de Bogotá où ils avaient rejoint des amis.

Rachel dansait comme une folle pour sa première sortie de maman, commandait des verres qu'elle ne finissait pas, en sueur sur la piste, elle s'éclatait comme toutes les filles de son âge, un amour de femme, un amour de jeunesse, le seul qu'il vivrait jamais, c'était juré. Lautaro éclusait ses bières aux toilettes quand un choc formidable l'avait projeté contre le mur :

celui d'une voiture piégée qui explosait à l'entrée de la discothèque.

La secousse avait propulsé des débris sur la chaussée et une boule de feu à l'intérieur du club. Une lave supersonique. Rachel avait brûlé vive, comme trente et une autres personnes présentes ce soir-là.

Le chaos, la fumée, les cris mêlés de pleurs, les secours, l'odeur insupportable des chairs brûlées, Rachel calcinée parmi les corps recroquevillés…

Lautaro aurait préféré mourir.

L'attentat ne fut pas revendiqué tout de suite par la guérilla mais El Nogal était fréquenté par des riches et des hommes d'affaires : les cibles des FARC. Lautaro enrageait. Ces gauchistes dopés à la moraline qui prétendaient sauver le monde comme copulent les mantes religieuses. Des terroristes. Les amis de son frère. Ils avaient tué Rachel parce qu'elle dansait, pour lui apprendre à défier les idéologies marxistes. Lautaro était devenu fou. Il était où, ce faux frère, dans les collines au-dessus de la ville ? Approuvait-il cet attentat ? Y avait-il même participé ?

Lautaro n'avait pas attendu qu'on recueille les restes de Rachel à l'institut médico-légal pour savoir qu'il les massacrerait tous. Qu'il intègre l'Armée ou les milices paramilitaires, qu'importe, pourvu qu'ils crèvent. La déflagration l'avait renvoyé dans le vieux monde qu'il croyait avoir quitté : au fond, la parenthèse Rachel n'était qu'un leurre, le bonheur une pute qui se payait sur le dos de l'espoir et le ramenait pire qu'au naturel.

Lautaro était mort une première fois, avec l'attentat de la discothèque.

La seconde fois avait eu lieu quelques jours après l'inhumation quand, évacuant les affaires de Rachel, il était tombé sur des photos de leur premier été, gardées dans une petite boîte à trésors. De fait, il y avait deux bagues de sa mère et des photos d'elle et lui enlacés, son beau sourire éclatant de vie pour l'objectif. Il y avait une cinquantaine de clichés, aussi tendres que pénibles à voir. Lautaro ne savait pas ce qu'il devait faire, les jeter ou non, puis il avait vu la photo au fond du coffre aux trésors : Rachel et Angel, enlacés eux aussi. Rachel ne paraissait guère plus jeune et elle portait la même coupe de cheveux que lors de leur rencontre à la fête étudiante. Un doute était né. Un doute affreux.

Lautaro s'était ouvert de sa découverte à son père qui, touché par son désarroi, ne l'avait pas contredit. Pire, sous son insistance, Saùl avait fini par avouer qu'on avait vu Rachel et Angel ensemble dans les loges du théâtre, nus. C'était peu de temps avant son départ en vacances et leur rencontre à la fête étudiante, et la mauvaise fée avait montré les crocs. Les pires scénarios avaient pris forme dans son cœur déjà brisé, les plus dégueulasses. Angel avait mis Rachel enceinte et filé sans s'occuper du gosse. Rachel n'avait rien dit de leur liaison, ni avant ni après sa grossesse – après tout ils avaient les mêmes gènes, ce n'était qu'une question de jours sur le calendrier de ses règles, ce naïf de Lautaro n'y verrait que du feu. Des scénarios de série Z, qui le laissaient dévasté.

Son père compatissait en silence, éprouvait de la pitié pour son fils et cet enfant qui leur restait sur les bras…

De la pitié : Lautaro s'en serait arraché la peau.

On lui volait son amour une deuxième fois.

Sa femme.

Son enfant.

On lui volait tout.

Il ne restait que ce gamin, Damian. Il n'était pas et ne serait jamais son fils, même illégitime : il était celui d'Angel, le fils de la tromperie et du mensonge. Lautaro ne voulait plus entendre parler d'amour, de femmes, de ce putain de gosse qui n'était pas de lui. C'était fini les histoires de couchers de soleil, de mains serrées à la lueur des bougies et de sourires auxquels il faisait bon croire : Lautaro n'avait plus que des échanges éphémères, des coupes de champagne tiède sur la table de nuit où séchaient les capotes de la veille et personne pour coucher deux fois dans son lit.

Mais ce soir à Carthagène, devant le spectacle de Diana endormie sur ce lit d'hôtel, les choses étaient différentes.

Ce n'étaient pas les caresses sur ses cheveux pour protéger son sommeil après le cauchemar qu'elle avait vécu, sa bouche, l'odeur sensuelle qu'elle dégageait, Lautaro avait déjà vécu la scène. Non, ce qui avait changé ce soir était un sentiment totalement inattendu, qui le bouleversait : la compassion.

Un trou noir, fait de fatigue et d'alcool, de tressaillements inconscients quand on s'endort : le soleil était haut lorsque Lautaro se réveilla. Il était encore habillé, allongé sur les draps de la chambre d'hôtel, Diana à ses côtés. Elle semblait dormir profondément, lui tournant le dos comme l'autre nuit dans son loft, il y a un siècle. Il repensa à ses manières quand il avait dû la mettre dehors au milieu de la nuit, se trouva plutôt lamentable. Quant au « plus beau cul de Bogotá », il préférait les petits défauts de son visage, sa détermination de casse-cou, ce qu'ils s'étaient dit la veille au soir devant un verre d'alcool pour atténuer le choc, son courage…

Lautaro se glissa hors du lit, à l'écoute des bruits qu'il pouvait provoquer. Neuf heures de sommeil non-stop, ça ne lui arrivait jamais, du sommeil en retard sans doute, ou le simple fait de dormir près d'une femme. Il déambula pieds nus dans la suite, l'esprit encore embrumé, mais quelque chose avait changé dans l'air du temps. Un paradoxe qu'il s'expliquait mal, comme si son cœur était à la fois plus lourd et plus léger.

Il fit couler un expresso, le but sur la terrasse de la chambre. Il faisait chaud à l'heure de midi. La promenade du vieux port était pleine de touristes malgré la forte présence de la police qui assurait la sécurité du meeting, et le sentiment étrange ne le quittait pas. Étrange et puissant. Il ne songeait plus à son père, à de la Peña qui discourait de l'autre côté des remparts, à l'ultimatum que son père se chargeait de suspendre, juste à cette émotion qui le faisait tanguer dans la brise. L'amour est un chien de l'enfer, c'est connu, les loups comme lui ne rognaient pas ce type d'os, pourtant…

Pouvait-on revivre quand on était déjà mort deux fois ?

L'écho d'une déflagration à l'ombre des remparts le ramena brutalement sur terre, dans le vieux monde qu'il ne quitterait jamais. Car Lautaro reconnut ce son hideux entre mille : celui d'une bombe qui explose.

2

Angel apprit la nouvelle de l'attentat alors qu'il débarquait à la gare routière de Medellín. La consternation des gens qu'il croisait ne le toucha pas longtemps, ni les implications que ce drame pouvait avoir sur l'affaire : il n'avait que la piste des *sicarios* d'El Niño pour retrouver Lucia, et l'ancien guérillero n'était pas sûr qu'elle soit la bonne.

Angel se mêla aux passagers qui récupéraient leurs bagages dans les coffres du bus. Il avait profité du changement à Cali pour acheter une tenue passe-partout dans une boutique de vêtements mal approvisionnée, une paire de lunettes fumées et une casquette NYC qui brouilleraient son signalement au cas où il croiserait les tueurs. Ses blessures aux mains continuaient de cicatriser, même si les mouvements de ses doigts étaient encore douloureux ; il se délesta de quelques billets à la pharmacie de la galerie marchande pour renouveler ses cataplasmes, avant de filer en taxi à l'aéroport domestique tout proche du terminal sud.

Aucune route ne menait à Bahía Solano ; le site internet d'Ada, la compagnie aérienne qui assurait la correspondance, ne fonctionnant pas, Angel dut faire la queue au guichet de l'aéroport pour acheter un billet. Une employée au chignon tiré lui apprit qu'il n'y avait qu'une rotation par jour depuis Medellín, que le prochain vol partait à neuf heures le lendemain matin. Un aller simple suffirait, qu'il paya cash.

Les flics étaient sur les dents après l'attentat de Carthagène, comme s'il pouvait se répercuter à travers le pays. Angel prit un nouveau taxi jaune qui le déposa à El Poblado, un quartier proche de l'aéroport. Le chauffeur roulait comme un malade, reniflait toutes les cinq secondes en tirant des grimaces sans équivoque quant à la qualité du produit consommé.

Medellín avait bien changé depuis leurs virées étudiantes – il était même venu jouer un match de foot avec son frère dans ce qui était alors le fief des narcos –, El Poblado et les restaurants glamours avaient poussé de terre. Ce n'était plus une zone malfamée au sud de la ville mais un lieu branché qui ne devait rien à Buenos Aires ou Barcelone. Les touristes nord-américains se pressaient dans les Airbnb tenus le plus souvent par leurs compatriotes, gonflant les rangs des Européens et de la jeunesse dorée locale venue s'enfiler drogues et putes occasionnelles dans les dizaines de clubs à cumbia qui résonnaient autour de la calle 10. Angel découvrit des rues magnifiquement arborées, des restaurants vegan ou fusion à la mode internationale, les terrasses et la décoration des bars rivalisant d'espaces stylés et de matériaux modernes pour attirer le client. Un grand écart pour l'ex-FARC, même si Angel avait cessé de se faire des illusions : ce n'était plus seulement la gauche qui était emportée dans les égouts du système néolibéral, mais la démocratie – et son agonie n'était qu'une question de temps… Enfin, il trouva une chambre dans une *posada* de la carrera 34, tenue par une fille sympathique qui ne fit pas de remarque sur ses mains bandées.

Des touristes se balançaient dans les hamacs de la terrasse qui donnait sur la rue. Angel posa son sac dans une chambre avec fenêtre, vérifia le fonctionnement du Remington avant de faire disparaître ses boucles brunes chez un coiffeur enthousiaste où la musique, à fond, le dispensa de bavasser. La barbe qui poussait depuis trois semaines finirait de le rendre méconnaissable.

La température était douce à la nuit tombée, l'atmosphère plus décontractée que lui. De petites perruches multicolores virevoltaient entre les arbres, beaucoup de jeunes aussi dans les rues d'El Poblado, branchés ou simples bandes d'amis en goguette s'exprimant dans toutes les langues ; Angel marcha jusqu'au jardin du Park 37, un bar de la calle 10 qui jouxtait le terrain de basket grillagé et l'aire de musculation où des tatoués en débardeur roulaient des mécaniques. Le torrent de verdure qui dévalait la colline sur près d'un kilomètre finissait sa course dans le jardin du bar-restaurant, entre parasols et fanions publicitaires pendus aux arbres ; Angel s'assit sur l'un des billots plantés dans le sol, repoussa les vendeurs de maillots de foot et les miséreux qui proposaient leurs pauvres bricoles, commanda un thon *a la plancha* à la jolie serveuse qui s'escrimait entre les groupes plus ou moins avinés.

La fille lui faisait penser à Flora : même grâce, même jeunesse volontaire dans l'expression du visage, même désespoir ressenti en la regardant se mouvoir, à la fois si proche et si loin de lui. Un coup de cafard tomba sur ses épaules. Ou la fatigue et le stress le rendaient sentimental. Qu'adviendrait-il d'eux s'il retrouvait Lucia ? Saùl et Lautaro les laisseraient-ils seulement vivre ?

Une musique *lounge* tambourinait depuis les structures métalliques du bâtiment en brique, des écrans de télé muets pour finir d'abrutir son monde, mais ce n'était pas un match de foot qui ce soir monopolisait l'attention. L'attentat de Carthagène avait créé un séisme dont les répliques se feraient bientôt sentir ; Angel vit une courte séquence où, cernés de micros, différents responsables politiques s'expliquaient sur la débâcle sécuritaire qui avait coûté la vie à de la Peña, parmi lesquels le chef de la Fiscalía… Angel ressentit un mélange de rage et de pure angoisse devant le visage de son père à l'écran. Il ne l'avait pas vu depuis son transfert en prison, quand il l'avait sorti des griffes d'El Diablo. Le Procureur était en première ligne après l'attentat, une cible de choix pour les commanditaires : la révélation de la supercherie autour de son fils passé à l'ennemi pouvait suffire à le faire plier… Ça ne disait pas où El Niño avait pu mener Lucia : chez son boss, du côté de Bahía Solano ? D'elle, Angel n'avait que des souvenirs d'enfance dans les forêts du Sud, de premiers pas et de sourires innocents alors que la guerre faisait rage, ses grands yeux verts quand il lui avait remis le collier de jade au moment de se quitter, mais les anges ne s'étaient pas penchés sur le berceau de Lucia.

Les anges n'existaient pas en Colombie.

3

La cantine du centre de réinsertion n'était franchement pas bonne mais Andres connaissait suffisamment la jeune formatrice pour voir que son manque d'appétit n'avait rien de commun.

— Toi, tu me files un mauvais coton ! plaisanta le responsable de la sécurité, alors qu'elle boudait devant ses *patacones*. Qu'est-ce qui se passe ?

— Rien.

— T'es chiante. Dis-moi.

Flora ruminait depuis le coup de fil à la journaliste, échafaudait mille plans qui se brisaient sur le mur de la réalité. Elle avait besoin de se confier. Besoin d'aide surtout.

— C'est mon copain, dit-elle enfin.

— Orlando ?

— C'est ça.

— Je savais qu'il y avait un truc entre vous ! se réjouit Andres. Tu es amoureuse ?

— Oui.

— Alors pourquoi tu tires cette gueule ?

— Parce qu'il va mourir si je ne fais rien.

— Mourir, carrément ?!

Andres avala son riz en deux bouchées, avide d'en entendre plus.

— Je suis à moitié sérieuse, s'assombrit Flora.

— C'est-à-dire ?

— Tu sais tenir ta langue ?

— Je suis une tombe.

— Je ne devrais en parler à personne.

— Je suis pas non plus n'importe qui ! blagua Andres. Allez, explique.

Leurs regards se croisèrent au-dessus de la table. Ils se voyaient parfois en dehors du travail, quand l'équipe du centre faisait une virée en ville, Andres était souvent le seul homme dans la bande, et malgré son physique plutôt avantageux et sa carrure imposante, il n'avait jamais cherché à s'imposer auprès des filles. Un gentleman, dans le genre a-quitté-l'école-à-douze-ans, qui faisait le planton devant le bâtiment avec son arme à la ceinture et un sourire pour tout le monde. S'il ne fallait pas s'y frotter, Andres savait écouter les gens. Les femmes en détresse en particulier. Flora lui raconta tout, ou presque.

— *Pendejo*, mais c'est une histoire de dingue ! s'esclaffa-t-il, les muscles compressés dans sa chemisette aux manches retroussées.

— Comme tu dis, *hermano*.

— Et tu voudrais sortir ton chéri de là, oui, je comprends, acquiesça Andres en attrapant un cure-dents. Sauf que si ça se trouve, tu te goures complètement : la gamine est entre les mains de ces salopards et tu n'y peux rien.

— Tu viendrais avec moi ?

— Quoi, dans le Nariño ?

— Tu m'as demandé de t'en parler, je t'en parle, dit-elle comme on rabroue.

— D'accord, mais quand même…

— Je ne peux pas aller toute seule là-bas, comme tu le sais la région n'est pas sûre, mais avec une armoire à glace comme toi, ça devrait filer doux.

— Ah, Flora, tu es un vrai petit diable !

Les yeux d'Andres souriaient.

— Je te paierai, dit-elle.

— Arrête tes conneries, tu veux.

La question n'était pas là, elle le savait aussi.

— J'ai besoin d'aide, Andres. Et tu es le seul mec costaud que je connaisse. Tu as été à l'Armée, non ?

— Ça fait pas de moi un héros.

— Un ami suffira.

Le colosse hocha la tête d'un air faussement contrit. Comment résister à ces yeux-là, c'était un mystère qu'il n'était pas près de résoudre.

— Il y a un vol demain matin pour Medellín avec une correspondance pour San Juan, l'encouragea Flora. On peut être à San Vicente en fin de journée. Ça nous laisse le week-end pour savoir ce qu'est devenue Lucia.

— Avec l'aide des putes locales dont s'occupait sa grand-mère.

— Des prostituées, oui.

— Tss… Demain matin, hein ?

Finir de convaincre Andres de la suivre n'avait pas été très difficile. Célibataire endurci à une forme d'amitié spontanée qui l'éloignait parfois des femmes, l'agent de sécurité s'était montré fidèle à son naturel de chevalier servant, refusant toute récompense pécuniaire – Flora avait même dû insister pour payer les billets d'avion. Andres disait qu'après tout cette aventure lui dégourdirait les jambes, qu'il s'encroûtait à faire la plante verte à l'entrée du centre de formation, qu'il n'allait pas la laisser seule dans les *montañitas* de San Vicente du Nariño. Une bonne âme et un vrai ami.

Se faisant porter pâle pour la journée du vendredi, Flora quitta sa maison au petit matin, un sac de voyage à l'épaule. Trois-Pattes rêvait sur le coussin de la terrasse, poussant des petits gémissements qui se perdaient dans le bruit des vagues. Playa Blanca était déserte à l'heure où les *lanchas* dormaient sur les quais de Carthagène. Le chien dressa l'oreille en voyant sa nouvelle maîtresse apparaître.

Flora avait rempli sa gamelle mais il était capable de tout manger d'un coup, ce brave débile. L'avion partait dans deux heures. Flora caressa l'animal du bout du pied, en guise d'au revoir.

— Il va falloir que tu te débrouilles tout seul, mon vieux…

L'air du Nariño était plus humide, la ville de San Vicente sans charme comparée à Carthagène et aux petites stations balnéaires de la côte caraïbe. Flora avait loué une voiture à l'agence du petit aéroport de San Juan, fatiguée par la journée de vol et de transit.

— Sympa, ton bled ! commenta Andres à ses côtés.

Ils arrivaient à la nuit tombée, après une route chaotique qui leur tirait des bâillements réguliers. L'atmosphère était pourtant électrique depuis l'attentat qui avait coûté la vie au ministre de la Peña. Ils avaient même entendu la voix du Procureur général à la radio tout à l'heure. C'était étrange de se retrouver liée à ces gens de manière aussi intime. Elle n'était qu'une petite formatrice de province, une survivante anonyme du conflit qui n'aurait jamais dû frayer avec d'aussi gros poissons.

Flora roula au ralenti sous la lumière intermittente des réverbères, à l'heure où sortaient les moustiques, Andres comme copilote penché sur son smartphone. Un chauffeur de taxi avait rangé sa voiture pour la nuit contre sa maison, derrière les grilles d'un jardinet réduit à un garage sécurisé. Une pauvreté presque banale régnait dans les rues de San Vicente, avec ses musiques assourdissantes pour masquer la débandade. Les riverains rentraient chez eux, les mains encombrées de sacs plastique, d'autres improvisaient quelques danses festives autour d'une bière et d'un brasero faisant office de bar à la sauvette. Des chiens rôdaient à l'ombre de gamins prompts à leur jeter des pierres. La vie aux portes de l'Amazonie.

Ils trouvèrent deux chambres dans la seule pension recommandée par internet, près d'une station-service aux fanions effilochés où elle gara la voiture de location. La maison d'hôtes ne payait pas de mine avec sa façade cabossée et ses chambres sommaires donnant sur rue, mais Lizeth, la patronne, avait un sourire inamovible, l'embonpoint bonhomme d'une quinqua à l'aise dans son corps et savait se contenter des réponses qu'on lui livrait.

— Dis donc, t'es une montagne, toi ! lança-t-elle à l'intention d'Andres.

— Et encore, plaida-t-il, là je suis tout ramolli par le voyage. Normalement je suis plus grand.

Lizeth riait de bon cœur. Elle leur donna un verre d'*aguapanela* (de l'eau mélangée à du citron et de la canne à sucre) et l'adresse d'un petit restaurant où ils pouvaient commander à manger s'ils le désiraient.

Flora acquiesça à tout. La patronne souriait toujours comme si le monde était un verger en fleurs, décalant ses grosses fesses au rythme de la salsa qui passait en sourdine dans sa cuisine. Dix ans qu'elle tenait cette pension ; son mari travaillait comme métayer dans les collines, il ne descendait pas souvent en ville. « Ça me fait des vacances ! » riait-elle. En revanche, Lizeth ne cacha pas sa surprise lorsque Flora lui expliqua le but de leur promenade.

— Loreta ? Eh bien, ma petite, c'est pas très recommandé comme endroit pour une belle fille comme toi, surtout le week-end ! Même accompagnée, y a les ouvriers agricoles qui déboulent des montagnes avec leur paye du vendredi, pour aller se soûler avec les pauvres gamines qui se vendent dans les cabarets ! Sans parler des bandits qui traînent par là-haut. Non, pour ça je vous recommande pas d'aller à Loreta !

Flora se doutait que les villages de montagne étaient malfamés, mais personne ne se méfierait et Andres veillait sur elle. Du moins elle voulait le croire : c'était ça ou rentrer à Playa Blanca par le premier vol.

— Ça commence vers quelle heure, ce cirque dans les *montañitas* ?

— Bah, dès qu'ils sont soûls, fit Lizeth. Ça change pas grand-chose à mon avis.

— Pour nous, si, renchérit-elle de sa voix douce. Il y a beaucoup de cabarets là-haut ?

— Oh ! ça, j'en sais rien, mais sans doute oui, plein ! Me dis pas que tu comptes embaucher à Loreta ?!

La patronne était drôle dans son genre – elle lui rappelait sa grand-mère –, et l'avertissement on ne peut plus clair.

— Non, la rassura Flora, je cherche Lucia Ramos, une ado disparue après le meurtre de sa grand-mère le mois dernier ; Rafaële Ramos, vous en avez peut-être entendu parler ?

— Il y a un mois ? Bah, non…

— Une travailleuse sociale, relança-t-elle au hasard, victime des narcos. Sa petite-fille n'est pas réapparue.

Lizeth secouait la tête. Non, tout ça ne lui disait rien.

— Les crimes et les disparitions, c'est pas ça qui manque par ici, s'écria-t-elle en lui resservant un peu de jus sucré. Même à Carthagène ! Vous avez vu l'attentat, et ce pauvre ministre parti en fumée ?!

On s'éloignait du sujet. Ou on s'y brûlait. Andres enregistrait les informations en bout de table d'un air entendu. Sûr qu'il avait une idée derrière la tête… Dix heures du soir. Fourbue, Flora se coucha sans presque toucher au plat remonté dans la chambre, souhaita bonne nuit à Andres qui mangeait pour deux, et s'endormit à l'ombre des persiennes qui filtraient les lumières de la rue.

Pas de rêves de porcherie cette nuit-là, ni de sombres pressentiments : Angel était là, quelque part dans les collines… Pourquoi ne rappelait-il pas ?

Elle se réveilla tôt dans des draps trop froids, s'habilla après une douche au jet faiblard et trouva Lizeth à la cuisine, préparant le petit déjeuner en compagnie d'Andres qui, à l'entendre, avait dormi comme un loir. Le mobilier et la décoration étaient assez laids, en Formica, succédanés d'années soixante-dix mortes et enterrées ; Flora se brûla les lèvres dans son bol de maté sans trop écouter les commentaires de la patronne. C'était un samedi matin ; avec un peu de chance, les *montañitas* seraient encore sous perfusion après la beuverie de la nuit passée.

— Encore un peu de maté, *mi corazón* ?

— Merci, il faut qu'on file.

La grosse dame bougonnait à l'idée qu'elle grimpe par là-haut avec son ami. Flora n'avait qu'une bombe d'autodéfense dans son sac, dont elle ne s'était jamais servie. Andres sortit le premier de la maison d'hôtes, vêtu d'un jean, d'un tee-shirt jaune Brésil et d'une veste de toile épaisse.

— J'ai repéré une armurerie pas loin, annonça-t-il en déposant son sac de voyage dans le coffre. Je te rejoins dans la voiture.

Elle lui adressa un regard étonné dans la rue peu passante à cette heure.

— Je ne vais pas nous laisser sans défense, fit l'agent de sécurité en guise d'explication.

Flora attendit d'être au volant de la Fiat pour appeler Diana. Ce n'était pas encore une équipe mais Flora avait confiance en cette femme qui, comme elle, refusait d'avoir peur. On s'allie sans calcul, ou l'on n'a pas de cœur : Diana l'aiderait à protéger Lucia si elle parvenait à la retrouver, à la rendre à son père sans la menace de sa famille.

Flora guetta la voix de la journaliste, anxieuse à l'idée de se rendre là-haut, en vain. Le téléphone de Diana sonnait dans le vide.

Andres revint quelques minutes plus tard, satisfait.

— Tu as trouvé ce que tu voulais ? demanda Flora tandis qu'il grimpait à bord.

— Pas vraiment, mais on fera avec.

Andres avait pris sa licence d'armes à feu mais le magasin de San Vicente était plutôt approvisionné pour la chasse. Un Browning calibre 38 et une matraque télescopique assureraient le minimum en cas de menace.

Le bruit et les *corridos* mexicains ne s'arrêtaient jamais le week-end, plongeant le village dans un état d'excitation et de danger permanent. Flora et Andres débarquèrent heureusement de bonne heure à Loreta, sous un soleil encore voilé par les brumes matinales.

Le río Caquetá coulait plus bas dans la vallée, la végétation allait plus dense au fil de l'horizon qui s'étirait sur les montagnes ; elle gara la voiture au milieu de la rue à demi endormie, ou mal réveillée si l'on en croyait les bouches pâteuses des rares passants, tous masculins. Des *raspachines* maintenus en condition d'esclavage, abrutis jusqu'aux divertissements qu'on leur laissait. Flora se méfiait moins de ces ivrognes patibulaires que des patrons de débits de boissons. L'un des cabarets, finement nommé La Concha (« la moule »), étalait sa devanture comme un soutien-gorge criard au nez des passants, et un horaire d'ouverture – deux heures de l'après-midi. Les filles qui s'y prostituaient devaient encore dormir.

— Je comprends que tu n'aies pas voulu venir seule par ici, commenta Andres en claquant la portière. On dirait un Mardi gras qui a mal tourné.

— Sauf que les déguisements sont des vrais.

Une moto traversa la rue de terre battue, à fond de train, montée par un jeune basané au tee-shirt sans manches qui portait son casque comme un bandeau. La jeune femme se détourna du nuage de poussière soulevé par l'imbécile. Une ranchera s'échappait d'un établissement un peu plus loin, une salle de jeu où ils n'avaient visiblement pas intérêt à mettre les pieds. Ils remontèrent le trottoir de terre craquelée en quête d'une âme charitable qui pourrait les renseigner. Andres repoussa l'ivrogne qui voulut les aborder à la sortie d'un bar, puant l'urine et la débandade des matins gris. Il ne restait plus que des rescapés à cette heure, trop soûls pour causer des problèmes. Ça ne durerait pas.

— Quelque chose me dit qu'il ne faut pas trop traîner dans le coin, glissa le colosse tandis qu'ils arpentaient le trottoir de terre battue.

Flora aperçut une femme âgée en fichu de l'autre côté de la chaussée, portant une robe ample colorée et de lourds sacs à la main.

— Laisse-moi faire, glissa-t-elle à son ami.

La vieille dame releva des yeux noirs étonnés lorsque la métisse l'aborda : leur peau avait le même teint cuivré, et l'étrangère lui souriait comme un petit chat sauvage.

— Vous savez quelles filles travaillent dans ces cabarets ? demanda bientôt Flora.

— Les prostituées ?

— Oui.

— Si tu veux travailler là, crois-moi, tu sais pas où tu mets les pieds.

— Oh, non, je voudrais juste leur parler. C'est au sujet d'une amie. Il y a un endroit où l'on peut les trouver ? Il est encore tôt, les filles n'ont pas dû reprendre leur service.

La vieille Indienne souleva sa poitrine, fixa le visage de Flora comme un miroir jauni, se tourna vers sa droite.

— Essaie la maison blanc et rouge à la sortie du village. Ma nièce est là-bas.

— Ah oui ? releva la métisse. Elle s'appelle comment, votre nièce ?

— Je préfère plus le savoir.

L'autochtone se baissa pour ramasser les sacs déposés à ses pieds et reprit son chemin sur le trottoir en terre jonché de capsules de bière. Les regards commençaient à converger vers elle et aucun ne lui rappelait celui d'Angel ; Flora ferma le zip de son blouson de toile, adressa un signe à Andres qui la surveillait depuis le trottoir d'en face et reflua vers la voiture.

— Tu as une piste ? demanda-t-il en posant son quintal sur le siège.

— Une *posada* où ces demoiselles se reposent.

— Elles doivent en avoir besoin, dit-il sans ironie.

Andres n'était jamais « allé aux putes ». Trop timide.

Cinq cents mètres les séparaient d'une petite maison de bois peint, la seule à répondre à la description de la villageoise. Flora gara la voiture à hauteur des rideaux tirés. Il n'y avait pas de trottoir, de matériel urbain, ni même de ces panneaux publicitaires à la laideur toute mercantile, seulement une maison aux murs lézardés à la peinture délavée.

Un oiseau de proie planait dans l'azur quand ils sonnèrent à la porte. Deux fois. Une femme en robe de chambre ouvrit enfin, la mine chafouine, des traces de maquillage nettoyées à la va-vite sous les yeux.

— Pardon, je vous réveille ? s'excusa Flora.

— Pour ça, on peut pas dire que tu tombes à pic, rétorqua la trentenaire décoiffée. Tu es qui, ma jolie ?

— Flora, une amie de Rafaële Ramos.

— Ah oui. Et lui, c'est qui ? renvoya la dame en désignant le costaud dans son dos.

— Mon ami Andres. On ne dirait pas comme ça mais c'est un gentil ours.

La femme se décrispa devant le sourire embarrassé de l'intéressé.

— Rafaële était travailleuse sociale auprès des prostituées du coin, d'après ce qu'on m'a dit, poursuivit la métisse.

— Mmmh.

Son peignoir bâillait un peu, laissant apparaître une vilaine cicatrice au niveau du sein.

— Elle s'occupait surtout des mineures, l'aida Flora. J'aimerais parler avec quelqu'un qui la connaissait. C'est pour une histoire, disons, personnelle…

La logeuse croisa son peignoir sur sa poitrine.

— Pourquoi tu parles d'elle au passé ?

Flora hésita. Son interlocutrice n'était visiblement pas au courant du meurtre, mais quelque chose chez cette femme inspirait confiance – sa dose de malheurs ou une sympathie naturelle, qu'importe.

— Rafaële a été assassinée il y a un mois environ, dit-elle.

— *Mierda…*

— Oui. Et sa petite-fille a disparu : Lucia, elle doit avoir une quinzaine d'années. En vérité, c'est elle que je cherche. On m'a dit que des mineures vivaient dans cette maison.

La trentenaire opina, bousculée en plein réveil.

— Je m'appelle Ayleen, dit-elle en les invitant à la suivre. C'est moi le chaperon de ces demoiselles. On allait justement prendre le petit déjeuner. Si ça vous dit de vous joindre à nous.

— Merci.

— Pas de quoi, *mi amor*. Tu es sûre qu'il ne va pas s'évanouir devant les filles ? ajouta-t-elle en désignant son ange gardien.

— Ne vous en faites pas, je l'ai bien élevé.

Ayleen, la doyenne, tenait la maisonnée avec les moyens du bord – savon, nourriture consistante, tenues sexy amochées, eau potable, croisade pour le port de préservatifs. Quatre mineures se partageaient les tâches sous ses ordres, dont deux n'avaient pas seize ans. Les filles déjeunaient à la table de la cuisine commune, pâlottes après la soirée de la veille, mais retombaient en enfance en moins de deux : Flora se fit vite adopter, avec ses attentions et sa manière de parler d'égale à égale. Andres se contenta de rester en retrait pour ne pas les effrayer.

La nouvelle du crime leur coupa l'appétit. Toutes avaient connu Rafaële, qui prêchait dans les villages pour une hygiène de base dans leur métier à risque : les patrons des cabarets la détestaient pour ses revendications, les filles ne l'avaient pas vue depuis longtemps, trop, pensait-on avec le recul, mais personne ne savait que Rafaële avait été assassinée. Cela créa un choc dans la petite assemblée. L'une d'elles, Vanessa, avait les larmes aux yeux.

— Vous savez si Rafaële vivait à Loreta ? demanda Flora.

— Non, fit la maîtresse de maison. Non, on l'aurait su.

— Vous avez une idée de l'endroit où elle habitait ?

Les jeunes femmes alignaient des moues négatives, le nez au-dessus des bols.

— Rafaële avait une petite-fille, Lucia, insista-t-elle : vous les avez déjà vues ensemble ?

— Hum, ça m'étonnerait que votre gamine traîne dans le coin, déclara Ayleen : la Rafaële ne l'aurait pas laissée vivre dans des lieux pourris comme ici.

— Oui, c'est aussi ce que je pense. Mais j'espérais que l'une de vous pourrait me renseigner.

— Désolée.

Une petite brune aux yeux gonflés n'avait encore rien dit, en bout de table ; son visage poupin s'éclaira.

— Si, je me souviens, une fois, Rafaële m'a parlé d'une Lucia. Mais elle disait que c'était sa fille, pas sa petite-fille.

Flora se tourna vers l'adolescente, intriguée. Fille ou petite-fille c'était sans importance.

— Qu'est-ce qu'elle t'a dit sur Lucia ?

La gamine frotta sa tignasse pas peignée comme si les souvenirs lui faisaient mal au crâne.

— Ben… Je crois qu'elle parlait d'une pension à San Vicente. Un endroit où sa fille poursuivait ses études. Je m'en souviens parce qu'elle m'a parlé de cette école pour moi aussi, il y a un an, quand j'ai commencé à travailler. Rafaële me disait d'économiser, mais… je l'ai jamais fait.

À ces mots, le cœur de Flora s'emballa.

— Tu te souviens du nom de cette école ?

Centre des regards, la jeune prostituée ne fit pas l'importante.

— Non… Non, c'est trop vieux… Désolée.

Elle fixait l'adolescente : Angel n'était pas au courant de cette pension – il lui en aurait parlé… On frappa alors à la porte, des coups sourds et répétés. Ayleen, qui avait fermé à clé, fronça les sourcils ; elle esquissa un geste mais Andres s'interposa.

— J'y vais, si ça ne vous dérange pas…

Flora se pencha à la fenêtre de la cuisine, repoussa les rideaux tandis que son ami se dirigeait vers l'entrée : il y avait une voiture garée derrière la sienne, qui la bloquait.

— N'ouvre pas, Andres !

Trop tard : il avait à peine entrouvert la porte

qu'elle rebondit contre lui. Andres esquissa une manchette pour éviter la tranche qui fonçait sur lui, porta la main à la poche de sa veste pour empoigner son calibre mais reçut une balle en plein visage, qui le propulsa en arrière.

4

Des cocotiers fatigués prenaient la poussière sous les transats, secoués par le vent marin qui balayait la plage. Tous les dix mètres, des rabatteurs annonçaient les prix des chambres à louer sur le *malecón*, empiétant sur la route avec leurs prospectus, sourds au drame qui venait de frapper la ville. Lautaro klaxonna pour qu'ils dégagent : il avait à peine eu le temps d'échanger deux mots avec Diana, il n'allait pas lambiner pour ces connards.

Diuque l'avait appelé une poignée de minutes après l'attentat. Comme si l'impact n'était pas suffisant, un nouveau corps avait été découvert dans les galeries du Castillo San Felipe à l'ouverture du site, celui d'un homme décapité, confirmant qu'avec Lautaro, la moindre parcelle de bonheur se payait cash. Il avait laissé son numéro à Diana, comme lui cueillie à froid par ce réveil de brute, et quitté l'hôtel dans la précipitation, avec des excuses qui tombaient à plat – il reviendrait dès que possible, l'appellerait le cas échéant et s'occupait quoi qu'il arrive de sa sécurité.

Le chaos régnait en ville. Les ambulances et les véhicules de police affluaient vers les remparts où la bombe venait d'exploser. Plusieurs morts, d'après le flash à la radio, dont le ministre de la Peña, et des dizaines de blessés. Il reçut l'appel de son père dans la voiture, sans savoir que celui-ci venait d'échapper par miracle à la déflagration : Saùl était bouleversé au téléphone, on entendait des sirènes, des gens qui parlaient fort ou donnaient des ordres aux secours. Aucune info précise pour le moment mais une bombe reposait sous l'estrade du ministre, actionnée à distance ou par un kamikaze. Oscar était mort sur le coup, d'autres suivraient – des bouts de corps humains jonchaient encore le sol. Lautaro informa le Procureur du cadavre décapité trouvé là, dans l'ancienne forteresse, dut abréger la conversation : il arrivait devant le Castillo, où clignotaient les gyrophares.

Diuque attendait devant la statue du sauveur de la ville, Blas de Lezo qui, ayant déjà perdu un œil, une jambe et un bras lors de précédents combats, devait perdre son autre jambe lors de l'ultime bataille contre les Anglais, avant de succomber. Deux hélicoptères traversèrent le bleu du ciel ; Lautaro avança vers l'homme à l'iroquois, guère plus frais que lui.

— Le périmètre a été sécurisé ?

— Les visites du fort sont suspendues pour la journée, acquiesça Diuque. De toute façon, avec l'attentat, le secteur entier va être bouclé.

— L'unité est arrivée ?

— Vasquez et une poignée d'autres, répondit le chef de terrain. Le reste est en route avec le gros du matériel.

— J'ai laissé ma témoin à l'hôtel Casa Deco, mais envoie deux gars sur place, on ne sait jamais.

— *Vale*.

— On connaît le nom de la victime ?

— Pas encore, mais les tueurs ont laissé un message.

Lautaro grimaça : Diuque lui avait parlé d'un homme sans tête au téléphone, pas d'un message.

— Je n'avais pas vu le macchabée quand je t'ai appelé, expliqua l'officier, mais on dirait que ces enculés sont passés à une nouvelle phase.

— C'est-à-dire ?

— Viens juger par toi-même.

Pas trop son genre de faire des cachotteries. Lautaro suivit Diuque parmi les policiers en uniforme qui interdisaient l'accès au site, déjà loin de Diana et de ses cheveux évanescents sur l'oreiller. Ils grimpèrent les marches qui menaient à la citadelle, escortés par une volée de moineaux. Diuque raccrocha son portable au sommet de l'escalier.

— C'est bon, dit-il, deux hommes de l'unité vont assurer la sécurité de l'hôtel.

Lautaro ne broncha pas.

Le Castillo San Felipe était la plus grande forteresse jamais construite par les conquistadores, couvrant une colline entière de la baie de Carthagène. Un réseau complexe de tunnels avait été imaginé pour relier les différents points stratégiques et permettre l'évacuation et le ravitaillement du fort ; certains de ces tunnels étaient éclairés pour la visite des touristes, d'autres non. Diuque traça la route, découpant la pénombre de sa lampe torche. Il faisait plus frais sous les voûtes ; toutes donnaient sur de petites pièces jadis réservées aux notables en cas d'attaque. Les tunnels se succédaient, de plus en plus sombres à mesure qu'ils s'enfonçaient dans le labyrinthe. Enfin, après un fastidieux jeu de piste, Diuque s'arrêta devant deux hommes en combinaison blanche qui les attendaient avant de ratisser la zone ; ils leur fournirent un jeu de chausses et des charlottes pour ne pas saloper la scène de crime, deux types à la mine grave qui s'effacèrent devant le fils du Procureur.

— C'est là, fit Diuque en braquant sa torche.

Le lieutenant éclairait une pièce étroite et froide, une ancienne réserve de grains, et le corps d'un homme décapité assis contre le mur. Il fallait se baisser pour avancer sous l'arche de pierres. Lautaro fit le vide dans son esprit, se glissa à croupetons et décrivit de petits cercles avec la torche pour inspecter le cadavre. L'homme portait un ensemble de sport moulant, des chaussures de jogging, et tenait sa tête entre ses mains, comme la juriste de la Commission. Le sang commençait seulement à coaguler, signe qu'il était mort depuis peu – une poignée d'heures maximum. Lautaro se concentra sur le visage, dont les traits inspiraient la frayeur. Un homme d'une quarantaine d'années, brun, taille moyenne, les yeux mi-clos, avec une petite cicatrice à la paupière. Il vit enfin le message agrafé sur le torse, écrit à la main sur un papier poisseux de sang.

« Voilà le sort que l'Armée du Peuple réserve aux traîtres. »

Lautaro se retourna vers Diuque, silencieux dans son dos : qu'est-ce que c'était que cette connerie ?

La Colombie avait connu son lot de groupuscules aussi spontanés que sanglants ; entre la création du MAS, Muerte a Secuestradores (« mort aux kidnappeurs »), par les narcotrafiquants liés aux propriétaires terriens pour répondre aux enlèvements avec rançon des FARC, le M19 d'extrême gauche qui avait volé l'épée de Bolívar entre deux attentats dans la capitale, Los Pepes d'extrême droite alliés au cartel de Cali lors de la guerre contre Escobar, quantité de massacres avaient été commis sous des motifs fallacieux par des groupes criminels jamais inquiétés. « L'Armée du Peuple » était-elle une nouvelle excroissance de cette violence ?

L'identification de la fille au coq tomba alors que Diuque et Lautaro arrivaient au commissariat de Carthagène : Ariela Fonseca, vingt-huit ans, militante des droits de l'homme et formatrice pour les ex-FARC ayant déposé les armes. Pas de liens connus avec Eva Ruffalo. Basée à Barranquilla, on n'avait plus de nouvelles depuis la veille de son assassinat, alors que la jeune femme se rendait au carnaval qui, tous les ans, attirait une foule considérable. Industrielle et pauvre, Barranquilla était peu sûre et, malgré la fête et les déguisements extravagants qui coloraient les rues, on ne comptait plus les festivaliers braqués au milieu de la foule ou attirés dans les ruelles voisines pour y être dévalisés. Si Ariela Fonseca avait été enlevée en plein carnaval par des tueurs grimés, ils n'avaient pratiquement aucune chance de trouver des témoins.

Ça ne disait pas comment la formatrice s'était retrouvée chez Beltran, d'où sortait cette Armée du Peuple et de quels « traîtres » ils parlaient, mais avec l'identification d'Ariela Fonseca, une ligne commençait à se dessiner : hormis les filles du Bronx, les victimes étaient des acteurs sociaux ou impliqués dans le processus de paix.

— Comme le décapité du Castillo ? avança Diuque.

— C'est ce qu'on va voir.

Le commissariat de Carthagène était en ébullition après l'attentat. Prévenu de leur enquête, le commandant Nalbandian leur avait réservé un bureau au fond d'un couloir avec deux ordinateurs connectés au réseau des différents services. Les deux hommes y établirent leur QG.

L'Armée du Peuple désignait la dernière victime comme un traître. La piste des ex-FARC privilégiée, ils cherchèrent parmi l'organigramme du nouveau parti politique. Un visage et un nom apparurent bientôt, qui correspondait à la tête décapitée : celui de Juan Delgado, le directeur de campagne que Lautaro avait eu au téléphone après le meurtre d'Eva Ruffalo. Un ancien guérillero qui avait choisi le chemin de la paix. Un traître, à en croire le message.

Huit personnes tuées dans l'explosion, dont le ministre candidat, vingt-quatre personnes blessées, trois dans un état critique, les services de renseignements du DAS et la police humiliés : le premier meeting de la campagne avait viré au désastre. L'attentat n'avait pas encore été revendiqué mais, d'après les premiers éléments d'enquête, la charge d'explosifs glissée sous la scène n'avait rien d'artisanal.

Saùl Bagader avait géré la situation sur place (un chaos de corps ensanglantés et d'ambulances hurlantes, de brancards dépêchés en toute hâte, de militants en pleurs et de policiers régulant la panique), sous l'œil des photographes et des télés déjà présents. Lautaro lui avait signalé qu'un nouveau corps avait été retrouvé dans le Castillo voisin sans donner plus de précisions ; pris dans un autre tourbillon, Saùl ne lui en avait pas demandé. Après avoir rassuré son fils sur son état de santé, le Procureur avait envoyé un texto à Lorena au cas où elle s'inquiéterait pour lui, joint le gouverneur de la province, les responsables de la sécurité, passé des savons aux personnes concernées, déclaré aux médias qui l'interrogeaient que « la lumière serait faite sur cet acte terroriste et lâche », donné des ordres aux policiers qui bouclaient le secteur, avant de s'engouffrer dans la voiture que pilotait son chauffeur et garde du corps.

— Vous avez entendu la radio, *patrón* ?

— Non.

— Ben, c'est un sacré bordel ! singea Gomez.

Saùl reçut le texto de Lautaro, qui venait d'identifier l'homme décapité trouvé ce matin dans le Castillo, Juan Delgado, porte-parole des FARC. Pas d'autres commentaires. Gomez roula jusqu'à l'hôtel Casa San Agustín, où les de la Peña avaient posé leurs valises.

Haby, toujours malade et alitée, regardait la télévision où les images de l'attentat passaient en boucle, dans un état de grande confusion. Oscar, les terroristes, la stupeur, Saùl qui avait échappé au carnage, c'était trop de choses à la fois. Enfin, les rideaux tirés sur la chambre de la suite, Gomez montant la garde dans le couloir, les amants purent s'épancher sans crainte. Haby aussi aurait dû se trouver sur l'estrade : la pensée même l'horrifiait. Les mots se bousculaient dans la bouche de la veuve, inutiles, nécessaires. Saùl à son chevet tenta de la consoler – ils l'avaient échappé belle –, caressa sa jolie tête enfouie contre lui.

— Il va falloir se tenir éloignés l'un de l'autre, soupira-t-il enfin. Plusieurs semaines, je le crains : les journalistes vont te harceler. Je te soutiendrai autant que possible, comme ami de la famille, mais on ne peut plus se voir en dehors.

Saùl redressa son visage mouillé de larmes.

— Tu vas tenir le coup ?

— Aujourd'hui je te dis non, répondit Haby.

— Mais tu es forte.

— C'est horrible, qu'est-ce qu'on va devenir ? Toi, moi ?

— N'y pense pas pour le moment. On a malheureusement d'autres échéances.

Les obsèques, l'enquête pour désigner les coupables, les élections possiblement ajournées. Les appels ne cessaient pas sur le smartphone du Procureur général. Saùl songea à le couper, comme la télévision de la chambre qui repassait les images, le temps qu'Haby se calme un peu : la nouvelle tomba alors, relayée comme une traînée de poudre par les réseaux sociaux.

Le kamikaze qui avait provoqué l'attentat de Carthagène avait un nom : Alejandro Tevez. Il avait surtout laissé un message sur Facebook au nom de « l'Armée du Peuple ».

Combattant des FARC ayant refusé la reddition de la guérilla après les accords de paix, Tevez se dépeignait comme un martyr, fustigeait les « FARC de pacotille » vendus au capitalisme financier et agraire, des traîtres à la cause du peuple comme Juan Delgado et le ministre de la Peña, marionnette du Président fasciste ; les élections post-conflit n'étaient qu'une mascarade pour éblouir la population avec de fausses promesses, des accords avec les multinationales étaient déjà passés pour accaparer et piller les terres des Colombiens, un charabia crypto-marxiste d'un autre âge dont l'emphase ne valait pas la salive utilisée à la proférer, selon Saùl Bagader.

Lautaro venait de retrouver son père dans le salon privé de l'hôtel Casa San Agustín, un bâtiment au luxe raffiné, traversé par l'ancien aqueduc qui dessinait les contours d'une piscine couverte. Son père encaissait les mauvaises nouvelles avec un pragmatisme amer : il connaissait Juan Delgado, et Oscar de la Peña était son allié politique depuis des années. La détermination du chef de la Fiscalía s'avérait d'autant plus renforcée. Il sortait d'une discussion houleuse avec le Président qui, bien que touché personnellement par la mort d'Oscar, hésitait encore quant à la ligne à tenir. Saùl avait durci le ton : on ne traitait pas avec des terroristes, il fallait au contraire anéantir la métastase avant qu'elle ne gangrène de nouveau toute la société. Derrière le patriotisme idéologique du geste sacrificiel de Tevez se cachaient des pulsions criminelles consubstantielles aux FARC dissidents et aux groupes armés d'extrême gauche qui jouaient à se réconcilier : c'est cette duplicité que Saùl dénonçait au Président, et ce n'était pas le communiqué délirant envoyé aux rédactions qui allait le démentir.

L'Armée du Peuple décrétait en effet être la seule organisation populaire légitime pour négocier une autre paix que les « accords honteux de La Havane », réclamait le retrait de l'Armée des vingt-six espaces territoriaux de formation et de réincorporation, ces zones démilitarisées abandonnées par les FARC pour reprendre leur vie civile, sans quoi la nouvelle guérilla continuerait d'enlever et supprimer tous ceux qui projetaient de « confisquer le pouvoir au peuple », ex-FARC et « acteurs politiques ou sociaux de mèche avec le capitalisme » inclus : une centaine de cibles avaient déjà été liquidées, cent autres le seraient s'ils ne cédaient pas à leurs exigences.

Un chantage intenable.

Lautaro écoutait son père vociférer dans le salon privé où brillait la porcelaine.

— Tevez, Beltran et ses *sicarios* n'ont pas pu monter l'attentat seuls, tempêtait le Procureur. En faisant confiance aux FARC, le Président a gravement sous-estimé la capacité de nuisance de leur aile dure. Tu sais comme moi que la drogue finance la guérilla, d'où cette association entre Beltran, le kamikaze et cette soi-disant Armée du Peuple. Voire avec Rodriguez.

— Mais Tevez ? réagit Lautaro. Comment il a pu se glisser sous l'estrade avec une telle charge d'explosifs ?

— Le responsable de la sécurité a été tué dans l'explosion mais des policiers et des agents de la ville sont forcément corrompus. Peut-être même complices actifs. Il faudra leur régler leur compte, à eux aussi. On en reparlera le moment venu, professa le Procureur : le plus urgent est d'arrêter cette Armée du Peuple avant qu'elle ne commette de nouveaux carnages.

— J'ai envoyé Diuque et une équipe chez Tevez, du moins à l'adresse qu'on a à Santa Marta.

— Tu as bien fait.

Lautaro étouffait dans l'atmosphère confinée du salon privé.

— Ça veut dire que je garde l'affaire ? demanda-t-il.

— Oui, répondit Saùl. Oscar disparu, c'est moi qui me retrouve en première ligne. Non seulement tu continues l'enquête mais tu n'en réfères plus qu'à moi. Il y a une taupe dans nos services, plusieurs sans doute, qui se sont alliées aux terroristes. On va faire équipe tous les deux, Lautaro, et montrer à ces arriérés comment ça se passe en Colombie.

Au-delà de ses motivations et des liens que Beltran

entretenait avec Tevez et sa clique d'illuminés, Lautaro comprit le message : tous ceux qui s'opposeraient aux élections seraient considérés comme des ennemis de la nation, et si un groupuscule voulait doubler les FARC par la gauche, ils ne réussiraient qu'à mettre le pays sous le coup de la loi martiale. Les guérilleros qui avaient refusé de déposer les armes possédaient la structure et le matériel militaire pour causer un tel attentat. Les menaces de l'Armée du Peuple étaient claires, que son père résuma en une phrase prophétique, lapidaire.

— Cette fois-ci, c'est la guerre.

Les palmiers balançaient leurs feuillages devant les remparts de la vieille ville. Les vendeurs de mangues avaient été repoussés vers le port pour dégager l'accès aux secours, une dizaine de policiers se tenaient encore en faction près des barrières métalliques, surveillant les alentours comme si un camion bourré d'explosifs pouvait foncer sur eux ; Lautaro montra sa plaque aux types à casquette, sans un mot. La voiture se glissa par la porte sud et roula sur les pavés jusqu'à la plaza de la Aduana. Les commerces et les boutiques, rideaux tirés, ne rouvriraient pas avant le lendemain, la circulation était suspendue, les ruelles désertées. Une atmosphère de fin du monde.

Lautaro rentrait au Casa Deco et la tension ne retombait pas après l'entrevue qu'il venait d'avoir avec son père. L'idée de retrouver Diana lui redonna un peu de sérénité.

Il avait pensé à elle toute la journée, des petits bouts de temps fragmentés qui se plantaient plein cœur.

Happé par les événements de cette journée de cauchemar, Lautaro n'avait pas cherché à la joindre mais l'émotion de la veille le submergeait encore. Comme un appel du vide… Il gara la voiture près de l'hôtel et, le passe de la chambre en poche, snoba la fille de l'accueil et la fontaine qui gazouillait là avant de grimper à l'étage.

Six heures du soir. Lautaro croisa son reflet dans le miroir de l'ascenseur de bois vernis, se trouva vieux, amaigri, les yeux injectés de sang. Il n'avait rien mangé de la journée, incapable d'avaler autre chose qu'une série de cafés machine au commissariat. Trop de cadavres, ou de sentiments qui le débordaient, les mains moites à l'idée de la revoir – il lui dirait quoi : pardon ?

Lautaro suivit le marbre du couloir qui menait à la chambre 314, ne vit pas de flics dans le couloir. Il entra dans la suite sans sonner, intrigué. La baie vitrée était ouverte sur la terrasse, le lit impeccable après le passage de la femme de ménage, mais la chambre était vide.

— Diana ?

Lautaro visita la terrasse, revint sur ses pas, en vain. La journaliste était partie, sans un mot pour lui…

5

Diana dormait quand la déflagration avait secoué les remparts. Électrique, Lautaro était parti en coup de vent en lui laissant son numéro sur la table de nuit, pâle comme un linge, une rapide caresse sur la main pour la rassurer – il enverrait deux flics pour sa sécurité.

En attendant, la télé passait les images de l'attentat en boucle. On parlait de plusieurs morts, une attaque dont on ne savait à peu près rien malgré les supputations hasardeuses des commentateurs. Émerger s'avérait doublement pénible. Les spectres de la villa ressurgissaient comme des diables de leur boîte, Diana avait dormi dans le peignoir de l'hôtel, trop bu aussi sans doute, et se retrouvait maintenant seule avec les images de panique et la mine fardée de la journaliste de la chaîne. Tout allait trop vite, même pour sa maudite tête brûlée.

Prise dans la tourmente, elle n'avait pas demandé à Lautaro Bagader s'il était un ancien paramilitaire coupable de crimes de guerre, s'il avait tué les soldats des forces spéciales qui avaient participé aux massacres de civils et à la capture de son frère guérillero, s'il avait supprimé ces témoins pour se couvrir ou garder l'anonymat d'Angel, ce qui s'était passé pendant les quatre mois précédant le transfert d'Orlando Mercer dans la prison de Carthagène, s'il l'avait envoyé se faire tuer dans le Nariño en découvrant qu'elle avait retrouvé sa trace, s'il lui laissait au contraire une chance de se reconstruire avec sa fille, s'il était impliqué dans le meurtre de Jardín : Lautaro lui avait sauvé la vie.

Il l'avait portée jusqu'au lit de la suite, ivre et tourmentée, et l'avait veillée jusqu'au matin comme une âme en peine. Diana avait senti sa présence à ses côtés, un loup prêt à mordre pour la protéger. De quoi était fait cet homme ? Le danger les liait, c'était sûr, le même qui lui picotait les entrailles, comme l'appel de la forêt des livres de Jack London qu'elle lisait plus jeune. Quel sens donner à tout ça ? Sa personnalité était faite de mille visages, mais aucun de ses avatars n'avait la moindre fibre criminelle : Lautaro, si.

Alors pourquoi se sentait-elle attirée par lui ?

Diana coupa la climatisation de la chambre, prit une douche sans entrevoir le début d'une réponse, trouva quelques affaires dans son sac de plage que le policier avait ramassé chez Beltran. Elle jeta les vêtements qu'elle portait la veille dans la corbeille, s'habilla de la robe de ville bleue qu'elle gardait en rechange, fit chauffer la bouilloire et but un thé qui ne changea rien à sa gueule de bois.

Diana avait vu ce qu'elle ne devait pas voir, joué les Pandore, frôlé le pire en entraînant Jefferson avec elle. Tout était de sa faute. Mais elle ne deviendrait pas muette de terreur comme Karen, ou bonne à interner : ceux qui avaient assassiné son père dans une rue de Bogotá ne le tueraient pas une seconde fois… Assise sur le lit, Diana achevait son thé, songeuse. La télé avançait le nombre de huit morts (après de la Peña, le chef de la sécurité du meeting avait succombé à ses blessures) et de dizaines de blessés, certains dans un état critique. Elle repensait à Santa Marta, à la gare routière. Les tueurs se doutaient qu'un nouvel arrivage de chair fraîche serait suspect après la mort de Karen Fabregas. Delbonis avait jeté les smartphones par la vitre pour éviter d'être géolocalisé mais Diana était de la vieille école : elle apprenait encore les numéros de téléphone par cœur.

Jefferson décrocha à la deuxième sonnerie.

— Bon Dieu, Diana, dit-il en reconnaissant sa voix, tu peux dire que tu m'as fichu une de ces frousses !

— Petite nature, blagua-t-elle pour se donner du courage.

— Tss ! Tu es où ?

— À Carthagène.

— Putain, tu as vu l'attentat ?

— Aux premières loges, malheureusement. Toi, comment tu vas ?

— C'est plutôt à moi de te poser la question, renvoya le photographe, la dernière fois que je t'ai vue, un type t'embarquait de force dans une voiture.

— Je vais bien, mentit-elle ; le reste, je n'ai pas envie d'en parler. Et ce n'est pas pour ça que je t'appelle.

— Si c'est pour me demander de l'aide, tu peux aller te rhabiller tout de suite.

— Dis-moi plutôt si tu as réussi à prendre des photos à la gare routière.

— Oui.

— Alors ?

— Alors rien, grogna Jefferson. Quand j'ai vu qu'on t'enlevait, j'ai aussitôt appelé les flics avant de leur envoyer le signalement de ton ravisseur et le numéro de plaque de la Jeep. Bon Dieu, je suis resté des plombes au commissariat de Santa Marta à attendre de tes nouvelles, à suivre l'enquête en direct avec les flics ! Au final, l'immatriculation de la Jeep était fausse et l'homme qui t'a serrée à la gare routière s'est pris une balle dans l'assaut de la villa. Mort, il paraît.

— Delbonis.

— Tu connais ?

— Un *sicario* au service de Beltran, un mafieux recyclé de la côte caraïbe, répondit la journaliste. En lien avec la boucherie du Bronx.

Il acquiesça – Diana avait repris son rythme de croisière.

— Ils savaient que tu étais sur leur piste ?

— En tout cas ils n'ont pas mordu à l'hameçon, convint-elle, pas après l'affaire Fabregas.

— Tu m'étonnes, il fallait être rudement con pour te suivre sur ce plan-là !

— Ou courageux.

Jefferson souffla dans le combiné.

— On est des petits poissons, Diana, des gentils petits poissons. Comment il s'appelle déjà le connard rouge et blanc de Walt Disney ?

— Nemo ?

— C'est ça. On est des Nemo dans l'aquarium, et les tueurs des saloperies de requins blancs.

— Tu m'avais habituée à des parallèles plus cinglants, Jef.

— Laisse tomber.

— Aujourd'hui encore moins qu'hier, mon petit chéri : je n'ai pas traversé tout ça pour rentrer au journal la queue basse.

— Tu veux finir comme Sonia Enriquez, à sucrer les fraises, de dépression en maison de repos ?

— Beltran est impliqué dans une série de meurtres à grande échelle et je suis persuadée qu'il a participé à l'attentat de Carthagène, insista-t-elle. Toute cette affaire est liée. Un truc énorme.

— Putain, Diana, reviens sur terre ! C'est l'affaire de la police maintenant, pas la nôtre !

— Justement, j'ai des infos de première main : Lautaro Bagader, dit-elle. Je suis avec lui à Carthagène et…

— Quoi, coupa-t-il, le mec que tu soupçonnes d'avoir commis des crimes de guerre ?!

— Je crois que je me suis trompée sur son compte, admit-elle.

— Ça valait le coup de lui courir après, maugréa Jefferson. Bagader est à Carthagène à cause de l'attentat ou à cause de toi ?

— Lui aussi était sur la piste de Beltran. C'est lui qui m'a sortie de là. De la villa, avec le grand flic qu'on a croisé l'autre matin au parc.

Jefferson sentit au téléphone qu'elle ne lui disait pas tout.

— Bagader t'a embauchée pour l'enquête ou il t'a débauchée pour que tu lui fiches la paix avec ces histoires de paramilitaires ?

— Tu es jaloux ?

— D'un flic ? Faudrait quand même pas déconner. Bon, tu comptes faire quoi au juste ?

— Un article impliquant Beltran dans l'attentat.

Diana regardait la télévision d'un œil distrait, toute à sa conversation : les visages défilaient sur l'écran, le son en sourdine, quand une voix retint son attention.

Une voix d'outre-tombe, qui fit battre son cœur plus vite. Elle augmenta le son.

— Diana ? s'inquiéta Jefferson au téléphone. Diana, tu es toujours là ?

Un flash lui traversait le cerveau, bousculait les perspectives, des dominos dégommés en cascade. Elle pensa à la jeune formatrice qui comptait partir à la recherche de Lucia Bagader dans le Nariño : Flora ne devait pas s'y rendre. En aucun cas. Ils allaient la tuer, comme la grand-mère…

On frappa alors à la porte de la chambre.

— Police ! Ouvrez s'il vous plaît !

Lautaro aurait préféré dormir. Disparaître pour un moment de la surface du globe, valdinguer au-delà des nuées, traverser les pluies de la Voie lactée sans cheval ailé et s'écraser trois galaxies plus loin dans les bras d'une femme (Diana Duzan, au hasard), au lieu de quoi il fixait la fille à l'accueil du Casa Deco comme s'il allait la gifler.

— Comment ça, elle est partie avec les policiers ?

La grande brune s'accrocha au comptoir cerné de plantes grasses. L'attentat de ce midi était survenu à moins d'un kilomètre de l'hôtel, les clients appelaient depuis pour décommander ou annuler leur séjour et l'homme qui lui faisait face prenait un air menaçant.

Sommé d'expliquer l'absence de Diana dans sa chambre, Diuque avait rappelé Lautaro deux minutes plus tard, la queue basse : les deux flics de l'unité étaient bien partis ce midi avec un laissez-passer pour entrer dans la vieille ville, mais il avait tenté de les joindre et aucun des deux portables ne répondait. Ils étaient pourtant venus à l'hôtel, comme en témoignait la fille de l'accueil, sauf qu'ils étaient quelques minutes plus tard avec la journaliste. Pourquoi Diana ne l'avait-elle pas prévenu ? Et les hommes de l'unité ?

— C'était qui, ces flics ?

— Deux agents en civil. C'est ce qu'ils m'ont dit.

— Ils vous ont montré leur plaque ?

— L'un d'eux, oui.

— Vous vous souvenez de son nom ?

— … Roncon. Agent Roncon, je crois, bredouilla-t-elle. L'autre je ne me souviens plus.

— Roncon, vous êtes sûre ?

— Oui. Enfin, je crois. Mais avec tout ce qui arrive…

Comme les clients grisonnants de l'hôtel commençaient à les regarder de travers, Lautaro entraîna l'employée vers le salon de lecture, désert à l'heure où les vieux vont dîner.

— Et mon amie ne vous a rien dit ? Où ils allaient ?

La fille secoua la tête.

— Non : elle est sortie avec les deux policiers. Pourquoi, s'inquiéta-t-elle, il y a un problème ?

Lautaro n'écouta pas la suite ; il s'isola pour rappeler Diuque. Une poignée de secondes passa, pénibles, avant que le doute ne se confirme par la voix de son lieutenant : aucun agent Roncon ne travaillait pour l'unité Falcon.

Lautaro blêmit. Son témoin avait été enlevé.

Diana.

6

Lucho Gonzalez passait ses journées à renifler. Putain de bonne coke. Il se croyait connaisseur, consommateur c'était sûr, il suffisait de voir les sachets de poudre qui se baladaient dans ses poches. Première qualité, c'est eux qui la fabriquaient dans la forêt, coupée à un tas de merdes mais loin du produit à chiottes qu'elle deviendrait en bout de course. Castro lui disait qu'il finirait accro s'il continuait comme ça, qu'est-ce qu'il en savait, le cousin, c'est pas lui qui découpait les corps dans les baignoires là-haut pendant qu'El Niño comptait les points.

Lucho les avait largués la veille à l'aérodrome de campagne qui bordait ce foutu *chango*, et ils ne reviendraient pas, maintenant que de la Peña était zigouillé. On l'avait laissé à Loreta, le trou à rats qu'ils squattaient depuis le début des opérations dans le Nariño. Lucho avait hâte de quitter le navire. Car, comme d'habitude, El Niño l'avait chargé du sale boulot – putain, il avait une gueule de voiture-balai ?

Enfin, le *sicario* avait semé des indics un peu partout dans les villages alentour au cas où la cible se pointerait : Flora Ibanez, d'après les infos de son chef, qui recyclait les ex-FARC dans le cadre d'un programme gouvernemental. Lucho n'avait pas de photo, que son signalement, une fouineuse qui chercherait à joindre une certaine Lucia Ramos. Un jour, une semaine, El Niño ne lui avait pas dit quand la Flora en question ramènerait sa fraise, juste qu'il devait la faire parler avant de la balancer dans le fleuve. Après seulement Lucho rentrerait à la maison, à Medellín, où à vrai dire personne ne l'attendait. Pour ce qu'il en avait à foutre. Mais il avait senti qu'un truc embarrassait son chef d'équipe, comme s'ils avaient fait une connerie. Lucho ne s'était pas demandé laquelle.

Il rongeait son frein depuis deux jours dans un chalet voisin de la maison de Luis Alfonso – d'ailleurs il était où cet empaffé ? Il se réveilla comme tous les matins en sniffant une ligne sur la table de nuit, quand un de ses indicateurs appela son portable : une jeune femme répondant au signalement avait été vue tout à l'heure dans la rue principale de Loreta, une étrangère qui avait garé sa voiture devant la baraque d'Ayleen et de ses petites chattes. Un type balèze l'accompagnait.

L'occasion d'en finir avec cette mission pourrie. Lucho enfila un pantalon de survêtement à la va-vite, fourra des armes dans un blouson et prit le 4 × 4 jusqu'à la sortie du village.

Il y avait une voiture de location garée le long du trottoir de terre battue.

Le *sicario* reniflait l'amertume de la cocaïne en frappant à la porte de la maison où logeaient les petites putes. Son cœur battait la chamade, avec un goût d'ultraviolence dans la bouche qu'il connaissait bien. Il entendit des pas qui approchaient, trop lourds pour être ceux d'une femme, attendit que la porte s'ouvre pour la défoncer du pied. Elle rebondit contre un grand type au tee-shirt jaune flashy, qui tenta d'atteindre l'arme dans la poche de son blouson ouvert : le Browning calé contre ses flancs, le tueur ne lui en laissa pas le temps. Tirée à bout portant, la balle emporta le visage du type, qui recula d'un mètre avant de s'affaler dans l'entrée. Les filles braillaient comme des pies dans la maison de la mère maquerelle.

— Bougez d'un centimètre, je vous truffe de plomb ! prévint Lucho en faisant irruption dans la cuisine, le canon tendu.

Il repéra vite l'étrangère, tétanisée, on aurait dit, une petite brune plutôt menue et bien roulée aux yeux noirs remplis d'effroi devant le cadavre de son copain.

— Toi, recule !

Brunette obéit. Une ribambelle de jouvencelles en tenue de bébé prenaient leur petit déjeuner, livides.

— Qu'est-ce qui se passe ? tenta Ayleen.

— Ta gueule, toi, la pute.

— On n'a…

— Ta gueule, je t'ai dit ! La première qui la ramène, je lui découpe les nichons, c'est compris ?!

La trentenaire pâlit à son tour devant les yeux injectés du *sicario*. Une vieille tradition dans la région.

— Asseyez-vous à vos places, ordonna-t-il. Sauf toi, il ajouta à l'intention de Flora. Allez !

Les jeunes filles obtempérèrent, aussi apeurées qu'on pouvait l'être devant le cadavre qui gisait dans l'entrée. Ayleen s'adossa contre la cuisinière, tête basse en signe de soumission, serrant les pans fatigués de son peignoir. Brunette le regardait toujours avec ses yeux d'Indienne.

— T'es pas d'ici, lâcha le tueur.

Ce n'était pas une question.

— Non.

— D'où ?

— La côte caraïbe.

— Ton nom.

— Flora… Flora Ibanez.

Lucho renifla d'aise, joua du menton.

— Et lui ? fit-il en désignant l'homme à terre.

— Andres… Un ami.

Flora retenait son souffle, horrifiée par l'image ensanglantée. Tout était de sa faute.

— Tu cherches Lucia Ramos, c'est ça ? Hein ? Pas la peine de faire cette tête, je suis au courant, jubila-t-il sous l'influence de la poudre inhalée. On m'a chargé de te faire parler avant que tu partes en voyage sur le fleuve. Tu aimes ça, naviguer sur les fleuves ?

Flora ne pensait qu'à atteindre la bombe d'autodéfense dans son sac à main. Il dut sentir qu'elle préparait quelque chose.

— Pose ton sac à tes pieds… Allez, magne-toi !

La métisse le laissa choir sur le lino de la cuisine. Lucho aimait cette expression de panique sur le visage de ses victimes. On l'avait dressé pour ça, comme les chiens d'attaque.

— Toi, siffla-t-il à une ado attablée, attache-lui les mains avec une serviette. Dans le dos… Serre fort ou tu y passes avec elle.

La gamine tremblait tellement qu'elle dut s'y reprendre à deux fois. Enfin Flora était à point, les mains liées au milieu de la cuisine, sous les mines terrorisées des filles. Lucho rangea son calibre dans l'élastique de son pantalon de jogging, puis il fit claquer le cran d'arrêt qu'il tenait dans sa poche. Flora ouvrit des yeux ronds, lâcha un cri qui ressemblait à un sanglot tandis que le tueur arrachait sa chemise. Puis il ficha la pointe du couteau sur son plexus.

— Non !!!

D'un coup sec, Lucho fit sauter l'armature du soutien-gorge, qui tomba à leurs pieds. Le cœur de Flora lui remontait dans la gorge.

— Jolis petits nichons, commenta l'homme au couteau. Ce serait dommage de les abîmer pour rien, t'es pas d'accord, Ibanez ?

Flora faisait un rêve, un rêve de porcherie. Elle serra les dents quand il souleva son sein avec la pointe effilée du cran d'arrêt.

— Tu sais ce qu'on fait aux filles désobéissantes par ici ? Non, on t'a pas dit ? fit Lucho prenant les autres à témoin. On leur ouvre un sein comme une escalope… Tu aimes ça, l'escalope, Ibanez ?

Ayleen. La cicatrice entraperçue sous son peignoir. Flora bredouilla.

— Qu'est-ce que vous voulez ?

— Oh ! comme c'est mignon cette petite voix, on dirait du sirop à la trouille… Tu as peur, Ibanez, pas vrai ?

Un sourire fiévreux glissa sur le visage du taurillon. Flora tremblait comme une feuille sur le lino de la cuisine. Les jeunes prostituées retenaient leur respiration, le nez dans leur bol vide. Une mouche tournait au plafond, cherchant elle aussi une issue.

— Qui d'autre est au courant pour Lucia Ramos ?

— Au courant de quoi ?

— Qui la cherche ?

La lame dansait sous ses yeux.

— Un ami, dit-elle plus bas.

— Quel ami ?

— Orlando Mercer.

— C'est qui ?

— Un repris de justice… Le père de Lucia.

— Content de l'apprendre. Mercer, ce serait pas un grand type brun, du genre beau gosse ?

— Si…

Le fouille-merde qu'ils avaient balancé au fleuve. Drôle de coïncidence – et si c'était ça qu'El Niño lui cachait ? Il verrait plus tard.

— Mercer est venu y a une quinzaine de jours, dit Lucho, pourquoi tu te pointes que maintenant ?

— Pour retrouver sa fille, je vous ai dit.

L'autre renifla encore, les lèvres pincées.

— Qui d'autre cherche la gamine ?

— Je ne sais pas, murmura Flora.

— Qui d'autre ?! siffla-t-il en pressant la lame sur sa peau.

Un filet de sang coula de son sein.

— Diana Duzan, souffla Flora, une journaliste de Bogotá.

— Journaliste pour qui ?

— *El Espectador.*

Lucho enregistrait les informations pour El Niño et leur boss, qui pilotait l'affaire.

— Qui d'autre ? insista-t-il.

— Personne.

— Tu mens.

— Non. Non…

Le tueur sonda le regard de sa victime, qui montrait déjà des signes de faiblesse. Il empoigna sa tignasse d'Indienne d'une main ferme, la tira en arrière pour qu'elle ne se débatte pas trop et enfonça la lame sur son sein. Une petite découpe à vif, histoire de l'entendre beugler avant de lui trouer la peau pour de bon.

— Tu salueras les crocos de ma part, Ibanez.

Lucho avait un sourire chimique aux lèvres

lorsqu'une déflagration retentit dans la pièce. Les filles baissèrent d'instinct la tête, étouffant un cri de surprise, tandis que le tueur basculait sur le côté. Il saignait déjà abondamment, une balle de petit calibre fichée dans le crâne… Flora resta un moment comme elles, le souffle coupé.

Une odeur de poudre en suspension piquait l'air de la cuisine. Ayleen baissa le revolver qu'elle gardait dans le tiroir.

— Préparez vos affaires, les filles. On s'en va, vite.

7

Le téléphérique du bidonville de Santa Domingo disparut à toute vapeur sous les nuages. Angel observait les amalgames de brique et de tôle ondulée par le hublot du petit bimoteur, maussade malgré les huit heures de sommeil qui l'avaient remis d'aplomb. Il regrettait le vieux Remington abandonné à une bouche d'égout un peu plus tôt, appréhendait son arrivée en territoire hostile, échaudé par son précédent séjour dans le Nariño.

Ils n'étaient que seize passagers dans l'avion plein à craquer, deux pilotes en uniforme, pas d'hôtesse mais un cockpit donnant sur le ciel tourmenté. Une heure de vol depuis Medellín. L'arrivée s'avérait souvent incertaine, selon que la piste était inondée – le Chocó était une des régions les plus pluvieuses au monde – ou que des vaches y paissaient. « *¡ Sale si puede !* », « Sortez si vous pouvez ! » comme disaient les locaux. Un avant-goût de ce qui l'attendait.

Le bimoteur s'ébroua à l'approche de l'aérodrome, encore invisible parmi l'amas de végétation qui constituait la côte. Angel n'avait pas vu d'habitations depuis leur descente sous les nuages, seulement des vagues moutonnantes sur des rivages inhospitaliers, rochers ou langues de sable noir comme dans les récits des premiers navigateurs. Ils survolèrent un village mal en point dans une courbe aléatoire au-dessus de la baie, plongèrent vers les terres comme pour s'y écraser, quand la piste apparut enfin, trois cents mètres d'asphalte cernés par la verdure en ligne de mire. Le contact avec le sol fut rude, ce qui n'empêcha pas le commandant de bord de plaisanter.

Quelques autochtones avaient fait le voyage et une poignée de touristes en mode baba cool qui paieraient le triple en taxes à l'aéroport, un simple hangar de tôle où des militaires armés jusqu'aux dents surveillaient les arrivées. On fouilla les bagages en vérifiant les identités. Angel remplit le formulaire – il avait noté l'adresse d'un hôtel dans un guide touristique –, répondit aux sourires du personnel, moins tendu que les soldats en tenue de camouflage, le M16 sur le ventre.

Un orage menaçait à la sortie de l'aérodrome ; Angel laissa les passagers s'éloigner vers les tuk-tuk qui attendaient là. Hormis les Indiens, les descendants d'esclaves et les animaux, il ne vivait personne dans les forêts alentour ; l'essentiel de l'activité se concentrait sur la côte, où les restaurants et quelques hôtels s'entassaient au gré des rares plages et des petites baies seulement accessibles par la mer. Angel grimpa à l'arrière d'un triporteur décoré comme une *chiva*, ces bus colorés qui traversaient les Andes avec la musique à fond, mentit au chauffeur rieur qui slalomait entre les nids-de-poule. Il n'y avait pas de route mais une piste chaotique parsemée de flaques profondes comme des mares.

— On irait aussi vite à pied, commenta l'ancien guérillero pour faire la conversation.

Enrique était un Noir affable au tee-shirt fatigué qui, connaissant la région comme sa poche, se montra disert. L'âge d'or du Chocó était passé, quand les rois et les puissants de ce monde venaient séjourner dans les lodges de la côte pour la pêche au gros : marlin, thon, espadon, Bahía Solano et ses environs étaient un spot réputé et couru jusqu'à l'arrivée de la guérilla et des paramilitaires qui se disputaient l'accès au corridor vers le Panamá. Des gérants d'hôtel avaient été assassinés par les uns et les autres pour avoir supposément aidé ou dénoncé la partie adverse, si bien que les Blancs avaient déserté la baie miraculeuse, aujourd'hui en déshérence. Personne ne se souciait de la population autochtone reléguée dans le Chocó, l'argent de l'État détourné par les politiciens corrompus expliquait la situation déplorable des rares routes – un tronçon reliait Bahía Solano à El Valle, l'autre village de la côte, une vingtaine de kilomètres dont seulement trois d'asphalte. Le gouvernement avait néanmoins créé des parcs naturels pour relancer l'activité touristique de la région – les baleines à bosse s'y reproduisaient de juillet à octobre, ainsi que les tortues de mer sur les plages –, notamment celui d'Utría, plus au sud. Des mangroves s'enfonçaient dans la réserve biologique où oiseaux, caïmans, tapirs, pumas et même des jaguars justifiaient des visites avec guides dûment répertoriés par les agences locales. Toutes vendaient des tickets pour les *lanchas*, les bateaux-taxis qui menaient aux diverses excursions.

Angel interrogea le chauffeur sur les villas de luxe construites dans la région mais Enrique ne fit aucune allusion à des narcotrafiquants. Si Luis Alfonso disait vrai, El Niño et son chef devaient pourtant traîner là, quelque part…

Laissant la caserne des militaires dans leurs dos, ils dépassèrent une cascade alimentée par les ravines des collines, quelques maisons prises dans la végétation omniprésente, avant d'atteindre Bahía Solano, principale agglomération de la région. Ce n'était pas une ville à proprement parler mais un village de pêcheurs de deux mille habitants en majorité noirs et indiens, qui prenait l'eau. Soleil et pluie alternaient plusieurs fois par jour, mangues, goyaves et maracudjas y poussaient en cadence mais la terre, trop calcaire, réduisait l'agriculture à sa portion congrue. Hormis le poisson, on n'y consommait que des produits importés par bateau depuis Buenaventura, trop chers pour la plupart des bourses.

De fait, brique et tôle ondulée rivalisaient dans la construction des maisons qui, rarement peintes, révélaient un sous-développement chronique. Enrique déposa l'étranger devant un grand hôtel jaune et vert, anciennement la propriété d'Escobar, le seul ouvert à la ronde. Angel paya le chauffeur de tuk-tuk après avoir pris sa carte, puis il loua une chambre. L'hôtel semblait quasi désert, comme les cuisines du restaurant. Un employé passablement endormi derrière son comptoir donna quelques indications – pas d'eau chaude disponible ni de restauration en dehors du petit déjeuner – avant de livrer les clés. Angel déposa son sac dans une chambre sommaire aux couleurs criardes, reporta la douche froide à plus tard.

Une casemate militaire avec sacs de sable et bâche camouflage trônait à l'intersection des deux rues principales, parée pour une attaque, le canon d'une mitrailleuse pointé sur une population qui en avait vu d'autres. Le temps était lent sur ces terres oubliées, les âmes au ralenti. Angel contourna les flaques, perché sur des bouts de trottoir quand il y en avait. Avec ses chaussures de marche, son pantalon de toile, son tee-shirt à l'effigie d'on ne sait quoi et sa veste de treillis trop grande qui masquait ses mains bandées, il espérait passer pour un touriste dans les rues cassées. Ces derniers étaient plutôt rares, des jeunes avec des sacs à dos, pour la plupart ravis de partager des sourires avec une population locale peu loquace.

Angel erra dans l'ancienne station balnéaire, les mains dans les poches de sa veste, observant son terrain de chasse derrière ses lunettes fumées. Guère folichon : une promenade de béton défoncé faisait office de *malecón*, une sculpture et des jeux pour enfants rouillaient devant les détritus répandus sur la plage, au milieu des branchages et des bouts de bois échoués là. Le sable était noir, les cocotiers penchés sous le poids des averses. Angel longea les petits commerces de la rue principale, les bars d'où s'échappaient cumbia et merengue, des clients amorphes qui laissaient passer le temps, la banque, quelques échoppes de *junk food* qui n'avaient pas encore ouvert, des épiceries guère fournies, des quincailleries spécialisées dans la pêche… Un tueur ferait tache dans cet univers en perdition, raison de plus pour rester sur ses gardes. Il poussa jusqu'au port, tout au plus une rivière à marée basse où des bateaux esquintés dormaient dans la vase. La jungle était partout, des collines aux terres sombres qu'on apercevait au-delà de la baie. Des petits condors patrouillaient au-dessus du rivage, disputant les carcasses échouées aux hérons et pélicans.

Quelques vieilles femmes au fichu décoloré par le soleil surveillaient les gamins en short qui barbotaient en riant dans la rivière d'eau boueuse ; aucune ne lui posa de questions mais toutes répondirent aux siennes avec un accent détérioré par leur denture bancale. Une heure dans le vide : personne ne connaissait de riches dans la région, qu'une villa en bois construite par un architecte français, un peu plus loin sur la côte.

Angel ruminait sous la pluie qui s'était mise à tomber. Il était clair que Bahía n'abritait aucun repaire de narco et il voyait mal un transfert de cocaïne s'opérer dans un lieu aussi sommaire. Il arpenta les quelques rues du village, croisa des motos bringuebalantes aux pilotes sans casque, des écolières en uniforme, jupe plissée grise et chemisier blanc, des cavaliers au visage buriné une machette à la ceinture, des engins de construction, des camions aux suspensions couinant devant les nids-de-poule, des tuk-tuk surtout, principal moyen de locomotion. Personne ne faisait attention à lui : il n'y avait rien à vendre ici.

Un arc-en-ciel se nicha dans le ciel noir fin du monde ; la pluie faisait des balles traçantes dans les rayons du soleil, à l'unisson. Angel se réfugia sous les tôles ondulées d'un bar de fortune où des joueurs de dominos tapaient sur les tables, bancos dérisoires. Midi sonnant quelque part, il trouva une table sur la terrasse d'un petit restaurant d'où il pourrait surveiller les allées et venues. Un jeune gaillard à la peau d'ébène lui présenta la carte. Poisson, riz, *patacones*, il n'y avait qu'un menu toute l'année, qu'Angel commanda avec un jus de mangue fraîche. Un couple de touristes français déjeunait à la table voisine, plateau de plastique fabriqué chez d'autres gueux qui menaçait de s'écrouler au moindre choc. Ça les faisait rire.

La garniture du plat était sèche, la dorade délicieuse – c'est le père du gérant qui la pêchait. Angel finissait de la dévorer quand un visage traversa son champ de vision. Celui d'un grand barbu au teint blafard, reconnaissable entre mille : le *sicario* croisé dans l'arrière-salle de La Perla marchait d'un pas décidé en évitant les flaques béantes, portant des bottes, un chapeau à large rebord et une parka vert kaki. Angel rangea ses mains sous la table, baissa la tête sous sa casquette en ajustant ses lunettes fumées mais El Barbudo ne prêta garde à lui. Angel l'accompagna du regard jusqu'à un bar à la terrasse désertée après la dernière averse, cent mètres plus loin.

Il paya l'addition.

Le lieu où s'était engouffré le tueur se situait à deux pas du petit supermarché qui faisait l'angle, un bar à billard où quelques vieux partageaient une bière autour des tapis verts. Sourds à leurs commentaires et à la musique déversée plein tube des enceintes, des joueurs de dominos se tenaient concentrés à la table la plus proche du comptoir. Posté là, son chapeau trempé à la main, le Barbu interpella la barmaid au tee-shirt remonté sur le nombril pour obtenir un verre. Angel l'observa depuis la terrasse où il venait de s'asseoir. Regard tout-puissant, maxillaires croquant le vide, parler saccadé puant le kérosène, le *sicario* s'était poudré le nez à la cocaïne ; il saisit deux bières et rejoignit un homme plus jeune qui l'attendait pour s'attabler. Angel se plaça dans le dos du tueur de manière à se faire une idée de son interlocuteur, un jeune Noir qui écoutait les mots du narco comme si de l'or s'en échappait. La musique l'empêchait d'entendre mais la discussion, à vrai dire, tenait plus du monologue.

Angel observait la scène derrière ses lunettes, consigné à la bière qu'il venait de commander à la serveuse maquillée pour la fête. El Barbudo semblait donner des instructions à l'autochtone, qui opinait avec une expression révérencieuse monolithique. Une enveloppe glissa bientôt sur la table, marquant la fin de l'entrevue ; le *sicario* quitta le bar à billard, son chapeau sur le crâne, tandis que l'autre empochait l'enveloppe. Angel hésita à le suivre, mais à pied il n'irait pas loin et le tueur se méfierait.

Un reggaeton indigeste jouait toujours depuis les enceintes bas de gamme. Le jeune Noir acheva sa bière en deux gorgées, salua la barmaid grassouillette en échangeant ce qu'il fallait prendre pour une blague et vida à son tour les lieux.

Il n'était pas motorisé, mais à dos de mule – une bête harassée frissonnait de l'autre côté de la rue. Angel paya sa consommation sous le regard indifférent des joueurs, attendit qu'il grimpe en selle pour lui emboîter le pas.

Des nuages chargés d'anthracite dévalaient les collines émeraude qui s'en allaient au-delà de la baie. Quittant le village à pied, Angel avait suivi la mule et son cavalier par le sentier boueux qui serpentait à travers la jungle avant que, plus rapides, ils ne disparaissent de son champ de vision. Restaient les traces de sabots et de crottin frais sur le sol ; marchant d'un bon pas, l'ancien guérillero traversa un ruisseau, puis un second, s'enfonçant plus profondément sous les frondaisons. Le sentier se faisait plus étroit, plus humide au gré des averses. Trois kilomètres déjà qu'il pistait l'homme à la mule, sans savoir où il le menait. Pas chez le boss d'El Niño en tout cas – si les narcos avaient une villa près de Bahía Solano, les gens du coin le lui auraient dit, et ce jeune Noir n'avait pas une tête de tueur…

Des libellules passaient comme des bombardiers dans l'air chargé d'insectes ; il faisait maintenant une chaleur poisseuse, Angel avait de la boue jusqu'aux chevilles, la sueur coulait sous son tee-shirt et il pataugeait de plus en plus sur le sentier gorgé d'eau. Deux papillons orange et noir tournoyèrent autour de lui. Enfin, il atteignit une zone plus clairsemée où coulait une rivière d'eau saumâtre. Les galets près de la rive effaçaient les traces ; le cavalier était-il remonté en amont du cours d'eau ou l'avait-il suivi jusqu'à la mer, dont on entendait la rumeur au loin ?

Angel opta pour la seconde hypothèse, bientôt encouragé par les marques de fers dans la terre malade. Des pélicans perchés dans les branches regardèrent passer l'étranger tandis qu'il longeait le lit de la rivière où de petits moustiques vadrouillaient. Mouettes et pétrels se firent plus nombreux à mesure qu'Angel approchait de l'océan ; passant un sous-bois aux allures de mangrove, il débarqua sur une longue plage de sable noir où courait une foule de petits crabes rouge vif. Les vagues grondaient à marée basse, barre d'écume sur l'horizon bleu. Aucun bateau de pêche, ni humain sur le rivage. Angel marcha encore et aperçut quelques cahutes à l'ombre des cocotiers : un hameau isolé visiblement, accessible par bateau ou en coupant à travers la jungle… Les crabes guettaient près de leur trou, s'y précipitaient à l'approche de l'intrus.

— Tout doux, les gars, souffla-t-il en visant les pauvres bicoques rafistolées.

Un Indien au visage peu affable découpait des noix de coco à l'ombre des arbres. Il ne répondit pas au bonjour de l'étranger. Une vingtaine de baraquements sans ornements se regroupaient le long de la plage, planches aux toits de végétaux où s'entassaient des familles mal vêtues qui l'observaient, l'œil morne ou suspicieux. Un Colombien à la peau blanche ne passait pas inaperçu dans le village de fortune, un Noir non plus.

Angel foula le sable, quelques chiens reniflaient entre les cabanes, moins farouches que leurs maîtres. Même les gamins semblaient perturbés par son arrivée impromptue. Il n'y avait rien ici, ni école, ni dispensaire, ni commerces, qu'une plage déserte sous les cocotiers et la forêt qui grimpait sur les collines. Angel commençait à se demander s'il n'avait pas pris la mauvaise direction, puis il aperçut la maison sur pilotis à l'écart, et les mules attachées là.

Quatre-vingt-sept peuples natifs, presque autant de langues déclinées en trois cents formes dialectiques : la population autochtone était estimée à un million et demi de personnes, le plus souvent chassées de leurs terres. Éternelles cibles des conflits, des villages entiers étaient déplacés de gré ou de force, quand la menace des armes n'exigeait pas qu'ils quittent les lieux *à la seconde*, avec leurs seuls vêtements pour bagages.

C'était le cas de la communauté indienne qui avait échoué sur la plage. Santiago Marcinos ne leur parlait pas, se tenait à l'écart plus par indifférence que par peur. Une dizaine de familles avaient débarqué l'année dernière sur un bateau qui les avait laissées là, avec des machettes et des clous pour construire leurs futurs logements. Ils n'avaient pas bougé.

Santiago avait connu l'époque où il y avait encore une école pour la communauté noire, une centaine de personnes vivant principalement de la pêche, mais les groupes armés qui se disputaient le territoire les avaient dispersées à coups de fusil. Son père avait été tué lorsqu'il avait dix ans, ce qui avait marqué la fin de sa scolarité, les autres membres de la communauté avaient fui à Bahía Solano ou à El Valle, le laissant seul avec sa mère, Constantina. Elle non plus n'avait nul autre endroit où aller.

Santiago Marcinos avait grandi avec les mules de son père et, à vingt-deux ans, ne connaissait qu'elles. Santiago rêvait d'une femme, n'importe laquelle, mais sa condition de muletier ne faisait pas rêver. Et puis, la fois où il avait fait l'amour lors d'une virée en cargo jusqu'au port de Buenaventura, Santiago avait souillé le pubis de la prostituée sans savoir qu'il était à côté, signant d'un jet de sperme ce qu'il avait toujours été : une andouille. C'est ce que lui répétait sa mère, qui s'y connaissait. Même en jouant à la Loba il se gourait de cartes. Un tâcheron que Constantina brimait en conséquence, sûre qu'une bonne claque sur le crâne valait mieux qu'une explication incomprise. Santiago en souffrait mais il ne pouvait pas abandonner sa mère impotente. Il partirait avec elle, c'était son idée, une fois son pécule constitué ; alors ils iraient s'installer dans une maison en ville, à Bahía où il trouverait une femme, plutôt que de continuer à vivre dans cette cabane sur pilotis, à l'écart de leurs voisins à la peau cuivrée.

La matriarche trônait sur un fauteuil râpé aux accoudoirs, couverte de châles et de plaids déplumés sous lesquels elle réprimait des bâillements de baleine, quand l'inertie ne la voyait pas plonger dans un sommeil de fonds marins. Le calme avant la tempête : Santiago n'eut pas le temps de fermer la porte de la bicoque rongée par l'humidité qu'elle houspilla son fils, toujours en retard d'un bus avec ses yeux de lémurien pris dans les phares.

— Tu étais encore à traîner au bar, hein ?! À renifler la Cindy !

— J'avais rendez-vous avec mon boss, plaida le muletier.

— Ah oui ? Il t'a donné de l'argent ?

— Pas tout, mais bientôt.

— C'est quand bientôt ?

— Bientôt.

Un chien rognait un canard de bain en caoutchouc qu'un esprit malin avait offert à Santiago pour son anniversaire. Ça le changeait des taloches. Constantina lui rappela qu'ils n'avaient plus qu'une paire de nuggets dans le frigo, quand la porte d'entrée s'ouvrit sur un homme aux mains bandées dont les yeux bronze semblaient les transpercer. Le chien se dressa le premier sur ses pattes, montra les crocs devant leurs regards interdits.

— Retiens ton clébard ou je l'égorge, menaça Angel.

L'intrus ne portait pas d'arme visible mais Santiago ne savait qu'obéir : il siffla le bâtard, qui s'aplatit aussitôt sur le plancher.

— Vous êtes qui ? réagit la grosse femme. Qui vous a permis d'entrer ?!

— Je ne suis pas de la police mais ça pourrait mal tourner pour vous si tu ne réponds pas à mes questions, dit-il à l'intention du fils. Pas la peine de mentir, je t'ai vu discuter avec le Barbu tout à l'heure au bar : tu travailles pour les narcos, hein ? Je l'ai vu te remettre une enveloppe.

— Heu…

— C'est à toi les mules dehors ? Qu'est-ce que tu fiches avec ces types ?

Comme il tardait à répondre, Angel empoigna la machette qui reposait contre la cloison de bois.

— Explique ce que tu fiches avec ces types ou je lui fends le crâne, menaça-t-il en désignant sa mère.

— Santiago, fais quelque chose !

— Toi la grosse, tu la boucles. Je t'ai posé une question, Santiago : tu es muletier pour le Barbu et sa bande ?

— Oui… Enfin, je mène des convois en forêt.

— Tu transportes quoi, de la cocaïne ?

— Eh ben…

— D'où elles partent, tes mules ? D'un *chango* en pleine forêt, pour échapper aux patrouilles de l'Armée ?

Santiago ravala sa salive devant la machette qui menaçait sa mère suffoquant au milieu des peluches. L'étranger n'avait pas une tête de narco mais la violence suintait de ses pores.

— Oui, dit-il, tête basse.

— Tu dois le mener où, ce convoi ? continua Angel. Jusqu'à la propriété du chef des trafiquants ?

— J'ai jamais rencontré le grand patron, que Castro, assura Santiago. C'est à lui que j'obéis.

— Le barbu de la salle de billard ?

— Oui.

— Comment il s'appelle, le grand patron ?

Santiago hésita une poignée de secondes, qui le trahirent.

— Parle ou je lui fends le crâne ! menaça Angel près de l'impotente.

— Vittorio ! s'empressa son fils. J'ai entendu Castro parler d'un Vittorio ! J'vous jure que je sais rien de plus ! Je dois juste faire le trajet dans les bois, fit-il, désemparé. Y a pas de chemin balisé, à peine un sentier pour les mules, c'est pour ça qu'on m'engage !

Vittorio : ce nom lui disait quelque chose.

— Tu les mènes où alors, tes mules ? continua Angel.

— Au port.

— De Bahía Solano ?

Le jeune Noir secoua énergiquement la tête devant sa mère rendue muette.

— Non, dit-il, El Valle.

— Castro sera sur place pour récupérer le chargement, j'imagine.

— Oui. J'vous ai dit, j'dois juste convoyer les mules du labo jusqu'au port.

— Castro sera là avec un bateau ?

Santiago acquiesça.

— Pour aller où ?

— Je sais pas, m'sieur, j'vous jure… S'il vous plaît, faites pas de mal à ma mère.

Angel réfléchit, la machette à la main. Le Panamá était loin pour des vedettes, et la frontière maritime trop surveillée pour s'y risquer avec une telle cargaison. Castro devait plutôt longer la côte en bateau depuis El Valle pour rejoindre la clique de Vittorio, qui réunissait les productions des différents labos clandestins avant d'expédier le tout en avion au Panamá ou au Mexique.

— Castro traîne avec un autre narco surnommé El Niño, reprit Angel, un type avec un visage d'enfant.

— P't'être, oui…

— Tu les as vus avec une ado d'une quinzaine d'années ?

— Non… Non.

— Il n'a pas ramené une fille dernièrement ? Il y a deux jours environ : Lucia, une ado avec les cheveux courts ?

— Non, répondit-il en secouant la tête. Non, j'l'ai jamais vu avec personne, c'est la vérité.

Le jeune type était trop effrayé pour mentir.

— Tu as rendez-vous quand avec Castro ?

— Ce soir, vers dix heures. Le temps que je fasse l'aller-retour.

— Castro doit te recontacter d'ici là ?

— Heu… Non.

— Explique-moi tout, grogna Angel, en détail…

La matriarche se tut tandis que son fils s'exécutait, bredouillant de peur face à l'ancien guérillero. Angel opinait en enregistrant les infos. Impossible d'opérer seul, il se ferait trouer la peau avant d'avoir atteint l'objectif, sans parler de localiser Lucia… Il subtilisa le portable de Constantina, calé dans un coussin, puis celui du muletier et l'enveloppe remise par Castro – trois cent mille pesos.

— Écoute-moi bien, Santiago ; tu vas partir comme convenu avec tes mules, si tu veux revoir ton argent et ta mère. Et tu vas ramener le chargement au port d'El Valle comme te l'a demandé Castro pendant que je garde ta mère en otage, ajouta-t-il en désignant la grosse femme dans le fauteuil. À la moindre entourloupe, je la tue, c'est compris ? Ne t'avise pas de parler de notre petite discussion, à qui que ce soit. Parce que si Castro apprend que tu as répondu à mes questions, il va te torturer à mort pour savoir qui je suis… Et tu ne sais pas qui je suis, n'est-ce pas, Santiago ?

Le muletier ouvrait des yeux de poisson sur le pont. Non, il ne savait pas : il ne savait rien.

Une méchante éclaircie saturait les nuages. Nulle âme sur la plage de sable noir, seulement les petits crabes rouges effervescents et les rouleaux du Pacifique qui s'en allaient avec la marée. Le village indien se tenait assoupi un peu plus loin, entre l'ennui et le désœuvrement. Un petit coin de paradis pourtant, que la guerre avait réduit à l'oubli.

Angel attendit que le convoi de mules disparaisse sous les feuillus pour appeler son frère.

8

Lautaro avait remué ciel et terre à la recherche de Diana, en pure perte. La fille à l'accueil de l'hôtel s'était fait blouser, les portraits-robots des faux policiers étaient inexploitables, les personnes interrogées ayant des souvenirs trop vagues et souvent contradictoires. Les ravisseurs avaient pu récupérer la plaque sur le cadavre d'un policier tué par les narcos ou mort depuis longtemps. L'employée n'avait vu l'insigne qu'une poignée de secondes sans vérifier si la photo concordait, un réflexe commun quand on croit avoir affaire à des flics. Lautaro enrageait. Il avait appelé *El Espectador*, puis Jefferson, qui avait confirmé ses doutes : Diana, qui comptait poursuivre l'enquête, avait brusquement raccroché le téléphone alors que la police frappait à la porte de sa chambre. Qu'avaient-ils dit pour convaincre la journaliste de les suivre ? Qu'ils travaillaient pour lui ?

Les deux flics de l'unité envoyés au Casa Deco étaient toujours introuvables, tués sans doute, ou pire, complices. Lautaro s'agitait dans le vide. L'impression de tomber. Il avait récupéré les enregistrements des caméras de surveillance à proximité de l'hôtel Casa Deco, rameuté son équipe de Bogotá jusqu'au bureau du commissariat de Carthagène où il avait établi son QG, un groupe se chargeant de visionner les bandes, pendant que Diuque inspectait l'ordinateur de Tevez après la fouille de son domicile.

La police scientifique avait retrouvé les empreintes du kamikaze dans la villa de Beltran, ainsi que des armes de guerre et des explosifs militaires extraits d'un stock caché des FARC : cela restait à vérifier, mais ils étaient semblables à ceux utilisés pour l'attentat. Delbonis et les gardes de la villa restés sur le carreau étaient tous des hommes de Beltran, repris de justice et petites frappes au service du mafieux prétendument repenti.

On commençait à mieux cerner le personnage de Tevez. Lieutenant des FARC, Alejandro Tevez ne s'était jamais manifesté pour déposer les armes et participer aux programmes de réinsertion. Les témoignages d'anciens guérilleros qui l'avaient côtoyé à l'époque le dépeignaient comme quelqu'un d'inflexible, un marxiste pur et dur, tendance staliniste, ce qui ne l'empêchait pas de tremper dans le trafic de drogue pour acheter armes et matériels dernier cri. Tevez avait participé à des enlèvements contre rançon, à des exactions dans des villages auprès des civils et veillait depuis des années à acheminer la cocaïne au Panamá. Il avait donc été en contact avec des dizaines de narcos et *sicarios* qui pullulaient dans le pays. Des gens comme Beltran ou Delbonis.

L'enquête de voisinage n'avait rien donné : quarante-deux ans, pas d'enfants ni de liaison connue, Alejandro Tevez vivait seul dans un appartement en périphérie de Santa Marta, une location qui courait depuis huit mois d'après le bailleur et les voisins, lesquels disaient le voir rarement, et pas spécialement accompagné. Lautaro avait vu les photos du deux-pièces rapportées par Diuque, un appartement mal entretenu où une affiche d'*Apocalypse Now* se décollait d'un mur au blanc ravivé le siècle passé. Les vitres aux fenêtres de la pièce principale n'avaient pas non plus été lavées depuis longtemps, la chambre était étroite, encombrée de valises renfermant des armes – pistolets, mitraillettes, fusils d'assaut, grenades, explosifs, détonateurs, un véritable arsenal de guerre. Dans tous les cas, ce n'était pas dans ce capharnaüm que le guérillero avait enregistré son message posthume.

Lautaro avait chargé l'agent Vasquez de décortiquer la vidéo postée sur Facebook : elle se présenta à son supérieur alors que Diuque cherchait une piste dans l'ordinateur du kamikaze.

— Je peux vous voir un moment, colonel?

Il laissa le colosse en plan, suivit la petite brune dans le bureau voisin et se planta avec elle derrière son écran. On y voyait Tevez en plan large, devant un drapeau noir et rouge frappé des lettres « EP » – Ejército del Pueblo le sigle du groupe armé qui revendiquait l'attentat. A priori pas grand-chose à tirer de cette vidéo, sinon que la pièce où elle avait été tournée était sombre, éclairée par une lampe blafarde – peut-être pour renforcer l'effet « guérilla dans la jungle », sans ouverture visible.

— Les images donnent peu d'indications sur l'endroit où elles ont été prises, fit Vasquez en pianotant sur son clavier. On dirait plutôt un endroit clos, ou plongé dans le noir, avec une seule lampe à gaz en guise de lumière. Alors je me suis focalisée sur les sons… Écoutez, dit-elle en laissant filer la vidéo.

Lautaro grommela – c'était la dixième fois qu'il regardait ce tissu de conneries.

— Vous ne remarquez rien ?

— Non.

— J'ai amplifié les sons, que j'ai passés dans mon programme et découpés par tranches, dit l'agent. On ne distingue à peu près rien quand Tevez débite son texte, mais il y a des temps morts. Des bruits de fond, si vous voulez. Voilà ce que ça donne si on les amplifie et qu'on enlève les parasites.

Il y eut un son long, comme un gémissement…

— On dirait une corne de brume, nota Lautaro. Ou la sirène d'un bateau.

— C'est aussi ce que je pense, triompha la jeune femme. Un port de commerce, avec des cargos. Tevez habitait à Santa Marta, n'est-ce pas ?

— Oui…

— Vous avez peut-être remarqué aussi que le son de la vidéo est assez métallique, pas du tout mat comme quand on se trouve dans un lieu ouaté, poursuivit la jeune femme. J'ai comparé les résonances avec des dizaines d'autres que j'ai en stock : à mon avis, ce son métallique provient d'un endroit confiné comme les cales d'un navire marchand. Ou un container. Ça semble coller : l'étroitesse du lieu, la lampe à gaz, l'aspect froid, le son métallique…

Une poignée de secondes s'écroulèrent devant l'écran d'ordinateur. Lautaro dévisagea la petite brune sur sa chaise.

— Tu es douée, agent Vasquez.

— J'aurais voulu être réalisatrice radio, dit-elle en rougissant.

Mais ce n'était pas avec ce que gagnaient ses parents qu'elle aurait pu faire des études de ce genre.

— Tu sais aussi tirer puisque tu es dans l'unité Falcon, avança-t-il.

— Oui, colonel.

— Alors prends ton matériel. Et ton arme.

Le chef de la Fiscalía avait demandé à son fils ce qu'il voulait pour son enquête, autorisations ou mandats, mais Lautaro n'avait besoin de rien : ses chargeurs étaient déjà pleins.

Il était cinq heures de l'après-midi quand la Ford banalisée s'englua dans les rues du marché permanent qui animait Santa Marta. Lautaro conduisait, le lieutenant Diuque à ses côtés observant d'un œil morne les babioles en plastique et les robes colorées *made in India* pendues aux étalages. L'agent Vasquez gardait le silence à l'arrière, sa mallette posée sur la banquette, impressionnée et excitée à l'idée d'opérer en direct avec son boss. Il était d'une humeur de chien, mais semblait moins sûr de lui. Une fausse impression peut-être. Diuque faisait la gueule, évitait en tout cas de s'adresser à elle. Angelina Vasquez n'en pensait rien. Ils passèrent la calle 19 du vieux centre, avec ses bars et ses terrasses de restaurant à la mode occidentale, longèrent la cathédrale immaculée à l'angle de la carrera 4, le parc verdoyant et fleuri de la place, et joignirent l'avenida Rodrigo de Bastidas qui bordait la mer.

Santa Marta était la plus ancienne ville espagnole d'Amérique du Sud demeurée sur son site d'origine, là où était mort Simón Bolívar, libérateur du continent. La chaleur était plus sèche qu'à Carthagène, même si la brise du soir rafraîchissait la promenade. Des peintres amateurs y exposaient leurs croûtes, des hippies sur le retour vendaient des bijoux qu'on trouvait partout au kilo, sous les regards de passants dodus occupés à lécher leur glace à la crème ; les policiers longèrent le front de mer jusqu'à la sculpture du chef tayrona dont le peuple avait été anéanti, leurs extraordinaires objets en or pillés par les conquistadores et fondus.

Plusieurs navires imposants mouillaient dans le port de commerce, des pétroliers ou des cargos pour la plupart, avec son lot de grues, de transbordeurs et de caissons métalliques empilés sur les quais. Il y en avait des centaines, de toute provenance – quatre-vingt-dix pour cent des exportations transitaient par les ports des Caraïbes.

— Une aiguille dans une botte de foin, commenta Diuque tandis qu'ils passaient la grille de la capitainerie.

— Pas sûr, objecta Lautaro.

Mis au courant de leur enquête, l'intendant du port de Santa Marta ne tarda pas à inspecter ses registres. Objet des recherches : un container qui aurait servi à l'enregistrement d'une vidéo. Cela s'avérait fastidieux, entre les entrées et les sorties, les unités sur les quais en attente de transfert ou louées au mois par des particuliers – le plus souvent à la suite de déménagements – mais l'intendant trouva bientôt ce qu'ils cherchaient : Alejandro Tevez avait loué un box à son nom deux mois plus tôt. Des meubles à stocker, selon son registre informatique.

L'agent Vasquez avait vu juste.

— Tevez avait un accès libre au container ? demanda Lautaro.

— C'est le principe du stockage.

— Sans passer par vous ou un de vos collègues ?

— Il y a un espace spécial pour les particuliers pour éviter les mauvaises surprises.

— Du genre ?

— Du genre votre canapé se retrouve débarqué à Rotterdam. Vous n'imaginez pas le nombre de bizarreries qu'on peut voir dans notre métier, ajouta l'employé du port. Les containers, c'est un peu comme les bagages dans les avions : ça se visite, ça disparaît, ça se retrouve.

Lautaro n'en avait rien à foutre.

— Où se trouve le box de Tevez ?

— Parc 2, allée 6, numéro 21. Il a un cadenas incorporé, dont on remet la clé au client.

— Vous avez le double, j'imagine, avança Lautaro. Alors allons-y.

Le soleil déclinait sur les collines qui bordaient la baie de Santa Marta, théâtre de guerres épiques du temps des pirates. Ils prirent la voiture pour se rendre au parc 2, tout au bout des quais.

Un vaste enclos électrifié gardait une armée de cubes rectangulaires rangés les uns contre les autres avec une économie d'espace digne des nouvelles métropoles. Diuque et Vasquez portaient leur uniforme, Lautaro un de ses costumes noirs avec cravate idoine. Ils finirent le chemin à pied jusqu'à l'allée 6. Le container numéro 21 était semblable aux autres, rectangulaire, crasseux. L'employé du port ouvrit le cadenas incorporé à la structure.

— Vous pouvez rester avec l'agent Vasquez, dit Lautaro dans un ordre à peine déguisé.

Diuque suivit le boss, qui faisait grincer les lourdes portes d'acier. Le lieutenant ne distingua d'abord rien dans l'obscurité mais il grimaça devant l'odeur âcre à l'assaut de ses narines. L'odeur du sang, pour lui reconnaissable entre mille. La lumière du jour étant faiblarde, Lautaro alluma sa lampe torche et avança à pas comptés. Un frisson parcourut son échine : il y avait un cadavre en partie décapité sur fond de drapeau à l'effigie de l'Armée du Peuple. Celui d'une femme, assise sur une chaise de plastique. Diuque se taisait dans son dos, comme si parler pouvait réveiller les morts. Lautaro se déplaça vers le fond du container, les jambes lourdes à l'idée d'affronter un nouveau macchabée. Il reconnut la coupe, dite « à la chemise de flanelle », une des plus affreuses – on sectionnait les muscles et les tendons qui soutiennent la tête afin que celle-ci tombe en arrière, laissant voir un trou béant dans l'œsophage.

Lautaro cessa de respirer comme si cela pouvait l'aider à contenir son estomac. Il fallait être deux pour parvenir à une telle horreur, une personne pour tirer la tête en arrière, l'autre pour faire des incisions à la machette ; il trouva l'arme blanche sur la table bancale, pareille à celle devant laquelle Tevez avait enregistré sa vidéo. Il crevait de chaud dans le réduit. Lautaro ramena son faisceau lumineux sur la victime, une femme en robe bleue encore assise sur une chaise en plastique, les bras ballants, la tête basculée en arrière. La vision de l'œsophage glaçait le sang : Lautaro se pencha pour voir le visage à la renverse qui ne tenait plus qu'à un fil, et son cœur soudain s'arrêta de battre. Diana… Diana Duzan se tenait là, les cheveux défaits imbibés de sang et tombant de sa tête sectionnée. La femme qu'il aimait.

Il sentit la brûlure remonter du néant, le poids

énorme qui compressait sa poitrine, chercha un moyen de s'échapper, mais cela ne servait à rien.

Diuque n'avait jamais vu Lautaro Bagader pleurer : il détourna les yeux.

Désespoir.

Folie dure.

Haine.

Désespoir.

Les sirènes de l'ambulance clignotaient sur les docks de Santa Marta. Le lieutenant Diuque gérait l'agitation autour du container où ils venaient de trouver la journaliste enlevée, assurant les arrières de son patron comme il savait le faire, l'agent Vasquez à ses côtés, qui ne savait plus où se mettre après la réaction de son boss. Lautaro Bagader se tenait à l'écart, assis sur une caisse qui traînait là, fumant une cigarette au goût de terre brûlée.

Il n'avait cessé de trembler devant le corps martyrisé de Diana, les épaules agitées de soubresauts qu'il ne maîtrisait pas. Le coup l'avait cueilli à froid, un méchant crochet qu'il n'avait pas vu venir. Il se sentait vidé, anéanti, comme si cette part jamais digérée le faisait vomir à blanc. Lautaro ne savait pas ce qu'il lui arrivait. Si on le tuait une nouvelle fois ou si sa vie n'était qu'un rêve. Un mauvais rêve. Il devenait fou, liquide, évanescent, comme si l'histoire bégayait pour le ramener sur les rives d'un présent fui mille fois. Les femmes mouraient dans ses bras. Ou ils ne savaient pas les retenir. Elles se cassaient, poupées de porcelaine, leur chiffon se déchirait, se consumait, papier d'Arménie, ou torches vivantes, à l'image de

Rachel, et quand elles perdaient la tête, il y avait un tendon pour lui rappeler qu'elle tenait encore à lui.

Il n'entendait plus le cri des mouettes, le grincement des grues, les bruits du port. Les larmes d'acide lui coulaient en dedans, faisaient des trous fumants sur ses plaies, mais avec lui rien ne durait, pas même l'éternité : la sonnerie de son smartphone retentit dans sa poche, glas dérisoire sur les quais de Santa Marta.

Lautaro le saisit par réflexe, vit le numéro caché sur sa ligne sécurisée et décrocha comme on sort dans le blizzard.

La voix du revenant lui parvint par bribes, hachées par ses émotions malades, mais il saisit l'essentiel. Et son cœur brisé vira rouge sang : Angel avait débusqué les tueurs.

Vittorio, le numéro deux du Clan du Golfe.

9

Vittorio se gratta l'entrejambe en ouvrant la baie vitrée de la villa, sans un regard pour la fille sur le canapé. La dernière cargaison arrivait tout à l'heure par la mer, une demi-tonne de cocaïne transformée au *chango*, quelque part dans la forêt, qui rejoindrait le reste de la commande mexicaine.

Le Clan du Golfe n'était pas une organisation pyramidale comme celle d'Escobar ou du Sinaloa, mais une confédération de cartels dirigés par une cinquantaine de *capos*, qui contrôlaient de manière assez autonome leurs réseaux – les *cartelitos*. Carbonel avait mis en place les AGC, les Autodéfenses gaitanistes de Colombie, une armée d'hommes aguerris calquée sur les groupes paramilitaires, qui tentaient d'avoir une façade politique pour peser sur les négociations avec la Fiscalía et le gouvernement. Négociation, reddition : deux mots qui ne figuraient pas dans le vocabulaire de Vittorio.

L'Armée colombienne ayant abattu le numéro deux du Clan du Golfe l'année dernière, Carbonel avait nommé un homme d'expérience pour être son nouveau bras droit : lui, Pedro Benitez, alias Vittorio. Et Vittorio n'avait aucune envie de se mettre à table ni de révéler les secrets de la confédération en échange d'une peine de prison aménagée. Ce froussard de Carbonel cherchait à abandonner le navire et ils étaient nombreux à voir l'initiative d'un sale œil : les cartels mexicains qui achetaient sa production et utilisaient leurs routes, les politiques ou les hommes d'affaires et une bonne moitié des chefs des *cartelitos* qui formaient le Clan du Golfe. Carbonel n'était pas au courant de ce qui se tramait dans son dos, trop occupé à cirer les pompes du Procureur général. Les alliances s'avérant par nature flexibles, Vittorio avait trouvé des associés de poids pour mettre à mal le processus de pacification qui pourrissait leurs affaires. Oh, bien sûr, il n'avait pas eu l'idée tout seul, la confédération s'était comme qui dirait agrandie d'un cerveau, mais Vittorio et ses hommes avait la logistique pour mener à bien la mission de sabotage tous azimuts : des spécialistes du kidnapping, des tueurs patentés, des sentinelles autour des cibles, des centaines de flics et d'agents de l'État corrompus, des planques pour découper le gibier, des véhicules immatriculés sur Jupiter pour les trimballer, des avions pour jeter les corps au petit bonheur, un armement de première main, des explosifs militaires capables de faire sauter le Pentagone et des dizaines d'hommes, parmi leur force d'élite, décidés à former une armée clandestine implacable qui pousserait le gouvernement à un nouveau cycle de violence.

Face au chantage terroriste de l'Armée du Peuple, l'opinion publique et le chef de la Fiscalía réclameraient l'élimination des bastions sanguinaires de la guérilla, suspendant de facto le processus de paix et toute idée de reddition du Clan. L'idée était bien sûr d'impliquer les FARC rebelles et l'extrême gauche qu'ils prétendaient avoir quittée – rouge un jour, rouge toujours – dans les crimes les plus atroces : Vittorio n'avait même pas eu besoin de manipuler d'anciens guérilleros nostalgiques des promenades en forêt, les dollars suffisaient à convaincre les plus veules d'effectuer de menues besognes, sans s'imaginer qu'on les menait en bateau.

Tevez n'était pas le plus crédule ni le plus abruti pour agir au nom de l'Armée fantoche, juste le plus décidé : le guérillero avait posté sa diatribe gauchiste sur Facebook, embarqué les explosifs stockés chez Beltran, persuadé qu'on allait l'exfiltrer au Panamá avec cinq millions de dollars et une villa avec vue sur mer sitôt la bombe déposée sous l'estrade, sans savoir qu'un *sicario* l'égorgerait sur place. Pour le reste – une première vague de meurtres sanglants reconductibles ad vitam aeternam –, Vittorio avait dû composer avec les moyens du bord, et parfois sortir des clous. Massacrer des défenseurs des droits de l'homme ou des acteurs sociaux était comme une seconde nature, mais les enlever pour les découper exigeait du temps, des repérages et autant de précautions envers les témoins et la police, alors qu'il était tellement plus rentable de grossir les chiffres avec des filles perdues ou ce qui leur passait entre les mains. On voulait du spectaculaire, non ? Grand Méchant Loup l'avait sermonné pour ces écarts, mais Vittorio l'avait aimablement envoyé sur les roses, puisqu'il aimait les épines : chacun gérait son business, OK ?

Le plan, en attendant, marchait comme sur des roulettes ; les médias se déchaînaient après l'attentat qui avait coûté la vie au favori des sondages, les crimes de masse à la mode Violencia et les revendications cocos de l'Armée du Peuple, que tout le monde s'accordait à juger comme terroriste, finissaient de traumatiser l'opinion. Vittorio avait entendu le Procureur général tout à l'heure sur la chaîne nationale ; il donnait du collier, pas à dire, et il n'était pas seul. Avec les déclarations fracassantes des politiciens qui jouaient la surenchère, ils allaient bientôt pouvoir dire adieu à leur paix, garder les terres abandonnées par les FARC et continuer le business.

La cargaison du soir était planquée dans une des navettes pour touristes qui sillonnaient la côte Pacifique : cinq cents kilos, lesquels s'ajouteraient aux trois tonnes acheminées des autres *changos* du Sud, soit des millions de dollars à se partager avec les Mexicains dans le dos de Carbonel, qui ne resterait pas longtemps le chef du Clan. Il fallait un homme à poigne pour garder le cap, quelqu'un comme lui.

Vittorio buvait un verre sur la terrasse de sa maison d'architecte. Il se l'était fait construire en bordure du parc naturel d'Utría, qui n'abritait que des singes et leurs cousins autochtones, des pumas et des jaguars aussi, semblait-il – Vittorio se fichait des animaux mais il verrait bien une tête de fauve dans son salon, comme déco.

Il s'était installé au fond d'une baie abritée du vent du large où s'ébattaient les baleines ; quelques cons de touristes passaient parfois en bateau, en route pour la réserve, jamais les groupes armés, occupés à se battre plus haut vers le Panamá pour s'octroyer l'accès au corridor de la cocaïne. Des minables. C'était lui, le corridor, direction Sinaloa.

On avait défriché la forêt pour accoler une piste d'aviation à la villa, il y avait même une petite plage de sable noir accessible à pied, deux cents mètres après le ponton au bout du jardin, avec une eau délicieusement tiède en toute saison, verte ou grise selon le soleil. Le reste de la côte n'était que troncs échoués, bouts de branches divers ramenés par la marée, pleine de crabes noir et rouge et d'oiseaux qui donnaient leur nom au parc voisin, qui s'étendait jusqu'à Nuquí. Un paradis sauvage où ses avions pouvaient transporter jusqu'à cinq tonnes par voyage.

Vittorio venait de plus en plus souvent dans sa maison d'architecte, avec sa protection rapprochée. Des pêcheurs passaient aussi, souvent des Noirs trop heureux de vendre leur poisson frais en dollars, le double du prix qui pour lui ne représentait rien. Avec le temps, Vittorio préférait le poisson à la viande. Trop vu de mecs cramés pour les faire parler – ils parlaient tous, avec une grille rougie sur le ventre et le dos, la *parilla* locale.

Bientôt minuit à sa Rolex – on a la classe ou pas. La navette ne tarderait plus maintenant. Une douzaine d'hommes attendaient sur le ponton, prêts à débarquer la poudre.

— T'as l'air anxieux, mon gros lapin, nota la fille à poil dans le canapé.

— Ta gueule.

Vittorio n'avait plus envie d'elle. Son château au bord de l'eau lui suffisait, avec la perspective d'évincer cette lopette de Carbonel. Plus bas dans le jardin, Zamora organisait la sécurité avant l'arrivée du dernier chargement. Vittorio scruta de nouveau la mer, accoudé à la balustrade de la terrasse, quand une lumière apparut au loin. Celle d'un bateau qui approchait. Il saisit les jumelles infrarouge posées sur la table basse du salon pendant que la fille faisait la chatte sur le canapé.

Le numéro deux du cartel visa l'océan plongé dans

la nuit sans lune : c'était bien la navette qui arrivait, mais elle semblait à l'arrêt au milieu des flots. Castro et le pilote avaient pourtant toutes les indications, et les lumières de la maison en visuel. Vittorio aperçut la silhouette de Limon au poste de pilotage, et une ombre avec un chapeau de pluie – Castro.

Une minute s'enfonça dans la nuit marine, puis deux. Toujours aucun mouvement.

— Putain, grommela-t-il, qu'est-ce qu'ils foutent ?

10

Diuque reluquait les seins de l'agent Vasquez compressés sous son uniforme. Il n'avait pas reparlé de boire un verre depuis sa fin de non-recevoir l'autre matin, mais les choses s'étaient précipitées avec l'attentat et Angelina Vasquez faisait aujourd'hui partie de leur équipe rapprochée. L'occasion de l'aborder se représenterait peut-être – la séduire, il verrait selon la réaction. Pour le moment elle picorait les touches de son clavier sans un regard vers les paysages par le hublot, concentrée sur son ordinateur. À ses côtés, le boss ne disait plus un mot.

Personne n'était au courant de leur mission dans le Chocó ; même Rico, le pilote des forces spéciales rattaché à leur unité, n'avait reçu d'autres ordres que de venir les chercher à la base militaire de Santa Marta avant d'apprendre leur destination finale : Bahía Solano, un bled sur la côte Pacifique. Un agent infiltré avait semble-t-il déniché les tueurs là-bas. Lautaro n'avait pas dit qui était ce mystérieux informateur mais il n'appartenait pas au groupe Falcon. Rico, qui l'avait trimballé dans les aérodromes de province quinze jours plus tôt, n'avait pas non plus posé de questions. Ils volaient depuis bientôt deux heures, secoués par les bourrasques contre la carlingue, et l'agent Vasquez ne décollait pas de son ordinateur.

Vittorio était sa cible, le numéro deux du Clan que Carbonel jurait avoir à sa botte. Ou le chef narco se trompait, ou lui aussi était dans le coup. Diuque n'était pas là pour découvrir les mobiles de ces pourritures, juste pour protéger son boss et éliminer les dangers visibles ou potentiels autour de lui. Un loup fidèle. C'est peut-être cette violence qui faisait peur à Angelina Vasquez, même si elle feignait de le nier. Il la comprenait – qui voudrait d'un cinglé comme lui ? Mais putain, ces seins comprimés suffisaient presque à brouiller l'atmosphère lugubre qui régnait depuis Santa Marta et la mort de la journaliste.

Muré dans son silence, Lautaro se tenait penché sur le hublot de l'appareil, aussi sombre que les nuages amoncelés au-dessus de la jungle. Ils approchaient… Une forte dépression, qui allait bientôt s'abattre sur la côte.

Un tuk-tuk avait déposé Angel devant l'aéroport de Bahía Solano. Les deux frères s'étaient donné rendez-vous devant la caserne des militaires, qui jouxtait la piste. Lautaro arrivait de la côte caraïbe par avion spécial, maintenant en phase d'atterrissage.

La nuit n'allait pas tarder à tomber. Angel comptait les gouttes éparses dans les flaques pendant que son frère débarquait avec sa troupe. Ils n'avaient échangé qu'un bref appel sur la ligne sécurisée après le départ du muletier, puis un texto annonçant leur horaire d'arrivée, mais Angel avait senti le malaise au téléphone – pas de blagues cyniques dont il aimait l'asticoter, seuls quelques mots précis concernant la localisation des *sicarios*.

Il le reconnut au volant d'un 4 × 4 de l'Armée, qui sortait enfin de la caserne. Deux personnes l'accompagnaient, un grand type à la coupe iroquois mâchant un chewing-gum sur le siège passager, regard froid et muscles compressés sous une chemisette kaki, et une petite brune d'origine autochtone assise sur la banquette, elle aussi en uniforme des forces spéciales. L'Invincible Armada, songea Angel en se glissant à l'arrière du véhicule.

— Je ne te demande pas si tu as fait bon voyage, Mercer, fit Lautaro pour l'accueillir. Voilà le lieutenant Diuque et l'agent Vasquez, spécialiste en bidouillages informatiques et vidéo.

— Enchantée, fit la petite brune à ses côtés.

Diuque ne dit rien, titan énigmatique derrière ses lunettes noires, tandis que Lautaro s'engageait sur la piste boueuse. Angel lui avait parlé des tueurs du cartel de Medellín affiliés à Vittorio, du trafic sur la côte Pacifique, mais pas de ses mésaventures dans le Nariño.

— Il est arrivé quoi à tes mains ? fit Lautaro en visant ses bandages.

— Les *sicarios*.

— Ceux que tu as débusqués dans le Sud ?

— Oui.

Ils bringuebalaient de droite et de gauche malgré les suspensions du véhicule tout-terrain.

— Pas d'autres infos sur la cargaison de ce soir ?

— Juste que la poudre du labo doit être acheminée par mules jusqu'au port d'El Valle, fit Angel à l'arrière. Un lieu de transit avant d'échouer chez Vittorio.

Castro a une *lancha* là-bas : il sait forcément où ils sont.

— Hmm. Et le muletier ?

— Il ne prendra pas le risque d'en parler aux chimistes du *chango*, avança Angel.

— Pourquoi pas ?

— Je lui ai dit que je tuerais sa mère s'il le faisait.

Lautaro oublia de féliciter son frère. L'agent Vasquez s'était procuré les documents relatifs à la villa du *capo* dans la région, et des images satellites. L'aérodrome de Bahía Solano squatté par l'Armée, une piste avait été construite à trois cents mètres derrière la maison de Vittorio, où les Cessna pouvaient embarquer la marchandise jusqu'au Panamá ou au Mexique sans risquer d'être interceptés par les gardes-côtes. Une vingtaine de tueurs aguerris devaient sécuriser la maison mais ils avaient l'effet de surprise pour eux et, du côté de Lautaro, une haine sans limites. Vasquez avait trouvé des photos de la propriété, prises par un drone au plus fort de l'opération « Pistola ». Lautaro avait étudié la topographie des lieux, tordu ses méninges pour imaginer un plan d'attaque. Dans tous les cas, l'agent Vasquez avait fait du bon boulot ; il n'y avait que de la jungle ici, des putains de micro-moustiques et des oiseaux dont il ne connaissait pas le nom.

Les nids-de-poule sur la piste étaient si profonds qu'ils auraient pu cacher des caïmans. Une réflexion de Diuque qui ne dérida personne. Angel observait son frère depuis la banquette. Lautaro n'avait pas révélé à ses collègues les liens qui les unissaient – il l'appelait Mercer, un franc-tireur expert en explosifs qu'il avait envoyé enquêter dans le Sud. Son visage était tendu derrière ses lunettes réfléchissantes, ses traits d'une tristesse perceptible. Angel se tut malgré les questions qui le taraudaient : le temps n'était pas aux règlements de comptes familiaux mais ils auraient une explication plus tard, s'ils sortaient vivants de ce guêpier.

Une averse tomba, tropicale, en même temps que le jour. Ils passèrent un pont en ferraille, longèrent de rares cabanes en bois assaillies par les plantes géantes bordant la piste. Les insectes balafraient le pare-brise, nuée virevoltant dans les phares. Ils se dirent peu de choses sur la route d'El Valle, pas un mot sur l'Armée du Peuple, leurs liens avec Zamora et Vittorio, juste quelques précisions sur l'opération à venir. Ils n'étaient que quatre et n'auraient pas d'autres renforts : Lautaro n'avait parlé à personne de sa mission dans le Chocó, son père ne l'aurait pas laissé faire sans l'appui des forces spéciales et à ce jour plus aucun flic n'était fiable. La mort de Diana l'avait refermé un peu plus sur lui-même, mais il ne comptait pas la rejoindre : l'enfer était ici, bien sur Terre.

Ils arrivèrent de nuit à El Valle, un village semblable à Bahía Solano où la fiesta du samedi se résumait à des enceintes beuglantes et quelques bières partagées sur des chaises en plastique. Les rares lampadaires valides éclairaient tant bien que mal les rues de terre. Des filles moulées dans des shorts flashy déambulaient devant les bars, riant fort sans pouvoir couvrir la musique, slalomant entre les mares d'eau et les tuk-tuk qui les klaxonnaient. Le 4 × 4 évita les artères les plus fréquentées ; le port se situait un peu plus loin vers la mer, une simple langue de terre pour digue naturelle le protégeant des vagues du Pacifique.

Des gosses jouaient au foot sur un terrain vague

faiblement éclairé. Ils garèrent la voiture trois cents mètres plus haut, derrière les ruines d'un hôtel qui donnait sur le port, une étendue de vase où la rivière venait s'épuiser avant que la marée montante ne la recouvre.

Ils étirèrent leurs muscles maltraités par la piste, s'assurèrent que personne ne les avait repérés, investirent les vestiges et attendirent l'heure du rendez-vous à couvert, scrutant l'obscurité. Ils avaient près d'une heure d'avance, si le muletier disait vrai. Une *lancha* attendait la marée, avec un type en bottes de caoutchouc qui fumait à l'arrière – le pilote de Castro peut-être. Il n'y avait pas de ponton ni de quai, seulement une pente boueuse jonchée de détritus, de bouts de bois pourris entassés pêle-mêle à l'ombre des cocotiers. Un gros rocher marquait l'accès à la mer qu'on apercevait bouillonnante sous la lune, des sacs de sable renforçant la digue naturelle qui les séparait de l'océan.

Le bruit des vagues perçait le silence, eux se taisaient, postés à différents endroits autour de l'hôtel en ruine. Angel se méfiait ; il avait besoin de son frère pour sauver Lucia, et ce malade était capable de tirer dans le tas. Il profita de l'attente pour lui glisser deux mots.

— Tu as des nouvelles des ravisseurs ?

— Les ravisseurs ? répéta Lautaro, sortant de ses pensées.

— Lucia : ils vous ont adressé un message ?

— Non… Non, pas encore.

— Je croyais qu'ils comptaient vous faire chanter.

— Oui, moi aussi. Je ne sais pas ce qu'ils foutent.

Angel sonda son frère, lugubre dans sa tenue de combat.

— J'ai vu le Procureur à la télé, dit-il. C'est quoi cette « guerre contre le terrorisme » ? Un nouveau Plan Colombie ?

— Tu connais notre papa.

— Justement, c'est le moment idéal pour lui mettre la pression. Menacer de déballer nos histoires de famille.

— Je t'ai dit, ils font les morts pour le moment, évacua Lautaro, le regard dans les ténèbres.

— Et si ma fille est dans la villa de Vittorio ?

— T'en fais pas pour elle…

Angel voulut en savoir plus mais son frère dressa la main pour garder le silence. Un grand barbu apparut bientôt dans les jumelles infrarouge. Castro. Il dévala la pente boueuse qui menait à la *lancha*, échangea quelques mots avec le Noir qui fumait là tout à l'heure, trop loin pour qu'ils entendent. Qu'importe.

En soulevant le coffre du 4 × 4, Angel comprit que son frère et ses équipiers n'attendraient pas le muletier, ni ne chercheraient à prendre les narcos en flagrant délit : outre leurs tenues de combat, ils étaient venus avec un arsenal de guerre, pistolets automatiques, poignards, fusils d'assaut à lunette nocturne, grenades offensives, pains de plastic, détonateurs, un lance-roquettes et deux ogives.

Diuque s'empara d'un M16 tandis que Lautaro vérifiait le chargeur de son Glock. Puis il tendit un fusil à son frère.

— Tu peux t'en servir ? chuchota-t-il en désignant ses mains blessées.

— Oui.

— *Vamos*.

Limon guettait l'arrivée de son boss à l'arrière du bateau, fumait une cigarette en attendant. Quelques chiens erraient à la lueur de la lune, sur le sable noir et vaseux, des sacs de sable renforçant la bande de terre qui séparait la zone portuaire de l'océan. Il fallait attendre la marée haute pour que la jonction avec la rivière permette aux bateaux de sortir en pleine mer. Le manque de fond réduisait l'accès aux *lanchas* et aux hors-bord, après quoi c'était tout un sport pour passer la barrière des rouleaux qui se jetaient sur la côte, mais Limon connaissait la région comme sa poche.

Il s'était tué les oreilles à la scierie du coin avant de se recycler dans le transport maritime. Limon trimballait les touristes depuis des années, vers le parc d'Utría ou au large pour voir les baleines à bosse, parfois il poussait sa *lancha* jusqu'aux fosses marines de l'île de Malpelo, un site de plongée et d'observation de requins-marteaux. Les heures supplémentaires, de nuit, s'avéraient autrement plus lucratives. Son job consistait à transférer les paquets de coke dans la navette, dont Castro et le muletier bourraient les cales, jusqu'à la villa du *patrón*. Comment ils pouvaient acheminer un tel chargement depuis la forêt n'était pas ses affaires, Limon n'était qu'un exécutant payé rubis sur l'ongle pour promener l'or en poudre. Que des avocats new-yorkais ou des traders de la City s'empiffrent de cette saloperie coupée au kérosène en se croyant les plus malins ne le concernait pas plus. Limon avait une femme et deux gosses en bas âge et, en transportant la dope du cartel, n'imaginait pas avoir du sang sur les mains. Ils n'avaient qu'à légaliser la cocaïne plutôt que de faire chier les paysans qui la cultivaient. Les narcos de toute façon n'abandonneraient pas un marché aussi juteux sans un sérieux coup de pied au cul. Là encore, ce n'était pas son problème.

Aucun flic de la région ne viendrait les inquiéter, Castro le lui avait assuré et Limon n'avait aucune raison d'en douter. Il arrivait justement sur le chemin du port, barbe et large chapeau comme à son habitude, armé jusqu'aux dents. L'homme descendit le quai boueux, *floc-floc*, faisaient ses bottes en caoutchouc, jusqu'à la *lancha*.

— *¿ Como estás, Limon?*

— *Bien, jefe : todo bien.*

Rien à signaler en tout cas avant l'arrivée du muletier, qui ne devrait plus tarder. La lune se cachait dans le ciel lourd de nuages ; le *sicario* remonta la pente et attendit le chargement près du sentier qui menait à la forêt, sous les cocotiers.

La nuit était chaude et humide, le bateau bientôt rempli à ras la gueule. Limon jeta un œil à sa montre – onze heures du soir : la marée serait bientôt haute, ils avaient largement le temps d'arriver chez le boss. Limon jeta le mégot de sa cigarette, vérifia que tout était paré pour le cabotage – la mer était formée ce soir –, sans voir la silhouette qui s'était glissée à l'ombre des cocotiers. Le temps de réaliser qu'elle bondissait sur le plat-bord, il était trop tard : le canon d'un Glock visait sa tête.

— Toi tu la boucles, siffla Lautaro.

Une autre silhouette grimpa sur le bateau, plus svelte, portant un gros sac à dos sur les épaules et des pansements aux mains. Une femme suivait, et un type immense, son poignard encore gouttant de sang.

Castro n'apparaissait pas, mais Limon reconnut

son chapeau dans les mains du colosse. Alors seulement le pilote de la *lancha* comprit qu'il était dans la merde.

La houle soulevait le Pacifique qui jetait des vagues de deux mètres sur la plage d'El Valle. La marée haute, ils étaient sortis du port à petite vitesse jusqu'au gros rocher, sentinelle de l'océan, avant de mettre la gomme. Limon savait comment passer la barrière des rouleaux – attendre que la plus grosse vague s'écroule pour foncer droit devant à la perpendiculaire, puis profiter du ressac pour virer face à l'océan et affronter la nouvelle vague qui se formait, enfin sauter au-delà avant qu'elle n'atteigne sa pleine puissance. Leurs cervicales en avaient pris un coup quand, soulevée par l'écueil mouvant, la coque s'était écrasée contre la surface, mais ils étaient passés sans encombre.

Dix minutes déjà qu'ils avaient pris le large. La brise soufflait plus fort en mer ; Diuque surveillait le pilote de la *lancha*, un calibre dans les reins, l'agent Vasquez suivait la progression penchée sur son ordinateur. Encore dix minutes de navigation avant le premier stop.

Angel se taisait à la poupe, assis sur les coussins molletonnés des caissons. Il pensait à Lucia qui était peut-être dans la villa, à El Niño son ravisseur, au moyen de lui arracher des aveux avant de se tirer de là, avec ou sans son frère. Comme d'habitude Lautaro semblait avoir tout prévu, jusqu'au nombre de balles qu'ils se prendraient dans le corps. Une sale impression que ses silences n'arrangeaient pas. Et il se promenait avec un tueur professionnel, Diuque, sa tour de contrôle, qui vérifiait ses armes toutes les cinq minutes quand il n'égorgeait pas sur ordre de son boss.

Lautaro vint s'asseoir aux côtés d'Angel, alluma une cigarette, la dernière avant l'opération. Le fusil d'assaut qu'il lui avait donné reposait sur le coussin, prêt à l'emploi. Une fureur tue meulait ses angles mais ils avaient encore un peu de temps avant de débarquer à terre.

— Comment ça s'est passé dans le Nariño ? demanda Lautaro comme on fait la conversation.

Angel désigna ses mains.

— Comme ça.

— Hmm, tu me raconteras un autre jour. Qu'est-ce que Zamora et ses tueurs fichaient dans les *montañitas* ?

— Des bandits locaux leur fournissaient des filles bonnes à massacrer. Il y a une piste d'atterrissage près du labo clandestin qui leur servait aussi de boucherie. Ils profitaient des chargements de coke pour larguer les corps depuis l'avion qui assurait la liaison.

Lautaro opina – une navette entre les forêts du Nariño où la coca était transformée, et la villa de Vittorio isolée sur la côte Pacifique. Le transfert de cette nuit devait être important : une demi-tonne d'après le muletier, produite localement, qui s'ajouterait aux productions d'autres *changos* disséminés dans le pays. Angel avait des soucis plus terre à terre.

— La grand-mère de Lucia a été tuée par les *sicarios* de Zamora, poursuivit-il. Rafaële s'occupait des prostituées mineures de Loreta et d'ailleurs ; ça ne leur a pas plu visiblement. Personne n'a pu me dire ce qu'est devenue Lucia, mais si elle n'est pas avec Zamora dans la villa de Vittorio, je crains qu'ils l'aient tuée elle aussi. Qu'ils se soient servi d'elle pour vous mettre sur le gril…

— Peut-être qu'ils l'ont d'abord casée dans un bordel avant de la liquider.

Il y eut un bref silence.

— Toujours les mots pour le dire, hein, fit Angel entre les dents.

— Je voulais pas te blesser.

— Bien sûr.

La discussion prenait un mauvais tour. Lautaro changea de sujet.

— Un de ces types t'a expliqué la raison des massacres ?

— Non, mais j'ai entendu le communiqué de l'Armée du Peuple, répondit Angel. On dirait que certains guérilleros déçus se sont alliés avec les trafiquants pour foutre la merde. Ceux que j'ai rencontrés dans le Sud semblaient pourtant en guerre contre les groupes rebelles qui traînent encore dans les forêts : il y a des mines dans le secteur, et des orpailleurs sans foi ni loi qui se vendent au plus offrant.

Lautaro rumina. Des entrepreneurs véreux venus du Mexique ou du Brésil opéraient au grand jour dans les mines illégales, risquant au pire de se faire expulser sans encourir de peines de prison. Ils étaient alliés aux propriétaires terriens des cartels et à leurs milices qui arrosaient les officiers de l'Armée et les fonctionnaires des régions reculées où elles s'implantaient, mais aussi à la guérilla et au Clan du Golfe. Vu sous cet angle, il n'y avait en effet rien à espérer d'une pacification du pays. Trop d'argent en jeu, d'intérêts privés que l'État de droit remettrait en cause.

Le policier revint à des choses pressantes.

— Tu as dit quoi à ta formatrice ?

— Pourquoi ?
— Savoir qui peut nous balancer aux médias, dit-il.
— Flora n'est pas une balance.
— Mais une femme. Et les femmes ça cause trop, c'est connu.
— Oui, et les Noirs aiment le manioc.
Lautaro voulut rire mais la mort de Diana lui nouait les tripes.
— Elle a pourtant parlé à une journaliste, poursuivit-il pour le tester. Diana Duzan. Elle bosse à *El Espectador*.
— Flora ne dira rien à personne pour la bonne raison qu'elle ne sait pas qui je suis, mentit Angel pour la tenir loin de son frère.
Mais de vieilles rancœurs remontaient à la surface.
— C'est vrai que Rachel ne m'a rien dit pour toi, admit Lautaro en jouant un mauvais rôle. Pour ça, on peut faire confiance aux femmes.
Angel eut un rictus : Lautaro était trop retors pour ne pas avoir une idée derrière la tête. Le terrain était glissant mais il s'y jeta tête la première.
— Qu'est-ce que vient faire Rachel dans cette histoire ?
— Tu sais quand même qu'elle a été tuée dans l'attentat de la discothèque, à Bogotá…
— Quoi ?
— Il y a presque vingt ans maintenant, pérora Lautaro d'un air qui voulait faire mal. Rachel a été brûlée vive, ne me dis pas que tu n'es pas au courant ; c'est quand même tes petits copains qui ont fait le coup.
Angel pâlit à l'ombre de la lune.
— Non, dit-il, sous le choc. Non, je ne savais pas.
— Oui, ironisa Lautaro avec amertume. Et tu ne

savais pas qu'elle était enceinte quand tu t'es tiré chez les FARC.

— Rachel était enceinte ?

— Ne fais pas l'innocent, tu veux, renvoya-t-il.

— Bon Dieu, explique-toi !

— Tu baisais Rachel avant que je la rencontre, dit Lautaro. Ça n'a plus d'importance de toute façon.

— Qui t'a raconté ça ?

— Le navire amiral… Quel lâche tu fais, ajouta-t-il en jaugeant son cadet.

Angel sentait les ondes électriques autour de lui. Il se souvenait de la rupture avec son père, quand il l'avait sommé de se tenir loin de la conquête de son frère – ce lamentable vaudeville.

— Il t'a raconté qu'on était nus dans une loge du théâtre, c'est ça ? relança Angel comme pour tordre le cou au destin. D'abord ce n'est pas lui qui nous a surpris, mais un de ses hommes du renseignement qui me fliquait à l'époque. Un type du DAS. Tu dois le savoir puisque tu étais aussi sous surveillance. On avait une scène de nu dans la pièce que notre prof nous faisait jouer, Rachel et moi. On s'est déshabillés pour briser la gêne avant de monter sur scène, mais bien sûr c'est difficile à faire comprendre à un espion militaire. À un père comme le nôtre aussi.

— Ben voyons.

— Rachel était comme une sœur pour moi, asséna Angel devant le regard brûlant de son frère. Et bien meilleure comédienne. Si tu avais des amitiés avec les femmes, tu ne ferais pas cette tête.

— J'ai trouvé une photo de vous enlacés chez Rachel, après l'attentat.

— Une photo de plateau, oui, dit-il, excédé. On jouait *Le Songe d'une nuit d'été*, une histoire aux amours multiples. Shakespeare a du génie, et vous l'esprit complètement tordu !

— Tu te défiles encore, grinça Lautaro.

— Non, mais je comprends mieux ta réaction. Vous étiez ensemble, toi et Rachel, au moment de l'attentat de la discothèque, n'est-ce pas ? Si tu me parles d'elle pour me faire porter le chapeau, tu te trompes lourdement, mon vieux : je suis le premier à maudire ceux qui ont commis l'attentat de la discothèque. Ce qui lui est arrivé me brise le cœur, Rachel était ma plus proche amie, ma sœur de théâtre comme je l'appelais à l'époque, répéta-t-il pour le lui enfoncer dans le crâne. Il n'a jamais été question d'avoir une liaison, elle et moi : on s'aimait quand même. Et je n'ai qu'une fille, Lucia, que vous m'avez volée !

Lautaro écoutait son frère, les jointures blêmes sur le pont du rafiot qui les menait à la mort : Angel disait la vérité, il le lisait dans ses yeux. Et cette vérité le tuait. Son père s'était trompé sur leur compte. Il croyait lui révéler la liaison de son cadet avec Rachel, comme un secret insupportable à garder, et il le comprenait, mais les deux hommes s'étaient fourvoyés. Depuis toutes ces années. Lautaro revisitait ses heures noires, et réalisait sa terrible méprise : Damian était son fils… Damian était son fils et lui l'avait maltraité, objet d'un dégoût consommé, il l'avait rejeté comme il s'était senti rejeté, jusqu'à ce que le gamin préfère finir sous un bus plutôt que de continuer à vivre.

Angel comprit que quelque chose déraillait dans l'esprit de son frère.

— C'est pour ça que tu t'es engagé dans les forces spéciales ? demanda-t-il alors. Pour venger Rachel ?

— Il fallait bien quelqu'un pour te ramener, répondit Lautaro d'une voix blanche.

— Sauf que ce sont les paras qui ont fini par me capturer.

— C'est bien ce que je dis.

Angel ne saisit pas tout de suite la teneur de ses propos.

— On approche ! lança l'agent Vasquez depuis la proue du bateau.

Les frères se regardaient en chiens de faïence.

— On s'expliquera plus tard, abrégea Lautaro en se levant.

La navette n'était plus qu'à quelques encablures de la côte, masse sombre sous le ciel. Diuque avait attaché le pilote au poste de commandement, les poignets pris dans le gaffer, entretenant l'illusion qu'il tenait la barre. Ils accostèrent sur une petite crique où les vagues étaient moins fortes.

Les policiers s'étaient donné une demi-heure pour repérer la maison de Vittorio : ils mirent pied à terre, lourdement armés, et disparurent sans un mot vers la forêt.

Angel avait attendu vingt minutes dans la baie abritée avant de reprendre la mer, le chapeau du Barbu sur son crâne rasé. La *lancha* était facile à manœuvrer, ils longeaient la côte à bonne distance des récifs. Lautaro et ses flics ne devaient plus être loin de l'objectif maintenant. Angel leva les yeux vers les étoiles, n'y vit que des nuages. Il avait plu tout à l'heure, une averse assommante comme il en tombait dix par jour. La discussion avec Lautaro lui laissait un goût infect, que l'iode et les embruns ne parvenaient pas à dissiper : Rachel victime de l'attentat de la discothèque… Le malheur le poursuivait, où qu'il aille. Il était loin de la capitale à l'époque, dans le Nariño avec les guérilleros du Front 26, à mille lieues de ce qui pouvait se dérouler à Bogotá. Même s'il n'était pour rien dans la mort de Rachel, Angel comprenait mieux la haine de son frère. Son désespoir.

L'humidité du large rafraîchit son visage échaudé. Plus le temps de gamberger.

— Tu vois quelque chose ? lança-t-il au pilote.

— Qu'un type qui va au-devant d'un paquet d'emmerdements, répondit Limon à la barre. Tu ferais mieux de me détacher et de filer avec le canot.

L'annexe suivait la *lancha*, une petite embarcation à moteur tirée par un bout.

— Admire plutôt le paysage.

Limon jurait derrière le pare-brise du cockpit tandis qu'Angel assurait la navigation. Les narcos avaient des jumelles infrarouge pour guetter l'arrivée de la marchandise, ils ne s'inquiéteraient pas en voyant leur pilote aux commandes, un homme au large chapeau à ses côtés – celui de Castro.

— Vous êtes qui, des flics ? tenta Limon. Parce que pour s'attaquer à ces gens-là, faut être suicidaire ou aimer se faire torturer !

— Ta gueule.

Angel épiait la côte, anxieux. L'embarcation voguait à bonne allure le long des falaises, soulevée par le souffle rauque de l'océan ; il se glissa à la poupe, le chapeau de Castro masquant la moitié de son visage, saisit le fusil qui reposait à couvert sur les coussins des passagers. Du matériel nord-américain dernier cri avec lunette de visée nocturne. On devinait les rochers à cinq cents mètres, les vagues qui s'écrasaient, l'écume bousculée mais toujours pas la villa.

Enfin, une crique se dessina dans la nuit, cernée par une végétation luxuriante. Le toit d'une propriété apparut un peu plus loin, et le fameux ponton où serait débarquée la marchandise. Vingt-sept minutes étaient passées depuis qu'il avait déposé les autres à terre.

Angel remonta vers le poste de pilotage, garda le fusil à portée de main et mit le moteur au point mort sous le regard noir de Limon. La navette dériva un moment et finit par s'immobiliser à hauteur de la crique ; Angel avait déjà tiré le bout à la poupe et ramené le canot annexe près de la coque. Limon le regarda s'escrimer, se demandait ce qu'il fichait. L'ancien guérillero envoya un message sur son téléphone, reçut la réponse quelques secondes plus tard – ils étaient sur zone.

Le canot ondulait sous la houle, accolé au bateau ; Angel jeta le M16 et les chargeurs au centre de l'embarcation. La cible était à quatre cents mètres environ. On distinguait des lumières depuis la maison d'architecte, de vagues mouvements dans le jardin qui descendait vers la mer. Angel positionna le bateau face au ponton sans un regard pour le pilote derrière le pare-brise du cockpit.

— Putain, qu'est-ce que tu fous ? s'exclama Limon en le voyant bidouiller une machine électronique.

Une charge d'explosif gonflait le sac à dos à l'avant de la *lancha*. Angel ne lui dit rien : il poussa les manettes du moteur à fond, deux cents chevaux lancés à plein régime, avant de bondir sur le plat-bord.

— Hey ! Putain, c'est quoi ce bordel ?! hurla Limon en secouant ses liens.

Angel sauta dans le canot arrimé à la coque, détacha le bout à la hâte et laissa l'ogive foncer droit devant.

Des gouttes coulaient des frondaisons après l'averse. Lautaro n'avait plus le temps de réfléchir aux révélations de son frère, à ce qu'elles impliquaient comme conséquences : il jeta un regard inquiet à l'agent Vasquez qui venait de prendre position au milieu des branchages, sa précieuse mallette posée à ses côtés. L'électronique était une chose, faire mouche avec un fusil d'assaut une autre. Quand il lui avait demandé si elle savait tirer, Vasquez avait répondu avec une pointe d'orgueil qu'elle était la deuxième de sa promo. Ce soir, il lui faudrait être la première.

Largués sur la rive, ils avaient dû marcher à travers la forêt, un enchevêtrement tropical plongé dans un noir mat que leurs torches peinaient à défricher. Ils suaient sous les gilets pare-balles, avançaient en silence parmi les lianes et les pièges du terrain. Enfin ils avaient atteint leur cible. Diuque, meilleur tireur, contournait la maison pendant que Vasquez et lui prenaient position. Au lieutenant de neutraliser les gardes de l'aérodrome. Ils ne savaient pas combien d'hommes quadrillaient la résidence de Vittorio, où se trouvaient les sentinelles. Diuque, qui avait dû effectuer un arc de cercle pour éviter d'être repéré, envoya son message quelques minutes plus tard : posté sur le flanc opposé, le sniper choisissait ses cibles dans son viseur infrarouge.

Lautaro avait la gorge sèche : il ne manquait plus que le signal d'Angel. L'agent Vasquez avait fini les réglages de son ordinateur, une petite merveille électronique capable de brouiller les ondes à distance. Les tueurs seraient bientôt coupés du monde.

— OK, dit-elle.

Lautaro s'était glissé le premier jusqu'à la végétation qui bordait la propriété. Trois millions de dollars au bas mot, avec terrasses et jardin tropical, sans parler de la vedette flambant neuve arrimée au ponton. Huit hommes armés se tenaient au bord de l'eau, fumant une cigarette en attendant l'arrivée du chargement. Lautaro n'avait qu'une vision partielle de la situation. Il avait compté cinq gardes autour des terrasses, six autres dans le jardin, assis sur des pliants, et un type en slip qui faisait des allers-retours par la baie vitrée du salon, ventripotent, une paire de jumelles à la main. Vittorio, le chef des narcos. Des hommes devaient garder l'accès vers la piste d'atterrissage, d'autres encore glander dans leurs appartements du rez-de-chaussée, sous la terrasse de la maison sur pilotis.

— Ça va, *chica*? chuchota-t-il.

L'agent Vasquez pointait son M16 à ses côtés, le visage pâle malgré son teint cuivré.

— Oui, colonel.

La jeune femme serait courageuse, c'est pour ça qu'elle avait intégré l'unité. Il reçut alors le message d'Angel : lui aussi était prêt. Lautaro répondit aussitôt – *vamos*.

Les étoiles brillaient quelque part quand un bruit de moteur perça le silence de la jungle. Lautaro se tourna vers l'agent Vasquez, le doigt crispé sur la queue de détente.

— Tu neutralises les types dans le jardin, je m'occupe du reste, répéta-t-il. Quand ça va commencer à riposter, bouge.

— Oui, colonel.

Le grondement du moteur grossissait dans la nuit.

Les cibles étaient à cent mètres, encore immobiles, mais les hommes sur le ponton sentirent que quelque chose n'allait pas : ils fixaient la mer, s'agitèrent à mesure que le bateau approchait, puis ils se mirent à lancer des invectives au pilote. Les gardes du jardin réagirent à leur tour. Personne ne comprenait ce que fichait Limon mais il allait beaucoup trop vite.

Lautaro épaula le lance-roquettes.

Les hommes hurlaient depuis le quai, empoignaient leurs armes avec des gestes de recul, menaçaient de tirer : le bateau apparut dans le champ de vision de Lautaro, fonçant droit sur eux. Zamora tira le premier, aussitôt imité par ses hommes. Une volée de plombs s'abattit sur le cockpit de la navette, transperçant plusieurs fois le pilote, sans freiner sa course folle. Les plus hardis continuèrent à défourailler, les autres refluèrent en jurant. Lancée à pleine vitesse, la *lancha* allait défoncer le ponton. Lautaro actionna le lance-roquettes au moment où l'ogive piégée se fracassait contre le quai. Une double explosion provoqua une gerbe de feu qui les dévora en entier. Les gardes dans le jardin coururent vers la maison mais, surpris par le crépitement d'armes automatiques, se retrouvèrent pris en tenailles : trois s'écroulèrent avant d'avoir atteint la terrasse.

Branle-bas de combat dans la villa d'où les *sicarios* jaillissaient. Des gardes se réfugiaient vers la maison, essuyant le tir chirurgical de Diuque qui les abattait les uns après les autres. Il y avait six corps calcinés près du ponton en proie aux flammes, quatre autres dans le jardin et des blessés qui se précipitaient vers la terrasse. Les tueurs se ressaisirent vite : les tirs provenaient des fourrés, des deux côtés de la maison. Ils sortirent l'arsenal lourd.

Le canon du M16 était brûlant ; Lautaro retira le chargeur qu'il venait de vider quand une première balle siffla à ses oreilles. Le temps de l'encastrer, les projectiles pleuvaient sur eux.

— On bouge ! cria-t-il à l'agent à ses côtés.

Il se dressa à croupetons, secoua la petite brune pour qu'elle se remue mais Vasquez ne réagit pas. Une balle avait percé son front, la laissant affalée sur son arme.

Il fila sans attendre. Les projectiles percutaient les arbres autour de lui, coupaient les branches comme des machettes. Lautaro se faufila dans la végétation, s'accrocha aux ronces, prit position une trentaine de mètres plus haut, le cœur battant au milieu des claquements d'armes de guerre. La mort, la mort partout. Il cala ses coudes à terre, régula son pouls pour presser la détente : un tireur embusqué près de la balustrade recula sous l'impact.

Des nuages humides mélangeaient le ciel ; Lautaro entendait les tirs de l'autre côté de la maison – Diuque faisait un carton. Il abattit le dernier homme visible dans le jardin au moment où il faisait feu vers lui. Les rescapés de l'attaque s'étaient réfugiés dans la villa. Une demi-douzaine au moins, la garde rapprochée de Vittorio, armée jusqu'aux dents. Lautaro avança vers le bâtiment en courbant l'échine, profita que le feu se concentre sur Diuque pour atteindre le porche sous la terrasse. Le lieutenant devait changer de position s'il ne voulait pas finir en charpie mais Lautaro faisait confiance à son chien de guerre ; il poussa la porte entrouverte devant lui, découvrit une chambrée vide avec des affaires sales répandues sur le sol et des cendriers pleins. Une porte donnait sur un couloir qui menait aux étages. Des tirs répétés provenaient du salon et des chambres au-dessus.

Il stoppa à l'angle du couloir, dressa la tête vers l'escalier. Il était désert mais un homme était posté quelques mètres plus haut, invectivant ses sbires. Lautaro grimpa les marches à pas feutrés, scrutant nerveusement les angles, devina la présence de sa cible et se jeta dans son dos. Une première balle frappa le type à l'épaule, la seconde à la gorge. Sentant une présence, Lautaro fit volte-face, reçut un terrible coup de poing au thorax et tira en reculant.

L'homme qui venait de le toucher ne portait pas de gilet pare-balles : il reçut deux projectiles dans le ventre et s'écroula sur le marbre en gémissant. Lautaro encaissa le choc qui aurait dû le tuer, prit l'hématome comme un coup de semonce. Des tirs s'échangeaient sur le toit-terrasse ; Diuque aussi était entré dans la maison.

L'adrénaline à plein régime, Lautaro traversa le salon, découvrit le cadavre d'une femme à demi nue sur le canapé, un peignoir de soie imbibé de sang, oublia : des tirs rapprochés sifflaient sur sa droite, juste au-dessus de lui. La haine le rendait téméraire ; il se glissa vers l'escalier et tomba nez à nez avec un tueur, qu'il pulvérisa d'une rafale à bout portant. Lautaro enjamba le corps, le souffle court, atteignit le toit avec des serpents dans le sang. Trois corps gisaient là, éclairés par les lumières de la villa. Vittorio se traînait sur le sol, touché à la jambe, l'ombre gigantesque de Diuque au-dessus de lui, les tempes ruisselant de sueur, le doigt crispé sur la détente, prêt à éclater le crâne du *capo*.

— Ça va, boss ? lança-t-il en lui jetant un bref coup d'œil.

Lautaro vit trop tard l'ombre terrée à l'angle : Diuque lui adressait un vague sourire quand sa nuque se brisa sous le choc, le précipitant face contre terre. Lautaro vida les dernières balles de son chargeur sur le *sicario* qui venait de faire feu, lâcha son fusil et dégaina son Glock dans le même mouvement.

Il y eut un moment de flottement dans la nuit moite, deux secondes éternelles dans le silence tropical. Vittorio levait les mains, une méchante blessure au mollet, le reste n'était que mort et désolation. Six corps criblés de balles jonchaient le toit-terrasse. Lautaro se pencha vers Diuque, tué sur le coup, grimaça devant son visage figé par la stupeur. Il regarda autour de lui comme si d'autres tueurs pouvaient surgir mais seul le vent soufflait sur les hauteurs, chargé d'humidité.

Des sueurs froides inondaient sa chemise sous son gilet pare-balles. Des pas se firent alors entendre dans l'escalier.

— Bouge plus ! hurla Lautaro.

— C'est moi, putain !

Angel apparut, un M16 entre les mains, trouva son frère immobile parmi les douilles et les cadavres, et Vittorio qui se tortillait en gémissant. Le flic à l'iroquois reposait à deux pas de là, le bas du visage emporté.

— Tu as vu Lucia ? lança Angel, sur haute tension.

Le policier fit signe que non.

— Zamora s'est enfui dans la jungle avec un autre type, reprit l'ex-FARC. Ils sont blessés, je crois.

Lautaro oublia Diuque, croisa le regard fiévreux de son frère.

— Va le chercher, dit-il d'une voix blanche.

Il s'occuperait de Vittorio, l'homme qui lui avait volé Diana.

11

Angel avait fini par accoster avec l'annexe après l'attaque bélier du bateau chargé d'explosifs. Une poignée de minutes qui avait tout changé ; plusieurs corps fumaient sur la pelouse de la maison où crépitaient les tirs d'armes automatiques, d'autres gisaient autour du ponton et deux hommes visiblement blessés s'échappaient par la forêt, parmi lesquels El Niño. Angel les avait laissés filer – on se battait avec acharnement sur le toit et il ne pensait qu'à sa fille sous les balles.

Il avait frémi en découvrant le corps d'une jeune femme dans le salon, constaté en retournant le cadavre qu'il ne s'agissait pas de Lucia. Peur panique de la trouver morte. Il l'avait cherchée fébrilement dans les autres pièces de la villa, prêt à liquider le premier garde sur son chemin, inspecté les étages avant de trouver Lautaro au milieu d'un champ de cadavres. La maison était plongée en plein chaos, les deux flics des forces spéciales qui l'accompagnaient avaient péri dans l'assaut et son frère tenait Vittorio à sa merci. L'heure n'était pas aux explications mais à rattraper Zamora, la dernière personne à savoir ce qu'était devenue sa fille.

Il dévala l'escalier, enjamba les corps qui s'égrenaient jusqu'au jardin. Cinq minutes d'avance, à vue de nez : Angel pressa le pas en s'engouffrant dans la végétation, le M16 en bandoulière. Il savait ce que c'était que de vivre traqué dans la jungle, tourner en rond pour tromper l'Armée qui menait la chasse, déjouer les plans, obtenir des informations, monter des embuscades, plastiquer les casernes. Il avait survécu à tout, prouvé son audace et son endurance, et cette nuit dans la jungle de la côte Pacifique, c'était lui le chasseur.

La première marque de leur passage apparut dans le faisceau de sa lampe frontale, des traces de sang dans une flaque d'eau boueuse. Angel suivit le seul sentier praticable, les sens aux aguets, découvrit une branche cassée, des empreintes fraîches sur le sol. Une fuite balisée par la peur, même si les deux *sicarios* étaient sûrement armés. Il entendit le bruit d'un moteur de tronçonneuse dans son dos, qui provenait sûrement de la villa, des cris glaçants, puis plus rien… Angel se concentra sur les fugitifs.

La pluie se remit à tomber, étouffant un peu plus les bruits de la forêt. Il poursuivit sa route et, profitant que les houppiers des arbres protègent encore le sol, trouva de nouvelles traces d'hémoglobine dans le faisceau de sa torche. Des gouttelettes carmin, toujours plus abondantes, qui filaient entre les branches et les fougères. Angel écouta les nuances de l'obscurité qui pouvaient lui révéler le mouvement de ses proies, n'entendit que le tintement de la pluie sur les feuillus. Une forte odeur d'humus grimpait à ses narines. Il avança prudemment, l'arme à l'épaule : le blessé n'était pas loin.

Un ruisseau coulait à une centaine de mètres, entre

quelques pierres tapissées de mousse. La lueur de la lune atteignait à peine les sous-bois, avares de clairières ou d'espaces dégagés. On n'entendait que le coassement des grenouilles et les envolées des oiseaux de nuit effrayés par sa présence. Angel découvrit bientôt un homme allongé en travers du sentier, qui ne répondait pas au signalement d'El Niño. Il ne se demanda pas s'il s'agissait d'un piège, les tueurs ne devaient songer qu'à fuir, approcha pour inspecter le corps humide et sale, un trou noir dans le ventre. Un éclat d'acier dans l'estomac visiblement, qui avait fini par le vider de son sang – son pouls ne répondait plus. Angel le laissa dans la boue, sûr que la forêt l'avalerait. Il lui fallait Zamora vivant, ou tout ça n'avait servi à rien.

Un coup de feu retentit au loin, toujours dans son dos, un deuxième, puis d'autres, espacés de quelques secondes. L'ancien guérillero frémit malgré lui – Lautaro achevait les blessés… Les gouttes tombaient maintenant des frondaisons, métronomes. Angel inspectait le sol à mesure qu'il s'enfonçait sous les branches, dénicha plusieurs empreintes de chaussures ; El Niño savait-il où il allait ou, fuyant les tirs de Diuque, avait-il foncé par la seule issue qui lui permettait de s'échapper ? Il n'y avait aucun village sur leur carte d'état-major, les rares habitants vivaient plus au nord dans la réserve écologique, des Indiens méfiants pour la plupart qui ne lui seraient d'aucune aide.

Angel marcha à l'ombre de la lune, épiant toujours les sons et les mouvements alentour. Une poignée de minutes passa, sur le fil du rasoir ; hormis la pluie qui avait cessé, rien à signaler, comme si les traces s'étaient volatilisées. Il commençait à se demander s'il n'avait pas perdu la piste du *sicario* quand une détonation retentit dans la nuit. Un coup de feu, celui-là tout proche. À cent mètres à peine.

Angel avança le long du chemin, entendit comme des grognements humains. Il coupa sa lampe frontale, ne se dirigea plus qu'à la visée infrarouge du M16, l'esprit focalisé sur sa proie : elle était là, dans sa mire, à une vingtaine de mètres, Zamora et sa tête d'enfant perdu dans le noir.

Le tueur ne l'avait pas vu, senti peut-être, puisqu'il se tourna brusquement dans sa direction.

— Ne bouge plus ! hurla Angel.

Mais la peur l'avait rendu téméraire : El Niño braqua son pistolet et pressa deux fois la détente au hasard des ténèbres, avant de s'affaler soudain, fauché par la balle de gros calibre. Zamora expulsa un râle en portant la main à sa cuisse blessée, voulut empoigner son arme tombée dans la chute.

— Un geste de plus et je te casse l'autre jambe, l'arrêta Angel.

Il ralluma sa torche qui l'aveugla un instant. El Niño grimaçait sur le sol détrempé, mal en point. Il manquait deux doigts à sa main gauche, conséquence de l'explosion contre le ponton, et la balle du fusil avait brisé son fémur. Angel saisit le pistolet automatique à terre, l'envoya dans les buissons et comprit pourquoi Zamora avait perdu la raison : le cadavre d'un jeune jaguar gisait près du fourré voisin, foudroyé par le coup de feu de tout à l'heure. Angel pesta : dans la panique, ce connard avait tué un des rares grands félins vivant dans la réserve.

El Niño reconnut alors le visage de l'homme qui le pistait. Le crucifié.

— T'es qui, putain ?!

La détresse filtrait de ses yeux injectés, l'incompréhension aussi. Le boss lui avait dit d'épargner un certain Orlando Mercer au cas où ils le croiseraient dans les *montañitas*, sans savoir qu'El Niño l'avait déjà envoyé au fleuve : son allure avait changé mais le visage qui le surplombait était le même.

Angel s'accroupit près du *sicario*.

— Tu es intransportable en l'état, Zamora. Et tu viens de tuer ce jeune jaguar, ajouta-t-il en désignant l'animal inerte. Son frère ou sa sœur ne doivent pas être loin. C'est la nuit, l'heure de la chasse pour les fauves : les détonations ont pu l'effrayer mais la maman va revenir auprès de sa progéniture, forcément… Et elle ne sera pas contente en découvrant son petit dans cet état. Les jaguars ne font pas des portées tous les ans, tu sais. Rassure-toi, leurs mâchoires sont assez puissantes pour percer la carapace d'une tortue : la mère va te briser le crâne entre ses crocs, ça durera le temps d'un claquement de doigts. À moins qu'elle ne fasse durer le plaisir. Ce sont de gros chats après tout…

El Niño n'avait plus du tout une tête d'enfant.

— Vittorio est entre les mains des flics à l'heure qu'il est, poursuivit Angel d'une voix faussement calme, et ses gardes ont été liquidés : tu n'as plus rien à attendre, de personne, ou alors de moi si tu réponds à mes questions.

— Qu'est-ce que tu veux ? souffla-t-il.

— C'est Vittorio qui t'a chargé des meurtres dans le Nariño ?

Le *sicario* ne croyait pas ce qui lui arrivait – l'attaque surprise, la fuite dans la jungle et lui, El Niño, la proie d'un jaguar.

— Alors ?! le pressa Angel.

— Oui…

— Oui quoi ?

— C'est Vittorio qui nous a envoyés là-bas.

— Pourquoi ?

— Foutre le bordel dans la paix. Prendre la place de Carbonel. Continuer le business. On avait un *chango* dans la forêt, pour transformer la coca. Une grosse commande pour le Mexique.

— Je me fous de vos trafics, écourta Angel. Tout ce qui m'intéresse, c'est Lucia Ramos, la petite-fille de la femme qui aidait les prostituées mineures des bordels de Loreta. Luis Alfonso m'a dit que vous l'aviez tuée pour ça. Qu'est-ce que vous avez fait de la gamine ?

— Quelle gamine ?

— Lucia, l'ado qui vivait avec Rafaële Ramos, répéta son père. Elle a été enlevée au moment du meurtre. Elle aussi, vous l'avez découpée dans les baignoires du *chango* ?

El Niño secoua la tête.

— Non… Non, c'est Luis Alfonso qui a liquidé la Rafaële ; et elle vivait seule.

— Tu mens, aboya Angel, elle avait une petite-fille, Lucia : vous avez envoyé une photo d'elle à la famille Bagader !

Le tueur respirait avec peine, le front ruisselant sous la torche.

— Putain, je te dis que la Rafaële avait pas de gosse avec elle. Si ça avait été le cas, Luis Alfonso l'aurait su, et il l'aurait sûrement forcée à faire la pute. Y a pas d'école à Loreta et sa vieille aurait pas été assez conne pour laisser sa gamine parmi les ivrognes qui traînent là-bas, asséna-t-il avec hargne. La Rafaële vivait que pour sauver les petites putes des cabarets, c'est pour ça que Luis Alfonso l'a tuée… Je sais pas ce qu'on t'a raconté, mon vieux, mais c'étaient des bourres.

Angel pâlissait sous les branches.

— Tu mens.

— Pourquoi je le ferais ?! s'écria El Niño. Putain, on s'en fout de cette vieille folle !

Quelque chose ne collait pas dans son témoignage.

— Rafaële a été tuée quand ? demanda Angel.

— Je sais plus, il y a des mois !

— Tu veux dire qu'on l'a assassinée avant la série de meurtres ?

— Je te dis que c'est Luis Alfonso qui l'a liquidée, pas nous ! glapit El Niño. Le plan était même pas en place !

Angel déglutit, les yeux fixés sur le blessé : bien sûr, Lautaro lui avait menti… La grand-mère ne comptait pas parmi les victimes liées à son enquête. Il mentait, depuis le début. Et si son frère avait monté un coup aussi tordu, c'est qu'il savait où était Lucia.

L'atmosphère était détestable dans la maison d'architecte. Lautaro avait traîné le *capo* jusqu'au salon où gisait le corps ensanglanté de sa maîtresse du jour. Une balle perdue, qui l'avait frappée derrière l'épaule. Vittorio était maintenant ligoté sur une lourde chaise de bois laqué, son mollet blessé lui tirant des jurons salés. Un moindre mal. Car Lautaro pensait toujours à Diana, à ce qu'ils lui avaient fait dans le container. Passé l'hyperstress du combat, les sentiments parasites reprenaient le dessus : Lautaro croyait avoir vu trop d'horreurs dans sa vie pour s'émouvoir encore, mais la vision de son œsophage ouvert le rendait fou. Fou d'amour et de haine.

— Tuer un être humain, c'est comme tuer une poule, hein ? lança-t-il au mafieux qui s'agitait sur la chaise molletonnée. Eh bien, cette nuit c'est toi qui vas faire le coq, Vittorio.

Lautaro n'avait pas eu de mal à dégotter une tronçonneuse dans le bric-à-brac du garage, parmi les armes, la contrebande et les caisses de champagne français. Il ne savait pas si les narcos s'en servaient pour découper les gens ou tailler les branches de la végétation alentour, qui étouffait tout, ni même où était stockée la cocaïne en partance pour le Mexique, ce n'était plus la question. Vittorio le fixait avec des yeux méchants. Un miroir. Il avait des dents pourries par la marijuana, le ventre dépassant de son débardeur, et un slip blanc d'une autre époque. Lautaro démarra la tronçonneuse, qui répondit au quart de tour. Le bruit du moteur résonna dans le grand salon, encore en sous-régime.

— *¡ Hijoeputa !* siffla Vittorio en se rétractant sur la chaise.

Le *capo* tira sur ses liens dans un réflexe inutile, ne réussit qu'à attiser la douleur de sa blessure. Sa jambe entière tremblait devant les lames crantées. Lautaro le laissa s'agiter, le temps que la peur grimpe, puis il approcha de sa proie. Le visage du dauphin de Carbonel ruisselait. Douleur, colère, peur, hargne. Un cocktail de narco.

— Tes chefs savent que tu es là, Bagader ? lâcha-t-il d'un air qui se voulait bravache.

— Non… Non, on est seuls tous les deux, Vittorio. Rien que nous deux.

Il tenait la tronçonneuse à hauteur de ses genoux.

— Pas besoin de t'expliquer ce qui va se passer maintenant, gros lard : tu réponds à mes questions, c'est tout, et selon les réponses je te découpe en morceaux ou pas. C'est pigé ?

Vittorio sentait le souffle des lames sur ses poils.

— Carbonel, c'est lui le commanditaire des meurtres ? commença Lautaro. De l'attentat à Carthagène ?

— Non… Non.

— Tu travailles pourtant sous ses ordres.

Il secoua la tête.

— Plus maintenant.

— Explique.

— Carbonel a choisi de se rendre. Pas moi.

— Qui d'autre est avec toi ?

— Des chefs de cartels, petits ou gros.

— Depuis quand ils t'obéissent ?

— Depuis que Carbonel négocie avec la Fiscalía. Je suis le numéro deux du Clan : sa reddition me met à la tête de l'organisation. De tous ceux qui refusent de se rendre.

— Pourquoi ? Continuer le business de la came ?

Le *capo* haussa les épaules.

— La cocaïne, quoi d'autre ?! s'énerva Lautaro.

— Les mines.

— Celles que vous avez récupérées après la reddition des FARC ?

— Celles-là. Les autres…

Lautaro ne relâcha pas la pression sur sa machine. Les mines illégales représentaient quatre-vingts pour cent de l'argent des guérillas. On en comptait des centaines dans les forêts éloignées, aux mains de mafieux qui pillaient sans vergogne les sous-sols – or, minerais… Le retrait des FARC laissait autant de gisements à exploiter.

— Les cartels mexicains sont impliqués dans ces mines ?

— Ouais.

— Qui d'autre ?

— Des politiciens, des officiers de l'Armée, des gouverneurs… La routine.

Le volume sonore du moteur les obligeait à hausser le ton ; Lautaro éclaircit les derniers trous noirs de son enquête.

— L'Armée du Peuple n'a jamais existé, dit-il. Tout est bidon : les revendications de l'attentat, Tevez…

— Non, lui c'était un vrai rouge, qui refusait de rendre les armes, assura Vittorio. Beltran l'a manipulé. Il s'occupait du secteur caraïbe.

— Et des meurtres dans la région.

Vittorio opina, la peur au ventre. Le cadavre à demi nu de sa maîtresse dans son champ de vision avait quelque chose d'indécent et le flic qui l'interrogeait un vrai regard de cinglé.

— Pourquoi Tevez s'est sacrifié ? Ho ! je te cause !

— On l'a payé cher pour déposer la bombe sous l'estrade, répondit Vittorio. Tevez savait qu'on avait besoin de lui ; jusqu'au bout, il ne s'est pas méfié.

— Il croyait qu'après son petit numéro vous le laisseriez filer ?

— Oui.

— Rodriguez est dans le coup ?

— Le type qui s'est fait choper avec la coke à Miami ? Vittorio secoua la tête. Non, dit-il. Il marche avec Carbonel.

Lautaro commençait à percevoir l'organigramme

et les motivations des forces liguées contre cette foutue paix. Mais il lui manquait l'essentiel.

— Aussi nombreux et puissants que vous puissiez être, jamais vous n'auriez pu mener l'opération de Carthagène sans complicités dans la police et les forces de sécurité, fit-il d'une voix mauvaise.

Le visage du trafiquant se crispa un peu plus.

— Comment Tevez a réussi à passer tous les barrages à Carthagène ? insista Lautaro.

— Grâce à des flics locaux.

— Lesquels ?

— Je sais pas, s'ingénia-t-il, c'est Beltran qui était sur place.

— Beltran est mort la veille de l'attentat, connard.

— Mais l'opération était déjà planifiée, et déclenchée, renchérit Vittorio. Tevez venait de quitter la villa de Beltran quand les flics lui sont tombés dessus. Vous l'avez raté à cinq minutes, bande de nazes !

La voiture aux vitres teintées qui quittait la villa où Diana était séquestrée. Lautaro respirait mal, la poitrine compressée par les réminiscences.

— Qui a enlevé la journaliste à Carthagène ?

— Quoi ?

— Diana Duzan, la journaliste qu'on a retrouvée découpée dans un container sur le port de Santa Marta : deux faux flics sont venus la chercher à l'hôtel le jour de l'attentat.

Et ils avaient coupé sa jolie tête, en ne laissant qu'un tendon : Lautaro accéléra le moteur de la tronçonneuse.

— Pourquoi vous l'avez tuée, hein ?

— Parce qu'elle était chez Beltran et qu'elle pouvait reconnaître des gens, frémit Vittorio.

— Qui elle pouvait reconnaître ? Dis-moi qui vous

donne les infos depuis le début de l'enquête. Qui a permis à Tevez de commettre l'attentat et l'enlèvement de la journaliste : réponds !

Les lames n'étaient plus qu'à quelques centimètres de son visage. Vittorio sut qu'il allait mourir.

— T'as pas encore deviné ?! ricana-t-il nerveusement.

— Qui ?!

Vittorio tenta de reculer devant le souffle mortel, en vain : le sang gicla de son oreille.

— Ton père ! hurla-t-il en secouant la chaise de toutes ses forces. TON PÈRE !!!

Lautaro suspendit son bras un instant. Son amour supplicié apparut au milieu du vacarme : Diana et sa tête à la renverse… Un instant seulement.

12

La villa de Vittorio apparut enfin parmi les branchages, encore éclairée. Angel n'avait pas fait preuve de mansuétude en logeant une balle dans la poitrine d'El Niño : il n'éprouvait plus que du dégoût après les révélations du *sicario*. Rafaële, Lucia, les fils tirés par Lautaro et lui dans le rôle du pantin : Angel avait ruminé tout au long du chemin qui le ramenait à travers la jungle, pressé d'en découdre avec son frère, mais il ne trouva que des cadavres. Les gardes du *capo* d'abord, avec chacun une balle dans la nuque, puis le corps démembré de Vittorio dans le salon dévasté par l'attaque : sa tête avait roulé sur le parquet, le buste encore attaché à une chaise, entre des flaques vermeilles, les douilles et une tronçonneuse aux lames ensanglantées.

Lautaro était devenu fou, fou d'une inhumanité qui valait celle des hommes qu'il pourchassait. Pourquoi massacrer le chef des narcos alors qu'il pouvait témoigner de toute l'affaire ? Quelque chose ne collait pas, ou Vittorio avait fait des révélations qui avaient signé son arrêt de mort… Angel redescendit vers le jardin, baignant dans un silence lugubre. Les restes calcinés du ponton fumaient encore, pris dans la carcasse du bateau coulé à ses pieds, le pilote encore attaché au cockpit. Angel avança vers le rivage, les mains douloureuses ; l'océan grondait dans la nuit et l'annexe de la navette avait disparu. Lautaro forcément, qui avait déguerpi sans plus attendre. La confusion l'emportait mais il ne fallait pas rester là.

Angel jeta le fusil dans l'eau noire du ponton et, à pied, n'eut d'autre choix que de longer la côte jusqu'à El Valle.

Il n'y avait pas de sentiers, seulement des falaises à contourner en s'enfonçant dans la végétation, des rochers et de rares bandes de sable où il progressa vaille que vaille. Au moins cinq heures de marche forcée sur un terrain impossible. Angel gambergeait toujours. « Il fallait bien quelqu'un pour te ramener » : les mots de Lautaro résonnaient dans son cerveau quand ils avaient évoqué le camp d'El Diablo. Leur père avait œuvré dans l'ombre pour retrouver sa trace, avec le concours des forces spéciales et des paramilitaires qui sévissaient dans le Nariño. C'étaient eux, finalement, qui l'avaient capturé avant de liquider Valeria et de lui faire endurer les cent vingt jours de cauchemar qui polluaient toujours ses nuits. Flora lui avait parlé des soupçons de la journaliste au téléphone, les crimes de guerre qu'avait pu commettre son frère lors du conflit, son passé trouble dans l'Armée avant d'intégrer la police de Bogotá. Et un doute affreux lui serrait le cœur. Angel n'avait jamais entendu la voix d'El Diablo et on lui bandait les yeux lors des simulacres d'exécution, mais l'homme qui avait voulu le détruire, celui dont le nom faisait trembler les chiens et reculer les loups, était-il possible que ce soit son propre frère ? Lautaro lui avait ri au nez à Playa Blanca, lorsqu'il avait évoqué son séjour en enfer ; il savait forcément ce qui s'y passait puisque ses tortionnaires l'avaient mené jusqu'à Saùl. Qui mieux que Lautaro pouvait diriger l'opération ?

Les heures de marche ne lui donnèrent aucune réponse. L'aube pointait maintenant dans le ciel gris pâle. Angel évita les quelques pêcheurs qui partaient en mer, traîna sa peine jusqu'au village d'El Valle, qui s'éveillait à peine après les festivités du samedi soir. Ses vêtements étaient partiellement déchirés et ses mains lui faisaient mal après le combat contre la jungle et les *sicarios*. Il marcha à l'ombre de la zone portuaire, l'âme en berne, retrouva l'hôtel en ruine près des cocotiers mais pas le 4 × 4 qui les avait menés là. Évidemment. Lautaro avait dû filer à Bahía Solano avant de rentrer à Bogotá avec l'avion des forces spéciales, l'abandonnant à son sort… Angel erra dans le hameau, chassa les chiens qui le prenaient pour un des leurs.

Le moteur d'un triporteur brisa l'atmosphère de déshérence qui régnait dans les rues défoncées. Il s'arrêta à sa hauteur.

— Je t'emmène quelque part, *hombre* ?

Le chauffeur du tuk-tuk avait fait la fête toute la nuit, un autochtone volubile encore capable d'éviter les nids-de-poule. Angel garda le silence à l'arrière de l'engin, perdu dans ses brumes. Ils arrivèrent à l'aérodrome sous une pluie battante qui masquait le jour. Tant pis pour son sac laissé à l'hôtel ; Angel paya le taxi avec un des billets fourrés dans la poche de son treillis et s'engouffra dans le hangar qui tenait lieu de salle de départ.

L'horloge affichait neuf heures du matin lorsqu'il se présenta au comptoir d'Ada. Par chance il restait de la place sur le prochain vol pour Medellín ; il fallait juste attendre la rotation – départ prévu à midi, si tout allait bien. Angel prit un autre billet en correspondance pour Bogotá, où il arriverait en fin d'après-midi. Il acheta un poncho à l'unique boutique pour touristes de l'aéroport, qui camoufla un peu son allure d'homme des bois, avant de nettoyer son visage et ses mains dans les toilettes. Stress, anxiété, colère, le visage qu'il croisa dans le miroir faisait peur. Angel attendit sur un banc, maudissant son frère qui ne répondait pas au téléphone. Les militaires en faction ne firent pas attention à lui, passager en partance. Il pensait toujours à Lucia que son frère avait cachée ailleurs, à ses mensonges pour l'envoyer dans le Nariño, à Flora aussi, qui lui manquait cruellement… Midi, enfin. Il grimpa avec les autres voyageurs dans l'avion à hélices qui effectuait la rotation pour Medellín, un sandwich indigeste dans le ventre.

Angel profita du transit dans l'Antioquia pour changer ses pansements, s'assoupit un quart d'heure lors du second vol et débarqua à Bogotá comme un zombi. Il n'avait pas d'autres affaires que le portable sécurisé de Lautaro et l'équivalent de mille dollars en poche.

Le crépuscule tombait sur les taxis jaunes qui attendaient sous le préau du hall d'arrivée. Il ne savait pas où résidait son frère, mais Saùl devait toujours vivre dans la maison familiale de la Zona T. Lui aussi savait forcément où était sa fille. L'histoire touchait à sa fin, il le sentait…

C'était un dimanche soir, sur le trottoir de l'aéroport de Bogotá ; Angel appela Flora pour lui annoncer son retour, demain, si elle voulait encore de lui, mais il n'eut pas le temps de lui dire qu'il l'aimait. Flora avait déjà tout renversé. Le château de cartes de sa vie.

Sa vie.

13

Flora avait vécu un cauchemar à Loreta. Ayleen comprenait ça, tout en lui conseillant de déguerpir au plus vite : les flics locaux, payés par les narcos des *montañitas*, ne lui attireraient que des ennuis. Quant à son ami resté sur le carreau dans la maison, la police ne mènerait même pas d'enquête : Andres n'était pas d'ici, n'avait pas de papiers dans ses poches et l'arme du crime était celle du *sicario*, Lucho, une vermine qui traînait dans le village depuis des semaines. Ayleen avait eu la présence d'esprit d'effacer ses empreintes du revolver qui l'avait abattu avant de coller le petit calibre dans la main de l'agent de sécurité. Touché à la tempe, Lucho avait laissé peu de sang sur le sol de la cuisine ; une fille avait nettoyé les quelques traces à l'éponge pendant qu'Ayleen déplaçait le corps de Lucho dans l'entrée. Une fusillade où les deux hommes s'étaient entre-tués, un scénario qui arrangeait tout le monde, assurait-elle en la voyant tergiverser.

Flora avait fini par se plier à cette version, trop choquée pour mener la controverse. Les filles s'étaient entassées dans le 4 × 4 du tueur avec leurs maigres bagages, sans dire où elles allaient. Fuir loin d'ici, où les hommes découpaient les femmes comme de la viande de boucherie. La métisse les avait imitées, les mains tremblantes sur le volant de la voiture de location – l'image du cadavre d'Andres lui donnait la chair de poule.

Flora s'était réfugiée dans un hôtel assez sordide de San Vicente où un homme entre deux âges souriait en lui donnant les clés – les douches étaient communes mais les toilettes individuelles. Aucune remarque sur sa mine affreuse. Flora avait grimpé dans sa chambre, pris une douche, comme si cela pouvait changer quelque chose au dégoût qu'elle ressentait, avant de rassembler ses esprits égarés dans les *montañitas*.

Des souvenirs infects lui remontaient, tandis qu'elle s'habillait, de son corps violé dans une autre vie qu'elle croyait repoussée à jamais. Flora avait envie de pleurer, pleura, ce qui lui fit du bien. Il ne fallait pas traîner dans le secteur malgré les dires d'Ayleen concernant la police. Ce n'était pas la vieille Indienne croisée dans la rue de Loreta qui allait la trahir, à vrai dire seule Lizeth l'avait vue avec Andres et personne n'avait de raisons de l'interroger. Les risques étaient cependant réels mais, en faisant vite, Flora avait encore une chance de remonter la piste.

Elle saisit son smartphone et entama les recherches. Il n'existait qu'un établissement privé à San Vicente du Nariño : le collège et lycée de Santa Mónica, un ancien couvent tenu par des carmélites où l'on enseignait l'anglais et les bonnes manières. La non-mixité y était de rigueur, d'après les quelques infos disponibles sur le site internet, et les tarifs prohibitifs pour la majorité de la population locale.

Flora appela le secrétariat des carmélites depuis sa

chambre miteuse, baratina pour obtenir un rendez-vous avec la sous-directrice de l'école, sœur Sylvia.

Ses paupières étaient toujours lourdes de larmes, et Angel n'appelait pas. Lui aussi avait eu affaire au *sicario* de Loreta… Flora effaça sa peur sous le maquillage avant de prendre ses clés de voiture.

Le soleil donnait un peu de gaieté aux pierres du bâtiment séculaire érigé à la sortie de la ville, entre un parc entretenu et les contreforts de la montagne. Flora se présenta à l'accueil, un simple bureau, derrière la lourde porte de bois qui datait de la construction du couvent. C'était un samedi après-midi. Une cour vide et arborée s'étalait au milieu des allées voûtées, où couraient quelques moineaux guère intimidés par le passage des religieuses inclinées sur leur destin de chasteté.

Amadouée par son allure et son sourire pourtant forcé, la sous-directrice accueillit Flora à grand renfort de civilités, l'invita à la suivre jusqu'à son bureau tout en continuant de converser. Sœur Sylvia était une femme sans âge, couverte comme il se doit, avec de belles rides courant sur un visage apaisé, ce qui ne l'empêchait pas de scruter attentivement la jeune métisse. Flora se posa sur la chaise de paille qui faisait face à la religieuse, délivra quelques informations plus ou moins vraies au sujet d'une éventuelle inscription. Les règles étaient strictes à Santa Mónica, garçons et filles scrupuleusement séparés, un internat aménagé dans chaque aile de l'ancien couvent. Aucune sortie n'était autorisée, sauf le dimanche dans le parc, sous la surveillance des carmélites. Les cours n'étaient pas donnés par des sœurs mais par des professeurs triés sur le volet pour un enseignement complet et de qualité, justifiant le tarif annuel, l'équivalent du salaire moyen d'un employé. Dans sa grande miséricorde, Santa Mónica recueillait aussi des jeunes filles orphelines du conflit, pupilles de la nation.

— Mais dites-moi, fit bientôt la sœur. Vous me paraissez bien jeune pour inscrire vos enfants.

— En effet… Je suis institutrice et à la recherche d'une de mes anciennes élèves, Lucia Ramos, qui doit compter parmi vos pensionnaires.

Sœur Sylvia prit un air pincé.

— Oui… Oui, Lucia est ici depuis le collège. Pourquoi la cherchez-vous ? Et pourquoi m'en parlez-vous seulement maintenant ? Je croyais que vous veniez pour une inscription urgente.

Flora se raidit sur sa chaise – Lucia était là, cachée dans un ancien couvent. Elle avait vu juste.

— Sa grand-mère a été assassinée, lâcha-t-elle, vous devez être au courant.

— Oui. Et ?

Les rides s'étaient creusées sous la coiffe de la sous-directrice.

— Lucia est aujourd'hui orpheline et il se trouve que mon compagnon est le père de l'adolescente, enchaîna-t-elle. Ils ne se sont pas vus depuis des années, pour des raisons tragiques propres à notre pays et… Enfin, ce sont des choses dont j'aimerais m'entretenir avec Lucia, vous comprenez ?

Le sourire affable de sœur Sylvia tomba sur son menton.

— Curieux, nota-t-elle d'un air entendu. Cette petite Lucia nous donne du fil à retordre, mais je n'ai pas souvenir qu'elle ait des parents. Nous allons vérifier ça tout de suite, dit-elle en ouvrant le tiroir coulissant du meuble situé à sa droite.

Elle saisit un petit dossier, qui s'échoua sur le bureau rangé.

— Lucia Ramos, commenta-t-elle en parcourant la fiche d'inscription. Hum hum… Elle releva un œil suspicieux. Il n'est mentionné nulle part qu'elle ait un père, ni même une mère. Sa grand-mère a présenté Lucia comme une orpheline.

— Je ne comprends pas…

— Moi non plus.

— Pourtant je vous assure que mon compagnon est le père de Lucia. Ils ont vécu ensemble leurs premières années avant d'être séparés. Lucia s'en souvient forcément.

— Vous avez des papiers d'identité, rétorqua sèchement sœur Sylvia, quelque chose qui me prouve cette filiation ?

— Eh bien, pas sur moi, non…

— Alors il est inutile de poursuivre cette conversation, rétorqua la sœur avec autorité. Venez avec un acte de naissance récent, le père de l'enfant s'il existe, et nous en reparlerons.

Le ton sans appel était censé marquer la fin de l'entrevue mais Flora n'allait pas abandonner si près du but. Elle fit celle qui ne comprenait pas.

— Je peux voir la fiche de Lucia ?

— Pour quoi faire, je vous prie ?

— Parce que j'ai traversé le pays pour retrouver cette jeune fille, que sa grand-mère est morte et que Lucia n'a plus d'autre famille pour payer son année scolaire, improvisa-t-elle.

Flora croyait toucher le point sensible, elle se trompait.

— Ce n'est pas une question d'argent, fit sœur Sylvia : les frais de scolarité de Lucia sont payés d'une année sur l'autre jusqu'à l'obtention de son diplôme, rubis sur l'ongle.

— Par qui ?

— Ce n'est pas votre affaire. Maintenant que vous savez à quoi vous en tenir, je vous invite à rapporter les papiers nécessaires et, le cas échéant, obtenir une entrevue avec Lucia… Au revoir, madame.

Au regard furtif qu'elle jetait au dossier, Flora comprit que le nom du samaritain figurait sous ses yeux. Elle se dressa de la chaise, fondit sur le bureau de la religieuse et s'empara du feuillet principal.

— Hé ! Mais qu'est-ce que vous faites ? !

La photo était celle d'une jeune fille aux cheveux courts et sombres, jolie malgré ses lèvres pincées, les yeux bronze affûtés comme des couteaux : ceux de son père… Flora n'écouta pas les remontrances de sœur Sylvia qui s'extirpait de ses robes pour récupérer son bien. Le nom du tuteur et bienfaiteur de Lucia figurait en bas du document : Saùl Bagader.

Fallait-il agir sans l'accord d'Angel ? Il ne savait pas que son père payait les études de Lucia depuis des années, à l'internat des carmélites de San Vicente. Rafaële avait dû passer un accord avec le Procureur, par manque d'argent ou pour protéger la petite. Misère ou prostitution étaient souvent les seules issues pour les jeunes de la région, Rafaële était bien placée pour le savoir : le marché avec Saùl Bagader, quel qu'il fût, donnait une chance à Lucia de s'en sortir. Seule et orpheline, l'adolescente aurait un avenir, avec un diplôme de Santa Mónica et peut-être l'aide pécuniaire d'un lointain grand-père qui veillait sur elle. Un avenir sans amour. Le cœur de Flora finalement avait tranché : elle devait au moins lui parler, qu'elle sache que son père était vivant…

Un couple d'adas à queue rousse nichait dans les branches du licania, un arbre devenu rare en raison de la déforestation. Il y en avait une dizaine alignée le long du parc de l'ancien couvent. Flora se glissa là, en planque après l'entrevue avec la mère supérieure qui l'avait chassée comme une malpropre. Le soleil déclinait, la jeune femme avait garé la voiture dans le chemin qui bordait le grand jardin, avant de se fondre sous les branches.

Le parc s'étendait sur deux hectares à l'arrière du bâtiment, agrémentés d'arbres et de parterres fleuris où voletaient quelques perruches. Les pensionnaires finirent par sortir avant le repas du soir, par groupes ou isolés. Flora guettait, discrète, déterminée comme elle pouvait l'être lorsqu'une chose importante était en jeu, observant les mouvements dans les allées. Les élèves pouvaient s'y promener à leur guise, filles et garçons mélangés parfois, quand les religieuses fermaient les yeux.

Ils étaient peu nombreux à déambuler entre les pelouses où volaient les papillons, une trentaine tout au plus, les mains rangées dans les poches et les rires hauts comme le font les ados. Le regard de Flora s'arrêta sur une jeune fille brune aux cheveux courts marchant seule sur le gravier, une paire d'écouteurs dans les oreilles, l'air renfrogné. La musique qu'elle écoutait, l'ennui, ou l'âge… Elle n'était pas sûre qu'il s'agisse de Lucia, elle n'avait vu sa photo qu'une poignée de secondes sur sa fiche d'inscription, mais aucune autre pensionnaire n'avait les cheveux courts.

Elle apostropha la brunette qui n'avait pas remarqué sa présence à l'ombre des arbres.

— Lucia ? Lucia Ramos ?

L'adolescente fit retomber les écouteurs sur sa courte veste kaki.

— Oui ?

Lucia portait une robe moins moderne que son visage, mi-garçonne, mi-rebelle.

— Je m'appelle Flora, se présenta-t-elle en surveillant le déplacement des religieuses. Flora Ibanez, une amie de ton père. Les religieuses ont dû te parler de ma visite.

La gamine la dévisagea, interloquée.

— Non…

— Je voulais te voir, à propos de ton père. Angel, tu te souviens de lui ? Il portait peut-être un autre prénom à l'époque où il combattait dans les FARC. Les guérilleros prenaient souvent des pseudos pour protéger leur famille : toi en l'occurrence.

La surprise la rendait muette.

— Tu n'avais que cinq ou six ans la dernière fois que vous vous êtes vus, mais tu dois t'en souvenir, poursuivit Flora devant son regard interdit. Je travaille pour la réinsertion des anciens acteurs du conflit, c'est comme ça que j'ai rencontré Angel. Il te cherche.

— Mon père est vivant ? souffla Lucia.

— Rafaële ne t'a rien dit à son sujet ?

L'évocation de sa grand-mère l'ébranla un peu plus.

— Non. Enfin… Juste qu'elle avait dû quitter son village avec moi pour échapper aux paramilitaires.

— Angel les combattait à l'époque.

— Je… Je croyais qu'il était mort.

La métisse eut un sourire empressé.

— Non. Angel a été capturé par l'Armée il y a près de dix ans mais il vient de sortir de prison avec les lois d'amnistie.

Lucia la dévisageait toujours, incrédule.

— Même en prison, il aurait pu donner signe de vie.

— Angel n'était pas autorisé à communiquer avec toi. Aujourd'hui les choses ont changé. C'est pour ça que je suis venue jusqu'ici, pour t'informer que ton père est aujourd'hui libre et qu'il te cherche.

La garçonne n'avait pas l'habitude de coopérer avec les adultes.

— Pourquoi il n'est pas là s'il me cherche ? Pourquoi il vous envoie, vous ?

— C'est une longue histoire, mais je ne peux pas te la raconter avec les sœurs dans les environs. Sœur Sylvia m'a un peu dans le nez.

Lucia sembla intéressée.

— Elle ne t'a pas parlé de ma venue, on dirait, devina Flora ; autrement tu saurais que ton père est à ta recherche.

— Non, concéda l'ado. Pourquoi elle ne m'a rien dit ? se renfrogna-t-elle. Je l'ai vue tout à l'heure…

— Le résumé est rapide, mais je crois que sœur Sylvia préfère l'argent de ton tuteur à l'amour de ton père.

Les mots firent mouche, Flora le sentit à la subite coloration de ses joues.

— La pute, souffla Lucia.

— C'est un peu exagéré, mais je vois ce que tu veux dire.

La métisse souriait pour de bon.

— Ma voiture est à deux pas, dit-elle en désignant le chemin qui courait derrière les arbres. Si tu veux, je te ramène à la maison, sur la côte caraïbe. On est voisins, Angel et moi. Et amoureux, aussi, je crois.

Lucia réfléchissait à toute allure au milieu des graviers, suspicieuse, excitée. Sœur Sylvia ne lui avait rien dit de leur entretien, comme si elle préférait la garder prisonnière. Lucia jeta un regard furtif dans son dos et les allées où erraient les carmélites.

— Qui me dit que vous n'êtes pas une voleuse d'enfant, ou en train de m'embobiner ?

— J'ai l'air d'un ogre ?

— Non, mais…

La phrase resta en suspension dans l'air du parc. Lucia porta d'instinct la main à son cou, la pierre de jade était là, dans le creux de son décolleté, le collier que lui avait donné son père au moment de se quitter, aujourd'hui à sa taille. La situation, totalement imprévue, la fit frissonner. S'échapper. Quitter l'austérité des sœurs, ces obsédées sexuelles qui l'auraient bien surveillée jusque sous les draps du dortoir si on les laissait faire mais ne lui parlaient pas de l'existence de son père, sa seule famille depuis la mort de sa grand-mère. Quitter ses affreuses chaussettes de laine grise qui lui grattaient les mollets, l'uniforme ridicule qu'elles devaient porter les jours de classe, les veillées soporifiques, les sermons, les abrutis qui la traitaient de gouine avec ses cheveux courts, les jours de fête au prie-Dieu pour le remercier d'exister si peu pendant que d'autres s'embrassaient sous la lune, non, Lucia ne rêvait pas : ses ailes étaient là sous ses yeux, un mètre soixante-cinq d'envergure, celles de la liberté.

Son cœur adolescent tambourinait comme le vieux rock qui passait dans ses écouteurs. *Born to Run* – nés pour courir.

Alors elle courut.

14

Entre le retour en annexe à El Valle, la route nocturne jusqu'à l'aéroport de campagne, le pilote des forces spéciales qu'il avait fallu réveiller pour rentrer à Bogotá, Lautaro tombait de fatigue en arrivant chez lui.

Diana, Rachel, Damian, son père, ses amours mises à mal rebondissaient contre les parois de sa cervelle et il n'avait aucune envie de calmer ses nerfs. L'appartement semblait vide et inutile avec ses objets figés dans le temps, son frigo sans festin et ses vêtements de marque ridiculement alignés dans les placards. Lautaro prit une douche froide pour oublier qu'il avait dû somnoler trois heures en deux jours, compta plusieurs hématomes dont un terrible au plexus qui ne lui arracha pas un soupir de compassion. Il méritait pire, bien pire, mais il fallait vivre encore pour purger la bile de dégoût qui collait à son estomac. Il but un jus de fruits pour changer des litres de café avalés sur le chemin du retour, enfila un costume jamais mis de sa garde-robe, grimpa pieds nus sur le toit-terrasse de l'appartement et embrassa une dernière fois la ville qui l'avait vu naître, lui et ses passions brûlées.

Les Andes jouaient à cache-cache avec les brumes

d'altitude qui empoissaient les immeubles ; Lautaro ressentit un peu plus le manque d'oxygène, d'énergie dans sa carcasse jamais assez maltraitée, et le temps de chien sur la capitale ne lui passait pas l'envie de mordre. Les derniers mots d'Angel sur le bateau du Chocó lui revenaient comme un boomerang, et aujourd'hui le laissaient désemparé. Damian était son fils. Trop tard pour espérer se racheter. Sans parler de son père, qui l'avait escamoté comme le rejeton d'Angel. Lautaro y avait réfléchi tout le trajet : bien sûr, il n'y avait plus que ça à faire… Une ultime percée, héroïque, comme le soleil dans les nuages.

La Camaro en bas de l'immeuble était couverte de poussière de pluie. Il fuma une cigarette à la vitre en longeant les avenues endimanchées, songeant à Diuque et à la jeune Vasquez abandonnés sur le champ de bataille, à Vittorio découpé vivant. Les images du massacre tourneraient bientôt en boucle sur les écrans de télé mais il avait quelques comptes à régler avant de s'expliquer devant les caméras.

La lumière embrasait la roche, brève éclaircie avant que la montagne n'absorbe la boule de feu qui dégringolait l'autre versant. Lautaro arriva devant l'hôpital militaire dans un état second. Trop de faiblesse entre ces murs béants de tourments, de gens dévoués pour rien : pour preuve Damian, que le médecin de service dépeignait maintenant comme un légume. Bien entendu ce n'étaient pas les mots qu'il utilisait pour expliquer l'aphasie chronique de l'adolescent, le langage savant avait des pudeurs, mais Lautaro écoutait le médecin sans se faire d'illusions ; quant au grand neurologue spécialiste des demeurés ad vitam aeternam dépêché par son père, il avait fichu le camp depuis longtemps en abandonnant le navire…

Chambre 224.

Lautaro entra seul dans la pièce aseptisée. Damian dormait toujours sur le lit blanc, comme un prince ensorcelé. Ensorcelé par sa faute. Car Angel ne lui avait pas menti au sujet de Rachel : à sa place, Lautaro se serait même fait un méchant plaisir de lui envoyer ce genre d'uppercut au foie – « Oui, elle couchait avec moi quand tu l'as rencontrée » –, mais ce n'était pas le style du chevalier à la triste figure de mentir, non : Angel avait sa noblesse, ses prétentions théâtrales, pas l'âme d'un lâche comme il l'avait cru trop longtemps. Absurde. Tout était absurde.

Damian était là, tout intubé sous les draps d'hôpital, la tête calée sur les coussins, une poche accrochée à la potence qui portait bien son nom. Damian Bagader, fils de Lautaro et Rachel, conçu dans l'urgence d'une passion qui allait brûler vive sur une piste de danse. Damian, ce fils mal aimé dont il avait refusé de s'occuper par veulerie, jalousie bête et haine obtuse… Pauvre type.

Lautaro approcha du lit, prit sa main dans la sienne. Elle était tiède, molle, mais le visage de son enfant était calme, presque apaisé, loin des tempêtes qu'il avait essuyées pour apprendre à vivre sa vie d'imposteur. Imposteur malgré lui. Une vie pour rien. Jetée sous un bus, comme un mégot de cigarette.

Alors Lautaro lui mentit une dernière fois.

— Tu embrasseras ta mère quand tu la verras, petite tête…

Puis il prit le coussin sous sa nuque, et l'enfonça sur le visage de son fils.

15

Oscar de la Peña n'était qu'une victime collatérale dans ce billard à dix bandes. La faute en incombait au Président. Car si ce dernier cédait son fauteuil, Saùl savait qu'il avait passé des accords d'investissement étrangers, un business à la sauce mondialisation touchant tous les secteurs, dont la famille Bagader et ses alliés seraient exclus. Jusqu'à présent, les dizaines de milliards du budget de l'Armée plombaient les comptes, la violence et la drogue faisaient fuir les investisseurs dont le pays avait besoin pour extraire les richesses des sous-sols, laissant fleurir les mines illégales et les affaires juteuses qui allaient avec. Élu, de la Peña appliquerait le programme de son mentor : les terres rackettées durant la guerre seraient vendues aux grandes entreprises et aux multinationales, en bon néolibéral qu'il était malgré le vernis écolo-pacifique dont Oscar aimait se parer. Une chose impossible à avaler. Saùl Bagader avait louvoyé selon le sens du vent, participé au processus de paix dès lors que celui-ci s'avérait inévitable, mais le chef de la Fiscalía était resté fidèle aux idées d'Uribe qui l'avait formé : une droite dure, pour qui l'Armée devait frapper et les paramilitaires nettoyer le terrain. Les bénéficiaires de cette politique étaient les éleveurs et les grands propriétaires, dont bon nombre de narcotrafiquants plus ou moins reconvertis. Ces terres maudites bâtissaient les fortunes, généraient des pourcentages sur les profits des centaines de mines illégales présentes dans les zones de conflit. En récupérant les terres abandonnées par les groupes armés, le gouvernement volait leur poule aux œufs d'or.

Leur paix ne rapportait rien.

Leur paix ne valait rien.

Saùl Bagader n'était pas seul à penser ainsi : la présidente de la Fédération des éleveurs, les parlementaires contre la « loi sur les victimes et la restitution des terres », ses amis propriétaires d'haciendas, narcotrafiquants ou nouveaux seigneurs fonciers ayant pignon sur rue, tous étaient prêts à former une nouvelle armée clandestine pour liquider ceux qui, comme de la Peña, se payaient sur le dos de la paix. Sur *leur* dos.

Carbonel négociant la reddition du Clan du Golfe, Vittorio était devenu l'allié de la coalition antipaix. Les méthodes de ses *sicarios* étaient parfaitement répugnantes mais l'attentat, point culminant de la déstabilisation, avait réussi. Les réactions de l'opinion et des politiques étaient conformes aux prédictions du Procureur général, laissant un boulevard à la réaction pour emporter la présidence, remettre les FARC hors jeu et poursuivre les affaires. Et Saùl se sentait de taille à grimper le Golgotha. Sauver le pays qu'il aimait, en employant la manière forte s'il le fallait. Le complot imaginé des mois plus tôt s'était déroulé au mieux mais il restait des ombres au tableau, à commencer par Haby.

Il n'était pas prévu que sa maîtresse joue les *first*

ladies à Carthagène. Saùl n'en dormait plus : la conspiration était trop avancée, l'attentat minuté, sans possibilité de reculer, mais il ne pouvait pas avoir la mort d'Haby sur la conscience. Celle de son mari lui suffisait et il aimait Haby à sa manière. Parant au plus pressé, Saùl avait dû demander l'aide de Gomez, son garde du corps, qui avait salopé le jus d'orange dans sa garçonnière la veille de l'attentat. Sauvée par une grippe intestinale : Haby avait raison, son sort n'était pas glorieux, sans se douter que son amant avait sa vie entre ses mains. Une vie de veuve…

Le soir tombait sur le jardin de la maison familiale, étrangement paisible. Le Procureur revenait émotionnellement épuisé après le séjour à Carthagène. Lorena divaguait devant la télévision, le son beaucoup trop fort comme d'habitude, loin des drames qui préoccupaient son mari. La séparation avec la femme qu'il aimait, le silence de Lautaro depuis deux jours, le retour d'Angel dans leurs affaires, le discours qu'il livrerait demain à la presse ; Saùl avait besoin de réfléchir au calme.

Abandonnant sa femme au visionnage hypnotique de sa série préférée, il fit quelques pas dans le jardin, les mains dans les poches de son pantalon de velours gris. Marcher l'aidait à rassembler ses idées, mais ce soir un malaise diffus flottait dans l'air. Saùl avança de manière mécanique jusqu'à la serre tropicale, alluma les spots sur la végétation luxuriante, tout à ses pensées. Le parfum des fleurs rares lui rappelait Haby, sa peau douce… Aime-t-on plus ce que l'on perd ?

Saùl erra dans l'allée de la serre triste. On entendait les voix des protagonistes de la série à la télé, les bruits de bataille, les hurlements déments et le fracas des épées – malgré ses nerfs fragiles, Lorena n'avait pas échappé à la furia de *Game of Thrones*. Une thérapie de choc, qui le laissait aujourd'hui indifférent. D'autres sons se mêlèrent alors aux scènes télévisées. Ils provenaient de la grille à l'autre bout du jardin, comme une brève altercation suivie d'un coup de feu qui, lui, parut bien réel. Son garde du corps.

Saùl marcha jusqu'à la porte vitrée à l'entrée de la serre, scruta la nuit.

— Gomez ?

Il crut deviner une silhouette entre les arbres.

— Gomez ? Gomez, s'inquiéta-t-il, il y a un problème ?!

Une forme se détachait dans l'obscurité du jardin : elle approchait de lui.

— Un sérieux problème, oui…

Saùl reconnut sa voix avant de distinguer son visage. Lautaro. Il croyait trouver un loup, il avait devant lui un corps affaissé, deux yeux luisants et las, une moitié de fils. Un Glock automatique pendait à sa main, celle qui venait de tuer Gomez.

Les regards des deux hommes se croisèrent, une poignée de secondes qui durait depuis quarante ans.

— Je ne pensais pas que tu arriverais si tôt, dit Saùl.

— Gomez non plus.

— Ah…

Lautaro serrait sa veste contre lui, pâle et nauséeux parmi les parfums capiteux.

— J'imagine qu'il avait des ordres, dit-il.

— Pas celui de te tirer dessus.

— Il n'a pas compris, alors.

Les spots striaient les ombres derrière les frondaisons. Saùl hésitait entre le sourire et l'effroi ; Lautaro lui facilita la tâche.

— Tu t'acoquines avec des narcos, maintenant ? dit-il, le regard dur. Te casse pas, Vittorio m'a tout raconté avant de pleurer sa mère. Il reste deux ou trois choses que j'aimerais savoir, seulement je n'ai pas beaucoup de temps.

Pris au dépourvu, le Procureur garda le silence.

— Diana, fit Lautaro en préambule. Diana Duzan, la journaliste : sa piste s'arrêtait à Beltran, tu le savais puisque je te l'ai dit. Pourquoi la tuer ?

Il guettait la réponse de son père avec l'avidité d'antan, comme les fois trop rares où il venait jouer avec eux dans le jardin. Mais on ne jouait plus. Saùl lisait dans les yeux de son fils comme dans un livre ouvert. Et ce qu'il voyait faisait peur.

— La journaliste avait entendu le son de ma voix dans la villa de Beltran, dit-il d'un ton neutre. C'était tenter le diable, surtout avec toi dans les parages. Il suffisait que tu me la présentes. Et puis il y avait la piste de ton frère qu'elle avait remontée jusqu'à l'ancien procureur du Nariño, la menace que ça faisait peser sur nous.

Lautaro enregistrait les données, garda son instinct de flic.

— Tu venais chercher Tevez chez Beltran, c'est ça ? Pour lui faire passer les barrages jusqu'au lieu du meeting.

Le Procureur ne répondit pas aux yeux brûlants de son fils.

— Pourquoi supplicier Diana ? Tu savais que je retrouverais le container loué par Tevez sur les docks.

Il laissa sa phrase en suspens.

— Tu l'aimais tant que ça ? demanda son père.

Lautaro avait de la fièvre, et plus tous ses esprits

depuis sa visite à l'hôpital, il n'était pas sûr de comprendre.

— Écoute, reprit Saùl, c'était elle ou toi. Et l'existence de ton frère te mettait en danger, répéta-t-il. Je suis désolé pour ce que ces brutes ont fait à cette femme, mais je voulais te protéger.

— Oui, comme pour Rachel.

— Rachel ?

— Angel m'a tout raconté : l'épisode de la loge à l'époque où ils faisaient du théâtre, les anges gardiens du renseignement qui surveillaient nos faits et gestes, leur méprise au sujet de leur liaison. Rachel était comme une sœur pour lui, et je le crois. Ils n'étaient pas amants quand je l'ai rencontrée, tu le savais ?

Saùl secouait la tête.

— Non.

— Dommage, fit Lautaro, parce que moi je t'ai cru. Et j'ai rejeté Damian, tellement persuadé qu'il était le bâtard d'Angel... Pourquoi tu m'as mis ce poison dans la tête ?

— Tu étais une épave après l'attentat de la discothèque, renvoya son père ; il fallait bien que tu remontes la pente, d'une manière ou d'une autre.

Lautaro suffoquait. Une impression de lion pris dans le filet.

— L'idée que je m'engage dans les forces spéciales pour qu'on se trouve à portée de tir, l'attaque du Front 26 pour le ramener, c'était quoi le but ?

Saùl soupira sous le gilet qui recouvrait sa chemise.

— Ton esprit s'égare, Lautaro. Tu es entré tout seul dans l'Armée après l'attentat de la discothèque. On a convenu ensemble que tu traquerais Angel avec l'aide des groupes paramilitaires si les forces spéciales ne suffisaient pas. On a convenu ensemble de le transférer dans une prison éloignée des zones de combat sous un faux nom jusqu'aux accords de paix, comme une possibilité de vivre loin de nous : tout ce qui est arrivé, on l'a fait ensemble.

— Tu t'es servi de moi, renvoya Lautaro, le visage trempé de sueur : jusqu'à la tête de la police où tu m'as posé comme ta marionnette.

— Mon bras armé, Lautaro. Pour que tu deviennes mon bras armé. Tu es ce que j'ai de plus précieux au monde, mon seul fils, que j'ai toujours épaulé et tenté de tirer vers le haut malgré son esprit tourmenté. Et nous sommes capables de grandes choses tous les deux, assura-t-il en reprenant sa voix paternelle. Tu es de mon côté, Lautaro, depuis toujours, et tu ne peux rien contre le passé. C'est notre force, et ta faiblesse, si les médias apprennent que tu pourrais comparaître pour crimes de guerre. C'est à nous de museler la Commission et de faire payer les vrais criminels.

Lautaro sourit devant la menace à peine voilée.

— La paix te dérange tant que ça ?

— Non, nous allons simplement modifier les termes des accords, en l'état inacceptables.

— Tu as quoi à gagner dans l'affaire ?

— Tu imagines que nos rentes tombent du ciel ? Que je peux entretenir nos trains de vie et faire face aux soins de ta mère avec mon salaire de Procureur ? Nous avons des parts dans des terres, des élevages, des mines, des intérêts croisés qui s'étendent comme une toile à travers le pays et assurent notre pouvoir. Nous sommes nés pour mener les hommes, Lautaro. Et tu vas me suivre, parce que tu es mon fils et que tu n'as pas le choix. Les services de sécurité sont discrédités après l'attentat et le pays a besoin d'un homme à poigne pour diriger la police, pas seulement à Bogotá.

On va nettoyer la Colombie, toi et moi, comme on se l'est toujours promis.

Saùl guettait une expression sur son visage mais son fils restait la main crispée sur la crosse de l'automatique.

— Allons, viens, s'adoucit-il. J'ai vu le Président ce matin et j'ai des choses à te dire, des choses importantes. Nous serons mieux dans mon bureau pour en parler… Si ta mère baisse un peu le son de la télé ! ajouta le pince-sans-rire en tournant les talons.

Il fit trois pas vers la porte vitrée de la serre mais Lautaro manquait cruellement de temps : il releva le Glock et logea une balle dans le dos de son père. Saùl n'eut pas cet instant de stupéfaction où l'on comprend trop tard ce qui arrive : l'impact de l'acier contre l'omoplate le projeta face contre terre.

Une odeur de poudre se mêla aux effluves parfumés ; Lautaro retira le mouchoir qu'il tenait sous sa veste, plein de sang. La balle de Gomez n'était pas ressortie. Tenir debout l'avait tué. Il sentait ses chairs déchirées dans son ventre, la brûlure fulgurante et le sang qui affluait sous sa chemise une fois le mouchoir retiré. Le monde tournait autour de lui. Trop vite. Lautaro lâcha son arme, aligna quelques pas malhabiles et, pris de vertige, s'écroula dans les orchidées.

Déjà les pensées s'en allaient, s'associaient au hasard. Le ciel noir tournoyait sous les spots du jardin apprivoisé, s'accrochait aux pétales blancs. C'était beau, irréel, douloureux… Lautaro ne sut pas combien de temps dura l'agonie, si elle durait encore, s'il était déjà au paradis ou aux Enfers qu'il n'avait jamais dû quitter. Il avait tout raté, tout cassé, sa vie entière n'avait été qu'un long et absurde mensonge ; Angel, son père, Rachel, partout il s'était fourvoyé, jusqu'aux fleurs de sa mère qui ce soir seraient celles de son cimetière. Les sons ne lui parvenaient plus, ses sens se faisaient la malle et lui perdait pied. Lautaro crut voir un spectre tanguer parmi les tiges odorantes, un visage aspiré du néant qui lui parlait avec une voix déformée. Rachel, Diana, les fantômes féminins se bousculaient à la suite de Damian mais c'était bien la mort qui venait le visiter… Lautaro attendit qu'elle se penche sur lui, sentit son souffle sur les pétales des orchidées, rassembla ses forces, une dernière fois : et il lui rit au nez.

16

La nuit était tombée sur la zone résidentielle de la Zona T quand le taxi jaune déposa Angel à l'angle de la rue. Il venait d'avoir une discussion surréaliste avec Flora, qui conduisait lorsqu'il l'avait appelée depuis sa ligne sécurisée en sortant de l'aéroport. Ce petit démon d'Indienne lui ramenait sa fille, retrouvée à l'internat religieux de San Vicente où Rafaële l'avait mise à l'abri. Son Procureur de père payait ses études depuis des années, lointain bienfaiteur, comme si Lucia était sa petite-fille à part entière. Le sens de la famille était décidément bien étrange chez les Bagader. Qu'importe puisque Lucia était vivante : Flora avait réussi là où il avait échoué, avec des réponses de femme à ses questions d'homme.

Elles remontaient ensemble le pays, en voiture pour qu'on ne retrouve pas leur trace, tout allait bien pour elles mais Flora s'inquiétait : les religieuses déclareraient la fugue, ou même un enlèvement, et se douteraient qu'elle était dans le coup après son entrevue avec la sous-directrice. Angel l'avait rassurée avant de demander à parler à Lucia. Sa voix s'était cassée en entendant celle de sa fille, dix ans sans nouvelles l'un de l'autre, les spectres agitaient leur squelette mais c'était fini : le monde basculait et Angel avait une chance de le relever. Il les rejoindrait demain par le premier vol, le temps de régler une dernière chose : sa garde officielle. Un test ADN suffirait à prouver leur filiation, il n'y avait que des papiers à signer avec son tuteur légal pour racheter sa liberté. De gré ou de force.

C'est ce qu'il venait expliquer à son père…

La lune pâlissait au-dessus de la palissade. Angel paya le taxi et se dirigea vers la grille. La maison de son enfance se profila derrière les branches du jardin. Il savait ce qu'il dirait à l'aigle des Bagader, ils passeraient un nouveau marché tous les deux, mais le portail était entrouvert et aucun gardien ne sortait de la guérite… Un silence étrange régnait dans la propriété quand Angel poussa la grille de fer forgé. Il reconnaissait à peine le jardin où il jouait petit, avec ces grands hêtres qui bruissaient dans le vent du soir. La maison était plongée dans l'obscurité, sauf une lumière qui filtrait à l'étage, derrière des voiles blancs tirés – la chambre des parents, d'après ses souvenirs. La bâtisse accolée brillait en revanche de tous ses feux, une serre tropicale qui n'existait pas à l'époque.

C'est en foulant la pelouse qu'Angel découvrit le corps d'un homme sous un arbre. Un type corpulent d'une cinquantaine d'années, une balle en pleine poitrine, qui regardait le ciel vide d'étoiles. Le gardien ? Un pistolet automatique reposait à ses côtés, le sien ou celui du tueur, qui l'avait laissé là. Angel se redressa, sur le qui-vive, approcha à pas comptés de la serre illuminée.

L'odeur était forte lorsqu'il passa la porte vitrée du jardin tropical. Il fit un bref panoramique, sentit une présence et soudain se rétracta : son père était étendu dans l'allée, à trois mètres de là. Une balle, tirée dans le dos, lui avait perforé le cœur.

Angel découvrit le Glock à terre : le même modèle que portait son frère… Il reposait un peu plus loin, dans un parterre d'orchidées, les yeux ouverts fixant le ciel de verre, immobiles. Sa chemise blanche et sa veste de costard étaient poisseuses de sang, ses mains aussi, son ventre surtout. Angel s'agenouilla pour sonder son pouls : il était très faible mais il vivait encore.

— Lautaro ?

Il ne réagit pas, comme absent du monde. Deux cadavres gisaient dans la propriété du Procureur, bientôt trois, songea Angel au chevet de son frère. Lautaro avait dû tuer le garde dans le jardin, puis se traîner blessé jusqu'à la serre où il avait abattu leur père… Pourquoi ?

Lautaro lui mentait depuis le début : il savait que Rafaële était morte des mois plus tôt et Lucia en lieu sûr chez les religieuses, qu'en l'envoyant enquêter dans le Nariño, il remettait en cause le contrat passé avec Saùl au sujet de Lucia. Était-ce pour qu'il se fasse descendre par les *sicarios*, ou pour lui donner une chance de retrouver sa fille ? Angel revisita leurs liens familiaux, ce triangle des Bermudes où chacun finissait par sombrer. Il arrivait trop tard. Lautaro allait mourir et une question restait en suspens, symbole de leurs guerres intimes, une énigme dont la révélation conditionnerait à jamais ses nuits. Saùl avait couvert son fils aîné pour qu'il s'occupe de la sale besogne, sa capture après l'attaque du Front 26 par les forces spéciales : l'avait-il aussi chargé de le briser ?

Une lueur vacilla dans les yeux de Lautaro, comme si un appel mystérieux le ramenait du néant. Angel se pencha sur le visage enfiévré de son frère, qui le voyait enfin.

— Tu m'as laissé retrouver Lucia, hein ? dit-il tout bas. Quitte à ce que je me fasse tuer dans le Nariño, mais tu me laissais une chance… Si ce n'était pas toi, El Diablo, c'était qui ?

La voix d'Angel n'était qu'un souffle sur les pétales d'orchidées. Lautaro rassembla ses dernières forces avant de mourir : et il lui rit au nez.

Notes

Si les informations contenues dans ce roman sont historiques, le fruit de témoignages ou d'enquêtes, j'ai choisi d'atténuer certains aspects particulièrement violents des drames vécus par le peuple colombien. Ce n'étaient pas cent cinquante policiers de l'unité Falcon (fictive) qui sont intervenus dans le quartier du Bronx, mais plus de deux mille, avec l'appui de l'Armée. Je n'ai utilisé aucune des notes tirées du livre de Roberto Saviano, *Extra pure*, sur le trafic de la cocaïne, assez épouvantable, estimant que la coupe était déjà pleine. Il y a par ailleurs quelques imprécisions pour des raisons narratives (le quartier du Cartucho, par exemple, a été vidé au début des années deux mille, les bus sont aussi beaucoup plus lents), sans conséquences sur la compréhension du pays. Si la réalité dépasse souvent la fiction, la Colombie en est le plus tragique exemple. La beauté de la nature et la gentillesse de ses habitants n'expliquent en rien un tel déchaînement de barbarie. Rien, ou presque, n'a été fait pour les millions de réfugiés de guerre toujours contraints de survivre dans des conditions misérables dans les grandes villes ou les champs de coca. Les Colombiens en ont marre de cette violence. Et je ne suis pas sûr que le nouveau Président, rejeton d'Uribe élu lors de l'écriture de ce roman, soit à la hauteur de la situation, comme Nelson Mandela a pu l'être au sortir de l'apartheid… Enfin, ma gratitude pour les personnes qui m'ont aidé à donner vie à ce livre, en particulier Florence Panoussian, de l'AFP à Bogotá, Gaël, de l'Alliance française de Pereira, Isabelle et Jorge, détachés auprès des FARC dans le cadre des accords de paix (*¡ abrazo muy fuerte, compañeros!*), et bien sûr aux *socios* partis avec moi à l'aventure, avec une pensée toute spéciale pour toi, Marie-Laure, qu'on attend tous les jours au pays des vivants…

DU MÊME AUTEUR

Aux Éditions Gallimard

Dans la collection Série Noire

PAZ, 2019, Folio Policier n° 924.

PLUS JAMAIS SEUL, 2018, Folio Policier n° 885.

CONDOR, 2016, Folio Policier n° 850.

MAPUCHE, 2012, Folio Policier n° 716.

ZULU, 2008, Folio Policier n° 584.

UTU, 2004, Folio Policier n° 500.

PLUTÔT CREVER, 2002, Folio Policier n° 423.

Dans la collection Folio Policier

SAGA MAORIE, Haka – Utu, 2016, n° 798.

LA JAMBE GAUCHE DE JOE STRUMMER, 2007, n° 467.

Dans la collection Folio 2 €

PETIT ÉLOGE DE L'EXCÈS, 2007, n° 4483.

Aux Éditions Baleine

HAKA, 1998, Folio Policier n° 286.

Dans la collection Le Poulpe

D'AMOUR ET DOPE FRAÎCHE, 2009, coécrit avec Sophie Couronne, Folio Policier n° 681.

Chez d'autres éditeurs

POURVU QUE ÇA BRÛLE, Albin Michel, 2017.

LES NUITS DE SAN FRANCISCO, Flammarion, 2014, Folio Policier n° 842.

COMMENT DEVENIR ÉCRIVAIN QUAND ON VIENT DE LA GRANDE PLOUQUERIE INTERNATIONALE, Le Seuil, 2013.

NOUVEAU MONDE INC., La Tengo Éditions, 2011.

QUEUE DU BONHEUR, édité par le MAC/VAL, 2008, d'après l'œuvre du plasticien Claude Closky.

RACLÉE DE VERTS, Éditions La Branche, collection Suite Noire, 2007, Pocket n° 14870.

Aux Éditions Pocket Jeunesse

MAPUCE ET LA RÉVOLTE DES ANIMAUX, illustré par Christian Heinrich, 2015.

KROTOKUS Ier, ROI DES ANIMAUX, illustré par Christian Heinrich, 2010.

Aux Éditions Thierry Magnier

MA LANGUE DE FER, littérature jeunesse, collection Petite Poche, 2007.

JOUR DE COLÈRE, littérature jeunesse, collection Petite Poche, 2003. Nouvelle édition 2016.

Aux Éditions Syros

L'AFRIKANER DE GORDON'S BAY, littérature jeunesse, collection Souris noire, 2013.

ALICE AU MAROC, littérature jeunesse, collection Souris noire, 2009.

LA DERNIÈRE DANSE DES MAORIS, littérature jeunesse, collection Souris noire, 2007.

LA CAGE AUX LIONNES, littérature jeunesse, collection Souris noire, 2006.

COLLECTION FOLIO POLICIER

Dernières parutions

634. Caryl Férey	*Saga maorie*
635. James Sallis	*Le frelon noir*
636. Gabriel Trujillo Muñoz	*Mexicali City Blues*
637. Heinrich Steinfest	*Requins d'eau douce*
638. Simon Lelic	*Rupture*
639. Jenny Siler	*Flashback*
640. Joachim Sebastiano Valdez	*Les larmes des innocentes*
641. Kjell Ola Dahl	*L'homme dans la vitrine*
642. Ingrid Astier	*Quai des enfers*
643. Kent Harrington	*Jungle rouge*
644. Dashiell Hammett	*Le faucon maltais*
645. Dashiell Hammett	*L'introuvable*
646. DOA	*Le serpent aux mille coupures*
647. Larry Beinhart	*L'évangile du billet vert*
648. William Gay	*La mort au crépuscule*
649. Gabriel Trujillo Muñoz	*Mezquite Road*
650. Boileau-Narcejac	*L'âge bête*
651. Anthony Bourdain	*La surprise du chef*
652. Stefán Máni	*Noir Océan*
653. ***	*Los Angeles Noir*
654. ***	*Londres Noir*
655. ***	*Paris Noir*
656. Elsa Marpeau	*Les yeux des morts*
657. François Boulay	*Suite rouge*
658. James Sallis	*L'œil du criquet*
659. Jo Nesbø	*Le léopard*
660. Joe R. Lansdale	*Vanilla Ride*
661. Georges Flipo	*Le commissaire n'aime point les vers*
662. Stephen Hunter	*Shooter*
663. Pierre Magnan	*Élégie pour Laviolette*

664. James Hadley Chase | *Tu me suivras dans la tombe*
665. Georges Simenon | *Long cours*
666. Thomas H. Cook | *La preuve de sang*
667. Gene Kerrigan | *Le chœur des paumés*
668. Serge Quadruppani | *Saturne*
669. Gunnar Staalesen | *L'écriture sur le mur*
670. Georges Simenon | *Chez Krull*
671. Georges Simenon | *L'inspecteur Cadavre*
672. Kjetil Try | *Noël sanglant*
673. Graham Hurley | *L'autre côté de l'ombre*
674. John Maddox Roberts | *Les fantômes de Saigon*
675. Marek Krajewski | *La peste à Breslau*
676. James Sallis | *Bluebottle*
677. Philipp Meyer | *Un arrière-goût de rouille*
678. Marcus Malte | *Les harmoniques*
679. Georges Simenon | *Les nouvelles enquêtes de Maigret*
680. Dashiell Hammett | *La clé de verre*
681. Caryl Férey – Sophie Couronne | *D'amour et dope fraîche*
682. Marin Ledun | *La guerre des vanités*
683. Nick Stone | *Voodoo Land*
684. Frederick Busch | *Filles*
685. Paul Colize | *Back up*
686. Saskia Noort | *Retour vers la côte*
687. Attica Locke | *Marée noire*
688. Manotti – DOA | *L'honorable société*
689. Carlene Thompson | *Les ombres qui attendent*
690. Claude d'Abzac | *Opération Cyclope*
691. Joe R. Lansdale | *Tsunami mexicain*
692. F. G. Haghenbeck | *Martini Shoot*
693. *** | *Rome Noir*
694. *** | *Mexico Noir*
695. James Preston Girard | *Le Veilleur*
696. James Sallis | *Bête à bon dieu*
697. Georges Flipo | *Le commissaire n'a point l'esprit club*

698. Stephen Hunter — *Le 47e samouraï*
699. Kent Anderson — *Sympathy for the Devil*
700. Heinrich Steinfest — *Le grand nez de Lilli Steinbeck*
701. Serge Quadruppani — *La disparition soudaine des ouvrières*
702. Anthony Bourdain — *Pizza créole*
703. Frederick Busch — *Nord*
704. Gunnar Staalesen — *Comme dans un miroir*
705. Jack Ketchum — *Une fille comme les autres*
706. John le Carré — *Chandelles noires*
707. Jérôme Leroy — *Le Bloc*
708. Julius Horwitz — *Natural Enemies*
709. Carlene Thompson — *Ceux qui se cachent*
710. Fredrik Ekelund — *Le garçon dans le chêne*
711. James Sallis — *Salt River*
712. Georges Simenon — *Cour d'assises*
713. Antoine Chainas — *Une histoire d'amour radioactive*
714. Matthew Stokoe — *La belle vie*
715. Frederick Forsyth — *Le dossier Odessa*
716. Caryl Férey — *Mapuche*
717. Franck Bill — *Chiennes de vies*
718. Kjell Ola Dahl — *Faux-semblants*
719. Thierry Bourcy — *Célestin Louise, flic et soldat dans la guerre de 14-18*
720. Doug Allyn — *Cœur de glace*
721. Kent Anderson — *Chiens de la nuit*
722. Raphaël Confiant — *Citoyens au-dessus de tout soupçon…*
723. Serge Quadruppani — *Madame Courage*
724. Boileau-Narcejac — *Les magiciennes*
725. Boileau-Narcejac — *L'ingénieur aimait trop les chiffres*
726. Inger Wolf — *Nid de guêpes*
727. Seishi Yokomizo — *Le village aux Huit Tombes*
728. Paul Colize — *Un long moment de silence*
729. F. G. Haghenbeck — *L'Affaire tequila*

730. Pekka Hiltunen	*Sans visage*
731. Graham Hurley	*Une si jolie mort*
732. Georges Simenon	*Le bilan Malétras*
733. Peter Duncan	*Je suis un sournois*
734. Stephen Hunter	*Le sniper*
735. James Sallis	*La mort aura tes yeux*
736. Elsa Marpeau	*L'expatriée*
737. Jô Soares	*Les yeux plus grands que le ventre*
738. Thierry Bourcy	*Le crime de l'Albatros*
739. Raymond Chandler	*The Long Goodbye*
740. Matthew F. Jones	*Une semaine en enfer*
741. Jo Nesbø	*Fantôme*
742. Alix Deniger	*I cursini*
743. Anders Bodelsen	*Septembre rouge (Rouge encore)*
744. Patrick Pécherot	*La saga des brouillards*
745. Thomas H. Cook	*Secrets de famille*
746. Ken Bruen	*Chemins de croix*
747. David Ellis	*La comédie des menteurs*
748. Boileau-Narcejac	*À cœur perdu (Meurtre en 45 tours)*
749. Boileau-Narcejac	*Le mauvais œil* suivi d'*Au bois dormant*
750. Ingrid Astier	*Angle mort*
751. Carlene Thompson	*Jusqu'à la fin*
752. Dolores Redondo	*Le gardien invisible*
753. Dashiell Hammett	*Le sac de Couffignal* suivi d'*Âmes malhonnêtes* et de *Tulip*
754. Mario Falcone	*L'aube noire*
755. François Boulay	*Cette nuit…*
756. Didier Daeninckx	*Têtes de Maures*
757. Gunnar Staalesen	*Face à face*
758. Dominique Manotti	*L'évasion*
759. Laurent Guillaume	*Black cocaïne*
760. Jô Soares	*Meurtres à l'Académie*

761. Inger Wolf	*Mauvaises eaux*
762. Jo Nesbø	*Police*
763. Jonathan Ames	*Tu n'as jamais été vraiment là*
764. Jack Vance	*Méchant garçon*
765. John le Carré	*L'appel du mort*
766. Bill Pronzini	*Mademoiselle Solitude*
767. Franz Bartelt	*Chaos de famille*
768. Thierry Bourcy	*Les ombres du Rochambeau*
769. Georges Simenon	*Nouvelles exotiques*
770. Jo Nesbø	*L'inspecteur Harry Hole. L'intégrale, I*
771. Lorenzo Lunar	*La vie est un tango*
772. Nick Stone	*Cuba Libre*
773. Jean-Claude Izzo	*Fabio Montale*
774. Boileau-Narcejac	*Les intouchables*
775. Boileau-Narcejac	*Les visages de l'ombre*
776. Joe R. Lansdale	*Diable rouge*
777. Fredrik Ekelund	*Blueberry Hill*
778. Heinrich Steinfest	*Le poil de la bête*
779. Batya Gour	*Meurtre en direct*
780. Laurent Whale	*Les Rats de poussière I Goodbye Billy*
781. Joe R. Lansdale	*Le sang du bayou*
782. Boileau-Narcejac	*Le contrat*
783. Boileau-Narcejac	*Les nocturnes*
784. Georges Simenon	*Le bateau d'Émile*
785. Dolores Redondo	*De chair et d'os*
786. Max Bentow	*L'Oiseleur*
787. James M. Cain	*Bloody cocktail*
788. Marcus Sakey	*Les Brillants*
789. Joe R. Lansdale	*Les Mécanos de Vénus*
790. Jérôme Leroy	*L'ange gardien*
791. Sébastien Raizer	*L'alignement des équinoxes*
792. Antonio Manzini	*Piste noire*
793. Jo Nesbø	*Du sang sur la glace*
794. Joy Castro	*Après le déluge*
795. Stuart Prebble	*Le Maître des insectes*

796. Sonja Delzongle	*Dust*
797. Luís Miguel Rocha	*Complots au Vatican I Le dernier pape*
798. Caryl Férey	*Saga maorie*
799. Thierry Bourcy	*Célestin Louise, flic et soldat dans la guerre de 14-18*
800. Barry Gornell	*La résurrection de Luther Grove*
801. Antoine Chainas	*Pur*
802. Attica Locke	*Dernière récolte*
803. Maurice G. Dantec	*Liber mundi I Villa Vortex*
804. Howard Gordon	*La Cible*
805. Alain Gardinier	*DPRK*
806. Georges Simenon	*Le Petit Docteur*
807. Georges Simenon	*Les dossiers de l'Agence O*
808. Michel Lambesc	*La « horse »*
809. Frederick Forsyth	*Chacal*
810. Gunnar Staalesen	*L'enfant qui criait au loup*
811. Laurent Guillaume	*Delta Charlie Delta*
812. Laurent Whale	*Les Rats de poussière II Le manuscrit Robinson*
813. J. J. Murphy	*Le cercle des plumes assassines*
814. Éric Maravélias	*La faux soyeuse*
815. DOA	*Le cycle clandestin, tome I*
816. Luke McCallin	*L'homme de Berlin*
817. Lars Pettersson	*La loi des Sames*
818. Boileau-Narcejac	*Schuss*
819. Dominique Manotti	*Or noir*
820. Alberto Garlini	*Les noirs et les rouges*
821. Marcus Sakey	*Les Brillants II Un monde meilleur*
822. Thomas Bronnec	*Les initiés*
823. Kate O'Riordan	*La fin d'une imposture*
824. Mons Kallentoft, Markus Lutteman	*Zack*
825. Robert Karjel	*Mon nom est N.*
826. Dolores Redondo	*Une offrande à la tempête*
827. Benoît Minville	*Rural noir*

828. Sonja Delzongle — *Quand la neige danse*
829. Germán Maggiori — *Entre hommes*
830. Shannon Kirk — *Méthode 15-33*
831. Elsa Marpeau — *Et ils oublieront la colère*
832. Antonio Manzini — *Froid comme la mort*
833. Luís Miguel Rocha — *Complots au Vatican II La balle sainte*
834. Patrick Pécherot — *Une plaie ouverte*
835. Harry Crews — *Le faucon va mourir*
836. DOA — *Pukhtu. Primo*
837. DOA — *Pukhtu. Secundo*
838. Joe R. Lansdale — *Les enfants de l'eau noire*
839. Gunnar Staalesen — *Cœurs glacés*
840. Jo Nesbø — *Le fils*
841. Luke McCallin — *La maison pâle*
842. Caryl Férey — *Les nuits de San Francisco*
843. Graham Hurley — *Le paradis n'est pas pour nous*
844. Boileau-Narcejac — *Champ clos*
845. Lawrence Block — *Balade entre les tombes*
846. Sandrine Roy — *Lynwood Miller*
847. Massimo Carlotto — *La vérité de l'Alligator*
848. Benoît Philippon — *Cabossé*
849. Grégoire Courtois — *Les lois du ciel*
850. Caryl Férey — *Condor*
851. Antonio Manzini — *Maudit printemps*
852. Jørn Lier Horst — *Fermé pour l'hiver*
853. Sonja Delzongle — *Récidive*
854. Noah Hawley — *Le bon père*
855. Akimitsu Takagi — *Irezumi*
856. Pierric Guittaut — *La fille de la Pluie*
857. Marcus Sakey — *Les Brillants III En lettres de feu*
858. Matilde Asensi — *Le retour du Caton*
859. Chan Ho-kei — *Hong Kong Noir*
860. Harry Crews — *Des savons pour la vie*
861. Mons Kallentoft, Markus Lutteman — *Zack II Leon*
862. Elsa Marpeau — *Black Blocs*

863. Jo Nesbø	*Du sang sur la glace II Soleil de nuit*
864. Brigitte Gauthier	*Personne ne le saura*
865. Ingrid Astier	*Haute Voltige*
866. Luca D'Andrea	*L'essence du mal*
867. DOA	*Le cycle clandestin, tome II*
868. Gunnar Staalesen	*Le vent l'emportera*
869. Rebecca Lighieri	*Husbands*
870. Patrick Delperdange	*Si tous les dieux nous abandonnent*
871. Neely Tucker	*La voie des morts*
872. Nan Aurousseau	*Des coccinelles dans des noyaux de cerise*
873. Thomas Bronnec	*En pays conquis*
874. Lawrence Block	*Le voleur qui comptait les cuillères*
875. Steven Price	*L'homme aux deux ombres*
876. Jean-Bernard Pouy	*Ma ZAD*
877. Antonio Manzini	*Un homme seul*
878. Jørn Lier Horst	*Les chiens de chasse*
879. Jérôme Leroy	*La Petite Gauloise*
880. Elsa Marpeau	*Les corps brisés*
881. Sonja Delzongle	*Boréal*
882. Patrick Pécherot	*Hével*
883. Attica Locke	*Pleasantville*
884. Harry Crews	*Car*
885. Caryl Férey	*Plus jamais seul*
886. Guy-Philippe Goldstein	*Sept jours avant la nuit*
887. Tonino Benacquista	*Quatre romans noirs*
888. Melba Escobar	*Le salon de beauté*
889. Noah Hawley	*Avant la chute*
890. Tom Piccirilli	*Les derniers mots*
891. Jo Nesbø	*La soif*
892. Dominique Manotti	*Racket*
893. Joe R. Lansdale	*Honky Tonk Samouraï*
894. Antoine Chainas	*Empire des chimères*
895. Jean-François Paillard	*Le Parisien*

896. Luca d'Andrea *Au cœur de la folie*
897. Sonja Delzongle *Le hameau des Purs*
898. Gunnar Staalesen *Où les roses ne meurent jamais*
899. Mons Kallentoft, Markus Lutteman *Bambi*
900. Kent Anderson *Un soleil sans espoir*
901. Nick Stone *Le verdict*
902. Lawrence Block *Tue-moi*
903. Jørn Lier Horst *L'usurpateur*
904. Paul Howarth *Le diable dans la peau*
905. Frédéric Paulin *La guerre est une ruse*
906. Paul Colize *Un jour comme les autres*
907. Sébastien Gendron *Révolution*
908. Chantal Pelletier *Tirez sur le caviste*
909. Sonja Delzongle *Cataractes*
910. Elsa Marpeau *Son autre mort*
911. Joe Ide *Gangs of L.A.*
912. Francesco Dimitri *Le livre des choses cachées*
913. Jo Nesbø *Macbeth*
914. Dov Alfon *Unité 8200*
915. Jérôme Leroy *Un peu tard dans la saison*
916. Pasquale Ruju *Une affaire comme les autres*
917. Jean-Bernard Pouy *Trilogie spinoziste*
918. Abir Mukherjee *L'attaque du Calcutta-Darjeeling*
919. Richard Morgiève *Le Cherokee*
920. Antonio Manzini *La course des hamsters*
921. Gunnar Staalesen *Piège à loup*
922. Christian White *Le mystère Sammy Went*
923. Yûko Yuzuki *Le loup d'Hiroshima*
924. Caryl Férey *Paz*
925. Vlad Eisinger *Du rififi à Wall Street*
926. Parker Bilal *La cité des chacals*
927. Emily Koch *Il était une fois mon meurtre*
928. Frédéric Paulin *Prémices de la chute*
929. Sonja Delzongle *L'homme de la plaine du nord*
930. Sébastien Rutés *Mictlán*

Composition APS-ie
Impression Novoprint
à Barcelone, le 1 avril 2021
Dépôt légal : avril 2021
Premier dépôt légal : décembre 2020

ISBN 978-2-07-292214-5. / Imprimé en Espagne.

397190